레디 플레이어 원

레디 플레이어 원

2045년 가상현실 오아시스 게임에 숨겨진 세 가지 열쇠를 찾아서

어니스트 클라인 지음

전정순 옮김

i!i
에이콘

수잔과 리비에게

우리가 가는 길에 지도는 없으니까

"오타쿠들을 흥분시키는 아드레날린 주사. 현실세계 속 과거와 가상세계 속 현재가 기묘하게 뒤엉킨 세상에 사는, 착하지만 자기비하적인 웨이드는 사랑할 수밖에 없는 의외의 영웅이다."

- 『퍼블리셔스 위클리(Publishers Weekly)』

"80년대 세대가 거침없이 써 내려간 가공되지 않은 원석과 같은 창작물. 내가 열세 살 때 입에 톡톡 캔디를 한 움큼 털어 넣고 콜라를 마신 후에 꾼 꿈을 닮은 책이다. 손에서 놓을 수가 없었다."

- 찰스 아다이(Charles Ardai), 에드거상 수상 작가이자 드라마 「헤이븐(Haven)」의 프로듀서

"괴짜들의 천국. 어니스트 클라인의 주인공은 생사를 걸고 가상현실 속 게임 대회에 참가한다. 다른 길은 없었다. 그는 꿈을 현실로 만들기 위해 투쟁하고 있었기 때문이다. 어니스트 클라인은 디스토피아적인 미래세계와 꼼꼼하게 묘사된 과거의 향수를 혼합해 진정한 괴짜들이 깊은 감명을 받을 수 있는 이야기를 창조했다."

- 크리스토퍼 판즈워스(Christopher Farnsworth), 『블러드 오스』의 저자

"추억에 잠긴 미래세계에서 펼쳐지는 환상적인 모험. 한번 책장을 넘기자 내려놓을 수가 없었다. 다시 집어 들 때까지 기다리는 시간도 아까웠다.

- S. G. 브라운(S.G. Browne), 『브리더스(Breathers)』의 저자

"어니스트 클라인은 1970년대와 80년대에 짙은 향수를 느끼는 광적인 오타쿠들의 신경계를 자극하고야 말았다. 그리고 자신이 재발견한 귀중한 시금석들을 짜 맞춰 단순히 책을 읽는 경험을 뛰어넘는 모험담을 창조해냈다. 내 어린 시절 최고의 추억 속에서 실컷 뛰놀게 해준 책이다."

- 폴 말몬트(Paul Malmont),
『차이나타운 데스 클라우드 페릴(The Chinatown Death Cloud Peril)』의 저자

"〈던전앤드래곤〉과 80년대 오락실 게임이 서로 뜨겁게 사랑해서 낳은 아이가 아제로스에서 자랐다고 상상해보라. 그 생각만으로 '너드가즘 Nerdgasm'이 느껴지지 않는다면 나는 당신을 알고 싶지도 않다."

"1980년대 대중문화의 풍부한 맥을 능수능란하게 캐내며, 첨단을 달리지만 과거지향적인 미래세계에서 펼쳐지는 광속급 모험 속으로 독자를 사정없이 내던진다. 이 책이 거실이라면 분명 원목으로 마루를 깐 거실일 것이다. 이 책이 신발이라면 분명 발목까지 오는 농구화일 것이다. 이 책이 노래라면 〈아이 오브 더 타이거〉(「록키」 주제가)여야만 한다. 정말 정말 재미있는 책이다."

"난 이 책에 완전히 반해버렸다. 어니스트 클라인은 온갖 멋진 마술을 다 동원해서 진지하면서도 명랑하고, 애처롭다가도 정말 재미있게 읽히는 소설을 써냈다. 이 소설에 기발한 발상의 책, 통속 소설, 게임에 관한 소설, 정통 SF 서사시, 코믹한 대중문화 레퍼런스 같은 어떤 이름을 붙여도 좋다. 하지만 이 책은 당신이 붙이려는 그 어떤 수식어도 거부할 것이다. 가히 현대판 『뉴로맨서』라 할 만한 책이다."

"이 책은 게임에 문외한인 나를 매료시켰다."

"흥미진진하고 풍부한 상상력이 돋보인다. 등장인물들은 현실세계를 구하기 위해서 어려운 수수께끼를 풀고 가상세계의 악랄한 자들보다 한발 앞서야 한다. 이 책은 독자들을 신나는 모험 속으로 안내한다."

내 나이 또래라면 다들 그 억만장자가 내건 막대한 상금 쟁탈전 이야기를 처음 들었을 때 자신이 어디서 무얼 하던 중이었는지를 단박에 기억해낼 것이다. 나는 은신처에서 비디오피드를 켜놓고 만화를 보고 있었다. 그때 갑자기 뉴스 속보가 화면에 떴다. 간밤에 제임스 할리데이가 사망했다는 소식이었다.

할리데이가 누군지 당연히 알고 있었다. 이 세상에 그를 모르는 사람은 없었다. 할리데이는 다중접속 온라인 게임으로 시작해 오늘날 거의 모든 인류가 사용하는 범세계적 가상현실이 된 오아시스OASIS를 창시한 비디오게임 디자이너였다. 오아시스의 유례 없는 대성공으로 할리데이는 세계 최고 부자 대열에 합류할 수 있었다.

처음에는 한 억만장자의 죽음에 언론이 왜 그렇게까지 호들갑인지 이해할 수가 없었다. 어찌 되었건 이 지구라는 행성에는 다른 걱정거리도 많지 않은가! 계속되는 에너지 위기에 기후 변화는 재앙 수준에 가깝고, 기근과 빈곤과 질병이 만연하고, 여섯 곳에서 전쟁이 벌어지고 있는 데다가, 개와 고양이가 함께 살지를 않나…… 이건 완전히 집단광란 상태다. 웬만큼 굵직한 사건이 아닌 이상 뉴스 속보가 사람들이 푹 빠져 있는 양방향 시트콤이나 드라마 도중에 끼어드는 일은 없었다. 신종 살인 바이러스가 창궐한다거나 원폭 투하로 대도시 하나가 또 초토화되었다는 사건쯤은 되어야 끼어들 자격이 있었다. 할리데이가 제아무리 유명인사였다고 해도 그의 사망은 저녁 뉴스 꼭지 하나로 충분했다. 터무니없을 정도로 막대한 재산이 그 억만장자의 상속자에게 넘어갈 거라는 뉴스를 듣고 우매한 대중이 부러움에 못 이겨 고개를 절레절레 흔들 수 있게 말이다.

하지만 문제는 거기에 있었다. 할리데이에게는 상속자가 없었다.

그는 생존한 친척 하나 없이, 사람들 말로는 단 한 명의 친구도 없이 67세까지 독신으로 살다가 세상을 떠났다. 마지막 15년은 스스로 은둔 생활을 하다가, 소문이 사실이라면 완전히 미치광이가 되었다고 했다.

1월의 어느 날, 토론토에 사는 사람부터 도쿄에 사는 사람까지 세상 모든 이들을 아침부터 우울하게 만들며 온 세상을 발칵 뒤집은 그 뉴스는 할리데이의 마지막 유언 내용과 막대한 재산의 향방에 대한 내용으로 이어졌다.

할리데이는 자신이 죽은 뒤 언론에 공개하라는 설명을 붙여둔 짧은 동영상을 남겼다. 그리고 자신의 유고 소식이 전해질 날 아침 그 동영상이 오아시스 전체 유저에게 이메일로 전송되도록 미리 손을 써두었다. 첫 번째 뉴스 속보가 시작되기가 무섭게 이메일 도착을 알려주었던 '땡동' 소리는 아직도 뇌리에 선명할 정도다.

그가 남긴 「아노락의 초대장」이라는 제목의 동영상은 짜임새 있는 한 편의 단편영화에 가까웠다. 괴짜로 유명했던 할리데이는 자신이 십대 시절을 보낸 1980년대에 대해 평생토록 남다른 집착을 품었다. 그래서 잘 알려지지 않은 1980년대 대중문화 작품들을 잔뜩 모방하고 인용한 「아노락의 초대장」을 처음 봤을 때는 무슨 내용인지 전혀 와닿지 않았다.

5분 남짓한 짧은 동영상에 대해 불과 몇 주 만에 정밀하고 세밀한 분석이 어쩌나 많이 쏟아져 나왔는지 케네디 암살 영상마저 제치고 역대 최고로 자세히 분석된 동영상이 되었다. 우리 세대는 모두 할리데이의 동영상을 달달 외우다시피 했다.

· · ·

「아노락의 초대장」은 〈데드 맨스 파티〉라는 옛 노래의 전주 부분에 나오는 트럼펫 소리와 함께 시작된다.

처음 몇 초간은 검은 화면에 연주만 흘러나오다가, 트럼펫 소리에 기타 선율이 포개지는 순간 할리데이가 등장한다. 하지만 노화와 투병으로 수척해진 67세 노인의 모습이 아니다. 2014년 『타임』지 표지를 장식했을 때처럼 헝클어진 머리에 트레이드마크인 뿔테 안경을 낀 훤칠하고 건강한 40대 초반의 모습이다. 옷차림 역시 그 당시 표지 사진과 똑같다. 물 빠진 청바지에 옛날 스페이스 인베이더 티셔츠를 입고 있다.

할리데이는 큰 체육관에서 열리는 고교 댄스파티에 참석 중이다. 그를 둘러싼 십대들의 옷차림, 헤어스타일, 춤 동작은 모두 시대 배경이 1980년대 후반임을 암시한다.* 할리데이도 춤을 추고 있다. 실제로는 아무도 그의 춤을 본 적이 없다. 미친듯이 웃어 젖히면서 빠른 속도로 원을 그리며 빙빙 돌고, 음악에 맞춰 팔과 머리를 흔들고, 1980년대 특징이 뚜렷한 춤을 완벽히 춘다. 하지만 파트너는 없다. 어느 유명한 속담처럼, 그는 혼자서 춤을 추고 있다.

MTV에서 틀어주는 옛날 뮤직비디오처럼 화면의 왼쪽 하단에 몇 줄

---

* 이 장면을 꼼꼼히 분석해보면 할리데이를 둘러싼 십대는 모두 존 휴즈 감독의 하이틴 영화에 단역 배우들이 출연했던 장면들을 짜깁기해서 합성해 넣었다는 사실을 알 수 있다.

의 문구가 잠깐 나타난다. 밴드 이름: 오잉고 보잉고, 노래 제목: 〈데드 맨스 파티〉, 소속사: MCA 레코드, 발매년도: 1985.

노랫말이 시작되자 할리데이가 립싱크로 노래를 따라 부른다. 할리데이는 여전히 제자리에서 빙빙 돌고 있다. "다들 잘 차려입었지. 갈 곳도 없는데. 내 어깨너머 죽은 사람과 함께 걸어. 도망치지 마. 이건 나일 뿐이야……"

문득 그가 춤을 멈추고 오른손으로 손짓하니 음악이 꺼진다. 그 순간 뒤에서 춤추던 사람들과 체육관이 사라지고 갑자기 배경이 바뀐다.

할리데이가 서 있는 곳은 이제 장례식이 거행되는 연단 앞이다. 옆에는 뚜껑이 열린 관이 놓여 있다.* 훨씬 늙은 두 번째 할리데이가 암에 걸려 수척하고 피폐해진 몸으로 관 속에 누워 있다. 양쪽 눈꺼풀 위에는 반짝거리는 25센트 동전이 놓여 있다.†

젊은 할리데이는 애써 슬픈 척을 하며 늙은 자신의 시신을 흘깃 바라보고는 고개를 들고 조문객을 향해 연설을 시작한다.‡ 손가락으로 딱 소리를 내자 오른손에 두루마리 문서가 나타난다. 할리데이가 요란하게 문서를 펼치자 땅에 닿은 문서는 통로를 따라 풀려나간다. 그는 영화와 관객 사이에 놓인 상상의 벽을 깨고 시청자를 향해 직접 내용을 읽어주기 시작한다.

"나, 제임스 도노반 할리데이는 온전한 정신과 기억력을 바탕으로 이 법률 문서를 나의 마지막 유언장으로 작성하고, 발표하고, 선언하노라. 이로써 지금까지 만들어진 어떤 유언이나 유언보충서도 모두 철회하는 바이다." 그는 계속 읽어 내려간다. 말은 점점 더 빨라진다. 딱딱한 법

---

* 배경은 영화 「헤더스」에서 따온 장면으로 장례식장 세트와 자신의 모습을 디지털로 합성해 넣었다.
† 고해상도 분석을 통해 1984년에 주조된 동전임이 밝혀졌다.
‡ 조문객은 영화 「헤더스」 장례식 장면에 나오는 주연 및 단역 배우들이다. 위노나 라이더와 크리스천 슬레이터는 뒤쪽에 앉아 있지만 단연 눈에 띈다.

률투로 읽어 내려가다가 급기야 말이 너무 빨라져 알아들을 수 없는 지경이 된다. 그러고 나서 느닷없이 멈추더니 이렇게 말한다. "다 잊어버리세요. 방금처럼 읽는다 해도 한 달은 족히 걸릴 겁니다. 안타깝게도 제게는 그럴 시간이 없네요." 그가 두루마리 문서를 바닥으로 떨구자, 문서가 금가루로 변하면서 흩어진다. "그래서 핵심만 요약해드릴까 합니다."

장례식장이 사라지고 또 한 번 장면이 바뀐다. 할리데이가 서 있는 곳은 이제 어마어마하게 큰 은행 금고문 앞이다. "제 회사인 그리게리어스 시뮬레이션 시스템(약자로는 GSS)의 경영권 지분을 비롯한 전 재산을 제 유언에 남긴 단 하나의 조건에 맞는 분이 나타날 때까지 이곳에 예탁할 작정입니다. 그 조건을 제일 먼저 맞추는 분은 현재 가치로 2,400억 달러를 웃도는 저의 전 재산을 상속받게 됩니다."

금고문이 열리고 할리데이가 안으로 들어간다. 내부는 눈을 의심해야 할 정도로 거대하다. 금괴가 어찌나 많이 쌓여 있는지 웬만한 대저택 못지 않은 크기다. "여태껏 모은 재산입니다." 할리데이가 활짝 웃으며 말한다. "그럼 뭐합니까. 어차피 저승으로 다 짊어지고 갈 수도 없는 돈인데요. 안 그런가요?"

할리데이가 산더미처럼 쌓인 금괴에 기대자 얼굴이 클로즈업된다. "지금쯤 여러분은 무척 궁금할 테지요. 이 많은 금덩이를 손에 넣으려면 어떻게 해야 하느냐고요? 자, 일단 진정하세요. 지금부터 말씀드리죠." 그는 말을 툭 끊더니 커다란 비밀을 폭로하려는 아이 같은 표정을 짓는다.

할리데이가 다시 손가락으로 딱 소리를 내자 금고가 사라진다. 동시에 모습이 작아지면서 갈색 코듀로이 바지에 물 빠진 머펫쇼 티셔츠를 입은 어린 꼬마로 변신한다.* 꼬마 할리데이가 서 있는 곳은 짙은 주황색 카펫, 나무판자를 댄 벽, 키치적인 1970년대풍으로 장식된 어수선한 거실이다. 한쪽 구석에는 21인치 제니스 텔레비전이 놓여 있고 아타리 2600 게임기가 연결되어 있다.

"제 생애 첫 게임기였지요." 할리데이가 아이 목소리로 말한다. "아타리 2600. 1979년 크리스마스 때 받은 거예요." 할리데이가 게임기 앞에 털썩 앉더니 조이스틱을 집어 들고 게임을 시작한다. "제가 제일 좋아했던 게임은 바로 이거예요." 할리데이가 TV 화면에 대고 고개를 까딱이며 말한다. 작은 네모가 단순하게 생긴 미로를 줄기차게 돌아다니고 있다. "〈어드벤처〉라는 게임이죠. 다른 초창기 비디오게임들처럼 한 명이 디자인하고 코딩하고 다 했어요. 하지만 당시 아타리 사는 게임 크레딧에 개발자 이름을 넣지 않으려고 했기 때문에 제품 어디를 살펴봐도 개발자 이름은 없었답니다." TV 화면에는 할리데이가 검을 휘둘러 붉은 용을 죽이는 장면이 보인다. 조잡한 저해상도 그래픽 때문에 실제로는 네모가 절름거리는 오리를 화살표로 찌르는 것처럼 보이지만 말이다.

"그래서 〈어드벤처〉를 개발한 워렌 로비넷은 게임 속에 자신의 이름을 숨기기로 했습니다. 미로 속 어딘가에 열쇠를 숨겼지요. 작은 회색 점 모양의 열쇠를 찾으면 로비넷이 자신의 이름을 몰래 숨겨둔 비밀의 방으로 들어갈 수 있었어요." TV 화면에는 할리데이가 네모를 비밀의 방으로 안내하는 장면이 보이고 화면 중앙에 '게임 개발자 워렌 로비넷'이란 문구가 나타난다.

"이것이," 할리데이는 진심 어린 경외심을 담아 화면을 가리키면서

---

* 할리데이는 이제 1980년에 학교에서 찍은 여덟 살 때 사진과 똑같은 모습이다.

말을 잇는다. "최초의 비디오게임 이스터에그^{Easter egg}*랍니다. 로비넷은 정말 아무한테도 알리지 않고 몰래 게임 코드에 이스터에그를 숨겼습니다. 아타리 사는 비밀의 방에 대해서는 까맣게 모른 채 〈어드벤처〉를 전 세계로 판매했고, 서너 달 후쯤 세계 곳곳에 있는 아이들이 하나씩 둘씩 비밀을 발견하기 시작하면서 이스터에그의 실체가 드러났지요. 저도 그중 한 명이었습니다. 워렌 로비넷의 이스터에그를 찾아낸 일은 아마도 저의 비디오게임 인생을 통틀어 가장 짜릿한 일이었을 거예요."

꼬마 할리데이는 조이스틱을 던지더니 벌떡 일어난다. 그러자 거실이 점차 희미해지면서 장면이 다시 바뀐다. 할리데이가 서 있는 곳은 이제 흐릿한 동굴이다. 횃불은 보이지 않지만 축축한 동굴 벽에 그림자가 어른거린다. 그와 동시에 할리데이가 자신의 유명한 오아시스 아바타인 아노락으로 변신한다. 훤칠한 키에 망토를 두른 마법사 아노락의 얼굴은 안경을 쓰지 않았고 할리데이보다 좀 더 잘생겼다. 아노락의 트레이드마크인 검정 망토의 양어깨에는 큼직하게 휘갈겨 쓴 A자가 수놓인 문장紋章이 붙어 있다.

"죽기 전에," 아노락은 좀 더 나직한 목소리로 말한다. "저만의 이스터에그를 만들어 제가 만든 게임 중 가장 성공한 게임에 숨겨 놓았답니다. 바로 오아시스에 말이죠. 제 이스터에그를 제일 먼저 찾는 분께 전 재산을 몽땅 드리겠습니다."

아노락은 또다시 극적으로 틈을 둔다.

"에그는 아주 잘 숨겨져 있어요. 결코, 바위 밑 같은 데다 대충 숨겨 놓지 않았습니다. 아마 이렇게들 생각하시겠지요. 어딘가에 있는 미로

---

* '부활절 달걀'이란 뜻으로 서양에서 아이들에게 부활절 토끼가 숨겨놓은 부활절 달걀을 찾도록 한 놀이에서 날달걀을 섞어놓아 상대방을 놀라게 하던 장난에서 유래한 용어이며, 제작자가 영화, 책, CD, DVD, 소프트웨어, 비디오게임 등 자신의 작품 속에 의도적으로 넣은, 재미로 숨긴 메시지, 의미를 담은 메시지, 깜짝 놀라게 하는 장치 등을 말한다. ─ 옮긴이

한복판에 숨겨진 비밀의 방이 있고, 그 안에 숨겨진 금고가 있다는 식으로요." 아노락이 손가락으로 오른쪽 관자놀이를 톡톡 치는 의미심장한 동작을 취한다.

"하지만 염려 마십시오. 누구나 도전을 시작할 수 있도록 몇 가지 단서를 남겨 놓았으니까요. 자, 그럼 첫 번째 단서입니다." 아노락이 오른손을 크게 휘젓자 열쇠 세 개가 나타나 공중에서 천천히 빙글빙글 돈다. 각각 구리, 비취, 수정으로 만들어진 듯하다. 열쇠가 계속 빙글빙글 도는 동안 아노락은 시를 낭송한다. 한 행씩 읊을 때마다 화면 하단에 자막이 올라온다.

숨겨진 열쇠 세 개, 비밀의 관문 세 개를 열지어다

모험 찾는 방랑자여, 응당한 자격을 시험받게 될지니

곤경을 헤쳐나갈 능력을 갖춘 자

상금이 기다리는 그 끝에 도달하리

낭송을 마치자 비취 열쇠와 수정 열쇠는 사라지고 구리 열쇠만 남아 아노락의 목걸이에 매달려 있다.

카메라는 아노락을 따라 캄캄한 동굴 안쪽으로 계속 들어간다. 잠시 뒤에 동굴 벽에 큼직한 나무 대문이 나타난다. 쇠 장식이 달려 있고 방패와 용이 조각된 문이다. "따로 테스트를 못 해서 이스터에그를 너무 꼭꼭 숨겨둔 것은 아닌가 좀 걱정이 되긴 합니다. 너무 찾기 어렵게 만든 건 아닌가 해서요. 잘 모르겠네요. 그렇다 해도 바꾸기엔 이미 늦었습니다. 두고 보면 알게 되겠지요."

아노락이 대문을 열어젖히자 반짝이는 금화와 받침 달린 잔이 가득 쌓인 보물의 방이 화면을 메운다.* 그러고 나서 문이 열린 틈으로 한 발짝 들어가더니 뒤로 돌아 시청자를 바라보면서 양팔로 대문을 받친다.†

"자, 이제 더 꾸물거리지 말고 할리데이의 이스터에그 찾기를 시작해봅시다!" 아노락은 이렇게 외치자마자 한 줄기 섬광으로 사라지고, 열린 문틈으로 눈부시게 반짝거리는 보물 더미만 화면에 잡힌다.

화면이 서서히 암전되며 사라진다.

• • •

동영상의 맨 끝에 할리데이는 자신의 개인 웹사이트로 연결되는 링크를 넣어두었다. 그가 죽은 날 아침, 웹사이트는 완전히 달라져 있었다. 거의 십 년이 넘도록, 커다란 흑룡 그림이 벽에 걸려 있는 중세 분위기의 서재에 아노락이 앉아 흠집투성이인 작업대에 몸을 구부리고 물약을 섞어가며 먼지가 풀풀 날리는 마법서를 탐독하는 모습을 보여주는 짧은 애니메이션만 무한 반복되던 사이트였는데 말이다.

그 애니메이션은 이제 사라지고, 대신 그 자리에는 옛날 동전투입식 오락기에서 흔히 볼 수 있었던 것과 비슷한 최고 점수판이 나타났다. 10위까지 모든 칸에는 제임스 도노반 할리데이의 머리글자인 JDH와 여섯 자리 숫자 0으로 표시된 점수가 채워져 있었다. 이 최고 점수판은 곧 '득점판'으로 불리기 시작했다.

---

* 보물 더미 속에 흥미로운 물건들이 제법 눈에 띈다. 특히 주목할 만한 물건은 초창기 가정용 컴퓨터 몇 대(애플 IIe, 코모도어 64, 아타리 800XL, TRS-80 컬러 컴퓨터2), 비디오게임 컨트롤러 수십 종, 옛날 테이블 롤플레잉 게임에 사용했던 다면체 주사위 수백 개 등이다.

† 이 장면은 1983년에 출간된 〈던전앤드래곤〉 규칙서인 『던전 마스터 가이드』 표지를 장식한 제프 이슬리의 그림과 매우 흡사하다.

득점판 밑에 있는 가죽으로 장정한 책 모양의 작은 아이콘을 누르자 『아노락 연감』의 무료 다운로드 경로로 연결되었다. 『아노락 연감』은 수백 건에 이르는 토막글 모음집으로 글을 쓴 날짜는 적혀 있지 않았다. 무려 1,000페이지가 넘는 방대한 분량이었지만 할리데이의 사생활이나 일상에 관한 언급은 거의 없었다. 대부분은 다양한 고전 비디오게임, SF 및 판타지 소설, 영화, 만화, 1980년대 대중문화를 주제로 생각의 흐름대로 자유롭게 쓴 논평이나, 조직화된 종교부터 다이어트 탄산음료에 이르는 온갖 주제를 맹렬히 조롱하는 풍자와 혹평들이었다.

할리데이가 막대한 상금을 내걸고 개최한 오아시스 대회를 사람들은 곧잘 '상금 쟁탈전'이나 '에그 찾기'라고 불렀고, 에그 찾기는 세계적인 문화 현상으로까지 급속히 번져나갔다. 복권 당첨의 꿈처럼 할리데이의 이스터에그를 찾겠다는 꿈은 어른 아이 할 것 없이 열광하는 판타지가 되었다. 누구나 할 수 있는 게임이었고 처음에는 정해진 방법도 따로 없는 듯했다. 『아노락 연감』에는 이 에그를 찾기 위해서는 할리데이가 집착했던 다양한 문화에 반드시 정통해야 한다는 사실만이 암시되어 있었다. 1980년대 대중문화는 세계적인 열풍에 휩싸였다. 50년이란 세월이 흐른 시점에 1980년대 영화와 음악, 게임, 패션이 다시 한번 크게 유행했다. 2041년에 머리를 뾰족하게 세운 모히칸 스타일과 물 빠진 청바지가 다시 유행했고, 신세대 밴드가 리메이크한 1980년대 히트곡들이 음악 순위를 석권했다. 노인들은 자신들이 십대였던 1980년대의 유행과 패션을 손자뻘 되는 젊은이들이 수용하고 연구하는 기이한 현상을 보게 되었다.

새로운 하위문화의 탄생이었다. 수많은 사람이 틈만 나면 할리데이의 에그를 찾는 일에 매달렸다. 처음에는 이들을 '에그 헌터Egg Hunter'라고 불렀으나, 점차 줄여서 '건터Gunter'라고 부르기 시작했다.

에그 찾기가 시작된 첫해 건터가 되는 것은 대단한 유행이었고 거의 모든 오아시스 유저들이 건터를 자처하고 나섰다.

할리데이의 첫 번째 기일이 가까울 무렵, 상금 쟁탈전을 둘러싼 열풍은 한풀 꺾이기 시작했다. 꼬박 일 년이 지났는데 아무도 찾아낸 것이 없었다. 관문은커녕 열쇠 하나도 찾지 못했다. 오아시스의 방대한 크기부터가 문제였다. 열쇠가 숨겨진 시뮬레이션은 수천 개가 넘었고 단 한 개의 시뮬레이션을 샅샅이 뒤져보는 데도 몇 년은 족히 필요했다.

'프로'를 자처하는 건터들이 저마다 뭔가 알아내고 있다는 식으로 매일같이 블로그에 떠벌리고 있었지만 진실은 점차 명확해지고 있었다. 아무도 정확히 무엇을 찾고 있는지, 어디서부터 찾아야 하는지 모르고 있었다.

일 년이 흘렀다.

또 일 년이 흘렀다.

성과는 없었다.

평범한 대중은 할리데이의 이스터에그에 대한 흥미를 모두 잃어버렸다. 다들 어떤 돈 많은 미치광이가 꾸며낸 어처구니없는 장난질로 여기기 시작했다. 진짜로 에그가 있다손 치더라도 에그를 찾는 일은 불가능하다고 생각하는 사람들도 많아졌다. 그러는 동안에도 오아시스는 계속 진화를 거듭했고 날로 인기가 높아졌다. 할리데이가 유언장에 남긴 엄격한 조건 덕분에, 그리고 그가 자산 관리를 위임한 과격한 변호사 군단의 활약 덕분에 오아시스는 인수합병 시도나 법적소송에 휘말리는 일을 피할 수 있었다.

할리데이의 이스터에그는 점차 도시 전설의 영역으로 흡수되었고, 계속 수가 줄어드는 건터족은 조롱의 소재가 되었다. 매년 할리데이 기일만 되면 뉴스 진행자들은 건터들이 제자리걸음만 하고 있다며 비꼬았다. 해가 갈수록 더 많은 건터가 포기를 선언했다. 할리데이가 에그를 도저히 찾을 수 없도록 숨겼다고 결론 내리면서.

그리고 일 년이 흘렀다.

다시 또 일 년이 흘렀다.

2045년 2월 11일 저녁, 온 세상이 지켜보는 가운데 한 아바타의 이름이 당당히 득점판 1위에 올랐다. 5년이 지나서야 마침내 구리 열쇠를 찾아낸 것이었다. 오클라호마시티 변두리에 자리한 트레일러 빈민촌에 사는 18세 청년이 말이다.

그 청년은 바로 나였다.

수십 종류의 책, 만화, 영화, 드라마에서 이후에 벌어진 모든 이야기를 다루었지만 하나같이 진실과는 거리가 있었다. 그래서 나 스스로 최종적으로 그 기록을 바로잡고자 한다.

레벨 1

인간의 삶은 온통 짜증으로 가득 차 있다.
비디오게임은 삶을 견딜 만하게 해주는 유일한 낙이다.

— 『아노락 연감』, 91장 1-2절

0001

빈민촌 어디선가 들리는 총소리에 화들짝 잠에서 깼다. 총소리 뒤로 알아들을 수 없는 외침과 비명이 이어지더니 이내 잠잠해졌다.

빈민촌에서 총소리는 그리 드문 일도 아니었건만, 나는 간담이 서늘해졌다. 다시 잠들기도 틀렸고, 〈갤러그〉, 〈디펜더〉, 〈애스터로이드〉 같은 옛날 동전투입식 오락실 게임이나 하면서 밤을 새우기로 했다. 내가 태어나기 훨씬 전에 박물관 소장품이 되어버린 이 게임들은 시대에 뒤떨어진 디지털 공룡들이다. 하지만 나는 이스터에그를 찾아 나선 건터였다. 따라서 이 게임들을 그래픽이 후진 골동품이라기보다는 판테온 신전의 기둥에 맞먹는 신성한 유물로 생각했다. 이 고전 게임들을 플레이할 때 나는 깊은 경외심을 갖고 임했다.

나는 트레일러의 코딱지만 한 세탁실 구석에 놓인 오래된 침낭 안에서 몸을 웅크리고 있었다. 침낭은 벽과 건조기 사이 좁은 구석에 쑤셔 넣어져 있었다. 통로 건너편에 있는 이모 방에는 얼씬거리지도 못하지만 그건 아무렇지도 않았다. 세탁실에서 지내는 편이 훨씬 나았으니까. 무엇보다도 따뜻하고, 좁지만 개인 공간도 있고, 무선 신호도 나쁘지 않았다. 게다가 세제와 섬유유연제 향기는 덤이었다. 트레일러의 다른 공간은 고양이 오줌과 비참한 가난의 악취가 진동했다.

보통은 은신처에서 잠을 잤지만, 요 며칠 밤 기온이 영하로 떨어진 탓에 아무리 싫더라도 이모의 트레일러에서 버텨야 얼어 죽지 않을 상황이었다.

이모의 트레일러에는 총 열다섯 명이 살았다. 이모는 세 방 중 제일 작은 방을 썼다. 데퍼트 씨 가족이 이모 방의 바로 옆방을 썼고, 밀러 씨 가족이 통로 끝에 있는 제일 큰 방을 차지했다. 밀러 씨 가족은 모두 여섯 명이었고 집세를 가장 많이 냈다. 두 대를 연결한 우리 트레일러는 빈민촌에 있는 다른 트레일러보다는 좀 한산한 편이었다. 열다섯 명이 살기에는 넉넉하다고 볼 수 있었다.

나는 노트북을 꺼내 전원을 켰다. 족히 십 년은 된 크고 무거운 노트북이었다. 언젠가 고속도로 건너편 버려진 상가 뒤쪽 쓰레기통에서 주운 것인데, 메모리를 교체하고 구닥다리 운영체제를 다시 깔아서 되살려둔 것이었다. 지금 기준으로 보자면 나무늘보보다도 느린 속도였지만 그럭저럭 쓸 만은 했다. 노트북은 나의 휴대용 도서관이자 오락실이자 나만의 영화관이었다. 하드디스크에는 옛날 책, 영화, 드라마, 노래 파일과 더불어 20세기에 만들어진 거의 모든 비디오게임이 들어 있었다.

에뮬레이터를 띄우고 내 평생 최고의 게임 중 하나인 〈로보트론 2084〉라는 게임을 선택했다. 긴박한 속도감과 치명적인 단순함이 언제나 내 마음에 쏙 들었다. 〈로보트론 2084〉는 본능과 반사 신경이 전부인 게임이었다. 옛날 비디오게임을 할 때면 언제나 머리가 맑아지고 마음이 편안해졌다. 삶이 우울하게 느껴지거나 좌절감이 밀려들 때 '플레이어 원' 버튼을 누르기만 하면, 눈앞에 놓인 화면 속에 픽셀로 표현된 무자비한 맹공격에 집중하게 되면서 모든 걱정이 씻은 듯 사라졌다. 게임 속 2차원 세계에서 삶은 단순했다. 단지 기계와 나의 싸움이다. 왼손으로 움직이고 오른손으로 쏘면서 가능한 한 오랫동안 살아남기 위해 노력하라.

나는 인류의 마지막 생존자인 주인공 가족을 구하기 위해서 몇 시간 동안 웨이브를 거듭 깨면서 끝없이 밀려오는 브레인, 스피어로이드, 퀼크, 헐크를 물리쳤다! 하지만 이내 손가락이 저려오며 리듬이 깨지기 시작했다. 이 정도 레벨까지 와서 그런 일이 생기자 상황은 금세 나빠졌다. 남은 목숨을 다 잃어버리는 것은 시간 문제였다. 급기야 내가 세상에서 제일 싫어하는 두 낱말이 화면에 나타났다. 게임 오버.

에뮬레이터를 끄고 동영상 파일을 훑어보기 시작했다. 지난 5년간 『아노락 연감』에 언급된 영화와 드라마, 만화를 모조리 내려받았다. 물론 다 보지는 못했다. 그러려면 수십 년은 족히 필요했다.

파일을 보다가 중부 오하이오 주에 사는 중산층 가족을 다룬 80년대 시트콤인 「패밀리 타이즈」 한 편을 골랐다. 할리데이가 매우 아꼈던 작품 중의 하나였던 만큼 어디엔가 에그 찾기와 연관된 단서가 숨어 있을지도 모른다는 생각에 받아놓은 드라마였다. 나는 즉시 이 시트콤에 중독되었고 지금까지 180회 전편을, 그것도 여러 번 반복해서 보았다. 아무리 봐도 싫증 나지 않을 것 같았다.

어둠 속에 혼자 우두커니 앉아 노트북으로 이 드라마를 볼 때마다 저 따뜻하고 환한 집에서 내가 살았으면, 밝은 웃음을 머금고 이해심 많은 저 사람들이 나의 가족이었으면 하고 상상하곤 했다. 30분짜리 이야기가 끝날 때까지 우리가 해결하지 못할 만큼 꼬인 문제란 세상에 없었다 (정말 심각한 문제라면 2부작이 되는 정도였다).

나의 가정환경은 「패밀리 타이즈」에 나오는 사람들과는 눈곱만큼도 비슷한 점이 없었다. 아마 그래서 그 시트콤에 그렇게 마음이 끌렸을 것이다. 나는 빈민촌에서 눈이 맞은 십대 부랑자들 사이에서 외아들로 태어났다. 아버지에 대한 기억은 없다. 그저 내가 젖먹이였을 때 정전을 틈타 식품점을 털다가 총에 맞아 죽었다는 말만 들었을 뿐이다. 아버지에 대한 유일한 기억은 만화책을 열렬히 좋아했다는 사실이다. 유품이 담긴 상자에서 『어메이징 스파이더맨』, 『엑스맨』, 『그린 랜턴』완결판이 담긴 옛날 플래시 메모리가 나왔다. 언젠가 엄마는 머리글자를 맞춘 '웨이드 와츠'라는 이름을 지어준 사람이 아버지라는 말을 해준 적이 있다. 아버지는 그 이름이 비밀 신분을 지닌 슈퍼히어로의 이름 같다고 생각했던 모양이다. 「스파이더맨」의 피터 파커나 「슈퍼맨」의 클라크 켄트처럼 말이다. 그 말을 듣고부터 아버지가 어떻게 죽었는지에 상관없이 남자다운 남자였다고 생각하게 되었다.

우리 엄마, 로레타는 홀로 나를 키웠다. 우리는 빈민촌에 있는 작은 캠핑카에서 살았다. 엄마는 오아시스에서 풀타임으로 두 가지 일을 했는데, 하나는 텔레마케터 일이었고, 하나는 사이버 매춘부 일이었다. 엄마는 옆방에서 들려올 음담패설을 듣지 못하도록 밤만 되면 나한테 귀마개를 꽂으라고 했다. 하지만 귀마개는 아무 소용이 없었기에 최대한 소리를 크게 틀고 옛날 영화를 보곤 했다.

나는 꽤 어릴 때부터 오아시스를 알았다. 엄마가 오아시스를 가상보모처럼 활용했기 때문이다. 엄마는 내가 안경처럼 생긴 바이저와 햅틱 장갑을 착용할 수 있는 나이가 되자마자 생애 첫 오아시스 아바타를 만들어주었다. 엄마가 오아시스 어딘가에 나를 데려다 놓고 일을 하러 가면 나는 그때까지 알아왔던 세상과는 너무나 딴판인 새로운 세상을 마음껏 휘젓고 다녔다.

그때부터 나는 모든 아이들에게 무료로 개방된 오아시스 대화형 교육 프로그램과 함께 성장했다. 어린 시절 대부분을 가상현실 〈세서미 스트리트〉에서 놀면서, 다정한 머펫 인형과 함께 노래를 부르며, 걷기, 말하기, 더하기, 빼기, 읽기, 쓰기, 친구와 나누기를 모두 대화형 게임을 통해 배웠다. 일단 이런 능력을 익히고 나자 오아시스가 세상에서 가장 큰 공공도서관이나 다름없다는 사실을, 이곳에서는 나처럼 찢어지게 가난한 아이도 지금까지 저술된 모든 책이나 지금까지 녹음된 모든 노래, 그리고 지금까지 제작된 모든 영화와 TV 프로와 비디오게임과 디자인 작품을 만날 수 있다는 사실을 알게 되었다. 모든 인류 문명으로부터 대대로 축적된 지식과 예술과 오락이 나를 기다리고 있었다. 하지만 곧 그런 모든 정보에 대한 접근이 득이 될 수도 있고 해가 될 수도 있는 양날의 칼 같은 일이었음을 깨닫게 되었다. 그 순간 진실을 알아버렸기 때문이다.

• • •

모르긴 몰라도 다른 이들의 경험은 나와는 다를 것이다. 내 생각을 묻는다면, 나는 21세기에 지구라는 행성에서 인간으로 태어났다는 사실이 매우 참담했다. 실존적으로 말하자면 말이다.

유년기에 겪은 가장 불행한 일은 아무도 내 상황에 대한 진실을 말해주지 않았다는 점이었다. 오히려 어른들은 거짓을 말했고, 물론 나는 그대로 믿었다. 아이였던 데다가 사실 잘 알 수가 없었다. 젠장, 뇌가 아직 다 크지도 않았는데 어른들의 헛소리를 어찌 다 간파할 수 있었겠는가?

그래서 나는 암흑의 시기 전부를 어른들이 주입한 난센스라고 믿게되었다. 시간이 흘러 좀 더 큰 후에는 점차 이해하기 시작했다. 내가 자궁에서 나온 그 순간부터 정말 거의 모든 사람이 거의 모든 것에 대해 거짓말을 해왔다는 사실을!

두려운 자각이었다.

나는 그 후유증으로 훗날에도 뭐든 잘 믿지 못하게 되었다.

무료 오아시스 도서관을 뒤적이고부터 추한 진실을 마주하게 되었다. 진실은, 정직하기를 두려워하지 않았던 사람들이 저술한 오래된 책속에 숨어 있었다. 대부분은 이미 오래전에 세상을 떠난 예술가와 과학자, 철학자, 시인들이 쓴 책이었다. 그들이 남겨놓은 책을 읽으면서 마침내 상황을 파악하기 시작했다. 나의 상황. 우리의 상황, 많은 사람이 '인간의 조건'으로 이야기하는 것에 대해서 말이다.

그다지 좋은 소식은 아니었다.

내가 말귀를 알아들을 만큼 자랐을 때 곧바로 진실을 말해준 사람이 있었다면 얼마나 좋았을까? 그냥 이렇게 말해준 사람이 있었다면 얼마나 좋았을까?

"지금부터 잘 들어, 웨이드. 넌 '인간'이라고 불리는 존재야. 가장 영리한 동물이지. 이 행성의 다른 모든 동물처럼 우린 수십억 년 전에 존재했던 단세포 생물의 후손이야. 진화라는 과정을 통해 그렇게 되었지. 진화에 대해서는 나중에 더 배울 기회가 있을 거다. 하지만 일단 내 말을 믿어. 그렇게 해서 우리가 지금 이 자리에 있는 거야. 바위 속에 묻혀 있는 증거는 수두룩하단다. 이런 말은 들어봤어? 하늘에 사는 신이라는 초월적인 능력을 가진 자가 우리 모두를 창조해냈다는? 전부 헛소리야. 신 어쩌고 하는 이야기는 전부 다 수천 년간 사람들이 입에서 입으로 전해온 전래 동화에 불과해. 산타클로스나 부활절 토끼처럼 다 지어낸 이야기란 뜻이야.

아무튼… 산타클로스나 부활절 토끼 따윈 존재하지 않아. 역시 헛소리야. 미안하지만 받아들여야 한단다.

네가 태어나기 전에 무슨 일이 일어났는지 알고 싶겠지. 사실 엄청나게 긴 이야기란다. 우리가 일단 인간이라는 형태로 진화하고 나서부터 세상이 아주 재미있게 돌아갔어. 작물을 어떻게 재배하는지, 동물을 어떻게 길들이는지 알아내고부터는 사냥을 하느라고 시간을 낭비할 필요가 없어졌어. 인구는 점점 불어났고 막을 수 없는 바이러스처럼 온 지구를 덮어버렸지. 그때 땅과 자원과 만들어진 신들을 놓고 숱한 전쟁을 벌인 끝에 모든 민족은 결국 '지구촌 문명'에 편입되었어. 하지만 솔직히 말해 지구촌 문명이란 그다지 체계적이지도, 그다지 문명적이지도 않았고 전쟁은 끊이지 않았어. 하지만 인간은 과학의 힘을 발견했고, 과학을 바탕으로 기술이 눈부시게 발달했지. 인간은 털 없는 원숭이인 우리 자신을 위해서 엄청나게 놀라운 것들을 발명해냈어. 컴퓨터, 신약, 레이저, 전자레인지, 인공심장, 원자폭탄 같은 것들 말이야. 인간은 심지어 달 착륙에 성공하고 무사히 귀환하기도 했어. 전 세계 모든 사람들이 언제 어디서나 공유할 수 있는 인터넷도 만들어냈고. 어때, 참 대단하지?

하지만 이제 나쁜 소식이 끼어들 차례야. 지구촌 문명에는 엄청난 대가가 따랐어. 문명을 구축하는 데는 엄청난 양의 에너지가 필요했고 땅속 깊이 묻힌 썩은 동식물에서 나온 화석연료를 태워서 그 에너지를 충당했지. 네가 태어나기도 전에 연료는 거의 다 써버렸고 이제 바닥났다고 보면 돼. 우리 문명을 전과 같은 수준으로 유지할 만한 에너지가 더는 없다는 뜻이지. 축소가 불가피해. 아주 대대적으로 말이야. 이걸 소위 '지구 에너지 위기'라고 부르는데 진작부터 진행되고 있었어.

게다가 화석연료를 태워서 생긴 부작용 또한 아주 끔찍하단다. 지구 온도가 상승하고, 환경은 다 망가졌어. 그래서 지금 극지방의 만년빙하가 녹고, 해수면이 높아지고, 기후는 미쳐가고 있는 거야. 동식물은 계속 기록적인 숫자로 멸종해가고, 수많은 사람들이 굶주리고 난민으로 떠돌고 있어. 더군다나 인간들은 아직도 얼마 남지도 않은 자원을 놓고 전쟁하는 데만 급급하지.

기본적으로 이건 무슨 말이냐 하면, 네가 태어나기 전에 좋았던 그때 그 시절보다 지금의 삶이 훨씬 고달파졌다는 뜻이야. 예전엔 삶이 풍요로웠지만, 이젠 끔찍한 악몽 그 자체야. 솔직히 말해 미래는 그다지 밝지 않다. 넌 하필 역사적으로 가장 쓰레기 같은 시기에 태어났어. 지금부터 더 나빠질 게 뻔해. 인간 문명은 '쇠퇴' 중이야. 어떤 사람들은 '붕괴' 중이라고까지 말해.

너한테 앞으로 어떤 일들이 일어날지 궁금하겠지. 간단해. 세상을 살다간 모든 사람한테 일어났던 일이 네게도 똑같이 일어나. 넌 결국 죽어. 우린 모두 죽어. 그게 세상살이의 이치야.

죽으면 무슨 일이 생기냐고? 글쎄, 아무도 확실히 알진 못해. 하지만 증거를 보면 아무 일도 안 생기는 것 같더군. 그냥, 죽는 거야. 뇌가 활동을 멈추고 쓸데없는 질문을 할 필요가 없어져. 이런 얘기 들어봤어? '천국'이라고 불리는, 고통도 죽음도 없는 아주 좋은 곳으로 가서 영생을 얻는다는? 이것 역시 개소리야. 신 어쩌고 하는 이야기와 똑같이 말이지. 천국이 있다는 증거는 없고, 있었던 적도 없어. 다 날조에 불과해. 희망 사항일 뿐이야. 그러니 이제 넌 언젠가는 죽어 이 땅에서 영원히 사라진다는 사실을 기억하고 남은 평생을 살아야 해.

유감이야."

• • •

좋다. 다시 생각해보자면 진실을 털어놓는 일만이 최선은 아닐 것이다. 갓 태어난 인간에게 지금 태어난 세상이 무질서와 고통과 가난이 판치는 세상이며, 이제 곧 모든 것이 산산조각 나는 장면을 보게 될 거라고 말하는 것은 그리 좋은 생각이 아닐 것이다. 몇 년 동안 조금씩 알아온 나도 여전히 다리에서 뛰어내려 죽고 싶은 심정이었으니 말이다.

오아시스를 만날 수 있었던 건 아주 큰 행운이었다. 오아시스는 더 나은 현실로 나갈 수 있는 탈출구와도 같았다. 오아시스가 있어서 미치지 않고 버틸 수 있었다. 오아시스는 나의 놀이터이자 유치원이자 무엇이든 가능한 마법의 세계였다.

오아시스는 내 어린 시절 행복했던 추억들이 모두 담긴 곳이다. 엄마가 일을 하지 않을 때면 같이 오아시스에 접속해서 게임을 하거나 대화형 이야기책 놀이를 즐기곤 했다. 내가 절대 현실로 돌아오고 싶어 하지 않았기에, 엄마는 매일 밤 나를 강제로 로그아웃시켜야 했다. 내게 현실은 짜증 그 자체였기 때문이다.

나는 우리 집 형편에 대해 단 한 번도 불평한 적이 없었다. 엄마도 다른 모든 사람들처럼 비참한 운명의 희생자였다. 특히 엄마 세대의 삶은 가장 혹독했다. 풍요로운 세상에 태어나 그 모든 것들이 서서히 몰락하는 과정을 지켜보아야 했다. 엄마를 떠올리면 그저 애틋한 마음뿐이다. 엄마는 늘 우울증에 시달렸고 마약만이 유일한 낙이었다. 마약으로 생을 마감한 것은 뻔한 수순이었다. 내가 열한 살이었을 때 엄마는 팔에 마약을 주사한 뒤 허름한 접이식 침대 겸용 소파에서 내가 일 년 전 크리스마스 선물로 수리해서 준 오래된 MP3 플레이어로 음악을 듣다가 숨을 거두었다.

엄마가 세상을 뜨자 나는 할 수 없이 엄마의 여동생인 앨리스 이모네 집으로 이사해야 했다. 앨리스 이모가 어떤 너그러운 아량이나 가족으로서의 책임감을 바탕으로 나를 받아준 것은 아니었다. 머릿수를 늘려 매달 정부로부터 받는 식권을 더 챙길 목적이었다. 나는 늘 혼자서 끼니를 해결해야 했다. 그다지 어려운 일은 아니었다. 오래된 구형 컴퓨터나 고장 난 오아시스 콘솔을 주워다 고치는 일에 재주가 있었기에 고친 물건들을 전당포에 갖다 팔거나 식권과 교환할 수 있었다. 배를 주리지 않을 만큼은 충분히 벌었고 이웃들에 비하면 꽤나 큰돈이었다.

엄마가 세상을 떠난 이듬해에 나는 숱한 날들을 자기 연민과 절망에 빠져 지냈다. 고아가 되었더라도 여전히 아프리카에 사는 아이들보다 혹은 아시아에 사는 아이들보다 심지어 북미에 사는 아이들보다도 훨씬 나은 형편이라고 긍정적으로 생각하려고 애썼다. 늘 지붕 있는 곳에서 잘 수 있고, 먹고 남을 만큼 충분한 식량도 있고, 오아시스도 있다고 나 자신을 타일렀다. 내 삶은 그렇게 나쁘지 않았다. 적어도 내 삶은 그렇게 나쁘지는 않다고 나 자신에게 주문을 걸었지만 아무리 발버둥 쳐도 처절한 고독감에서 벗어날 수는 없었다.

할리데이의 이스터에그 찾기가 시작된 것은 바로 그 무렵이었다. 에그 찾기는 나를 살게 해준 일종의 구원이었다. 하루아침에 가치 있는 일, 추구해볼 만한 꿈이 생겼다. 지난 5년간 에그 찾기는 내 삶의 목표이자 목적이었다. 도전해볼 만한 퀘스트였고, 아침에 눈을 뜨는 이유였으며, 아주 간절한 소망이었다.

에그 찾기를 시작한 순간부터 미래는 더 이상 암울하지 않았다.

· · ·

연달아 네 편째 「패밀리 타이즈」를 보던 중이었다. 세탁실 문이 삐걱하고 열리더니 실내복을 입은 영양실조 걸린 하피* 같은 꼴을 한 앨리스 이모가 빨랫감이 든 바구니를 들고 걸어 들어왔다.

---

* 여자의 머리에 발톱 달린 새의 몸을 가진 괴물 – 옮긴이

보통 때보다 훨씬 멀쩡해 보였는데, 이는 좋지 않은 징조였다. 이모는 마약에 취해 있을 때가 훨씬 상대하기 만만했다.

이모는 평소처럼 깔보는 듯한 시선으로 나를 흘긋 보더니 빨랫감을 세탁기에 집어넣기 시작했다. 그때 갑자기 표정이 싹 바뀌더니 나를 더 자세히 보려고 건조기 뒤쪽으로 고개를 내밀었다. 내 노트북을 발견한 이모의 눈이 휘둥그렇게 커졌다. 나는 잽싸게 노트북을 덮고 허겁지겁 배낭에 구겨 넣었지만 이미 늦었음을 잘 알고 있었다.

"이리 내놔, 웨이드." 이모는 노트북으로 손을 뻗으며 명령했다. "전당포에 팔아 집세에 좀 보태야겠다."

"안 돼요!" 나는 빠져나가려고 몸을 뒤틀며 외쳤다. "제발요, 이모. 학교 공부에 필요한 거예요."

"네가 해야 할 일은 조금이라도 은혜를 갚는 거야!" 이모는 윽박지르며 계속했다. "여기 사는 사람은 다 집세를 내야 해. 거머리처럼 착 달라붙어 있는 너란 놈은 아주 지긋지긋하다니까!"

"제 식권 전부 다 가지시잖아요. 제 몫의 집세를 빼고도 남아요."

"이런 빌어먹을 녀석 같으니라고!" 이모가 다시 노트북을 잡아채려고 했지만 나는 있는 힘껏 바둥거렸다. 이모는 돌아서더니 쿵쿵거리며 방으로 되돌아갔고 어떤 일이 벌어질지 너무도 잘 알고 있던 나는 서둘러 키보드를 잠그고 하드를 삭제하라는 명령어를 노트북에 입력했다.

조금 후 앨리스 이모가 아직도 몽롱한 상태인 남자친구 릭을 옆에 끼고 나타났다. 그 양아치는 감옥에서 한 특이한 문신을 자랑하려고 사시사철 웃통을 벗고 다녔다. 그 양아치가 말없이 내 앞으로 다가서더니 위협적으로 주먹을 치켜들었다. 겁에 질린 나는 순순히 노트북을 넘길 수밖에 없었다. 두 사람은 전당포에서 값을 얼마나 쳐줄지를 속닥거리면서 밖으로 걸어 나갔다.

노트북을 뺏긴 건 그리 심각한 일은 아니었다. 은신처에 숨겨둔 노트북이 두 대 더 있었다. 하지만 두 대 다 엄청나게 속도가 느렸고 백업 드라이브에서 파일을 전부 다시 옮겨야 하는 번거로움이 있었다. 하지만 누구도 탓할 수 없었다. 아끼는 물건을 여기로 가지고 온 일 자체가 무모한 짓이었다.

검푸른 새벽빛이 세탁실 창문으로 스며들기 시작했다. 오늘은 아무래도 일찍 학교로 가는 편이 좋을 것 같다는 생각이 들었다.

닳아빠진 코듀로이 바지와 헐렁한 스웨터와 사이즈가 너무 큰 코트를 주섬주섬 챙겨 입었다. 겨울옷이라고는 그게 전부였다. 그러고 나서 책가방을 들쳐 메고 세탁기를 밟고 올라섰다. 장갑을 낀 다음 성에가 낀 창문을 드르륵 열었다. 높이가 들쭉날쭉한 트레일러 옥상들을 쳐다보는 동안 북극처럼 차가운 아침 공기가 뺨을 스쳤다.

이모의 트레일러는 스물두 개의 컨테이너를 수직으로 쌓아 올린 일명 '트레일러 아파트'의 맨 꼭대기에 있었고, 주변 건물보다 한두 층이 더 높았다. 1층 트레일러는 보통 땅이나 콘크리트 토대 위에 놓여 있었지만 그 위에 쌓은 트레일러는 오랫동안 조금씩 확장해서 쌓아 올린 모듈형 철근 비계에 의지하고 있었다. 아주 위험천만한 철골 구조물이었다.

우리가 살던 곳은 40번 고속도로 옆을 흐르는 강변을 따라 녹슬고 바랜 깡통집들이 무분별하게 난립한 포틀랜드 가의 빈민촌으로, 쇠락하고 있는 오클라호마시티 마천루 지구의 바로 서쪽이었다. 500여 개가 넘는 트레일러 아파트가 모여 있었는데, 파이프, 들보, 버팀목, 보행자 육교 등 쓸 만한 자재들은 전부 주워다가 서로 얼기설기 연결해놓은 상태였다. 십여 개의 옛날 건축용 크레인 첨탑(트레일러를 탑처럼 쌓을 때 실제로 사용했던)은 멈출 줄 모르고 팽창하는 빈민촌의 가장자리에 방치되어 있었다.

아파트의 '옥상'이라고 할 수 있는 맨 꼭대기 층에는 아래 세대에 보충 전력을 제공해주는 옛날 태양전지판이 놓여 있었다. 호스와 배관은 건물 측면을 따라 구불구불 뱀처럼 이어져 있어 이 관을 통해 각 세대로 생활용수를 공급하고 하수를 배출할 수 있었다(도시 근교에 있는 다른 빈민촌에서는 찾아볼 수 없는 초호화 시설이었다). '바닥'이라고 할 수 있는 맨 아래층에는 햇빛이 거의 들지 않았다. 트레일러 아파트 사이사이 좁고 어두운 틈새에는 연료 탱크는 텅 비고 출구는 오래전에 막혀버려 해골처럼 쇳덩이만 남은 폐차들로 꽉 차 있었다.

언젠가 옆방에 사는 밀러 아저씨가 원래 빈민촌의 트레일러들은 수평으로 줄을 지어 나란히 놓여 있었다고 설명해준 적이 있다. 하지만 석유 파동과 에너지 위기가 시작된 후 대도시마다 근교와 시골에서 몰려온 빈민들이 넘쳐나자 주택 부족 문제가 아주 심각하게 불거졌다고 한다. 대도시까지 걸어다닐 수 있는 거리에 있는 땅값이 천정부지로 솟았고 트레일러를 놓는 부지로 쓰기에는 너무 비쌌다. 그래서 누군가 아주 기발한 의견을 냈다. 밀러 아저씨 표현대로라면 '이 망할 것들을 위로 쌓아서' 대지를 최대한 이용하자는 의견이었다. 이 아이디어는 선풍적인 인기를 끌었다. 온 나라의 트레일러 빈민촌이 모두 이같이 '위로 층층이 쌓은 아파트' 형태로 빠르게 바뀌었다. 빈민촌과 무허가 정착지와 난민 수용소의 절묘한 혼합이었다. 주요 도시 변두리마다 이 새로운 형태의 트레일러 아파트 빈민촌이 우후죽순 생겨났고 내 부모처럼 오갈 데 없는 극빈자들이 꾸역꾸역 몰려들기 시작했다. 일자리와 음식, 전기, 오아시스 접속 환경이 절박하게 필요했던 빈민들은 가망 없는 작은 마을에서 도망쳐 마지막 남은 기름 한 방울까지 탈탈 털어서(어떤 이는 짐을 나르는 가축을 이용해서) 식구들을 데리고 캠핑카와 트레일러를 끌고 가장 가까운 도시로 몰려들었다.

우리 빈민촌의 트레일러 아파트는 15층이 기본이었지만(일반 캠핑카, 화물 컨테이너, 에어스트림 트레일러, 폭스바겐 마이크로버스 등이 마구 섞여 있었다), 최근에는 20층, 혹은 그 이상으로 점점 높아지는 추세였다. 다들 불안감을 느꼈다. 트레일러 아파트가 무너지는 사고도 심심치 않게 있었는데, 자칫 비계 버팀대가 잘못된 각도로 찌그러지기라도 한다면 근처에 서 있는 네다섯 동의 아파트가 한꺼번에 도미노처럼 무너질 위험이 있었기 때문이다.

이모의 트레일러는 빈민촌의 북쪽 끝자락에 있어 고속도로 육교보다도 고도가 높았다. 세탁실 창문에 다가서면 쩍쩍 금이 간 아스팔트 위를 느릿느릿 기어가는 전기 자동차 행렬을 볼 수 있었다. 물자와 인부를 도시로 실어 나르는 행렬이었다. 그 우울한 스카이라인을 가만히 지켜보고 있을 즈음 눈부신 태양이 지평선 위로 고개를 내밀었다. 나는 해가 떠오르는 광경을 보며 불안감을 달래기 위한 의식을 행했다. 태양을 볼 때마다 단지 하나의 별을 보고 있을 뿐이라고, 그 별은 우리 은하에 속하는 천억 개가 넘는 별 중의 하나일 뿐이고, 우리 은하는 관측 가능한 우주에 속하는 수천억 개의 은하 중의 하나일 뿐이라고 생각했다. 이렇게 하면 좀 더 우주적인 관점으로 세상을 볼 수 있었다. 1980년대 초반에 방영된 「코스모스」라는 과학 다큐멘터리를 본 후부터 꾸준히 해온 의식이었다.

나는 살그머니 창문을 빠져나가 창틀 아랫부분을 꽉 움켜쥐고 트레일러의 차가운 벽면을 타고 미끄러져 내려갔다. 트레일러를 받치고 있는 철제 받침대는 트레일러보다 약간 커서 사방으로 50센티미터가량 발을 디딜 만한 곳이 있었다. 나는 발이 닿을 때까지 조심스럽게 미끄러진 다음 손을 뻗어 창문을 닫았다. 손잡이 용도로 허리 높이에 매달아둔 줄을 잡고 받침대의 모서리까지 옆걸음질 쳤다. 거기서부터는 사다리처럼 생긴 비계를 타고 땅으로 내려갈 수 있었다. 이모의 트레일러를 드나들 때면 나는 항상 철계단 대신 이런 방식을 택했다. 트레일러 측면에 아찔한 철계단이 볼트로 고정되어 있었지만 흔들리면서 비계를 탕탕 치는 통에 몰래 이용하는 일은 불가능했다. 철계단을 이용하는 일은 위험을 자초하는 짓이었다. 빈민촌에서는 언제든 가능한 한 사람들의 눈과 귀를 피해 다니는 것이 상책이었다. 강도질을 하거나 강간을 한 뒤 장기를 적출해서 암시장에 내다 파는 아주 무시무시한 부류의 사람들이 있었기 때문이다.

철골 구조물을 타고 내려올 때면 늘 〈동키콩〉이나 〈버거타임〉 같은 옛날 플랫폼 게임이 떠올랐다. 아타리 2600에 구현할 첫 번째 게임(첫 번째 광선검을 손수 만드는 제다이처럼 건터가 되기 위한 일종의 통과의례)을 코딩하기 몇 년 전에 이러한 영감을 받았다. 내 첫 게임은 〈핏폴〉의 아류작인 〈스택〉이라는 게임으로 위로 층층이 쌓인 트레일러 미로 속에서 길을 찾고, 버려진 컴퓨터를 모으며, 식권 파워업을 낚아채고, 마약 중독자와 아동 성도착자를 피해 학교에 가는 게임이었다. 이 게임은 현실세계보다 훨씬 더 재미가 쏠쏠했다.

나는 비계를 잡고 내려가다 말고 세 집 아래에 있는 에어스트림 트레일러 앞에서 잠깐 멈춰 섰다. 길모어 할머니의 집이었다. 70대 중반의 인자한 길모어 할머니는 항상 말도 안 되게 이른 시간에 일어나는 것 같았다. 창문 안쪽을 기웃거리니 주방에서 느릿느릿 아침을 준비하는 할머니가 보였다. 조금 있자 할머니가 나를 발견하더니 반가움에 눈을 반짝였다.

"이게 누구야! 웨이드로구나!" 할머니는 창문을 드르륵 열며 말했다. "귀여운 내 강아지."

"안녕하세요, 할머니. 너무 이른 시간이라 놀라셨죠?"

"아이고, 괜찮다, 괜찮아." 할머니는 창문에서 들어오는 찬바람에 옷깃을 단단히 여미면서 말을 이었다. "원 세상에나 밖이 꽁꽁 얼어붙을 정도로 춥구나! 들어와서 아침 좀 들지 않으련? 콩으로 만든 베이컨도 있고 계란가루도 그럭저럭 먹을 만한데. 소금만 좀 치면 말이지."

"감사합니다만, 오늘 아침은 안 되겠어요, 할머니. 학교에 가야 해요."

"그래라. 그럼 다음에 꼭 오너라." 할머니는 손으로 키스를 보내주고는 창문을 닫으며 이야기했다. "오르내리다가 목뼈라도 부러지면 큰일 나니까 조심하고. 알았지, 우리 스파이더맨 양반?"

"그럴게요. 나중에 뵐게요, 할머니." 나는 인사를 드리고 나서 계속 가던 길을 내려갔다.

길모어 할머니는 정말 좋은 분이었다. 내가 잘 곳이 필요하면 소파를 내주었다. 고양이들 덕분에 편히 잠들기는 쉽지 않았지만 말이다. 할머니는 신앙심이 깊어서 오아시스에서 가상예배에 참석하고, 찬송가를 부르고, 설교를 듣고, 가상성지순례를 하면서 하루를 보냈다. 할머니의 구닥다리 오아시스 콘솔이 고장 날 때마다 내가 고쳐드리곤 했는데, 그러면 할머니는 1980년대의 삶이 어떠했는지에 대한 나의 끈질긴 질문에도 일일이 답해주었다. 할머니는 1980년대라면 책이나 영화에서는 배울 수 없는 정말 사소한 부분까지 다 알고 있었다. 나를 위한 기도도 항상 빼놓지 않았다. 내 영혼을 구원하려고 정말 열심히 기도했다. 조직화된 종교는 완전한 날조라는 내 생각을 말씀드린 적은 없었다. 어쨌거나 종교는 할머니한테 희망을 주고 삶을 지탱하게 해주는 유쾌한 환상이었다. 에그 찾기가 나에게 같은 의미였듯이 말이다. 『아노락 연감』에서 인용하자면 "유리로 만든 집에 사는 사람들은 입을 닫아야 한다."

땅에 거의 다 내려왔을 즈음 나는 비계에서 손을 떼고는 폴짝 뛰어내렸다. 신발의 고무 밑창이 녹은 눈과 살짝 언 진흙으로 질척거리는 땅에 닿으면서 바스락 하는 소리가 났다. 아직 사방이 어두웠기에 손전등을 꺼내고는 동쪽을 향해 어두운 미로를 헤쳐나가기 시작했다. 사람들 눈에 띄지 않도록 최선을 다해 주위를 살피는 동시에 아파트 사이 좁은 틈새에 방치된 쇼핑 카트나 엔진 블록 따위의 쓰레기 더미에 걸려 넘어지지 않게 조심했다. 이렇게 이른 새벽에는 웬만해서는 사람을 마주칠 염려가 없었다. 통근 버스는 하루에 고작 몇 번밖에 다니지 않았기 때문에 직업이 있는 억세게 운 좋은 사람이라면 진작에 고속도로 옆 정류장에 가서 기다리고 있어야 할 시간이었다. 이들은 대부분 도시 근교에 있는 거대한 공장식 농장에서 일용직으로 일하고 있었다.

나는 800미터쯤 걸어서 빈민촌의 동쪽 가장자리를 따라 폐차들이 마구잡이로 쌓여 있는 곳에 이르렀다. 오래전에 트레일러 아파트를 세울 공간을 최대한 확보하려고 크레인을 동원해서 폐차들을 대량으로 치우면서 빈민촌 주변에 아무렇게나 던져서 쌓아놓은 것이었다. 폐차 더미는 대개 트레일러 아파트만큼이나 높았다.

나는 폐차 더미의 가장자리로 다가서서 주위를 두리번거리며 혹시 누가 나를 목격하거나 미행하지는 않았는지 살핀 후 찌그러진 두 승용차 사이에 난 틈새로 몸을 구겨 넣었다. 바닥에 엎드려 무릎으로 기며 옆걸음질 쳐서 금방이라도 무너져 내릴 듯 쌓인 고철 더미가 있는 데까지 들어가 파묻힌 승합차 뒤편의 작은 공간에 다다랐다. 승합차는 뒤쪽 삼 분의 일만 노출되어 있었고, 나머지 부분은 폐차에 가려져 있었다. 거꾸로 뒤집힌 소형 트럭 두 대가 승합차 지붕에 서로 엇갈려 쌓여 있었지만, 두 대 모두 양쪽에 절묘하게 낀 채로 하중이 분산되어 그 위에 쌓인 폐차들이 승합차로 쏟아지지 못하도록 아치 모양을 형성하면서 떠받치고 있었다.

나는 목에 감아둔 목걸이를 풀었다. 이 승합차를 처음 발견했을 때운 좋게도 시동 장치에 그대로 꽂혀 있던 이 열쇠를 나는 목걸이에 매달아 보관했다. 여기 폐차된 차들은 대부분 멀쩡히 작동되는 상태에서 버려졌다. 차주들이 연료비를 충당하기가 점점 어려워지자 차를 주차해둔 채 그대로 도망가 버렸기 때문이다.

나는 손전등을 호주머니에 넣고 열쇠를 꽂아 승합차의 우측 뒷문을 열었다. 50센티미터쯤 열린 틈으로 간신히 몸을 밀어 넣었다. 등 뒤로 문을 쾅 닫은 다음 문을 잠갔다. 승합차의 뒷문에는 유리창이 없었기 때문에 천장에 테이프로 붙여둔 옛날 멀티탭 스위치를 손가락으로 더듬어 찾을 때까지는 잠시 칠흑 같은 어둠 속에 웅크리고 있어야 했다. 스위치를 켜자 옛날 책상용 램프의 불빛이 작은 공간을 가득 채웠다.

찌그러진 녹색 소형차 지붕이 승합차 앞유리가 있었던 구멍을 덮고 있었지만, 앞유리가 날아갈 때도 운전석 뒤쪽은 파손되지 않았다. 차 내부의 다른 부분도 비교적 멀쩡했다. 누군가 의자를 모두 떼어버려(십중팔구 가구로 쓰기 위해서였을 것이다), 폭과 높이가 각각 1미터, 길이가 약 3미터 정도 되는 작은 '공간'이 생겼다.

이곳이 바로 나의 은신처였다.

4년 전쯤 버려진 컴퓨터 부품을 뒤지다가 찾아낸 곳이었다. 맨 처음 차 문을 열고 승합차의 컴컴한 내부를 들여다본 순간 나는 값으로 따질 수 없는 보물을 발견했음을 직감했다. '나만의' 공간 말이다. 이곳은 아무도 모르는 장소였다. 이모나 이모가 만나는 양아치 때문에 성가시거나 매 맞을 걱정을 할 필요가 없는 곳이었다. 내 물건들을 누가 훔쳐갈까 걱정하지 않고 보관해둘 수 있는 곳이었다. 무엇보다도 오아시스를 마음 편히 접속할 수 있는 곳이었다.

승합차는 나의 쉼터였고, 나의 배트케이브였으며, 나의 고독의 요새였다. 학교 수업을 듣고 숙제를 하고 책을 읽거나 영화를 보고 비디오게임을 즐기는 장소였다. 할리데이의 이스터에그를 찾기 위한 퀘스트를 수행하는 곳이기도 했다.

최대한 방음을 하려고 스티로폼 계란판과 카펫 조각들을 주워다 벽과 바닥과 천장에 붙여두었다. 한쪽 구석에는 고장 난 노트북과 컴퓨터 부품이 든 상자가 놓여 있었고, 그 옆으로는 옛날 자동차 배터리와 충전용으로 개조한 실내용 자전거가 놓여 있었다. 가구라고는 달랑 접이식 의자 하나뿐이었다.

나는 배낭을 내려놓고 코트를 벗어 던진 다음 실내용 자전거 위에 올라탔다. 배터리 충전을 위한 이 운동이 하루 중에 하는 유일한 신체운동이었다. 배터리가 완충되었다는 눈금 표시가 나올 때까지 페달을 밟고는 의자에 앉아 옆에 놓인 작은 전기난로를 켰다. 난로가 서서히 밝은 주황색이 되었을 즈음 장갑을 벗고 손을 난로 가까이 대고 비벼댔다. 난로를 오랫동안 켜둘 수는 없었다. 배터리가 금세 닳아버리기 때문이었다.

쥐 방지용 철제 음식통을 열어 물 한 통과 분유 한 봉지를 꺼냈다. 접시에 물과 분유를 섞고 프루트 록스 시리얼을 1인분이 넘게 넉넉하게 부었다. 시리얼을 게걸스럽게 먹어치운 다음 찌부러진 계기판 아래쪽에 넣어둔 옛날 스타트렉 플라스틱 도시락통을 꺼냈다. 그 안에는 학교에서 지급받은 오아시스 콘솔과 햅틱 장갑, 바이저가 들어 있었다. 이 물건들은 단연코 세상에서 제일 소중한 물건들이었다. 행여라도 잃어버릴까 걱정되어 몸에 지니고 다니지도 않을 정도였다.

나는 신축성 있는 햅틱 장갑을 끼고 손가락 관절이 잘 움직이는지 확인했다. 그러고 나서 종이책 크기만 한 납작한 직사각형 모양의 검은색 오아시스 콘솔을 집어 들었다. 무선 안테나가 내장되어 있긴 했지만 승합차 안의 수신율은 엉망이었다. 엄청나게 큰 중금속 더미에 깔려 있으니 그럴 만도 했다. 요령껏 외부 안테나를 만들어 폐차 더미 꼭대기에 있는 한 자동차 후드 위에 설치했다. 그러고는 안테나 선을 승합차 천장에 미리 뚫어놓았던 구멍 사이로 끌어와서 콘솔 측면 포트에 꽂은 다음 바이저를 착용했다. 바이저는 수영할 때 끼는 물안경처럼 착용감이 뛰어났고 외부의 빛을 완전히 차단했다. 바이저에서 작은 귀마개가 튀어나오더니 자동으로 귀에 꽂혔다. 바이저에는 스테레오 마이크 두 개가 내장되어 있어 내가 말하는 모든 소리가 인식될 수 있었다.

나는 콘솔의 전원을 켜고 로그인 절차를 시작했다. 바이저가 망막을 스캔하는 동안 붉은 빛이 스쳤다. 목소리를 가다듬고 로그인 암호 문구를 조심스럽게 또박또박 발음했다. "당신은 쥬어와 코단 함대로부터 장벽을 지키기 위해 우주연맹에 선발되었노라."

음성 인식을 통해 암호가 확인되고 로그인이 완료되었다. 가상디스플레이의 중앙 부분에는 다음과 같은 문구가 나타났다.

신원 확인 성공.
오아시스에 오신 것을 환영합니다, 파르지발!
로그인 시각: 2045년 2월 10일 07:53:21 OST

문구가 서서히 사라지면서 그 자리에 짧은 문장이 나타났다. 세 단어로 된 단문은 제임스 할리데이가 오아시스를 처음 코딩할 때 이 게임의 직계 조상인 자신의 유년 시절 동전투입식 오락실 게임에 대한 오마주로서 로그인 절차에 넣은 것이었다. 이 세 단어 문장은 오아시스 유저가 현실세계를 떠나 가상세계로 넘어갈 때마다 보게 되는 마지막 글자였다.

레디 플레이어 원

0002

　　　　　　내 아바타는 내가 다니는 고등학교 2층 사물함 앞에서 서서히 모습을 드러냈다. 정확히 어젯밤에 로그아웃할 때 서 있던 위치였다.

　나는 복도를 위아래로 훑어보았다. 가상현실 속 풍경은 거의 현실에 가깝게(하지만 아주 현실적이지 않게) 보였다. 오아시스 안에 있는 모든 것은 3D로 아름답게 표현되어 있었다. 확대해서 아주 가까이 뜯어보지만 않는다면 눈에 비친 풍경들이 전부 컴퓨터로 만들어졌다는 사실을 잊을 정도였다. 게다가 학교에서 지급받은 고물 오아시스 콘솔로도 그 정도였으니, 새로 나온 최신형 이머전 장치로 접속할 경우에는 오아시스와 현실을 구분하는 것 자체가 거의 불가능하다는 소문도 들려왔다.

　내 사물함을 터치하자 부드러운 금속성의 찰칵 소리와 함께 문이 튕겨지듯 열렸다. 사물함 안에는 사진이 몇 장 붙어 있었다. 광선총을 들고 포즈를 취한 레아 공주의 사진, 영화 「몬티 파이튼의 성배」 의상을 입고 찍은 몬티 파이튼 멤버들의 단체 사진, 『타임』지 표지를 장식한 제임스 할리데이의 사진이었다. 나는 손을 뻗어 제일 높은 선반에 있는 교과서 더미를 터치했다. 교과서 더미가 사라지더니 아이템 보관함으로 이동했다.

교과서를 제외하면 내 아바타의 아이템은 너무나 초라했다. 손전등 한 개, 철제 단검 한 자루, 조그만 청동 방패 한 개, 가죽 갑옷 한 벌이 전부였다. 마법 효과도 없고 성능도 낮았지만, 내가 보유할 수 있는 최선의 아이템들이었다. 오아시스의 아이템은 현실세계의 물건만큼 (혹은 그 이상의) 값어치를 지니고 있어 식권으로는 살 수가 없었다. 오아시스 크레딧은 법정 화폐인 데다 지금 같은 암흑기에 세계에서 가장 안정된 화폐이기도 해서 달러나 파운드, 유로, 엔화보다 훨씬 가치가 높았다.

사물함 안쪽에는 조그만 거울이 붙어 있었다. 사물함을 닫으면서 거울에 비친 가상의 내 모습을 흘깃 쳐다보았다. 나는 아바타의 얼굴과 몸을 실제 내 모습과 거의 비슷하게 만들었다. 실물보다 코는 약간 작게, 키는 더 크게, 몸은 더 날씬하지만 좀더 근육질로 만들었다. 사춘기 여드름도 없앴다. 하지만 이런 소소한 차이점을 빼면 우리는 쌍둥이처럼 보였다. 학교의 엄격한 복장 규정 때문에 모든 학생 아바타는 반드시 사람이어야 했고 성별과 나이도 실제와 같아야 했다. 초대형 쌍두 자웅동체 데몬 유니콘 아바타는 허용되지 않았다. 어쨌거나 학교 구역에서만큼은 그랬다.

오아시스 아바타에는 중복되지 않는 이름이라면 무엇이든 붙일 수 있었다. 즉 다른 사람이 이미 쓰고 있지 않은 이름을 선택해야 했다. 아바타 이름은 이메일 주소와 채팅 아이디로도 사용되었으므로 다들 멋들어지고 기억하기 쉬운 이름을 가지고 싶어 했다. 유명인사들은 아바타 이름을 선점해놓은 투기꾼들한테 엄청난 돈을 지불하고 원하는 이름을 사기도 했다.

오아시스 계정을 처음 만들던 날 내가 붙인 이름은 웨이드더그레이트^{Wade_the_Great}였다. 그때부터 몇 달에 한 번씩 그에 맞먹는 황당무계한 이름으로 갈아치웠다. 하지만 지금은 5년째 같은 이름을 쓰고 있다. 에

그 찾기가 시작된 그날, 건터가 되기로 마음먹은 바로 그날, 아서 왕 전설에서 성배를 찾은 원탁의 기사 이름을 따서 지은 'Parzival(파르지발이라고 발음한다)'이라는 이름이었다. 'Perceval'과 'Percival'이라는 더 흔한 철자는 이미 다른 유저가 사용하고 있었다. 하지만 나는 어쨌거나 'Parzival'이라는 철자가 썩 마음에 들었다. 왠지 내 귀에는 더 그럴듯하게 들렸다.

온라인에서 실명을 사용하는 사람은 드물었다. 익명성이란 오아시스에서 누릴 수 있는 가장 큰 특권 중 하나였다. 가상현실 속에서는 일부러 알려주지 않는 한 내가 진짜 누구인지 아무도 알지 못했다. 오아시스가 널리 인기를 끌게 된 주요 요인이 바로 이 익명성이었다. 유저의 실명과 지문과 망막 패턴이 오아시스 계정에 저장되긴 했지만 GSS는 그 정보를 암호화하고 기밀로 보관했다. 심지어 GSS 직원들조차도 아바타의 개인정보를 열람할 수 없었다. 할리데이가 회사를 경영할 당시 GSS는 획기적인 대법원 판결을 이끌어내며 오아시스 유저의 개인정보 비밀유지권을 따낸 바 있었다.

오아시스 공립학교에 처음 등록할 때 나는 실명과 아바타 이름, 우편주소, 사회보장번호를 입력해야 했다. 이 정보는 학생기록부에 저장되긴 했지만 교장만이 이 정보에 대한 접근 권한이 있었다. 선생님과 급우들은 내가 진짜 누구인지 알지 못했으며 나 역시 그들이 진짜 누구인지 알 수 없었다.

학교에서는 아바타 이름을 사용할 수 없었다. 선생님들이 "쾌걸조루, 집중 안 할래!", "성기짱69, 일어나서 독후감 읽어볼래?"처럼 민망한 이름을 입에 올려야 하는 상황을 미연에 방지하기 위해서였다. 대신 실명을 쓰되 같은 이름이 있을 경우에는 서로 구별하기 위해서 이름 뒤에 숫자를 붙였다. 내가 등록할 당시 웨이드라는 이름이 두 명 더 있어서 나는 웨이드3이라는 학생 아이디를 배정받았다. 학교 구역에 들어오면 항상 그 이름이 아바타 머리 위에 둥둥 떠서 따라다녔다.

수업 종이 울리고 화면 귀퉁이에 40분 후에 첫 수업이 시작된다는 알림이 깜빡였다. 나는 섬세한 손동작으로 아바타의 걸음과 동작을 조종하면서 복도를 걸었다. 손을 쓸 수 없을 때는 음성으로 지시할 수도 있었다.

세계사 교실 쪽으로 천천히 거닐면서 마주치는 낯익은 얼굴들에게 미소를 보내고 손을 흔들어주었다. 몇 달 후에 졸업하고 나면 이곳이 그리워질 것만 같았다. 졸업을 손꼽아 기다리지는 않았다. 진짜 대학은 커넝 오아시스에 있는 대학에 갈 돈도 없었고 내 성적으로는 장학금을 탈 수도 없었다. 졸업 후의 유일한 계획은 프로 건터가 되는 것뿐이었다. 선택의 여지가 없었다. 내게는 상금 쟁탈전 우승만이 트레일러 빈민촌을 벗어날 유일한 기회였다. 그게 아니면 5년짜리 노예 계약서에 서명하고 회사에 들어가야 했는데 그렇게 사느니 차라리 깨진 유리 조각 위를 알몸으로 뒹구는 편이 나았다.

복도를 따라 계속 걸어가는 동안 다른 학생들도 각자 사물함 앞에서 서서히 나타나기 시작했다. 투명한 환영은 곧 선명한 실체가 되었다. 애들이 떠드는 소리가 복도를 쩌렁쩌렁 울리기 시작했다. 머지않아 빈정거리는 말투가 귀에 꽂혔다.

"아니, 이게 누구야! 웨이드3 아니신가!" 목소리가 들렸다. 뒤를 돌아보니 토드13이 서 있었다. 대수II 수업을 같이 듣는 재수 없는 아바타였다. 옆에 놈의 친구들도 있었다. "이야, 꼬락서니 한번 끝내주네. 그 옷 쪼가리는 어디서 주웠냐?"

내 아바타는 검정 티셔츠와 청바지를 입고 있었다. 계정을 처음 만들 때 선택할 수 있는 무료 스킨이었다. 토드13과 크로마뇽인 친구들은 다른 행성의 쇼핑몰에서 구매한 티가 팍팍 나는 번지르르하고 값비싼 유명 디자이너의 스킨을 입고 있었다.

"너네 엄마가 사주던걸." 나는 걸음을 멈추지 않은 채로 쏘아붙였다. "감사하다는 말씀 꼭 전해드려. 다음 번에 집에 가서 엄마 젖 빨고 용돈 받아올 때 말이야." 유치하다는 건 나도 안다. 하지만 가상현실이라도 여긴 어쨌든 고등학교였다. 유치한 모욕일수록 더 효과적이었다.

내가 한 방 먹이자 토드13의 친구들과 구경하던 다른 애들이 웃음을 터뜨렸다. 토드13은 눈알을 부라리더니 얼굴이 벌겋게 달아올랐다. 녀석이 표정과 몸짓이 아바타로 그대로 전달되는 실시간 감정 동기화 기능을 끄지 않았다는 증거였다. 녀석이 막 응수하려는 찰나 내가 먼저 음소거시켰기 때문에 녀석의 말은 하나도 들리지 않았다. 나는 싱긋 웃으며 가던 길을 재촉했다.

상대방을 음소거시키는 능력은 온라인 학교에 다니면서 내가 가장 즐겨 써먹는 기술이었다. 거의 매일 이용할 정도였다. 내가 음소거시켰다는 걸 상대도 안다는 점이 가장 매력적이었다. 알아봐야 별수는 없었다. 학교 구역에서는 어떤 전투도 벌이지 못했다. 아예 시스템에서 차단되어 있었다. 루두스 행성 전체가 PvP 전투 불가능 구역이었다. 플레이어 대 플레이어 전투가 허용되지 않는다는 뜻이었다. 이 학교에서 써먹을 수 있는 유일한 무기는 세 치 혀뿐이었다. 그래서 나는 그 무기를 아주 잘 써먹게 되었다.

* * *

6학년까지는 현실에 있는 학교에 다녔었다. 그다

지 즐거운 경험은 아니었다. 나는 지나칠 정도로 내성적이어서 친구들 사이에 끼지 못하고 주변을 겉도는 아이였다. 자존감도 낮았고 사회성은 거의 없다시피 했다. 어린 시절 대부분을 오아시스에서 보낸 부작용이었다. 온라인에서는 사람들과 대화하고 친구들을 사귀는 데 아무런 문제가 없었다. 하지만 현실에서는 사람들과, 특히 나이가 비슷한 또래들과 어울리려고 하면 극도의 신경과민 증상이 생겼다. 어떻게 행동해야 할지, 무슨 말을 해야 할지 머릿속이 하얘졌다. 간신히 용기를 내서 말을 꺼내는 경우에도 항상 엉뚱한 말만 튀어나오는 것 같았다.

내 외모도 일부 원인이었다. 나는 뚱뚱했다. 기억이 나는 가장 어렸을 때부터 계속 뚱뚱했다. 정부 보조금에 의지한 탄수화물 덩어리의 빈약한 식단도 한몫했지만, 오아시스 중독자였던 나는 학교를 오가면서 불량배들로부터 도망칠 때를 빼면 몸을 꿈적도 하지 않았다. 설상가상으로 몇 개 안 되는 옷가지는 전부 중고할인매장이나 기부함에서 구한 터라 몸에 잘 맞지도 않았다. 이마에 과녁을 그리고 조롱을 구걸하고 다니는 꼴이나 마찬가지였다.

그래도 나는 어떻게든 적응해보려고 발버둥 쳤다. 해가 바뀔 때마다 터미네이터에 나오는 T-1000처럼 식당을 정찰하며 나를 끼워줄 만한 무리를 찾았다. 하지만 다른 왕따들도 나와는 놀려고 하지 않았다. 나는 왕따들한테조차 따돌림을 당했다. 여학생은 어땠냐고? 여학생한테 말을 거는 일은 불가능에 가까웠다. 나에게 여학생들은 예쁘지만 무서운 별나라 외계인 종족과 다를 바 없었다. 여학생이 근처에 있기라도 하면 예외 없이 식은땀을 줄줄 흘려댔고 완전한 문장을 말할 능력을 상실했다.

나에게 학교는 치열한 자연도태의 장이었다. 하루하루가 조롱과 학대와 고립을 견뎌야 하는 나날이었다. 6학년에 올라갈 무렵에는 아직

6년이나 남은 졸업까지 미치지 않고 잘 버틸 수 있을지 걱정이 되기 시작했다.

그러던 어느 날 영광의 그날이 찾아왔다. 교장은 진급 가능한 성적을 받은 학생이면 누구나 오아시스 공립학교로 전학을 신청할 수 있다고 공표했다. 정부가 운영하는 현실의 공립학교들은 예산 부족과 정원 초과로 헤어나올 수 없는 깊은 수렁에 빠진 지 오래였다. 이제 더 많은 학교들의 상황이 더욱 나빠지게 되자 학교 측에서는 뇌가 반만 돌아가는 평범한 학생은 다 붙잡아 집에서 나오지 말고 온라인 학교에 다니라고 설득하고 있었다. 나는 젖 먹던 힘까지 짜내 행정실로 달려가 신청서를 제출했다. 신청은 접수되었고 그다음 학기부터 오아시스 공립학교 #1873으로 전학할 수 있었다.

전학하기 전까지 내 오아시스 아바타는 인시피오를 떠난 적이 없었다. 인시피오는 섹터 1의 중심부에 있는 행성으로 신규 아바타가 생성되는 장소였다. 인시피오에서 할 수 있는 일은 그다지 많지 않았다. 다른 초보 아바타랑 채팅하거나 행성 전체를 뒤덮은 초대형 가상쇼핑몰에서 쇼핑하거나 둘 중 하나였다. 더 재미있는 곳으로 가려면 순간이동 요금을 지불해야 했는데, 그러려면 나로서는 구경도 못 해본 거금이 필요했다. 별수 없이 내 아바타는 인시피오에 발이 묶여 있었다. 적어도 전학 갈 새 학교에서 모든 공립학교가 모여 있는 행성인 루두스로 이동할 수 있는 순간이동 바우처를 이메일로 보내주기 전까지는 그랬다.

이곳 루두스에는 수백 개의 학교가 행성 곳곳에 고루 흩어져 있었다. 모든 학교는 외형이 똑같았는데, 학교가 더 필요할 때마다 같은 건축 프로그램 코드를 복사해서 다른 위치에 붙여 넣었기 때문이다. 게다가 이 건물은 그저 소프트웨어로 만든 작품이었기에 건물의 디자인이 금전적인 제약에 얽매이지 않았다. 심지어 물리 법칙에도 얽매이지 않았다. 그래서 모든 학교는 반질반질 윤이 나는 대리석 복도에 대성당처럼 화려한 교실, 무중력 체육관, 그리고 세상에 나온 모든(학교 위원회가 승인한) 종류의 책을 소장한 가상도서관을 겸비한 배움의 전당이 되었다.

오아시스 공립학교 #1873으로 처음 등교하던 날은 혹시 내가 죽어서 천국에 온 건 아닌지 의심스러울 정도였다. 매일 아침 등굣길에 불량배와 마약 중독자들을 피해 다니는 대신 곧장 은신처로 와서 하루 종일 지낼 수 있었다. 무엇보다 오아시스에서는 아무도 내가 여드름이 덕지덕지 나고 매주 똑같은 허름한 옷을 입는 뚱보라는 사실을 몰랐다. 불량배들은 내게 야구공을 던지거나 팬티를 끌어올리는 장난을 치거나 방과 후 운동장 구석에서 주먹질을 퍼붓지 못했다. 아무도 나를 건드릴 수 없었다. 이곳에서 나는 안전했다.

• • •

세계사 교실에 도착했을 때 벌써 몇몇 학생들이 자리에 앉아 있었다. 다들 눈을 감은 채로 꿈쩍하지 않았는데, 이것은 '다른 용무 중'이라는 표시였다. 즉 전화 통화를 하고 있거나 웹 검색을 하고 있거나 채팅방에 들어갔다는 뜻이었다. 다른 용무 중인 아바타한테 말을 거는 일은 아주 심하게 예의에 어긋나는 짓이었다. 말을 걸더라도 보통 무시당하거나 모욕적인 자동응답 메시지를 받기 일쑤였다.

내 책상으로 다가가 자리에 앉은 다음 화면 귀퉁이에 있는 '다른 용무 중' 아이콘을 터치했다. 아바타의 눈꺼풀은 감겼지만 여전히 주변을 볼 수 있었다. 나는 또 다른 아이콘을 터치해서 커다란 2D 웹 브라우저 창을 허공에 띄웠다. 이런 창은 내 아바타에게만 보이기 때문에 아무도(내가 허용하도록 설정하지 않는 한)어깨너머로 훔쳐볼 수 없었다.

내 웹 브라우저 창의 기본 페이지는 해처리^{Hatchery}라는 사이트였다. 해처리는 가장 인기 있는 건터 포럼 중 하나로, 옛날 인터넷이 없던 시절 전화접속 BBS게시판처럼 설계된 까닭에 300보드 모뎀의 삐익 소리가 나면서 로그인이 완료되었다. 멋지지 않은가! 나는 잠깐 최신 건터 뉴스와 소문을 다룬 게시물을 훑어보았다. 게시판을 매일 확인하긴 했지만 직접 게시물을 올리는 일은 거의 없었다. 오늘 아침에는 그다지 흥미로운 글이 눈에 띄지 않았다. 늘 그렇듯 건터 클랜의 감정 섞인 도배질뿐이었다. 『아노락 연감』에 나오는 수수께끼 같은 구절의 '정확한' 해석을 놓고 벌이는 설전은 끝이 없었다. 고레벨 아바타는 새로 획득한 마법 아이템이나 희귀 아이템에 대해 자랑을 떠벌렸다. 이런 쓰레기 같은 상황은 몇 년째 이어지고 있었다. 어떠한 진전도 없이 건터들의 하위문화는 허세와 헛소리와 무의미한 내분으로 점차 시궁창으로 추락하고 있었다. 씁쓸한 일이었다.

내가 즐겨 읽는 게시물은 '식서^{Sixer}'들을 씹어대는 게시물이었다. 식서는 건터들이 이노베이티브 온라인 인더스트리(약자로는 IOI)라는 회사에 고용된 직원들에게 붙인 경멸적 호칭이었다. IOI는 글로벌 통신 대기업이자 세계에서 가장 큰 인터넷 서비스 공급업체였다. IOI의 중점 사업은 오아시스 접속 서비스를 제공하고 오아시스 안에서 상품과 서비스를 파는 일이었다. 이런 이유 때문에 IOI는 GSS를 손에 넣을 목적으로 여러 차례 적대적 인수를 시도했지만 모두 실패로 돌아갔다. 이제 그들은 할리데이의 유언장에 있는 허점을 악용해 GSS의 경영권을 장악하려는 음모를 꾸미고 있었다.

IOI는 사내에 '조란학부'라는 새로운 부서를 꾸렸다. ('조란학'의 원래 정의는 '조류의 알을 연구하는 학문'이었지만, 최근에 '할리데이의 이스터에그를 찾는 학문'이라는 두 번째 뜻이 추가되었다.) 조란학부의 목적은 단 하나, 오아시스 대회에서 우승해서 할리데이의 유산과 그의 회사와 오아시스를 모조리 장악하는 것이었다.

대부분의 건터들이 그렇듯이 나는 IOI가 오아시스를 장악하려는 음모에 치가 떨렸다. IOI의 홍보 담당자는 회사의 속셈을 거침없이 드러냈다. IOI 측은 할리데이가 오아시스를 적절하게 유료화하는 데 실패했다고 보며 자신들이 이를 바로잡길 원한다고 했다. 놈들은 월 단위로 계정 이용료를 부과하고, 눈에 띄는 모든 장소에 상업 광고를 도배할 게 뻔했다. 유저의 익명성과 표현의 자유는 과거의 유물이 될 게 뻔했다. 오아시스가 IOI의 손아귀에 넘어가는 순간 내가 자라면서 경험한 오픈소스 가상유토피아는 기업형 디스토피아, 즉 부유한 기득권층을 위한 비싼 놀이공원으로 전락할 게 뻔했다.

IOI는 사내에서 '조란학자'라고 칭하는 자사의 에그 헌터들에게 오아시스 아바타 이름으로 사원번호를 사용하게 했다. 사원번호가 전부 여섯 자리 숫자인 데다 맨 처음 숫자가 전부 '6'으로 시작했기 때문에 사람들은 곧 이들을 '식서'라고 부르기 시작했다. 요즘에는 많은 건터들이 '육바리'라고 부르기도 했다. (어느 모로 보나 재수 없기 때문이었다.)

식서가 되려면 가장 먼저 할리데이의 에그를 찾을 경우 상금이 전적으로 회사에 귀속된다는 계약서에 서명해야 했다. 대신 IOI 측은 격월마다 봉급을 주고, 식비, 주거비, 의료 혜택, 퇴직 연금을 지원해주었다. 또 아바타용 최고급 갑옷과 우주선, 무기도 제공해주었으며, 순간이동 요금도 전액 지원해주었다. 육바리가 되는 것은 직업 군인이 되는 것과 매우 비슷했다.

식서들은 모두 똑같이 생겼기 때문에 쉽게 눈에 띄었다. 바짝 깎은 검은 머리에 무식하게 덩치가 큰 남자 아바타(아바타를 조작하는 사람의 실제 성별하고는 관계없이)뿐이었고 얼굴은 초기 설정 그대로였으며 모두 똑같은 남색 유니폼을 입었다. 회사에 소속된 꼴통들을 서로 구분하는 유일한 방법은 오른쪽 가슴에 있는 IOI 회사 로고 아래 적힌 여섯 자리 숫자뿐이었다.

대부분의 건터들이 그렇듯이 나는 육바리를 혐오했고 그런 존재가 있다는 사실이 역겨웠다. 계약직 에그 헌터 군단을 고용함으로써 IOI는 오아시스 대회의 혼을 말살시키고 있었다. 물론 클랜에 가입한 건터들도 모두 똑같은 짓을 하고 있다고 말할 수도 있었다. 수백 개에 이르는 건터 클랜들 중 몇 군데는 수천 명의 회원을 거느릴 정도로 큰 규모를 자랑하며 함께 에그를 찾으러 다녔다. 모든 클랜은 엄격한 규정에 따라 회원 중 어느 한 명이 대회에서 우승하더라도 모든 회원이 상금을 나눠 가져야 했다. 나 같은 솔로 건터들은 클랜을 썩 좋아하진 않았지만 적어도 동료로서는 인정해 오아시스를 악덕 다국적기업의 손아귀에 넘기려고 하는 육바리들과는 선을 그었다.

우리 세대는 오아시스가 없는 세상을 상상해본 적도 없었다. 우리에게 오아시스는 하나의 게임이나 오락 거리를 훨씬 능가하는 것이었다. 삶에서 떼려야 뗄 수 없는 부분이 된 지 오래였다. 우리는 불행한 세상에 태어났고 오아시스는 우리에게 유일하게 행복을 주는 도피처였다. IOI 놈들 때문에 오아시스가 영리화되고 획일화된다는 발상은 진정한 오아시스를 경험한 이들에게는 납득할 수 없을 만큼 끔찍한 일이었다. 우리에게는 태양을 빼앗겠다거나 하늘을 볼 때마다 돈을 내라고 협박하는 것이나 다름 없는 일이었다.

식서들은 공공의 적이 되었다. 식서들을 씹어대는 일은 포럼이나 채팅방에서 가장 재미있는 놀 거리였다. 대부분의 고레벨 건터들은 눈에 띄기만 하면 식서를 죽인다는(죽이는 시늉이라도 한다는) 엄격한 방침을 가지고 있었다. 몇몇 웹사이트는 식서들의 동태를 파악하는 데 주력했고, 몇몇 건터는 에그 찾기보다 식서 찾기에 더 큰 열의를 보였다. 대형 클랜은 실제로 '육바리 타도' 대회를 매년 개최해서 가장 많은 수의 육바리를 죽인 클랜에 상을 주기도 했다.

다른 건터 포럼을 몇 개 더 둘러본 후에는 즐겨찾기 아이콘을 터치해 '아티의 편지'라는 블로그를 방문했다. 'Art3mis(아르테미스라고 발음한다)'라는 이름의 여자 건터의 블로그였다. 3년 전쯤 이 블로그를 발견했을 때부터 나는 아주 열렬한 애독자가 되었다. 아르테미스는 할리데이의 에그 찾기를 '사람 잡는 맥거핀 찾기'라고 부르며 이에 관한 두서없는 글들을 올렸다. 아르테미스는 사랑스럽고 지적인 어조로 글을 썼고, 그 글에는 자학 개그와 재치 있고 냉소적인 입담이 가득 차 있었다. 『아노락 연감』에서 뽑아낸 구절 해석(자주 배꼽을 잡게 하는)을 올리는 것 외에도 그녀는 할리데이를 조사하면서 접한 책과 영화, 드라마, 음악을 링크했다. 그녀의 게시물이 몽땅 방향이 빗나가고 헛다리를 짚고 있다고 생각하긴 했지만 여전히 오락적 가치는 충분했다.

온라인에서 본 아르테미스에게 홀딱 반했음은 두말할 나위도 없었다.

아르테미스는 가끔 검은 머리칼을 휘날리는 아바타 스크린샷을 올렸고, 나는 가끔(이라기보다는 항상) 스크린샷을 하드디스크에 있는 폴더에 저장했다. 아르테미스의 아바타는 얼굴은 예뻤지만 부자연스러울 정도로 완벽한 미인은 아니었다. 오아시스에서는 미스월드 뺨치는 얼굴이 흔해 빠졌기 때문에 미인을 보는 데 익숙해진다. 하지만 아르테미스의 모습은 아바타 생성 템플릿의 뷰티 드롭다운 메뉴에서 고른 것처럼 보이지 않았다. 그녀의 얼굴은 마치 실물을 스캔해서 아바타에 입힌 듯 생동감 있고 개성이 넘쳤다. 담갈색의 큰 눈, 매끈한 광대뼈, 뾰족한 턱, 언제나 생글거리는 표정. 나는 그녀에게서 참을 수 없는 매력을 느꼈다.

아르테미스의 몸매 역시 평범하지 않았다. 오아시스에서 마주치는 여자 아바타의 몸매는 삐쩍 말랐는데도 인기가 많은 슈퍼모델 몸매이거나 가슴은 빵빵하고 허리는 잘록하고 엉덩이는 풍만한 포르노 배우의 몸매(현실세계에서보다 훨씬 자연스럽지 못한)이거나, 둘 중 하나였다. 하지만 아르테미스의 몸매는 아담하고 통통하며 곡선이 매우 부드러웠다.

아르테미스를 향한 내 감정이 정말 바보 같고 경솔하다는 것쯤은 알고 있었다. 아르테미스에 대해 내가 정말로 아는 것이 있었나? 당연히 아르테미스는 신분을 밝힌 적이 없었다. 나이도 몰랐고 주소도 몰랐다. 실제로 어떻게 생겼는지도 몰랐다. 열다섯 살일 수도 있고 쉰 살일 수도 있었다. 많은 건터들이 아르테미스가 실제로 여자인지조차 의심했지만 나는 거기에는 동조할 수 없었다. 내가 가상세계에서 홀딱 반한 여자가 구레나룻을 기르고 남성형 탈모가 진행된 척이라는 이름의 아저씨일 수도 있다는 사실을 받아들일 수 없기 때문이었다.

'아티의 편지'는 내가 처음 방문할 때부터 줄곧 가장 인기 있는 파워 블로그였으며 지금은 하루 방문자만 수백만 명에 이르렀다. 아르테미스는 적어도 건터계에서만큼은 유명인사였다. 하지만 아르테미스는 인기를 얻으면서도 전혀 변하지 않았다. 그녀의 글은 전과 마찬가지로 폭소를 자아내는 자학 개그로 가득했다. 가장 최근에 올린 글의 제목은 '존 휴즈 블루스'였다. 그녀가 가장 좋아하는 존 휴즈 감독의 하이틴 영화 여섯 편을 골라 심층 분석한 내용이었다. 그녀는 이 여섯 편의 작품을 '멍청한 소녀 판타지' 3부작(「아직은 사랑을 몰라요」, 「핑크빛 연인」, 「사랑 시대」)과 '멍청한 소년 판타지' 3부작(「조찬 클럽」, 「신비의 체험」, 「페리스의 해방」)으로 양분했다.

글을 막 다 읽었을 때 화면에 인스턴트 메시지 창이 떴다. 나의 절친인 에이치^{Aech}였다. (사소한 것을 꼭 따져야겠다면, 좋다, 그 애는 길모어 할머니를 제외한 나의 유일한 친구였다.)

에이치:	안녕. 별일 없지.
파르지발:	안녕, 친구.
에이치:	뭐 하냐?
파르지발:	그냥 검색. 넌?
에이치:	지하실 켰어. 와서 수업 전까지 시간 때우든가.
파르지발:	좋지! 당장 갈게.

나는 인스턴트 메시지 창을 닫고 시계를 보았다. 아직 수업까지는 30분이나 남아 있었다. 나는 활짝 웃으면서 화면 구석에 있는 작은 문 모양의 아이콘을 터치하고 즐겨찾기 목록에서 에이치의 채팅방을 선택했다.

시스템이 접속 허용 명단에서 내 아이디를 확인
하고 채팅방에 입장시켜 주었다. 교실 브라우저 창은 화면 우측 하단에
작은 섬네일로 줄어 있었다. 이 창을 통해 나는 계속 교실에 앉아 있는
내 아바타 앞에 펼쳐지는 상황을 볼 수 있었다. 나머지 화면은 에이치
의 채팅방 내부로 가득 차 있었다. 내 아바타는 카펫이 깔린 계단 꼭대
기에 있는 '정문' 입구 안쪽에서 서서히 나타났다. 아무 데로도 이어지
지 않고 열리지도 않는 문이었다. 지하실과 이곳에 있는 모든 요소들이
오아시스의 일부는 아니기 때문이었다. 채팅방은 단독 시뮬레이션으로
오아시스 안에 있는 아바타라면 어디서든지 접속할 수 있는 임시 가상
공간이었다. 내 아바타는 사실상 채팅방 '안'에 있는 것은 아니었고 그
런 식으로 보이는 것뿐이었다. 웨이드3/파르지발은 여전히 눈을 감은
채로 세계사 교실에 앉아 있었다. 채팅방에 접속하는 것은 동시에 두
개의 장소에 존재하는 것과 비슷했다.

에이치는 채팅방 이름을 지하실이라 지었다. 에이치는 이 공간을
1980년대 후반에 교외 지역에서 흔히 볼 수 있었던 대형 레크레이션룸
처럼 코딩했다. 나무판자를 댄 벽에는 옛날 영화와 만화책 포스터가 붙
어 있었다. 방 가운데에는 옛날 RCA 텔레비전이 놓여 있었고, 베타맥

스 VCR과 LD플레이어와 옛날 비디오게임 콘솔 몇 개가 연결되어 있었다. 한쪽 벽을 따라 늘어선 책꽂이에는 롤플레잉 게임 규칙서와 『드래곤』의 과월호가 잔뜩 꽂혀 있었다.

이렇게 큰 채팅방을 호스팅하는 비용은 적지 않았지만 에이치에게는 그만한 능력이 있었다. 에이치는 방과 후나 주말마다 짬짬이 텔레비전으로 중계되는 PvP 전투 시합에 참가해서 꽤 짭짤한 수익을 올렸다. 에이치는 데스매치 리그 부문과 깃발뺏기 리그 부문에서 모두 상위권에 머무는 전사였다. 유명한 정도로 따지자면 아르테미스보다도 훨씬 더 유명한 인물이었다.

지난 몇 년 사이 지하실은 엘리트 건터들만 들어올 수 있는 특별한 아지트로 자리매김했다. 에이치는 자격이 있다고 판단하는 건터들에게만 접속을 허용했기 때문에 지하실에 초대받는 일은 특히 나 같은 레벨 3짜리 하수에게는 정말 엄청난 영예였다.

나는 계단을 내려가며 떼로 서성거리는 수십 명의 무리와 마주쳤다. 그들의 아바타는 사람, 사이보그, 데몬, 다크 엘프, 벌컨족, 흡혈귀까지 실로 다양했다. 대부분은 벽에 늘어선 옛날 오락실 게임기 주변에 모여 있었고, 몇 명은 옛날 스테레오(지금 듀란듀란의 〈와일드 보이즈〉가 울려 퍼지고 있는) 옆에 서서 오래된 카세트테이프가 잔뜩 쌓인 선반을 뒤적거리고 있었다.

에이치는 TV 앞에 ㄷ자 모양으로 놓인 소파에 편한 자세로 늘어져 있었다. 녀석의 아바타는 검은 머리에 갈색 눈을 가진, 키가 크고 어깨가 떡 벌어진 백인 남자였다. 한번은 내가 실물이 아바타와 닮았느냐고 물어본 적이 있었는데 에이치는 농담조로 대꾸했다. "당연하지. 하지만 실물이 훨씬 더 잘생겼지."

내가 다가가자 에이치는 인텔리비전으로 게임을 하다 말고 나를 흘깃 보았다. 녀석의 특징인 『이상한 나라의 앨리스』에 나오는 체셔 고양이를 닮은 능글맞은 웃음이 귀까지 걸려 있었다. "지!" 그가 큰 소리로 불렀다. "왔어, 친구?" 내가 맞은편 의자에 털썩 앉는 동안 에이치가 오른손을 뻗어 손바닥을 부딪쳤다. 에이치는 만난 지 얼마 지나지 않아 나를 알파벳 'Z'라고 부르기 시작했다. 녀석은 사람들을 알파벳 하나로 부르는 게 취미였다. 에이치는 자기 아바타 이름도 알파벳 'H'처럼 발음했다.

"별일 없지, 험퍼딩크?" 이건 우리 사이의 말장난이었다. 나는 언제나 해리, 허버트, 헨리, 호건처럼 앞글자가 'H'로 시작하는 이름을 아무거나 골라 부르곤 했다. 에이치가 자신의 본명이 'H'로 시작한다고 털어놓은 적이 있었기에 어떻게든 때려 맞춰볼 심산이었다.

에이치를 안 지는 3년이 조금 넘었다. 에이치도 루두스 학생이었다. 우리 학교와 정반대 편에 있는 오아시스 공립학교 #1172에 다니는 고3생이었다. 어느 주말엔가 채팅방에서 우연히 만났는데 처음부터 죽이척척 잘 맞았다. 공통 관심사가 있었기 때문이다. 할리데이와 이스터에그라는 온통 마음을 사로잡은 단 하나의 관심사! 잠깐 나눈 대화 속에서도 에이치가 수준급의 실력자이자 범상치 않은 내공을 소유한 엘리트 건터임을 한눈에 알 수 있었다. 에이치는 1980년대 잡지식을 줄줄 꿰고 있었는데, 비단 『아노락 연감』에 나온 작품에만 한정된 지식이 아니었다. 그 녀석은 진정한 할리데이 전문가였다. 그 녀석 역시 나한테서 똑같은 자질을 발견한 게 분명했다. 명함을 주면서 아무 때나 지하실에 놀러 와도 된다고 초대해주었기 때문이다. 그때부터 에이치는 나의 절친이 되었다.

시간이 흐르면서 우리 사이에는 점차 선의의 경쟁 구도가 자리잡았다. 서로 득점판에 자기가 먼저 이름을 올릴 것이라며 상대방을 갈구기 일쑤였다. 잘 알려지지 않은 잡다한 지식을 놓고 서로 자기가 한 수 위라고 우기는 일도 많았다. 자료 조사를 같이 할 때도 있었다. 조사를 같이 한다는 건, 그저 채팅방에서 촌스럽기 그지없는 1980년대 영화나 드라마를 같이 본다는 말이었다. 당연히 우리는 비디오게임도 엄청나게 많이 해댔다. 〈콘트라〉, 〈골든 액스〉, 〈헤비 배럴〉, 〈스매시 TV〉, 〈이카리 워리어스〉 같은 2인용 고전 게임에 갖다 바친 시간은 헤아릴 수조차 없었다. 나를 빼고 말하자면 에이치는 지금껏 내가 만나본 최고의 만능 게이머였다. 대다수 게임에서 우리는 막상막하였지만 특정 게임에서는 특히 1인칭 슈팅 게임에서는 에이치가 월등히 앞서 있었다. 슈팅은 역시 녀석의 주특기였다.

에이치가 진짜 누구인지는 전혀 알지 못했지만 녀석의 집안 분위기도 그다지 좋지는 않은 듯한 느낌을 받았다. 그 녀석도 나처럼 깨어 있는 시간 전체를 오아시스에서 보내는 듯했다. 실제로 한 번도 본 적이 없는데도 몇 차례나 나를 절친으로 손꼽은 것만 봐도 녀석도 나만큼이나 고립되고 소외된 외톨이인 듯했다.

"어젯밤에 휙 나가고는 뭐 했냐?" 에이치가 인텔리비전 컨트롤러 한 개를 내 쪽으로 던지면서 물었다. 어젯밤에는 둘이서 옛날 일본 괴수 영화를 보면서 몇 시간을 죽치고 놀았었다.

"별거 안 했어. 집에 가서 옛날 오락실 게임 좀 연마했지 뭐."

"쓸데없는 짓."

"알아. 그냥 하고 싶었어." 나는 어젯밤에 뭘 했느냐고 되묻지 않고, 에이치 역시 자진해서 입 밖으로 꺼내지 않았다. 에이치는 분명 가이잭스나 그 정도 급이 되는 근사한 행성에 가서 퀘스트 몇 개를 스피드런으로 완료하고 경험치를 올렸을 것이다. 에이치는 염장 지르기를 좋아하지 않았다. 녀석은 다른 행성으로 날아가 단서를 찾고 구리 열쇠를 찾아 돌아다닐 수 있을 만큼 충분한 돈이 있었다. 하지만 에이치는 절대로 내 위에 군림하려고 들거나 순간이동할 돈이 없다는 이유로 나를 조롱하지 않았다. 크레딧을 빌려주겠다며 나를 모욕한 적도 없었다. 이것은 건터들 사이에 무언의 규칙이었다. 솔로인 이상 다른 사람의 도움을 원하지도 않고 필요로 하지도 않는다는 뜻이었다. 도움을 받고 싶은 건터는 클랜에 가입했으며, 에이치와 나는 둘 다 클랜은 무식한 꼴통들이나 허세 쩌는 또라이들이나 가는 데라고 입을 모았다. 우리는 앞으로도 평생 솔로로 남자고 다짐했다. 여전히 가끔 에그에 대해 토론하긴 했지만 이런 대화는 항상 엿듣는 귀가 있었으므로 구체적인 내용은 입 밖으로 꺼내지 않도록 신중을 기했다.

〈트론 데들리 디스크〉세 번째 판에서 내가 이기자, 에이치는 싫증났다는 듯이 인텔리비전 컨트롤러를 던져버리고는 바닥에 있던 잡지를 집어 들었다. 『스타로그』의 과월호였다. 표지 사진은 배우 룻거 하우어로 영화 「레이디호크」 홍보 사진이었다.

"『스타로그』지?" 내가 고개를 끄덕이며 말했다.

"그래, 해처리 아카이브에서 하나도 빼놓지 않고 내려받았지. 아직도 하나씩 자세히 훑어보고 있고. 지금은 영화 「인돌전쟁 이워크」에 대한 기사 읽는 중이시다."

"TV용으로 1985년에 제작됨." 나는 줄줄 읊었다. 「스타워즈」 잡지식은 내 전문 분야 중 하나였다. "쓰레기. 그 영화는 「스타워즈」역사상 최악으로 손꼽히는 완전 쓰레기야."

"무슨 소리야, 병신아. 얼마나 명장면이 많은데."

"웃기시네." 나는 고개를 절레절레 흔들었다. "명장면 같은 건 없어. 이워크 종족을 다룬 첫 번째 영화였던 「이워크의 대모험」보다도 못한 쓰레기야. '쓰레기의 대모험'이란 제목이 딱 어울려."

에이치는 짜증스럽게 눈을 굴리고는 다시 잡지를 읽기 시작했다. 녀석이 미끼를 물 것 같지 않았다. 나는 잡지 표지로 눈을 돌렸다. "야, 그거 다 읽으면 나 좀 봐도 되지?"

에이치는 이를 드러내고 웃었다. "왜? 「레이디호크」 기사 보게?"

"뭐 그냥 전체적으로."

"왜 이러셔, 그 쓰레기 같은 영화에 홀딱 빠져 있으면서."

"닥쳐, 에이치."

"그 수준 낮은 저질 영화는 몇 번이나 봤냐? 네 덕분에 최소한 두 번은 끝까지 봐야겠는데." 이제 에이치가 나에게 미끼를 던지고 있었다. 에이치는 내가 「레이디호크」가 저질 영화라는 것을 내심 알면서도 빠져 있고 스무 번도 넘게 보았다는 사실을 잘 알고 있었다.

"초짜한테 적선하는 셈 치고 내가 도와주고 있는 거지." 나는 새 게임 카트리지를 인텔리비전에 밀어 넣고 〈아스트로스매시〉라는 1인용 게임을 시작했다. "나중에 고맙다고 절이나 하시지. 두고 봐. 「레이디호크」는 캐논이야."

공식 설정을 뜻하는 '캐논'은 할리데이가 팬이었다고 알려진 영화와 책, 게임, 노래, 드라마를 통칭할 때 사용하는 용어였다.

"슈얼리^{Surely}(물론), 장난이지." 에이치가 말했다.

"장난 아니라니까. 그리고 나 셜리^{Shirley}라고 부르지마."

에이치는 잡지를 내려놓더니 몸을 앞으로 숙였다. "할리데이는 절대 「레이디호크」의 팬이었을 리가 없어. 내기할래?"

"근거는 뭔데?" 내가 물었다.

"할리데이는 수준이 높았어. 그 이상 무슨 근거가 더 필요해."

"그럼 설명해봐. 왜 할리데이가 「레이디호크」를 VHS랑 LD 둘 다 가지고 있었는데?" 할리데이의 애장품에 있던 모든 영화의 목록은 『아노락 연감』부록에 쓰여 있었다. 에이치와 나는 목록을 안 보고도 줄줄 외울 수 있었다.

"인마, 그 영감은 억만장자라고! 소장한 영화만 수백만 개는 될 텐데 그걸 다 봤겠냐! 「하워드 덕」이랑 「혹성의 위기」 같은 DVD도 있었는데 뭐. 그 영화들을 좋아했단 뜻은 아니야, 병신아. 그 영화들은 절대 캐논이 아니라고."

"괜히 시비 걸지마, 호머. 「레이디호크」는 1980년대 고전 명작이야."

"그 영화는 허접해. 그게 검이냐 쿠킹호일이지. 거기다 사운드트랙은 또 어떻고. 엄청나게 허접하잖아. 신디사이저 소리밖에 없잖아. 빌어먹을 앨런 파슨스 프로젝트의 음악! 허접쓰레기 중의 허접쓰레기! 허접쓰레기의 절대강자. 허접쓰레기의 대마왕."

"이 자식!" 나는 인텔리비전 컨트롤러를 에이치에게 던지는 척했다. "이 무식한 놈! 「레이디호크」의 캐스팅만으로도 이 영화는 충분히 캐논 자격이 있어! 로이 배티! 페리스 부엘러! 그리고 누구였더라. 「위험한 게임」에서 폴큰 교수 역으로 나온 남자!" 나는 그 배우의 이름을 생각해내려고 기억을 더듬었다. "존 우드! 매튜 브로데릭하고 또 한 번 같이 출연한!"

"그 배우들의 역대 작품을 통틀어서 최악의 영화라고." 에이치는 깔깔 웃으며 말했다. 에이치는 옛날 영화를 놓고 왈가왈부하는 걸 나보다 훨씬 더 즐겼다. 채팅방에 있던 다른 건터들이 우리를 에워싸기 시작했다. 우리의 논쟁은 아주 신나는 구경거리가 되곤 했다.

"이 정신 나간 놈!" 나는 소리쳤다. "「레이디호크」는 위대한 리처드 도너 님께서 감독했다, 인마! 「구니스」는? 「슈퍼맨」은? 너 지금 그 영화 만든 감독을 까는 거냐?"

"난 감독이 스필버그라고 해도 신경 안 써. 그 영화는 검과 마법 판타지 장르의 탈을 뒤집어쓴 계집애 취향 영화일 뿐이야. 좀 덜 허접한 유일한 장르 영화라면 아마…… 거지같은 「레전드」 정도겠지. 「레이디호크」를 진짜로 재밌게 봤다면 초절정 울트라 겁쟁이란 소리야, 병신아!"

구경꾼들 사이에서 웃음소리가 터져 나왔다. 나는 슬슬 진짜로 부아가 치밀기 시작했다. 나는 「레전드」의 열렬한 팬이기도 했다. 에이치도 이 점을 잘 알고 있었다.

"그래서 내가 겁쟁이라고? 곰탱이 이워크 도착자 주제에!" 나는 에이치의 손에서 『스타로그』잡지를 낚아채서 「제다이의 복수」 포스터가 붙은 벽 쪽으로 집어 던졌다. "곰탱이 종족 좀 안다고 에그라도 찾을 수 있다고 착각해서?"

"이 자식, 엔도 님에 대해 또 함부로 지껄이기만 해봐." 에이치는 가운뎃손가락을 빳빳이 세웠다. "경고했다. 여기 다시는 얼씬도 못 하게 만들 테니까. 진심이다." 나는 이것이 괜한 협박임을 알고 있었다. 그래서 이워크를 좀더 물고 늘어지고 '엔도 님'이라는 표현을 깎아내리려고 했다. 하지만 하필 그때 계단 위쪽에서 새 아바타가 서서히 나타났다. 'I-r0k(아이락이라고 발음한다)'이라는 이름의 꼴통이었다. 끙 하는 신음 소리가 절로 나왔다. 아이락과 에이치는 같은 학교에 다니고 수업 몇 개를 같이 듣는 사이지만 에이치가 왜 그런 놈을 지하실에 들이는지 도무지 이해할 수가 없었다. 아이락은 엘리트 건터라고 떠벌리고 다녔지만 허세 쩌는 또라이에 불과했다. 물론 아이락이 오아시스에서 순간이동을 많이 하고 돌아다니면서 퀘스트를 많이 수행해 아바타 레벨이 높긴 했지만 머리는 텅 빈 놈이었다. 놈은 항상 설상차만큼 무식하게 큰 플라스마 라이플총을 휘두르고 다녔다. 그것도 아무짝에도 쓸모 없는 채팅방까지 들고 들어왔다. 예의라는 게 뭔지도 모르는 놈이었다.

"너희 또 「스타워즈」가지고 떠들고 있냐?" 아이락은 계단을 내려와서 우리를 에워싼 무리를 비집고 들어오면서 말했다. "이 지긋지긋한 새끼들."

나는 에이치를 보며 말했다. "에이치, 누군가 쫓아버리고 싶다면 이 꼴통부터 쫓아내지그래?" 나는 인텔리비전의 리셋 버튼을 누르고 게임을 새로 시작했다.

"입 닥쳐, 페니스-빌!" 아이락이 대꾸했다. 놈은 내 아바타 이름인 파르지발을 제멋대로 발음하는 것을 즐겼다. "에이치는 날 쫓아낼 리가 없어. 내가 엘리트라는 것을 잘 알기 때문이지! 안 그래, 에이치?"

"아니." 에이치는 짜증스럽게 눈을 굴리고는 말했다. "틀렸어. 너한테 뇌가 있기나 한지 의심스러운데."

"닥쳐, 에이치! 이 좆나 재수 없는 십탱아!"

"아아, 아이락." 나는 나지막이 신음을 뱉었다. "네놈은 대화 수준을 끌어올리는 재주가 있구나. 덕분에 수준 한번 높아졌다."

"어이, 거기 빈털터리 씨는 지금쯤 인시피오에서 동전이라도 구걸해야 할 시간 아닌가?" 놈이 인텔리비전 컨트롤러로 손을 뻗었지만 내가 가로채서 에이치에게 던졌다.

놈은 나를 보고 눈살을 잔뜩 찌푸렸다. "그지깽깽이 같은 놈."

"미친 또라이 새끼."

"뭐? 페니스-빌이 감히 나한테 미친 또라이 새끼라고?" 아이락은 무리를 향해 떠들었다. "땡전 한 푼 없어서 그레이호크까지 우주선을 얻어 타고 코볼트 요정이나 죽이는 주제에! 이런 놈이 감히 나한테 미친 또라이 새끼라고 한다!"

관중에서 낄낄거리는 야유가 터져 나왔다. 바이저 뒤로 얼굴이 화끈거렸다. 일 년 전쯤 경험치를 높이려고 딱 한 번 아이락의 우주선을 얻어 타고 다른 행성으로 날아간 적이 있었다. 놈은 그레이호크의 저레벨 퀘스트 지역에 나를 떨궈주고는 내 뒤를 밟았다. 나는 코볼트 요정들을 죽였다. 다시 부화되기를 기다렸다가 또 죽이고를 몇 번이나 반복했다. 내 아바타는 당시 겨우 레벨 1이었고 안전하게 레벨을 높이는 방법은 그것뿐이었다. 아이락은 그날 스크린샷을 몇 장 떠서 '페니스-빌, 희대의 코볼트 요정 살인마'라는 제목을 달고는 그 사진들을 해처리에 올렸다. 놈은 아직도 틈만 나면 그 사건을 들먹거렸다. 놈은 결코 그 일이 잊히게 놔둘 리가 없었다.

"그래, 내가 그렇게 불렀다. 왜 이 미친 또라이 새끼야!" 나는 벌떡 일어났다. "이 무식한 놈아, 레벨 14라고 다 건터인 줄 아냐. 머리에 지식이란 것 좀 처넣어봐."

"동감." 에이치가 고개를 끄덕였다. 우리는 주먹을 부딪쳤다. 관중들은 이제 아이락을 향해 낄낄거렸다.

아이락은 순간 우리를 보고 눈을 부라렸다. "좋아. 진짜 무식한 놈이 누군지 두고 보자. 이거나 구경하셔." 놈은 이를 드러내고 웃으면서 보관함에서 아이템 하나를 꺼냈다. 포장을 뜯지 않은 옛날 아타리 2600 게임이었다. 놈이 이름 부분을 손으로 가렸지만 나는 겉포장에 있는 그림만으로도 한눈에 알아볼 수 있었다. 고대 그리스 복장을 하고 검을 휘두르고 있는 젊은 남자와 여자의 그림이었다. 남녀 뒤에는 미노타우로스와 안대를 하고 수염을 기른 남자가 서 있었다. "뭔지 알겠냐, 이 잘난 척하는 새끼야?" 아이락은 시비조로 말했다. "힌트까지 주지…… 이건 아타리 게임이고 이벤트용으로 발매됐다, 이거야. 몇 개의 퍼즐이 있는데, 퍼즐을 다 풀면 보물을 받게 돼. 어디서 많이 들어본 것 같냐?"

아이락은 항상 바보같이 자신이 맨 처음 발견했다고 철석같이 믿는, 할리데이와 연관된 단서를 들이밀면서 우리 앞에서 허세를 떨곤 했다. 건터들은 게임에서 남보다 한발 앞서 가는 것을 즐기고 잘 알려지지 않은 지식을 남보다 더 많이 캐냈다는 것을 증명하려고 끝없이 노력했다. 하지만 놈은 그런 것과는 거리가 멀었다.

"지금 장난하냐?" 내가 말했다. "이제 겨우 〈소드퀘스트〉 시리즈를 알아냈다고?"

아이락은 대번에 기가 죽었다.

"그거 〈소드퀘스트 어스월드〉잖아. 〈소드퀘스트〉 시리즈의 첫 번째 게임. 1982년 발매." 나는 씩 웃으며 말을 이었다. "그다음 시리즈 세 개의 이름은 아냐?"

놈은 잔뜩 인상을 찌푸렸다. 물론 놈은 답을 하지 못하고 쩔쩔맸다. 말했다시피 놈은 무식이 철철 넘치는 놈이었다.

"누구 아는 사람?" 나는 관중으로 질문을 넘겼다. 건터들은 서로 멀뚱멀뚱 쳐다보기만 할 뿐 아무도 입을 열지 않았다.

"파이어월드, 워터월드, 에어월드." 에이치가 대답했다.

"빙고!" 나는 말했다. 우리는 다시 주먹을 부딪쳤다. "그렇지만 에어월드는 사실 나오지 못했어. 아타리가 위기에 처하면서 중간에 이벤트가 취소됐거든."

아이락은 소리 없이 게임 상자를 아이템 보관함에 다시 집어넣었다.

"아이락, 넌 육바리 군단에나 가봐." 에이치는 소리 내어 웃으면서 말했다. "그놈들이라면 너처럼 방대한 지식을 가진 놈을 필요로 할 테니까."

아이락은 가운뎃손가락을 빳빳이 세웠다. "너희들이 〈소드퀘스트〉 이벤트에 대해 진작부터 알았다면 어째서 내 앞에선 한 번도 얘길 안 꺼냈지?"

"이봐, 아이락." 에이치는 고개를 가로저으며 말했다. "〈소드퀘스트 어스월드〉는 아타리 〈어드벤처〉 게임의 비공식 속편이었어. 기본이 된 건터라면 그 이벤트 정도는 다들 알고 있다고. 얼마나 더 말해줘야 말귀를 알아듣겠냐?"

아이락은 구겨진 자존심을 회복하려 애썼다. "좋아. 너희가 그렇게 전문가라면 〈소드퀘스트〉 시리즈를 개발한 사람은 누구지?"

"댄 히첸스와 토드 프라이." 내가 읊었다. "좀더 어려운 걸 물어보시지그래."

"그럼 내가 하나 낸다." 에이치가 끼어들었다. "아타리가 각각의 이벤트 우승자한테 걸었던 상품은?"

"오호." 나는 대답했다. "좋은 질문이야. 어디 보자…… 어스월드 이벤트 상품은 진실의 부적이었어. 순금이었고 다이아몬드가 박혀 있었는데 이걸 받은 녀석은 녹여서 대학 등록금으로 충당했다지 아마."

"알았어, 알았어." 에이치는 나를 쿡 찌르며 재촉했다. "자자, 시간 끌지 말고. 다른 두 개는?"

"어허, 시간을 끌다니. 파이어월드 상품은 빛의 성배였고, 워터월드 상품은 생명의 왕관이었지만 결국 이벤트가 취소돼서 아무도 받지 못했어. 에어월드 상품은 현자의 돌이었는데 역시 취소됐고."

에이치는 활짝 웃으면서 나와 하이파이브를 두 번 하고 나서 덧붙였다. "그 이벤트가 취소되지 않았다면 우승자 네 명은 궁극의 마법검을 놓고 경쟁했을 테고."

나는 고개를 끄덕였다. "상품은 게임에 딸려 나온 소드퀘스트 만화책에 전부 나왔었어. 「아노락의 초대장」 마지막 장면 보물의 방에도 그 만화책이 있었고."

관중에서 박수가 터져 나왔다. 아이락은 창피함에 고개를 떨궜다.

나는 건터가 된 이후 할리데이가 〈소드퀘스트〉 이벤트에서 영감을 받았을 거라는 사실을 의심한 적이 없었다. 퍼즐까지 거기에서 차용했는지는 알 수 없었지만 혹시 몰라 〈소드퀘스트〉의 퍼즐과 해답을 철저히 조사해두었다.

"좋아. 내가 졌다." 아이락은 말했다. "따분한 오타쿠들 같으니라고."

"넌 말이야." 내가 말했다. "새로운 취미를 찾아보는 게 어때. 네놈은 건터로서의 지능이나 자질은 꽝이거든."

"동감." 에이치가 말했다. "가끔은 조사라는 걸 좀 해봐, 아이락. 위키피디아는 들어봤지? 이건 공짜라구, 이 병신아."

아이락은 입씨름에는 흥미를 잃었다는 듯이 한 켠에 쌓인 만화책 상자로 걸어갔다. "신경 꺼라." 아이락은 어깨너머로 말했다. "이 몸이 오프라인에서 여자랑 자느라 바쁘지만 않았어도 너희만큼 머리에 쓰레기를 처담을 시간이 있었겠지."

에이치는 놈을 무시하고 나를 향해 물었다. "근데 소드퀘스트 만화책에 나온 쌍둥이 이름이 뭐였지?"

"타라와 토르."

"이런 망할 놈, 넌 역시 천재야."

"사람 볼 줄 아는구나."

수업 3분 전을 알리는 종이 울렸다는 메시지가 깜박였다. 에이치와 아이락도 같은 메시지를 보고 있을 터였다. 루두스 학교는 모두 동일한 시간표로 운영되기 때문이다.

"또 지겨운 하루가 시작이군." 에이치는 일어나면서 말했다.

"간다, 꼴통들아." 아이락은 가운뎃손가락을 쳐들며 말했다. 곧 채팅방을 나갔기 때문에 놈의 아바타가 사라졌다. 다른 건터들도 하나씩 둘씩 사라지기 시작했고 결국 에이치와 나만 남았다.

"진지하게 묻는 건데, 에이치." 나는 말했다. "왜 저 멍청한 놈을 여기 들이는 거야?"

"비디오게임할 때 놈을 박살 내는 게 재미있잖아. 놈의 무식함은 곧 우리의 희망이기도 하고."

"어째서?"

"다른 건터 애들도 아이락처럼 아무런 단서도 못 잡고 있다면, 실제로 그런 상황이고, 내가 장담해, 그렇다면 너와 내가 상금 쟁탈전 우승을 노릴 수 있단 뜻 아니겠어."

나는 어깨를 으쓱했다. "그런 거였군."

"오늘 밤에 수업 끝나고 같이 놀까? 한 7시쯤? 할 일이 좀 있긴 한데, 그거만 끝나면 꼭 봐야 할 작품 몇 가지를 해치우려고. 「스페이스드」 정주행 어때?"

"나야 좋지. 그럼 이따 보자고."

마지막 종이 울리기가 무섭게 우리는 동시에 로그아웃했다.

0004

아바타의 눈꺼풀이 스르르 열렸고, 나는 다시 세
계사 교실로 돌아왔다. 교실은 학생들로 꽉 들어찼고, 아베노비치 선생
님은 지금 막 교단에서 서서히 나타나고 있었다. 아베노비치 선생님의
아바타는 약간 풍채가 있고 수염을 기른 대학 교수처럼 보였다. 전염성
이 큰 통쾌한 웃음과 금속테 안경과 팔꿈치를 덧댄 트위드 재킷은 그의
트레이드마크였다. 선생님은 늘 찰스 디킨스의 작품을 읽는 듯한 말투
를 사용했다. 나는 아베노비치 선생님이 마음에 들었다. 좋은 선생님이
었다.

물론 아베노비치 선생님이 실제로 누구인지, 어디에 사는지는 알 수
없었다. 실명도 몰랐고, 심지어 성별이 실제로 남자인지 여자인지조차
알 수 없었다. 원래 알래스카 주 앵커리지에 거주하는 아담한 이누이트
족 여자인데, 수업을 더 효율적으로 진행하려고 이런 외모와 목소리를
골랐는지도 모를 일이었다. 하지만 왠지 모르게 나는 실제 아베노비치
선생님은 선생님 아바타와 비슷한 외모와 목소리를 가졌을 거라는 느
낌이 들었다.

우리 학교 선생님들은 모두 굉장히 좋은 분들이었다. 현실세계의 선
생님들과 달리 오아시스 공립학교 선생님들 대부분은 가르치는 일을

진심으로 즐기는 것 같았다. 아마 보모나 훈련 조교처럼 구느라고 수업 시간의 절반을 까먹을 필요가 없기 때문이었을 것이다. 오아시스 소프트웨어가 그 역할을 대신해 학생들이 조용히 자리에 앉아 있게끔 통제했다. 선생님들은 가르치는 일에만 집중하면 되었다.

온라인 학교 선생님들은 학생들을 집중시키는 일도 훨씬 수월했다. 오아시스의 교실은 「스타트렉」에 나오는 홀로데크 같은 형태였기 때문이다. 선생님들은 학교 구역을 떠나지 않고도 매일 학생들을 데리고 가상현실 속 현장학습을 나갈 수 있었다.

그날 아침 세계사 시간에 아베노비치 선생님은 단독 시뮬레이션을 로딩해서 서기 1922년 이집트에서 고고학자들이 투탕카멘의 무덤을 발굴하는 현장을 보여주었다. (하루 전날에는 같은 장소에서 기원전 1334년의 찬란했던 투탕카멘 제국을 보았다.)

다음에 이어진 생물 시간에는 옛날 영화 「바디 캡슐」에서처럼 인체의 심장으로 들어가 심장이 박동하는 모습을 관찰했다.

미술 시간에는 모두 우스꽝스러운 베레모를 쓰고 루브르 박물관을 관람했다.

천문학 시간에는 목성의 위성들을 탐사했다. 우리가 위성 이오의 화산 지형에 발을 딛고 서 있는 동안 선생님은 이 위성이 어떻게 탄생했는지 설명해주었다. 설명을 계속하는 동안 목성이 선생님의 뒤편에 있는 하늘의 절반을 가렸고 목성의 대적점이 선생님의 왼쪽 어깨너머에서 천천히 소용돌이치는 모습이 보였다. 그때 선생님이 손가락으로 딱 소리를 내자 우리가 서 있는 곳은 위성 유로파의 표면으로 바뀌었고, 수업은 유로파의 얼음 표면 아래 외계 생명체가 존재할 가능성에 대한 토론으로 이어졌다.

나는 점심시간에 주로 교내 잔디밭에 앉아서 바이저를 낀 채로 가상

풍경을 바라보면서 단백질 바를 우걱우걱 씹어 먹었다. 은신처 안을 쳐다보는 것보다는 그게 백배 나았다. 나는 3학년이라서 원한다면 점심시간 동안 다른 행성에 다녀올 수 있었지만 내게는 그럴만한 돈이 없었다.

오아시스 접속은 공짜였지만 여기저기 돌아다니는 것은 공짜가 아니었다. 나는 다른 행성으로 순간이동했다가 루두스로 되돌아올 만큼의 크레딧을 보유한 적이 한 번도 없었다. 매일 수업이 끝나면 현실세계에서 할 일이 있는 학생들은 오아시스를 로그아웃하고 사라졌다. 그렇지 않은 학생들은 모두 다른 행성으로 향했다. 많은 아이들이 행성 이동용 전용 우주선을 보유하고 있었다. 루두스 전역에 있는 학교 주차장에는 어디든지 UFO, 타이 파이터, 옛날 나사 우주왕복선, 「배틀스타 갤럭티카」에 나왔던 바이퍼는 물론 우리가 기억하는 모든 SF 영화나 드라마에서 차용한 온갖 디자인의 우주선이 빽빽이 세워져 있었다. 나는 오후마다 학교 앞 잔디밭에 서서 하늘을 꽉 채운 우주선들이 오아시스의 끝없는 가능성을 탐험하러 멀어지는 광경을 부러운 눈으로 바라보았다. 우주선이 없는 아이들은 친구 것을 얻어 타거나 가까운 순간이동 터미널로 우르르 몰려가서 다른 행성에 있는 댄스 클럽이나 게임 경기장, 아니면 록 콘서트장으로 향했다. 하지만 나는 예외였다. 아무 데도 가지 못했다. 오로지 루두스에, 오아시스를 통틀어 가장 따분한 행성에 발이 묶여 있었다.

존재론적 인간중심 감각 몰입형 시뮬레이션Ontologically Anthropocentric Sensory Immersive Simulation의 약자인 오아시스OASIS는 실로 거대한 곳이었다.

오아시스가 처음 발매되었을 때 유저가 탐험할 수 있는 행성은 기껏해야 수백 개였다. 모두 GSS의 프로그래머와 아티스트들이 창조한 작품이었다. 검과 마법 판타지 배경부터 사이버펑크 분위기의 행성 도시들, 방사능에 오염된 좀비들이 우글거리는 종말 후의 세계 같은 황무지까지 별의별 환경이 다 만들어졌다. 몇몇 행성은 아주 세밀한 부분까지 공들여 설계되었다. 나머지 행성은 여러 템플릿 중에서 무작위로 선택해서 만들어졌다. 모든 행성은 다양한 종류의 인공지능 NPC(플레이어가 조종하지 않는 캐릭터)로 채워졌다. 컴퓨터가 조종하는 인간, 동물, 괴물, 외계인, 안드로이드 등 다양한 NPC는 오아시스 유저와 상호작용이 가능했다.

GSS는 경쟁업체가 개발한 기존의 가상세계도 들여왔다. 그래서 〈에버퀘스트〉나 〈월드 오브 워크래프트〉 등의 게임 콘텐츠가 오아시스로 연계되면서 각각의 배경 무대인 노라스와 아제로스가 안 그래도 점점 늘어나고 있던 오아시스 행성 템플릿 목록에 추가되었다. 메타버스부터 매트릭스에 이르기까지 다른 가상세계들도 곧 같은 수순을 밟았다. 「파이어플라이」 우주는 「스타워즈」 은하 옆에 정박했고, 그 옆에는 섬세하게 재현된 「스타트렉」 우주가 자리잡았다. 이제 유저는 마음에 드는 허구의 세계로 얼마든지 순간이동할 수 있게 되었다. 미들어스, 벌컨, 펀, 아라키스, 마그라테이아, 디스크월드, 미드월드, 리버월드, 링월드 등 넘쳐나는 가상세계들로 말이다!

오아시스는 구역을 나누고 찾기 쉽도록 27개의 정육면체 모양인 '섹터'로 균등하게 나뉘어 있었고, 각 섹터에는 수백 개의 행성이 있었다. (27개 섹터의 3D 지도는 1980년대 퍼즐 장난감인 루빅 큐브와 똑 닮았다. 대부분의 건터들이 그렇듯이 나는 이것이 우연의 일치가 아니라는 사실을 잘 알고 있었다.) 각 섹터의 길이는 정확히 10광시, 약 108억 킬로미터였다. 그래서 광속(오아시스 안에서 우주선이 낼 수 있는 최대 속도)으로 비행한다면 섹터의 끝에서 끝까지 정확히 10시간 만에 도달할 수 있었다. 이런 장거리 이동은 비용이 만만치 않았다. 광속으로 운행할 수 있는 우주선은 매우 귀했고 연료도 많이 필요했다. 오아시스는 계정 이용료가 따로 없었기 때문에 가상우주선에 공급하는 가상연료 판매가 GSS의 수익 모델 중 하나였다. 하지만 GSS의 가장 큰 수입원은 순간이동 요금이었다. 순간이동은 가장 빠른 이동 수단인 동시에 가장 비싼 이동 수단이었다.

오아시스 탐험은 돈이 많이 들기도 하지만 매우 위험하기도 했다. 섹터는 크기와 모양이 다른 많은 구역으로 나뉘어 있었는데, 예닐곱 개의 행성을 아우를 만큼 큰 구역도 있었고, 한 행성 내에서 몇 킬로미터 정도밖에 안 되는 작은 구역도 있었다. 각 구역은 독특한 규칙과 매개변수의 조합으로 이루어져 있었다. 마법은 특정 구역에서만 작용했다. 기술도 마찬가지였다. 만약 기술로 작동하는 우주선이 기술이 작동되지 않는 구역에 진입하면 경계를 넘자마자 엔진이 멈추었다. 그러면 흰 수염을 기른 멍청한 마법사를 고용해서 주문 시전으로 작동시킬 수 있는 우주 바지선을 이용해 그 골칫덩어리를 기술이 작동하는 구역으로 끌고 나오는 수밖에 없었다.

복합 구역에서는 마법과 기술 둘 다 사용 가능했지만, 무효 구역에서는 둘 다 쓸 수 없었다. PvP 전투가 허용되지 않는 평화 구역도 있었고, 모든 아바타가 선호하는 PvP 전투 구역도 있었다.

새로운 구역이나 섹터에 진입할 때는 매우 조심해야 했다. 철저한 준비는 필수였다.

하지만 앞서 말했다시피 학교에만 처박혀 있는 나랑은 관계없는 문제였다.

루두스는 태생부터 교육적 목적의 공간이다 보니 퀘스트 포탈이나 게임 구역은 전혀 들어 있지 않았다. 루두스에서 찾을 수 있는 것은 수천 개의 판박이 같은 학교 캠퍼스뿐이었다. 각각의 캠퍼스는 완만한 푸른 잔디밭, 완벽한 풍경을 갖춘 공원과 강과 초원, 템플릿에서 생성된 광활한 숲으로만 서로 구분할 수 있었다. 아바타가 습격할 수 있는 성채도 없었고, 던전도 없었으며, 궤도 우주 요새도 없었다. 공격 가능한 NPC 악당이나 괴물, 외계인도 없었으므로, 약탈 가능한 보물이나 마법 아이템 역시 없었다.

어느 모로 보나 짜증스러웠다.

나 같은 저레벨 아바타는 퀘스트를 수행하고 NPC를 공격하고 보물을 모아야만 경험치를 올릴 수 있었다. 경험치를 올려야만 아바타의 레벨과 공격력과 능력치가 올라갔다.

대다수 오아시스 유저는 아바타 레벨이나 게임 측면에 전혀 관심이 없었다. 그들은 그저 문화생활을 즐기거나 사업을 하거나 쇼핑을 하거나 친구와 놀기 위해 오아시스를 이용했다. 이런 유저들은 방어력이 전무한 레벨 1짜리 아바타가 NPC나 다른 플레이어한테 공격받지 않도록 PvP 전투 구역에는 아예 발을 들여놓지 않았다. 루두스처럼 안전한 구역만 돌아다닌다면 아바타가 약탈이나 납치, 혹은 살해를 당할까 봐 걱정할 필요는 전혀 없었다.

나는 안전한 구역에 갇혀 있는 상황이 끔찍하게 싫었다.

할리데이의 에그를 찾기 위해서는 결국 위험을 무릅쓰고 오아시스의 위험한 섹터로 들어가야만 한다는 사실을 잘 알고 있었다. 나 자신을 방어할 만큼의 레벨과 무기를 제대로 갖추지 못하면 그리 오래 살아남을 수가 없었다.

지난 5년에 걸쳐 간신히 아바타를 레벨 3까지 끌어올렸다. 결코 쉬운 일이 아니었다. 내 초라한 아바타가 살아남을 만한 다른 행성 쪽으로 가는 학생들(주로 에이치)의 전용 우주선을 얻어 타야 했다. 초보용 게임 구역에 내려달라고 한 다음 너무 약해서 나를 못 죽이는 오크와 코볼트 요정과 기타 몇몇 괴물을 죽이면서 밤을 새우거나 주말을 갖다 바쳤다. NPC를 무찌를 때마다 약간의 경험치와 퇴치한 적군이 떨구는 구리 동전이나 은 동전 한 줌을 획득할 수 있었다. 동전은 즉시 크레딧으로 전환되어 루두스로 되돌아오는 순간이동 요금에 사용할 수 있었는데, 마지막 수업이 시작되기 직전에 겨우 돌아오는 일이 잦았다. 아주 드물게 내가 죽인 NPC 중에서 아이템을 떨어뜨리는 NPC가 있었다. 그렇게 해서 지금의 단검과 방패와 갑옷을 구했다.

작년 말부터 나는 에이치의 전용 우주선을 얻어 타는 일을 그만두었다. 에이치의 아바타는 레벨 30이 넘었기 때문에 에이치가 찾아다니는 행성은 내 아바타에게는 안전하지 않은 곳이었다. 에이치는 중간에 나를 초보 구역에 내려주는 일을 전혀 귀찮아하지 않았지만, 내가 루두스로 돌아올 만한 요금을 충분히 벌지 못하는 경우에는 다른 행성에 갇혀서 학교를 빠져야 하는 처량한 신세가 되었다. 이것은 용인될 만한 변명이 아니었다. 변명의 여지가 없는 결석이 너무 많이 쌓여 퇴학될 위기에 처했다. 만일 퇴학당한다면 학교에서 지급받은 오아시스 콘솔과 바이저를 반납해야 했다. 더 최악의 상황은 졸업을 하기 위해서는 현실 세계의 학교로 다시 전학을 가야 한다는 점이었다. 그런 모험을 할 수는 없었다.

그래서 요즘에는 아예 루두스를 떠나지 않았다. 루두스에, 그리고 레벨 3에 갇혀 있었다. 레벨 3짜리 아바타는 여간 쪽 팔린 게 아니었다. 최소한 레벨 10을 넘지 않으면 건터들은 상대를 전혀 거들떠보지 않았다. 비록 상금 쟁탈전 1일차부터 건터가 되었을지라도 다들 나를 초짜로 여겼다. 그 좌절감은 이루 말로 다 설명할 수 없었다.

자포자기의 심정으로 용돈이라도 좀 벌어볼 요량으로 나는 학교 끝나고 할 수 있는 파트타임 일자리를 찾아보았다. 기술지원이나 프로그래밍 직군으로 수십 군데를 지원했지만(주로 오아시스 쇼핑몰과 사무실 건물을 코딩하는 건설직 인턴) 전혀 가망이 없었다. 수백만 명의 대학 졸업장이 있는 어른들도 일자리를 구하기 힘든 상황이었다. 대불황이 이제 막 21년째로 접어들었고 실업률은 최고 기록을 갱신했다. 동네 패스트푸드점조차 2년치 구직 희망자 대기명단을 가지고 있을 정도였다.

나는 학교에 처박혀 지낼 수밖에 없었다. 세계 최고의 오락실에서 동전 한 푼 없이 서 있으면서 남이 하는 게임을 기웃거리는 것 외에는 아무것도 할 수 없는 그런 아이가 된 기분이었다.

0005

점심시간이 끝나고 내가 가장 좋아하는 과목인 오아시스 심화연구 교실로 향했다. 이 과목은 오아시스의 역사와 개발자들에 대해 배우는 3학년 선택과목이었다. A학점은 떼어 놓은 당상이었다.

지난 5년간 나는 틈 날 때마다 최선을 다해 제임스 할리데이에 대해 공부해왔다. 그의 생애와 업적, 관심사를 철저하게 공부해왔다. 그가 죽은 뒤 십여 권의 전기가 출간되었는데, 그 책들을 모두 챙겨 읽었다. 또 그에 대해 다룬 몇 편의 다큐멘터리 영화도 제작되었는데, 그 영화들도 모두 챙겨 보았다. 할리데이가 직접 쓴 모든 글을 한마디라도 놓칠세라 꼼꼼히 연구했고, 그가 개발한 모든 비디오게임을 직접 플레이해 보았다. 나는 에그 찾기에 연관이 있을 법한 정보라면 아주 사소한 정보까지 몽땅 적어 내려갔다. 모든 내용은 수첩(「인디아나 존스」 3편을 본 후 '성배 일기'라고 명명한)에 기록했다.

할리데이의 생애를 더 깊이 파고들수록 나는 그를 더욱 숭배하게 되었다. 할리데이는 오타쿠들의 신이자, 게리 가이객스, 리처드 게리엇, 빌 게이츠와 어깨를 나란히 하는 최고의 컴퓨터 천재였다. 그는 고등학교를 졸업한 후에 오로지 지혜와 상상력만 가지고 혈혈단신 집을 나와 세계적인 명성을 얻고 막대한 부를 축적했다. 이제는 인류의 도피처가 된 전대미문의 새로운 현실을 창조한 인물이었다. 무엇보다도 마지막 유언까지 역대 최고의 비디오게임 대회로 바꿔놓은 그였다.

나는 오아시스 심화연구 수업시간이면 허구한 날 사이더스 선생님을 귀찮게 했다. 교과서에 있는 오류를 지적하고, 내가(그리고 나만) 흥미롭다고 생각하는 할리데이 잡지식과 연관된 부분을 참견하고자 손을 번쩍 들었다. 학기가 시작된 지 얼마 후부터 사이더스 선생님은 질문에 대답할 학생이 한 명이라도 있는 한 절대 내 이름을 부르지 않았다.

오늘 수업시간에 사이더스 선생님은 『에그 맨』에서 발췌한 부분을 읽고 있었다. 할리데이 전기 중에서 가장 많이 팔린 책으로 내가 벌써 네 번이나 읽은 책이었다. 수업시간 내내 이 책에 담긴 진짜 중요한 내용이 무엇인지 발표하고 싶은 욕구를 간신히 눌러야 했다. 대신, 나는 선생님이 빠뜨리고 지나간 부분을 잠자코 머릿속에 되새겼다. 사이더스 선생님이 할리데이의 유년 시절의 가정형편에 대해 이야기하기 시작했을 때, 나는 다시 한번 할리데이가 생을 살았던 특이한 방식으로부터, 그리고 그가 남기고 싶어 한 기묘한 단서들로부터 어떤 비밀이든 캐보려고 안간힘을 썼다.

• • •

제임스 도노반 할리데이는 1972년 6월 12일 오하이오 주 미들타운에서 외아들로 태어났다. 아버지는 알코올중독에 빠진 기계공이었고, 어머니는 조울증을 앓는 식당종업원이었다.

소문에 의하면 제임스는 영리한 소년이었지만 사회성이 극히 부족했다. 주변 사람들과 어울리는 데 아주 극심한 어려움을 겪었다. 머리는 좋았음에도 학교 성적은 신통치 못했다. 컴퓨터, 만화책, SF 및 판타지 소설, 영화에만 온통 관심이 쏠려 있었고, 무엇보다 비디오게임에 완전히 미쳐 있었기 때문이다.

중학생이던 어느 날, 할리데이는 교내식당에 혼자 앉아서 『던전앤드래곤 플레이어 가이드북』을 읽고 있었다. 할리데이는 〈던전앤드래곤〉(약자로는 D&D)에 완전히 매료되었지만 실제로 그 게임을 해본 적은 없었다. 게임을 같이 할 친구가 전혀 없었기 때문이다. 같은 반이었던 오그던 모로는 할리데이가 읽던 책을 보더니 자기 집에서 매주 열던 D&D 게이머 모임에 그를 초대했다. 모로의 지하실에서 할리데이는 자신과 똑같은 '슈퍼오타쿠'들만 모여 있는 모임을 소개받았다. 그들은 즉시 할리데이를 모임의 일원으로 받아주었다. 생애 최초로 제임스 할리데이는 또래 친구들과 어울리게 되었다.

오그던 모로는 결국 할리데이의 동업자이자 공동 제작자이자 가장 절친한 친구가 되었다. 훗날 많은 사람들이 모로와 할리데이의 만남을 스티브 잡스와 스티브 워즈니악 또는 존 레논과 폴 매카트니의 만남에 비견했다. 실로 인류 역사의 흐름을 바꿀 운명적인 만남이었다.

할리데이는 열다섯 살 때 첫 번째 비디오게임인 〈아노락의 퀘스트〉를 개발했다. 전년도 크리스마스 때 선물받은(원래는 약간 더 비싼 코모도어 64를 사달라고 졸랐지만) TRS-80 컬러 컴퓨터에 베이직 언어를 사용해서 프로그래밍한 것이었다. 〈아노락의 퀘스트〉는 그가 고등학교 때 D&D 캠페인으로 창작한 판타지 세계인 크토니아를 배경으로 만든 어드벤처 게임이었다. '아노락'은 영국에서 그가 다니던 고등학교에 교환학생으로 온 한 여학생이 할리데이에게 붙여준 별명이었다. 그는 이 별명을 너무나 마음에 들어 한 나머지 가장 아끼는 D&D 캐릭터 이름으로 썼다. 그때 만든 초강력 마법사 캐릭터인 아노락은 훗날 그가 만든 비디오게임에도 여러 번 등장했다.

할리데이는 〈아노락의 퀘스트〉를 D&D 모임 회원들과 공유할 목적으로 재미 삼아 개발했다. 모임 회원들은 하나같이 그 게임에 중독되어 복잡한 수수께끼와 퍼즐을 푸는 데 헤아릴 수 없이 많은 시간을 갖다 바쳤다. 오그던 모로는 〈아노락의 퀘스트〉가 시판되고 있는 게임들보다 훨씬 뛰어나다는 사실을 힘주어 말하면서 할리데이에게 게임을 팔아 보라고 권했다. 모로의 도움으로 할리데이는 간단한 재킷 디자인을 만든 다음, 둘이서 같이 5.25인치 플로피 디스크 수십 장에 게임을 일일이 수작업으로 복사한 뒤, 낱장 짜리 사용설명서와 함께 비닐백에 담았다. 그들은 동네 컴퓨터 가게의 소프트웨어 제품매대에 올려놓고 게임을 판매하기 시작했다. 하지만 곧 게임 복제 속도가 수요를 따라가지 못하게 되었다.

모로와 할리데이는 모로의 지하실을 사무실 삼아 '그리게리어스 게임'이라는 비디오게임 회사를 직접 창업하기로 했다. 할리데이는 아타리 800XL과 애플 II와 코모도어 64 컴퓨터에서 실행할 수 있는 〈아노락의 퀘스트〉의 새로운 버전을 개발했고, 모로는 몇몇 컴퓨터 잡지 뒷면에 게임 광고를 싣기 시작했다. 반년이 채 되기도 전에 〈아노락의 퀘스트〉는 전국적인 베스트셀러가 되었다.

할리데이와 모로는 3학년 내내 〈아노락의 퀘스트 II〉 개발에 열중하느라고 하마터면 고등학교를 졸업하지 못할 뻔했다. 둘은 대학에 진학하는 대신 회사에 모든 정열을 쏟아붓기로 했다. 회사는 이제 모로의 지하실에서 감당하기에는 벅찰 만큼 커지고 있었다. 1990년 그리게리어스 게임 사는 창사 이래 처음으로 오하이오 주 콜럼버스에 있는 쇠퇴한 상업 지구에 위치한 사무실다운 사무실로 이전했다.

그로부터 10년 동안 할리데이가 개발한 획기적인 1인칭 그래픽 엔진을 사용한 액션 어드벤처 게임이 줄줄이 베스트셀러에 오르면서 이 작은 회사는 비디오게임 업계를 쥐락펴락하는 위치까지 오르게 되었다. 그리게리어스 게임 사는 몰입형 게임의 새로운 표준을 확립했으며, 새로운 게임을 출시할 때마다 당대 하드웨어에서 구현 불가능하다고 여겨졌던 한계를 여지없이 넘어섰다.

살집 좋은 오그던 모로는 천성적으로 카리스마가 있어 회사의 경영 업무와 홍보 전반을 담당했다. 기자회견 때마다 모로는 제멋대로 자란 수염과 금속테 안경 너머로 통쾌하게 웃어 젖히면서 과대 포장과 과장법 구사에 천부적으로 타고난 재능을 유감없이 발휘했다. 할리데이는 모든 면에서 모로와 거의 정반대였다. 키가 크고 말라빠진 데다 지나치게 숫기가 없어서 세상의 이목을 끄는 일을 싫어했다.

그 당시 그리게리어스 게임 사에서 일한 직원들은 할리데이가 자주 사무실에 틀어박혀서 쉴새 없이 프로그래밍만 하며 먹지도 자지도 않고 며칠에서 몇 주씩이나 사람과 접촉하지 않았다고 입을 모았다.

할리데이가 인터뷰에 응한 몇 안 되는 경우에도 그가 보인 행동은 게임 디자이너임을 감안하더라도 지나치게 기이했다. 과잉행동을 보이고 냉담했으며 사교성이 부족해, 인터뷰를 마친 기자들은 그에게 정신질환이 있다는 인상을 품고 떠나기 일쑤였다. 말을 너무 빨리하는 경향이 있어서 도통 무슨 말인지 알아들을 수 없는 때가 잦았고, 거슬리는 하이톤으로 소리 내어 웃었는데 그가 무엇 때문에 그렇게 웃는지 아는 사람은 그 자신뿐이었기에 더욱 거슬렸다. 그는 인터뷰(또는 대화)를 하는 동안 지루해지면 아무 말 없이 그냥 일어나서 나가버리곤 했다.

할리데이는 많은 종류의 집착을 가지고 있기로 유명했다. 그중에 단연 으뜸은 고전 비디오게임과 SF 및 판타지 소설과 장르를 불문한 영화에 대한 집착이었다. 또한 자신이 십대를 보낸 1980년대에 극심한 집착을 보였다. 할리데이는 주위 사람들이 모두 자신의 집착을 이해해

주기를 기대했으며 그렇지 않은 사람들에게는 폭언을 일삼았다. 그가 인용한 잘 알려지지 않은 영화 대사를 알지 못한다는 이유로, 또 그가 좋아하는 만화나 비디오게임 중에 어느 한 가지를 잘 모르는 걸로 밝혀졌다는 이유로 오랫동안 근무했던 직원도 자르기로 유명했다. (오그던 모로는 항상 할리데이가 눈치채지 못하도록 해고당한 직원을 몰래 다시 고용했다.)

해가 갈수록 할리데이의 미숙한 사교성은 점점 더 악화되는 듯했다. (그가 사망한 후에 심층 심리학 연구가 몇 차례 진행되었는데, 일상 행동에 대한 강박적인 고집과 극히 제한된 관심 분야에 대한 몰입을 근거로 많은 심리학자들은 할리데이가 아스퍼거 증후군이나 그와 비슷한 고기능 자폐증을 앓았다고 결론지었다.)

그의 기이한 행동에도 불구하고 할리데이가 천재라는 사실은 아무도 의심하지 않았다. 그가 개발한 게임은 중독성이 있고 널리 인기를 끌었다. 20세기 말에는 당대에 가장 위대한 비디오게임 디자이너로 폭넓게 인정받았다. 일각에서는 역대 최고의 비디오게임 디자이너라고 주장하기도 했다.

오그던 모로 역시 출중한 프로그래머였지만 그의 진정한 재능은 사업 감각이었다. 게임 개발에 참여한 것 외에도 모로는 초기 마케팅 캠페인과 셰어웨어 유통 전략을 총지휘해서 괄목할 만한 성과를 이끌어냈다. 그리게리어스 게임 사가 마침내 주식을 상장하자 주가는 즉시 하늘 높은 줄 모르고 치솟았다.

서른 살이 되었을 때 할리데이와 모로는 둘 다 백만장자가 되었다. 둘은 같은 거리에 있는 대저택을 나란히 사들였다. 모로는 람보르기니를 사고 장기 휴가를 내어 세계 여행을 했다. 할리데이는 영화 「백 투 더 퓨처」에서 사용했던 오리지널 드로리안 한 대를 사서 복원하고 컴퓨터 키보드를 용접해서 붙이는 데 공을 들였고, 훗날 세상에서 가장 큰 규모의 개인 소장품에 포함될 고전 비디오게임들과 「스타워즈」 캐릭터 인형, 추억의 도시락통, 만화책들을 사 모으는 데 돈을 아끼지 않았다.

성공 가도를 달리던 정점에서 그리게리어스 게임 사는 휴업 중인 것처럼 보였다. 몇 년간 새로운 게임 출시도 전혀 없었다. 모로는 회사가 사람들을 완전히 새로운 세상으로 인도할 아주 야심 찬 프로젝트를 진행 중이라는 알 듯 모를 듯한 발표를 했다. 그리게리어스 게임 사가 완전히 새로운 형태의 컴퓨터 게임기를 개발 중이며 그 비밀 프로젝트에 상당한 자금을 쏟아붓고 있다는 소문이 나돌기 시작했다. 할리데이와 모로가 회사의 새 프로젝트에 개인 재산까지 몽땅 털어 넣고 있다는 말도 돌았다. 결국 그리게리어스 게임 사가 파산 위기에 직면했다는 소문까지 번지기 시작했다.

2012년 12월 그리게리어스 게임 사는 그리게리어스 시뮬레이션 시스템(약자로는 GSS)으로 회사명을 새롭게 바꾸고 새로운 회사명 아래 대단히 혁신적인 상품을 시장에 내놓았다. GSS만이 출시할 수 있는 유일한 상품, 바로 오아시스^{OASIS}였다. (오아시스는 존재론적 인간중심 감각 몰입형 시뮬레이션의 약자다.)

오아시스는 전 세계인들이 삶을 영위하고 일하고 소통하는 방식을 궁극적으로 변화시킬 상품이었다. 오락 산업과 사회 관계망은 물론 국제 정세까지 바꿔놓을 상품이었다. 비록 처음에는 새로운 종류의 다중 접속 온라인게임으로 시장에 선보였지만 오아시스는 새로운 삶의 양식으로 빠르게 진화했다.

• • •

오아시스가 나오기 전에 다중접속 온라인^{MMO} 게임은 1세대 가상현실에 머물러 있었다. MMO 게임에서는 인터넷을 통해 하나의 가상세계 속에 수천 명의 플레이어가 동시에 접속할 수 있었다. 이때 온라인 공간의 전체 크기는 상대적으로 작아서 보통 단일 세계이거나 기껏해야 십여 개의 자그마한 행성이었다. MMO 게임 플레이어는 작은 2D 창인 데스크톱 컴퓨터의 모니터를 통해서만 온라인 공간을 볼 수 있었고, 키보드, 마우스 및 다른 조악한 입력 장치를 통해서만 게임과 상호작용할 수 있었다.

GSS는 MMO 게임의 개념을 완전히 새로운 수준으로 끌어올렸다. 오아시스는 유저를 단일 세계나 십여 개 정도의 행성에 묶어놓는 것을 넘어섰다. 오아시스는 수백 개의(나중에는 수천 개의) 고해상도 3D 세계로 탐험의 재미를 극대화시켰다. 모든 가상세계는 벌레와 풀잎, 바람과 날씨까지 아주 정교한 그래픽으로 구현되었다. 유저는 모든 행성을 마음껏 돌아다닐 수 있었고 같은 지형을 두 번 본 적이 없을 정도였다. 초기 단계부터 시뮬레이션의 크기는 실로 경이로운 수준이었다.

할리데이와 모로는 오아시스를 '오픈소스 현실'이라고 칭했다. 기존에 보유한 가정용 컴퓨터나 비디오게임기를 이용해 누구나 인터넷을 통해 접속할 수 있는 열린 세상이란 뜻이었다. 로그인만 하면 즉시 따분하고 고된 일상으로부터 탈출할 수 있었다. 외모나 목소리를 완벽히 제어할 수 있어 완전히 새로운 자아를 만들어낼 수 있었다. 오아시스에서는 살찐 사람은 마른 사람으로, 못생긴 사람은 잘생긴 사람으로, 숫기 없는 사람은 활발한 사람으로 얼마든지 변신할 수 있었다. 당연히 정반대도 가능했다. 이름, 나이, 성별, 인종, 키, 몸무게, 목소리, 머리색은 물론 골격의 구조까지 바꿀 수 있었다. 아예 인간의 몸을 버리고 엘프나 괴물, 외계인이 되거나, 문학작품, 영화, 신화에 등장한 어떤 피조물이라도 될 수 있었다.

　오아시스에서는 신분을 영원히 감춘 채 우리가 원하는 누구라도, 무엇이라도 될 수 있었다. 익명성이 보장되었기 때문이다.

　유저는 오아시스 내부에 있는 가상세계의 콘텐츠를 수정할 수 있고 완전히 새로운 세계를 창조할 수도 있었다. 한 개인의 온라인상 영향력이 하나의 웹사이트나 소셜 네트워크로 국한되지 않았다. 오아시스에서는 개인 행성을 만들어서 가상저택을 짓고 원하는 대로 가구를 들여놓고 집을 꾸미고 수천 명의 친구들을 파티에 초대할 수 있었다. 시차가 천차만별인 지구 전역에 흩어진 친구들을 초대할 수도 있었다.

　오아시스를 성공으로 이끈 열쇠는 GSS가 개발한 두 가지 새로운 인터페이스 장치였다. 두 장치 모두 시뮬레이션에 접속하기 위해 꼭 필요했다. 바로 오아시스 바이저와 햅틱 장갑이었다.

　무선 바이저는 일반 선글라스보다 약간 더 컸고, 누구에게나 맞도록 크기가 자동으로 조절되었다. 바이저는 인체에 무해한 저전력 레이저를 사용해서 오아시스의 아름답고 실감 나는 환경을 유저의 망막에 투사함으로써 눈의 가시 범위 전체를 자극해 가상세계에 완전히 몰입하게 만들었다. 이전까지 사용했던 투박한 가상현실 고글보다 수광년은 앞선 최첨단 장치였고, 가상현실 기술 분야에 패러다임 대전환을 불러 일으켰다. 초경량 햅틱 장갑 역시 마찬가지였다. 햅틱 장갑으로 유저는 아바타의 손을 직접 조종할 수 있었고, 실제로 가상세계 안에 존재하는 것처럼 주변 환경과 상호작용할 수 있었다. 물건을 집거나 문을 열거나 우주선을 조종할 때면 햅틱 장갑은 존재하지도 않는 물건과 표면을 진짜 내 앞에 놓여 있는 것처럼 만지게 해주었다. "손을 뻗어 오아시스를 만지세요."라는 텔레비전 광고 문구 그대로였다. 바이저와 햅틱 장갑을 동시에 착용하고 오아시스에 접속하는 경험은 어디에서도 맛볼 수 없는 색

다른 것이었다. 한번 이 맛을 본 사람들은 도저히 헤어나지 못했다.

시뮬레이션을 구동하는 소프트웨어인 할리데이가 개발한 새로운 오아시스 리얼리티 엔진도 비약적인 기술 진보를 상징했다. 이로써 이전에 가상현실 기술이 갖고 있던 한계가 극복되었다. 가상현실의 전체적인 크기 제한 외에도 초기 MMO 게임은 동시 접속자 수를 서버당 수천 명 정도로 제한해야 하는 단점이 있었다. 그 이상 많은 유저가 한꺼번에 접속하면 시스템이 과부하에 걸려 버벅거리고 아바타는 걸음을 옮기는 중간에 멈춰버렸다. 하지만 오아시스는 최첨단 신기술인 고장 허용 서버 배열을 이용해서 접속된 모든 컴퓨터로부터 추가적인 처리 능력을 끌어올 수 있었다. 발매 당시부터 오아시스는 시스템 랙이나 고장 없이 500만 명의 동시 접속자까지 문제없이 처리했다.

GSS는 대대적인 마케팅 캠페인으로 오아시스 출시를 홍보했다. 눈만 뜨면 보이는 TV광고, 옥외광고, 인터넷광고에는 드넓고 황량한 사막 한가운데 야자수가 빽빽하게 우거지고 수정처럼 맑고 파란 물이 출렁이는 진짜 오아시스가 등장했다.

GSS의 새로운 시도는 처음부터 대성공이었다. 오아시스는 사람들이 오랫동안 꿈꿔온 세상이었다. 오랫동안 기다렸던 '가상현실'이 마침내 세상에 나왔고 상상했던 수준을 뛰어넘었다. 오아시스는 가상유토피아이자 가정용 홀로데크였으며, 그중 오아시스의 가장 큰 매력은 무료라는 점이었다.

그 시절 대다수의 온라인게임이 월정액 이용료를 부과해서 수익을 창출했던 반면 GSS는 가입비로 단돈 25센트만 받고 평생 오아시스 계정을 이용하게 했다. 모든 광고에는 동일한 문구가 들어 있었다. '오아시스, 지금까지 탄생한 가장 위대한 비디오게임, 단돈 25센트.'

사회문화적 격변기, 세상 사람들이 모두 현실로부터 탈출을 갈망하던 시기에 오아시스는 저렴하고 합법적이고 안전하며 중독성 없는(의학적으로 판명된) 형태로 안식처를 제공했다. 그칠 줄 모르는 에너지 고갈의 위기는 오아시스의 걷잡을 수 없는 인기 확산에 크게 기여했다. 하늘 높이 치솟은 기름값으로 인해 비행기와 자동차를 이용한 여행은 대다수의 서민들에게 부담스러워졌고 오아시스는 사람들이 엄두를 낼 수 있는 유일한 휴가지였다. 저렴하고 풍요롭던 에너지의 시대가 종말에 가까워짐에 따라 빈곤과 불안이 바이러스처럼 퍼지기 시작했다. 하루하루 점점 더 많은 사람들이 할리데이와 모로가 창조한 가상유토피아에서 안식을 추구하게 되었다.

오아시스 안에 점포를 차리고 싶은 기업은 GSS로부터 가상부동산(모로가 '초현실 부동산'이라고 명명한)을 임대하거나 매입해야 했다. GSS는 이것을 예상해 섹터 1을 상업 구역으로 따로 남겨 두었고 초현실 부동산 수백만 지구를 매매하거나 임대하기 시작했다. 도시만큼 큰 쇼핑몰이 눈 깜박할 사이에 세워졌다. 곰팡이가 오렌지를 해치우는 장면을 저속 촬영한 영상처럼 점포는 야금야금 행성을 덮어 나갔다. 도시 개발이 이렇게 쉬운 적은 없었다.

GSS는 실제로 존재하지도 않는 땅을 팔아서 긁어모은 수십억 달러 외에도 불티나게 팔리는 아이템과 우주선에서 막대한 수익을 챙겼다. 오아시스가 사회생활에서 매우 필수적인 부분이 되었으므로 사람들은 아바타용 액세서리를 사는 데 돈을 아끼지 않았고, 옷이나 가구, 주택, 에어카, 마법의 검, 기관총 따위를 마구 사들였다. 이런 아이템들은 오아시스 서버에 저장된 0과 1로 이루어진 데이터에 지나지 않았지만 사회적 지위를 드러내는 상징물로 자리잡았다. 대부분의 아이템은 저렴했지만, GSS 입장에서는 제조 원가가 전혀 들지 않았기 때문에 모두가 다 순익으로 기록됐다. 계속되는 경제 불황에 허덕이는 상황에서조차 오아시스는 미국인들이 가장 즐거워하는 취미를 계속 즐기게 해줬다. 그 취미란 바로 쇼핑이었다.

오아시스는 사람들이 인터넷을 하는 목적이 되었고, 점차 오아시스라는 단어와 인터넷이라는 단어는 동의어가 되었다. GSS가 무료로 배포한, 놀라울 정도로 사용이 편리한 3D 오아시스 OS는 세계에서 가장 인기 있는 독보적인 운영체제가 되었다.

이윽고 지구촌에 사는 수십억 명은 매일 오아시스에서 일하고 놀았다. 만나서 사랑에 빠지고 같은 대륙에 발을 디뎌보지도 않은 채 결혼했다. 본연의 정체성과 아바타의 정체성 사이의 구분은 점점 더 모호해지기 시작했다.

실로 모든 인류가 비디오게임 안에서 자유시간을 만끽할 수 있는 새 시대의 서막이었다.

하루가 쏜살같이 흘러 마지막 수업인 라틴어 시간이 되었다.

다른 애들은 보통 중국어나 힌디어나 스페인어처럼 언젠가 써먹을 수 있는 외국어를 선택했지만, 나는 할리데이가 했다는 이유만으로 라틴어를 선택했다. 또 할리데이가 초기에 개발한 어드벤처 게임 속에 간혹 라틴어 단어나 구절을 넣었다는 이유도 있었다. 안타깝게도 오아시스의 무한한 가능성을 마음껏 이용할 수 있었음에도 랭크 선생님의 라틴어 수업은 따분하기 짝이 없었다. 게다가 오늘은 내가 벌써 다 암기한 동사들만 복습하고 있어서 거의 수업이 시작되자마자 집중력이 흩어져 버렸다.

수업시간에는 학생들이 수업에 집중하지 않고 영화를 보거나 게임을 하거나 서로 잡담을 나누지 못하게끔 학교에서 허가하지 않은 데이터나 프로그램에는 접속하지 못하도록 시스템이 막혀 있었다. 운 좋게도 나는 2학년 때 온라인 도서관 소프트웨어에서 우연히 버그를 하나 발견했는데, 그 버그를 이용하면 도서관에 소장된 모든 책에 접근할 수 있었다. 『아노락 연감』도 예외가 아니었다. 그래서 나는 지루할 때면 항상(바로 지금 같은 때에) 창을 새로 띄워 놓고 좋아하는 책을 읽으며 시간을 때우곤 했다.

지난 5년간 『아노락 연감』은 나의 바이블이었다. 다른 책과 마찬가지로 『아노락 연감』은 전자책으로만 나와 있었다. 하지만 나는 이 책을 밤낮을 가리지 않고 읽고 싶었다. 심지어 빈민촌의 잦은 정전 속에서도 읽고 싶었다. 그래서 버려진 옛날 레이저프린터를 고쳐다가 종이에 찍어내고는 옛날 3공 바인더에 끼워 넣어 모든 문장을 달달 외우는 그 순간까지 배낭에 넣고 다니며 공부할 수 있게 만들었다.

『아노락 연감』에는 할리데이가 좋아했던 책과 드라마, 영화, 노래, 그래픽소설, 비디오게임 목록이 수천 개쯤 들어 있었다. 대부분 40년이 지난 터라 오아시스에서 무료로 복사본을 내려받을 수 있었다. 합법적으로 무료로 이용할 수 없는 파일이 필요할 때는 건토렌트라는 전 세계 건터들이 사용하는 파일 공유 프로그램을 통하면 거의 구할 수 있었다.

나는 자료 조사에 임할 때만큼은 절대로 요령을 피지 않았다. 지난 5년간 건터 추천도서 목록에 오른 책은 죄다 읽었다. 더글러스 애덤스에서부터 커트 보네거트, 닐 스티븐슨, 리처드 K. 모건, 스티븐 킹, 오슨 스콧 카드, 테리 프래쳇, 테리 브룩스, 알프레드 베스터, 레이 브래드버리, 조 홀드먼, 로버트 하인라인, J.R.R. 톨킨, 잭 밴스, 윌리엄 깁슨, 닐 게이먼, 브루스 스털링, 마이클 무어콕, 존 스칼지, 로저 젤라즈니까지, 할리데이가 선호한 작가 한 명 한 명의 소설을 빠짐없이 찾아 읽었다.

나는 거기서 멈추지 않았다.

나는 『아노락 연감』에서 언급한 모든 영화도 챙겨 보았다. 「위험한 게임」, 「고스트버스터즈」, 「21세기 두뇌 게임」, 「작은 사랑의 기적」, 「기숙사 대소동」 등 할리데이가 좋아한 영화라면 장면 하나하나를 모조리 외워버릴 때까지 보고 또 보았다.

나는 할리데이가 '위대한 3부작'이라고 명명한 작품들인 「스타워즈」

(오리지널 3부작과 프리퀄 3부작 순서로), 「반지의 제왕」, 「매트릭스」, 「매드 맥스」, 「백 투 더 퓨처」, 「인디아나 존스」(할리데이는 4편 크리스탈 해골의 왕국부터는 인디아나 존스가 아니라고 주장한 적이 있는데 이에 전적으로 동의하는 바다.)를 탐독했다.

나는 할리데이가 심취한 감독들의 필모그래피도 전부 챙겨 보았다. 제임스 캐머런에서부터 테리 길리엄, 피터 잭슨, 데이비드 핀처, 스탠리 큐브릭, 조지 루카스, 스티븐 스필버그, 기예르모 델 토로, 쿠엔틴 타란티노까지 그들의 모든 작품을 감상했다. 물론 케빈 스미스의 작품도 빼놓지 않았다.

나는 석 달을 투자해 존 휴즈 감독의 하이틴 영화를 전부 챙겨 보고 핵심 대사를 모조리 머릿속에 집어넣었다.

"나약한 자는 잡히고, 대담한 자는 살아남는다."

나는 만반의 준비를 했다.

나는 몬티 파이튼을 연구했다. 「몬티 파이튼과 성배」는 물론이요, 몬티 파이튼과 관련된 모든 영화, 음반, 책은 물론 오리지널 BBC시리즈 전편을 챙겨 보았다. (독일 방송국을 위해 제작한 소위 '잃어버린' 에피소드 두 편도 포함해서)

나는 어떤 지름길도 택하지 않을 작정이었다.

분명한 단서를 놓치지 않아야 했다.

언제부턴가 나는 지나치게 몰입하기 시작했다.

나는 사실 약간 미쳐가고 있는지도 몰랐다.

「날으는 슈퍼맨-위대한 영웅」, 「출동! 에어울프」, 「A특공대」, 「전격 Z작전」, 「슈퍼 특공대Misfits of Science」, 「머펫쇼」 전편을 보았다.

「심슨 가족」을 봤냐고 묻는다면?

내가 자란 도시보다 스프링필드에 대해 더 훤히 알았다.

「스타트렉」시리즈? 당연히 섭렵했다. 오리지널 시리즈^{TOS}, 넥스트 제너레이션 시리즈^{TNG}, 딥 스페이스 나인 시리즈^{DS9}는 물론 보이저 시리즈^{VOY}와 엔터프라이즈 시리즈까지 전부 연대기 순으로 전편을 챙겨 보았다. 영화도 마찬가지였다. "페이저 조준 완료."

나는 80년대 토요일 아침 만화도 단기속성으로 집어삼켰다.

변신로봇인 머신로보 라인업과 트랜스포머 라인업의 이름도 빠짐없이 외웠다.

「공룡왕국」, 「선다르 더 바바리안$^{Thundarr\ the\ Barbarian}$」, 「우주의 왕자 히맨」, 「스쿨하우스 락!$^{Schoolhouse\ Rock!}$」, 「G.I. 유격대」를 빠삭하게 꿰고 있었다. "아는 것이 전투의 반이니까."

힘들 때 옆에 있어준 친구가 누구였냐고? 「H.R. 퍼폰스터프$^{H.R.\ Puffnstuf}$」였지.

일본? 내가 일본을 조사했던가?

암, 했고말고. 아니메와 라이브 액션. 「고질라」, 「대괴수 가메라」, 「우주전함 V호」, 「마그마 대사」, 「독수리 오형제」를 보았다. "내일의 희망 안고 번개호는 간다."

나는 취미 삼아 찔러보는 그저 그런 아마추어가 아니었다.

나는 빈둥거리지 않았다.

나는 빌 힉스의 스탠드업 코미디를 달달 외웠다.

음악? 아아, 모든 음악을 다 챙겨 듣는 일은 정말 고역이었다.

엄청난 시간을 잡아먹었다.

80년대라 함은 10년에 걸친 긴 시간이었다. 할리데이는 그리 안목을 잘 갖춘 사람 같지는 않았다. 모든 장르를 가리지 않고 다 들었다. 덩달아 나도 그래야 했다. 팝, 록, 뉴웨이브, 펑크, 헤비메탈을 들었다. 폴리스부터 저니, R.E.M., 클래시에 이르기까지 모든 장르의 음악을 듣느라

애를 먹었다.

나는 2주 만에 데이 마이트 비 자이언츠의 전집을 섭렵했다. 데보는 좀더 오래 걸렸다.

나는 우쿨렐레로 80년대 리메이크곡을 연주하는 귀엽고 괴짜스러운 여자들의 유튜브 동영상을 보고 또 보았다. 엄밀히 말하자면 이 항목은 자료 조사의 일부는 아니었다. 하지만 나는 어떤 설명도 변호도 할 수 없는 중증 '귀엽고 괴짜스러운 여자들의 우쿨렐레 연주 도착증'을 앓고 있었다.

노래 가사를 외우는 일도 해야 할 일 중 하나였다. 밴 헤일런, 본 조비, 데프 레퍼드, 핑크 플로이드 같은 밴드가 만든 황당한 가사들을 외웠다.

나는 끈질기게 노력했다.

밤늦게까지 미드나잇 오일을 불태우며 공부했다.

미드나잇 오일이 1987년에 〈베즈 아 버닝〉이라는 곡을 히트시킨 호주 밴드라는 사실을 알고 있었는가?

나는 집착했다. 결코 포기하지 않을 작정이었다. 성적은 곤두박질쳤지만, 전혀 상관없었다.

나는 할리데이가 소장했던 만화책은 한 권도 빠짐없이 챙겨 읽었다.

나는 누구도 내 열정을 의심하지 못하게 할 작정이었다.

특히 비디오게임에 관해서라면.

비디오게임은 누가 뭐래도 내 전공이었다.

나의 양손 무기 전문화 특성이었다.

내가 꿈꾸는 〈제퍼디!〉 문제 영역이었다.

나는 〈아칼라베스〉에서부터 〈잭슨〉에 이르기까지 『아노락 연감』에 언급되거나 목록에 끼어 있는 모든 게임을 내려받았다. 하나의 게임을 충분히 연습해 마스터한 다음에야 다른 게임으로 넘어갔다.

사람이 사회생활을 전혀 하지 않을 때 얼마나 많은 양의 조사를 할 수 있는지 알면 아마 놀라 자빠질 것이다. 하루에 12시간씩, 일주일에 7일은 아주 넉넉한 시간이다.

나는 모든 비디오게임 장르와 게임기를 조사해나갔다. 고전 오락실 게임기에서부터 가정용 컴퓨터, 콘솔, 휴대형 게임기까지, 그리고 텍스트 어드벤처 게임에서부터 1인칭 슈팅 게임, 3인칭 롤플레잉 게임, 20세기에 만들어진 8비트, 16비트, 32비트 고전 게임까지 낱낱이 조사했다. 게임이 어려울수록 나는 더욱 재미를 느꼈다. 디지털 고대 유물과도 같은 고전 게임을 즐기면서 하루하루가 지날수록, 해가 거듭될수록 내가 게임에 천부적인 재능을 타고났음을 깨달았다. 액션 게임 따위는 몇 시간이면 대체로 마스터할 수 있었고, 내가 풀지 못하는 어드벤처 게임이나 롤플레잉 게임이란 없었다. 공략이나 치트 코드 따위는 필요치 않았다. 오직 클릭해나갈 뿐이었다. 옛날 오락실 게임 실력은 특히 수준급이었다. 〈디펜더〉 같은 속도전 게임에 넋을 잃고 빠져 있을 때면 비상하는 한 마리 매처럼, 해저를 유영하는 한 마리 상어처럼 거칠 것이 없었다. 난생처음 천부적인 재능을 타고났다는 것이 어떤 느낌인지 알게 되었다. 하늘이 내린 재능이었다.

하지만 첫 번째 단서를 추리해낸 것은 옛날 영화나 만화, 비디오게임을 조사하던 중은 아니었다. 그 순간은 옛날 테이블 롤플레잉 게임 역사를 공부하던 중에 찾아왔다.

• • •

『아노락 연감』의 첫 장에는 할리데이가 「아노락의 초대장」에서 낭송했던 4행시가 인쇄되어 있었다.

숨겨진 열쇠 세 개, 비밀의 관문 세 개를 열지어다
모험 찾는 방랑자여, 응당한 자격을 시험받게 될지니
곤경을 헤쳐나갈 능력을 갖춘 자
상금이 기다리는 그 끝에 도달하리

처음에는 『아노락 연감』을 통틀어 이 4행시만이 유일하게 이스터에 그 찾기에 직접적으로 연관된 단서인 것처럼 보였다. 하지만 대중문화에 대한 두서 없는 토막글 속에 파묻혀 지내던 어느 날, 나는 숨겨진 메시지를 발견했다.

『아노락 연감』의 원문 전체에 걸쳐 띄엄띄엄 표식이 붙은 글자가 눈에 띄었다. 너무 작아서 거의 보이지 않을 만한 '표식'이었다. 사실 이 표식을 처음 본 건 할리데이가 죽은 이듬해였다. 그때는 종이에 찍어낸 인쇄본을 읽고 있었기 때문에 종이에 인쇄할 때 쓰인 구닥다리 프린터나 용지 때문에 생긴 사소한 인쇄 오류라고 생각했었다. 하지만 할리데이의 개인 웹사이트에 올려진 전자책에서도 정확히 똑같은 글자마다 똑같은 표식을 발견할 수 있었다. 글자를 확대하니 표식은 더욱 뚜렷하게 보였다.

할리데이가 일부러 넣은 것이었다. 이유가 있어서 특정 글자에 표식을 해둔 게 틀림없었다.

책을 훑으며 표시된 글자를 모두 세어보니 112개였다. 순서대로 글자를 적어 내려가니 의미가 통하는 문장이 만들어졌다. 이 문장을 성배일기에 적어 내려가는 동안 내 심장은 터질 듯이 쿵쾅거렸다.

구리 열쇠는 탐험가를 기다리네

공포에 휩싸인 무덤에 있다네

하지만 많은 것을 배워야 한다네

그대가 꿈꾸는

승리를 거머쥐려면

　다른 건터들도 물론 이 숨겨진 메시지를 발견했겠지만 다들 잠자코 비밀을 간직할 만큼 현명하게 처신했다. 어쨌든 한동안은 말이다. 내가 숨겨진 메시지를 발견한 지 6개월쯤 지났을 때 입만 살아있는 MIT 신입생 한 놈 역시 이것을 찾아냈다. 녀석의 이름은 스티븐 펜더개스트로 언론에 자신의 '발견'을 공개함으로써 반짝인기에 편승하는 길을 택했다. 그가 메시지 속에 함축된 의미에 대해서는 일말의 단서도 끌어내지 못했음에도 방송국은 한 달 내내 이 골 빈 녀석의 인터뷰를 틀어댔다. 그때부터 어떤 단서를 언론에 공개하는 행위는 '펜더개스트 같은 짓'으로 불리게 되었다.

　일단 이 메시지가 모두의 상식이 되고부터 건터들은 이 메시지에 '리머릭'이라는 별칭을 붙였다. 이 5행시가 세상에 공개된 지 4년 가까이 지나도록 숨은 의미를 추리해낸 사람은 아무도 없었고 구리 열쇠는 여전히 베일에 싸여 있었다.

　나는 할리데이가 초기에 개발한 어드벤처 게임 속에 자주 이런 류의 수수께끼를 넣었으며, 각각의 수수께끼가 항상 그 게임의 맥락에서 어떤 특별한 의미를 가진다는 사실을 알고 있었다. 그래서 나는 성배 일기에다가 리머릭을 한 행씩 해독해나갔다.

　'구리 열쇠는 탐험가를 기다리네.'

　이 행은 상당히 직설적으로 보였다. 숨은 의미 따위는 끄집어낼 수 없었다.

'공포에 휩싸인 무덤에 있다네.'

이 행은 좀더 까다로웠다. 곧이곧대로 이해하자면 열쇠가 무서운 것들로 가득 찬 어딘가에 있는 무덤에 숨겨져 있다는 말 같았다. 하지만 얼마 후에 조사를 계속하던 나는 1978년에 출판된 『공포의 무덤』이라는 이름의 옛날 〈던전앤드래곤〉 규칙서를 발견했다. 나는 제목을 보자마자 리머릭의 둘째 행과 연관이 있다고 확신했다. 할리데이와 모로는 고등학교 시절 내내 〈어드밴스 던전앤드래곤〉 게임을 즐겼고, 〈겁스〉, 〈챔피온스〉, 〈카워즈〉, 〈롤마스터〉 따위의 테이블 롤플레잉 게임도 즐겼다.

『공포의 무덤』은 '모듈'이라고 불리운 얇은 소책자였다. 이 책에는 언데드undead 괴물이 우글거리는 지하 미로의 상세 지도와 공간별 설명서가 있었다. D&D 플레이어가 캐릭터를 데리고 미로를 탐험하는 동안 던전 마스터는 탐험 도중에 보고 맞닥뜨리는 모든 것을 말로 묘사해주면서 책의 내용을 읽어주고 스토리에 따라 게임이 진행되도록 이끌어주는 역할을 한다.

나는 초창기 롤플레잉 게임이 어떤 식으로 진행되었는지 배우면서 D&D의 모듈이 오아시스 퀘스트의 원시적인 형태임을 깨달았다. D&D 캐릭터는 아바타와 일치했다. 말하자면 옛날 롤플레잉 게임들은 컴퓨터가 지금처럼 막강한 역할을 하기 훨씬 전에 만들어진 첫 번째 가상현실 시뮬레이션인 셈이었다. 그 시절에는 또 다른 세계로 탈출하고 싶으면 머리와 종이, 연필, 주사위, 규칙서를 이용해서 스스로 세계를 창조해야 했다. 이를 깨닫자 온몸에 전율이 흘렀다. 할리데이의 이스터에그 찾기에 대한 시각이 송두리째 바뀌었다. 그때부터 나는 에그 찾기를 정교하게 설정된 D&D 모듈로 생각하기로 마음먹었다. 할리데이는 무덤

속에서 게임을 통솔하고 있었지만 던전 마스터가 분명했다.

나는 옛날 FTP 아카이브에 깊숙이 처박혀 있던 67년 전 『공포의 무덤』 모듈 파일을 찾아냈다. 그리고 이 파일을 연구하면서 가설을 하나 세우기 시작했다. 오아시스 어딘가에 할리데이가 공포의 무덤을 복원해두었고 그 안에 구리 열쇠를 숨겼다는 가설이었다.

이후 나는 몇 달을 바쳐 모듈을 연구하고 지도와 설명서를 열심히 외웠다. 무덤이 어디에 있는지 알아낼 그날만을 고대하면서 말이다. 하지만 문제는 그 대목이었다. 리머릭에는 그 망할 것을 어디에 숨겼는지에 관해서는 아무런 힌트도 없었다. 유일한 단서는 '하지만 많은 것을 배워야 한다네, 그대가 꿈꾸는 승리를 거머쥐려면.'이라는 문장인 것 같았다.

이 문장을 머릿속으로 반복해서 중얼거리다 보니 좌절감에 머리칼을 쥐어뜯고 싶어졌다. '많은 것을 배워야 한다네.' 그래, 알았어, 좋아. 내가 무엇에 대해 많은 것을 배워야 하지?

오아시스에는 말 그대로 수천 개의 행성이 있고 할리데이는 어느 행성에라도 공포의 무덤을 숨길 수 있었다. 모든 행성을 하나씩 조사해보는 일은 영원히 끝나지 않을 일이었다. 설령 그렇게 할 수 있는 수단이 있다손 치더라도.

섹터 2에 있는 가이객스라는 행성은 시작해볼 만한 장소로 보였다. 할리데이는 그 행성을 손수 코딩하고 나서 〈던전앤드래곤〉의 개발자 중 한 명이자 오리지널 『공포의 무덤』 모듈의 저자였던 게리 가이객스의 이름을 따서 붙였다. 건터피디아(건터위키)에 따르면 가이객스 행성은 옛날 D&D 모듈을 많이 재현해놓은 곳이긴 했지만 그중에 '공포의 무덤'은 없었다. D&D를 테마로 한 다른 행성 어디에도 이것을 재현해놓은 곳은 없는 듯했다. 건터들은 그 행성들을 다 헤집고 다니면서 구석구석을 수색했다. 공포의 무덤이 그중에 숨겨져 있다면 분명 오래전에 발견되고 기록되었어야 했다.

따라서 무덤은 다른 어딘가에 숨겨져 있는 게 분명했다. 어딘지는 전혀 감도 잡히지 않았다. 하지만 끈질기게 노력한다면 마침내 무덤이 숨겨진 장소를 알아내기 위해 필요한 단서를 알아낼 수 있다고 나 자신을 북돋웠다. 사실 그게 아마도 '하지만 많은 것을 배워야 한다네, 그대가 꿈꾸는 승리를 거머쥐려면.'이라는 문장의 속뜻일지도 모를 일이었다.

만약 다른 건터 중에도 나만큼 리머릭을 해독해낸 이가 있다면 지금까지는 조용히 처신할 만큼 어느 정도 머리가 돌아가는 건터인 듯했다. 어떤 건터 게시판에도 공포의 무덤에 관련된 글은 올라오지 않았다. 물론 옛날 D&D 모듈에 대한 내 가설이 완전히 형편없는 낭설이며 헛다리를 짚었기 때문일 가능성도 있었다.

그래서 나는 구리 열쇠를 찾을 길을 열어줄 단서를 마침내 마주치게 되는 그날을 준비하는 마음으로 보고 듣고 읽고 공부하는 일을 게을리하지 않았다.

그리고 마침내 그날은 왔다. 라틴어 수업 시간에 그저 책상에 앉아 공상에 빠져 있던 바로 그때였다.

0007?

랭크 선생님은 교실 앞에 서서 천천히 라틴어 동사 활용을 가르치고 있었다. 영어로 먼저 읽고 다음에 라틴어로 읽으면 선생님이 읽는 속도에 맞춰 칠판에 자동으로 단어가 표시되었다. 지겨운 동사 활용을 외울 때마다 나는 머릿속에 맴도는 옛날 〈스쿨하우스 락!〉 멜로디에 가사로 붙이곤 했다. "달리다, 가다, 얻다, 주다. 동사! 동사는 지금 일어나고 있는 일을 말해요!"

속으로 멜로디를 흥얼거리고 있을 때 랭크 선생님이 '배우다'라는 동사를 라틴어로 설명하기 시작했다. "동사 '배우다'는 디스케레discere라고 하지. 자, 이 동사는 아주 외우기 쉽단다. '배우다'라는 뜻이 있는 영어 단어 'discern'과 비슷하지."

선생님이 '배우다'를 되풀이해서 발음하는 것을 듣다 보니 자연스럽게 리머릭이 떠올랐다. '하지만 많은 것을 배워야 한다네, 그대가 꿈꾸는 승리를 거머쥐려면.'

랭크 선생님은 계속해서 동사를 넣은 예문을 읽었다. "우리는 배우러 학교에 간다, 페티무스 스콜람 우트 리테라스 디스카무스."

바로 그때였다. 하늘에서 쇳덩이가 떨어져 두개골에 내리꽂힌 느낌이었다. 나는 같은 반 아이들을 둘러보았다. '많은 것을 배워야' 하는 집단은 대체 누구인가?

학생들이었다. 고등학생들이었다.

나는 '많은 것을 배워야' 하는 학생들로 가득 찬 바로 그 행성에 있었다.

만약 리머릭이 가리키는 공포의 무덤이 바로 이곳 루두스에 숨겨져 있음을 뜻한다면? 내가 지난 5년간 하릴없이 빈둥거렸던 바로 그 행성이라면?

그러자 '루두스' 역시 '학교'라는 뜻의 라틴어 낱말이라는 사실이 떠올랐다. 나는 다시 한번 뜻을 확인할 겸 라틴어 사전을 펼쳤다가 루두스에 또 다른 뜻이 있음을 알게 되었다. 루두스에는 '학교'라는 뜻 외에 '스포츠'나 '게임'이란 뜻도 있었다.

게임.

나는 그만 접이식 의자에서 미끄러져 바닥에 쿵 하고 엉덩방아를 찧었다. 오아시스 콘솔이 내 움직임을 감지하고 교실 바닥에 아바타를 넘어뜨리려고 했지만, 교실 운영 소프트웨어가 이를 차단했고 화면에는 경고문이 깜빡였다. '수업 중에는 자리에 앉으세요!'

과하게 흥분해서는 안 된다고 나 자신을 타일렀다. 속단인지도 몰랐다. 오아시스 안에는 루두스 말고 다른 행성에도 수많은 사립학교와 대학이 즐비했다. 리머릭이 그런 행성을 가리킬 수도 있었다. 하지만 왠지 그렇지 않을 것 같다는 생각이 들었다. 루두스가 더욱 그럴듯했다. 할리데이는 오아시스가 가진 교육적 수단으로서의 무한한 잠재력을 증명하기 위해 오아시스 공립학교 시스템을 만드는 데 수십억 달러를 기부했다. 그리고 죽기 전에 재단을 설립해 운영비를 상시적으로 충당할 수 있게 만들었다. 할리데이 교육재단은 세상의 모든 가난한 아이들이 오아시스 학교에 다닐 수 있도록 무상으로 오아시스 단말기와 인터넷 접속을 지원해주었다.

GSS 소속 프로그래머들이 루두스 행성과 그 행성에 자리한 모든 학교를 설계하고 건축했다. 따라서 할리데이가 루두스라는 이름을 붙인 사람일 가능성은 충분했다. 게다가 그는 여기에 뭔가 숨기고 싶었다면 얼마든지 루두스의 소스 코드에 접근할 수 있는 사람이기도 했다.

연쇄 폭발하는 원자폭탄처럼 머릿속에서 깨달음이 우두두두 터져 나왔다.

오리지널 D&D 모듈에 따르면 공포의 무덤 입구는 '폭 180미터, 길이 330미터쯤 되는 낮고 평탄한 언덕' 근처에 숨겨져 있었다. 언덕 꼭대기에는 큼직한 검은 돌이 여러 개 놓여 있었는데, 높은 하늘에서 내려다보면 해골의 눈구멍과 콧구멍과 치아처럼 보이도록 배열되어 있었다.

하지만 루두스 어딘가에 그런 언덕이 숨겨져 있다면 지금쯤은 우연히 발견되었어야 하는 게 아닐까?

아마 그렇지는 않을 것이다. 루두스 행성에 흩어져 있는 수천 개의 캠퍼스 사이사이 공터에는 수백 개의 광활한 숲이 자리잡고 있었다. 어떤 숲은 수십 제곱킬로미터까지 뻗어 있을 만큼 넓었다. 대부분의 학생들은 숲에 발을 디뎌본 적도 없었다. 뭔가 재미있는 할 거리나 볼 거리가 전혀 없는 곳이었기 때문이다. 들판과 강, 호수와 마찬가지로 루두스의 숲은 단지 빈 공간을 채울 목적으로 컴퓨터로 만들어낸 풍경일 뿐이었다.

물론 내 아바타는 루두스에 오래 머물렀던 터라 지루함을 달래고자 학교에서 걸어갈 만한 거리에 있는 몇몇 숲에 가본 적이 있었다. 하지만 숲에는 무작위로 생성된 수천 그루의 나무와 평범한 새와 토끼와 다람쥐뿐이었다. (이 작은 동물들은 죽이더라도 경험치를 올리지 못함을 직접 확인했다.)

그러니 루두스의 광활하고 인적 드문 숲 어딘가에 해골 형상으로 돌이 놓인 작은 언덕이 있을 가능성은 충분했다.

화면에 루두스 지도를 펼치려고 했으나 그럴 수 없었다. 아직 수업 중이었으므로 시스템은 이를 차단했다. 해킹으로 온라인 도서관에 보관된 책에 접근하는 것은 가능했지만 오아시스 아틀라스 지도 소프트웨어에는 먹혀들지 않았다.

"제기랄!" 답답한 마음에 불쑥 욕이 튀어나왔다. 교실 운영 소프트웨어가 자동으로 걸러냈기 때문에 랭크 선생님도 급우들도 이 말을 듣지 못했다. 하지만 경고문이 또 한 번 깜빡였다. '비속어를 사용하면 안 됩니다. 경고합니다!'

나는 화면 한 켠에 있는 시계를 보았다. 수업이 끝나려면 정확히 17분 20초가 남아 있었다. 나는 이를 앙다물고 앉아 매 초를 입 밖으로 셌다. 여전히 가슴이 콩닥콩닥 뛰고 있었다.

루두스는 섹터 1에 있는 특별할 것 없는 행성이었다. 여기는 학교 외엔 아무것도 없는 공간이었기 때문에 어떤 건터도 구리 열쇠를 루두스에서 찾아볼 생각은 하지 않았다. 나 역시 루두스에서 찾아볼 생각은 꿈에도 하지 않았다. 그러니 감추기에 더없이 완벽한 장소였던 셈이다. 하지만 왜 할리데이가 구리 열쇠를 여기에 숨기기로 했을까? 그건 아마도……

학생이 구리 열쇠를 찾기를 바란 것이었다.

숨은 의도를 곱씹고 있을 때 마침 수업 끝나는 종이 울렸다. 다들 줄지어 교실 밖으로 나가거나 앉은 자리에서 사라지기 시작했다. 랭크 선생님의 아바타도 사라졌다. 순식간에 교실에는 나만 덩그러니 남게 되었다.

나는 화면에 루두스 지도를 펼쳤다. 정면에 손으로 회전이 가능한 3D 행성이 둥둥 떠올랐다. 루두스는 오아시스 표준 행성보다는 상대적으로 작은 편에 속했다. 달의 3분의 1쯤 되는 크기에 둘레는 정확히 1,000킬로미터였다. 행성 전체가 하나의 대륙으로 덮여 있어 바다가 없는 대신 커다란 호수들이 여기저기 흩어져 있었다. 오아시스 행성은 물리적인 행성이 아니었기 때문에 자연법칙을 따를 필요가 없었다. 루두스는 행성 위의 어디에 서 있든지 일 년 내내 환한 낮이었으며, 하늘은 언제나 구름 한 점 없는 완벽한 파란색이었다. 머리 위에 걸린 고정된 태양은 가상하늘에 코딩된 가상광원에 불과했다.

지도상에서 학교 캠퍼스는 숫자가 적힌 같은 모양의 직사각형 수천 개로 점점이 표시되어 있었다. 초록 들판과 강과 산맥과 숲이 캠퍼스를 갈라놓고 있었다. 숲의 모양과 크기는 아주 다양했고, 대부분은 학교 캠퍼스를 하나씩 에워싸고 있었다. 나는 지도 옆에 『공포의 무덤』 모듈을 펼쳤다. 앞부분에 무덤이 숨겨진 언덕을 그린 조악한 삽화가 들어 있었다. 나는 이 삽화의 스크린샷을 뜬 다음 화면 구석에 따로 옮겨두었다.

몹시 흥분한 나는 즐겨찾는 불법 와레즈 사이트를 뒤져서 오아시스 아틀라스 지도 소프트웨어용 고급 영상인식 플러그인을 찾아냈다. 일단 건토렌트를 통해 소프트웨어를 내려받자 크고 검은 돌이 해골 형상으로 놓인 언덕을 찾기 위해 루두스 행성 표면을 어떻게 스캔해야 할지 알아내는 건 식은 죽 먹기였다. 『공포의 무덤』 모듈에 있는 삽화와 꼭 맞는 크기와 형태와 모양을 한 바로 그 언덕 말이다.

검색한 지 10분쯤 되었을 때 한 후보 지점에 하이라이트 표시가 생겼다.

나는 숨을 멈추고 루두스 지도에서 오려낸 확대 이미지를 D&D 모듈에서 찾아낸 삽화 옆에 옮겨놓았다. 언덕의 형태와 해골 형상으로 놓인 돌이 모두 완벽하게 일치했다.

지도를 조금 축소시켜 시야를 넓힌 후 언덕의 북쪽 가장자리를 확인했다. 모래와 부스러지는 자갈로 된 절벽이었다. 역시 오리지널 D&D 모듈과 정확히 일치했다.

나는 텅 빈 교실이 쩡쩡 울리도록 환호성을 질러댔고 내 코딱지만 한 은신처 안을 방방 뛰어다녔다. 내가 해낸 것이었다. 내가 진짜로 공포의 무덤을 찾아낸 것이었다!

마침내 조금 진정이 되었을 때 빠른 셈을 해보았다. 언덕의 위치는 루두스 정반대편에 위치한 아메바처럼 생긴 커다란 숲의 한복판이었다. 우리 학교에서 400킬로미터가 조금 넘는 거리였다. 내 아바타의 최대속력은 시속 5킬로미터였다. 그러니 한 번도 쉬지 않고 뛴다고 가정할 때 사흘이 넘게 걸리는 거리였다. 순간이동을 이용할 수 있다면 단 몇 분이면 도달할 수 있었다. 그처럼 짧은 거리를 이동하는 요금은 기껏해야 수백 크레딧 정도일 테지만, 안타깝게도 그 저렴한 요금조차도 현재 내 오아시스 계정에 있는 크레딧을 초과했다. 내 크레딧은 깔끔하게 텅 빈 상태였다.

대책을 궁리해보았다. 에이치에게 말하면 돈을 빌려줄 테지만 도움은 받고 싶지 않았다. 내 힘으로 무덤까지 갈 수 없다면 아예 자격이 없는 셈이었다. 게다가 어디에 쓸 돈인지에 대해 에이치에게 거짓말을 해야 할 텐데, 그동안 한 번도 돈을 꿔달라고 한 적이 없었던 만큼 어떤 변명도 의심을 살 게 뻔했다.

에이치를 떠올리자 나는 실실 터져 나오는 웃음을 참을 수가 없었다. 이 사실을 아는 순간 녀석은 아마 놀라서 졸도할 것이다. 무덤은 에이치네 학교에서 70킬로미터도 채 안 되는 곳에 숨겨져 있었다! 사실상 그의 앞마당이나 다름없었다.

그 생각에 미치자 펄쩍 뛰어오를 만큼 기발한 아이디어가 하나 떠올랐다. 나는 교실을 빠져나와 복도를 내달렸다.

나는 루두스의 정반대편으로 순간이동할 수 있을 뿐만 아니라 요금까지도 학교에서 부담하게 하는 방법을 알고 있었다.

　오아시스 공립학교에는 다양한 운동부가 있었다. 레슬링부, 축구부, 미식축구부, 야구부, 배구부는 물론 퀴디치나 무중력 깃발뺏기 게임처럼 현실세계에서는 불가능한 운동부도 몇 개 있었다. 학생들은 오프라인 학교에서처럼 야외에 나가서 정교한 스포츠용 햅틱 장치를 이용해서 달리고, 점프하고, 공을 차고, 태클을 거는 등의 모든 동작을 실제로 하면서 운동부 활동을 했다. 운동부는 야간훈련도 하고 친선경기도 열고 루두스에 있는 다른 학교로 원정경기를 가기도 했다. 우리 학교는 원정경기에 참석하고 싶은 학생에게 무료 순간이동 바우처를 제공해 관중석에서 우리 학교를 응원하게 해주었다. 우리 학교 깃발뺏기 게임 팀이 오아시스 공립학교 챔피언대회에서 에이치네 학교와 맞붙었을 때 딱 한 번 이 제도를 이용한 적이 있었다.

　나는 행정실에 도착하자마자 경기 일정을 죽 훑어보았다. 내게 필요한 경기가 당장 눈에 띄었다. 그날 밤 우리 미식축구팀이 공립학교 #0571과 원정경기를 가질 예정이었다. 거기서 무덤이 숨겨진 숲까지는 달려서 한 시간 정도면 갈 수 있는 거리였다.

　나는 손을 뻗어 그 경기를 선택했다. 그 즉시 공립학교 #0571을 다녀올 수 있는 무료 왕복 순간이동 바우처가 내 아이템 보관함으로 이동했다.

　사물함에 들러 얼른 교과서를 내려놓고는 손전등과 단검과 방패와 갑옷을 챙겼다. 그러고 나서 전력질주로 정문을 빠져나가 학교 앞에 넓게 펼쳐진 초록 잔디밭을 가로질렀다.

　학교 구역의 끝 지점을 표시하는 빨간 경계선에 다다랐을 때 나는 혹시 누가 보고 있진 않은지 주위를 휙 둘러보고는 선을 폴짝 넘었다. 그러자 내 머리 위에 둥둥 떠 있던 웨이드3이라는 명찰이 파르지발로 바뀌었다. 학교 구역을 벗어났으므로 아바타 이름을 다시 사용할 수 있었다. 명찰을 아예 없애는 것도 가능했는데 신분을 숨기고 돌아다니고 싶었으므로 바로 그렇게 했다.

가장 가까운 순간이동 터미널은 학교에서 조금 떨어진 조약돌 길 끝에 있었다. 터미널은 대형 돔 천장을 상아기둥 열두 개가 받치고 있는 웅장한 파빌리온 건물이었다. 기둥마다 파란 육각형 중앙에 대문자 'T'가 적힌 오아시스 순간이동 아이콘이 붙어 있었다. 학교가 파한 지 얼마 되지 않은 터라 아직도 터미널로 줄지어 몰려가는 아바타 행렬이 보였다. 터미널 내부에는 파란색 순간이동 부스가 빽빽하게 세워져 있었다. 그 형태와 색상을 보면 언제나 「닥터 후」의 타임머신 타디스가 떠올랐다. 눈에 띄는 첫 번째 빈 부스로 들어가니 문이 저절로 닫혔다. 바우처에 이미 목적지가 암호화되어 있었기 때문에 터치스크린에 따로 목적지를 입력할 필요가 없었다. 나는 바우처를 투입구에 밀어 넣었다. 루두스 지도가 스크린에 펼쳐지고 현 위치부터 목적지까지 동선이 표시된 다음 오아시스 공립학교 #0571 바로 옆에 녹색 점이 깜빡였다. 즉시 내가 이동할 거리(462킬로미터)와 학교에 청구할 요금(103크레딧)이 산정되었다. 바우처 확인이 끝나자 지불완료 표시가 나타나고 아바타가 사라졌다.

나는 즉시 행성 반대쪽에 있는 똑같이 생긴 순간이동 터미널 내부에 똑같이 생긴 부스에 다시 나타났다. 밖으로 나갔더니 남쪽으로 공립학교 #0571이 눈에 들어왔다. 주변 풍경만 제외하면 우리 학교와 정확히 닮은꼴이었다. 우리 학교 학생들 몇 명이 우리 팀을 응원하러 근처에 있는 미식축구 경기장 쪽으로 걸어가고 있었다. 번거롭게 직접 경기장에 가는 이유는 나로서는 알 수 없었다. 비디오피드 창을 통해 경기를 보면 훨씬 편할 텐데 말이다. 관중석의 빈자리는 무작위로 생성된 NPC 팬들로 채워졌다. NPC 팬들은 과격하게 응원을 하면서 가상탄산음료와 가상핫도그를 게걸스럽게 먹어댔다. 이들은 이따금 '파도응원'까지 멋지게 소화했다.

나는 학교 뒤편으로 뻗어 있는 완만한 초록 잔디밭을 가로질러 달렸다. 멀리 작은 산등성이가 어렴풋이 보였고 산자락 아래 펼쳐진 아메바 모양의 숲이 보였다.

자동 경주 모드를 켜고 아이템 보관함을 열어서 목록 중에 3개의 아이템을 선택했다. 몸에는 갑옷이 입혀졌고, 등에는 방패가, 허리에는 단검이 나타났다.

숲 가장자리에 거의 다다랐을 무렵 전화벨이 울렸다. 아이디를 보니 에이치였다. 분명 왜 아직 지하실에 접속하지 않았는지 묻는 전화일 터였다. 하지만 전화를 받으면 작아져 가는 오아시스 공립학교 #0571을 배경으로 전속력으로 잔디밭을 내달리고 있는 내 아바타 화면이 실시간으로 노출될 게 뻔했다. 전화를 음성 전용으로 돌려 현재 위치를 숨길 수도 있었지만 에이치를 더욱 의심하게 만들 게 뻔했다. 그래서 전화가 동영상 사서함으로 넘어가기를 기다렸다. 에이치의 얼굴이 작은 창에 떴다. 에이치는 어딘가에 있는 PvP 경기장에서 전화를 걸고 있었다. 뒤편으로 아바타 수십 명이 서로 치열한 전투를 벌이고 있는 모습이 보였다.

"지! 뭐 하는 거야? 「레이디호크」보면서 침 흘리냐?" 에이치는 체셔 고양이처럼 웃었다. "팝콘 좀 씹으며 「스페이스드」정주행할 생각인데 올래?" 에이치는 전화를 끊었고 영상이 꺼졌다.

나는 숙제할 게 많아서 오늘 밤엔 놀 시간이 없다는 내용의 문자를 보냈다. 그러고 나서 『공포의 무덤』 모듈을 꺼낸 다음 다시 한번 한 장씩 넘기며 천천히 주의를 집중해서 읽기 시작했다. 내가 이제 곧 맞닥뜨릴 모든 일에 대한 상세한 설명이 거기 담겨 있으리라 철석같이 믿었기 때문이다. 서문은 이렇게 시작했다.

"세상의 머나먼 끝에, 버려지고 외로운 언덕 아래, 위험이 도사리는 공포의 무덤이 있다. 이 지하 미로는 끔찍한 함정과 기괴하고 흉악한 괴물과 마법의 보물들로 가득 차 있으며 지하 어딘가에 악령 데미리치가 도사리고 있다."

마지막 부분은 심히 걱정스러웠다. 리치는 언데드 괴물, 즉 주로 초강력 마법사나 왕이 흑마법을 이용해서 자신의 시체를 되살려 지적 능력을 부여한 후 비정상적인 불사조로 만든 존재였다. 셀 수 없이 많은 비디오게임과 판타지 소설에서 리치를 접해본 바로는 무슨 수를 써서라도 피하는 것이 상책이었다.

나는 무덤의 지도와 각 방의 설명서를 찬찬히 들여다보았다. 무덤의 입구는 부스러지는 자갈로 된 절벽 중간에 묻혀 있었다. 터널은 33개의 방이 있는 지하 미로로 이어지며 방마다 온갖 잔인한 괴물, 치명적인 함정, (대부분은 저주받은) 보물로 가득 차 있었다. 만약 무슨 수를 써서든 모든 함정을 피하고 미로를 통과하면 마침내 데미리치 아케레락이 있는 지하 묘실에 다다를 수 있었다. 그 방에는 보물이 흩어져 있지만 그 보물에 손을 대는 즉시 언데드인 보스 아케레락이 나타나서 흠씬 두들겨 팰 게 뻔했다. 어떤 기적이 일어나 아케레락을 물리치는 데 성공한다면 보물을 차지하고 던전을 떠날 수 있었다. 임무는 달성되고 퀘스트는 끝이 나는 것이었다.

할리데이가 모듈에서 묘사된 내용과 똑같이 공포의 무덤을 다시 만들었다면 여간 큰 난관이 아닐 수 없었다. 내 아바타는 레벨 3짜리 약골인 데다 마법 능력이 없는 무기밖에 없었고 생명치는 턱없이 낮은

27이었다. 모듈에 나온 거의 모든 함정과 괴물에 나는 아주 쉽게 죽을 수 있었다. 어떤 기염을 토해 가까스로 마지막 지하 묘실까지 간다 해도 울트라 초강력 데미리치는 마주치기가 무섭게 나를 한 방에 때려눕힐 수 있었다.

하지만 내게도 유리한 점은 몇 가지 있었다. 무엇보다 나는 잃을 게 아무것도 없었다. 아바타가 죽으면 단검과 방패와 가죽 갑옷, 그리고 몇 년에 걸쳐 간신히 올려놓은 레벨 3이 없어질 터였다. 레벨 1짜리 신규 아바타를 만들면 가장 마지막에 로그인한 장소였던 사물함 앞에 나타날 것이다. 그러면 무덤으로 되돌아와서 다시 시도하면 된다. 매일 밤 시도하고 또 시도하고, 마침내 구리 열쇠가 어디에 숨겨져 있는지 찾아낼 때까지 경험치를 모아 레벨을 올리면 된다. (예비용 아바타 같은 것은 없었다. 오아시스 유저는 한 번에 하나의 아바타만 보유할 수 있었다. 해커들은 개조한 바이저를 써서 망막 패턴을 도용한 다음 다른 계정을 생성하기도 했다. 하지만 덜미가 잡히면 평생 오아시스에서 추방되고 대회에서 실격된다. 이런 위험을 감수하려는 건터는 없었다.)

또 하나 유리한 점은 (바라건대) 무덤에 들어간 이후 정확히 어떤 일이 벌어지는지 알고 있다는 점이었다. 모듈에는 전체 미로의 상세 지도가 나와 있었다. 함정이 어디에 설치되어 있는지, 어떻게 해제시키거나 피하는지 요령이 적혀 있었으며, 어떤 방에 괴물이 있는지, 어디에 무기와 보물이 숨겨져 있는지도 공개되어 있었다. 물론 할리데이가 변형시키지 않았다는 가정하에서 말이다. 변형시켰다면 나는 끝장이었다. 하지만 그 순간 온몸에 짜릿한 긴장감이 감돌며 걱정은 저만치 밀려났다. 마침내 내 인생에서 가장 위대하고 중요한 발견을 해낼 시간이 왔다. 구리 열쇠가 감춰진 장소가 바로 코앞에 있었다!

마침내 숲에 다다랐다. 나는 숲 안으로 뛰어들었다. 완벽하게 표현된 단풍나무와 떡갈나무, 가문비나무, 낙엽송 수천 그루가 나를 반겼다. 표준 오아시스 풍경 템플릿을 이용해서 만들어지고 배치되긴 했지만 섬세하게 다듬어진 숲은 황홀할 정도로 아름다웠다. 나무 한 그루를 가까이 살펴보기 위해 잠깐 멈춰 섰더니 나무껍질의 복잡한 굴곡을 따라 기어가는 개미 행렬이 보였다. 개미 행렬은 왠지 모르게 내가 제대로 길을 찾아가고 있다는 표식처럼 여겨졌다.

숲에는 사람만 다니는 길이 따로 없었다. 그래서 나는 화면 한 켠에 지도를 열어놓고 무덤 입구를 뜻하는 해골 형상을 머리에 인 언덕의 위치를 가늠했다. 지도는 숲의 한복판에 있는 큰 공터를 가리켰다. 공터로 발을 내디딜 때는 마치 심장이 늑골을 부수고 터져 나가는 것만 같았다.

낮고 평탄한 언덕을 기어올랐다. D&D 모듈에 있는 삽화 속을 걷고 있는 듯한 느낌이었다. 할리데이는 모든 것을 모듈과 똑같이 재현해놓았다. 12개의 커다란 검은 돌은 언덕 꼭대기에 해골 형상을 닮은 그 패턴으로 놓여 있었다.

나는 언덕 꼭대기의 북쪽 가장자리로 걸어가서 부스러지는 자갈로 된 절벽 사면을 따라 내려갔다. 모듈 지도를 참고해서 무덤의 입구가 묻혀 있을 정확한 지점을 찾아낼 수 있었다. 나는 방패를 삽으로 삼아 벽을 파기 시작했다. 몇 분 후 어두운 지하 통로로 이어지는 터널 입구가 드러났다. 통로의 바닥은 붉은 타일로 된 꾸불꾸불한 길을 중심으로 형형색색의 돌이 뒤섞인 모자이크 문양이었다. 역시 D&D 모듈과 일치했다.

나는 지도를 우측 상단으로 옮기고 약간 투명하게 만들었다. 그러고 나서 방패를 다시 등에 동여매고 손전등을 꺼냈다. 아무도 나를 보고 있지 않은지 다시 한번 주위를 획 둘러보았다. 그러고 나서 단검을 꼭 움켜쥐고 공포의 무덤으로 걸어 들어갔다.

무덤으로 이어지는 통로의 벽면에는 노예화된 인간, 오크, 엘프 및 여러 종류의 괴물을 묘사한 기괴한 그림이 가득했다. 각각의 벽화는 오리지널 D&D 모듈에 묘사된 위치와 정확히 일치했다. 나는 타일이 깔린 돌바닥 곳곳에 용수철이 달린 트랩도어가 숨어 있다는 사실을 알고 있었다. 트랩도어에 발을 잘못 디디면 찰칵 문이 열리며 독이 묻은 쇠못이 촘촘히 박힌 구덩이로 떨어질 터였다. 하지만 숨겨진 트랩도어의 위치가 지도에 명확히 표시되어 있었기 때문에 그 모든 위험을 무사히 피해 갈 수 있었다.

지금까지는 모든 것이 오리지널 모듈과 정확히 일치했다. 나머지 부분도 그렇다면 구리 열쇠를 찾을 때까지 어쩌면 살아남을 가능성도 있었다. 던전에 도사리는 괴물은 그리 많지 않았다. 가고일, 해골, 좀비, 코브라, 미라, 데미리치 아케레락이 전부였다. 지도에 각 괴물의 위치가 나와 있었기 때문에 분명 싸우지 않고 피해 가는 방법이 있을 것 같았다. 물론 그중 한 괴물이 구리 열쇠를 갖고 있지 않다는 가정하에서였다. 게다가 어떤 괴물이 그 영광을 가졌는지는 이미 짐작하고도 남았다.

나는 어떤 일도 예상하지 못하는 것처럼 아주 조심조심 나아갔다.

통로 끝에 있는 절멸의 구를 피한 뒤에 마지막 함정 옆에 놓인 숨겨진 문을 찾아냈다. 그 문을 열자 경사진 작은 통로가 나왔다. 손전등을 켜서 어둠 속을 비추니 축축한 벽에 불빛이 어른거렸다. 주위를 둘러보니 꼭 「호크 더 슬레이어」나 「비스트마스터」 같은 저예산 검과 마법 장르 영화 속에 들어온 듯한 느낌이었다.

나는 한 번에 방 한 칸씩 던전 깊숙한 곳으로 나아가기 시작했다. 아무리 모든 함정의 위치를 알고 있었다고 해도 전부 다 피하려면 상당히 조심해야 했다. 악마의 예배당이라고 알려진 어둡고 으스스한 방에서는 신도의 좌석 아래 숨겨져 있던 수천 개의 금화와 은화를 발견했다. 그 보물들은 정확히 있어야 할 곳에 있었다. 내 아바타가 보유할 수 있는 한계보다 많은 돈이었다. 심지어 새로 얻은 '소유의 가방'에도 다 들어가지 않았다. 보관함에 집어넣을 수 있는 만큼 잔뜩 집어넣었다. 금화는 자동으로 크레딧으로 전환되었고 보유 크레딧은 2만을 훌쩍 넘었다. 지금까지 살면서 내가 가져본 가장 큰돈이었다. 크레딧뿐 아니라 아바타의 경험치도 금화를 획득한 양만큼 올랐다.

무덤 안으로 점점 더 깊숙이 전진하는 동안 중간중간 몇 가지 마법 아이템도 건질 수 있었다. +1 불의 검, 시야의 보석, +1 보호의 반지를 구했고, 귀한 +3 전신 판금 갑옷까지 구했다. 마법 아이템을 처음 가져보는 나로서는 기쁨을 주체할 수가 없었다.

보호 마법이 걸린 전신 갑옷을 걸치자 아바타의 몸에 꼭 맞도록 저절로 줄어들었다. 크롬으로 도금한 반짝이는 은빛 외관은 「엑스칼리버」에서 중세 기사들이 입었던 야성미 넘치는 갑옷을 떠올리게 했다. 나는 갑옷을 입은 내 모습이 얼마나 멋진지 감상하기 위해 잠깐 3인칭 시점으로 바꿨다.

앞으로 나아가면 나아갈수록 나는 점점 더 자신감이 높아졌다. 무덤의 구조와 요소들은 굉장히 세밀한 부분까지 모듈과 정확히 일치했다. 적어도 기둥이 있는 왕좌의 방에 다다를 때까지는 그랬다.

왕좌의 방은 천장이 높고 거대한 돌기둥이 늘어서 있는 아주 넓은 사각형 방이었다. 방의 가장 깊은 안쪽 끝에는 아주 거대한 높이의 제단에 은으로 상감 장식이 된 흑요석 왕좌와 상아빛 두개골이 얹혀 있었다.

모든 것이 모듈과 정확히 일치했지만 딱 한 가지 커다란 차이점이 있었다. 원래는 왕좌가 비어 있어야 했지만 그렇지 않았다. 데미리치 아케레락이 왕좌에 앉아 조용히 나를 쏘아보고 있었다. 뼈만 앙상한 머리에는 탁한 금빛 왕관이 빛났다. 데미리치의 모습은 오리지널 『공포의 무덤』 모듈의 표지와 똑같았다. 하지만 모듈 내용에 따르면 데미리치 아케레락은 이곳이 아닌 던전의 더 깊숙한 곳에 있는 지하 묘실에서 기다리고 있어야 했다.

나는 도망칠까도 고민하다가 곧 마음을 고쳐먹었다. 할리데이가 데미리치를 일부러 여기에 두었다면 구리 열쇠도 아마 여기에 두었을 것이다. 열쇠를 찾아야 했다.

방을 가로질러 제단 앞까지 걸어갔다. 제단 앞에서는 데미리치를 좀 더 자세히 볼 수 있었다. 입술이 없는 데미리치의 입에는 이빨 대신 뾰족한 다이아몬드가 두 줄로 박혀 있었고, 양쪽 눈구멍에는 커다란 루비가 박혀 있었다. 무덤에 들어온 후 처음으로 나는 앞으로 일어날 일을 확신할 수 없었다.

데미리치와 일대일 전투를 벌여서 살아남을 가능성 같은 건 존재하지 않았다. 내 빈약한 +1 불의 검으로는 데미리치의 털끝도 건드리지 못할 터였고, 양쪽 눈구멍에 박힌 두 개의 마법 루비에는 아바타의 생명치를 다 빨아들여 한 방에 죽일 수 있는 힘이 있었다. 고레벨 아바타 예닐곱 명이 떼거리로 공격하더라도 데미리치를 물리치는 일은 만만치 않을 듯싶었다.

나는 문득 오아시스가 옛날 어드벤처 게임처럼 현재 위치를 저장할 수 있다면 얼마나 좋을까 하는 생각이 들었다. 물론 헛된 소망이었다. 내 위치를 저장할 방법은 없었다. 아바타가 여기서 죽는다면 처음부터 맨손으로 다시 시작해야 했다. 하지만 망설일 이유는 없었다. 데미리치 한테 죽는다면 내일 밤에 다시 와서 도전하면 될 터였다. 무덤 전체는 오아시스 서버 시각이 자정을 가리키는 순간 초기화되었다. 그러면 내가 해제시켰던 모든 함정이 되살아나고 보물과 마법 아이템도 다시 나타났다.

앞으로 무슨 일이 일어나든 나중에 다시 보고 연구할 수 있도록 비디오 캡처 파일로 저장해둘까 싶어 녹화 아이콘을 터치했다. 하지만 '녹화는 허용되지 않습니다'란 메시지가 나타났다. 할리데이가 무덤 내부에서 녹화 기능을 사용하지 못하게 막아둔 모양이었다.

나는 심호흡을 크게 하고 불의 검을 치켜들고서 제단의 첫 계단에 오른발을 올려놓았다. 그러자 아케레락이 천천히 머리를 들면서 뼈가 으스러지는 듯한 소리가 들렸다. 눈구멍에 박힌 루비는 더욱 강렬한 빨간 빛을 내뿜기 시작했다. 혹시 아케레락이 내려와 공격하진 않을까 조마조마한 마음을 부여잡고 몇 걸음 뒤로 물러섰다. 하지만 아케레락은 왕좌에서 일어서지 않았다. 대신 머리를 숙이며 으스스한 시선으로 나를 쳐다보았다. "환영하오, 파르지발." 아케레락이 쉰 듯한 목소리로 말했다. "그대가 찾고 있는 것은 무엇이오?"

완전히 허를 찔린 기분이었다. 모듈에 따르면 데미리치는 말을 하지 않았다. 죽이거나 죽도록 도망치거나 두 가지 길만 열어준 채 나를 공격해야 했다.

"구리 열쇠를 찾고 있습니다." 나는 대답했다. 그때 문득 내가 말하고 있는 상대가 왕이라는 생각이 떠올랐다. 그래서 재빨리 머리를 조아리고 한쪽 무릎을 꿇으며 덧붙였다. "폐하."

"물론 그럴 거라 생각했소." 아케레락은 일어나라고 손짓하며 말했다. "그럼 그대는 제대로 찾아왔도다." 아케레락이 일어나서 움직이자 미라처럼 딱딱해진 피부가 낡은 가죽처럼 부스러졌다. 나는 여전히 공격에 대비하면서 불의 검을 더욱 세게 움켜쥐었다.

"그대가 구리 열쇠를 소유할 자격이 있음을 어떻게 증명하겠소?" 아케레락이 물었다.

젠장! 대체 이 질문에 어떻게 대답해야 하는 걸까? 그리고 만약 틀린 답을 말하면? 내 영혼을 빨아들이고 나를 불에 태워 죽일까?

나는 적절한 답을 고르느라 머리를 쥐어짰다. 내가 떠올릴 수 있는 최상의 답변은 이것이었다. "자격을 증명하도록 허락하소서, 고귀하신 아케레락 폐하."

신경을 거스르는 아케레락의 웃음소리가 한참이나 돌벽을 쩌렁쩌렁 울렸다. "좋소! 마상 창 시합으로 그대의 자격을 증명하시오!"

언데드 데미리치가 마상 창 시합을 겨룬다는 이야기는 금시초문이었다. 게다가 무덤 안에서 마상 창 시합이라니 더욱더 어처구니가 없었다. "알겠습니다." 나는 자신 없는 말투로 말했다. "하지만 마상 창 시합을 하려면 말이 필요하지 않습니까?"

"말을 타지 않소." 아케레락이 왕좌에서 내려오며 대답했다. "타조를 탈 것이오."

아케레락은 뼈만 앙상한 손으로 왕좌를 가리켰다. 짧은 섬광이 반짝하더니 변신 효과음(확신하건대 옛날 「슈퍼 특공대Super Friends」 만화영화에서 따온 효과음)이 들렸다. 왕좌가 녹아 없어지면서 옛날 동전투입식 오락기 본체로 변신했다. 본체에는 두 개의 조이스틱이 조종기판에서 불룩 튀어나와 있었다. 하나는 노란색, 하나는 파란색이었다. 오락기 위에 조명이 들어오는 머리 부분에 쓰인 〈자우스트〉란 이름을 보자 나는 터져 나오는 웃음을 참을 수가 없었다. 윌리엄 일렉트로닉스 사. 1982년.

"삼판양승제로 하겠소." 아케레락이 쉰 듯한 목소리로 말했다. "그대가 승리하면 그대가 찾는 것을 주리다."

"만약 폐하께서 승리하시면요?" 이미 답을 알고 있었지만 물었다.

"짐이 승리한다면." 아케레락의 눈구멍에 박힌 루비가 훨씬 강렬하게 불타올랐다. "경은 죽음을 면치 못할 것이오!" 아케레락의 오른손에 활활 타오르는 주황색 화염구가 나타났다. 아케레락은 그 화염구를 아주 위협적으로 치켜들었다.

"역시 그렇군요. 저도 그렇게 예상은 했지만 한 번 더 확인하고 싶었습니다."

아케레락의 손에서 화염구가 사라졌다. 그가 딱딱한 손바닥을 펼치자 반짝거리는 동전 두 개가 놓여 있었다. "이 게임은 내가 내겠소." 아케레락은 이렇게 말하며 자우스트 오락기 쪽으로 걸어가 왼쪽 동전투입구에 동전 두 개를 집어넣었다. 오락기는 땡강 땡강 하는 전자음 소리를 두 번 토해냈고, 크레딧은 0에서 2로 바뀌었다.

아케레락은 왼쪽에 있는 노란색 조이스틱을 뼈만 앙상한 손가락으로 말아 쥐었다. "그대는 준비되셨소?" 아케레락이 쉰 목소리로 말했다.

"네." 나는 크게 심호흡을 내쉬며 대답했다. 손가락 관절을 꺾고 나서, 왼손으로는 플레이어 투용 조이스틱을 말아 쥐고 오른손은 날개를 파닥이게 하는 조종 버튼 위에 올려 준비 동작을 취했다.

아케레락은 머리를 왼쪽에서 오른쪽으로 돌려 목을 꺾었다. 나뭇가지가 툭 부러지는 듯한 소리가 났다. 곧이어 아케레락이 시작 버튼을 눌렀고 게임이 시작되었다.

〈자우스트〉는 전제가 아주 특이한 1980년대 고전 오락실 게임이었다. 플레이어는 긴 창을 든 기사를 조종한다. 플레이어 원은 타조 위에 올라타고, 플레이어 투는 황새 위에 올라탄다. 날개를 파닥거리면서 공간을 날아다니고, 다른 플레이어와 창 시합을 벌이고, 컴퓨터가 조종하는 적군(대머리 독수리 위에 올라탄)과도 창 시합을 벌인다. 상대와 부딪칠 때 창의 위치가 더 높은 사람이 대결에서 이긴다. 패자는 죽고 목숨 하나를 잃는다. 적군을 죽일 때마다 대머리 독수리가 녹색 알을 낳는데 제때 먹지 않으면 이 녹색 알은 금세 적군으로 부화한다. 잊을 만하면 한 번씩 익룡이 나타나 닥치는 대로 공격하기도 한다.

나는 일 년도 넘게 〈자우스트〉에서 손을 놓고 있었다. 이 게임은 에이치가 아주 좋아하는 게임이었고, 한동안 에이치의 채팅방에 자우스트 오락기가 있었다. 대중문화에 대한 터무니없는 입씨름을 끝내고 싶을 때마다 에이치는 이 게임으로 결투를 신청하곤 했다. 몇 달간은 거의 매일 하다시피 했다. 처음에는 에이치가 나보다 약간 실력이 좋았다. 에이치는 승리를 거두면 살살 약을 올리는 버릇이 있었다. 나는 속이 부글부글 끓어 혼자서 밤마다 칼을 갈며 인공지능 적군을 상대로 〈자우스트〉를 연습하기 시작했다. 에이치를 물리칠 만큼의 실력이 쌓일 때까지 꾸준히 실력을 연마했다. 마침내 에이치에게 복수의 쓴맛을 보여줄 그날이 찾아왔다. 우리가 마지막으로 대결했을 때 내가 패배를 인정하라고 끈질기게 약을 올려댔더니 녀석은 벌컥 화를 내더니만 다시는 나와 게임을 하지 않겠다고 선언했다. 그때부터 입씨름을 끝내는 역할은 〈스트리트 파이터 II〉가 넘겨받았다.

내 실력은 생각보다 너무 많이 녹슬어 있었다. 긴장을 풀면서 조작법과 게임의 리듬에 적응하는 데만 5분이 걸렸다. 그러는 동안 아케레락은 아주 정확한 각도로 날개 달린 타조를 내 황새에 무자비하게 부딪치면서 나를 두 번 죽이는 데 성공했다. 아케레락은 완벽하게 계산된 조종 기술을 이용해 움직였다. 과연 할리데이가 손수 코딩한 최첨단 NPC 인공지능다웠다.

첫 번째 대결이 거의 끝날 무렵 나는 에이치와 주구장창 겨루던 시절 갈고 닦은 몸놀림과 요령을 서서히 찾을 수 있었다. 하지만 아케레락은 몸풀기가 전혀 필요 없었다. 아케레락은 시작부터 완벽한 상태였고 게임 초반의 열세를 만회할 방법은 없었다. 3만 점도 넘기기 전에 마지막 목숨까지 날아가 버렸다. 망했다.

"첫 번째 대결이 끝났소, 파르지발. 이제 다음 대결을 시작합시다." 아케레락은 일그러진 미소를 번뜩이며 말했다.

아케레락은 나 혼자 멀뚱히 서서 남은 게임을 보게끔 시간을 허비하지 않았다. 대신 손을 뻗어 오락기 뒷면에 있는 전원을 껐다 켰다. 피융 피융 소리와 함께 윌리엄 일렉트로닉스 사의 부팅 절차에 따라 전원이 다시 켜지자 아케레락이 다시 허공에서 동전 두 개를 낚아채더니 동전 투입구에 집어넣었다.

"그대는 준비되셨소?" 아케레락은 조종기판에 몸을 웅크리면서 물었다. 나는 잠시 망설이다가 이내 물었다. "실은요, 제가 왼쪽에서 해도 괜찮을까요? 저는 왼쪽이 더 익숙해서요."

사실이었다. 지하실에서 에이치랑 게임을 할 때면 나는 늘 왼쪽에 있는 타조를 선택했다. 첫 게임에서 오른쪽에 있다 보니 아무래도 더 리듬이 망가졌다.

아케레락은 내 요구사항을 듣고 잠시 고민해보는 듯하더니 이내 고개를 끄덕였다. "그렇게 하시오" 아케레락은 대답한 후, 오락기에서 물러나 나와 자리를 바꾸었다. 불현듯 이 장면이 얼마나 웃지 못할 그림일까 하는 생각이 머리를 스쳤다. 웬 갑옷을 입은 녀석 하나가 언데드 데미리치 왕 옆에 서 있고 나란히 고전 아케이드 게임의 조종기판 앞에서 몸을 웅크리고 있다. 옛날 잡지인 『헤비메탈』이나 『드래곤』 표지에서나 나올 법한 초현실 장면이었다.

아케레락이 플레이어 투 시작 버튼을 눌렀고 나는 화면에 시선을 고정했다.

다음 게임 역시 시작은 나에게 불리했다. 아케레락의 움직임은 재빠르고 정확했다. 처음 몇 판은 그저 피하는 데만 급급했다. 아케레락이 뼈만 앙상한 검지로 날개를 파닥이게 하는 버튼을 끊임없는 두들기는 소리도 굉장히 귀에 거슬렸다.

나는 입을 크게 한 번 벌리고 정신을 가다듬었다. 내가 어디에 있는지, 누구와 상대하고 있는지, 무엇이 걸려 있는지를 머릿속에서 지우려고 애썼다. 다시 지하실에 찾아가서 에이치와 겨루는 중이라고 상상하려고 애썼다.

효과가 있었다. 일단 게임에 몰입하고 나자 흐름이 나에게 유리하게 역전되기 시작했다. 나는 아케레락이 게임하는 방식의 결점, 즉 프로그램의 허점을 찾기 시작했다. 수백 종류의 비디오게임을 마스터하면서 터득한 바로는, 컴퓨터가 기동하는 적을 이기는 방법은 늘 존재했다. 이와 같은 게임에서 소프트웨어는 즉흥적으로 대처하지 못하기 때문에 실력 있는 플레이어라면 언제나 승리를 쟁취할 수 있었다. 컴퓨터는 무작위로 반응하거나 미리 프로그램 조건에 입력된 제한된 가짓수의 방식으로만 반응할 수 있었다. 이것은 비디오게임의 자명한 이치였다. 진정한 인공지능이 발명되는 날까지는 아마 영원히 그럴 것이다.

두 번째 대결은 끝까지 엎치락뒤치락했지만 게임이 끝날 때쯤 나는 아케레락이 사용하는 기술의 패턴을 잡아낼 수 있었다. 특정한 순간에 타조의 방향을 획 틀면 그가 탄 황새가 대머리 독수리에 처박히게 만들 수 있었다. 나는 이 기술을 반복해서 아케레락의 목숨을 하나씩 날려버리는 데 성공했다. 중간에 몇 번 죽기도 했지만 열 번째 판에서 간신히 그를 무찌르는 데 성공했다. 여분의 목숨이 하나도 남지 않은 상태였다.

나는 오락기에서 한 걸음 떨어져 안도의 한숨을 내쉬었다. 이마와 바이저 주변으로 땀이 비 오듯 흘러내렸다. 셔츠 소매로 얼굴을 닦으니 아바타가 그대로 따라 했다.

"훌륭한 대결이었소." 아케레락은 말했다. 그러더니 놀랍게도 뼈만 앙상한 손을 내밀면서 내게 악수를 청했다. 나는 긴장한 상태에서 슬며시 미소 지으며 악수에 응했다.

"감사합니다, 폐하." 그렇게 대답하면서 불현듯 할리데이를 상대로 게임을 하고 있는 것 같은 기묘한 느낌이 들었다. 혹시 자신감이 떨어질까 두려워 나는 재빨리 그 생각을 지웠다.

아케레락은 다시 한번 동전 두 개를 만들더니 자우스트 오락기에 집어넣었다. "이번 대결에 모든 것이 달려 있소. 그대는 준비되셨소?"

나는 고개를 끄덕였다. 이번에는 실례를 무릅쓰고 내가 직접 플레이어 투 버튼을 눌렀다.

마지막 승부를 가르는 게임은 앞선 두 대결을 다 합친 것보다 더 오랜 시간이 걸렸다. 마지막 판에서는 엄청나게 많은 대머리 독수리들이 화면을 꽉 채웠기에 놈들을 해치우지 않고는 움직이기조차 힘들었다. 아케레락과 나는 가장 높은 곳에서 최후의 결전을 준비했다. 둘 다 날개를 파닥이게 하기 위해 엄청난 속도로 버튼을 연달아 두들기면서 조이스틱을 좌우로 흔들어댔다. 아케레락은 나의 마지막 돌격을 피하려고 마지막으로 필사적인 동작을 취했고 마이크로미터는 매우 낮게 떨어졌다. 그의 마지막 황새가 작은 픽셀로 산산조각이 났다.

'플레이어 투 게임 오버'라는 문구가 화면에 나타나자 아케레락은 한

참 동안 분을 못 이겨 등골이 오싹해질 정도로 울부짖었다. 그가 오락기 본체 측면에 분노에 찬 주먹을 내리치자 오락기 본체가 수만 개의 작은 픽셀로 산산조각 나면서 바닥으로 튕겨져 나갔다. 잠시 뒤에 그가 내 쪽을 보았다. "축하하오, 파르지발, 참으로 실력이 출중하오." 아케레락은 머리를 숙이며 말했다.

"감사합니다. 고귀하신 아케레락 폐하." 나는 이렇게 대꾸하며 승리감에 방방 뛰면서 엉덩이를 흔들어대고 싶은 충동을 간신히 억누르고 공손하게 맞절을 했다. 그러자 아케레락은 검정 망토를 휘날리는 키 큰 마법사로 변신했다. 나는 그가 누군지 즉시 알아보았다. 바로 할리데이의 아바타 아노락이었다.

나는 말문이 막혀 멍하니 아노락을 쳐다보았다. 오랫동안 건터들은 아노락이 자율적인 NPC로 남아 아직도 오아시스를 배회하고 있을 거라고 짐작해왔다. 할리데이의 '기계 속의 유령'으로 말이다.

"이제 경에게 상을 내리겠소." 마법사는 귀에 익은 할리데이의 목소리로 말했다.

오케스트라 연주가 울려 퍼졌다. 승리의 나팔과 경쾌한 현악기 연주가 들렸다. 내가 아는 음악이었다. 존 윌리엄스의 「스타워즈」 오리지널 사운드트랙 중 마지막 트랙, 바로 레아 공주가 루크 스카이워커와 한 솔로에게 메달을 수여하는(그리고 기억하겠지만 츄바카는 속아 넘어가는) 장면에 사용된 그 음악이었다.

음악이 점점 커지자 아노락이 오른손을 뻗었다. 그가 펼친 손바닥에 놓인 것은 다름 아닌 구리 열쇠였다. 수많은 사람들이 지난 5년간 혈안이 되어 찾아왔던 바로 그 열쇠였다. 아노락이 열쇠를 건네자 음악은 서서히 작아지면서 그와 동시에 띵동 소리가 들렸다. 나는 경험치 5만 점을 획득해서 단번에 레벨 10으로 뛰어올랐다.

"그럼 잘 가시오, 파르지발. 남은 퀘스트에 건투를 빌겠소." 아노락은 그렇게 말하고는 내가 미처 다음에 해야 할 일이 무엇인지, 어디에서 첫 번째 관문을 찾을 수 있는지 묻기도 전에 한 줄기 섬광으로 사라졌다. 그가 순간이동할 때 나온 소리는 옛날 1980년대 만화영화 「던전앤드래곤」에서 따온 효과음이었다.

나는 텅 빈 제단에 덩그러니 혼자 남겨졌다. 내 손에 있는 구리 열쇠를 내려다보자 경이로움과 벅찬 기쁨이 밀려왔다. 「아노락의 초대장」에 나왔던 것과 똑같이 생긴 열쇠였다. 수수한 중세 분위기가 풍기는 구리 열쇠로 타원 모양 손잡이에는 로마 숫자 'I'이 새겨져 있었다. 나는 아바타 손에 있는 구리 열쇠를 뒤집으면서 횃불의 빛을 받아 반짝이는 로마 숫자를 보고 있었다. 그때 구리 열쇠에 새겨진 짧은 문장 두 줄이 눈에 띄었다. 나는 열쇠를 불빛 쪽으로 좀더 기울였고 거기 쓰인 문장을 크게 소리 내어 읽었다.

"그대가 찾는 것은 다고라스의 가장 깊숙한 곳에 있는 쓰레기에 숨겨져 있다."

두 번 읽을 필요조차 없었다. 나는 즉시 의미를 이해했다. 어디로 가서 무엇을 해야 하는지 정확히 짚이는 데가 있었다.

'쓰레기에 숨겨져 있다'는 말은 1970~80년대에 탠디 앤 라디오 섀크 사에서 출시한 옛날 TRS-80 컴퓨터 시리즈를 가리키는 말이었다. 그 시절 컴퓨터 이용자들은 이 컴퓨터에 '쓰레기-80'이라는 경멸적인 호칭을 붙였다.

"그대가 찾는 것은 쓰레기에 숨겨져 있다."

할리데이의 첫 번째 컴퓨터는 16K 램을 탑재한 TRS-80 컬러 컴퓨터2였다. 나는 오아시스 어디에서 그 컴퓨터를 찾을 수 있는지 정확히 알고 있었다. 그걸 모른다면 건터라고 할 수 없었다.

오아시스 초기에 할리데이는 오하이오 주에서 살던 동네 이름을 따서 지은 미들타운이라는 작은 행성을 만들었다. 이 행성은 1980년 후반 그가 살던 고향의 모습을 꼼꼼하게 복원한 행성이었다. 다시 집으로 돌아갈 수 없다면 어떻게 할 것인가? 할리데이는 한 가지 방법을 찾았다. 미들타운은 그가 가장 애정을 담은 프로젝트였고 코딩하고 수정하는 데에 몇 년을 갖다 바쳤다. 미들타운 시뮬레이션에서 가장 섬세하고 정확하게 복원한 부분이 할리데이가 어렸을 때 살던 집이라는 사실은 (적어도 건터들에게는) 잘 알려져 있었다.

직접 찾아가 본 적은 없었지만 수많은 스크린샷과 비디오캡처 파일을 보았다. 할리데이의 방 안에 그의 첫 번째 컴퓨터였던 TRS-80 컬러 컴퓨터2가 복원되어 있었다. 나는 바로 거기가 첫 번째 관문을 숨긴 장소라고 확신했다. 게다가 구리 열쇠에 새겨진 두 번째 문장은 거기에 어떻게 도달할 수 있는지를 말해주었다.

"다고라스^{Daggorath}의 가장 깊숙한 곳에 있는."

다고라스는 J.R.R. 톨킨이 『반지의 제왕』을 위해 창조한 엘프족 언어인 신다린어로 '전투'라는 뜻이었다. 하지만 톨킨은 철자에 'g'를 하나만 사용했다. 그러므로 철자에 'g'를 두 개 사용한 '다고라스'가 가리키는 것은 명백히 한 가지였다. 1982년에 나온 〈던전 오브 다고라스〉라는 고난도 컴퓨터 게임이었다. 이 게임은 오로지 하나의 플랫폼에서만 구동할 수 있었는데 그게 바로 TRS-80 컬러 컴퓨터였다.

할리데이는 『아노락 연감』에 〈던전 오브 다고라스〉가 비디오게임 디자이너를 꿈꾸게 된 계기였노라고 쓴 적이 있다.

〈던전 오브 다고라스〉는 할리데이의 방을 복원한 곳에 있는 TRS-80 컬러 컴퓨터 옆에 놓인 상자에 담긴 게임이기도 했다.

따라서 이제 나는 미들타운으로 순간이동해서 할리데이의 집으로 간

다음, TRS-80 컴퓨터 앞에 앉아서 〈던전 오브 다고라스〉를 하고, 던전 깊숙한 곳에 접근하고 나서, 첫 번째 관문을 찾기만 하면 되었다.

적어도 내가 해석한 바로는 그랬다.

섹터 7에 있는 미들타운은 루두스에서 꽤 먼 거리였다. 하지만 이제 순간이동 요금을 지불할 금화와 보물은 충분하고도 남았다. 이제 나는 전과 비교하면 어깨에 힘깨나 줄 수 있는 부자가 되어 있었다.

시계를 보았다. 오후 11:03 OST(오아시스 서버 시간, 미국 동부 표준시와 같음)였다. 학교에 가기까지 8시간이 남았다. 그 정도면 충분할 듯했다. 지금 당장 그곳으로 갈 수 있었다. 눈썹이 휘날리도록 던전을 되짚어 달려 나와 지상으로 빠져나간 다음 가장 가까운 순간이동 터미널로 가야 했다. 거기서 미들타운으로 곧장 순간이동하는 것이다. 지금 출발하면 아마 한 시간 내로 TRS-80 컴퓨터 앞에 앉을 수 있을 것이다.

우선 잠을 좀 자둘 필요가 있다는 사실도 알고 있었다. 벌써 오아시스에 접속한 지 꼬박 15시간째였다. 내일은 금요일이니 학교 수업만 끝나면 미들타운으로 순간이동해 첫 번째 관문을 찾는 데 주말을 통째로 갖다 바칠 수 있었다.

하지만 그런 헛소리는 집어치우자. 어떻게 태연히 자고 일어나 내일 얌전히 수업을 들을 수 있단 말인가! 지금 당장 가야 했다.

나는 출구를 향해 달리기 시작했지만 곧 왕좌의 방 한복판에서 멈칫했다. 문틈으로 기다란 그림자가 벽에 어른거리며 쿵쿵 울리는 발소리는 점점 가까워졌다.

조금 있자 아바타 그림자 하나가 문 앞에 나타났다. 검을 잡아 빼려고 하는 순간 내 손에 아직 구리 열쇠가 들려 있다는 사실을 깨달았다. 얼른 열쇠를 벨트 주머니에 구겨 넣고는 검을 꺼내기 위해 검집을 더듬거렸다. 내가 검을 치켜들었을 때 낯선 아바타가 입을 열었다.

0007

　　"넌 대체 누구야?" 그림자는 따지듯이 외쳤다. 여자애의 성대에서 나오는 듯한 목소리였다. 그것도 싸우고 싶어 몸이 근질거리는 듯한 여자애 말이다.

　　내가 아무 대꾸를 하지 않자 체격이 다부진 여자 아바타 하나가 그림자 밖으로 한 걸음 나와 가물거리는 횃불 쪽으로 움직였다. 윤기가 흐르는 검은 머리칼에 잔 다르크처럼 짧은 단발머리인 그녀는 10대 후반이나 20대 초반으로 보였다. 가까이 다가오는 그녀를 자세히 보니 낯이 익은 얼굴이었다. 실제로 만난 적은 없지만 오랫동안 블로그에 올린 수십 장의 스크린샷 속에서 본 얼굴.

　　아르테미스였다.

　　그녀는 판타지보다는 SF 쪽에 가까운 건메탈블루색의 전신 비늘갑옷을 입고 있었다. 서부극에 자주 나오는, 양 허리춤에 매단 가죽 권총집에는 광선총 두 자루가 들어 있었고, 등에 비스듬히 매단 검집에는 기다란 엘프의 곡선검이 들어 있었다. 로드워리어 스타일의 손가락 없는 레이싱 장갑을 끼고 레이밴 선글라스도 쓰고 있었다. 전체적인 분위기는 전형적인 1980년대 중반 포스트아포칼립틱 사이버펑크족 여자애처럼 보였다. 내 눈에는 대단히 매력적으로 느껴졌다. 한마디로, 섹시했다.

아르테미스가 내 쪽으로 걸어오는 동안 두걱두걱 금속 징을 박은 전투용 부츠의 굽이 돌바닥에 부딪치는 소리가 났다. 그녀는 내 검이 닿지 않을 만한 거리에 멈춰 섰지만, 검을 뽑지는 않았다. 대신 선글라스를 이마로 밀어 올리더니(선글라스는 플레이어의 시야에 아무런 영향을 주지 않았기 때문에 이것은 노골적인 연출이었다) 나를 재 보는 듯 위아래로 훑어보았다.

그 순간 나는 인기스타를 보고 완전히 넋이 나간 꿀 먹은 벙어리가 되었다. 긴장을 풀어보려는 마음에 눈앞에 있는 아바타를 조종하는 사람이 절대 여자가 아닐 거라고 속으로 주문을 외웠다. 지난 3년간 내가 사이버 사랑에 빠진 이 '여자'는 실제로는 척이라는 이름의 손등에 털이 나고 살이 뒤룩뒤룩 찐 남자일 것이다. 그런 상상이 떠오르자 정신이 번쩍 나면서 현재 상황에 그리고 코앞에 닥친 의문점에 집중할 수 있었다. 아르테미스는 여기서 뭘 하고 있었던 걸까? 5년의 추적 끝에 우연히 같은 날 밤 구리 열쇠가 숨겨진 장소를 동시에 발견했다는 건 가당치도 않았다. 절대 우연이라고 볼 수 없었다.

"고양이한테 혀라도 뺏겼어?" 아르테미스가 물었다. "내가 물었잖아. 넌, 대체, 누구냐고?"

아르테미스처럼 나도 아바타의 명찰을 꺼놓았다. 당연히 상황이 상황인 만큼 익명을 유지하고 싶어서였다. 아르테미스는 눈치채지 못하겠지?

"아, 안녕?" 나는 가볍게 고개를 숙이며 말했다. "난 후안 산체스 빌라로보스 라미레즈라고 해."

아르테미스는 한쪽 입꼬리만 올리고 웃었다. "스페인 국왕 찰스 5세의 수석 야금술사시라고?"

"분부만 내리십시오." 나는 활짝 웃으며 대답했다. 아르테미스는 영화 「하이랜더」 인용을 곧바로 받아쳤다. 역시 아르테미스다웠다.

"귀여우시군." 아르테미스는 내 어깨너머로 텅 빈 제단 쪽을 한 번 쳐다보더니 다시 나를 보았다. "자, 그럼 털어놓아 봐. 어떻게 했어?"

"뭘 말이야?"

"아케레락하고의 〈자우스트〉 말이야." 아르테미스는 너무나 당연하다는 투로 말했다.

번뜩 상황이 파악되었다. 그녀가 여기 온 건 처음이 아니었다. 리머릭을 해독해서 공포의 무덤을 찾은 첫 번째 건터는 내가 아니었다. 이 대목에서는 아르테미스가 나보다 한발 앞서 있었다. 〈자우스트〉에 대해 알고 있으니 벌써 아케레락을 상대해본 게 틀림없었다. 하지만 그녀가 구리 열쇠를 갖고 있다면 여기에 다시 올 이유는 없었다. 그러므로 아직 열쇠를 받지 못한 게 분명했다. 〈자우스트〉에서 아케레락과 맞붙었지만 패배해 다시 도전하러 온 게 분명했다. 짐작하건대 여덟 번째 아니면 아홉 번째? 그리고 지금 아르테미스는 나도 패했다고 확신하고 있었다.

"이봐?" 아르테미스는 인내심이 바닥났다는 듯이 오른발로 땅을 탁탁 치며 말했다. "내 말 안 들려?"

나는 그대로 도망칠까도 생각했다. 그냥 아르테미스를 제치고 달려나가서 왔던 길로 미로를 되짚어 지상으로 올라가는 거다. 하지만 내가 도망친다면 아르테미스는 내가 열쇠를 가졌다고 넘겨짚고 열쇠를 빼앗기 위해 나를 죽이려고 덤빌 수도 있다. 루두스는 오아시스 지도상에 안전한 구역이라고 분명히 표시되어 있으므로 PvP 전투는 허용되지 않았다. 하지만 무덤에서도 그런지는 알 도리가 없었다. 이곳은 지하인데다가 행성 지도에도 나오지 않았기 때문이다.

아르테미스는 내가 감당할 수 없는 상대처럼 보였다. 전신 갑옷도 좋아 보였고, 광선총도 훌륭했다. 그녀가 들고 있는 엘프의 곡선검에 보팔 효과*가 있을지도 모를 일이었다. 아르테미스가 블로그에 언급한 행적의 절반만 사실이라 치더라도 그녀의 아바타 레벨은 최소 50이거나 그 이상이어야 했다. PvP 전투가 지하에서도 허용된다면, 레벨 10짜리 내 아바타는 파리 목숨이나 다름없었다.

나는 위기를 슬기롭게 모면하고자 거짓말을 하기로 마음먹었다.

"왕창 깨졌어. 뭐 그런 게임이 다 있는지 원."

아르테미스는 다소 안심한 듯 자세를 풀었다. 그녀가 듣고 싶었던 대답인 것 같았다. "그래. 동감이야." 아르테미스는 위로하는 투로 말했다. "할리데이는 아케레락을 너무 심할 정도로 완벽한 지능으로 만들어 놓았어, 안 그래? 깨기 힘들어서 아주 미치고 팔딱 뛰겠어." 아르테미스는 여전히 방어 태세로 꼭 붙들고 있는 내 검에 시선을 던졌다. "검은 치워도 돼. 널 공격할 생각은 없으니까."

나는 검을 여전히 치켜든 상태로 물었다. "근데, 이 무덤은 PvP 전투 구역인가?"

"나야 모르지. 여기서 마주친 아바타라고는 네가 처음인데." 아르테미스는 고개를 살짝 갸웃거리며 씩 웃었다. "확인해볼 방법이 딱 하나 있긴 하지."

아르테미스는 번개같이 검을 뽑아 들고 시계방향으로 돌면서 번쩍이는 칼날을 나에게 겨누었다. 군더더기 없는 날쌘 동작이었다. 나는 어설프게 간신히 검을 위로 치켜들었다. 하지만 두 검은 공중에서 미처 부딪치기도 전에 보이지 않는 힘에 붙들린 것처럼 멈추었다. 화면에 메

---

* 목을 베면 즉사하는 효과를 말한다. — 옮긴이

시지가 깜빡였다. 'PvP 전투는 허용되지 않습니다!'

나는 안도의 한숨을 내쉬었다. (나중에 알게 된 사실이지만 열쇠는 전달이 불가능했다. 열쇠를 버리거나 다른 아바타한테 양도하는 것도 불가능했다. 열쇠가 있는 채로 죽으면 시체와 함께 열쇠도 사라졌다.)

"자, 이제 알았네. 여긴 PvP 전투 구역이 아니군." 아르테미스는 활짝 웃으면서 말하고는 숫자 8을 그리며 멋지게 검을 휘두른 다음 부드러운 동작으로 등에 있는 검집에 집어넣었다. 깔끔하고 멋진 동작이었다.

나도 검을 넣었지만 멋을 부리는 동작은 하지 않았다. "할리데이는 아케레락과 〈자우스트〉를 겨루느라고 아바타들끼리 서로 싸우기를 원하지 않았나 봐." 나는 말했다.

"그런가 봐, 너 참 재수 좋다." 아르테미스는 활짝 웃으며 말했다.

"내가 재수가 좋다고?" 나는 팔짱을 끼면서 대꾸했다. "왜 그렇게 생각하지?"

아르테미스는 내 등 뒤에 있는 텅 빈 제단을 가리켰다. "조금 전에 아케레락과 싸웠으니 지금 생명치가 바닥일 게 뻔하잖아."

그래, 〈자우스트〉에서 아케레락이 이겼다면, 넌 싸워야 했겠지. 하지만 난 이겼어. 졌으면 지금쯤 새 아바타 계정을 만들고 있을 텐데 말이지, 나는 속으로 생각했다.

"생명치는 충분해. 데미리치 완전 허당이던데." 나는 거짓말을 했다.

"뭐? 정말이야?" 아르테미스는 의심스러운 눈초리로 말했다. "난 레벨 52인데 데미리치랑 붙을 때마다 매번 죽을 뻔했어. 그래서 여기로 내려올 때마다 치료 물약을 잔뜩 챙겨 온단 말이야." 아르테미스는 잠깐 나를 쳐다보고는 말을 이었다. "네가 걸치고 있는 검과 갑옷을 보아하니 여기 던전에 들어와서 주운 게 분명한데 그렇담 원래 아바타가 갖고 있던 아이템보단 주운 게 훨씬 좋다는 뜻 아니겠어. 내 눈에 넌 형편

없는 저레벨 약골이야, 후안 라미레즈. 너 뭔가 수상쩍은 데가 있어."

이제 나를 공격할 수 없다는 것을 알았으니 진실을 말해야 한다는 생각이 들었다. 구리 열쇠를 확 꺼내서 보여주면 어떨까? 하지만 곧 생각을 바꿨다. 내가 여전히 앞선 지금 빨리 헤어져서 미들타운으로 직행하는 것이 현명한 판단이었다. 아르테미스에게는 아직 열쇠가 없었고 아마 열쇠를 획득하는 데 며칠은 더 걸릴 판이었다. 내가 〈자우스트〉를 많이 연습해두지 않았더라면 아케레락을 이기기 위해 얼마나 많은 도전을 해야 했을지는 하늘만이 알 것이다.

"네가 원하는 것을 생각해, 우주의 여왕 쉬라." 나는 아르테미스를 지나치면서 말했다. "가끔 다른 행성에서 만나자. 그때는 한판 붙어보자고." 나는 가볍게 손을 흔들었다. "나중에 봐."

"그럼 지금 어디 가는 건데?" 아르테미스가 졸졸 따라오며 물었다.

"집." 나는 여전히 걸으며 대꾸했다.

"하지만 데미리치는 어쩌고? 구리 열쇠는 어쩌고?" 아르테미스는 텅 빈 제단을 가리켰다. "몇 분만 지나면 데미리치가 다시 살아나. 오아시스 서버 시간으로 자정이 되면 무덤 전체가 초기화돼. 여기서 기다리면 한 번 더 도전할 수 있어. 처음부터 함정을 다시 통과하지 않아도 된다고. 내가 격일로 자정 직전에 여기에 오는 건 그 때문이야. 연달아 두 번 도전할 수 있거든."

역시 기가 막히게 똑똑한 그녀였다. 내가 첫 번째 도전에서 성공하지 못했다면 그런 요령을 이해하기까지 대체 얼마나 오랜 시간이 걸렸을까. "난 교대로 도전하는 게 좋다고 생각해. 난 방금 했으니 자정에는 네 차례야, 알았지? 그럼 난 내일 자정 넘어서 다시 올게. 우리 중 한 명이 이길 때까지 하루씩 교대로 하면 되잖아. 어때 공평하지?"

"그렇긴 한데." 아르테미스는 나를 뜯어보며 말했다. "하지만 어쨌든 여기 있어봐. 자정이 됐을 때 아바타가 둘이 있으면 좀 달라질지도 모르잖아. 아노락은 분명히 그런 경우를 준비해놨을 거야. 아마 데미리치도 두 명 나타나겠지. 각자 한 명씩 상대하도록. 아니면 아마도……"

"난 혼자 조용히 하는 게 더 좋아. 그냥 교대로 하는 게 어때?" 내가 거의 출구에 다다랐을 때 아르테미스가 내 앞을 가로막았다.

"저기, 잠깐만." 아르테미스의 목소리가 한결 부드러워졌다. "기다려줄래?"

나는 그녀의 아바타를 제치고 계속 걸어갈 수도 있었다. 하지만 그렇게 하지 않았다. 어서 빨리 미들타운으로 가서 첫 번째 관문을 찾고 싶은 마음도 간절했지만 내 앞에 서 있는 아바타는 오랫동안 꿈에 그려온 그 유명한 아르테미스였다. 직접 본 아르테미스는 내가 상상했던 것보다 훨씬 더 매력적이었다. 너무나 간절하게 그녀와 더 오래 같이 있고 싶었다. 1980년대 노래하는 음유 시인 하워드 존스 식으로 말하자면 그녀를 더 알아가고 싶었다. 이대로 떠나버린다면 영영 못 만날 수도 있었다.

"있잖아." 아르테미스는 부츠를 내려다보며 말했다. "형편없는 저레벨 약골이라고 부른 거 사과할게. 유치했어. 내가 말이 심했어."

"괜찮아. 사실인 걸 뭐. 난 겨우 레벨 10밖에 안 돼."

"그게 무슨 상관이야. 너도 당당한 건터고, 누구보다 실력 있는 건터잖아. 안 그럼 여기 서 있을 리가 없지. 널 존중하고 네 실력을 인정한다는 걸 알아줬으면 좋겠어. 아까 심하게 말한 거 내가 사과할게."

"그래. 그 사과 받을 테니까 이제 신경 쓰지 마."

"좋아." 아르테미스는 안심한 표정이었다. 아르테미스의 아바타는 표정이 지나칠 정도로 사실적이었다. 표정을 소프트웨어로 처리하는 대신 아바타 주인의 표정과 일치하도록 동기화시킨 것이었다. 아르테미스는 아주 비싼 장치를 사용하고 있는 게 분명했다. "여기 와서 네가 있는 걸 보고 까무러치게 놀랐거든." 그녀가 말했다. "내 말은, 나 말고 다른 누군가가 결국엔 여길 찾아낼 거라는 걸 알긴 했어. 그렇지만 이렇게 빠를 줄은 몰랐어. 지금까지 무덤에 얼쩡거린 건 나뿐이었으니까."

"얼마 동안이나?" 나는 별로 대답을 기대하지 않고 물었다.

아르테미스는 잠시 머뭇거리는 듯하더니 이내 재잘대기 시작했다. "3주!" 그녀는 아주 격분해서 말했다. "빌어먹을 3주씩이나 여길 들락거렸어. 그 멍청한 데미리치를 그 거지 같은 게임에서 이기려고! 데미리치의 지능은 정말 말도 안 돼! 내 말은, 있잖아, 예전에 〈자우스트〉를 한 번도 해본 적이 없었어. 근데 이젠 그것 때문에 머리가 아주 돌아버릴 지경이야! 며칠 전에 거의 다 죽일 뻔했었는데 근데 그때……" 아르테미스는 분통을 터뜨리며 손가락으로 머리카락을 쓸어 넘겼다. "으! 잠도 못 자고 먹지도 못해. 성적은 바닥으로 떨어졌어. 그놈의 〈자우스트〉 연습 땜에 공부는 내팽개쳤거든……"

나는 루두스에 있는 학교에 다니는지 물어보려고 했지만 아르테미스는 점점 더 빠른 속도로 머릿속에서 수문이라도 터진 듯 계속 떠들어댔다. 말이 폭포처럼 쏟아져 나왔다. 거의 숨도 안 쉬는 듯했다.

"……그리고 오늘 밤에 다시 왔어. 마침내 그 멍청한 괴물을 때려잡고 구리 열쇠를 차지하게 될 밤이라 생각하면서, 그런데 무덤에 도착했을 때 누군가 이미 입구를 열어놓은 걸 본 거야. 헉, 내 최악의 시나리오가 마침내 사실이 되었구나. 다른 누군가가 이 무덤을 찾았구나. 그래서 완전 겁에 질려 단숨에 여기까지 뛰어온 거지. 내 말은, 심하게 걱정했단 뜻은 아니야. 누구도 단숨에 아케레락을 이길 수 있다고는 생각하지 않기 때문에. 하지만 여전히……" 아르테미스는 심호흡을 하더니 갑자기 말을 멈추었다.

"미안." 아르테미스는 잠시 뒤에 말을 이었다. "내가 초조하면 좀 주절주절 떠들어대는 버릇이 있어. 기분 좋을 때도 그렇고. 지금은 둘 다인 것 같아. 이 모든 걸 누구에게든 떠들고 싶어 죽을 지경이었으니까. 아무한테도 얘기할 수 없는 일 아니겠어, 그치? 일상적인 대화에서 이런 얘기를 꺼낼 수는 없지……" 아르테미스는 다시 한번 말을 끊었다. "이런, 나 좀 봐, 입에 모터라도 단 것 같잖아! 이 수다쟁이 딱따구리 같으니라고." 아르테미스는 입을 지퍼로 채우고 잠근 다음 상상의 열쇠를 던져버리는 시늉을 했다. 나는 반사적으로 공중에서 열쇠를 잡아채서 지퍼를 열어주는 시늉을 했다. 내 행동에 아르테미스는 까르르 웃었다. 그녀가 코를 들이키는 소리가 섞인 꾸밈없는 순도 100퍼센트의 웃음을 터트리는 바람에 나도 따라 웃었다.

아르테미스는 몹시 매력적이었다. 그녀의 오타쿠적인 면모와 거침없는 입담은 「21세기 두뇌 게임」에서 내가 제일 좋아하는 배역인 조단을 닮았다. 현실에서든 오아시스에서든 다른 사람을 보자마자 이렇게 마음이 잘 통한다는 느낌을 받은 적은 정말 처음이었다. 에이치와는 또 다른 느낌이었다. 살짝 현기증이 느껴졌다.

겨우 웃음을 수습한 아르테미스가 말했다. "난 정말이지 이 방정맞은 웃음소리를 걸러내는 필터라도 달아야 할까 봐."

"안 돼, 그러지 마. 네 웃음소리가 얼마나 좋은데." 나는 입 밖으로 튀어나오는 단어 하나하나에 놀랐다. "나도 백치처럼 웃는데 뭐."

아주 잘했어, 웨이드, 너 방금 그녀한테 '백치처럼' 웃는다고 말했어. 아주 잘한다, 나는 속으로 생각했다.

하지만 아르테미스는 수줍은 듯한 미소를 던지며 '고마워'라고 소리는 내지 않고 입술만 달싹거렸다.

나는 불쑥 아르테미스에게 입 맞추고 싶은 충동을 느꼈다. 가상현실이라는 건 중요치 않았다. 나는 아르테미스가 손을 내밀 때 명함을 달라고 말하려고 용기를 끌어모으고 있었다.

"참, 소개를 깜빡했네. 난 아르테미스야."

"알아." 나는 아르테미스가 내민 손을 잡으며 말했다. "네 블로그의 열렬한 팬이거든. 오랫동안 구독했어."

"진짜?" 아르테미스의 얼굴이 빨개진 듯했다.

나는 고개를 끄덕였다. "만나게 돼서 반가워. 난 파르지발이라고 해." 나는 여전히 그녀의 손을 잡고 있음을 깨닫고 너무 놀라서 화들짝 손을 놓았다.

"파르지발?" 아르테미스는 고개를 살짝 갸웃거렸다. "성배를 찾아낸 원탁의 기사의 이름을 땄네, 맞지? 멋지다."

나는 더욱더 그녀에게 홀딱 반한 채 고개를 끄덕였다. 항상 사람들에게 이름에 대해 일일이 설명하는 데 신물이 났던 터였다. "아르테미스는 그리스 신화에 나오는 사냥의 여신, 맞지?"

"정답! 하지만 원래 철자는 누군가 쓰고 있어서 가운데 'e' 대신 숫자 '3'을 넣을 수밖에 없었어."

"알아. 블로그에 올린 적 있잖아. 2년 전에." 나는 훨씬 더 섬뜩한 사이버 스토커처럼 보일 거라고 미처 깨닫기도 전에 게시물을 올린 정확한 날짜까지 들먹일 뻔했다. "여전히 '아르-쓰리-미스'라고 발음하는 초짜들을 자주 본다며."

"맞아. 그랬지." 아르테미스는 활짝 웃으며 말했다.

그녀는 레이싱 장갑을 낀 손을 뻗어 명함을 내밀었다. 오아시스 명함은 어떤 형태로든 디자인이 가능했다. 아르테미스는 케너 사의 스타워즈 캐릭터 인형(포장을 뜯지 않은)처럼 만들었다. 자기 아바타의 얼굴과 머리칼과 몸매를 그대로 본뜬 조악한 플라스틱 인형이었다. 미니어처로 만든 광선총과 엘프의 검도 붙어 있었다. 아르테미스의 연락처는 포장 윗부분에 적혀 있었다.

아르테미스

레벨 52 전사/마법사

(우주선 별매)

뒷면에는 블로그 주소, 이메일, 전화번호가 적혀 있었다.

여자애한테 명함을 받은 것은 처음이었을 뿐만 아니라 여태까지 내가 본 명함 중에 가장 멋진 명함이었다.

"와, 이건 지금까지 본 명함 중에 최고로 멋진 명함인데. 고마워!"

나는 이렇게 말하면서 아타리 2600 〈어드벤처〉 게임 카트리지처럼 디자인한 내 명함을 건네주었다. 연락처는 라벨에 인쇄되어 있었다.

파르지발

레벨 10 전사

(조이스틱 조종기용)

"야, 멋지다!" 아르테미스는 명함을 살펴며 말했다. "디자인 정말 끝내준다!"

"고마워." 나는 바이저 아래로 얼굴이 빨개지는 것을 느꼈다. 마음 같아서는 당장에 청혼이라도 하고 싶었다.

아르테미스의 명함을 보관함에 넣자 아이템 목록 창의 구리 열쇠 바로 아랫줄에 나타났다. 구리 열쇠를 보자 퍼뜩 정신이 돌아왔다. 맙소사, 내가 대체 뭘 하고 있던 거지? 첫 번째 관문을 코앞에 두고 여자랑

잡담이나 하고 있다니. 나는 얼른 시계를 보았다. 자정까지는 5분도 채 남지 않았다.

"아르테미스, 널 만나서 정말 좋았어. 하지만 난 이제 가봐야 해. 서버가 곧 초기화되잖아. 함정이랑 언데드 괴물이 다시 생기기 전에 여길 빠져나가고 싶어."

"아...... 뭐, 그래." 아르테미스는 실망이 큰 것 같았다! "나도 어쨌든 〈자우스트〉 시합을 준비해야 하니까. 하지만 그 전에 너한테 심각한 상처 치유 주문을 해주고 싶어."

미처 거절하기도 전에 아르테미스는 내 아바타의 가슴팍에 손을 얹고는 신비의 주문을 중얼거렸다. 내 생명치는 이미 최대였으므로 주문은 아무 효과가 없었다. 하지만 아르테미스는 그 사실을 알지 못했다. 아르테미스는 여전히 내가 데미리치와 싸웠을 거라고 믿고 있었다.

"자, 이제 됐어." 아르테미스가 한 발짝 물러나면서 말했다.

"고마워. 하지만 이래선 안 돼. 우린 경쟁자잖아."

"알아. 그렇다고 친구가 되면 안 된다는 법은 없잖아, 안 그래?"

"그렇긴 하지만."

"게다가 세 번째 관문까지는 아직도 멀고 험한 길이잖아. 내 말은 여기까지 오는 데 우리 둘 다 5년이나 걸렸고, 할리데이의 게임 디자인 스타일로 볼 때 앞으로 점점 더 어려워질 게 뻔하고 말이지." 아르테미스는 목소리를 낮췄다. "저기, 근데 진짜로 기다려볼 생각 없어? 둘이 동시에 도전할 수 있을 거야. 내기해도 좋아. 서로 요령도 좀 알려주고 말이야. 있지 내가 왕이 쓰는 기술에서 몇 가지 약점을 발견하기 시작했거든......."

아르테미스에게 거짓말을 하는 나 자신이 정말 못난 놈처럼 느껴지기 시작했다. "말은 정말 고마워. 하지만 난 가야겠어." 나는 그럴듯한 변명을 둘러댔다. "아침에 학교에 가야 하거든."

아르테미스는 고개를 끄덕거렸지만 곧 의심하는 표정으로 되돌아왔다. 그때 어떤 생각이 막 스쳤다는 듯이 아르테미스의 눈이 휘둥그렇게 떠졌다. 눈동자가 휙 움직이면서 허공 어딘가에 꽂혔다. 나는 그녀가 브라우저 창에서 뭔가를 찾고 있다는 사실을 깨달았다. 조금 있자 아르테미스의 얼굴이 분노에 차서 마구 일그러졌다.

"이 구라쟁이!" 그녀는 소리를 빽 질렀다. "이 사기꾼 같은 놈!" 아르테미스는 브라우저 창을 내가 볼 수 있도록 한 다음 내 쪽으로 돌렸다. 할리데이 웹사이트에 있는 득점판이었다. 나는 너무 정신이 없었던지라 득점판을 확인하는 것도 깜빡했었다.

지난 5년간 보았던 득점판과 똑같아 보였지만 딱 하나 달라진 게 있었다. 내 아바타의 이름이 맨 위쪽 1위 자리에 적혀 있었고 그 옆에 1만 점이라는 숫자가 있다는 것이었다. 다른 아홉 줄은 여전히 할리데이의 이니셜인 JDH와 여섯 자리 숫자 0으로 채워져 있었다.

"맙소사." 나는 나지막이 혼잣말을 뱉었다. 아노락에게 구리 열쇠를 받은 순간 내가 오아시스 대회 역사상 최초로 득점한 건터가 된 것이었다. 게다가 득점판은 온 세상에 공개되어 있는 만큼 이제 내 아바타가 세계적으로 유명해졌다는 사실도 깨달았다.

나는 다시 한번 확실히 확인해보고자 뉴스피드의 헤드라인을 검색했다. 뉴스란 뉴스에는 전부 내 아바타의 이름이 실려 있었다. '베일에 감춰진 아바타 파르지발, 역사를 쓰다', '파르지발이 구리 열쇠를 발견하다' 이런 제목들이었다.

나는 멍하니 서서 숨을 몰아쉬었다. 아르테미스가 나를 힘껏 밀쳤지만 당연히 아무 느낌도 없었다. 그럼에도 아르테미스는 포기하지 않고 몇 발자국 뒤에 서서 내 아바타를 톡톡 건드렸다. "뭐야, 넌 처음 붙자마자 이겼다고?" 아르테미스는 소리를 빽 질렀다.

나는 고개를 끄덕였다. "아케레락이 첫 게임을 이겼지만 내가 그 다음 두 게임을 이겼어. 겨우겨우."

"제에에에엔장!" 아르테미스는 주먹을 꼭 쥐면서 비명을 질렀다. "대체 어떻게 처음 붙자마자 이길 수가 있어?" 아르테미스는 내 얼굴을 한 대 칠 기세였다.

"순전히 운이었어. 친구하고 〈자우스트〉를 자주 했었거든. 그래서 연습이 아주 충분한 상태였어. 너도 연습을 나만큼……"

"제발 그만!" 아르테미스는 주먹을 치켜들고 으르렁거렸다. "잘난 척 따윈 집어치워. 알겠어?" 그녀의 입에서는 좌절의 울부짖음이라고 묘사할 수밖에 없는 어떤 것이 흘러나왔다. "이건 정말 말도 안 돼! 내가 5주씩이나 얼마나 노력했는데! 빌어먹을 5주씩이나!"

"하지만 너 방금 3주라고……"

"끼어들지 마!" 아르테미스는 또 한 번 나를 밀쳤다. "벌써 한 달도 넘게 쉬지 않고 연습했어! 빌어먹을 꿈에서도 타조를 타고 날아다닐 지경이라고!"

"썩 기분 좋은 꿈은 아니겠네."

"근데 넌 그냥 여기 들어와서 뚝딱 해치워 버렸다고!" 아르테미스는 주먹으로 이마 한가운데를 쾅쾅 내려치기 시작했다. 나는 아르테미스의 분노가 나를 향한 것이 아니라 자기 자신을 향한 분노임을 깨달았다.

"진정해." 나는 말했다. "정말 그냥 운이 좋았어. 난 고전 아케이드 게임을 잘하거든. 그게 내 전문이야." 나는 어깨를 으쓱했다. "레인맨처럼 자해하는 짓은 그만둬."

아르테미스는 동작을 멈추고 나를 빤히 쳐다보았다. 조금 있다가는 긴 한숨을 내쉬었다. "왜 〈센티피드〉가 아닌 거야? 왜 〈미즈팩맨〉이 아

닌 거야? 〈버거타임〉이면 뭐가 어때서? 그랬다면 지금쯤 첫 번째 관문
은 아주 거뜬히 통과했을 거라고!"

"음, 왜 그런지는 잘 몰라."

아르테미스는 잠시 나를 쏘아보더니 사악한 미소를 번득였다. 그러
고는 출구 쪽으로 몸을 틀더니 허공에다 정교한 동작을 그리면서 중얼
중얼 주문을 외우기 시작했다.

"잠깐, 지금 뭐 하는 거야?"

나는 그렇게 말했지만 벌써 답을 알고 있었다. 아르테미스가 시전을
끝내자 커다란 돌벽이 나타나 하나뿐인 출구를 완전히 막아버렸다. 젠
장! 아르테미스가 방어막 주문을 걸었다. 나는 방안에 완전히 갇혀버렸다.

"대체 왜 이런 짓을 해?" 나는 소리를 빽 질렀다.

"빠져나가려고 하도 기를 쓰길래. 내 짐작엔 아노락이 구리 열쇠를
줄 때 첫 번째 관문의 위치에 대한 단서도 같이 줬을 거야. 그렇지? 지
금 거기 가려는 거잖아, 안 그래?"

"그래 맞아." 나는 인정했다. 잡아뗄까도 생각했지만 지금에 와서 그
게 다 무슨 소용이란 말인가?

"그러니 내가 건 마법을 소멸시키지 못하면, 레벨 10 전사님께서 그
렇게 못하실 게 뻔하지만, 방어막은 서버가 초기화되는 자정 넘어서까
지 널 여기에 붙잡아둘 거야. 여기 오는 길에 해제시켰던 함정은 전부
다시 살아날 거고. 네가 빠져나가는 속도도 상당히 느려지지 않겠어."

"그걸 말이라고 해."

"네가 끙끙거리며 지상으로 돌아나가는 동안에 난 아케레락과 또 한
판 붙어야지. 이번엔 반드시 놈을 이기겠어. 그리고 널 따라잡고야 말
겠어."

나는 팔짱을 꼈다. "지난 5주간이나 계속 패했으면서 어째서 오늘 밤

엔 이길 수 있으리라 생각하지?"

"경쟁은 내가 가진 실력의 최대치를 끌어내 주니까." 그녀가 답했다. "원래 그렇잖아. 게다가 지금은 엄청나게 중요한 경쟁이니까."

나는 아르테미스가 만들어놓은 마법 방어막을 쳐다보았다. 아르테미스는 50레벨 이상이므로 방어막이 최대 마법 유지 시간인 15분을 꽉 채워 유지될 것이다. 내가 할 수 있는 일은 마법이 소멸되기를 손 놓고 기다리는 일뿐이었다. "넌 악한 성향이구나, 알고 있지?" 나는 말했다.

아르테미스는 활짝 웃으면서 고개를 가로저었다. "어머 자기, 난 그냥 무질서 중립이라고. 호호호."

나도 활짝 웃으며 맞받아쳤다. "첫 번째 관문은 반드시 내가 먼저 찾을 테니 두고 봐."

"뭐 그럴지도. 하지만 이건 시작에 불과해. 첫 번째 관문을 깨야 하고 아직 두 개의 열쇠와 두 개의 관문이 더 남았잖아. 널 따라잡을 시간은 충분하다고. 그리고 반드시 내가 앞지를 거야."

"두고 보면 알게 되겠지."

아르테미스는 득점판을 펼쳐놓은 창을 가리켰다. "넌 이제 유명해졌어. 그게 무슨 뜻인지는 알지?"

"아직 별로 깊이 생각해보진 않았어."

"난 해봤어. 무려 5주 동안이나 생각해왔어. 득점판에 이름을 올렸으니 이제 모든 게 달라질 거야. 사람들은 다시 이스터에그 찾기에 관심을 가지겠지. 처음 시작했을 때만큼. 언론은 벌써부터 호들갑이고, 내일쯤이면 파르지발을 모르는 사람은 이 세상에 단 한 명도 없을 거야."

나는 마음이 조금 불편해졌다.

"넌 이제 현실에서도 유명해질 수 있어." 그녀는 말했다. "언론에 네 신분을 밝히기만 한다면 말이야."

"난 그렇게 멍청하진 않아."

"좋아. 천문학적인 액수가 걸려 있으니 사람들은 네가 어디서 어떻게 에그를 찾아야 할지 안다고 넘겨짚을 거야. 그 정보를 위해서라면 살인이라도 마다치 않을 작자들도 많을 거고."

"알아. 걱정해줘서 고마워. 하지만 난 괜찮을 거야."

하지만 사실 하나도 괜찮지 않았다. 이런 생각을 구체적으로 해본 적은 없었다. 이런 위치에 있게 되리라고 정말로 믿은 적이 없었기 때문일 것이다.

우리는 아무 말 없이 서서 시계만 멀뚱멀뚱 쳐다보고 있었다. "만약 우승하면 뭐 할 거니?" 아르테미스가 불쑥 물었다. "그 돈을 다 어디에 쓸 거야?"

나는 오랫동안 그것에 대해 생각해왔다. 늘 상상의 나래를 펼치곤 했다. 에이치와 나는 상금을 타면 무엇을 하고 무엇을 살지 닥치는 대로 적어 보았다.

"잘 모르겠어. 내 생각엔 그냥 평범하게, 대저택으로 이사하고, 쌈박한 물건을 잔뜩 사고, 가난에서 벗어나야지."

"흠, 꿈 한번 크시군. 대저택과 '쌈박한 물건'을 잔뜩 산 후에 남은 1,300억 달러를 가지고는 뭘 할 건데?"

생각 없는 놈이라는 인상을 주지 않으려는 마음에선지 순순히 그녀에게 내 꿈을 털어놓게 되었다. 정말 아무한테도 말한 적 없는 꿈이었다.

"난 지구 궤도에 행성 간 이동이 가능한 원자력 우주선을 만들 거야. 우주선에는 평생 먹을 음식이랑 물이랑 자급자족 가능한 바이오스피어랑 인류 문명이 낳은 모든 영화와 책, 노래, 비디오게임, 디자인 작품이 저장된 슈퍼컴퓨터를 둘 거야. 물론 단독 구동이 가능한 오아시스도 가져가야지. 의사랑 과학자들을 데려오고 친한 친구들도 초대하는 거야.

그다음엔 다 같이 종적을 감추고 태양계 밖으로 제2의 지구를 찾아 떠날 생각이야."

물론 아직 철두철미한 계획은 아니었다. 세부적으로 구상할 것들이 아직 많이 남아 있었다.

아르테미스는 눈썹을 추켜올렸다. "대단한 야망이네. 하지만 지구에서 절반에 가까운 사람들이 굶주리고 있다는 건 알고 있지?" 아르테미스의 목소리에서는 아무런 악의도 느낄 수 없었다. 내가 그 사실을 정말 모르고 있을지도 모른다고 진심으로 믿고 있는 것처럼 들렸다.

"당연히 알고 있어." 나는 방어적으로 대꾸했다. "그렇게 많은 사람들이 굶주리고 있는 이유는 우리가 지구를 너무 망가뜨렸기 때문이야. 지구가 죽어가고 있어. 알지? 지금은 지구를 떠나야 할 시간이야."

"세계관 한번 참 부정적이시군. 내가 만약 상금을 탄다면 지구에 있는 모든 사람이 맘껏 먹게 해주고 싶어. 일단 기아 문제를 해결하고 나면 우리가 환경을 어떻게 되살릴지, 에너지 위기에 어떻게 대처할지도 알아낼 수 있다고 봐."

나는 눈을 흘겼다. "그래. 그런 기적을 행한 다음에 유전공학으로 스머프와 유니콘을 잔뜩 만들어서 네가 창조한 완벽한 새 세상에서 뛰어놀게 하면 되겠네."

"난 지금 진지하다고."

"네 생각엔 그게 어디 말처럼 쉬울 것 같아? 2,400억 달러짜리 수표 하나로 세상의 모든 문제를 해결한다는 게?"

"몰라. 아마 쉽지 않겠지. 하지만 해볼 거야."

"우승만 한다면야."

"맞아, 내가 우승만 한다면."

바로 그때 오아시스 서버 시간이 자정을 알렸다. 둘 다 정확히 알 수 있었다. 제단 위에 왕좌가 다시 생기고 아케레락이 나타났기 때문이다. 아케레락은 내가 이 방에 처음 들어왔을 때처럼 미동도 하지 않고 앉아 있었다.

아르테미스는 아케레락을 힐끔 올려다보고는 다시 나를 보고 미소를 지으면서 가볍게 손을 흔들었다. "그럼 또 보자, 파르지발."

"그래, 또 보자." 내가 대답했다. 아르테미스는 몸을 돌려 제단 쪽으로 걸어가기 시작했다. 나는 아르테미스를 불러 세웠다. "저기, 아르테미스?"

아르테미스가 돌아보았다. 어떤 이유에선지 그러면 안 된다는 것을 알면서도 도움을 줘야 할 것 같은 기분이 들었다. "왼쪽에서 한번 해봐. 내가 그렇게 해서 이겼거든. 아무래도 아케레락이 황새를 탈 때가 더 이기기 쉬운 것 같아."

아르테미스는 잠시 나를 물끄러미 보았다. 일부러 망치게 하려는 꼼수는 아닌지 의심하는 눈초리였다. 잠시 뒤 그녀는 고개를 끄덕이고는 제단으로 올라갔다. 그녀가 첫 번째 계단을 딛고 올라서자마자 아케레락이 살아났다.

"환영하오, 아르테미스." 아케레락의 목소리는 굵직했다. "그대가 찾고 있는 것은 무엇이오?"

내 귀에는 아르테미스의 대답이 들리지 않았지만 조금 있자 아까 그랬던 것처럼 왕좌가 〈자우스트〉 오락기로 변신했다. 아르테미스는 데미리치에게 무언가 말했고 두 사람은 서로 자리를 바꾸었다. 곧 게임이 시작되었다.

나는 방어막 마법이 소멸될 때까지 몇 분간 멀리서 게임을 지켜보았다. 나는 마지막으로 한 번 더 아르테미스에게 눈길을 준 후 문이 열리자 뛰기 시작했다.

무덤에서 지상으로 빠져나오는 데는 한 시간 남짓 걸렸다. 밖으로 기어 나오기가 무섭게 화면에 미확인 메시지 알림 표시가 깜빡이기 시작했다. 나는 그때 할리데이가 무덤을 통신 불능 구역에 배치해서 안에 있는 동안에는 아무도 전화나 문자, 이메일을 받지 못하게 해두었다는 사실을 깨달았다. 건터들이 도움이나 힌트를 요청하지 못하게 하기 위해서인 것 같았다.

나는 메시지를 열었다. 에이치는 내 이름이 득점판에 오른 직후부터 줄곧 전화를 시도하고 있었다. 열 번이 넘도록 통화를 시도하고 문자도 여러 개 남겼다. 현재 상황에 기겁하게 놀라 당장 전화하라고 외치는 소리가 마치 귀에 들리는 듯한 심히 격앙된 문자였다. 문자를 삭제하기가 무섭게 또 전화가 들어왔다. 역시 에이치였다. 나는 받지 않기로 마음을 굳혔다. 대신 가능한 한 빨리 전화하겠다는 짧은 문자만 보내놓았다.

숲을 빠져나와 달리는 동안 혹시 아르테미스가 자우스트 시합에서 승리해 열쇠를 얻으면 바로 알 수 있도록 득점판을 화면 한 켠에 띄워두었다. 마침내 순간이동 터미널에 도착해서 가장 가까운 부스로 뛰어 들어갔을 때는 새벽 2시가 막 지나고 있었다.

터치스크린에 목적지를 입력하자 미들타운 지도가 나타났다. 나는 미들타운 행성의 256개 순간이동 터미널 중에서 한 군데를 목적지로 선택해야 했다.

할리데이가 미들타운을 만들 당시에 자신의 고향 마을을 단 한 개만 복원한 것은 아니었다. 그는 똑같은 마을을 256개로 복사해 행성에 골고루 흩어지도록 배치했다. 그중 어느 마을로 가는지는 중요하지 않다고 생각했기 때문에 대충 적도에서 가까운 마을 하나를 찍었다. 그러고 나서 요금을 지불하기 위해 확인 버튼을 터치하자 아바타가 사라졌다.

1,000분의 1초 후 내가 서 있는 곳은 옛날 그레이하운드 버스정류장 안에 놓인 고전적인 1980년대식 공중전화 부스 안이었다. 문을 열고 밖으로 걸어 나왔다. 마치 타임머신 밖으로 걸어 나오는 기분이었다. 서성거리는 NPC들은 모두 1980년대 중반에 유행하던 옷차림을 하고 있었다. 오존층 파괴의 주범인 스프레이를 잔뜩 뿌려댄 사자머리 여자는 벽돌처럼 큰 워크맨을 끼고 머리를 까딱거리고 있었다. 회색 멤버스 온리 재킷을 입은 소년은 벽에 기대고 서서 루빅 큐브를 돌리고 있었다. 모호크 머리를 한 펑크 로커는 플라스틱 의자에 앉아 동전투입식 텔레비전으로 「립타이드」 재방송을 보고 있었다.

나는 출구를 확인한 다음 그쪽으로 걸어가면서 검을 뽑아 들었다. 미들타운 전체는 PvP 전투 구역이라서 조심해서 돌아다녀야 했다.

에그 찾기가 시작된 직후 미들타운 행성은 도떼기시장으로 돌변했고 건터들이 끝도 없이 밀려와 열쇠와 단서를 찾으려고 여기저기 쑤시고 다니는 통에 256개의 할리데이 고향 마을 전체가 쑥대밭으로 변했다. 건터 게시판에서는 여러 명의 아바타가 같은 장소에서 피 터지게 싸우지 않고 동시에 찾을 수 있도록 마을을 여러 개로 만들었다는 가설이 정설로 받아들여졌다. 물론 모든 탐색은 허탕이었다. 열쇠는 없었고 단서도 없었다. 에그도 없었다. 그때부터 미들타운 행성에 대한 관심은 급격히 시들해졌다. 하지만 일부 건터들만은 아직도 가끔 이곳을 찾곤 했다.

할리데이의 집 안으로 들어갔을 때 다른 건터가 있는 경우에는 곧장 도망쳐 나와 차를 훔친 다음 (어느 방향이든) 40킬로미터 정도 달려서 가장 가까운 다른 미들타운 마을로 갈 계획이었다. 그리고 아무도 없는 집을 찾을 때까지 계속 반복할 작정이었다.

버스정류장 밖은 아름다운 중서부 날씨였다. 주홍빛 태양이 지평선 위에 낮게 걸려 있었다. 미들타운에 온 적은 처음이었지만 조사를 충분히 해두었기 때문에 할리데이가 이 행성 위에서는 언제 어디서든 1986년경의 늦가을 오후 정취를 완벽하게 느낄 수 있도록 코딩했다는 사실을 알고 있었다.

나는 마을 지도를 펼쳤다. 그리고 현재 위치에서 할리데이가 어릴 때 살던 집으로 가는 길을 점검했다. 북쪽으로 2킬로미터쯤 가야 했다. 북쪽을 찍고 아바타를 뛰게 했다. 주위 풍경을 둘러보면서 나는 아주 작은 부분까지 세세하게 정성을 들여 복원해놓은 모습에 입이 떡 벌어질 수밖에 없었다. 언젠가 할리데이가 마을의 모습을 어릴 때와 똑같이 재현하기 위해서 기억을 총동원해 모든 것을 직접 코딩했다고 읽은 적이 있었다. 그는 모든 것을 가능한 한 정확하게 고증하기 위해 옛날 거리 지도, 전화번호부, 사진, 영상 자료까지 참고했다.

주위 풍경은 영화 「자유의 댄스」에 등장했던 마을들을 떠올리게 했다. 집이 드문드문 있는 작은 시골 마을이었다. 모든 집은 터무니없이 크고 터무니없이 멀리 떨어져 있었다. 50년 전에는 서민들도 이렇게 큰 집을 소유했다는 사실이 굉장히 놀라웠다. NPC 주민들은 모두 가수 존 쿠거 멜렌캠프의 뮤직비디오에 출연했던 단역 배우들처럼 보였다. 낙엽을 치우는 사람들, 개를 데리고 산책하는 사람들, 벤치에 앉아 있는 사람들이 눈에 들어왔다. 호기심에 그들에게 손을 흔들 때마다 따뜻한 화답이 돌아왔다.

시대 배경을 나타내는 단서는 널려 있었다. NPC가 운전하는 자동차와 트럭은 그늘진 거리를 천천히 오가고 있었다. 모두 트랜스 암, 닷지 옴니, IROC Z28, 케이카 등 연료를 지나치게 많이 먹어대는 차종이었다. 나는 주유소를 지나쳤다. 간판에는 휘발유값이 갤런당 고작 93센트라고 적혀 있었다.

할리데이의 집이 있는 골목으로 막 꺾으려는 찰나에 트럼펫 팡파르 소리가 들렸다. 나는 화면 한 켠에 계속 띄워둔 득점판 창으로 재빨리 눈을 돌렸다.

아르테미스가 해냈다.

그녀의 이름이 내 이름 바로 아래에 올라 있었다. 점수는 9,000점이었다. 나보다 1,000점이 낮은 점수였다. 구리 열쇠를 첫 번째로 찾은 아바타에게는 보너스가 있는 모양이었다.

득점판의 파급력이 처음으로 실감 나게 와 닿았다. 이제부터는 건터들이 경쟁자의 진척 상황을 추적할 수 있을 뿐만 아니라 현재 선두 주자가 누구인지가 온 세상에 공개되므로 하루아침에 유명인사가 (동시에 표적이) 될 수 있었다.

나는 지금 이 순간 아르테미스가 구리 열쇠를 내려다보면서 표면에 새겨진 단서를 읽고 있다는 사실을 알고 있었다. 아르테미스는 분명 나만큼이나 빨리 해독해낼 것이다. 어쩌면 벌써 미들타운을 향해 오고 있을 수도 있었다.

그런 생각을 하자 마음이 다급해졌다. 나는 아르테미스보다 겨우 한 시간쯤 앞서 있을 뿐이었다. 어쩌면 그것도 길게 잡은 건지도 몰랐다.

할리데이가 어린 시절을 보낸 클리블랜드 거리에 다다랐을 때 나는 여기저기 깨진 보도를 따라 그가 어릴 때 살던 집의 계단 앞까지 내달렸다. 집은 전에 봤던 사진과 똑같았다. 외벽을 붉은 비닐 사이딩으로 마감한 평범한 2층짜리 유럽식 주택이었다. 1970년대 후반식 포드 세단 두 대가 진입로에 주차되어 있었고, 그중 한 대는 콘크리트 블록 위에 올려져 있었다.

할리데이가 복원해놓은 옛날 집을 바라보면서 나는 그의 어린 시절을 상상해보았다. 오하이오 주 미들타운에 있던 실제 집은 1990년대 후반 대형 쇼핑몰이 들어서는 바람에 모두 철거되었다는 내용을 읽은 적이 있었다. 하지만 할리데이는 자신의 어린 시절을 이곳 오아시스에 영원히 박제해 놓았다.

계단을 올라가 정문을 열고 들어가니 거실이 나왔다. 「아노락의 초대장」에서 보았던 터라 낯선 느낌은 전혀 들지 않았다. 나무판자를 댄 벽과 짙은 주황색 카펫, 디스코가 풍미하던 1970년대 마당 세일 장터에서 사 모은 듯한 화려한 원색 가구가 눈에 들어왔다.

집에는 아무도 없었다. 어떤 이유에선지 할리데이는 자기 자신이나 죽은 부모의 NPC를 재현해놓지는 않았다. 아무리 그가 괴짜였더라도 그건 지나치게 소름 돋는 일이라고 생각했던 모양이다. 하지만 거실 벽에 낯익은 가족사진 한 장은 붙어 있었다. 1984년에 동네 케이마트에서 찍은 사진이었지만 할리데이의 부모는 여전히 70년대 후반 옷차림이었다. 열두 살의 꼬마 할리데이는 가운데 서서 두꺼운 안경 너머로 카메라를 노려보고 있었다. 할리데이네 가족은 여느 평범한 미국 가족처럼 보였다. 밤색 레저수트를 입은 반듯하게 생긴 남자가 폭력을 일삼는 알코올 중독자였다거나, 꽃무늬가 그려진 팬티수트를 입은 미소 짓는 여자가 조울증을 앓았다거나, 색이 바랜 애스터로이드 티셔츠를 입은 어린 소년이 훗날 완전히 새로운 세상을 창조해 내리라는 낌새 같은 건 전혀 느낄 수 없었다.

　주위를 둘러보면서 문득 어린 시절이 항상 불행했다고 말한 할리데이가 왜 나중에는 그 시절에 그토록 향수를 느꼈는지 의아해졌다. 나라면 빈민촌 탈출에 성공하는 그날이 온다면 그 시절은 절대 뒤도 돌아보지 않을 것이며, 그곳을 세밀하게 복원한 시뮬레이션 같은 것도 절대 만들지 않을 텐데 말이다.

　나는 무식하게 큰 제니스 텔레비전과 거기에 연결된 아타리 2600을 쳐다보았다. 아타리 플라스틱 본체에 있는 나뭇결은 텔레비전 케이스와 거실 벽에 있는 나뭇결과 똑같았다. 아타리 옆에 놓인 신발 상자에는 아홉 개의 게임 카트리지가 담겨 있었다. 〈컴뱃〉, 〈스페이스 인베이더〉, 〈핏폴〉, 〈카붐!〉, 〈스타 레이더스〉, 〈엠파이어 스트라이크 백〉, 〈스타마스터〉, 〈야스 리벤지〉, 〈E.T.〉였다. 건터들은 그동안 이 상자에 〈어드벤처〉 게임이 빠진 이유에 대해 큰 의미를 부여해왔다. 「아노락의 초대장」 맨 끝 부분에 할리데이가 같은 기종의 아타리 게임기로 이 게임을 플레이하는 장면이 있었기 때문이다. 건터들이 미들타운 행성 전체를 뒤지며 〈어드벤처〉를 찾아보았으나 이 게임은 어디에서도 발견되지 않았다. 어떤 건터는 아예 다른 행성에서 〈어드벤처〉를 복사한 다음 이곳으로 가져와 할리데이의 아타리 게임기에 넣었지만 전혀 작동하지 않았다. 아직은 아무도 이유를 알아내지 못했다.

　나는 집을 한 바퀴 빙 둘러보면서 다른 아바타가 없음을 확인했다. 그러고 나서 할리데이의 방문을 열었다. 안에는 아무도 없었다. 그래서 방으로 들어간 다음 문을 잠갔다. 이 방의 스크린샷은 오래전부터 인터넷에 돌아다녔다. 나는 그 스크린샷들을 전부 구해서 하나하나 면밀히 살펴본 적이 있었다. 하지만 '진짜' 안에 들어선 것은 처음이었다. 짜릿한 전율이 온몸을 휘감는 느낌이었다.

카펫은 짙은 겨자색이었다. 벽지도 같은 색이었다. 하지만 벽 전체에 「21세기 두뇌 게임」, 「위험한 게임」, 「트론」의 영화 포스터와 록 밴드 핑크 플로이드, 데보, 러시의 포스터가 덕지덕지 붙어 있었다. 문 안쪽에 있는 책꽂이에는 SF 및 판타지 장르의 책이(물론 내가 다 읽은) 빼곡하게 꽂혀 있었다. 침대 옆에 있는 또 다른 책꽂이에는 옛날 컴퓨터 잡지와 〈던전앤드래곤〉 규칙서들이 빽빽했다. 벽에는 만화책이 담긴 기다란 상자 여러 개가 층층이 쌓여 있었고, 상자마다 라벨이 꼼꼼하게 붙어 있었다. 방의 한쪽 구석에 놓인 낡은 나무 책상 위에는 할리데이의 첫 번째 컴퓨터가 놓여 있었다.

그 시절 대다수의 가정용 컴퓨터처럼 본체는 키보드와 일체형이었다. 'TRS-80 컬러 컴퓨터2, 16K RAM'이라고 적힌 라벨이 키보드 윗부분에 붙어 있었다. 구불구불 뱀처럼 뻗은 후면 케이블은 각각 카세트 녹음기와 소형 컬러텔레비전, 도트 프린터, 300보드 모뎀에 연결되어 있었다. 모뎀 옆에는 아주 기다란 전화접속 BBS 게시판 전화번호 목록도 붙어 있었다.

나는 책상에 앉아 컴퓨터와 TV의 전원을 켰다. TV가 예열되면서 나는 지직 소리에 이어 낮은 웅웅 소리가 들렸다. 조금 뒤에 TRS-80의 녹색 시작 화면이 나타났고 다음과 같은 문구가 보였다.

EXTENDED COLOR BASIC 1.1

COPYRIGHT (C) 1982 BY TANDY

OK

문구 아래에는 색깔이 바뀌면서 깜빡이는 커서가 있었다. 나는 'HELLO'라고 치고 엔터 키를 눌렀다.

다음 줄에 '?SYNTAX ERROR'라는 글자가 나타났다. 'HELLO'는 고대 컴퓨터에 쓰인 유일한 언어인 베이직에 유효한 명령어가 아니었다.

이미 나는 조사를 통해 카세트 녹음기가 TRS-80의 '테이프 드라이브'처럼 작동한다는 사실을 알고 있었다. 자기 테이프에 아날로그 사운드 형태로 데이터를 저장하는 방식이었다. 할리데이가 프로그래밍을 처음 시작했을 무렵, 가난한 아이들은 플로피 디스크 드라이브를 살 돈이 없었다. 그래서 할리데이는 카세트테이프에 코드를 저장했다. 테이프 드라이브 옆에 놓인 신발 상자에는 카세트테이프 수십 개가 들어 있었다. 대부분은 〈라카투〉, 〈베드람〉, 〈피라미드〉, 〈매드니스 앤 미노타우로스〉 따위의 텍스트 어드벤처 게임이었다. 컴퓨터 측면 슬롯에 들어가는 롬 카트리지도 몇 개 있었다. 나는 상자를 뒤적여 닳아빠진 붉은 라벨 위에 삐뚤삐뚤한 노란 글씨로 '던전 오브 다고라스'라고 인쇄된 카트리지를 찾아냈다. 겉포장지에는 커다란 돌도끼를 쥔 근육질의 파란 괴물이 긴 던전 복도를 가로막고 선 장면을 1인칭 시점에서 바라본 모습이 그려져 있었다.

할리데이의 방에 있는 게임 목록이 처음 온라인에 떴을 때 그 목록에 있던 모든 게임을 내려받아서 마스터했기 때문에 내가 〈던전 오브 다고라스〉를 깬 것은 벌써 2년 전이었다. 당시 나는 주말을 몽땅 투자했다. 그래픽은 상당히 원시적이었지만 게임은 재미가 쏠쏠했고 매우 중독성이 높았다.

지난 5년간 몇몇 건터들이 여기에 와서 할리데이의 TRS-80 컴퓨터로 〈던전 오브 다고라스〉의 끝판을 깼다는 내용을 게시판에서 읽은 적이 있었다. 몇몇은 호기심에 신발 상자에 있는 게임들을 모조리 깨보기도 했지만 아무 일도 없었다고 했다. 하지만 그들 중 누구도 구리 열쇠를 갖고 있지는 않았다.

TRS-80의 전원을 끄고 〈던전 오브 다고라스〉 카트리지를 밀어 넣는 내 손이 약간 떨리고 있었다. 컴퓨터를 다시 켜자 화면이 검은색으로 바뀌었고 아주 원시적인 그래픽의 마법사가 나타나면서 음산한 음향 효과가 뒤따랐다. 마법사는 한 손에 지팡이를 들고 있었고, 마법사의 발밑에는 '그대들을 던전 오브 다고라스로 안내하노라!'라는 문구가 보였다.

나는 키보드에 손가락을 올리고 게임을 시작했다. 그때 서랍장 위에 놓인 잼박스가 저절로 켜지더니 귀에 익은 음악이 울려 퍼졌다. 「코난 더 바바리안」에 삽입된 바 있는 바실 폴레도리우스의 곡이었다.

내가 제대로 길을 찾아가고 있다는 걸 알려주려는 아노락만의 표식이 틀림없어, 나는 속으로 생각했다.

나는 금세 시간 감각을 잃어버렸다. 내 아바타는 할리데이의 방에 앉아 있고, 현실의 나는 전기난로 옆에 몸을 웅크리고 앉아 허공을 휘저으면서 가상키보드에 명령어를 입력하면서 내 은신처에 앉아 있다는 사실을 까맣게 잊었다. 중간에 가로막힌 것들은 모두 잊고 나는 게임 속의 게임에 완전히 빠져들었다.

〈던전 오브 다고라스〉는 '왼쪽으로 돌아라', '횃불을 잡아라'와 같은 명령어를 입력함으로써 아바타를 조종하는 게임이다. 미로처럼 복잡한 벡터 그래픽 통로를 헤매면서 점점 난이도가 높아지는 5단계로 들어가는 동안 거미와 스톤 자이언트, 외계인, 유령을 무찔러야 한다. 명령어와 특성을 기억 속에서 끄집어내는 데 약간 시간이 걸리긴 했지만 일단 감을 잡고 나니 그리 깨기 어려운 게임은 아니었다. 기본적으로 어느 때라도 그 시점을 저장할 수 있는 기능이 있다는 것은 목숨이 무한 개 있는 것과 마찬가지였다. (테이프 드라이브로 게임을 저장하고 다시 불러오는 일은 느리고 지루하긴 했다. 한 번에 되지 않아 여러 번 시도해야 할 때가 많았고 카세트 데크의 음량 조절기를 계속 만지작거려야 할 때도 많았다.)
게임을 저장할 수 있는 기능 덕분에 잠깐 화장실을 가거나 전기난로를
충전하기 위해 잠깐 로그아웃할 수도 있었다.

게임을 하는 동안 「코난 더 바바리안」 배경음악이 끝나고 잼박스에
서 딸깍 하는 소리가 나더니 테이프의 반대쪽이 재생되면서 「레이디호
크」의 신디사이저 소리로 가득한 배경음악이 흘러나왔다. 나는 에이치
를 약 올리고 싶어 입이 근질근질했다.

새벽 4시가 다 되어 던전의 마지막 단계에 다다르자 다고라스의 악
령 마법사와의 결투가 기다리고 있었다. 죽고 다시 불러오기를 두 번
반복한 끝에 엘프의 검과 얼음 반지를 이용해 마침내 그를 물리쳤다.
마법사의 마법 반지를 줍자 게임은 끝이 났다. 그러자 반짝이는 별이
새겨진 지팡이를 들고 망토를 걸친 마법사 이미지가 나타났다. 마법사
의 발밑에는 '보라! 운명은 새 마법사의 손을 기다리고 있노라!'란 문
구가 적혀 있었다.

나는 어떤 일이 일어날까 지켜보았다. 잠깐은 아무 일도 일어나지 않
다가, 갑자기 고대 도트 프린터가 켜지더니 아주 요란하게 한 문장을
찍어냈다. 용지 공급 장치가 프린터 위쪽으로 종이를 토해냈다. 나는
종이를 북 찢은 다음 거기에 찍힌 문장을 읽었다.

축하합니다! 첫 번째 관문을 통과하셨습니다!

주위를 둘러보니 한쪽 벽에 조금 전까지는 없던 연철 대문이 보였다.
조금 전에만 해도 「위험한 게임」 포스터가 있던 바로 그 자리였다. 대
문의 가운데에는 열쇠 구멍이 있는 구리 자물쇠가 걸려 있었다.

나는 할리데이의 책상 위로 기어 올라가 그 자물쇠를 움켜쥐고 구리
열쇠를 구멍에 넣은 다음 열쇠를 돌렸다. 문 전체가 뜨겁게 가열된 금
속처럼 빛을 내뿜기 시작했고, 양쪽 문이 안쪽으로 열리더니 무수히 많

은 별이 총총히 박힌 우주 공간이 보였다. 꼭 머나먼 우주로 통하는 웜홀 입구 같았다.

"맙소사, 별천지잖아."

어디선가 알 수 없는 곳에서 목소리가 들렸다. 영화 「2010 우주여행」에 나온 유명한 대사였다. 조금 있자 그 영화의 배경음악인 리하르트 슈트라우스의 〈자라투스트라는 이렇게 말했다〉가 낮고 음산하게 흘러나왔다.

나는 몸을 숙여 입구 안쪽을 상하좌우로 훑어보았다. 어느 방향을 보든 헤아릴 수 없이 많은 별뿐이었다. 눈을 가늘게 뜨면 아주 작게나마 저 멀리에 있는 성운이나 외부 은하도 보였다.

나는 주저하지 않았다. 열린 문으로 폴짝 뛰어들었다. 강하게 빨아들이는 듯한 힘이 느껴졌고 추락하기 시작했다. 하지만 아래로 추락하는 대신 앞을 향해 떠밀려갔다. 나를 둘러싼 무수히 많은 별도 함께 떠밀려가는 느낌이었다.

0011

정신을 차려보니 나는 옛날 오락실에 앉아 〈갤러그〉를 하고 있었다.

게임은 이미 진행 중이었다. 2대를 합체한 상태였고 4만 1,780점이었다. 고개를 숙여보니 양손이 조종기판에 놓여 있었다. 잠시 어리둥절해 하던 나는 반사적으로 조이스틱을 잡고 왼쪽으로 당겨 비행기 중 한 대가 격파당하기 직전에 아슬아슬하게 구해냈다.

시선 한쪽은 게임에 고정한 채로 주변 상황을 파악하려고 노력했다. 곁눈질로 보니 왼쪽에는 〈딕덕〉 오락기가, 오른쪽에는 〈잭슨〉 오락기가 보였다. 등 뒤로 갖가지 종류의 오락기에서 전투 중에 뿜어 나오는 소리들이 마구 섞여 불협화음처럼 들려왔다. 〈갤러그〉 한 판을 깼을 때 화면에 비친 내 모습을 보았다. 거기에 비친 얼굴은 내 아바타의 얼굴이 아니었다. 다름 아닌 매튜 브로데릭의 얼굴이었다. 「페리스의 해방」과 「레이디호크」를 찍기 전에 아직 풋풋한 미소년일 때의 매튜 브로데릭이었다.

그때 내가 어디에 있는지 내가 누구인지 알 수 있었다.

나는 데이비드 라이트먼이었다. 영화 「위험한 게임」에서 매튜 브로데릭이 맡은 역할로 지금은 그가 영화에 처음 등장하는 장면이었다.

나는 영화 속에 있었다.

주위를 휙 둘러보니 영화의 배경이었던 20 그랜드 팰리스라는 오락실 겸 피자 가게를 복원해놓은 곳이었다. 치렁치렁한 1980년대 머리 모양을 한 십대들이 오락기 주변에 삼삼오오 모여 있었다. 또 한 무리는 테이블에 앉아서 피자를 먹으며 탄산음료를 마시고 있었다. 구석에 놓인 주크박스에서는 비퍼스의 〈비디오 피버〉가 꽝꽝 울려 퍼졌다. 눈과 귀에 들어오는 모든 것이 영화랑 똑같았다. 할리데이는 영화 내용을 세세한 부분까지 재현해 체험 가능한 양방향 시뮬레이션 게임으로 재창조했다.

맙소사.

오랫동안 첫 번째 관문에서 어떤 도전이 나를 기다리고 있을지 궁금했다. 이런 게임을 상상한 적은 한 번도 없었다. 하지만 어쩌면 그랬어야 했다. 「위험한 게임」은 할리데이가 평생 좋아했던 작품 중의 하나였다. 그렇다는 이유로 나는 이 영화를 서른 번도 넘게 보았다. 올드 스쿨 컴퓨터 해커인 십대 학생이 주인공으로 나오는 정말 뛰어난 작품인 이유도 있었다. 그간 내가 흘린 구슬땀이 보상받을 차례인 것 같았다.

삐, 삐, 삐, 전자음이 계속 울리고 있었다. 내가 입고 있던 청바지 오른쪽 주머니에서 나는 소리 같았다. 왼손은 계속 조이스틱을 잡은 채로 오른손으로 주머니를 뒤져 디지털 시계를 꺼냈다. 시계 창에는 오전 7시 45분이라고 적혀 있었다. 버튼 하나를 눌러 알람을 끄자 화면 중앙에 경고문이 깜빡였다. '데이비드, 이러다 학교에 지각하겠군요!'

나는 어디로 끌려온 것인지 확인할 수 있을까 싶어 음성 명령을 사용해 오아시스 지도를 열어보았다. 하지만 나는 미들타운에 있는 것도 아닐 뿐더러 더 이상 오아시스에 있지도 않았다. 내 위치 표시 아이콘은 빈 화면의 정중앙에 고정되어 있었다. 지도 밖으로 벗어났다는 뜻이었다. 입구로 뛰어든 순간 내 아바타가 오아시스와는 분리된 가상공간인 단독 시뮬레이션으로 보내진 것이었다. 되돌아가는 유일한 길은 퀘스트를 완수해서 미션을 통과하는 방법뿐인 것 같았다. 하지만 지금 이 영화가 비디오게임이라면 어떻게 플레이해야 하는 걸까? 이것이 퀘스트라면 주어진 목표는 뭘까? 나는 이런 질문을 곱씹으며 계속 〈갤러그〉를 플레이했다. 잠시 뒤 어린 꼬마가 오락실로 들어오더니 내 옆으로 다가왔다.

"안녕, 데이비드 형!" 꼬마는 내가 하고 있는 게임에 시선을 고정한 채 말했다.

영화에 나왔던 하위라는 이름의 꼬마였다. 영화에서 매튜 브로데릭 역은 하위에게 〈갤러그〉를 넘겨주고 서둘러 학교로 뛰어간다.

"안녕, 데이비드 형!" 꼬마는 정확히 같은 억양으로 반복했다. 이번에는 꼬마의 대사가 화면 하단에 자막처럼 떴다. 그 아래 '마지막 경고입니다. 대사를 말하세요!'라는 문구가 빨간색으로 깜빡였다.

나는 게임 규칙을 알 것 같았다. 영화 속 다음 대사를 말할 마지막 기회라는 경고였다. 대사를 말하지 않으면 다음에 벌어질 일은 뻔했다. 게임 오버.

하지만 나는 당황하지 않았다. 다음 대사를 알고 있었기 때문이다. 나는 「위험한 게임」 전체를 달달 외울 정도로 여러 번 보았다.

"안녕, 하위!" 나는 말했다. 하지만 이어폰으로 들리는 목소리는 내 목소리가 아니었다. 매튜 브로데릭의 목소리였다. 대사를 말하자 화면에 있던 빨간색 경고문은 사라졌고 화면 상단에는 100점이라는 점수가 떴다.

머리를 쥐어짜며 나머지 장면들을 기억 속에서 끄집어내기 위해 애썼다. 다음 대사는 내 차례였다. "잘 지냈어?" 나는 말했다. 내 점수는 200점이 되었다.

"그럼." 하위가 대꾸했다.

하늘을 날아갈 듯한 기분이었다. 참으로 꿈 같은 일이었다. 나는 완전히 영화 속에 있었다. 할리데이는 50년 전에 제작된 영화를 실시간 양방향 게임으로 탈바꿈시켰다. 할리데이가 이 게임을 개발하는 데 대체 얼마나 오래 걸렸을까 나는 궁금해졌다.

화면에서 또 다른 경고문이 깜빡였다. '이러다 학교에 지각하겠군요, 데이비드! 서두르세요!'

나는 〈갤러그〉 오락기에서 한 걸음 뒤로 물러섰다. "너, 이거 할래?" 나는 하위에게 물었다.

"당연하지." 꼬마는 조이스틱을 낚아채며 대답했다. "고마워, 형!"

오락실 바닥에 초록색 선이 나타났다. 내가 서 있는 곳에서 출구까지 이어져 있었다. 나는 초록색 선을 따라 걷기 시작했다가 곧 영화에서 데이비드가 되돌아와 〈딕덕〉 오락기에 놓인 노트북을 챙기는 장면이 생각났다. 그대로 따라 하자 또 100점이 올랐다. 그리고 화면에는 '액션 보너스!'라는 문구가 나타났다.

"잘 가, 데이비드 형!" 하위는 외쳤다.

"안녕!" 나도 화답했다. 또 100점이 올랐다. 이렇게 쉬울 수가!

초록색 선을 따라서 20 그랜드 팰리스 밖으로 나간 다음 사람 많은 거리를 몇 블록 지났다. 어느새 나는 나무가 죽 늘어선 교외 거리를 따라 달리고 있었다. 모퉁이를 돌자 커다란 벽돌 건물로 이어진 길이 보였다. 정문에 붙어 있는 간판에는 스노호미시 고등학교라고 적혀 있었다. 이 학교는 데이비드가 다니는 학교로 다음 몇 장면의 배경이 되는 무대였다.

학교 안으로 뛰어 들어가면서 내 심장은 쿵쾅거리고 있었다. 앞으로 두 시간 동안 타이밍에 맞춰 「위험한 게임」에 나온 대사를 외우는 게 전부라면 이건 식은 죽 먹기나 다름없었다. 나도 모르는 새에 필요 이상으로 철저히 준비해온 셈이었다. 「21세기 두뇌 게임」과 「작은 사랑의 기적」보다도 훨씬 빠삭하게 꿰고 있는 영화가 「위험한 게임」이었다.

아무도 없는 복도를 내달리고 있을 때 또 경고문이 깜빡였다. '생물학 수업에 지각입니다!'

나는 밝게 깜빡거리는 초록색 선을 따라 계속 전력으로 질주했다. 마침내 2층에 있는 교실 앞에 다다랐다. 창문으로 엿보니 수업은 이미 시작된 상태였다. 선생님은 칠판 앞에 서 있었다. 내 자리가 보였다. 교실에서 빈자리는 하나뿐이었다. 알리 쉬디의 바로 뒷자리였다.

교실문을 열고 발꿈치를 들고 살금살금 안으로 들어갔지만 선생님은 즉시 나를 보았다.

"데이비드! 결석은 면했구나!"

• • •

영화의 끝 부분까지 연기하는 일은 생각보다는 훨씬 더 힘들었다. 게임의 '규칙'을 이해하고 점수가 매겨지는 방식을 알아내는 데만 15분쯤 걸렸다. 단순히 대사를 외워 낭독하는 것 이상이 요구되었다. 매튜 브로데릭 역이 영화에서 보여준 모든 행동까지 정확한 동작으로 또 정확한 타이밍에 맞춰 연기해야 했다. 연극으로 치자면, 많이 보긴 했지만 실제로 리허설은 한 번도 해본 적 없는 연극을 다른 배우들을 이끌면서 연기해야 하는 기분이었다.

영화의 처음 한 시간은 다음 대사를 준비하려고 끊임없이 머리를 쥐어짜느라 신경을 바짝 곤두세워야 했다. 대사를 망치거나 정확한 타이밍에 행동을 놓치면 점수가 떨어지면서 화면에 경고문이 깜빡였다. 연달아 두 번을 실수하면 '마지막 경고'라는 메시지가 나타났다. 삼진아 웃이 되면 어떻게 되는지 정확히 알 수는 없었지만 추방되거나 덜컥 죽 거나 둘 중에 하나가 아닐까 싶었다. 어느 쪽인지는 굳이 확인하고 싶 지 않았다.

연달아 일곱 번의 행동이나 일곱 번의 대사를 성공하면 보상으로 '큐 카드 파워업'이 주어졌다. 다음번에 무엇을 해야 할지, 혹은 무엇을 말 해야 할지 막혔을 때 큐카드 아이콘을 선택하면 해야 할 행동이나 대사 의 정답이 화면에 나타났다. 뉴스 진행자들이 보고 읽는 텔레프롬프터 같은 역할인 셈이었다.

내 배역이 나오지 않는 장면에서는 3인칭 시점으로 자리에 편하게 앉아 다른 사람의 연기를 감상할 수 있었다. 옛날 비디오게임에 포함된 컷신을 감상하는 느낌이었다. 이런 장면에서는 내 배역이 다시 등장할 때까지 휴식을 취할 수 있었다. 휴식 시간에 오아시스 콘솔 하드디스크 에서 영화 파일을 불러오려고 했다. 화면에 창을 띄워놓고 실제 영화를 참고하면서 플레이할 심산이었다. 하지만 접근이 막혀 있었다. 사실상 여기 들어와 있는 내내 어떤 창도 띄울 수가 없었다. 그런 시도를 할 때 마다 경고문이 떴다. '속임수를 금지합니다. 한 번 더 속임수를 쓰면 게 임이 종료됩니다!'

다행히도 도움은 필요 없을 듯했다. 큐카드 파워업 다섯 장을 꽉 채 워 모으고 나니 긴장이 다소 풀리기 시작했고 게임을 한결 즐길 수 있 었다. 내가 좋아하는 영화 속에 있으니 즐기는 건 어렵지 않았다. 조금 지나서는 영화와 똑같은 억양과 말투로 대사를 치면 보너스 점수가 있 다는 사실도 알아냈다.

그 당시에는 미처 알지 못했지만 그 순간은 내가 완전히 새로운 유 형의 비디오게임을 처음 경험해본 사람이 된 순간이었다. GSS는 첫 번째 관문에 「위험한 게임」 시뮬레이션이 있다는 사실을 알게 되었을 때 (곧 실제로 그렇게 되었다) 서둘러 특허를 출원하고 옛날 영화와 드라마의 판권을 사들인 다음 플릭싱크라고 이름 붙인 몰입형 양방향 게임으로 제작하기 시작했다. 플릭싱크의 인기는 하늘을 찔렀다. 가장 좋아하는 옛날 영화나 드라마에서 비중 있는 역할을 해볼 수 있게 만든 게임에는 실로 어마어마한 시장성이 숨어 있었다.

영화의 맨 마지막 장면에 다다랐을 때 나는 완전히 녹초가 되었다. 장장 24시간이 넘도록 깨어 있는 상태였다. 마지막으로 연기해야 했던 장면은 슈퍼컴퓨터 와퍼가 틱택토 게임을 '스스로 하도록' 지시하는 장면이었다. 와퍼가 계속 실행한 모든 틱택토 게임은 무승부로 끝났기 때문에 틱택토 게임은 슈퍼컴퓨터로 하여금 범인류적 핵전쟁 게임 역시 '이길 수 있는 방법은 게임을 그만두는 것뿐'임을 터득하게 하는 희한한 효과가 있었다. 이로써 슈퍼컴퓨터는 작전을 수정해 미국이 보유한 대륙간 탄도미사일을 몽땅 소련으로 발사하려던 계획을 중단했다.

시애틀 교외에 사는 컴퓨터광 십대 소년인 나 데이비드 라이트먼이 혼자 힘으로 인류의 종말을 막아낸 것이었다.

북미 항공우주방위사령부 작전실은 기쁨의 환호성이 흘러넘쳤고, 나는 영화의 엔드 크레딧이 올라가기를 기다렸다. 하지만 엔드 크레딧은 나오지 않았다. 대신 주변에 있던 모든 배우들이 사라지더니 커다란 작전실에 나만 혼자 덩그러니 남겨졌다. 모니터에 비친 내 아바타를 확인하니 내 모습은 더 이상 매튜 브로데릭이 아니었다. 파르지발로 되돌아와 있었다.

이제 무엇을 해야 할까 궁금해하면서 나는 텅 빈 작전실을 두리번거렸다. 조금 있자 정면에 있던 대형 모니터들이 전부 하얗게 바뀌더니 선명한 초록색 문장 네 줄이 나타났다. 또 다른 수수께끼였다.

캡틴은 비취 열쇠를 숨겼다네

오랜 세월 방치된 집 안에

하지만 호루라기를 불 수 있다네

오직 트로피가 다 모였을 때에

나는 잠자코 문장을 노려보며 멀뚱히 서 있었다. 잠시 뒤 정신이 퍼뜩 든 나는 잽싸게 스크린샷을 떴다. 그러는 동안 가까운 벽에 구리 관문이 다시 나타났다. 문은 열려 있었고 열린 틈으로 할리데이의 방이 눈에 들어왔다. 이곳을 빠져나가는 출구였다.

내가 해냈다. 내가 첫 번째 관문을 통과했다.

대형 모니터에 적혀 있는 수수께끼를 다시 한번 쳐다보았다. 리머릭을 해독하고 구리 열쇠를 찾는 데 5년이라는 시간이 걸렸다. 얼핏 비취 열쇠에 대한 새로운 수수께끼를 해석하는 데도 꼭 그만큼 걸릴 것 같은 예감이 들었다. 단어 하나도 풀리지 않았다. 하지만 완전히 파김치가 된 나머지 수수께끼를 더 붙들고 있을 상황이 아니었다. 눈꺼풀이 자꾸만 감겼다.

출구를 향해 폴짝 뛰어들었다. 할리데이의 방에 쿵 하고 떨어졌다. 고개를 돌려 벽을 쳐다보았을 때 문은 이제 사라졌고 그 자리에는 다시 「위험한 게임」 포스터가 붙어 있었다.

아바타 정보를 확인해보니 관문을 통과하면서 몇십만 점의 경험치가 올라 있었다. 한 방에 레벨 10에서 레벨 20으로 올라가기에 충분한 경험치였다. 곧이어 득점판을 확인했다.

최고 점수:

1.	파르지발	110,000	卅
2.	아르테미스	9,000	
3.	JDH	0000000	
4.	JDH	0000000	
5.	JDH	0000000	
6.	JDH	0000000	
7.	JDH	0000000	
8.	JDH	0000000	
9.	JDH	0000000	
10.	JDH	0000000	

내 점수는 10만 점이 올라 있었고 점수 옆에는 구리 색깔의 관문 아이콘이 붙어 있었다. 언론 매체들은(그리고 모든 사람들은) 틀림없이 지난밤부터 줄곧 득점판을 주시하고 있을 터였다. 그러니 지금쯤은 내가 첫 번째 관문을 통과했다는 사실이 온 세상에 공개된 셈이었다.

의미를 더 파고들기엔 너무 지쳐 있었다. 오로지 자고 싶다는 생각밖에 들지 않았다. 나는 계단을 뛰어 내려가 주방으로 가서 냉장고 옆 메모판에 걸려 있던 자동차 열쇠를 움켜쥐고 서둘러 밖으로 나왔다. 자동차는 1982년식 포드 썬더버드(콘크리트 블록에 주차되지 않은 것)였다. 두 번 만에 시동이 걸렸다. 차를 후진으로 진입로에서 뺀 다음 버스정류장 쪽으로 몰았다.

그곳에서 루두스 행성에 있는 우리 학교에서 가장 가까운 터미널로 순간이동했다. 그러고 나서 학교에 들러서 드디어 오아시스를 로그아웃하기 전에 새로 생긴 보물과 갑옷과 무기들을 사물함에 넣었다.

바이저를 벗었을 때는 아침 6시 17분이었다. 나는 충혈된 눈을 비비고 은신처의 어두침침한 내부를 바라보면서 방금 일어났던 모든 일을 머릿속에서 정리하려고 애썼다.

갑자기 승합차 내부의 한기가 느껴졌다. 밤새도록 작은 전기난로를 껐다 켰다 하다가 배터리가 모두 닳아버린 상태였다. 실내용 자전거를 굴려 다시 충전하기에는 너무 지쳐 있었다. 이모의 트레일러까지 걸어갈 힘 역시 남아 있지 않았다. 하지만 곧 동이 틀 시간이었으므로 얼어죽을 걱정은 뒤로하고 은신처에서 잠시 눈을 붙이기로 했다.

나는 의자에서 몸을 스르륵 빼내고 침낭 속으로 몸을 구겨 넣었다. 눈을 감고 비취 열쇠 수수께끼를 곰곰이 생각했지만 곧 주체할 수 없는 잠 속으로 빨려 들어갔다.

꿈을 꾸었다. 초토화된 전장의 한복판에 여러 부대가 도열해 있었다. 식서 군단과 건터 클랜 부대가 사방으로 나를 에워싸고 위협적으로 총검을 들이대고, 강력한 마법 무기를 휘두르고 있었다.

고개를 숙여 내 몸뚱이를 내려다보았다. 파르지발의 몸이 아니었다. 내 몸이었다. 게다가 종이로 만든 갑옷을 입고 있었다. 오른손에는 플라스틱 장난감 검을, 왼손에는 커다란 유리알을 들고 있었다. 영화 「위험한 청춘」에서 조엘 굿슨(톰 크루즈 분)을 고민에 빠뜨리는 유리알처럼 생기긴 했지만, 꿈의 맥락에서는 이것이 어쨌든 할리데이의 이스터에그여야만 했다. 나는 온 세상이 볼 수 있도록 유리알을 들고 사방이 트인 벌판에 서 있었다.

적군 부대가 일제히 사나운 함성을 내뿜으며 나를 향해 돌진했다. 이빨을 드러내고 눈에 핏발이 선 그들은 점점 포위망을 좁혀왔다. 유리알을 빼앗으러 달려드는 그들 앞에 나는 속수무책이었다.

나는 내가 꿈을 꾸고 있다는 사실을 알고 있었다. 그래서 잡히기 전에 잠에서 깰 거라고 생각했다. 하지만 잠에서 깨는 일은 없었다. 내 손아귀에서 유리알을 뺏길 때까지 꿈은 계속 이어졌고 내 몸이 갈가리 찢기는 느낌은 너무나 생생했다.

0012

12시간 넘게 곯아떨어지는 바람에 수업을 통째로 빼먹었다. 겨우 잠을 떨쳐냈을 때는 눈을 비비고 한동안 조용히 누운 채로 전날 일어났던 일이 현실임을 실감하려고 애썼다. 지금도 내게는 모든 것이 꿈만 같았다. 현실이라고 믿기에는 너무나 꿈만 같은 일이었다. 결국 나는 바이저를 집어 들고 두 눈으로 직접 보기 위해 인터넷에 접속했다.

뉴스란 뉴스에는 전부 득점판 스크린샷이 실려 있는 듯했다. 내 아바타의 이름은 당당히 1위 자리에 적혀 있었다. 아르테미스는 여전히 2위였지만 그녀의 점수는 이제 10만 9,000점으로 올라 있었다. 나와의 점수 차이는 겨우 1,000점이었다. 그리고 나처럼 아르테미스의 점수 옆에도 구리 색깔의 관문 아이콘이 달려 있었다.

아르테미스도 해냈다. 내가 자는 동안 그녀는 구리 열쇠에 새겨진 문장을 해독해냈다. 그러고는 미들타운으로 가서 관문을 찾고 「위험한 게임」을 통과했다. 나와 불과 몇 시간 차이였다.

이로써 나에 대한 탄복은 한풀 꺾여버렸다.

나는 뉴스 채널을 죽죽 넘기다가 득점판 스크린샷 앞에 남자 두 명이 앉아 있는 한 뉴스피드 방송국에 채널을 고정했다. 왼쪽에 앉은 '건터 전문가 에드거 내시'라는 학자 타입의 중년 남자가 뉴스 진행자에게 점수에 대해 설명하고 있는 중인 듯했다.

"……파르지발이라는 아바타는 구리 열쇠를 첫 번째로 찾았기 때문에 약간 더 높은 점수를 받은 걸로 보입니다." 내시는 득점판을 가리키며 말했다. "그리고 나서 오늘 새벽에 파르지발은 10만 점을 더 획득했고 점수 옆에 구리 색깔의 관문 아이콘이 생겼지요. 몇 시간 뒤 아르테미스의 점수에도 똑같은 변화가 생겼습니다. 이것은 아마도 둘 다 세 개의 관문 중 첫 번째 관문을 통과했다는 뜻인 것 같습니다."

"제임스 할리데이가 「아노락의 초대장」이라는 동영상에서 언급한 그 유명한 세 개의 관문 말입니까?" 뉴스 진행자가 말했다.

"네, 맞습니다."

"하지만 내시 박사님, 5년이나 지난 이 시점에 어떻게 두 아바타가 같은 날에 겨우 몇 시간 차이로 이런 위업을 달성했을까요?"

"음, 제 생각에 이치에 맞는 설명은 하나밖에 없습니다. 파르지발과 아르테미스, 이 두 사람은 함께 활동하고 있는 게 분명합니다. 둘 다 '건터 클랜'이라고 알려진 어떤 모임에 소속된 회원이 틀림없을 거라 봅니다. 건터 클랜은 에그 헌터들이 뭉쳐서……"

나는 얼굴을 찌푸리고 채널을 돌렸다. 다시 채널을 죽죽 넘기다가 매우 흥분한 리포터가 오그던 모로를 위성으로 연결해 인터뷰 중인 채널에서 멈추었다. 세상에, 그 유명한 오그던 모로였다!

"……오리건 주 자택에서 생중계로 연결해 주셨습니다. 모로 선생님, 오늘 이렇게 인터뷰에 응해주셔서 감사합니다!"

"별말씀을요." 모로가 대답했다. 언론에 마지막으로 모습을 내비친 후로 거의 6년 만이었지만 그때와 비교해 단 하루도 노화가 진행되지 않은 듯한 모습이었다. 헝클어진 백발과 긴 수염 때문에 꼭 알베르트

아인슈타인과 산타클로스를 섞어놓은 얼굴처럼 보였다. 성격 면에서도 그 두 사람과의 비교는 꼭 들어맞았다.

리포터는 헛기침을 하더니 긴장한 낯빛으로 물었다. "먼저 지난 24시간 동안 있었던 사건에 대한 소감부터 여쭙겠습니다. 할리데이 씨의 득점판에 올라온 이름들을 보고 놀라셨습니까?"

"놀랐냐구요? 그럼요, 약간은. 하지만 '가슴 벅차다'는 표현이 더 정확하겠지요. 다른 모든 분들처럼 저도 이날을 무척이나 손꼽아 기다려 왔습니다. 물론 이날이 왔을 때 제가 아직 이승에 있을지는 장담할 수 없었지요! 아직 살아 있어서 얼마나 기분이 좋은지 모릅니다. 어떻게 가슴이 벅차지 않을 수 있겠습니까?"

"선생님께서는 파르지발과 아르테미스라는 두 명의 건터가 협력하고 있다고 생각하시는지요?"

"잘 모르겠습니다. 가능한 일이라고는 생각하고 있습니다만."

"아시다시피 그리게리어스 시뮬레이션 시스템^{GSS} 사는 오아시스 유저의 개인정보를 비공개로 관리하기 때문에 두 사람의 신상정보를 알아낼 방법은 없습니다. 둘 중 어느 한 사람이라도 신분을 공개할 거라고 생각하시는지요?"

"현명한 사람들이라면 절대 그러지 않을 겁니다." 모로는 금속테 안경을 만지작거리면서 말을 이었다. "제가 그들과 같은 입장이라면 저는 가능한 한 모든 것을 익명으로 감춰 두겠습니다."

"왜 그렇게 생각하시죠?"

"세상 사람들이 그들이 실제로 누구인지 알았다고 칩시다, 그걸로 평화로운 삶은 끝입니다. 할리데이의 에그를 찾는 데 이용 가치가 있다고 생각되면 사람들이 절대 가만히 내버려두지 않을 테니까요. 믿어도 좋습니다. 제 경험에서 나온 말이니까요."

"네, 물론 잘 아실 거라고 생각합니다." 리포터는 가식적인 미소를 지었다. "아무튼 저희 방송국은 이미 파르지발과 아르테미스에게 이메일을 보내 오아시스에서 하든 방송국에서 하든 독점 인터뷰에 응하는 조건으로 아주 놀랄 만한 거액을 제시했습니다."

"저는 그들에게 그와 같은 제안이 수도 없이 쏟아질 거라고 생각합니다. 하지만 수락할지는 의심스럽군요." 모로는 말했다. 그러고 나서 카메라 쪽을 똑바로 응시했고, 나는 기분에 그가 직접 나한테 말하고 있는 것처럼 느꼈다. "지금 그 자리에 오를 만큼 현명한 사람이라면 언론 매체에 나와 남을 교묘하게 등쳐먹는 악질들한테 순진하게 이용당하지 않는 편이 좋습니다."

리포터는 거북한 듯 쓴웃음을 지었다. "저어, 모로 선생님…… 저희는 그런 사람들이 아닙니다."

모로는 어깨를 으쓱했다. "안타깝게도 저는 그렇게 생각합니다."

리포터는 다시 한번 헛기침을 했다. "저어, 그럼 다음으로 넘어가서…… 앞으로 득점판에 어떤 변화가 생길 거라고 예상하시는지요?"

"다른 여덟 개의 빈자리가 순식간에 채워질 거라고 생각합니다."

"그렇게 생각하시는 이유는요?"

"한 명은 비밀을 지킬 수 있지만 두 명이라면 어렵지요." 모로는 다시 카메라를 똑바로 응시하면서 답변을 이어나갔다. "뭐, 제가 틀렸을지도 모르지요. 하지만 한 가지는 확실합니다. 식서들은 구리 열쇠와 첫 번째 관문의 위치를 알아내기 위해서 더러운 꼼수를 총동원할 겁니다."

"지금 이노베이티브 온라인 인더스트리[10] 사의 직원을 말씀하시는 겁니까?"

"그렇습니다. 뭐 IOI나 식서나 다 같은 말 아닙니까. 그들의 목적은 오로지 대회 규칙의 허점을 찾아내 할리데이가 남긴 유언의 의도를 말살하는 것뿐입니다. 오아시스의 순수한 정신이 위태로워요. 할리데이는 자기가 개발한 오아시스가 IOI 같은 극우 성향의 다국적 거대기업의 손아귀에 들어가는 걸 절대로 원치 않았습니다."

"모로 씨, IOI는 저희 방송국을 소유한……"

"암 그렇고 말고요!" 모로는 통쾌한 듯 목소리를 더욱 높였다. "말이 나왔으니 말이지만 IOI가 소유하지 않은 게 어디 있습니까! 리포터 양반도 IOI의 자산 아닙니까! 회사가 거기 앉아서 회사 선전을 지껄이라고 당신을 고용할 때 엉덩이에다가 바코드를 문신으로 새겼잖아요?"

리포터는 카메라 밖 어딘가를 불안하게 쳐다보면서 말을 더듬기 시작했다.

"서두르세요!" 모로는 말했다. "더 까발리기 전에 방송을 중단하시는 게 좋을 겁니다!" 모로가 너털웃음을 터뜨리기 무섭게 위성 영상이 뚝 끊겼다.

리포터는 몇 초간 마음을 가다듬고 방송을 재개했다. "모로 선생님, 오늘 인터뷰에 응해주신 데 대해 다시 한번 감사의 말씀을 드립니다. 안타깝지만 시간이 다 된 관계로 이제 저명한 할리데이 전문가들이 모인 현장에 나가 있는 주디 기자를 연결하겠습니다……"

나는 빙긋 웃으며 뉴스 창을 닫고는 오그던 모로 할아버지의 충고에 대해 곰곰이 생각했다. 나는 늘 이스터에그 찾기에 대해 그가 알려진 것보다 더 많이 알고 있으리라 짐작해왔다.

•••

모로와 할리데이는 함께 자랐고, 함께 회사를 세웠으며, 함께 세상을 바꿨다. 하지만 모로의 삶은 할리데이의 삶과는 완전히 달랐다. 사람들과 훨씬 더 많이 연결된 삶이었다. 그래서 그만큼 비극도 컸다.

90년대 중반 그리게리어스 시뮬레이션 시스템 사가 아직 그리게리어스 게임 사이던 시절에 모로는 고등학교 시절 여자친구인 키라 언더우드와 동거를 시작했다. 키라는 런던에서 태어나서 자랐다. (원래 이름은 카렌이었지만 판타지 영화 「다크 크리스털」을 처음 본 후부터 그녀는 키라라는 이름을 고집했다.) 모로가 키라를 처음 만난 건 키라가 그가 다니던 고등학교에 2학년 교환학생으로 왔을 때였다. 자서전에서 모로는 그녀가 드러내놓고 몬티 파이튼 시리즈와 만화책, 판타지 소설과 비디오게임에 집착했던 '전형적인 여자 오타쿠'였다고 썼다. 모로는 키라와 수업을 몇 개 같이 들었는데 거의 만나자마자 그녀에게 홀딱 반해버렸다. 그는 주말 〈던전앤드래곤〉 게임 모임에 (몇 년 전에 할리데이에게 했던 그대로) 그녀를 초대했다. 놀랍게도 키라는 초대에 응했다. 모로는 자서전에서 이렇게 말했다. "키라는 우리의 주말 모임에서 홍일점이 되었다. 남자애들은 전부 그녀에게 빠져 정신을 못 차렸다. 할리데이도 예외가 아니었다. 할리데이에게 '아노락'이라는 별명을 지어준 장본인이 바로 키라였다. 아노락은 광적인 오타쿠를 뜻하는 영국의 속어였다. 내 생각에 할리데이가 아노락이란 이름을 D&D 캐릭터에 붙인 이유는 키라에게 잘 보이고 싶어서가 아니었나 싶다. 아니면 농담의 코드를 이해했음을 표시하는 그만의 방식이었을지도 모른다. 자신과 성별이 다른 여자라는 존재는 할리데이를 극도로 긴장하게 했는데, 내가 본 중에 키라는 할리데이가 편안하게 말을 거는 유일한 여자였다. 하지만 그때마저도 캐릭터 아노락으로 게임을 할 때뿐이었다. 할리데이는 오로지 키라가

레우코시아라는 D&D 캐릭터일 때만 그녀에게 말을 걸 수 있었다."

모로와 키라는 데이트를 시작했다. 학년이 끝나갈 무렵 키라가 런던 집으로 돌아가야 할 때가 되었을 때 두 사람은 공식적인 연인이 되었다. 둘은 졸업 때까지 매일 이메일을 주고받았다. 인터넷이 없던 시대였으므로 파이도넷이라는 BBS 게시판을 사용했다. 둘 다 고등학교를 졸업하고 나서 키라는 다시 미국으로 건너와 모로와 동거를 시작했고 그리게리어스 게임 사의 첫 번째 직원이 되었다. (처음 2년간은 그녀 혼자 디자인 부서를 도맡았다.) 오아시스를 발매하고 몇 년이 지난 후 두 사람은 약혼했다. 그 이듬해에 두 사람은 결혼했고 키라는 GSS의 디자인 부장 자리에서 물러났다. (키라 역시 스톡옵션 덕분에 백만장자가 되었다.) 모로는 그 후로 5년을 더 GSS에 몸담았다가 2022년 여름이 되자, 돌연 은퇴를 선언했다. 당시에는 '개인적인 이유'라고 둘러댔지만, 훗날 자서전에서 밝힌 바에 따르면 회사를 떠난 진짜 이유는 오아시스가 '비디오게임 산업 영역을 넘어서' 끔찍한 방향으로 진화하고 있다고 느꼈기 때문이었다. "오아시스는 인류가 스스로를 가둔 감옥이자, 무관심 속에서 인류 문명이 서서히 몰락하는 동안 사람들의 눈을 가린 바보상자가 되었다"고 그는 책에 썼다.

모로가 할리데이와 사이가 심하게 틀어졌기 때문에 퇴사를 선택했다는 소문도 나돌았다. 둘 다 이런 소문에 대해 어떤 수긍도 부인도 하지 않았고 어떤 일에 휘말려 오랜 우정이 깨졌는지는 아무도 알지 못했다. 하지만 회사 측근에 따르면 모로가 사임할 당시 두 사람은 몇 년씩이나 서로 말을 섞지 않은 상태라고 했다. 그랬음에도 모로는 GSS를 떠나며 회사 지분을 모두 할리데이에게 넘겼다. 액수는 밝혀지지 않았다.

모로와 키라는 '은퇴 후에' 오리건 주 자택에다 비영리 교육용 소프트웨어 회사인 할사이도니아 인터랙티브 사를 차렸다. 아이들을 위해 무상으로 배포하는 양방향 어드벤처 게임을 개발하는 회사였다. 나 역시도 할사이도니아라는 마법의 왕국을 배경으로 하는 그 회사의 게임들을 하면서 자랐다. 모로가 만든 게임들을 하다 보면 빈민촌에서 자란 외톨이라는 내 암울한 처지를 잊을 수 있었다. 산수와 퍼즐을 푸는 법을 배우면서 자신감도 높아졌다. 말하자면 모로 씨 부부는 나의 첫 번째 선생님이었다.

이후 십 년 동안 모로와 키라는 비교적 호젓하게 생활하며 평화롭고 행복한 나날들을 보냈다. 아이를 가지려고 했지만 뜻대로 되지 않았다. 그들이 입양을 고민하기 시작했던 2034년 겨울, 키라는 집에서 얼마 떨어지지 않은 빙판길에서 자동차 사고로 그만 세상을 떠나고 말았다.

그때부터 모로는 할사이도니아 인터랙티브 사를 혼자서 꾸려나갔다. 그는 세간의 이목을 뒤로하고 조용히 숨어 지냈다. 할리데이가 사망한 날 아침, 자택으로 기자들이 우르르 몰려들기 전까지는 말이다. 모두들 과거에 할리데이의 가장 절친한 친구였던 모로만이 고인이 된 억만장자가 왜 지금껏 모은 전 재산을 내걸었는지 설명할 수 있는 유일한 측근이라고 생각했다. 모로는 결국 사람들을 빨리 내보낼 요량으로 마지못해 기자회견을 승낙했다. 그때가 오늘이 오기 전까지 언론에 모습을 비친 마지막 인터뷰였다. 나는 당시 기자회견 동영상을 아주 여러 번 보고 또 보았었다.

모로는 할리데이와 십 년이 넘게 대면한 적도, 대화를 나눈 적도 없다는 내용의 짤막한 발표문을 읽으면서 기자회견을 시작했다. "우린 사이가 멀어졌습니다. 그리고 지금도 그렇고 앞으로도 그렇고 그에 관해서는 더 언급하고 싶지 않습니다. 지금은 십 년이 넘도록 제임스 할리데이와 연락한 적이 없다는 사실만 말해 두겠습니다."

"그렇다면 할리데이 씨는 왜 엄청난 규모의 옛날 오락기 소장품들을 모로 씨께 남긴 것입니까?" 한 기자가 물었다. "다른 유형의 자산은 모두 경매에 붙여졌습니다. 더는 친분이 없으셨다면, 왜 그런 것을 모로 씨께만 남기셨을까요?"

"모릅니다." 모로는 잘라 말했다.

또 다른 기자는 할리데이에 대해 잘 알고 아마도 그렇기 때문에 그 어떤 사람보다 찾아낼 확률이 높은 만큼 할리데이의 이스터에그를 직접 찾아볼 계획은 없는지 물었다. 모로는 그 기자에게 할리데이 유언장에 적힌 대회의 규칙상 GSS에서 일한 적이 있는 직원이나 직원의 직계가족은 참여할 자격이 없다는 사실을 다시 한번 짚어주었다.

"할리데이 씨가 은둔 생활을 하는 동안 어떤 일을 하셨는지 조금이라도 아시는지요?" 또 다른 기자가 물었다.

"아니요. 새로운 게임을 개발했을 거라고 추측합니다만. 할리데이는 항상 새로운 게임을 개발하고 있었으니까요. 그 친구에게 게임 개발은 숨쉬는 것과 같은 일이었습니다. 하지만 이런 규모의 계획을 세우고 있을 줄은 저도 상상하지 못했습니다."

"제임스 할리데이 씨를 가장 잘 아시는 분으로서 이스터에그를 찾고 있는 수많은 사람들에게 주실 힌트가 있을까요? 어디서부터 시작하는 게 맞을까요?"

"저는 할리데이가 그 부분을 아주 명료하게 해두었다고 생각합니다." 모로는 할리데이가 「아노락의 초대장」 동영상에서 했던 동작과 똑같이 오른쪽 관자놀이를 손가락으로 톡톡 치며 대답했다. "할리데이는 항상 모든 사람이 자신의 광적인 집착을 이해해주기를, 자신이 미쳐 있는 것에 같이 미치기를 바랐습니다. 저는 이 대회야말로 온 세상이 자신이 원하는 방향으로 미치도록 동기를 부여하는 그만의 방식이라고 생각합니다."

・・・

나는 파일을 닫고 이메일을 확인했다. 쓸데없는 메일이 200만 건도 넘었다. 이런 메일은 별도의 폴더에 자동으로 걸러지므로 나중에 훑어보기로 했다. 받은메일함에 온 지인 메일은 달랑 두 건이었다. 하나는 에이치로부터, 하나는 아르테미스로부터 온 메일이었다.

에이치의 메일을 먼저 열었다. 동영상 메일이었다. 녀석의 아바타 얼굴이 화면을 가득 채웠다. "이런 망할 녀석!" 에이치는 고함을 질러댔다. "내참 기가 막혀서 돌겠네! 지금 그 빌어먹을 첫 번째 관문을 깨고도 여태까지 나한테 전화 한 통 없단 거지? 이 형님한테 얼른 전화해라! 당장! 이거 받는 즉시!"

에이치한테 며칠 더 있다 전화를 할까 하다가 곧바로 생각을 바꿨다. 이 모든 일에 대해 누군가와 이야기할 필요가 있었고 에이치는 나의 가장 절친한 친구였다. 내가 믿을 수 있는 사람이 이 세상에 있다면 그건 에이치뿐이었다.

녀석은 첫 번째 벨이 울리자마자 전화를 받았고 새로운 창이 뜨면서 에이치의 아바타가 나타났다.

"이 개자식아!" 에이치는 언성을 높였다. "이 잔머리 굴리는 사악하고 못돼먹은 개자식아!"

"에이치, 별일 없었지?" 나는 포커페이스를 유지하려 애쓰며 말했다.

"별일 없냐고? 별일 없냐고? 네 말은 제일 친한 친구 이름이 득점판 1위에 적힌 걸 본 거 말고? 다른 별일 말이냐?" 에이치가 몸을 앞으로 숙였기 때문에 비디오피드 창에는 녀석의 입만 보였다. "그거 말고 별일이 뭐가 있겠냐! 무슨 말 같지도 않은 소리야!"

나는 소리 내어 웃었다. "전화 바로 못해서 미안하다. 밤늦게 잤어."

"쳇, 어련하시겠어!" 에이치는 말했다. "어쭈 이놈 봐라! 근데 너 왜 이렇게 침착하냐! 상황 파악도 제대로 못 한 거야? 이건 대박이야! 역사에 길이 남을! 이 새끼…… 축하한다, 인마!" 에이치는 머리를 조아리기 시작했다. "아이쿠 이렇게 뵙게 되어 영광입니다!"

"그만 좀 할래? 그렇게 유난 떨 일이 아니야. 아직은 시작에 불과해……"

"뭐? 유난 떨 일이 아니라고!" 에이치는 더 흥분해서 길길이 날뛰었다. "유난, 떨, 일이, 아니라고? 지금 너 누구 갖고 노냐? 넌 이제 살아 있는 전설이야, 인마! 구리 열쇠를 찾은 최초의 건터가 됐잖아! 첫 번째 관문까지 통과했고! 이제부터 넌 신이야! 모르겠어, 이 멍청아?"

"진심이야. 그만둬. 네가 그러지 않아도 지금 충분히 정신없단 말이다."

"뉴스는 봤냐? 온 세상이 지금 발칵 뒤집혔다! 게시판은 죄다 난리가 났고! 모든 사람이 너에 관한 얘기를 하고 있다고."

"알아. 근데, 너한테 사실대로 털어놓지 못한 거, 화 풀어라. 네 전화도 씹고 왜 바쁜지 숨기느라 영 마음이 편치……"

"참나, 이놈 보게!" 에이치는 가당치도 않다는 듯이 눈을 흘겼다. "자식, 내가 너라도 그렇게 했을 거다, 이놈아. 게임이란 게 원래 그런 거지 뭐. 하지만" 에이치의 말투가 자못 진지해졌다. "아르테미스란 여자애가 어떻게 너 바로 다음인지는 궁금하다. 다들 너희 둘이 함께 활동한다고 생각하지만 그건 헛소리겠고. 대체 어떻게 된 거야? 걔가 널 미행이라도 한 거야?"

나는 고개를 가로저었다. "아니, 열쇠가 숨겨진 곳은 아르테미스가 먼저 찾았어. 지난달이었대. 그냥 지금까지 열쇠를 얻지 못한 거였지."

나는 잠시 틈을 두었다가 말했다. "더 세부적인 사항에 대해선 말할 수가 없다. 너도 알잖냐……"

에이치는 양손을 들어 보였다. "걱정 마. 무슨 말인지 안다. 실수로라도 힌트를 주는 건 절대 바라지 않아." 에이치는 녀석의 트레이드마크인 체셔 고양이 같은 능글맞은 웃음을 지어 보였고, 하얗게 빛나는 치아가 비디오피드 창의 절반을 차지했다. "사실 뭐 지금 있는 곳을 말해주는 게 순서겠지……"

에이치는 비디오피드의 가상카메라를 조절해서 클로즈업에서 풀샷으로 바꾼 다음 그가 있는 곳을 보여주었다. 녀석이 서 있는 곳은 공포의 무덤 입구 바로 앞이었다!

나는 입이 떡 벌어졌다. "대체 어떻게……?"

"그게 말이지. 어젯밤 뉴스피드를 도배한 네 이름을 봤을 때 말이지. 내가 아는 한 너한테는 여기저기 돌아다닐 수 있는 충분한 돈이 없다는 생각이 퍼뜩 떠올랐단 말이지. 거리를 불문하고 말이야. 그래서 네가 구리 열쇠를 찾았다면 루두스에서 가까운 곳이나 루두스여야만 한다는 결론이 나왔다."

"와, 대단한데." 나는 진심을 담아 말했다.

"뭘, 그까짓 걸로. 공포의 무덤 모듈에 나온 지형을 찾기 위해 루두스 지도를 펼칠 생각을 하기까지 잔머리 좀 굴렸지. 하지만 그때부터 모든 것이 딱딱 들어맞더라고. 그래서 여기까지 온 거지. 하하."

"축하한다."

"그래, 일단 네 녀석 덕분에 쉬웠다." 에이치는 어깨너머로 무덤을 흘끔 쳐다보았다. "내가 몇 년씩이나 찾아 헤맸는데 우리 학교 근처였다니! 참나, 어이가 없어서. 여기에 두고 내 힘으로 못 찾았다니 아주 바보천치가 된 기분이야."

"바보천치라니, 리머릭을 해독한 건 너잖아. 안 그랬으면 공포의 무덤 모듈하고 어떻게 연결시켰겠어, 안 그래?"

"에, 그러니까, 나한테 화난 거 아니지? 인맥을 좀 이용해 먹었다고 해서?"

나는 고개를 가로저었다. "그럴 리가. 나라도 똑같이 했을 거야."

"그래, 뭐 아무튼 너한테 큰 빚을 졌다. 잊지 않으마."

나는 무덤 쪽으로 고갯짓하며 물었다. "안에는 들어가 봤냐?"

"어, 자정 서버 초기화 기다리는 동안 전화하려고 다시 나온 거야. 무덤은 지금 텅 비었어. 네 친구 아르테미스 양이 아까 다 쓸어버려서 말이지."

"우리 친구 아니라니까. 아르테미스가 그냥 불쑥 나타났어. 내가 열쇠 찾고 얼마 안 돼서."

"둘이 한판 붙었어?"

"아니. 무덤은 전투 금지 구역이야." 나는 시계를 쳐다보았다. "초기화까지 아직도 몇 시간은 죽쳐야겠는데?"

"어, 오리지널 D&D 모듈 공부하면서 준비 중이었다. 왜 힌트라도 좀 주시게?"

나는 활짝 웃었다. "아니, 그런 건 아니고."

"바라지도 않는다, 인마." 에이치는 조금 뜸을 들이다가 말했다. "저기, 하나 물어볼 게 있는데, 혹시 너희 학교에서 네 아바타 이름 아는 사람 있냐?"

"아니. 비밀로 하려고 무지 조심했지. 아무도 내가 파르지발인지 몰라. 선생님들도."

"좋아. 나도 똑같이 조심하고 있어. 근데 께름칙한 게 말이야. 지하실에 자주 오는 건터 몇 놈이 우리 둘이 루두스 학교에 다닌다는 사실을 알거든. 그래서 몇 놈이 냄새를 맡을지도 몰라. 특히 한 녀석이 걱정스러워……"

나는 갑작스레 엄습하는 공포를 느꼈다. "아이락?"

에이치가 고개를 끄덕였다. "놈은 득점판에 네 이름이 떴을 때부터 나한테 끈질기게 전화해서 캐내려 했는데 일단 모르는 척 잡아뗐거든. 포기하는 것 같긴 했는데. 내 이름까지 득점판에 올리고 나면 장담하건대 분명 그놈은 우리를 안다고 떠벌리고 다닐 거다. 너랑 내가 둘 다 루두스의 학생이라고……"

"젠장!" 나는 욕이 절로 나왔다. "그럼 곧 건터란 건터는 다 구리 열쇠를 찾으러 떼거리로 몰려오겠구만."

"맞아, 얼마 안 가 무덤의 위치는 만인의 상식이 되는 거지."

나는 한숨을 내쉬었다. "그런 일 생기기 전에 빨리 너부터 열쇠를 찾는 게 좋겠다."

"최선을 다해 봐야지." 에이치는 『공포의 무덤』 모듈을 들어 올리며 말했다. "난 요놈 좀 다시 읽어볼게. 오늘만 백 번째야."

"그래, 에이치, 잘 해봐라. 첫 번째 관문 통과하고 나면 전화 줘."

"알았다, 만약 성공한다면……"

"성공할 거야. 그다음에 지하실에서 같이 얘기 좀 하자."

"알았다, 친구."

에이치가 작별인사를 하고 전화를 끊으려는 찰나에 내가 말했다. "에이치, 잠깐만."

"왜?"

"〈자우스트〉 실력에 기름칠 좀 해놓지그래? 지금부터 자정까지 말이야."

에이치는 잠깐 어리둥절해 했지만 곧 얼굴에 환한 미소가 번졌다.

"접수, 고맙다, 인마."

"건투를 빈다."

비디오피드 창이 갑자기 꺼졌을 때 나는 문득 궁금해졌다. 앞으로도 계속 에이치와 친구로 남을 수 있을까. 둘 다 팀으로 활동하는 것은 원하지 않았다. 그러니 지금부터 우리는 아주 가까운 경쟁자인 셈이었다. 언젠가 오늘 그 녀석을 도와준 걸 후회하게 될까? 아니면 본의 아니게 구리 열쇠가 숨겨진 장소로 이끌어준 걸 억울해 하게 될까?

나는 그 생각을 접고 아르테미스로부터 온 메일을 열었다. 옛날식 텍스트 메일이었다.

파르지발에게,

축하해! 내 말이 맞지? 내 말대로 넌 이제 유명해졌어. 우리 둘 다 너무 주목받는 곳으로 떠밀린 것 같긴 하지만, 어째 조금 무섭기도 해, 그치?

왼쪽에서 게임을 하라는 조언은 고마웠어. 네가 맞았어. 어쨌든 먹혔거든. 하지만 내가 너한테 뭔가 빚을 졌다는 생각은 하지 말도록 해. :)

첫 번째 관문은 꽤 힘들었어, 안 그래? 전혀 예상 밖이었어. 할리데이가 매튜 브로데릭 역 대신 알리 쉬디 역을 고를 수 있게 해줬으면 얼마나 좋았겠어. 하지만 뭐 어쩔 수 없었고.

새로운 수수께끼도 완전 까다로워, 그치? 해독하는 데 또 5년씩이나 걸리지 않았으면 좋겠어.

어쨌든 너를 만나서 좋았다고 말하고 싶었어. 조만간 다시 마주치면 좋겠다.

아르테미스.

추신. 친구, 할 수 있을 때 1등의 기분이나 실컷 즐기렴. 얼마 못 갈 테니까.

나는 멍청하게 웃음을 흘리면서 메일을 몇 번이나 읽고 또 읽었다.

그러고 나서 답장을 써 내려갔다.

아르테미스에게,

너도 축하해. 해낼 거라더니 빈말 아니었구나. 경쟁이 역시 실력의 최대치를 끌어낸

모양이네.

왼쪽에서 게임하라는 조언은 뭐 별거 아냐. 그냥 네가 나한테 아주 큰 빚을 졌다는

것만 알아둬. :)

새로운 수수께끼는 식은 죽 먹기던데. 난 벌써 다 푼 것 같은데. 넌 어디서 막히는데?

나도 널 만나서 반가웠어. 채팅방에서 같이 놀고 싶으면 언제든지 얘기해.

포스가 언제나 함께 하길

파르지발.

추신. 나에게 도전하시겠다? 얼마든지 환영해.

나는 수십 번을 고치고 나서야 전송 버튼을 터치했다. 그러고는 비취
열쇠 수수께끼 스크린샷을 다시 펼쳐 한 음절씩 연구하기 시작했다. 하
지만 집중을 할 수가 없었다. 아무리 열심히 집중하려고 애써도 마음은
이미 아르테미스 콩밭에 가 있었다.

에이치는 다음 날 아침 첫 번째 관문을 통과했다.

에이치의 이름이 3위에 올랐다. 점수는 10만 8,000점이었다. 구리 열쇠 획득 점수는 또 1,000점이 깎였지만 첫 번째 관문 통과 점수는 변함없이 10만 점이었다.

그날 아침 나는 학교에 나갔다. 전화해서 아프다고 핑계를 댈까 고민했지만, 결석으로 더 큰 의심을 살 수도 있다는 생각이 들었다. 학교에 도착하고 보니 괜한 걱정에 불과했다. 에그 찾기에 대한 관심에 다시 불이 붙어 절반에 가까운 학생들과 상당수의 선생님들이 아예 학교에 나오지 않았다. 학교 사람들은 전부 내 아바타를 웨이드3이라는 이름으로 알고 있었기에 아무도 나한테 관심을 두지 않았다. 전혀 주목받지 않고 복도를 돌아다니는 동안 아무도 모르는 비밀 신분을 가진 자의 쾌감을 즐기기로 했다. 꼭 클라크 켄트나 피터 파커가 된 기분이었다. 아버지라면 분명 이런 쾌감을 이해할 거라는 생각이 들었다.

그날 오후 아이락은 에이치와 나에게 협박성 이메일을 보내왔다. 구리 열쇠와 첫 번째 관문을 찾는 방법을 말해주지 않으면 건터 게시판에 우리에 대한 정보를 불어 버리겠다는 내용이었다. 우리가 거절하자 아이락은 협박대로 에이치와 내가 둘 다 루두스의 학생이라고 만천하에 떠벌리기 시작했다. 물론 아이락은 그 정보가 사실임을 증명할 방법이 없었고 그 당시 우리와 친하다고 우기는 건터들이 수백 명에 이르렀기 때문에 에이치와 나는 놈이 올린 게시글이 그저 무시되기만을 바랐다. 하지만 그건 희망 사항에 불과했다. 적어도 두 명의 건터는 예리하게 루두스와 리머릭과 공포의 무덤 사이에 놓인 연결고리를 찾아냈다. 아이락이 비밀을 누설한 다음 날 '다이토Daito'라는 이름이 4위에 올랐다. 곧이어 15분도 지나지 않아서 '쇼토Shoto'라는 이름이 5위에 올랐다. 왜인지는 모르지만 자정에 서버가 초기화되기를 기다리지도 않고 같은 날에 둘 다 구리 열쇠를 찾아냈다. 그로부터 몇 시간 후 다이토와 쇼토는 나란히 첫 번째 관문을 통과했다.

두 아바타에 대해 들어본 사람은 아무도 없었지만, 이름을 보아하니 2인조든 같은 클랜 소속이든 함께 활동하고 있는 것처럼 보였다. 쇼토와 다이토는 각각 사무라이들이 쓰는 짧은 칼과 긴 칼을 뜻하는 일본어 낱말이었다. 짧은 칼과 긴 칼 한 쌍을 다이쇼라고 하는데, 이는 금세 두 아바타를 아울러 칭하는 별명이 되었다.

내 이름을 득점판에 올린 날부터 고작 나흘 동안 매일 새로운 이름이 치고 올라왔다. 이제 비밀은 누설되었고 에그 찾기의 열기는 최고조로 치닫고 있는 듯했다.

한 주 내내 나는 도저히 수업에 집중할 수가 없었다. 다행히 졸업까지는 두 달밖에 남지 않았고 필요한 학점은 이미 따놓았기 때문에 지금부터 설렁설렁 하더라도 졸업에는 지장이 없었다. 그래서 수업 시간마다 우두커니 앉은 채로 비취 열쇠 수수께끼에 대해 골똘히 생각하면서 마음속으로 그 수수께끼를 계속 읊조렸다.

캡틴은 비취 열쇠를 숨겼다네

오랜 세월 방치된 집 안에

하지만 호루라기를 불 수 있다네

오직 트로피가 다 모였을 때에

영문학 교과서에 따르면 4행시 중에 2행과 4행에 각운을 맞춘 시를 쿼트랭이라고 불렀다. 그래서 거창하게 이번 수수께끼의 별명으로 붙였다. 방과 후 매일 밤 나는 오아시스를 로그아웃하고 쿼트랭을 해석하기 위해 성배 일기의 여백을 채워나갔다.

아노락은 어떤 '캡틴'을 말한 것일까? 캡틴 캥거루? 캡틴 아메리카? 25세기에 깨어난 캡틴 벅 로저스?

'오랜 세월 방치된 집'은 대체 어디 있을까? 이 부분은 심하게 모호해 보였다. 미들타운에 있는 할리데이가 어릴 때 살던 집은 '방치된' 집이라고 하긴 어려운데 혹시 같은 마을에 있는 다른 집을 말한 걸까? 그렇다고 하기엔 지나치게 쉬운 데다 구리 열쇠를 숨긴 곳과 너무 가까운 듯했다.

나는 우선 방치된 집이 할리데이가 좋아했던 영화 중 하나였던 「기숙사 대소동」을 가리킬지도 모른다고 가정했다. 이 영화에서 악동들은 허름한 집을 임대해서 수리한다(1980년대 고전 영화 기법인 몽타주 기법으로 노래 한 곡이 흘러나오는 시간 만에 뚝딱 해치운다). 스콜닉 행성에 「기숙사 대소동」에 나온 집을 재현한 곳을 찾아가서 온종일 뒤져보았지만 허탕이었다.

쿼트랭의 마지막 두 행은 완전한 미스터리였다. 방치된 집을 일단 찾은 후에 '트로피'들을 많이 모아야만 하고 그런 다음 호루라기 같은 것을 불어야 한다는 말인 듯했다. 아니면 호루라기를 분다는 말이 비유적으로 쓰일 때처럼 '누군가에게 비밀을 폭로하거나 범죄를 고발한다'는 걸 뜻하는 걸까? 어느 쪽을 뜻하든 전혀 감이 잡히지 않았다. 하지만 단어 하나하나를 계속해서 곱씹었다. 치약 짜내듯이 머리가 쪼그라드는 느낌이 들 때까지 계속 곱씹었다.

• • •

다이토와 쇼토가 첫 번째 관문을 통과한 날인 금요일, 나는 수업을 마치고 학교에서 좀 떨어진 한적한 곳에 앉아 있었다. 꼭대기에 외로운 나무 한 그루가 서 있는 가파른 언덕이었다. 나는 여기 와서 책을 읽거나 숙제를 하거나 초록 들판을 물끄러미 내려다보는 것이 좋았다. 현실에서는 그런 풍경을 만날 기회가 없었기 때문이다.

나무 아래에 앉아 받은메일함을 꽉 채운 수백만 건의 메일을 처리했다. 한 주 내내 해도 다 못 하고 있었다. 전 세계 곳곳에서부터 메일이 왔다. 축하 편지나 협조 요청이 있는가 하면, 죽이겠다는 협박도 있었고, 인터뷰 요청도 있었다. 에그를 찾고자 하는 열정이 지나쳐 머리가 돌아버린 건터들로부터 온 근거 없는 비방도 심심치 않았다. 대형 건터 클랜인 오비랩터, 클랜 데스티니, 키 마스터, 팀 반자이 네 곳으로부터 가입을 권유하는 초대장도 와 있었다. 나는 제안은 감사하지만 정중히 사양하겠노라고 일일이 답변을 보냈다.

'팬레터'를 읽는 데 싫증이 나자 '업무 관련'이란 태그가 달린 메일만 따로 골라 읽기 시작했다. 나의 일대기에 대한 판권에 눈독 들이는 영화 제작사와 출판사들로부터 온 제안도 몇 건 와 있었다. 나는 그 메일들을 모두 삭제했다. 내 신분을 절대 세상에 드러내지 않기로 마음먹었기 때문이다. 적어도 에그를 찾을 때까지는 말이다.

파르지발의 이름과 얼굴을 이용해 서비스와 상품을 팔고 싶어 하는 기업들로부터 온 광고 계약 제의도 몇 건 들어와 있었다. 한 전자제품 소매상은 오아시스 이머전 하드웨어 제품군의 판촉에 내 아바타를 이용해 햅틱 장치와 햅틱 장갑과 바이저를 '파르지발 공인 장치'로 광고하고 싶어 했다. 배달 전문 피자 프랜차이즈, 제화 회사, 맞춤형 아바타 스킨을 파는 온라인 쇼핑몰에서도 제안을 보내왔다. 심지어 파르지발 도시락통과 파르지발 캐릭터 인형을 만들고 싶어 하는 장난감 회사도 있었다. 이 회사들은 모두 오아시스 크레딧을 아바타 계정으로 직접 송금하겠다고 제안해왔다.

이게 웬 횡재인가.

나는 모든 계약 문의 건에 일일이 답장을 보내며 다음 두 가지 조건에 합의한다면 제안을 수락하겠다고 적었다. 내건 조건은 내 신분은 결코 드러내지 않겠다, 오직 오아시스 아바타를 통해서만 사업을 하겠다, 이 두 가지였다.

답장을 보낸 지 한 시간도 채 되지 않아서 계약서가 첨부된 답장이 날아오기 시작했다. 변호사에게 검토를 맡길 돈도 없었고 모두 1년짜리 단기 계약이었으므로 그냥 밀어붙이기로 마음먹었다. 계약서에 전자서명을 하고 상업광고에 사용될 아바타의 3D 이미지를 동봉해 답장을 보내주었다. 아바타 목소리의 오디오 클립을 요청해온 곳도 있어서 신디사이저를 이용해 합성한 목소리를 보내주었다. 그 목소리는 꼭 영화 예고편에서 영화를 소개해주는 굵은 바리톤의 성우 아저씨 같았다.

요청한 모든 것을 보내고 나자 내 아바타의 새 광고주는 앞으로 48시간 이내에 오아시스 계정으로 1차 계약금을 보내겠다는 통지를 보내왔다. 그 돈은 나를 부자로 만들어줄 수 있는 금액은 결코 아니었다. 하지만 빈털터리로 자란 나 같은 아이에게는 엄청난 거금으로 느껴졌다.

재빨리 셈을 해보았다. 아껴서 생활한다면 트레일러 빈민촌을 벗어나서 작은 원룸 아파트 하나 정도는 임대할 수 있는 돈이었다. 최소 일 년간은 문제없는 돈이었다. 그 생각만으로도 좀처럼 흥분이 가시지 않았다. 기억이 나는 가장 어렸을 때부터 간절히 꿈꿔온 빈민촌 탈출의 꿈이 실현되기 일보 직전이었다.

일단 광고 계약 건들을 마무리 지은 후 다른 메일들을 계속 정리하기 시작했다. 보낸 사람 이름으로 정렬시키자 IOI로부터 온 메일만 5,000건이 넘었다. 사실 5,000건은 모두 같은 메일이었다. 그들은 내 이름이 득점판에 처음 떴을 때부터 한 주 내내 같은 메일을 재전송하고 있었다. 그리고 여전히 일 분에 한 번씩 재전송하고 있었다.

식서놈들이 내 관심을 끌기 위해 메일 폭탄을 보내고 있었다.

'아주 급한 사업 제안입니다. 긴급으로 확인 바랍니다!'라는 제목으로 전부 긴급 메일로 표시되어 있었다.

메일 하나를 개봉하자마자 내가 드디어 메일을 읽었음을 알리는 수신 확인 메일이 IOI로 전송되었다. 그때야 비로소 재전송이 멈추었다.

파르지발 씨께,

먼저 최근에 달성하신 위업을 축하합니다. IOI 직원 일동은 그 위업을 실로 높이 평가하고 있습니다.

IOI를 대표하여 귀하께 매우 큰 이익이 될 제안을 드리고자 합니다. 정확한 세부사항은 비공개 채팅링크 세션을 통해 조용히 의논하고 싶습니다. 날짜와 시간에 구애받지 말고 언제든지 편하실 때 첨부한 명함을 통해 연락 주십시오.

건터 커뮤니티 사이에 떠도는 저희의 평판 때문에 귀하께서 저와 말씀을 나누는 일을 망설이실 수도 있다는 점 이해합니다. 하지만 저희 제안을 수락하지 않으신다면 경쟁자들에게 기회가 넘어간다는 점을 명심해 주십시오. 저희가 드리는 관대한 제안을 귀하께서 처음으로 수락하실 거라고 기대하고 있겠습니다. 손해 볼 게 없으시잖습니까?

읽어주셔서 감사합니다. 그럼 연락 기다리겠습니다.

이노베이티브 온라인 인더스트리

사업본부장 놀란 소렌토 배상

상당히 정중한 어투에도 불구하고 행간에 숨어 있는 협박은 아주 명확했다. 식서들은 나를 고용하거나 구리 열쇠를 찾고 첫 번째 관문을 통과하는 방법을 돈으로 사고 싶어 했다. 그리고 내가 거절한다면 아르테미스, 에이치, 다이토, 쇼토에게 차례로 접촉할 것이며 앞으로 득점판에 이름을 올리는 모든 건터에게 마수를 뻗을 것이다. 이 뻔뻔하고 추잡한 짓거리는 잔뜩 쫄아서 정보를 팔아넘길 만큼 아둔하거나 가난에 찌들어 있는 놈을 찾을 때까지 절대 끝나지 않을 것이다.

메일을 전부 다 삭제하고 읽지 않은 척할까도 싶었지만 곧 마음이 바뀌었다. IOI가 무엇을 제안하려는지 정확히 알고 싶어졌다. 게다가 식서들의 악명 높은 수장인 놀란 소렌토를 직접 만날 기회를 그냥 놓칠 수 없었다. 채팅링크를 통한 만남인 만큼 입만 조심한다면 위험할 일은 없을 것이다.

'면접'에 임하기 전에 아바타 스킨을 새로 사러 인시피오로 순간이동할까 고민했다. 근사한 맞춤 정장이라도 한 벌 맞출까. 아주 화려하고 비싼 것으로. 하지만 곧 생각을 고쳐먹었다. 그런 날강도 같은 회사에 잘 보일 필요는 전혀 없었다. 누가 뭐래도 나는 이제 유명인사였다. 기본 스킨 그대로 거만한 태도로 면담에 임할 것이다. 제안을 우선 듣고 나서 엿이나 실컷 먹으라고 말할 것이다. 전부 녹화해서 확 유튜브에 올려버리는 것도 좋겠다.

검색 엔진을 펼치고 놀란 소렌토에 대해 입수 가능한 자료는 모두 긁어모아 면담 준비를 시작했다. 그는 컴퓨터공학 박사학위 소지자였다. IOI의 사업본부장이 되기 전에는 오아시스 내부에서 구동하는, 서드파티 롤플레잉 게임 개발을 총괄하던 아주 잘나가는 게임 디자이너였다. 나는 그가 만든 게임을 전부 해보았는데 하나같이 수준급이었다. 영혼을 팔기 전까지는 꽤 능력 있는 개발자였던 셈이다. IOI가 하수인들을 지휘하기 위해 왜 소렌토를 고용했는지는 명백했다. 아무래도 게임 디자이너가 할리데이의 비디오게임 퍼즐을 해결하는 데 유리하다고 판단했던 것이다. 하지만 소렌토와 식서 군단은 5년이 넘도록 힘을 쏟았지만 노력을 입증할 만한 성과를 전혀 내지 못했다. 그런데 이제 득점판에 아바타 이름이 올라오고 있으니 IOI 임원들은 분명 속이 바짝바짝 타들어 가고 있을 터였다. 소렌토는 임원들로부터 온갖 종류의 압박을 받고 있을 게 뻔했다. 문득 나를 고용하려는 작전이 소렌토의 생각인지 위에서 받은 지시인지 궁금해졌다.

소렌토에 대한 조사를 일단 끝내고 나니 그 악마 같은 놈과 마주할 준비가 된 기분이 들었다. 나는 소렌토가 보낸 이메일에 동봉된 명함을 펼쳐 맨 아래에 있는 채팅링크 초대 아이콘을 터치했다.

0024

채팅링크 세션으로의 연결이 끝나자 내 아바타는 곡면 유리창 밖으로 검은 우주에 수십 개의 오아시스 행성이 떠 있는 장관이 한눈에 들어오는 웅장한 전망대에 서서히 나타났다. 우주정거장 아니면 대형수송선 같았는데 어느 쪽인지는 잘 알 수 없었다.

채팅링크 세션은 채팅방과는 다른 방식으로 작동되었으며 호스팅 비용이 훨씬 더 비쌌다. 채팅링크를 열면 아바타의 분신이 오아시스의 또 다른 장소로 투사되었다. 아바타는 실제로 그곳에 있는 건 아니었으므로 다른 아바타가 볼 때는 약간 투명한 유령처럼 보였다. 하지만 제한적이나마 환경과 상호작용할 수 있었다. 문을 열고 들어가거나 의자에 앉는 등의 동작이 가능했다. 채팅링크는 주로 업무 목적으로 사용되었다. 회사에서 오아시스의 어떤 장소에서 회의를 열어야 할 때 참석자 아바타 전체가 그곳으로 순간이동 하느라고 시간과 돈을 낭비하지 않더라도 모일 수 있었다. 나로서는 이런 채팅링크 방문은 처음이었다.

뒤로 돌자 커다란 C자 모양의 안내데스크가 보였다. 그 위로는 IOI 회사 로고가 떠 있었다. 크롬 재질로 된 길이 5미터의 큼지막한 알파벳이 서로 조금씩 겹친 모양이었다. 안내데스크로 다가가자 숨 막히게 아름다운 금발의 여자가 미소로 맞아주었다. "파르지발 씨, 안녕하세요."

여자는 살짝 허리를 굽히며 말했다. "이노베이션 온라인 인더스트리에 오신 것을 환영합니다! 잠깐만 기다려 주십시오. 소렌토 본부장이 이리로 오는 중입니다."

어떻게 기별도 없이 왔는데 그런 일이 가능한지 나로서는 알 수 없었다. 기다리는 동안 아바타의 비디오피드 녹화기를 실행하려고 했지만 IOI는 채팅링크 세션의 녹화 기능을 차단해두고 있었다. 모든 정황이 남을 영상 증거를 남기지 않으려는 꼼수가 분명했다. 이로써 면담을 유튜브에 올리려던 계획은 수포로 돌아갔다.

일 분도 되지 않아 전망대 반대편에 있는 자동문이 지익 열리면서 한 아바타가 등장했다. 그는 곧장 나를 향해 걸어왔고 윤이 나는 바닥에서는 두걱두걱 구두 소리가 났다. 소렌토였다. 식서 규격 아바타를 사용하고 있지 않았기 때문에 대번에 알아볼 수 있었다. 직책상의 특권인 모양이었다. 소렌토 아바타의 얼굴은 인터넷에서 본 사진과 똑같았다. 금발에 갈색 눈과 매부리코가 특징이었다. 옷은 식서 규격 유니폼을 입고 있었다. 짙은 남색 바디수트로 어깨에는 금으로 된 견장이 달려 있었고, 오른쪽 가슴에는 회색 IOI 로고가 붙어 있었다. 그 아래 적힌 사원번호는 655321이었다.

"여어, 드디어!" 소렌토가 늑대 같은 웃음을 띠고 걸어오면서 말했다. "그 유명한 파르지발 씨께서 이렇게 왕림해주시니 이거 영광입니다!" 그가 장갑을 낀 오른손을 내밀었다. "본부장 놀란 소렌토입니다. 이렇게 뵙게 되어 반갑습니다."

나는 가능한 침착하게 보이려 애쓰며 말했다. "네, 저도 그런 것 같네요." 채팅링크로 투사되었을지라도 악수 동작은 가능했지만 나는 악수 대신 그가 죽은 들쥐라도 내민 양 빤히 쳐다보고 서 있었다. 잠시 뒤에 그는 손을 다시 집어넣었지만 미소는 전혀 흔들리지 않았다. 오히려 더

환하게 웃었다.

"저를 따라오십시오." 그는 전망대를 가로질러 자동문으로 안내했다. 자동문이 지익 열리면서 커다란 도킹 구역이 눈에 들어왔다. IOI 로고가 아주 선명하게 찍힌 행성간 이동용 우주왕복선 한 대가 도킹해 있었다. 소렌토가 탑승하기 시작했지만 나는 탑승발판 앞에서 멈춰 섰다.

"채팅링크를 이용해 저를 여기까지 끌고 온 이유가 뭡니까?" 나는 도킹 구역을 손으로 가리키며 물었다. "그냥 채팅룸에서 회사 자랑질을 하시면 안 되나요?"

"양해를 해주셨으면 합니다. 이 채팅링크는 회사 소개의 일부분입니다. 본사로 직접 내방해 주신다면 동일한 경험을 제공해드리고 싶군요."

그렇군, 내가 직접 나타나면 수천 명의 식서들이 나를 에워쌀 거고 그들 앞에 난 파리 목숨이나 다름없어, 나는 속으로 생각했다.

나는 그를 따라 우주왕복선 안으로 들어갔다. 발판이 다시 원위치로 접혔고, 우리는 도킹 구역에서 이륙했다. 비행기의 360도 창문을 통해서 보니 방금 이륙한 곳은 식서들의 궤도 우주정거장 중의 한 곳이었다. 정면으로 어렴풋이 아주 거대한 은백색 크롬 덩어리인 IOI-1 행성이 눈에 들어왔다. 그 행성을 보자 영화 「팬타즘」에 나오는 살인 공이 떠올랐다. 건터들은 IOI-1 행성에 '식서의 본진'이라는 별명을 붙였다. IOI는 상금 쟁탈전이 시작된 직후 온라인 운영기지로 쓰기 위해 이 행성을 만들었다.

자동조종으로 비행하는 듯한 왕복선은 곧 IOI-1 행성에 도달했고 거울 같은 표면 위를 미끄러지듯 낮게 비행하기 시작했다. 궤도를 완전히 한 바퀴 도는 동안 나는 창밖에서 눈을 떼지 않았다. 내가 아는 한 어떤 건터도 이런 구경을 한 적은 없었다.

행성 곳곳에 무기 공장, 벙커, 창고, 우주선 격납고가 쫙 깔려 있었다. 곳곳에 있는 비행장마다 번쩍거리는 건십Gunship과 우주선과 전투용 탱크가 출동을 기다리고 있었다. 식서 함대를 둘러보는 내내 소렌토는 한마디도 하지 않고 알아서 구경하도록 내버려두었다.

전에도 IOI-1 행성의 스크린샷을 본 적은 있었지만 그 이미지들은 방어 그리드 바깥 고궤도에서 촬영한 데다 해상도도 낮았다. 오랫동안 대형 클랜에서 공공연하게 식서들의 운영기지에 핵 공격을 시도했지만 단 한 번도 방어 그리드를 통과해 지상 착륙에 성공한 적은 없었다.

행성을 한 바퀴 돌자 IOI 본부가 나타났다. 아주 높은 유리 외벽 건물 세 동이 나란히 서 있었는데 원통형 마천루를 중심으로 양쪽에 직사각형 마천루가 있었다. 하늘에서 보면 세 건물의 옥상이 정확히 IOI 모양이었다.

우주왕복선은 속도를 낮추고는 O자 모양의 가운데 마천루 위를 맴돌다가 서서히 나선형을 그리며 작은 옥상 착륙장에 안착했다. "굉장한 시찰이었죠, 안 그렇습니까?" 소렌토는 착륙이 끝나고 발판이 내려왔을 때 마침내 침묵을 깨며 말했다.

"뭐, 나쁘진 않네요." 나의 차분한 목소리는 상을 받아 마땅했다. 속으로는 방금 보았던 광경 때문에 정신이 아찔한 터였다. "이건 그러니까 콜럼버스 도심에 있는 진짜 IOI 본사 건물의 오아시스 복제판이죠?"

소렌토가 고개를 끄덕였다. "네, 그렇습니다. 콜럼버스 복합단지가 우리 회사의 본부입니다. 저희 팀은 대부분 가운데 건물에서 일합니다. 지리적으로 GSS와 가까워서 시스템 과부하 가능성도 없지요. 물론 콜럼버스에는 미국 대다수의 주요 도시들을 괴롭히는 잦은 정전 같은 건 전혀 없습니다."

그는 당연한 말을 하고 있었다. GSS 본사와 오아시스 중앙 서버 보관실은 콜럼버스에 있었다. 전 세계에 흩어진 수많은 미러 서버는 모두 콜럼버스의 중앙 서버에 연결되어 있었다. 그래서 오아시스가 발매된 후부터 수십 년 동안 콜럼버스는 첨단 기술의 메카로 자리매김했다. 콜럼버스는 오아시스 유저가 가장 빠르고 가장 안정성이 높은 접속 품질을 얻을 수 있는 도시였다. 건터라면 누구나 언젠가 콜럼버스로 이사하는 꿈을 가지고 있었다. 나도 예외는 아니었다.

나는 소렌토를 따라 우주왕복선에서 내린 다음 착륙장 옆에 있는 엘리베이터에 올라탔다. "요 며칠 사이 대단한 유명인사가 되셨습니다." 엘리베이터가 내려가는 동안 그가 말했다. "아주 기분이 좋으시겠습니다. 혹시 좀 무섭지는 않으신가요? 수많은 사람들이 기꺼이 살인도 마다치 않을 정보를 갖고 계시니 말입니다?"

나는 이런 말을 예상하고 있었으므로 준비한 답변으로 응수했다. "그런 공포 분위기 조성과 심리전은 그쯤에서 건너뛰는 게 어떨까요? 제안의 세부사항을 말씀해주세요. 제가 할 일도 많고 좀 바빠서요."

그는 내가 나이답지 않게 군다는 듯이 크게 웃음을 터트리며 말했다. "아, 물론 그러시겠지요. 하지만 저희 제안에 대해 성급하게 넘겨짚지 마십시오. 상당히 놀라실 겁니다." 그러고 나서 차가운 어조로 덧붙였다. "전 매우 확신합니다."

나는 협박을 느끼지 못한 척 짐짓 딴청을 피우면서 말했다. "그야 모르지요."

106층에 도착하자 땡동 소리가 들리면서 엘리베이터 문이 열렸다. 소렌토의 뒤를 따라 안내원을 지나쳐 조명이 환하게 켜진 긴 복도를 걸어갔다. 실내는 유토피아를 그린 SF 영화 같은 분위기였다. 첨단 기술이 빛나고 있었고 모든 것이 흠잡을 데 없이 완벽했다. 우리가 걷는 동안 복도에서 다른 식서 몇 명과 마주쳤는데, 그들은 소렌토를 보자마자 계급이 아주 높은 장군이라도 대하듯 군기를 바짝 세우고 경례를 했다. 소렌토는 경례를 무시하거니와 아예 본 척도 하지 않았다.

마침내 그가 데리고 간 곳은 106층 전체를 차지할 듯한 어마어마하게 큰 사무실이었다. 높다란 칸막이로 나뉜 파티션들이 빽빽하게 놓여 있었는데, 고급 이머전 장치마다 사람이 한 명씩 들어가 있었다.

"여기가 IOI의 조란학 부서입니다." 소렌토는 한껏 빼기며 말했다.

"그러니까 여기가 그 육바리들의 본진이군요?" 나는 주위를 두리번거리면서 말했다.

"무례한 표현을 쓰실 필요는 전혀 없습니다. 파르지발 씨의 팀이 될 수도 있으니까요."

"저만의 자리를 주신다는 건가요?"

"아닙니다. 전망이 아주 좋은 개인 사무실을 제공하겠습니다." 그는 빙그레 웃었다. "전망을 쳐다볼 시간은 별로 없겠지만요."

나는 최신 하바샤 이머전 장치를 가리키며 말했다. "굉장한 장비네요." 정말 그랬다. 최첨단 장비였다.

"그럼요, 멋지죠? 저희의 이머전 장치는 많은 개조를 거쳤으며 모두 네트워크로 연결되어 있습니다. 저희 시스템으로는 여러 사람이 동시에 같은 아바타를 조종하는 것도 가능합니다. 퀘스트를 수행하다가 어떤 장애물을 만났느냐에 따라서 즉시 그 상황에 적합한 최정예 대원이 투입되지요."

"그래요, 하지만 속임수네요."

"속임수라니요." 그는 딴청을 피우며 말을 이었다. "그런 건 없습니다. 할리데이의 상금 쟁탈전에는 별다른 규칙이 없습니다. 그 영감탱이가 만든 많고 많은 중대한 실수 중에 하나지요." 내가 미처 대꾸하기도 전에 소렌토는 다시 걸음을 떼면서 파티션 사이 통로로 안내했다. "저희 조란학자들은 모두 자문단과 음성으로 교신할 수 있습니다. 할리데이 학자와 비디오게임 전문가, 대중문화 사학자, 암호학자들로 구성된 자문단이지요. 저희 아바타들이 도전을 수행해야 하거나 수수께끼를 풀어야 할 때마다 전폭적인 지원을 하고 있습니다." 그는 뒤로 돌아 나를 보며 빙그레 웃었다. "보시다시피 저희는 만반의 준비를 했습니다, 파르지발 씨. 그러니 저희의 승리는 시간문제입니다."

"네, 지금까지 애 많이 쓰셨네요. 대단합니다. 그런데 지금 무슨 얘길 하고 있었죠? 아, 맞다. 구리 열쇠가 어디 있는지 모르셔서 저의 도움이 필요하시단 얘길 하고 있었죠."

소렌토는 눈을 찡그리더니 이내 큰 소리로 웃기 시작했다. "전 파르지발 씨 같은 분이 아주 마음에 듭니다." 그는 활짝 웃으며 말했다. "총명한 데다 배짱도 있고. 제가 좋아하는 두 가지 면을 다 갖추셨습니다."

우리는 계속 걸었다. 조금 후에 소렌토의 으리으리한 사무실에 도착했다. 창문 밖으로 '도시'의 압도적인 풍경이 펼쳐졌다. 에어카와 우주선이 창공을 가득 메우고 있었고, 행성의 가상태양이 막 저물어가는 중이었다. 소렌토는 책상 뒤에 놓인 의자에 앉더니 나를 보고 맞은편에 놓인 의자에 앉으라고 권했다.

좋아, 한번 해보자, 쿨하게, 웨이드, 나는 앉으면서 속으로 생각했다.

"이제 바로 본론으로 들어가겠습니다. IOI는 파르지발 씨를 고용하고 싶습니다. 자문위원으로서 할리데이의 이스터에그를 찾는 일을 도와주시는 겁니다. 우리 회사가 보유한 막대한 자원들은 얼마든지 마음껏 쓰셔도 됩니다. 돈, 무기, 마법 아이템, 우주선, 희귀 아이템, 그 밖에 뭐든 말씀만 하세요."

"직함은 뭔데요?"

"수석 조란학자입니다. 부서 전체를 총괄하는, 본부장인 저 다음으로 가장 높은 직책입니다. 고도로 훈련받은 전투용 아바타 5,000명에게 직접 명령을 내릴 수 있단 말씀입니다."

"꽤 솔깃하네요." 나는 무심한 듯한 목소리를 내려고 노력하며 말했다.

"물론 그렇습니다. 하지만 거기서 끝이 아닙니다. 여기서 일해주시는 대가로 저희는 200만 달러의 연봉과 100만 달러의 사이닝 보너스를 미리 지급할 의향이 있습니다. 그리고 혹시라도 에그를 찾는 데 결정적인 역할을 해주신다면 2,500만 달러의 보너스를 추가로 드리겠습니다."

나는 손가락으로 모든 숫자를 더해보는 척했다. 나는 마음이 동요된 듯 보이려 애쓰며 말했다. "와우, 그럼 재택근무도 가능한가요?"

소렌토는 내가 한 말이 농담인지 아닌지 구별하지 못하는 듯했다. "아니요. 안타깝지만 그건 안 됩니다. 콜럼버스로 이사를 오셔야 합니다. 하지만 회사 단지 내에 최고로 훌륭한 사택을 제공해드리겠습니다. 물론 개인 사무실도요. 최첨단 이머전 장치도 전용으로……"

"잠깐만요." 나는 한 손을 치켜들면서 말했다. "그 말은 제가 IOI 본부에서 살아야 한다는 뜻입니까? 당신과 같이요? 그 육…… 아니 조란학자들과 다 같이요?"

소렌토는 고개를 끄덕였다. "에그 찾기를 도와주시는 동안만입니다."

나는 농담을 하고 싶은 충동을 억누르면서 말했다. "복리후생은 어때요? 의료비 지원은요? 치과는요? 안과는요? 임원 화장실 열쇠는요?"

"물론입니다." 소렌토의 목소리에서 조바심이 느껴지기 시작했다. "그렇다면? 수락하시겠습니까?"

"며칠 생각해봐도 되겠죠?"

"죄송하지만 안 됩니다. 며칠 내에 결정되어야 하는 사안이라 지금

답해주셔야 합니다."

나는 등받이에 기대고 천장을 올려다보면서 제안에 대해 고민하는 척했다. 소렌토는 나를 유심히 관찰하며 기다렸다. 내가 준비한 답변을 막 내뱉으려는 찰나에 그가 한 손을 치켜들며 말했다.

"대답하시기 전에 잠깐만 제 말을 들어보십시오. 많은 건터분들이 IOI가 악덕하다는 당치도 않은 생각에 갇혀 있다는 걸 알고 있습니다. 식서들은 오아시스 대회의 '진정한 정신'에 대한 예의나 존경심도 없는 무자비한 회사의 하수인들이라나 뭐라나. 전부 회사에 영혼을 팔았다나 뭐라나, 맞습니까?"

나는 고개를 끄덕이고는 충동을 참지 못하고 "너무 완곡한 표현이네요."라고 말할 뻔했다.

"말도 안 되는 얘깁니다." 소렌토는 사교 기술 소프트웨어를 통해 만들어낸 쌀집 아저씨처럼 푸근한 웃음을 지어 보이며 말했다. "저희 식서는 비록 자금이 훨씬 충분하긴 하지만 여느 건터 클랜과 전혀 다를 바가 없습니다. 건터분들 못지않은 열정에다 같은 목표를 가지고 있습니다."

무슨 목표 말인가요? 오아시스를 영원히 파멸시키는 목표? 우리 삶을 견딜 만하게 만들어주는 유일한 것을 더럽히고 짓밟는 목표? 나는 이렇게 외치고 싶었다.

내가 잠자코 있자 소렌토는 그 침묵을 말을 계속하라는 뜻으로 해석한 것 같았다. "널리 퍼진 소문과는 달리 오아시스는 IOI가 인수하고 나서도 극적으로 바뀌진 않을 겁니다. 물론 저희는 월정액으로 계정 이용료를 부과할 예정입니다. 광고 수익도 늘릴 겁니다. 하지만 많은 개선 방안 역시 계획 중입니다. 부적절한 언어 필터도 강화하고, 건축 가이드라인도 좀 더 엄격하게 할 겁니다. 저희는 오아시스를 훨씬 나은 곳으로 만들 생각입니다."

그럴 리가 없어, 당신네들은 오아시스를 자본주의의 첨병 같은 기업형 놀이공원으로 둔갑시켜서 입장료를 지불할 능력이 없는 사람들이 더 이상 한 줌의 자유조차 못 누리게 할 속셈이잖아, 나는 속으로 생각했다.

이 머저리의 회사 자랑은 내가 견딜 수 있는 도를 이미 넘어섰다.

"좋아요. 하지요. 계약합시다. 뭐라고 부르든지 간에, 하겠습니다."

소렌토는 놀란 듯했다. 그가 예상했던 대답이 아닌 게 분명했다. 소렌토가 활짝 미소를 짓고 악수를 다시 청하려는 찰나에 나는 그를 제지했다.

"하지만 세 가지 소소한 조건이 있습니다. 첫째, 제가 에그를 찾아드리는 경우에 받는 보너스는 2,500만 달러가 아닌 5,000만 달러를 요구합니다. 가능한가요?"

소렌토는 전혀 망설임 없이 대답했다. "좋소. 다른 조건은 뭡니까?"

"전 2인자는 싫습니다. 소렌토 씨 자리를 원합니다. 전부 다 제 밑에 두고 휘두르고 싶습니다. 사업본부장 자리요. 이름하여 넘버원. 모든 사람들이 저를 넘버원이라고 부르게 만들고 싶습니다. 가능한가요?"

내 입은 내 머리와 따로 움직이는 듯했다. 어쩔 수가 없었다.

소렌토의 얼굴에서 웃음기가 사라졌다. "나머지 하나는 뭡니까?"

"전 소렌토 씨와 함께 일하고 싶지 않습니다." 나는 그에게 손가락질을 하면서 말을 이었다. "생각만 해도 섬뜩하니까요. 하지만 당신의 상사가 당신을 해고할 의지가 있고 그 자리를 제게 넘긴다면 하겠습니다. 이게 저의 조건입니다."

침묵이 흘렀다. 소렌토의 얼굴은 대단히 절제된 가면을 쓰고 있었다. 적개심과 분노 같은 감정을 표정 인식 소프트웨어를 통해 걸러내고 있는 것 같았다.

"윗분들과 상의해보시고, 제 조건에 동의하는지 알려 주시겠습니까?" 나는 물었다. "아니면 지금 우리를 지켜보고 있나요? 아마 그럴 것 같은데요." 나는 보이지 않는 카메라를 향해 손짓하며 말했다. "거기 계세요? 어떻게 생각하세요?"

긴 침묵이 이어지는 동안 소렌토는 나를 잠자코 노려보았다. "물론 저희를 지켜보고 계십니다." 그가 마침내 입을 뗐다. "당신의 요구 조건 일체를 받아들일 의사가 있다고 방금 전갈이 왔습니다." 그는 전혀 화가 나지 않은 것처럼 말했다.

"정말이요? 굉장하네요! 언제 시작할 수 있나요? 아, 그보다 더 중요한 것은 그럼 소렌토 씨는 언제 떠나실 수 있나요?"

"당장 떠나겠습니다. 회사는 계약서를 준비해서 파르지발 씨의 변호사에게 보낼 것입니다. 그리고 저희는, 아니 회사는 파르지발 씨를 콜럼버스까지 모셔올 것이고 계약서 서류에 서명만 하시면 계약은 성사됩니다." 그는 일어섰다. "반드시 매듭을 지어야……"

"사실은요……" 나는 손을 들어 다시 그의 말을 잘랐다. "마지막으로 한 번 더 곰곰이 생각해 봤는데요. 그 제안 거절하는 걸로 할게요. 아무래도 혼자서 에그를 찾는 편이 훨씬 낫겠어요. 고맙습니다." 나는 벌떡 일어섰다. "소렌토 씨도 다른 육바리 놈들이랑 같이 엿이나 많이 챙겨 드세요."

소렌토는 큰 소리를 내고 웃기 시작했다. 길고 화통한 웃음소리는 상당히 거북하게 들렸다. "대단해! 아주 대단해! 머리에 피도 안 마른 녀석이 잘도 우리를 갖고 놀았구나!" 웃음이 잦아든 다음 그는 말을 이었다. "그게 바로 내가 예상하고 있었던 대답이지. 이제 두 번째 제안을 하겠다."

"또 있나요?" 나는 다시 자리에 앉아서 책상에 다리를 올려놓았다. "좋아요. 말씀해보세요."

"첫 번째 관문까지 공략을 제공해주는 대가로 오아시스 계정으로 지금 당장 500만 달러를 주겠다. 이것이 두 번째 제안이다. 네가 성공한 방법을 단계별로 자세히 설명만 해주면 돼. 거기서부터는 우리가 하도록 하지. 넌 혼자서 에그 찾기를 자유롭게 계속 해나가면 돼. 우리의 거래는 완전히 비밀에 부쳐질 거다. 굳이 알릴 필요는 없으니까."

그 돈을 받을까? 나는 잠깐 고민해보았다. 500만 달러라면 내 인생이 바뀔 것이다. 식서들이 첫 번째 관문을 통과하는 걸 도와준다고 해서 놈들이 다른 두 개의 관문도 통과할 거라는 보장도 없지 않은가. 내가 통과할 수 있을지도 아직 의심스러운 상황인데 말이다.

"내 아들 같아 하는 말인데 내 말을 들어라." 소렌토는 말했다. "이 제안을 수락하는 게 좋아. 너한테 선택권이 있을 때 말이야."

그의 훈계하는 듯한 말투를 듣자 짜증이 치밀었고, 오히려 결심을 굳히는 데 도움이 되었다. 식서들에게 돈을 받고 정보를 팔아넘길 수는 없었다. 만약 그렇게 해서 놈들이 상금 쟁탈전에서 우승이라도 해버리면 그것은 내 책임이었다. 그렇게 살아갈 수는 없었다. 그저 그들이 접근할 에이치와 아르테미스와 다른 건터들도 그렇게 생각하기만을 바랄 뿐이었다.

"이만 가볼게요." 나는 책상에서 다리를 내리고 일어서며 말을 이었다. "시간 내주셔서 감사합니다."

소렌토는 측은한 눈빛으로 나를 보고는 다시 앉으라고 손짓했다. "사실 아직 끝이 아니야. 마지막 제안이 하나 남았지, 파르지발. 가장 좋은 제안을 가장 나중으로 남겨두었다."

"아직도 모르시겠어요? 저를 돈으로 매수할 방법은 없어요. 그러니 이제 그만 꺼지세요. 안녕히 계세요."

"자리에 앉아라, 웨이드."

나는 순간 얼어붙었다. 방금 그가 내 진짜 이름을 불렀단 말인가?

"맞아." 소렌토는 언성을 높였다. "우린 네가 누구인지 안다. 웨이드 오웬 와츠. 2024년 8월 12일생. 양친은 사망. 우린 네가 어디에 있는지도 알지. 오클라호마시티 포틀랜드 가 700번지 트레일러 빈민촌에 있는 이모의 집에서 살고 있지. 정확히는 56-K호. 우리 감시팀 말로는 트레일러에 사흘 전에 들어가는 모습이 마지막으로 목격된 후로 아직 나온 적은 없어. 즉 지금도 거기에 있다는 뜻이지."

그의 등 뒤로 비디오피드 창이 열리더니 내가 사는 빈민촌의 실시간 영상이 흘러나왔다. 비행기나 위성에서 찍은 듯했다. 이 각도에서는 두 개의 정문만 감시할 수 있었다. 그래서 매일 아침 세탁실 창문으로 나왔다가 매일 밤 세탁실 창문으로 들어가는 내 모습을 보지 못한 것이었다. 그들은 지금 내가 은신처에 있다는 사실은 모르고 있었다.

"자, 이제 알겠지." 소렌토가 말했다. 다시 거들먹거리는 말투로 변해 있었다. "좀더 외출을 자주 해야지, 웨이드. 너무 집안에만 틀어박혀 있는 건 건강상 좋지 않아." 이미지가 몇 배로 확대되더니 이모의 트레일러가 클로즈업되었다. 곧 이미지는 열 영상 모드로 전환되었다. 실내에 앉아 있는 사람들 십여 명의 빛나는 형체가 보였다. 아이도 있었고, 어른도 있었다. 모두들 움직임이 없었다. 다들 오아시스에 접속 중인 모양이었다.

나는 너무 놀라 말문이 막혔다. 그들이 어떻게 나를 찾아냈을까? 다른 사람이 오아시스 계정 정보를 빼내는 건 불가능한 줄 알았다. 게다가 심지어 주소는 오아시스 계정에 입력한 적도 없었다. 아바타를 만들 때 주소는 필수입력사항이 아니었다. 이름과 망막 패턴만 넣으면 되었다. 그렇다면 내가 어디에 사는지를 그들이 대체 어떻게 알아냈단 말인가?

어찌 된 영문인지는 몰라도 학교 기록에 접근한 게 분명했다.

"네가 지금 가장 먼저 생각하는 건 로그아웃을 하고 도망치는 거겠지." 소렌토는 말했다. "부디 그런 실수를 하지 않길 바란다. 너희 트레일러에는 엄청난 양의 고성능 폭탄이 설치돼 있거든." 그는 주머니에서 리모콘처럼 생긴 것을 꺼내더니 위로 들어 보였다. "내 손가락은 지금 기폭장치에 올려져 있다. 채팅링크 세션을 로그아웃한다면 몇 초 내로 넌 죽는다. 웨이드, 무슨 말인지 알겠나?"

나는 살며시 고개를 끄덕이며 필사적으로 상황을 파악하려고 애썼다.

그는 엄포를 놓고 있었다. 엄포여야만 했다. 엄포가 아닌 사실이라 하더라도 그는 내가 실제로는 2킬로미터쯤 떨어진 은신처에 숨어 있다는 것은 모르고 있었다. 소렌토는 화면에 열이 감지된 형체 중 하나가 나라고 가정하고 있었다.

폭탄이 정말 이모의 트레일러를 날려버린다 해도 버려진 폐차 더미 아래에 있는 한 안전할 것이다. 안전하지 않을까? 설마 그들이 나 하나를 잡으려고 그 사람들 전부를 죽일 리는 없다, 나는 속으로 생각했다.

"어떻게……?" 그 말이 내가 뱉은 전부였다.

"네가 누구인지 그리고 어디에 사는지 어떻게 알았냐고?" 그는 활짝 웃었다. "아주 쉽지. 네 손으로 정보를 넘겨준거나 다름없지. 오아시스 공립학교에 등록할 때 이름과 주소를 적어 넣었으니 말이야. 학교에서 성적표를 우편으로 보내는 데 필요했던 거겠지."

그의 말이 맞았다. 아바타 이름, 실명, 집 주소는 모두 나의 학생 기록부에 저장되어 있었고 그 정보는 교장 선생님만 열람이 가능했다. 바보 같은 실수였지만 상금 쟁탈전이 시작되기 전에 등록한 것이었다. 건터가 되기도 전이었고, 내 신분을 숨겨야 하는 이유를 깨닫지도 못했을 때였다.

"온라인 학교에 다니는 줄은 어떻게 아셨지요?" 나는 물었다. 이미 답을 알고 있었지만 시간을 끌어야 했다.

"건터 게시판에 돌아다니는 소문이 하나 있었지. 며칠 전부터 너와 너의 친구인 에이치가 둘 다 루두스에 있는 학교에 다닌다는 소문 말이야. 그 얘기를 듣고 나서 몇몇 공립학교 행정관들에게 접근해서 뇌물을 좀 먹였지. 학교 행정관이 일 년에 얼마를 받는 줄 아나, 웨이드? 눈물이 앞을 가릴 정도지. 너희 교장은 아주 적극적으로 소매를 걷어붙이고 파르지발이라는 아바타 이름을 학생 데이터베이스에서 찾아주더군. 보여줄까?"

빈민촌의 실시간 비디오피드 옆에 또 다른 창이 나타났다. 내 학생 기록부가 표시되었다. 실명, 아바타 이름, 학생 이름(웨이드3), 출생 일자, 사회보장번호, 집 주소가 적혀 있었다. 성적표도 있었다. 5년 전에 오아시스로 전학 오기 전에 찍은 옛날 졸업 사진도 있었다.

"에이치의 학생 기록부 역시 입수했지. 하지만 그 녀석은 등록할 때 가명과 가짜 주소를 넣을 만큼은 영리했더군. 그 녀석을 찾는 건 좀더 시간이 필요할 테지."

소렌토가 내게 대꾸할 틈을 주기 위해 말을 끊었지만 나는 침묵을 유지했다. 맥박이 빨라지고 있었다. 숨이 잘 쉬어지지 않았다.

"자, 그러니 이제 마지막 제안을 마무리해야지." 소렌토는 선물을 풀어보려는 아이처럼 신이 난 듯 양손을 마주 비볐다. "첫 번째 관문에 어떻게 갔는지 말해라. 지금 당장. 안 그러면 널 죽이겠다. 지금 당장."

"공갈이죠?" 나도 모르게 불쑥 뱉었다. 하지만 그렇다고 생각하지 않았다. 전혀.

"무슨 소리, 공갈이라니. 생각해봐. 세상이 돌아가는 이치를 봐, 오클라호마시티의 쥐가 들끓는 쓰레기 빈민촌에서 폭발 한 번 난다고 누가 관심이나 있을 것 같나? 다들 마약을 제조하다가 생긴 사고라고 대수롭지 않게 생각하겠지. 아니면 국내 테러 집단이 사제 폭탄을 만들다가 터졌다거나. 어느 쪽이든. 식권이나 주우러 다니고 귀중한 산소나 먹어 치우는 인간 바퀴벌레 수백 마리를 말끔히 청소한 정도일 뿐이니까. 아무도 신경 쓰지 않을 테지. 정부는 말할 것도 없고 말이야."

그의 말이 맞았다. 나도 알고 있었다. 어떻게 해야 할지 생각할 시간을 좀 벌려는 것뿐이었다. "저를 죽일 겁니까? 비디오게임 대회에서 이기기 위해서요?"

"그렇게 순진한 척할 필요 없어, 웨이드. 수천억 달러가 걸려 있고, 세계에서 가장 수익성이 좋은 회사의 경영권과 오아시스도 걸려 있지. 이건 그냥 단순한 비디오게임 대회가 아니야." 소렌토는 앞으로 몸을 숙였다. "하지만 넌 지금 여기서 유리한 선택을 할 수 있지. 우리를 돕기만 하면 500만 달러를 손에 넣게 돼. 열여덟 살에 은퇴하고 여생을 왕족처럼 호의호식하며 살 수 있어. 아니면 몇 초 후에 죽을 수도 있어. 네가 결정해. 하지만 너 자신에게 질문해 보거라. 너의 모친이 아직 살아 있다면 어떻게 하길 바라겠나?"

마지막 질문에 나는 머리끝까지 화가 나서 물었다. "당신이 원하는 것을 주고 나서 날 죽이지 않는다고 어떻게 믿죠?"

"네가 어떤 식으로 생각하든지 간에 꼭 필요한 일이 아니라면 다른 사람을 죽일 이유는 전혀 없지. 게다가 아직 관문이 두 개나 더 남았고, 그렇지 않나?" 소렌토는 어깨를 으쓱 올렸다. "아마 앞으로도 네 도움이 필요할 수도 있다. 개인적으로는 의심스럽지만 윗분들의 생각은 다르지. 어쨌든 너한테 별로 선택의 여지가 없는 것 같군, 그렇지 않나?" 소렌토는 비밀 이야기라도 하려는 듯이 목소리를 한껏 낮췄다. "자, 이제 우리가 할 일을 말해주겠다. 넌 구리 열쇠를 찾고 첫 번째 관문을 통과하기 위한 자세한 설명을 내게 넘긴다. 우리가 자료를 검증하는 동안 넌 이 채팅링크 세션에서 기다린다. 내 허락이 떨어지기 전에 로그아웃하면 네 목숨은 한 방에 날아간다. 알겠나? 이제 슬슬 시작해보지."

나는 그들이 원하는 것을 줄까도 고민했다. 정말 그랬다. 하지만 곰곰이 생각해보니 내가 첫 번째 관문을 통과하도록 돕는다 해도 놈들이 나를 살려둘 만한 이유가 단 한 가지도 떠오르지 않았다. 나를 죽여 도망치지 못하게 할 확률이 가장 높았다. 그들은 결코 500만 달러를 줄 리가 없다. IOI가 어떻게 나를 협박했는지 언론에 떠벌리도록 살려둘 리도 없다. 특히 증거로 쓰일 수 있는, 트레일러에 심어놓은 원격 폭탄이 정말로 설치되어 있다면 더욱더 그랬다.

정보를 주어선 안 돼. 내가 보기에 가능성은 단지 두 가지뿐이었다. 그들이 엄포를 놓고 있거나 그들을 돕든 돕지 않든 죽일 작정이거나.

나는 결정을 내리고 용기를 있는 대로 끌어모았다.

"소렌토 씨." 나는 공포심을 애써 숨기며 말했다. "전 당신과 윗분들이 이걸 알았으면 합니다. 당신들은 할리데이의 에그를 절대로 찾지 못할 겁니다. 왜 그런지 아십니까? 할리데이 씨는 당신들의 머리를 다 합친 것보다도 훨씬 더 현명한 분이셨으니까요. 당신이 얼마나 많은 돈을 가졌든 누구를 협박하든 관계없어요. 당신들은 패배할 겁니다."

나는 로그아웃 아이콘을 터치했고 내 아바타는 점점 희미해지기 시작했다. 그는 별로 놀란 것 같지 않았다. 그저 측은한 눈빛으로 나를 보더니 고개를 저었다. "멍청한 선택." 바이저가 까맣게 변하기 직전에 들린 마지막 말이었다.

은신처의 어둠 속에서 몸을 잔뜩 움츠리고 폭발을 기다렸다. 하지만 일 분이 지나도록 아무 일도 일어나지 않았다.

나는 바이저를 벗고 떨리는 손으로 햅틱 장갑을 벗었다. 눈이 어둠에 적응하기를 기다리면서 떨떠름한 안도의 한숨을 내쉬었다. 결국 엄포였다. 소렌토는 나와 고도의 심리전을 펼친 것이었다. 아주 효과적인 심리전이었다.

병에 담긴 물을 꿀꺽꿀꺽 마시는 동안 나는 문득 로그인을 하고 에이치와 아르테미스에게 알려야 한다는 생각이 들었다. 식서들은 분명 그들에게 차례차례 접근할 것이다.

다시 햅틱 장갑을 착용하려는 찰나, 갑자기 엄청난 폭발음이 들려왔다. 폭발음이 들리기가 무섭게 나는 심한 충격에 휩싸여 본능적으로 팔로 머리를 감싼 채 은신처의 바닥에 납작 엎드렸다. 저 멀리 몇 개의 트레일러 아파트가 무너지면서 비계에서 떨어져 나와 거대한 도미노처럼 서로 부딪치면서 금속이 동강 나는 소리가 들렸다. 끔찍한 소리는 아득하리만치 길게 이어지는 것처럼 느껴졌다. 이윽고 다시 정적이 찾아왔다.

나는 간신히 마비된 몸을 움직여 승합차의 뒷문을 열었다. 악몽처럼 혼란스러운 상태로 폐차 더미 바깥으로 기어 올라갔다. 거기에서 나는 빈민촌 반대편 끝에서부터 올라오는 자욱한 연기와 화염 기둥을 볼 수 있었다.

빈민촌의 북쪽 경계선을 따라 벌써 사고지점으로 우르르 몰려가고 있는 인파에 몸을 실었다. 이모의 트레일러가 쌓여 있던 아파트는 사납게 연기가 피어오르는 폐허로 변했고, 인접해 있던 다른 아파트들도 마찬가지였다. 그 자리에는 화염이 솟구치는 거대한 금속 더미만이 마구 뒤엉켜 있었다.

나는 좀 떨어져 서 있었지만 내 앞으로 활활 타오르는 화염을 최대한 가까이에서 보려는 사람들이 벌떼 같이 밀려들었다. 잔해 속에 들어가 생존자를 구조하려는 사람은 아무도 없었다. 생존자가 있을 가능성은 전혀 없었다.

무너진 트레일러 어딘가에 붙어 있던 옛날 가스통이 작은 폭발을 일으켰고 구경꾼들이 대피하는 소동이 일어났다. 몇 개의 가스통이 연쇄 폭발을 일으켰다. 그러자 구경꾼들이 뒤로 한 발짝 물러나 거리를 유지했다.

사고지점 근처에 사는 주민들은 불길이 번지면 얼마나 큰 문제가 생길지 알고 있었다. 그래서 저마다 정원 호스, 양동이, 대형 음료수 컵을 비롯해 닥치는 대로 뭐든 가져다가 불길을 잡느라 분주했다. 머지않아 불길이 잡히고 소강상태로 접어들기 시작했다.

말문이 막힌 채 바라보고 서 있는 동안 주변 사람들이 웅성거리는 소리가 들렸다. 마약을 제조하다 생긴 사고라는 둥, 어떤 멍청한 놈이 사제 폭탄을 만들었을 거라는 둥, 소렌토가 예언한 그대로였다.

그 생각이 떠오르자 정신이 퍼뜩 들었다. 내가 지금 제정신인가? 식서들이 방금 날 죽이려고 했다. 놈들이 내가 죽었는지 확인하려고 아직까지 이 근처를 얼쩡대고 있을지도 모른다. 이렇게나 눈에 잘 띄는 곳에 서 있다니 바보천치가 따로 없었다.

나는 사람들 틈바구니에서 서서히 빠져나와 서둘러 은신처로 되돌아왔다. 뛰지 않으려고 조심하면서 누가 따라오는 것은 아닌지 어깨너머를 계속 힐끔거렸다. 승합차로 일단 되돌아온 다음 문을 쾅 닫고 문을 잠그고는 떨리는 몸으로 구석에 앉아 무릎을 감싸고 웅크렸다. 나는 한참 동안 꼼짝 않고 그렇게 있었다.

겨우 충격이 가시기 시작하자 무슨 일이 일어난 건지 비로소 실감이 나기 시작했다. 앨리스 이모와 양아치 릭이 죽었다. 우리 트레일러와 주변에 있던 트레일러에 살던 모든 사람들도 죽었다. 자상한 길모어 할머니도 이 세상에 없었다. 내가 집에 있었다면 나도 죽은 목숨이었다.

아드레날린 주사라도 맞은 듯 내 심장은 미친 듯이 쿵쾅거렸다. 어찌해야 할지 안절부절못했고, 공포와 분노가 뒤섞인 괴로운 감정에 짓눌렸다. 오아시스에 접속해서 경찰에 신고할까도 생각해 보았지만 그들이 내 이야기를 듣고 어떤 반응을 보일까. 그들은 아마 나를 미치광이로 여길 것이다. 언론에 폭로한다고 해도 반응은 똑같을 것이다. 아무도 내 이야기를 믿지 않을 것이다. 내가 파르지발이라고 고백하기 전까지는 결코 믿지 않을 것이고, 고백한다 해도 분명 믿으려 하지 않을 것이다. 소렌토와 식서들에 대한 증거 한 조각도 갖고 있지 않았다. 그들이 설치했던 폭탄의 흔적은 이제 잿더미로 변했다.

세계에서 가장 막강한 회사를 협박과 살인 혐의로 고소하기 위해 내 신분을 드러내는 일은 현명한 작전 같지 않았다. 아무도 내 말을 믿지 않을 것이다. 나 자신도 믿기 힘든 일이었다. IOI가 실제로 나를 죽이려고 했다. 그것도 고작 비디오게임 대회 우승을 막기 위해서. 미친 짓이었다.

잠시 동안 은신처에서 안전하다고 느끼긴 했지만 빈민촌에서 더 오래 머물 수는 없다는 생각이 들었다. 내가 아직 살아 있다는 사실이 발각되면 식서놈들은 다시 올 것이다. 종적을 완전히 감출 필요가 있었다. 하지만 돈이 모일 때까지는 그럴 수가 없었다. 첫 번째 광고 계약금은 하루 이틀은 지나야 입금될 터였다. 그때까지는 조용히 은신해야 했다. 하지만 지금 당장 해야 할 일은 에이치와 대화하는 것이다. 에이치에게 식서들의 다음 표적이 되었다는 사실을 알려주는 것이다.

친구의 얼굴이 미치도록 보고 싶기도 했다.

　　나는 오아시스 콘솔을 더듬어 전원을 켠 다음 바이저와 햅틱 장갑을 착용했다. 로그인을 하자 내 아바타는 루두스에 다시 나타났다. 소렌토의 채팅링크 세션에 들어가기 직전에 앉아 있던 언덕이었다. 소리가 연결되기가 무섭게 귀가 찢어져라 우렁찬 엔진 소리가 머리 위에서 들려왔다. 나는 나무 아래에서 한 걸음 나와 하늘을 올려다보았다. 대형을 갖춘 식서 건십 함대가 남쪽을 향해 저공 비행하면서 탐지기를 이용해 지상을 샅샅이 수색하는 중이었다.

　놈들에게 발각되지 않도록 다시 나무 아래로 숨으려는 순간 루두스 전체가 PvP 전투 금지 구역이라는 사실이 떠올랐다. 식서놈들은 여기서는 나를 해칠 수 없었다. 그래도 신경은 여전히 날카롭게 곤두섰다. 나는 하늘을 계속 살폈다. 조금 있자 동쪽 지평선 부근에서 식서들의 건십으로 편성된 2개 중대가 눈에 들어왔다. 곧이어 더 많은 중대가 궤도로부터 북쪽과 서쪽 지평선을 향해 하강했다. 외계인 침공이라도 일어난 것 같았다.

　화면에서 아이콘이 깜빡였다. 에이치한테서 새로운 문자 메시지가 왔다는 알림이었다. "인마, 대체 어디야? 당장 전화 좀 해!"

　나는 연락처 목록에서 녀석의 이름을 터치했다. 에이치는 첫 번째 벨이 울리자마자 전화를 받았다. 녀석의 아바타 얼굴이 비디오피드 창에 나타났다. 걱정스러운 낯빛이었다.

"뉴스는 들었냐?" 에이치가 물었다.

"무슨 뉴스?"

"식서놈들이 루두스로 몰려오고 있어. 수천 명은 족히 될걸. 점점 불어나고 있어. 놈들이 무덤을 찾으려고 루두스를 온통 들쑤시고 있다."

"알아. 나도 지금 루두스에 있어. 사방천지에 식서들의 건십이 보여."

에이치는 얼굴을 찌푸렸다. "아이락 이놈, 내 찾아내기만 해봐라. 놈을 죽이고야 말겠어. 그놈이 아바타를 또 만들면 지구 끝까지라도 쫓아가서 또 죽이겠어. 그 꼴통이 입만 닥치고 있었어도 식서놈들이 여길 찾아보진 않았을 텐데."

"맞아. 네 말대로 그놈이 포럼 게시판에 올린 글 때문이야. 소렌토가 직접 그렇게 말했어."

"소렌토? 너 지금 놀란 소렌토 말하는 거냐?"

나는 에이치에게 지난 몇 시간 동안 있었던 일을 남김없이 털어놓았다.

"놈들이 너희 집 건물을 폭파했단 말이냐?"

"그래, 집이라기보다는 빈민촌에 있던 트레일러긴 하지만. 놈들이 엄청나게 많은 사람을 죽였어, 에이치. 아마 벌써 뉴스피드에 떴을 거야." 나는 깊은 한숨을 내쉬었다. "아직도 다리가 후들거려 죽겠어."

"맙소사, 그래도 집에 없었다니 천만다행이다……"

나는 고개를 끄덕였다. "집에서 접속한 적은 별로 없었거든. 다행히도 놈들은 그 사실을 모르고 있었고."

"가족은?"

"이모의 집이었는데, 이모는 아마 죽었을 거야. 사실 뭐 우린 …… 그렇게 가깝지는 않았어." 물론 이것은 대단히 완곡한 표현이었다. 앨리스 이모는 전혀 살갑게 대해준 적이 없었지만 그런 이모라고 해도 죽어 마땅하진 않았다. 하지만 길모어 할머니한테는 훨씬 쓰라린 죄책감이 느껴졌다. 내가 했던 행동 때문에 할머니가 세상을 떠나고 말았다. 할머니는 내가 알았던 사람 중에 가장 자상한 분이었다.

나는 어느새 울먹거리고 있었다. 에이치가 듣지 못하게 오디오를 꺼 버리고는 마음이 진정될 때까지 연거푸 심호흡을 했다.

"그런 짓까지 하다니!" 에이치는 으르렁거렸다. "이 악마 같은 새끼들. 놈들은 반드시 대가를 치르게 될 거야. 지, 우리 그렇게 믿자. 우리 반드시 놈들이 대가를 치르게 만들자."

어떤 뾰족한 수도 없는 이야기였지만 나는 토를 달지 않았다. 내 기분이 나아지도록 위로해주는 말일 뿐이었다.

"지금은 어디냐?" 에이치는 물었다. "뭐라도 필요한 거 없어? 지낼 장소 같은 건? 필요하면 내가 돈이라도 보내줄게."

"아니, 괜찮아. 하지만 고마워. 그렇게 말해줘서 정말 고마워."

"친구 사이에 무슨."

"아, 근데 식서들이 너한테도 같은 이메일을 보냈어?"

"어. 수천 개쯤. 그런 건 잘근잘근 씹어주셔야지."

나는 얼굴을 찡그렸다. "난 왜 너처럼 머리가 안 돌아갔을까."

"인마, 놈들이 널 죽이려고까지 할 줄은 몰랐잖아! 게다가 놈들은 이미 집 주소도 알고 있었는데. 이메일을 씹었더라도 무슨 수를 써서든 폭탄을 날렸겠지."

"있지, 에이치…… 소렌토가 네 학생 기록부에 있는 집 주소가 가짜라고 말했어. 놈들이 네가 있는 곳을 아직 모른다고 했지만 거짓말일수도 있어. 빨리 피신해야 해. 좀더 안전한 곳으로 옮겨. 어서 빨리."

"난 괜찮으니까 걱정하지 마, 지. 난 항상 움직여. 그 개자식들은 절대 날 찾아내지 못해."

"뭐, 그렇담 다행이고." 나는 그 말이 정확히 무슨 뜻일까 궁금해하며 말을 이었다. "하지만 아르테미스한테도 알려줘야겠어. 연락할 수만 있다면 다이토랑 쇼토한테도. 식서들은 걔네들 신상정보도 캐내려고 용을 쓸 테니까."

"음, 나한테 좋은 생각이 있어." 에이치는 말했다. "오늘 밤에 세 명 다 지하실로 초대하자. 자정쯤 어때? 비밀 채팅으로. 딱 우리 다섯 명만."

아르테미스를 다시 볼 수 있다는 기대감으로 내 기분은 한결 나아졌다. "다 올까?"

"당연하지, 목숨이 달려 있다고 말한다면." 에이치는 히죽 웃었다. "게다가 세계 최고의 건터 다섯 명이 한자리에 모이는 자린데, 누가 빠지겠냐?"

. . .

나는 아르테미스에게 짧은 문자를 보내 자정에 있을 비밀 채팅에 참석해달라고 말했다. 잠시 뒤에 참석하겠다는 답변이 왔다. 에이치도 다이토와 쇼토에게 연락하는 데 성공했고 둘 다 참석하겠다는 답변을 보내왔노라고 말했다. 모임은 준비되었다.

나는 혼자 있고 싶지 않았다. 그래서 약속 시간보다 한 시간쯤 먼저 지하실에 입장했다. 에이치는 벌써 들어와서 고대 RCA 텔레비전으로 뉴스피드를 이리저리 돌려보고 있었다. 에이치는 일어나더니 아무 말 없이 나를 안았다. 실제로 촉감이 전달되진 않았을지라도 굉장히 큰 위로가 되었다. 우리는 나란히 앉아서 다른 애들이 입장하길 기다리면서 함께 뉴스를 보았다.

채널이란 채널은 죄다 루두스에 시시각각 도착하고 있는 식서 우주선 함대와 탱크 부대를 보여주는 오아시스 영상을 내보내고 있었다. 식서놈들이 루두스로 몰려드는 이유를 눈치채지 못하는 사람은 아무도 없었고, 이제 오아시스에 있는 건터들도 모두 앞다투어 루두스로 모여들고 있었다. 루두스 행성 전역에 있는 순간이동 터미널이 도착하는 아바타로 북새통을 이루었다.

"무덤 위치가 밝혀지는 건 이제 시간문제겠군." 나는 고개를 절레절레 흔들면서 말했다.

"결국엔 새어 나갔구나." 에이치는 TV를 끄면서 말했다. "그래도 이렇게 빠를 줄은 몰랐네."

출입문 알람이 울려서 쳐다보니 아르테미스가 계단 위쪽에서 서서히 나타나고 있었다. 지난번에 만났을 때랑 똑같은 차림새였다. 그녀가 계단을 내려오면서 손 인사를 하길래 나도 손을 흔들었다. 나는 두 사람을 서로에게 소개했다.

"에이치, 이쪽은 아르테미스. 아르테미스, 이쪽은 내 절친 에이치."

"만나서 반가워." 아르테미스는 오른손을 내밀며 말했다.

에이치가 악수에 응했다. "나도 반가워." 녀석은 예의 체셔 고양이처럼 능글맞게 웃으며 말했다. "이렇게 와줘서 고마워."

"무슨 소리야? 이런 기회를 어떻게 차버릴 수 있어? 이름하여 하이 파이브의 첫 모임인데."

"하이 파이브?" 내가 물었다.

에이치가 설명했다. "어, 게시판에서 다들 우릴 그렇게 불러. 우리 다섯 명이 득점판 1위부터 5위를 차지하고 있잖아. 그러니 우리가 하이 파이브지."

"아, 뭐 지금으로선 맞는 말이네." 내가 말했다.

아르테미스는 활짝 웃어 보이더니 지하실을 둘러보면서 1980년대처럼 꾸며놓은 실내에 감탄을 연발했다. "에이치, 여긴, 정말이지, 여태까지 내가 본 것 중에 가장 근사한 채팅방인걸."

"고마워. 그렇게 말해줘서." 에이치는 고개를 살짝 숙이며 말했다.

아르테미스는 롤플레잉 게임 규칙서가 꽂힌 서가 앞에 멈춰 서더니 하나하나 주의 깊게 살펴보았다. "모로의 지하실을 완벽하게 재현해놨네. 어머, 이런 작은 부분까지 똑같이. 여기서 완전히 눌러살고 싶다, 야."

"손님 명단에 추가해놨으니 언제든지 와서 맘껏 놀아."

"정말이야?" 아르테미스는 진심으로 기뻐하는 것 같았다. "고마워! 그럴게. 넌 정말 멋진 애야, 에이치."

"에헴, 내가 좀 멋있긴 하지." 에이치가 미소를 지으며 말했다.

두 사람이 금세 호흡이 척척 맞는 걸 보니 심한 질투심이 느껴졌다. 나는 아르테미스가 에이치를 좋아하는 것도, 에이치가 아르테미스를 좋아하는 것도 싫었다. 그녀를 독점하고 싶었다.

조금 있자 지하실 계단 위에서 다이토와 쇼토가 동시에 입장했다. 좀 더 키가 큰 쪽이 다이토였고 나이는 십대 후반으로 보였다. 쇼토는 약간 키가 작았고 열세 살쯤으로 훨씬 어려 보였다. 두 아바타 모두 일본인 같았는데 서로 너무나 닮아서 동일 인물을 5년 간격으로 찍어놓은 사진을 나란히 보는 것 같았다. 둘은 전통 사무라이 복장에 와키자시라는 소도와 카타나라는 대도 한 쌍씩을 허리에 차고 있었다.

"안녕." 키 큰 사무라이가 말했다. "난 다이토라고 해. 이쪽은 내 동생인 쇼토. 초대해줘서 고맙다. 셋 다 반가워."

형제는 동시에 허리를 굽혀 인사했다. 에이치와 아르테미스도 허리를 굽혔고 나도 얼른 따라 했다. 우리를 소개하자 다이토와 쇼토는 다시 한 번 허리를 굽혀 인사했고 우리는 또 허리를 굽혀야 했다.

거창한 일본식 인사가 모두 끝나자 에이치가 입을 뗐다. "좋아, 이제 슬슬 시작해볼까. 다들 뉴스는 봤을 거라 생각해. 식서놈들이 루두스에 득실거리고 있어. 수천 명은 족히 돼. 루두스 행성 전체를 샅샅이 뒤집어엎고 있지. 무엇을 찾고 있는지 정확히 모르고 있긴 하지만 무덤 입구를 찾아내는 데 그리 오래 걸릴 것 같진……"

"사실은." 아르테미스가 끼어들었다. "놈들은 벌써 찾아냈어. 30분쯤 전에."

우리는 모두 아르테미스를 빤히 보았다.

"아직 뉴스피드에 안 나왔는데, 정말 확실해?" 다이토가 말했다.

아르테미스는 고개를 끄덕였다. "응, 확실해. 아니면 좋겠지만. 오늘 아침에 식서에 관한 뉴스를 듣고는 무덤 입구 주변을 감시하려고 나무에다가 업링크 카메라를 몇 개 숨겨놨거든." 아르테미스는 허공에 비디오피드 창을 연 다음 우리가 볼 수 있도록 회전시켰다. 카메라는 꼭대기가 평평한 언덕과 주변 공터를 널찍이 내려다 비췄다. 이 각도에서는 언덕 꼭대기에 놓인 커다란 검은 돌의 배열이 해골 형상임이 확실하게 보였다. 언덕 주변에는 식서가 바글대고 있었고 시시각각 수가 불어나고 있는 듯했다.

하지만 비디오피드에서 우리가 본 가장 충격적인 장면은 언덕 전체를 감싸고 있는 커다란 투명 에너지 돔이었다.

"이런 개새끼들. 지금 내가 생각하고 있는 게 맞겠지?" 에이치가 말했다.

아르테미스는 고개를 끄덕였다. "그래 포스필드야. 식서들이 도착하자마자 설치했어. 그래서……"

"그럼 지금부터는." 다이토가 말했다. "다른 건터는 무덤 안으로 못 들어간다는 거군. 저 포스필드를 통과하지 않는 이상은 말이야."

"더 심한 건 포스필드를 두 개나 만들었단 사실." 아르테미스가 말했다. "작은 포스필드를 큰 포스필드가 감싸고 있어. 그래서 다른 식서가 무덤 안으로 들어가야 할 때면 차례대로 포스필드를 해제하는 거지. 우주선의 에어락처럼 말이야." 아르테미스는 비디오피드 창을 가리켰다. "여기 좀 봐, 지금 열고 있어."

무덤 근처에 착륙한 건십에서 식서 군단이 쏟아져 나왔다. 다들 장비를 담은 상자를 나르고 있었다. 놈들이 바깥쪽 포스필드에 다가가자 포스필드가 저절로 사라지면서 안쪽에 있던 작은 돔형 포스필드가 드러났다. 놈들이 안쪽 포스필드에 접근하자마자 바깥쪽 포스필드가 다시 생겼다. 조금 있자 안쪽 포스필드가 사라지면서 식서놈들이 무덤 안으로 진입했다.

다들 듣도 보도 못한 신기술에 어안이 벙벙해 한참 동안 말이 없었다.

"최악의 상황에 비하면 이건 양반이야." 에이치가 마침내 입을 뗐다. "무덤이 PvP 전투 구역이었다면 이 개새끼들은 레이저 대포와 보초 로봇을 쫙 깔아놓고 다른 아바타가 접근하는 족족 다 죽여버렸을걸."

에이치 말이 맞았다. 루두스는 안전 구역이었기 때문에 식서놈들이 무덤에 접근하는 건터들을 해칠 수는 없었다. 하지만 놈들이 건터들의 접근을 봉쇄하는 포스필드를 못 세우게 할 방법은 없었다. 그래서 놈들은 포스필드를 세우고 접근을 봉쇄하고 있었다.

"식서들은 이 순간을 기다리며 치밀한 작전을 준비해둔 게 분명해." 아르테미스가 비디오피드 창을 닫으면서 말했다.

"놈들이 그리 오랫동안 봉쇄하지는 못할 거야." 에이치가 말했다. "일단 클랜에서 이 사실을 접수하면 전면 전쟁이 터질 거야. 수천 명의 건터들이 힘을 합쳐 포스필드를 공격하고. 로켓 추진형 수류탄, 화염구,

클러스터 폭탄, 핵폭탄이 총동원되고. 숲은 완전 초토화되고."

"그래, 하지만 그러는 동안 식서들은 구리 열쇠를 잔뜩 모아 첫 번째 관문으로 줄줄이 사탕처럼 몰려가겠지." 아르테미스가 말했다.

"어떻게 이런 짓까지 할 수가 있어?" 쇼토가 물었다. 어린 쇼토의 목소리에는 분노가 가득 차 있었다. 쇼토는 다이토를 쳐다보았다. "이 치사한 놈들. 정의라고는 눈곱만큼도 없는 놈들."

"놈들은 정의 따위엔 관심 없어. 오아시스에 법 같은 건 없으니까." 다이토가 말했다. "식서놈들은 지들 멋대로 뭐든 할 수 있어. 누군가 강제로 멈춰줄 때까지는 절대 멈출 리가 없어."

"식서들은 명예가 뭔지도 몰라." 쇼토는 성난 눈빛을 번득이며 말했다.

"너희가 아는 건 아직 절반밖에 안 돼." 에이치가 말했다. "파르지발과 내가 너희를 부른 이유는 따로 있어." 에이치는 나를 향해 몸을 틀었다. "지, 무슨 일이 있었는지 얘들한테 말해줄래?"

나는 고개를 끄덕이고 설명을 시작했다. 우선 IOI한테서 받은 이메일에 대해 말했다. 모두 똑같은 초대장을 받았지만 현명하게 씹어버렸다고 했다. 곧이어 소렌토와의 채팅링크 세션에서 있었던 일을 하나도 빠짐없이 설명하려고 애썼다. 끝으로 어떻게 소렌토와의 채팅이 끝났는지 말했다. 즉 우리 집을 통째로 날려버린 폭탄에 대해서 말이다. 내가 설명을 끝냈을 때쯤엔 다들 너무 놀란 나머지 차마 입을 다물지 못했다.

"세상에나" 아르테미스가 나지막이 뱉었다. "진짜로? 놈들이 널 죽이려고 했단 말이야?"

"응. 내가 집에 있었더라면 날 죽이는 데 성공했겠지. 재수가 좋았어."

"이제 식서놈들이 에그를 찾는 데 혈안이 되어 어느 정도로 악덕한 짓까지 하려는지 다들 알겠지? 우리 중 한 명이라도 위치가 탄로난다면 이미 우린 죽은 목숨이야." 에이치가 말했다.

나는 고개를 끄덕이며 말했다. "각자 안전을 확보하고 신상정보가 노출되지 않도록 각별히 조심해야 해. 아직 부족하다면 말이야."

모두 고개를 끄덕였다. 또다시 긴 침묵이 흘렀다.

"아직 이해 안 가는 부분이 하나 있어." 아르테미스가 침묵을 깨며 말했다. "식서들이 루두스에 무덤이 있는 걸 어떻게 알았을까? 누가 귀뜸이라도 해줬나?" 아르테미스가 우리들을 한 명씩 쳐다보았다. 하지만 비난이 담긴 말투는 아니었다.

"아마 건터 게시판에 도배된 파르지발 형이랑 에이치 형에 대한 소문을 봤을 거야." 쇼토가 말했다. "우리도 그렇게 찾았거든."

다이토가 움찔하더니 동생의 어깨를 툭 쳤다. "이 촉새 같은 놈, 내가 입 다물랬지?" 다이토는 목소리를 낮게 깔았고 쇼토는 당황한 듯 입을 다물었다.

"무슨 소문?" 아르테미스가 물으며 내 쪽을 보았다. "쇼토가 지금 무슨 얘길 하는 거야? 요 며칠 게시판 확인할 틈이 없었어."

"파르지발과 에이치가 둘 다 루두스의 학생이라고 주장하는 게시물이 여러 개 올라왔거든." 다이토는 에이치와 나를 보면서 말을 이었다. "동생과 나는 공포의 무덤을 2년 동안이나 찾아다녔어. 그걸 찾으려고 수많은 행성을 이 잡듯이 뒤졌지만 루두스에서 찾아볼 생각은 꿈에도 하지 못했지. 너희가 학교에 다닌다는 얘길 듣기 전까지는 말이야."

"루두스 학교에 다닌다는 사실까지 비밀로 해야 할 줄은 정말 몰랐어. 그래서 방심했지." 내가 대답했다.

"맞아, 네가 방심해서 우리가 덕을 좀 봤지." 에이치가 다른 애들을 쳐다보면서 말했다. "파르지발은 자기도 모르게 무덤의 위치를 나한테 흘린 셈이기도 해. 녀석의 이름이 득점판에 뜨기 전까지는 나도 무덤이 루두스에 있을 거라고는 꿈에도 생각 못 했어."

다이토는 동생을 팔꿈치로 쿡 찔렀고 둘 다 나를 향해 허리를 굽혔다. "무덤이 숨겨진 곳을 처음으로 찾아낸 사람은 너다. 우리를 그곳으로 안내해줘서 고맙다."

나도 허리를 굽혔다. "그럴 거 없어. 하지만 사실 공포의 무덤은 여기 있는 아르테미스가 제일 먼저 찾았어. 완전히 혼자 힘으로. 나보다 한 달이나 빨리 말이지."

"정말이야." 아르테미스가 말했다. "다만 〈자우스트〉에서 도저히 데미리치를 이길 수가 없었어. 난 이미 몇 주 동안 낑낑거리고 있었는데 얘가 짠 하고 나타나서 단판에 깨버렸더라고." 아르테미스는 우리가 어떻게 만났고 자정에 서버가 초기화된 다음 날 어떻게 데미리치를 이겼는지를 설명했다.

"내 〈자우스트〉 실력은 다 여기 있는 에이치 덕분이야." 나는 말했다. "이 지하실에서 그 게임을 엄청나게 자주 하고 놀았거든. 한 번에 깰 수 있던 건 그 때문이지."

"나도." 에이치는 이렇게 말하면서 팔을 뻗어 나와 주먹을 부딪쳤다.

다이토와 쇼토는 동시에 빙긋 웃었다. "우리랑 똑같네, 『아노락 연감』에 나왔다는 이유로 우리도 오랫동안 〈자우스트〉를 연습했어." 다이토가 말했다.

"운발 좋은 녀석들. 좋겠다. 다들 미리 준비된 상태였군. 사장님, 나이스샷." 아르테미스는 양손을 뻗어 빈정대듯 헐렁이 박수를 쳤고 우리는 웃음보를 터뜨렸다. 아르테미스가 말을 이었다. "이제 서로 칭찬 퍼주기 대회는 이쯤에서 끝내고 빨리 본론으로 돌아가는 게 어때?"

"그래 좋아. 근데 본론이 뭐였더라?" 에이치가 빙긋 웃으며 말했다.

"식서들?" 아르테미스가 대꾸했다.

"바로 그거야! 이 비열한 놈들!" 에이치는 아랫입술을 깨물면서 뒷목을 문질렀다. 생각을 정리할 때 녀석의 버릇이었다. "놈들이 한 시간쯤 전에 무덤을 찾았다고 그랬지? 그러니 지금쯤이면 왕좌의 방까지 갔을 거고 데미리치랑 붙고 있겠다. 근데 여러 아바타가 왕좌의 방에 동시에 들어가면 어떻게 되는지 아는 사람?"

나는 다이토와 쇼토에게 시선을 주며 물었다. "너희 이름은 같은 날 몇 분 차이로 올라왔으니 왕좌의 방에 같이 들어갔던 거 맞지?"

다이토가 고개를 끄덕였다. "제단에 올라갔을 때 데미리치 두 명이 나와서 각자 한 명씩 상대하면 되던데."

"역시 예상대로군." 아르테미스가 말했다. "그러니 수백 명의 식서가 동시에 구리 열쇠를 놓고 〈자우스트〉 대결을 펼치겠군. 어쩜 수천 명일지도 모르고."

"어, 하지만 열쇠를 얻으려면 〈자우스트〉를 데미리치보다 잘해야 하는데 형들이랑 누나도 해봤겠지만 쉬운 건 아니잖아." 쇼토가 말했다.

"식서들은 불법 개조한 이머전 장치를 사용하고 있어." 내가 말했다. "소렌토가 자랑을 늘어놓더라고. 그래서 놈들은 누구든지 남의 아바타도 조작할 수 있어. 그래서 〈자우스트〉를 제일 잘하는 놈이 아케레락과 시합 중인 식서 아바타를 조종하는 거지."

"속임수나 쓰는 이 썩어빠진 놈들." 에이치가 거듭 강조했다.

"식서들은 정신 상태부터 썩었어." 다이토는 머리를 흔들며 말했다.

"맞아." 아르테미스는 눈을 흘기며 말을 이었다. "우리가 따끔한 맛을 좀 보여줄 필요가 있어."

"게다가 더 끔찍한 건." 내가 말했다. "할리데이 학자, 비디오게임 전문가, 암호학자 등으로 구성된 자문단이 있어서 도전을 수행해야 하거나 퍼즐을 풀어야 할 때마다 식서들을 돕는단 사실이야. 「위험한 게임」 통과 따위는 식은 죽 먹기지. 숟가락 들고 다 떠먹여 주는 거나 마찬가지거든."

"어이가 없군." 에이치가 중얼거렸다. "우린 앞으로 어떻게 경쟁해야 하나?"

"우린 상대도 안 돼." 아르테미스가 말했다. "놈들이 일단 구리 열쇠를 확보하면 우리만큼 빨리 첫 번째 관문을 알아낼 거고 금세 우리를 따라잡을 거야. 그리고 일단 비취 열쇠 수수께끼를 확보하면 저명하신 에그 전문가님들께서 밤낮으로 해독해내실 테고."

"놈들이 우리보다 먼저 비취 열쇠가 숨겨진 곳을 찾아내면 또 바리케이드를 칠 게 뻔해." 나는 말했다. "그땐 우리 다섯 명도 지금 저기 있는 사람들과 같은 신세가 돼."

아르테미스가 고개를 끄덕였다. 에이치는 불끈 하면서 탁자를 걷어차며 말했다. "이건 애초에 계란으로 바위 치기야. 식서놈들은 우리보다 훨씬 더 유리하잖아. 자금과 무기와 우주선과 아바타를 무한으로 지원받으니까. 쪽수도 엄청나게 많고 말이지."

"맞아." 내가 말했다. "우린 다 솔로잖아. 너희 둘을 빼면." 나는 다이토와 쇼토에게 턱짓을 했다. "하지만 다들 알겠지만 놈들은 우리보다 월등히 쪽수가 많고 무기도 훨씬 많아. 그건 앞으로도 바뀔 리가 없고."

"대체 하고 싶은 말이 뭐냐?" 다이토는 물었다. 불편한 기색이 역력했다.

"난 그냥 사실을 말하고 있는데." 내가 말했다.

"그래?" 다이토가 대꾸했다. "다섯 명이서 동맹이라도 맺자는 투로 들려서."

에이치는 다이토를 자세히 살피며 물었다. "그게 어때서? 뭐 쓰레기 같은 생각이란 거냐?"

"당연히 그렇지." 다이토는 퉁명스럽게 말했다. "난 동생하고 둘이서만 할 거야. 너희 도움 같은 건 필요 없어."

"오, 그러셔?" 에이치가 빈정거렸다. "조금 전만 해도 공포의 무덤을 찾는 데 파르지발의 도움이 필요했다고 인정했으면서."

다이토는 눈살을 찌푸렸다. "어떻게든 결국엔 우리 힘으로 찾아냈을 거라고."

"그러시겠지, 한 5년쯤 뒤에나." 에이치가 말했다.

"에이치, 그만둬." 나는 두 사람 사이로 끼어들었다. "이러는 건 아무 도움도 안 돼."

에이치와 다이토는 말없이 서로를 노려보았다. 쇼토는 어쩔 줄 모르고 형을 쳐다보고 있었다. 아르테미스는 뒤에 서서 구경거리라도 난 것처럼 두 사람을 보고 있었다.

"우린 모욕 당하러 여기 온 게 아니야. 우린 간다." 다이토가 마침내 입을 열었다.

"다이토, 잠깐만." 내가 말했다. "기다려봐, 잠깐만. 대화로 풀자. 적이 돼서 헤어질 필요는 없어. 우린 다 같은 편이잖아."

"싫다." 다이토가 말했다. "우린 같은 편 안 해. 너희 다 처음 보는 애들이야. 누가 식서 스파이인지 알게 뭐야."

아르테미스는 그 말에 큰 웃음을 터뜨렸다가 곧 입을 다물었다. 다이토는 아르테미스를 무시하고 말했다. "다 쓸데없는 짓이야. 결국 한 명의 승자만이 에그를 찾고 상금을 차지할 수 있어. 그 승자는 나 아니면 내 동생이 될 거고."

다이토는 그렇게 말하면서 쇼토를 데리고 불쑥 나가버렸다.

"모임 참 잘 돌아간다." 형제가 사라지자 아르테미스가 말했다.

나는 고개를 끄덕이며 거들었다. "참으로 화합의 장이었어, 에이치."

"내가 뭘 어쨌길래?" 에이치는 방어적으로 대꾸했다. "다이토 그 자식 완전 꼴통이라고! 게다가 우리가 언제 같이 팀 하자고 얘기했냐? 난 솔로를 선언했고, 파르지발 너도 그렇고, 아르테미스도 척 보면 외로운 늑대 타입이구만."

"눈썰미 제법인데." 아르테미스는 활짝 웃으며 말했다. "뭐 어쨌든 식서들에 맞서 동맹을 만드는 건 생각해볼 필요가 있어."

"그럴지도 모르지." 에이치가 말했다. "하지만 생각해봐. 만약에 네가 비취 열쇠를 우리보다 먼저 찾았다고 치자, 너라면 순순히 어디서 찾았는지 털어놓을래?"

아르테미스는 한쪽 입꼬리만 올리고 웃었다. "당연히 아니지."

"나도 말 안 할 거거든." 에이치가 말했다. "그러니 동맹 같은 소린 집어치워."

아르테미스는 어깨를 으쓱했다. "그럼 이제 모임은 끝난 것 같네. 난 이만 가볼게." 아르테미스는 나를 보고 윙크를 날렸다. "시간 붙들어놓은 것도 아니고. 안 그래?"

"똑딱똑딱." 나는 시계 소리를 흉내 냈다.

"건투를 빌어, 전사들. 나중에 봐." 아르테미스는 우리 둘에게 작별 인사를 했다.

"나중에 보자." 나와 에이치는 동시에 말했다.

아르테미스의 아바타가 서서히 사라지는 걸 보다가 고개를 돌리니 에이치가 나를 보면서 싱글거리고 있었다. "뭘 보고 그렇게 웃는 거야?" 나는 물었다.

"너 쟤 좋아하지?"

"뭐? 아르테미스? 아니야……"

"잡아떼기는, 지. 그 애가 여기 있는 내내 곁눈질로 훔쳐보던데 뭘."
에이치는 무성영화 배우 흉내를 내며 가슴에 두 손을 포개더니 눈을 깜빡거렸다. "채팅은 처음부터 끝까지 다 녹화했는데 다시 보여줄까? 네가 얼마나 얼빠졌었는지 한번 볼래?"

"자꾸 짜증 나게 굴지 마."

"뭐 이상한 일도 아닌데. 그 여자애 진짜 귀엽더라."

"그건 그렇고 새 수수께끼는 좀 풀었어?" 나는 일부러 말을 돌렸다. "비취 열쇠에 대한 쿼트랭 말이야."

"쿼트랭이 뭔데?"

"4행으로 되어 있고 2행과 4행에 각운을 맞춘 시나 연을 쿼트랭이라고 해." 나는 설명조로 읊었다.

에이치는 눈을 흘겼다. "작작 좀 해라, 인마. 뭐 그렇게 거창하냐."

"뭐가? 그게 정확한 용어라구, 네 머리는 장식이냐!"

"수수께끼 하나 가지고, 자식. 아무튼 아직은 진도 못 나갔다."

"나도 마찬가지야. 그러니 이제 잡담은 그만하자. 지금은 열심히 공부할 시간이다."

"그러자. 근데……"

바로 그때 한쪽 구석에 쌓여 있던 만화책 더미가 꼭 누가 일부러 친 것처럼 탁자 끝으로 죽 미끄러지더니 바닥에 떨어졌다. 에이치와 나는 벌떡 일어나서 어리둥절한 표정으로 서로 쳐다보았다.

"대체 뭐지?" 내가 물었다.

"모르겠는데." 에이치는 탁자 쪽으로 걸어가 흩어진 만화책을 굽어보며 말했다. "소프트웨어 오류 같은 거겠지?"

"채팅방에서 이런 오류는 본 적이 없는데." 나는 텅 빈 채팅방을 유심히 살피며 말했다. "누군가 여기 있는 건 아닐까? 안 보이는 아바타라도 숨어서 엿듣고 있으면 어쩌지?"

에이치는 눈을 흘겼다. "그럴 리는 없어, 지. 너 과대망상이 좀 지나친 것 같다. 여긴 암호화된 비공개 채팅방이라고. 아무도 내 허락 없인 못 들어와. 너도 알잖아."

"그렇겠지." 나는 여전히 가슴이 벌렁거렸다.

"안심해. 그냥 오류일 뿐이야." 에이치는 내 어깨에 손을 얹으며 말했다. "마음이 바뀌어서 돈 필요하면 이 형님한테 말해라. 잘 데가 필요하다든지. 응?"

"난 괜찮아. 고마워."

우리는 파워를 활성화하는 원더 트윈스처럼 다시 주먹을 부딪쳤다.

"나중에 보자. 건투를 빈다, 지."

"너도, 에이치."

불과 몇 시간 만에 득점판에 남아 있던 빈자리가 빠르게 채워지기 시작했다. 아바타 이름이 아닌 IOI 사원번호였다. 점수는 모두 5,000점(이제 구리 열쇠 획득 점수는 더 내려가지는 않는 듯했다)이었다. 그 후로 몇 시간이 지나 식서들이 첫 번째 관문을 통과하자 10만 점씩 추가로 올랐다. 그날 밤 득점판은 다음과 같았다.

최고 점수:

1.	파르지발	110,000	ㅠ
2.	아르테미스	109,000	ㅠ
3.	에이치	108,000	ㅠ
4.	다이토	107,000	ㅠ
5.	쇼토	106,000	ㅠ
6.	IOI-655321	105,000	ㅠ
7.	IOI-643187	105,000	ㅠ
8.	IOI-621671	105,000	ㅠ
9.	IOI-678324	105,000	ㅠ
10.	IOI-637330	105,000	ㅠ

가장 순위가 높은 식서 사원번호는 눈에 익었다. 소렌토의 유니폼에서 본 숫자였기 때문이다. 분명 자신의 아바타가 가장 처음으로 구리

열쇠를 찾고 첫 번째 관문을 통과해야 한다고 우겼을 터였다. 하지만 소렌토 자신의 능력일 리는 없었다. 그가 〈자우스트〉를 그렇게 잘할 리가 없었다. 「위험한 게임」을 다 암기했을 리도 없었다. 하지만 나는 이제 그런 능력을 꼭 그가 갖출 필요가 없다는 점을 알고 있었다. 〈자우스트〉 게임에서 이겨야 하는 도전처럼 그가 처리할 수 없는 난관에 봉착하면 졸개들한테 아바타를 넘겨 대신 조종시켰을 것이다. 또 「위험한 게임」을 할 때도 불법 개조한 이머전 장치를 통해서 누군가 떠먹여 주는 대사를 듣고 앵무새처럼 읊었을 것이다.

일단 빈자리가 다 채워지자 득점판이 길어지면서 10위권 이하도 표시되었다. 얼마 안 가 득점판에 오른 아바타의 이름은 20개가 되었다. 곧 30개가 되었고, 24시간 후에는 무려 60개가 넘는 식서 아바타가 첫 번째 관문을 통과하기에 이르렀다.

그러는 동안 루두스는 오아시스에서 가장 인기 있는 행성이 되었다. 순간이동 터미널마다 이 행성 저 행성에서 꾸역꾸역 몰려든 건터들을 끊임없이 토해내고 있었다. 학교 캠퍼스가 전부 아수라장이 되는 통에 수업은 정상적으로 진행되지 못했다. 오아시스 공립학교 위원회는 불길한 징조를 예감하고 학교를 새로운 장소로 이전한다는 신속한 의사 결정을 내렸다. 그래서 같은 섹터 내에 그리 멀지 않은 곳에 루두스를 그대로 복사한 루두스 II가 세워졌다. 하루 동안 휴교령이 내려졌고 그 사이 새로운 행성으로 소스 코드를(물론 할리데이가 비밀리에 끼워 넣었던 공포의 무덤 코드는 제외하고) 복사하는 작업이 이루어졌다. 다음 날 루두스 II에서 수업이 재개되었고 루두스에는 서로 치고받기에 바쁜 식서와 건터들만 남게 되었다.

식서들이 외딴 숲 한복판에 있는 낮고 평평한 언덕 주위에 진을 치고 있다는 소문은 빠르게 퍼졌다. 그날 저녁에는 무덤의 정확한 위치가 식서들이 철통처럼 설치해놓은 포스필드 스크린샷과 함께 게시판에 퍼졌다. 스크린샷은 언덕 꼭대기에 놓인 해골 형상의 돌까지 뚜렷이 보여주었다. D&D 모듈인 『공포의 무덤』과의 연관성이 모든 건터 게시판에 올라온 것은 단지 시간문제였다. 곧 뉴스피드에도 퍼졌다.

대형 건터 클랜들은 즉시 연합군을 구성해 식서들이 세운 포스필드에 대한 총공격을 감행하면서 포스필드를 파괴하거나 안으로 들어가기위해 생각할 수 있는 모든 방법을 시도했다. 식서들은 순간이동 방해공작기를 설치해 어떤 기술을 동원하더라도 포스필드 안으로 순간이동하지 못하도록 원천 봉쇄했다. 또 무덤 주변에 고레벨 마법사들을 배치했다. 이 마법사들은 지속적으로 주문을 걸어서 구역 전체를 일시적인 마법 불능 구역으로 만들었다. 따라서 어떤 마법을 동원하더라도 포스필드를 통과할 수 없었다.

클랜 연합군은 바깥쪽 포스필드에 로켓과 미사일과 핵폭탄과 욕설공격을 세차게 퍼부어대기 시작했다. 밤새도록 무덤을 포위하고 공격을 퍼부었지만 다음 날 아침까지도 포스필드는 멀쩡하기만 했다.

절망에 빠진 클랜 연합군은 중포를 투입하기로 했다. 자금을 탈탈 털어 이베이에서 아주 비싸고 위력적인 반물질폭탄 두 개를 구매했다. 그러고 나서 몇 초 간격으로 연달아 폭탄을 터뜨렸다. 첫 번째 폭탄으로 바깥쪽 포스필드가 깨지고 두 번째 폭탄으로 안쪽 포스필드가 무너졌다. 이때다 하고 (PvP 전투 금지 구역이었기 때문에 폭발에도 전혀 부상을 입지 않은) 수천 명의 건터가 무덤을 향해 떼로 덤벼들었기 때문에 던전으로 이어지는 복도는 아예 막혀버렸다. 곧 수천 명의 건터들은 (그리고 식서들은) 기둥이 있는 왕좌의 방으로 벌떼처럼 몰려가 데미리치와 〈자우스트〉를 겨뤘다. 데미리치가 여러 명 나타나 제단에 발을 디딘 아바타마다 한 명씩 따로 상대했다. 왕에게 도전한 95퍼센트의 건터가 패했고 죽임을 당했다. 하지만 일부 건터들은 성공했다. 곧 하이 파이브와 IOI 사원번호 밑으로 새로운 아바타 이름들이 하나둘씩 치고 올라오기 시작했다. 불과 며칠 만에 득점판에 등재된 아바타 이름은 100개를 넘어섰다.

무덤 입구가 건터들로 발 디딜 틈 없이 꽉 차버리자 식서들이 포스필드를 다시 가동하는 일은 불가능해졌다. 건터들은 식서를 발견하는 즉시 떼 지어 공격하고 건섭과 장비를 보이는 대로 때려 부쉈다. 식서들은 바리케이드는 포기했지만 구리 열쇠를 모으기 위해 지속적으로 공포의 무덤으로 아바타를 투입했다. 식서들을 막을 방법은 전혀 없었다.

• • •

빈민촌에서 폭발이 일어난 이튿날 한 지역 뉴스피드에서 짤막한 뉴스가 흘러나왔다. 자원봉사자들이 잔해를 뒤져 시신을 수습하는 장면을 담은 비디오클립이었다. 발견된 시신은 신원 확인이 불가능했다.

식서들이 폭발이 일어난 트레일러 중 한 군데에 마약 제조소가 있었던 것처럼 꾸미기 위해 엄청난 양의 마약 제조 장비와 화학 약품을 현장에 갖다 놓은 게 분명했다. 작전은 완벽히 먹혀들었다. 경찰은 더 이상 수사를 진행하지 않았다. 무너진 잿더미 주변으로 다른 트레일러 아파트들이 너무 가깝게 붙은 탓에 옛날 건축용 크레인으로 잔해를 철거하는 일은 위험천만했다. 그래서 경찰은 잔해가 천천히 자연적으로 부식되도록 그냥 내버려두기로 했다.

나는 계정으로 첫 광고 계약금이 입금되자마자 다음 날 아침 8시에 출발하는 오하이오 주 콜럼버스행 버스 티켓을 편도로 끊었다. 추가 요금을 내고 의자가 편하고 고대역폭 업링크 잭이 제공되는 일등석으로 업그레이드했다. 동쪽으로 버스를 타고 이동하는 긴긴 시간 동안 오아시스에 접속하기 위해서였다.

일단 예약을 마치고 은신처에 있는 모든 물건을 하나씩 점검해 담아 갈 물건만 옛날 책가방에 챙겨 넣었다. 학교에서 지급받은 오아시스 콘솔, 바이저, 햅틱 장갑, 모서리를 잔뜩 접어놓은 『아노락 연감』 인쇄본, 성배 일기, 옷가지, 노트북을 챙기고 그 외는 전부 놓고 가기로 했다.

어스름이 질 무렵 나는 승합차 밖으로 나와 차문을 잠근 다음 열쇠를 폐차 더미 어딘가로 획 던져버렸다. 그러고 나서 책가방을 들쳐 메고는 이것이 마지막이라고 다짐하며 빈민촌을 벗어났다. 나는 한 번도 뒤를 돌아보지 않았다.

계속 사람 많은 거리를 택한 덕분에 노상강도에게 털리지 않고 무사히 버스터미널까지 도착할 수 있었다. 터미널 입구 안쪽에는 옛날 티켓 발매기가 놓여 있었다. 간단한 망막 스캔이 끝나자 내 티켓이 출력되었다. 나는 대기실에 앉아 버스에 탑승하기 전까지 『아노락 연감』을 읽었다.

내가 탈 버스는 이층 버스로, 방탄유리를 달고 지붕에 태양 전지판을 장착한 장갑차였다. 굴러다니는 요새나 다름없었다. 내 자리는 방탄 안전유리 속 운전석 뒤로 두 번째 줄에 있는 창가 자리였다. 중무장한 경호원 여섯 명이 2층에 탑승했다. 노상강도나 거리의 무법자한테 버스가 납치될 경우 버스와 승객을 보호하기 위해서였다. 대도시의 안전 구역을 벗어나 무법천지의 땅으로 진입하면 얼마든지 생길 수 있는 일이었다.

버스는 빈자리가 하나도 없이 꽉 들어찼다. 대부분의 승객들은 자리에 앉자마자 바이저를 착용했지만 나는 잠깐 바이저를 끼지 않은 채로 있었다. 버스가 도시 외곽에 빽빽하게 세워진 풍력 발전기 사이를 빠져 나가는 동안, 내가 태어난 도시가 서서히 멀어져 시야에서 사라질 때까지 창밖을 물끄러미 바라보았다.

전기모터의 최대 시속은 65킬로미터였지만 고속도로 상태가 매우 나빠진 탓도 있고 가는 길에 몇 번이나 충전소에 들려야 했던 탓에 목적지에 도착하는 데는 여러 날이 소요되었다. 나는 이동하는 시간 내내 오아시스에 접속해 새 인생의 시작을 준비했다.

가장 먼저 할 일은 새 신분을 만드는 일이었다. 돈이 있다 보니 그리 어려운 일은 아니었다. 오아시스에서는 정보가 어디에, 그리고 누구한테 있는지 알고 법을 어기는 걸 꺼리는 마음만 없다면 웬만한 정보는 전부 돈으로 살 수 있었다. 정부에서(그리고 많은 기업에서) 일하는 가난에 찌들고 부패한 자들이 얼마든지 있었기 때문이다. 이들은 오아시스 암시장에 정보를 팔아넘기고 돈을 챙기곤 했다.

나는 세계적으로 유명한 건터가 된 덕분에 암시장에서도 쉽게 신용을 얻었고, 극히 소수의 사람들에게만 접근을 허용하는 불법 데이터 경매사이트인 'L33t Hax0rz Warezhaus'도 이용할 수 있었다. 놀라울 정도의 푼돈을 주고 미국 주민등록청 데이터베이스 접속 프로시저와 암호를 구매할 수 있었다. 이를 통해 데이터베이스에 접속해 학교에 등록할 때 만들었던 기존 프로필 정보에 접근할 수 있었다. 나는 기존에 있던 지문과 망막 패턴을 삭제했다. 그리고 돌아가신 아버지의 지문과 망막 패턴으로 바꿔치기 했다. 그런 다음 브라이스 린치라는 가공의 인물을 만들어 내 지문과 망막 패턴을 복사했다. 브라이스를 22세로 만들고 새로운 사회보장번호를 부여한 다음 완벽한 신용등급을 가진 컴퓨터공학 학사학위 소지자로 만들었다. 다시 옛날의 나로 돌아가려면 그냥 브라이스의 정보를 싹 지우고 지문과 망막 패턴을 원래 파일에 다시 복사해 넣으면 그만이었다.

일단 가짜 신분을 만드는 작업이 끝난 후에는 적당한 아파트를 물색하기 위해 콜럼버스 부동산 광고를 훑어보기 시작했다. 그리고 오래된 고층 호텔에서 비교적 저렴하게 내놓은 매물 하나를 발견했다. 그 호텔은 실제로 사람들이 출장이나 휴가를 목적으로 몸소 여행하던 시절의 유물이었다. 호텔 객실은 모두 원룸형 아파트로 개조되고, 프로 건터들에게 편리하도록 꾸며져 있었다. 매물은 내가 원하는 조건에 딱 들어맞았다. 저렴한 집세, 고급 보안시스템, 돈만 내면 얼마든지 안정적으로 전기를 이용할 수 있다는 점도 마음에 들었지만, 무엇보다 근방에 있는 오아시스 중앙 서버 보관실까지 직접 광섬유로 연결되어 있다는 점이 가장 마음에 들었다. 광섬유는 현존하는 인터넷 연결 방식 중에 가장 빠르고 가장 안전한 방식이었다. IOI 본사나 자회사에 의해 제공되는 것이 아니었기에 접속이 감시되고 위치를 추적당할 거라는 망상에 시달리지 않아도 될 터였다. 여기라면 안전할 수 있었다.

나는 채팅방을 개설해 부동산 중개인과 상담했다. 그는 새 아파트의 3D 이미지를 보여주었다. 새 아파트는 완벽해 보였다. 새로 만든 가명을 대고 임대 계약을 맺은 다음 6개월치 집세를 한꺼번에 지불했다. 중개인은 아무것도 더 캐묻지 않았다.

• • •

밤이 깊어지고 버스가 균열이 심한 고속도로를 달리는 동안 나는 이따금 바이저를 벗고 창밖을 응시했다. 전에 오클라호마시티를 벗어난 적이 없을 때는 도시 밖이 어떤 모습일지 많이 궁금했는데 실제로 보는 창밖 풍경은 그저 암울하기만 했다. 버스가 지나치는 도시들은 하나같이 넘치는 인구로 몸살을 앓고 쇠락하는 상태였다.

고속도로 위에서 몇 달이 흐른 게 아닌가 하는 착각이 들 정도로 오랜 기다림 끝에 드디어 노란 벽돌길 저 끝에 보이는 신비의 세계 오즈처럼 빛나는 콜럼버스의 스카이라인이 지평선 위로 드러났다. 해가 저물고 있었다. 벌써 수많은 불빛이 도시를 밝히고 있었다. 그렇게 많은 불빛이 한꺼번에 켜진 광경은 처음이었다. 콜럼버스에는 거대한 태양 전지판이 도시 곳곳에 있으며, 도시 외곽에 일광 반사장치 발전소가 두 개나 있다고 읽은 적이 있었다. 태양 전지판은 하루 종일 태양열을 흡수해 저장했다가 밤마다 전기를 송출했다.

콜럼버스 버스 터미널에 정차하자 오아시스 연결이 끊어졌다. 바이저를 벗고 다른 승객과 부대끼며 버스에서 내리자 지금의 내 상황이 현실감 있게 다가오기 시작했다. 나는 이제 가명으로 살아갈 도망자였다. 힘을 가진 자들이 나를 찾고 있었다. 나를 죽이려는 놈들이었다.

버스에서 내리자 갑자기 돌덩어리가 짓누르는 것처럼 가슴이 꽉 막혀왔다. 숨쉬기가 어려웠다. 공황 발작이라도 온 것 같았다. 나는 심호흡을 하고 침착함을 유지하려고 애썼다. 내가 해야 할 일은 새 아파트로 가서 장비를 설치하고 오아시스로 들어가는 일뿐이었다. 그러면 다 괜찮아질 것이다. 친숙한 환경으로 돌아갈 것이다. 안전할 것이다.

나는 무인 택시를 잡아타고 터치스크린에 새 주소를 입력했다. 택시 컴퓨터의 합성된 목소리가 현재 교통 상황으로는 약 32분 후에 도착할 거라고 안내했다. 이동하는 동안 나는 창밖으로 컴컴한 도시 풍경을 바라보았다. 여전히 현기증이 났고 불안했다. 목적지까지 얼마나 남았는지 미터기만 흘끔거렸다. 마침내 택시는 새 아파트 앞에 차를 댔다. 트윈 강 빈민가 끝자락에 있는 사이오토 강가에 위치한, 모노리스처럼 우뚝 솟은 청회색 건물이었다. 건물 전면에는 색이 바랜 윤곽선 자국이 있었다. 이 건물이 호텔이었던 옛날에, 힐튼이라는 로고가 붙어 있던 자리였다.

나는 엄지손가락을 대고 요금을 지불한 다음 택시에서 내렸다. 그러고 나서 주변을 마지막으로 한 번 둘러보고 신선한 바깥 공기도 마지막으로 한 번 들이쉰 다음 정문을 지나 로비까지 가방을 옮겼다. 보안검색대로 들어갔을 때 지문과 망막 패턴이 인식되었고 새로 만든 가명이 모니터에 깜빡였다. 녹색 불이 켜지고 문이 스르륵 열리자 엘리베이터로 가는 길이 보였다.

내 아파트는 42층 4211호였다. 현관문 앞에서 보안 확인을 위해 망막 스캔을 한 번 더 해야 했다. 곧이어 현관문이 열리고 실내등이 켜졌다. 정육면체의 단출한 방에는 가구가 하나도 없었다. 달랑 창문 하나였다. 나는 안으로 들어가 문을 닫고 잠갔다. 그러고는 퀘스트를 완수할 때까지 다시는 밖으로 나가지 않겠다고 조용히 다짐했다. 에그를 찾을 때까지는 현실을 내팽개쳐야 했다.

레벨 2

**현실을 미치도록 좋아하진 않지만,
제대로 된 음식으로 배를 채울 곳은 현실뿐이다.**

- 그루초 마르크스

아르테미스: 안녕?

파르지발: 어! 안녕! 드디어 내 채팅 요청을 받아주다니 이게 꿈이야 생시야.

아르테미스: 그만두라고 말하려고 왔어. 채팅은 좋지 않은 생각이야.

파르지발: 왜? 난 우리가 친구라고 생각했는데.

아르테미스: 넌 좋은 애 같아. 하지만 우린 경쟁자잖아. 라이벌 건터. 철천지원수.

  잘 알면서.

파르지발: 에그 찾는 얘긴 안 하면 되잖아……

아르테미스: 그게 가능하니?

파르지발: 잠깐만. 해보기나 하자. 시작할게. 안녕, 아르테미스! 어떻게 지냈어?

아르테미스: 잘 지냈어. 물어봐 줘서 고마워. 넌?

파르지발: 응, 나도 잘 지냈어. 근데 왜 우리 이런 옛날 문자 채팅으로 하고 있지?

  내가 가상현실 채팅방을 개설할게.

아르테미스: 난 이게 더 좋아.

파르지발: 왜?

아르테미스: 기억하겠지만 내가 좀 횡설수설 말이 많잖아. 하고 싶은 말을 키보드에

  쳐야 아무래도 좀 덜 수다쟁이가 돼.

파르지발: 난 네가 수다쟁이라고 생각 안 해. 그게 너의 매력이잖아.

아르테미스: 방금 '매력'이라고 했니?

파르지발: 윗줄에 쓴 거 다 보이면서 왜 그래.

아르테미스: 듣기는 좋네. 근데 빈말이지?

파르지발: 난 지금 완전히 진지해.

아르테미스: 아무튼, 요즘 제일 잘나가는 건터님. 1위로서의 삶은 어때? 유명인 생활은 아직 할 만해?

파르지발: 별로 유명인이라고 못 느껴.

아르테미스: 무슨 소리야? 온 세상이 네가 누군지 알고 싶어 난리인데. 넌 슈퍼스타라고.

파르지발: 너도 나만큼 유명하잖아. 내가 정말 슈퍼스타라면 왜 언론 매체에서는 내가 방구석에 처박혀 씻지도 않는 폐인인 것처럼 떠들어대지?

아르테미스: 토요일 밤 SNL 코미디 쇼에 우리 얘기 나오는 거 봤구나?

파르지발: 응. 왜 사람들은 내가 반사회적인 성향의 정신병자라고만 생각할까?

아르테미스: 그럼 반사회적이지 않단 소리야?

파르지발: 아니야! 아닐 거야. 그런가? 그럴지도. 하지만 잘 씻기는 하는데.

아르테미스: 그래도 넌 사람들이 성별이라도 알잖아. 나는 다들 남자로 생각하는데 뭐.

파르지발: 그거야 대부분의 건터가 남자인 데다 여자가 자기들을 이겼다고도 자기들보다 뛰어나다고도 인정하기 싫어하니까 그렇지.

아르테미스: 알아, 꼭 네안데르탈인들 같아.

파르지발: 그렇담 나한테 확실히 얘기해줄래? 진짜 여자 맞지?

아르테미스: 그 정도는 혼자 힘으로 알아내셨어야죠. 클루조 경감님.

파르지발: 알아냈지. 그랬고말고.

아르테미스: 알아냈다고?

파르지발: 어. 입수 가능한 데이터를 좀 분석해봤는데 넌 여자가 틀림없어.

아르테미스: 어째서?

파르지발: 내가 디트로이트 촌구석에서 엄마한테 빌붙어 사는 150킬로그램의 척이란 남자한테 반했다고는 믿기 싫으니까.

아르테미스: 그럼 나한테 반했단 소리야?

파르지발: 그 정도는 혼자 힘으로 알아내셨어야죠, 클루조 경감님.

아르테미스: 내가 디트로이트 촌구석에서 엄마한테 빌붙어 사는 150킬로그램의 샤를린이란 여자라면? 그래도 계속 나한테 관심 있어?

파르지발: 글쎄. 너 엄마한테 빌붙어 살아?

아르테미스: 아니.

파르지발: 됐어. 그럼 계속 관심 가질래.

아르테미스: 그러니까 네가 여자를 볼 때 오로지 성격만 보고 외모는 안 따진다는 신화 속에나 나오는 그런 부류에 속하는 남자라는 말을 나보고 믿으란 뜻이야?

파르지발: 넌 왜 내가 남자라고 생각하는데?

아르테미스: 왜 이러셔. 확실해. 너한테는 홀아비 냄새가 풀풀 풍겨.

파르지발: 홀아비 냄새? 뭐 내가 남자 같은 말투라도 쓴다는 건가?

아르테미스: 말 돌리지 마. 나한테 반했다고 말한 거 맞지?

파르지발: 널 만나기 전부터 좋아했어. 블로그랑 POV 채널을 통해서. 꽤 오랫동안 사이버 스토킹을 해왔지.

아르테미스: 하지만 나에 대해 아직 아무것도 모르잖아. 내 진짜 성격 같은 것도.

파르지발: 여긴 오아시스야. 여기선 성격을 감출 필요가 없잖아.

아르테미스: 내 생각은 좀 달라. 사이버 공간에서 우리들의 모습은 아바타를 통해 걸러져서 나와. 외모든 목소리든 마음대로 바꿀 수 있지. 오아시스는 우리가 원하는 사람처럼 만들어줘. 그래서 사람들이 여기에 홀딱 빠져 헤어나오지를 못하는 거야.

파르지발: 그럼 네 실제 모습은 그날 밤 무덤에서 만났을 때하고 완전히 달라?

아르테미스: 그건 그냥 한 가지 면이겠지. 너한테 보여주기로 선택한 한 가지 면.

파르지발: 음, 난 그 모습이 좋았어. 다른 면을 보여준다면 다른 면도 다 좋아할 수 있어.

아르테미스: 지금은 그렇게 말하겠지. 하지만 난 잘 알아. 조금만 지나면 내 사진 보여달라고 조를 거잖아.

파르지발: 난 조르는 성격이 아니야. 게다가 내 사진도 절대 공개할 생각이 없고.

아르테미스: 왜? 심하게 못생겨서?

파르지발: 이런 위선자 같으니!

아르테미스: 대답해봐, 클레어. 너 못생겼어?

파르지발: 못생겼나 봐.

아르테미스: 왜 그렇게 생각해?

파르지발: 여자들은 전부 다 날 혐오했거든.

아르테미스: 난 안 그런데.

파르지발: 당연하지. 넌 못생긴 남자애랑 채팅하기 좋아하는 뚱뚱한 척이니까.

아르테미스: 그래서 넌 남자애야?

파르지발: 뭐 상대적으로.

아르테미스: 누구에 비해?

파르지발: 쉰세 살 먹은 당신, 척에 비해. 당신 엄마는 지하실 집세를 받아, 안 받아?

아르테미스: 그게 진짜 네가 상상하는 내 모습이야?

파르지발: 진짜면 내가 이렇게 너랑 채팅하고 있겠어?

아르테미스: 그렇담 진짜 내 모습은 어떨 거 같은데?

파르지발: 아바타랑 비슷할 거 같아. 물론 갑옷이랑 총이랑 번쩍거리는 검은 빼고.

아르테미스: 너 정말 웃긴다. 사이버 연애의 제일 첫 번째 규칙도 모르는 주제에. 아

바타랑 똑같이 생긴 사람이 세상에 어딨니.

파르지발: 그럼 우리 사이버 연애하는 거야?

아르테미스: 그건 절대 안 돼. 미안.

파르지발: 왜 안 돼?

아르테미스: 그럴 시간이 어딨어, 인디애나 존스 박사님. 나는 사이버 야동 보느라고 바빠. 남은 시간은 비취 열쇠 찾아야 하고. 지금도 원래 열쇠 찾고 있어야 할 시간이잖아.

파르지발: 그건 나도 그래. 하지만 너랑 얘기하는 게 훨씬 더 재밌어.

아르테미스: 넌 어때?

파르지발: 뭐가 어때?

아르테미스: 사이버 연애할 시간 있어?

파르지발: 널 위해서라면 얼마든지.

아르테미스: 허풍은.

파르지발: 아직 허풍은 시작도 안 한걸.

아르테미스: 직업이 뭐니? 아니면 아직 고등학생?

파르지발: 고등학생. 다음 주가 졸업이야.

아르테미스: 그런 말은 꺼내지 마! 내가 너에 대해 캐내려는 식서 스파이면 어쩌려고.

파르지발: 식서들은 벌써 나에 대해 다 알고 있어, 기억 안 나? 우리 집을 날려버렸는걸. 뭐, 트레일러였지만, 아무튼 놈들이 몽땅 날려버렸어.

아르테미스: 알아. 아직도 등골이 으스스해. 네 기분이 어떨지는 상상도 안 가.

파르지발: 복수는 차갑게 식혀서 먹어야 제맛이지.

아르테미스: 끝내주게 맛있겠는데. 에그 찾기가 끝나면 뭐 할 거니?

파르지발: 너도 대답해준다고 약속하지 않으면 대답 안 할래.

아르테미스: 좋아. 한니발 렉터 박사님, 그렇게 하죠. 교대로 질문하자. 네가 먼저 해.

파르지발: 넌 직장인이야 학생이야?

아르테미스: 대학생.

파르지발: 전공은?

아르테미스: 이번엔 내 차례야. 에그 찾기가 끝나면 뭐 할 거니?

파르지발: 아무 계획 없어. 에그 찾기가 내 인생의 전부야. 사실은 채팅하면서 지금도 에그를 찾는 중이고. 장소를 가리지 않고 멀티로 하거든.

아르테미스: 나도 그래.

파르지발: 정말? 그럼 득점판을 계속 쳐다봐야겠는데. 혹시 모르니까 말이야.

아르테미스: 그러시든지.

파르지발: 무슨 공부해? 대학에서?

아르테미스: 시문학과 문예창작

파르지발: 잘 어울린다. 글솜씨 되게 좋던데.

아르테미스: 칭찬 고마워. 넌 몇 살이야?

파르지발: 지난달에 열여덟 살이 됐어. 넌?

아르테미스: 지금 너무 개인적인 부분을 건드리고 있단 생각 안 해?

파르지발: 전혀.

아르테미스: 열아홉 살이야.

파르지발: 오, 연상의 여인이라.

아르테미스: 그 말은 내가 여자가 맞다면……

파르지발: 넌 여자 맞아?

아르테미스: 네 차례 아니잖아.

파르지발: 알았어.

아르테미스: 에이치랑은 많이 친해?

파르지발: 5년 동안 내 절친이었지. 이제 말해봐. 넌 여자 맞아? 성전환 수술한 적 없고 생물학적으로 여자로 태어난 진짜 여자 맞아?

아르테미스: 참 구체적이기도 하네.

파르지발: 질문에 대답해줘, 클레어.

아르테미스: 지금도 여자고 태어날 때부터 생물학적인 여자였어. 에이치를 현실에
            서 본 적도 있어?

파르지발: 아니. 형제는?

아르테미스: 없어. 넌?

파르지발: 없어. 부모님은?

아르테미스: 돌아가셨어. 유행성 독감으로. 그래서 할아버지 할머니 손에 컸어. 넌?

파르지발: 안 계셔. 돌아가셨어.

아르테미스: 부모님이 안 계시다는 건 참 힘들어. 그치?

파르지발: 응. 그래도 더 불행한 사람들도 많잖아.

아르테미스: 항상 나 스스로 그렇게 위로하긴 하지…… 너랑 에이치랑은 2인조 팀
            이야?

파르지발: 또 시작이군……

아르테미스: 맞아?

파르지발: 아니야. 에이치는 오히려 너랑 나랑 그런 사이 아니냐고 묻던데. 내가
            첫 번째 관문을 깨고 몇 시간 지나서 바로 네가 깼잖아.

아르테미스: 그러고 보니, 그때 왜 요령 알려줬어? 자리 바꾸는 거 말이야.

파르지발: 왠지 도와주고 싶었어.

아르테미스: 음, 앞으로 그런 실수는 다시 하지 말아야 할 거야. 승자가 될 사람은
            바로 나니까. 너도 이쯤이면 눈치챘을 텐데. 안 그래?

파르지발: 두고 보면 알겠지.

아르테미스: 아아, 이러다간 영원히 안 끝날 거야. 이제 5개씩만 더 질문하고 끝내자.

파르지발: 좋아. 머리 색깔은? 현실에서?

아르테미스: 검정.

파르지발: 눈 색깔은?

아르테미스: 담갈색.

파르지발: 아바타랑 똑같네, 뭐. 얼굴이나 체형도 똑같아?

아르테미스: 보시는 대로.

파르지발: 좋아. 제일 좋아하는 영화는 뭐야? 역대 최고로 손꼽는 영화는?

아르테미스: 그때그때 달라지는데. 지금은? 「하이랜더」.

파르지발: 와, 정말 수준 높다.

아르테미스: 내 수준이 좀 높긴 하지. 내가 대머리 악당이라면 사족을 못 쓰
거든. 커간은 엄청 섹시해.

파르지발: 지금 당장 머리 밀어야겠다. 가죽옷도 입고.

아르테미스: 사진 꼭 보내줘. 근데, 나 이제 진짜 가봐야 해, 로미오. 마지막 질
문 하나만 더 해. 그다음에 난 자러 갈래.

파르지발: 우리 언제 또 채팅할 수 있을까?

아르테미스: 둘 중 한 명이 에그 찾은 다음에.

파르지발: 몇 년이 걸릴 수도 있잖아.

아르테미스: 그럴 수도 있지.

파르지발: 그럼 이메일이라도 보내게 해줄래?

아르테미스: 별로 좋은 생각 같지 않은데.

파르지발: 어차피 이메일 보내는 건 못 막잖아.

아르테미스: 사실 할 수 있어. 수신 목록에서 차단해버리면 되거든.

파르지발: 그래도 나한테 그러면 안 돼. 정말 그럴 거야?

아르테미스: 날 귀찮게 하면 장담 못 해.

파르지발: 아, 잔인하다. 그렇게까지.

아르테미스: 잘 자, 파르지발.

파르지발: 안녕, 아르테미스. 좋은 꿈 꿔.

채팅 종료 2045. 02. 27. 02:51:38 OST

． ． ．

　　　　　　　　나는 아르테미스에게 이메일을 보내기 시작했다. 처음에는 자제심을 발휘하며 일주일에 한 번 정도 주기로 보냈다. 놀랍게도 꼬박꼬박 아르테미스한테서 답장이 왔다. 처음에는 답장할 시간이 없다는 달랑 한 문장이 전부였지만 그녀의 답장은 점점 길어졌고 서로 주거니 받거니 하는 사이가 되었다. 처음에는 일주일에 한두 번 정도였다. 얼마 후부터는 점점 내용도 길어지고 더 속 깊은 이야기를 하게 되면서 최소한 하루에 한 번씩은 주고받기 시작했다. 하루에 한 번 이상 쓰는 날도 있었다. 그녀에게서 답장이 오면 나는 언제나 하던 일을 제치고 부리나케 답장부터 읽었다.

　　얼마 지나지 않아 우리는 일주일에 한 번씩 비공개 채팅방에서 만나게 되었다. 옛날 보드 게임도 하고 영화도 보고 음악도 들었다. 수다를 떨다 보면 시간 가는 줄을 몰랐다. 우리는 하늘 아래 모든 것에 대해 끊임없이 조잘거렸다. 나는 그녀와 꼭 붙어 있고만 싶었다. 우리는 거의 모든 면에서 서로 닮은 듯했다. 관심사도 같았고, 추구하는 목표도 같았다. 아르테미스는 내가 하는 농담을 잘 간파했다. 그녀는 나를 웃게 해주었고, 내가 사고하게 만들어주었다. 그녀는 내가 세상을 바라보는 관점을 변하게 했다. 지금까지 살면서 한 번도 다른 사람에게 이토록 짧은 시간 안에 서로 마음이 통한다는 강렬한 느낌을 받아본 적은 없었다. 에이치에게 느끼던 것과는 또 다른 감정이었다.

　　나는 우리가 서로 라이벌이라는 사실에 더는 개의치 않았고, 그건 아르테미스도 마찬가지였다. 우리는 에그에 대한 세부 사항까지 공유하기 시작했다. 현재 어떤 영화를 보고 있는지, 어떤 책을 읽고 있는지까지 서로에게 말했다. 심지어 가설을 공개하고 『아노락 연감』에 있는 특정 구절을 놓고 토론을 벌이기도 했다. 아르테미스한테서 공과 사를 구분하는 건 불가능했다. 아르테미스가 한 말은 모두 틀린 정보이며 그녀가 나를 이용하고 있을지도 모른다는 작은 우려의 목소리가 머리 한구석에서 떠나지 않았지만 나는 그렇게 믿기 싫었다. 믿지 말아야 할 모든 이유에도 불구하고 나는 아르테미스를 믿었다.

6월 초에 나는 고등학교를 졸업했다. 졸업식에는 참석하지 않았다. 빈민촌을 탈출했을 때부터 학교에 나가지 않았다. 내가 아는 한 식서들은 내가 죽었다고 생각하고 있었고 졸업이 몇 주 남지도 않았는데 굳이 학교에 나타나는 모험을 해서 잡히고 싶지 않았다. 마지막 몇 주를 빠지는 것은 큰 문제가 아니었다. 졸업장을 받을 수 있는 점수는 이미 충분히 따놓았기 때문이었다. 학교에서 졸업장 사본을 이메일로 보내주었다. 졸업장 원본은 옛날식 달팽이 우편을 통해 빈민촌 주소로 보내주었지만 그곳은 이미 잿더미로 변했으므로 졸업장 원본의 행방은 알 수 없었다.

학교를 졸업했을 때만 해도 내게 주어진 시간을 몽땅 에그 찾기에 바치리라 다짐했더랬다. 하지만 아르테미스와 같이 있고 싶은 마음은 자꾸만 커져갔다.

• • •

사이버 여자친구를 만나지 않을 때는 아바타 레벨업에 집중했다. 건터들은 레벨업을 '구구렙찍기'라고 불렀는데 아바타가 올라갈 수 있는 최대 레벨이 99레벨이었기 때문이다. 나는 최근에 99레벨을 찍은 아르테미스와 에이치를 빨리 따라잡고 싶었다. 그리 오래 걸리진 않았다. 남는 게 시간이었고, 오아시스 어디든 탐험할 수 있는 돈과 수단도 있었다. 그래서 발견하는 모든 퀘스트를 완수하기 시작했다. 하루에 대여섯 레벨을 한꺼번에 올린 적도 있었다. 나는 마법 전사가 되었다. 레벨을 계속 올리는 동안 온갖 종류의 막강한 무기와 마법 아이템과 우주선을 수집해 전투 능력과 마법 능력을 높였다.

아르테미스와 나는 몇 가지 퀘스트를 같이 하기도 했다. 같이 군덕스 행성으로 날아가서 단 하루 만에 「구니스」 퀘스트를 완수했다. 아르테미스는 마사 플림튼이 연기한 스테파니를, 나는 숀 애스틴이 연기한 마이키를 연기했다. 배꼽이 빠질 정도로 웃느라고 진이 다 빠질 정도였다.

그렇다고 종일 놀기만 하고 빈둥댄 것은 아니었다. 에그 찾기에도 온 정성을 쏟았다. 정말 노력했다. 최소한 하루에 한 번씩은 쿼트랭을 열어놓고 의미를 해독하려고 머리를 쥐어짰다.

> **캡틴은 비취 열쇠를 숨겼다네**
> **오랜 세월 방치된 집 안에**
> **하지만 호루라기를 불 수 있다네**
> **오직 트로피가 다 모였을 때에**

한동안은 3행에서 말하는 호루라기가 60년대 후반에 제작된 일본 드라마인 「마그마 대사」가 아닐까 생각해보았다. 이 드라마는 영어로 더빙되어 1970년대와 1980년대에 미국에서 방영되었다. 「마그마 대사」(영어명은 「스페이스 자이언츠」)에는 화산에 살면서 로다크라는 외계인 악당에 맞서 싸우는 변신형 로봇 가족이 출연했다. 할리데이는 『아노락 연감』에서 이 드라마가 어릴 때 가장 좋아했던 드라마 중 하나라고 몇 차례나 언급했다. 극중 등장인물 중에 미코라는 이름의 소년이 있는데, 이 소년은 로봇을 호출할 때 특이한 호루라기를 불었다. 나는 콘칩을 게걸스럽게 먹어치우고 메모를 하면서 조악하기 그지없는 「마그마 대사」 52편을 몰아서 보았다. 하지만 전편을 정주행한 뒤에도 수수께끼는 전혀 풀리지 않았다. 역시 막다른 길이었다. 나는 할리데이가 다른 호루라기를 가리키고 있다고 결론지었다.

그러던 어느 토요일 아침, 나는 드디어 작은 쾌거를 이루었다. 옛날 1980년대 시리얼 광고들을 찾아보던 중이었는데, 그때 문득 시리얼 제조사에서 왜 더는 장난감 사은품을 제공하지 않을까 하는 궁금증이 떠올랐다. 내 생각에 그건 비극이었다. 문명이 쇠락의 길을 걷고 있다는 또 다른 징후였다. 나는 화면이 옛날 캡틴 크런치 광고로 바뀌었을 때도 그 생각에 골똘히 빠져 있었다. 쿼트랭의 1행과 3행 사이에 연결고리가 있다는 생각이 떠오른 것은 바로 그때였다. "캡틴은 비취 열쇠를 숨겼다네…… 하지만 호루라기를 불 수 있다네……"

이 구절은 일명 캡틴 크런치라는 이름으로 훨씬 더 잘 알려진 70년대 유명 해커 존 드레이퍼를 암시하고 있는 듯했다. 드레이퍼는 최초의 전화 프리커 중의 한 명으로 캡틴 크런치 시리얼 상자에 사은품으로 포함된 장난감 호루라기로 장거리 전화를 해킹해 무료로 이용하는 법을 발견한 것으로 유명한 사람이었다. 장난감 호루라기가 방출하는 2600 헤르츠 신호음이 옛날 아날로그 전화 시스템을 교란시켜 전화선에 무료로 접속하게 해주었기 때문이다.

'캡틴은 비취 열쇠를 숨겼다네.'

이 문장은 이래야 했다. '캡틴'은 캡틴 크런치였고, '호루라기'는 전화 프리커 전설 속에 나오는 그 유명한 장난감 호루라기였다.

아마 비취 열쇠는 장난감 호루라기로 위장해 캡틴 크런치 시리얼 상자 속에 숨어 있을 터였다……. 하지만 그 시리얼 상자는 대체 어디에 숨겨져 있을까?

'오랜 세월 방치된 집 안에……'

여전히 오랜 세월 방치된 집이 무엇을 가리키는지 어디에 가서 찾아야 할지는 아리송했다. 머릿속에 떠오르는 방치된 집은 다 찾아가 보았다. 「아담스 패밀리」의 집, 「이블 데드」 3부작에 나오는 버려진 판자집, 「파이트 클럽」에 나오는 타일러 더든의 허름한 집, 루크 스카이워커의 고향 타투인 행성에 있는 라스 숙부의 농장을 복원해놓은 곳들을 모조리 뒤졌지만 어디에도 비취 열쇠는 없었다. 산 넘어 산이었다.

하지만 호루라기를 불 수 있다네
오직 트로피가 다 모였을 때에

아직 마지막 행의 의미도 알 수 없었다. 어떤 트로피를 모아야 하는 걸까? 아니면 전혀 엉뚱한 비유였을까? 내가 아직 못 찾은 어떤 간단한 연결고리가 있을 텐데. 아직 실력이 무르익지 않아 포착하지 못한 숨은 뜻이 대체 뭘까.

그때부터 전혀 진도가 나가지 않았다. 쿼트랭을 볼 때마다 아르테미스를 향한 활활 타오르는 열병 때문에 집중력이 약해지는 듯했다. 번번이 얼마 쳐다보지 못하고 성배 일기를 닫고는 아르테미스에게 만나자고 전화를 걸곤 했다. 아르테미스는 거의 언제나 흔쾌히 수락했다.

약간 농땡이 치는 것쯤은 괜찮다고 스스로를 안심시켰다. 아직 아무도 비취 열쇠를 찾지 못한 분위기였다. 득점판에는 아무런 변동이 없었다. 모두들 나만큼이나 쩔쩔매고 있는 듯했다.

• • •

시간이 흐를수록 아르테미스와 나는 점점 더 많은 시간을 함께 보냈다. 다른 일로 바쁠 때조차 이메일이나 인스턴트 메시지를 주고받았다. 둘 사이에는 강이라도 트인 것처럼 할 말이 흘러넘쳤다.

현실에서 얼굴을 맞대고 그녀를 보고 싶은 마음이 너무나도 간절했다. 하지만 아르테미스에게는 말하지 않았다. 그녀도 나에게 호감이 있는 건 확실했지만 동시에 약간의 거리를 유지하려고 노력하는 듯한 느낌도 있었다. 내가 나 스스로에 대해 얼마나 털어놓든(나는 모든 것을 털어놓다 못해 실명까지 말했는데도) 아르테미스는 절대 베일을 벗지 않았다. 내가 아는 건 열아홉 살이라는 그녀의 나이와 태평양 연안 북서부 어디쯤 산다는 사실뿐이었다. 그 이상은 절대 입을 열지 않았다.

내 마음속에 자리잡은 아르테미스의 이미지는 아주 선명했다. 나는 그녀의 실제 모습을 아바타에 생명이 깃든 현신으로 상상했다. 똑같은 얼굴, 똑같은 눈, 똑같은 머리칼, 똑같은 체형으로 상상했다. 아르테미스가 실제로는 아바타와 전혀 닮지 않았다고, 실제로는 그렇게 매력적인 스타일이 아니라고 귀가 따갑게 말했음에도 어쩔 수 없었다.

아르테미스와 같이 있는 시간이 많아지면서 에이치와는 자연스레 멀어지기 시작했다. 일주일에 몇 번씩 만나서 노는 대신 한 달에 몇 번꼴로 채팅만 했다. 에이치는 내가 아르테미스와 사랑에 빠진 걸 알고 있었지만 아르테미스 때문에 갑자기 약속 시간 직전에 취소했을 때조차도 서운한 기색을 내비친 적은 없었다. 에이치는 그냥 어깨를 한 번 으쓱하고 조심하라면서 말했다. "지, 네가 지금 뭘 하고 있는지는 알아서 잘 판단하리라 믿는다."

물론 나는 그러지 못했다. 아르테미스와의 관계는 상식의 틀에서 완전히 벗어나 있었다. 하지만 그녀로 향하는 내 열정을 멈출 수가 없었다. 내가 미처 깨닫지도 못하는 사이 할리데이의 이스터에그에 대한 열정은 점점 아르테미스에 대한 열정에 자리를 내주고 있었다.

결국 우리는 '데이트'를 하는 사이로 발전했다. 우리는 이국적인 오아시스 장소나 전용 나이트클럽으로 당일 여행을 떠났다. 처음에는 아르테미스가 뜯어말렸다. 아르테미스는 내 아바타가 사람들 눈에 띄자마자 식서들이 나를 죽이는 데 실패한 걸 알아채고 다시 없애려 할거라며 내가 잠자코 은신하기를 바랐다. 하지만 나는 그런 것쯤은 이제 상관없다고 말했다. 현실에서 이미 식서들을 피해 숨었는데 오아시스에서까지 은둔 생활을 하고 싶지 않았다. 게다가 내 아바타는 이제 99레벨이었다. 천하무적이 된 기분이었다.

아마 아르테미스에게 대범한 남자라는 인상을 주고 싶은 본능이었을 것이다. 그렇다 해도 어쨌든 소기의 목적은 달성한 듯했다.

우리는 여전히 데이트를 나가기 전에 아바타를 위장했다. 파르지발과 아르테미스가 공개석상에 자주 같이 등장하기 시작한다면 주요 일간지 헤드라인을 장식하게 되리라는 건 불을 보듯 뻔한 일이었기 때문이다. 하지만 하루만은 예외였다. 어느 날 밤 아르테미스는 트랜섹슈얼 행성에 있는 종합 경기장 크기의 대형 극장으로 나를 데리고 가 「록키 호러 픽쳐 쇼」를 보여주었다. 오아시스에서 역대 최다 관객을 동원하고 가장 오랫동안 상영 중인 영화였다. 매회 수천 명의 아바타가 객석을 채우고 관객 참여를 즐겼다. 보통은 록키 호러 팬클럽 활동을 오래 한 회원들만이 무대에 올라 대형 스크린 앞에서 춤과 노래에 참여하는 영광을 누릴 수 있었다. 물론 엄격한 오디션 과정을 통과해야만 했다. 하지만 아르테미스는 인기를 이용해 미리 손을 써두었고 우리는 그날 밤 공연 무대에 오르는 행운을 거머쥘 수 있었다. 행성 전체가 PvP 전투 금지 구역이었으므로 식서들의 매복 공격은 걱정할 필요가 없었다. 하지만 공연이 시작되자 찾아온 극심한 무대 공포증은 걱정할 필요가 있었다.

아르테미스는 주연인 콜럼비아 역을 맡았고 나는 냉동 상태에서 깨어나 노래를 부르고 도끼에 맞아 죽는 언데드 연인 에디 역을 맡았다. 내 아바타의 외모는 미트 로프와 똑같이 바꿔놓았지만 내 연기와 립싱크는 아주 엉망이었다. 다행히 관객들은 내가 유명한 건터 파르지발이라는 이유만으로 내 형편없는 연기를 눈감아 주었고, 나는 아주 즐거운 추억을 만들 수 있었다.

그날 밤은 그때까지 내 인생에서 최고로 꼽을 만큼 즐거운 밤이었다. 나중에 아르테미스에게 그렇게 말해주었는데, 그 순간 그녀가 나에게 몸을 기대더니 첫 키스를 해주었다. 물론 감촉은 느낄 수 없었지만 심장은 두방망이질 쳤다.

온라인으로만 아는 사람한테 빠져들면 위험하다는 상투적인 경고는 귀가 따갑게 들었지만 나는 그 경고들을 깡그리 무시했다. 아르테미스가 진짜로 어떤 사람이든 상관없이 난 그녀를 사랑하게 됐다. 내 마음 속 깊은 곳에 말랑말랑하고 쫄깃한 캐러멜처럼 자리한 사랑이 느껴졌다.

그러던 어느 날 밤 나는 바보천치처럼 그녀에게 내 마음을 고백해버렸다.

0018

　　　그날은 금요일 밤이었다. 나는 여느 때처럼 고요
하게 저녁 시간을 자료 조사에 바치며, 단지 궁금증을 풀기 위해 해킹
실력을 발휘하는 십대 해커 이야기를 다룬 1980년대 초 드라마인「컴
퓨터 제로 작전」전편을 훑어보고 있었다. '치명적 접근' 편(「달리는 사
이먼」과의 크로스오버 편이었던)을 막 다 보았을 때 수신함에 이메일이
도착했다. 보낸 사람은 오그던 모로였다. 제목은 '춤을 추고 싶을 때는
춤을 춰라'였다.

　이메일은 본문 내용은 없고 첨부 파일만 있었다. 첨부 파일은 오아시
스에서 가장 초대받기 어려운 모임으로 손꼽히는 오그던 모로의 생일
파티 초대장이었다. 모로는 현실에서는 대중들 앞에 거의 모습을 드러
내지 않았으며, 오아시스에서는 일 년에 딱 한 번 생일 파티를 열 때만
모습을 드러냈다.

　초대장에는 세계적으로 유명한 모로의 아바타 그레이트 앤 파워풀
오그의 사진이 들어 있었다. 흰 수염을 기른 마법사는 아주 복잡해 보
이는 DJ 믹싱보드에 몸을 웅크리고 헤드폰 한쪽을 귀에 댄 채 음악에
취해 아랫입술을 깨물면서 회색 턴테이블 위에 놓인 옛날 레코드판을
손가락으로 스크래치하고 있었다. 레코드판 재킷에는 '쫄지 마Don't Panic'

라고 적힌 스티커와 반식서 로고가 붙어 있었다. 반식서 로고는 노란색 숫자 6 위로 빨간색 원과 대각선이 겹친 모양으로 금연 로고와 비슷했다. 초대장 하단에는 다음과 같이 적혀 있었다.

오그던 모로의 73번째 생일 기념

1980년대식 댄스파티!

오늘 밤 10시 OST, 디스트랙티드 글로브 클럽

1인 1매에 한함

나는 하마터면 놀라 기절할 뻔했다. 오그던 모로가 손수 생일 파티에 나를 초대하다니. 내 평생 이보다 더 큰 영광이 또 있을까 싶었다.

아르테미스에게 전화를 걸었다. 그녀도 같은 메일을 받았다고 했다. 분명 위험이 따르긴 하겠지만 오그던 모로가 직접 보낸 초대장을 모른 체할 수 없다고 했다. 그래서 너무나 당연한 일이었지만, 나는 아르테미스에게 클럽에서 만나자고 말했다. 소심한 겁쟁이처럼 보이지 않으려면 그게 유일한 길이었다.

모로가 우리 둘을 초대했다면 다른 하이 파이브 역시 초대했을 터였다. 하지만 에이치는 금요일 밤마다 텔레비전으로 전 세계에 생중계되는 데스매치 경기에 참가하기 때문에 오지 않을 가능성이 컸다. 쇼토와 다이토는 정말 불가피한 경우가 아니라면 PvP 전투 구역에 절대 발을 들여놓지 않았다.

디스트랙티드 글로브는 섹터 16에 있는 네오느와르 행성에 자리한 유명한 무중력 댄스 클럽이었다. 오그던 모로는 오래전에 이 클럽을 직접 코딩했고 여전히 독점 소유하고 있었다. 이 클럽에 가본 적은 없었다. 춤을 그다지 좋아하지도 않았을 뿐더러 그런 장소에 들락거리며 건터 흉내나 내는 덜떨어진 멍청이들과 어울리고 싶지도 않았다. 하지만 오그던 모로의 생일 파티는 정말 특별한 행사였으므로 오늘 저녁만큼은 일반 손님은 입장할 수 없었다. 오늘 밤이면 클럽은 영화배우와 뮤지션 등 유명인사들로 꽉 찰 것이다. 하이 파이브 중 최소 두 명도 참석할 예정이었다.

나는 거의 한 시간가량 아바타 머리 모양을 수정하고 클럽에 입고 갈 스킨을 이것저것 대어본 끝에 1980년대 유행 복장인 「버카루 반자이의 모험」에서 피터 웰러가 입었던 밝은 회색 정장으로 결정했다. 빨간 나비넥타이를 매고 빈티지한 흰색 아디다스 농구화를 신어 패션을 완성했다. 아이템 보관함에는 최고급 전신 갑옷과 무기들을 잔뜩 챙겨 넣었다. 파티에 아무나 받지 않고 사람을 골라서 초대하는 이유 중 하나는 클럽이 마법과 기술이 모두 작동하는 PvP 전투 구역에 위치해 있기 때문이었다. 따라서 파티에 가는 일은 굉장한 위험을 무릅써야 하는 일이었다. 특히 나처럼 유명한 건터라면 그 위험은 더 컸다.

오아시스에는 사이버펑크를 테마로 한 행성이 수백 개쯤 있었지만, 네오느와르는 그중 가장 규모가 크고 가장 오래된 행성으로 손꼽혔다. 궤도에서 바라본 네오느와르 행성은 깜빡이는 광선이 거미줄처럼 겹겹이 에워싼 오닉스 대리석이었다. 네오느와르는 행성 전체가 항상 밤이었고, 지상에는 초현실적으로 거대한 마천루로 채워진 도시들이 복잡하게 서로 연결되어 있었다. 하늘에는 도시를 수직으로 날아다니는 에어카 행렬이 줄을 이었고, 거리에는 가죽옷을 입은 NPC와 미러 렌즈 선글라스를 낀 아바타들이 최첨단 무기와 피하 이식 장식물을 뽐내며 『뉴로맨서』에 나올 법한 짬뽕 외국어를 지껄이고 있었다.

디스트랙티드 글로브 클럽은 각각 적도와 본초자오선을 따라 행성을 완전히 한 바퀴 도는, 조명이 밝게 켜진 두 대로가 만나는 서반구 교차로에 위치해 있었다. 클럽 자체도 지름이 3킬로미터인 커다란 코발트 블루 색의 구형으로 지상에서 30미터 정도 허공에 떠 있었다. 구 아랫부분에 있는 동그란 구멍이 클럽으로 들어갈 수 있는 유일한 입구였으며 수정 계단을 통해 안으로 들어갈 수 있었다.

나는 하늘을 나는 드로리안을 타고 매우 극적으로 등장했다. 드로리안은 저메키스 행성에서 「백 투 더 퓨쳐」 퀘스트를 완수해서 획득한 슈퍼카였다. 드로리안은 처음에는 타임머신용 유량 축전기만(작동하지 않는) 부착된 상태였지만 차체와 외관에 몇 가지 부속을 직접 추가해서 개량했다. 우선 키트^{KITT}라는(온라인 경매 사이트에서 구매한) 이름의 인공지능 내장 컴퓨터를 계기판에 설치했고, 그럴 바로 위쪽에 빨간 스캐너를 장착했다. 그런 다음 오실레이션 오버트러스터[*]를 설치했다. 마지막으로 1980년대 슈퍼카를 멋지게 완성하기 위해 양쪽 걸윙 도어에 고스트버스터즈 로고를 붙이고 나서 엑토88이라는 번호판을 달았다.

불과 몇 주 만에 시간 여행이 가능하고, 유령을 소탕하며, 키트처럼 스캔하고, 물질을 통과하는 드로리안은 내 아바타의 트레이드마크가 되었다.

PvP 전투 구역에 사랑스러운 나의 드로리안을 세워두는 것은 멍청한 고양이들한테 생선 가게를 통째로 내주는 꼴이었다. 드로리안에는 몇 가지 도난방지 시스템이 장착되어 있었다. 시동 장치에 맥스 로카탄스키 스타일의 부비트랩이 장착되어 있어 다른 아바타가 시동을 걸려고 하면 플루토늄 챔버가 작은 열핵폭발을 일으키며 터지게 되어 있었다. 하지만 드로리안의 안전은 이곳 네오느와르 행성에서는 문제없었다. 드로리안에서 내리자마자 축소 마법을 시전하자 드로리안은 즉시 매치

---

* 8차원을 통해 단단한 물체를 통과할 수 있게 하는 장치 – 옮긴이

박스 장난감 자동차 크기로 줄어들었다. 그런 다음 주머니에 쏙 집어넣었다. 마법 구역은 나름대로 유용한 구석이 있었다.

초대장이 없는 사람이 못 들어가도록 세워둔 벨벳 로프 포스필드 주변에는 수천 명의 아바타가 구름떼처럼 몰려와 있었다. 내가 입구까지 걸어가는 동안 군중에서 욕설과 사인 요청, 살해 협박, 영원히 사랑하겠다는 눈물의 약속이 빗발쳤다. 전신 방패를 활성화시켰지만 의외로 나를 저격하는 사람은 한 명도 없었다. 사이보그 문지기에게 초대장을 내보이고 나서 클럽으로 이어지는 기다란 수정 계단을 걸어 올라갔다.

클럽 안은 완전히 딴 세상이었다. 거대한 구의 내부는 시원스럽게 트여 있었고 곡면으로 휘어진 벽면은 바와 라운지로 쓰였다. 입구를 통과하는 순간 중력의 법칙이 바뀌었다. 어느 방향으로 걸어가든 벽에 발이 붙어 있어 '천장'까지 직진했다가 반대편으로 내려오면 정확히 시작 지점으로 되돌아올 수 있었다. 중앙에 널찍하게 트인 공간은 무중력 '무대'로 쓰였다. 하늘을 나는 슈퍼맨처럼 땅을 박차고 폴짝 뛰어 허공으로 유영하면 무중력 공간인 '그루브 구역'으로 갈 수 있었다.

입구로 들어서면서 위를(즉 그 순간에 나를 기준으로 현재 '위쪽' 방향) 한번 올려다본 다음 주변을 찬찬히 둘러보았다. 실내는 발 디딜 틈이 없었다. 수백 명의 아바타가 마치 커다란 풍선 안쪽을 기어 다니는 개미처럼 와글거리고 있었다. 한 무리는 벌써 무대를 차지하고서 사방에 떠다니는 공 모양 스피커에서 쿵쿵 울려 퍼지는 음악에 맞춰 빙빙 돌고 공중을 날고 몸을 비틀고 공중제비를 넘고 있었다.

춤추는 사람들의 가운데이자 클럽의 정중앙에는 투명하고 커다란 방이 떠 있었다. 그곳이 바로 DJ가 있고 턴테이블과 믹서와 데크와 다이얼이 가득 차 있는 '부스'였다. 장비들의 가운데에는 여러 개의 로봇팔로 턴테이블을 돌리느라 분주한 오프닝 DJ 알투디투가 서 있었다. 지금 나오는 음악은 대번에 알 수 있었다. 스타워즈 드로이드 사운드 샘플을 잔뜩 넣은 뉴 오더스의 〈블루 먼데이〉 1988년 리믹스 버전이었다.

가까운 바로 걸어가는 동안 주변에 있던 아바타들이 전부 멈춰 서서 나를 알아보았지만 별로 의식하지 않았다. 아르테미스를 찾느라 정신이 없었기 때문이다.

나는 여자 클링온 바텐더한테 다가가 팬-갤럭틱 가글 블래스터 한 잔을 주문하고 단숨에 반을 들이켰다. DJ 알투디투가 다른 1980년대 곡을 틀자 함박웃음이 절로 나왔다. "〈유니온 오브 더 스네이크〉, 듀란 듀란, 1983년." 나는 습관처럼 튀어나오는 곡 정보를 읊조렸다.

"와, 노래 좋다." 귀에 익은 목소리였다. 음악 소리를 뚫고 겨우 귀에 들릴락말락한 정도였다. 나는 고개를 돌려 뒤에 서 있는 아르테미스를 보았다. 스프레이를 뿌린 듯한 건메탈블루색 이브닝드레스를 입고 있었다. 페이지보이 스타일로 손질한 검은 머리칼은 그녀의 예쁜 얼굴에 아주 잘 어울렸다. 정신이 아찔할 정도로 예뻤다.

아르테미스는 바텐더에게 소리쳤다. "글렌모렌지 온더록으로 한 잔이요."

나는 빙긋 웃었다. 「하이랜더」의 주인공인 코너 맥로드가 가장 좋아하는 술이었다. 이런 여자를 어찌 사랑하지 않을 수 있단 말인가.

아르테미스는 칵테일이 나오자 내게 눈을 찡긋했다. 그러고는 내 술잔과 쨍그랑 부딪치더니 단숨에 술잔을 비웠다. 우리 주위를 에워싸고 속닥거리는 아바타 무리는 점점 불어났다. 파르지발과 아르테미스가 이곳에 앉아 속닥거리고 있다는 소문은 삽시간에 클럽 전체로 퍼져 나갔다.

아르테미스는 무대를 흘깃 쳐다본 다음 다시 나를 보았다. "우리 지터벅 한 곡 출까, 퍼르시?"

나는 얼굴을 찌푸렸다. "날 계속 '퍼르시'라고 부를 거면 싫어."

아르테미스는 까르르 웃었다. 바로 그때 음악 소리가 멈추더니 일순간 조용해졌다. 모든 시선이 DJ 부스 쪽으로 집중되었다. 알투디투는 「스타트렉」원작에 나오는 대원들처럼 '빛을 뿜으며' 사라졌다. 곧이어 우리가 잘 아는 백발의 아바타가 턴테이블 뒤에서 빛을 뿜으며 등장하자 커다란 환호성이 터져 나왔다. 오그던 모로였다.

수백 개의 비디오피드 창이 곳곳에 나타났다. 모든 아바타는 클로즈업 영상을 통해 오그던 모로의 모습을 잘 볼 수 있었다. 늙은 마법사는 헐렁한 청바지에 샌들을 신고 색이 바랜 스타트렉 넥스트 제너레이션 티셔츠를 입고 있었다. 모로는 군중을 향해 손을 흔들더니 첫 곡으로 빌리 아이돌이 부른 〈레블 옐〉의 댄스 리믹스 버전을 틀었다.

무대 여기저기에서 환호성이 터져 나왔다.

"나 이 노래 진짜 좋아!" 아르테미스가 소리쳤다. 그녀의 시선은 이미 무대에 꽂혀 있었다. 나는 머뭇거리며 그녀를 쳐다보았다. "왜 그래? 남자 파트 춤 몰라?" 아르테미스가 안타깝다는 듯이 말했다.

그녀는 갑자기 비트에 몸을 맡기고 머리를 까닥거리면서 골반을 돌렸다. 그러더니 발로 바닥을 구르고는 그루브 구역을 향해 둥둥 떠올랐다. 나는 잠시 멍하니 그녀를 쳐다보다가 용기를 냈다.

"좋아." 나는 혼자 중얼거렸다. "까짓거 죽기야 하겠어."

나는 무릎을 굽혀 바닥을 힘차게 굴렀다. 곧 내 아바타는 공중으로 날아올라 아르테미스 옆으로 몸을 바싹 붙였다. 먼저 와 있던 아바타들이 옆으로 쫙 갈라서며 무대 중앙까지 우리를 위해 길을 터주었다. 모로가 부스에서 서성대는 모습이 바로 머리 위로 보였다. 그는 마치 데

르비시*처럼 빙글빙글 돌면서 쉴새 없이 음악을 리믹스하는 동시에 클럽 자체를 옛날 레코드판처럼 회전시킬 수 있도록 무대의 중력 소용돌이를 조절했다.

아르테미스는 나를 보고 눈을 찡긋했고 두 다리는 녹으면서 인어공주의 꼬리가 되었다. 그녀는 꼬리지느러미를 한 번 파닥거리더니 나보다 한발 앞서 나가 허공을 헤엄치면서 기관총 비트에 맞춰 물결치는 파도처럼 유연하게 몸을 흔들며 자태를 뽐냈다. 그러고는 내 쪽으로 몸을 틀더니 공중에 떠서 미소를 머금고 빨리 오라는 손짓을 보냈다. 아르테미스의 머리카락은 마치 물속에 있는 양 머리 둘레를 천사의 머리띠처럼 감쌌다.

가까이 다가가자 아르테미스가 내 손을 잡았다. 그 순간 인어공주의 꼬리가 없어지고 두 다리가 다시 생기더니 비트에 맞춰 빙글빙글 돌면서 스텝을 밟았다.

나는 더는 본능에 의지할 수 없어서 트라볼트라라는 고급 아바타 댄스 소프트웨어를 로딩했다. 그날 저녁 일찍이 내려받아 시험해본 소프트웨어였다. 소프트웨어는 파르지발의 동작을 음악에 맞춰 제어해주었고, 팔다리는 물결치는 코사인 곡선으로 변신했다. 그렇게 해서 나는 순식간에 놀라운 춤꾼이 되었다.

아르테미스의 눈이 놀람과 기쁨으로 빛났다. 아르테미스가 내 동작을 따라 하기 시작했고 우리는 가속된 전자처럼 서로를 빙빙 돌았다. 그때 아르테미스가 변신을 시작했다.

아르테미스의 아바타는 인간의 몸을 벗어 던지고 역동적으로 움직이는 물감으로 변신하면서 음악에 맞춰 크기와 색깔이 변했다. 나는 댄스

---

* 이슬람교의 신비주의종파인 수피종단의 수도승으로 빙글빙글 도는 회전춤으로 유명하다. - 옮긴이

소프트웨어에서 '거울처럼 따라하기' 옵션을 선택해서 아르테미스를 따라 했다. 내 아바타의 팔다리와 몸통이 말랑한 초콜릿처럼 흐르며 아르테미스를 휘감는 동안 내 피부에는 기묘한 색깔의 무늬가 흘러다녔다. 내 모습은 꼭 환각에 빠져 정신이 몽롱한 플라스틱맨 같았다. 그러자 무대에 있던 아바타들도 다 같이 프리즘에 통과시킨 빛처럼 화려한 색깔로 변신하기 시작했다. 곧 클럽의 중앙은 초현실 라바 램프처럼 보였다.

노래가 끝나자 모로는 가볍게 묵례를 한 다음 느린 박자의 곡인 신디 로퍼의 〈타임 애프터 타임〉을 틀었다. 다들 둘씩 짝을 이루기 시작했다.

나는 아르테미스에게 정중하게 허리를 굽힌 후에 손을 내밀었다. 아르테미스는 빙그레 웃으면서 내 손을 잡았다. 나는 그녀를 끌어당겼고 우리는 함께 떠다니기 시작했다. 모로가 무대의 중력을 반시계방향으로 회전하도록 설정했기 때문에 모든 아바타는 스노우볼 안에 날리는 하얀 눈처럼 보이지 않는 중심축을 기준으로 뱅글뱅글 회전했다.

그때였다. 나도 모르게 말이 툭 튀어나왔다.

"사랑해, 아르테미스."

그녀는 아무 말이 없었다. 아바타가 자동조종으로 계속 서로를 빙빙 도는 동안 아르테미스는 충격을 받은 듯이 빤히 쳐다보기만 했다. 그러고는 비공개 음성 채널로 바꿔 아무도 우리 대화를 들을 수 없게 했다.

"넌 날 사랑하는 게 아니야. 나에 대해 알지도 못하잖아."

"왜 모른다고 생각하니." 나는 힘주어 말했다. "지금껏 살면서 이렇게 깊이 알게 된 사람은 네가 처음이야."

"넌 그냥 내가 알려준 만큼만 아는 거야. 내가 보여준 만큼만 본 거야." 아르테미스는 자신의 가슴에 손을 얹었다. "이건 내 진짜 몸이 아니야, 웨이드. 내 진짜 얼굴도 아니야."

"그런 건 상관없어! 난 너의 내면을, 너라는 사람 자체를 사랑하는 거야. 겉모습이 어떻든 아무 상관없어."

"말 한번 잘했어." 아르테미스의 목소리에서 불안한 기색이 엿보였다. "난 너무 잘 알아. 실물을 보면 넌 아마 날 싫어하게 될 거야."

"왜 항상 그런 식으로 말해?"

"왜냐하면 나는 흉측한 괴물이거나 두 다리가 마비된 환자거나 실제로는 예순세 살 먹은 노인이니까. 자, 이 중에서 하나 골라보셔."

"세 가지가 다 너라고 해도 상관없어. 어디서 만날지나 말해, 내가 증명해 보일게. 지금 당장 비행기를 타고 날아갈게. 난 한다면 하는 놈이야."

아르테미스는 고개를 가로저었다. "너 현실 감각이 정말 꽝이구나. 말하는 걸 보니 알겠다. 넌 그냥 나처럼 이 환상 속에서만 살고 있어." 아르테미스는 가상현실을 가리켰다. "네가 진짜 사랑이 뭔지 알 리가 없어."

"그렇게 말하지 마!" 나는 눈물이 터져 나왔고 애써 숨기려 하지 않았다. "내가 연애 경험이 없다는 말 때문이야? 내가 아직 첫 경험이 없어서? 아니면……"

"물론 아니야. 그런 건 이 문제와는 전혀 상관없어."

"그럼 뭐 때문인데? 제발 말 좀 해줘."

"에그 찾기. 알잖아. 우린 지금 놀러 다니기 바빠 퀘스트는 아예 뒷전이라고. 우린 지금 비취 열쇠 찾는 일에 집중해야 해. 소렌토와 식서놈들은 지금 눈에 불을 켜고 찾고 있어. 다른 사람들도 전부."

"경쟁 따위가 뭐 그렇게 중요해! 에그 따위가 뭐 그렇게 중요해!" 나는 목청을 높였다. "내가 방금 한 얘기 못 들었어? 난 지금 사랑에 빠졌어! 너랑 같이 있고 싶어. 다른 건 아무것도 필요 없어."

아르테미스는 물끄러미 나를 보았다. 아니 실은 그녀의 아바타가 내 아바타를 물끄러미 보았다는 표현이 더 정확할 것이다. 그러고는 말했다. "미안해. 다 내 잘못이야. 우리 너무 멀리 온 것 같아. 우리 여기까지만 하자."

"무슨 뜻이야? 뭘 여기까지만 해?"

"우리 좀 떨어져서 생각할 시간이 필요한 것 같아. 더는 붙어 다니지 말자."

나는 급소를 한 대 맞은 듯 얼얼한 기분이었다. "지금 나랑 헤어지자는 거야?"

"아니." 아르테미스는 단호하게 말했다. "너랑 헤어질 순 없어. 그건 불가능해, 우린 아직 사귄 적이 없으니까." 그녀의 말 속에는 가시가 돋아 있었다. "우린 아직 본 적도 없다고!"

"그럼…… 넌 이제…… 나랑 연락을 끊을 작정이야?"

"응. 그게 좋을 것 같아."

"얼마나 오래?"

"에그 찾기가 끝날 때까지."

"하지만 아르테미스…… 몇 년이 걸릴지 모르잖아."

"알아. 미안해. 하지만 이게 최선이야."

"그래서 넌 돈이 나보다 훨씬 더 중요하다 이거야?"

"돈 때문이 아니야. 돈으로 할 수 있는 일들이 중요한 거지."

"아, 참 지구 살리는 일. 고상한 척은 혼자 다하는 애였지."

"너야말로 바보같이 굴지 마. 난 5년이 넘도록 에그 찾기에 매달렸어. 너도 그렇고. 우리 둘 다 최고로 승률이 높아지고 있는데, 이런 기회를 그냥 걷어차 버릴 수는 없어."

"난 차버리라고 한 적 없어."

"넌 그렇게 말하고 있어. 미처 깨닫지 못할 뿐이야."

신디 로퍼의 노래가 끝나자 오그던 모로는 댄스곡을 틀었다. L.A. 스타일의 〈제임스 브라운 이즈 데드〉라는 곡이었다. 클럽은 박수 소리로 떠나갈 듯했다.

커다란 나무 말뚝이 가슴에 박힌 듯했다.

아르테미스가 무언가(아마도 안녕이라고) 말하려는 찰라 갑자기 머리 위쪽에서 천둥 같은 포격 소리가 들렸다. 처음에는 오그던 모로가 댄스곡에 전혀 생뚱맞은 효과를 믹싱해 넣은 줄로만 생각했다. 하지만 위를 올려다보니 무대 쪽으로 커다란 돌무더기가 빠른 속도로 굴러떨어지고 있었고, 아바타들은 혼비백산 흩어지고 있었다. 클럽의 윗부분에는 폭발음과 함께 커다란 구멍이 뚫렸고 그 구멍으로 식서 부대가 쏟아져 들어와 제트팩을 달고 급강하하면서 사방에 광선총을 발사해대고 있었다.

클럽은 온통 아수라장이 되었다. 클럽에 있던 아바타 중 절반은 출구를 향해 필사적으로 도망쳤고 나머지는 무기를 꺼내거나 마법을 시전하면서 침공하는 식서들을 향해 레이저 볼트와 총알과 화염구를 발사했다. 완전 무장한 식서들의 숫자는 백 명도 넘었다.

식서들이 간덩이가 제대로 부은 게 틀림없었다. 어찌 고레벨 건터들이 잔뜩 모여 있는 클럽을 공격할 만큼 멍청하단 말인가? 우리 중 몇 명을 제거할 수야 있겠지만 그들 역시 일부가 죽거나 심하면 전멸할 수도 있는데 말이다. 대체 무엇 때문에?

곧 식서들의 포격이 대부분 나와 아르테미스에 집중되어 있음을 느낄 수 있었다. 그들이 여기 온 목적은 우리 둘이었다.

아르테미스와 내가 여기에 있다는 소문은 벌써 뉴스피드에 나갔을 것이다. 게다가 소렌토가 상위 건터 두 명이 공격 가능한 전투 구역에서 놀고 있다는 정보를 입수했을 때 입맛을 다시지 않았을 리가 없다. 식서들로서는 두 명의 경쟁자를 한 방에 없애버릴 수 있는 절호의 기회였다. 고레벨 아바타 목숨 백 명쯤을 걸더라도 손해 보지 않는 장사였다.

나의 방심이 놈들을 여기로 끌고 들어왔다. 어떻게 이렇게 멍청할 수가 있냐고 나 자신에게 욕설을 퍼부었다. 그러고는 바로 광선총을 꺼내 근처에 있는 식서들을 쏘면서 날아오는 총알을 피하기 위해 최선을 다했다. 아르테미스 쪽을 보았다. 그녀의 투명한 전신 방패에 레이저 볼트와 마법 화살이 줄기차게 튕겨져 나가고 있음에도 아랑곳하지 않고 아르테미스는 손바닥에서 파란 플라즈마 구를 내뿜어서 5초 만에 열 명의 식서를 제거했다. 나 역시 맹렬한 포격을 받아내야 했다. 아직까지 내 전신 방패도 유지되고 있었지만 시간이 얼마 남지 않았다. 벌써 화면에 경고가 깜빡이고 있었고 생명치가 급격히 떨어지기 시작했다.

순식간에 상황은 내가 지금까지 맞닥뜨린 가장 치열한 전투로 치달았다. 아르테미스와 내가 패자가 될 것만 같은 불길한 예감이 엄습했다.

문득 음악 소리가 계속 들린다는 사실을 자각했다.

내가 DJ 부스를 올려다보는 순간 문이 열리더니 그레이트 앤 파워풀 오그가 밖으로 걸어 나왔다. 화가 머리끝까지 치밀어 오른 듯 보였다.

"이 고얀 놈들, 네놈들이 감히 내 생일 파티를 망칠 수 있다고 생각하느냐?" 모로는 소리를 버럭 질렀다. 여전히 마이크를 달고 있었으므로 클럽에 있는 모든 스피커가 쩌렁쩌렁 울렸다. 마치 신의 목소리가 울려 퍼지는 듯했다. 난투극은 즉시 중단되었고 모든 시선이 무대 한가운데 떠 있는 오그던 모로에 꽂혔다. 그는 식서들의 공습 지역을 바라보면서 두 팔을 벌렸다.

모로의 손가락 끝에서 빨간 섬광 수십 갈래가 뿜어져 나오더니 사방으로 뻗어 나갔다. 각각의 섬광은 식서 아바타의 가슴을 하나씩 강타했다. 어찌 된 영문인지 다른 아바타들은 멀쩡했다.

1,000분의 1초 만에 클럽 안에 있던 식서들은 한 놈도 남김없이 증발해 버렸다. 놈들의 아바타는 꼼짝하지 못하고 몇 초간 빨갛게 타오르다가 말끔히 사라졌다.

경이로웠다. 그렇게 놀라운 파워를 가진 아바타는 정말 처음 보았다. "초대받지 않은 그 어떤 놈도 내 파티를 망칠 순 없다!" 모로가 그렇게 외치자 그 목소리가 적막이 흐르는 클럽을 쩌렁쩌렁 울렸다. 남아 있던 아바타들(미처 도망치지 못했거나 짧은 전투에서 살아남은)은 승리의 환호성을 질러댔다. 모로는 DJ 부스로 다시 들어갔고 문이 투명한 고치처럼 그를 감싸며 닫혔다. "자, 파티를 계속 합시다, 준비됐습니까?" 모로는 블론디의 〈아토믹〉 테크노 리믹스 버전에 바늘을 올려놓았다. 충격이 가시기까지는 잠깐 시간이 걸렸지만 곧 다들 춤을 추기 시작했다.

나는 아르테미스를 찾아 두리번거렸지만 이미 사라져 버린 듯 보이지 않았다. 잠시 뒤에 식서들이 공격할 때 만들어진 구멍으로 빠져나가고 있던 아르테미스가 눈에 들어왔다. 그녀는 공중에 떠 있는 채로 나한테 눈길을 한 번 주더니 그대로 멀리멀리 떠나버렸다.

컴퓨터가 나를 깨운 시각은 해가 저물기 직전이
었다. 나는 일과를 시작했다.

"일어났어!" 나는 어둠 속에 대고 외쳤다. 아르테미스한테 차인 날부
터 몇 주 동안 아침에 침대에서 몸을 일으키는 일이 너무 힘들었다. 그
래서 알람 연장 기능을 꺼버리고 웸이 부른 〈웨이크 미 업 비포 유 고
고〉란 노래를 틀도록 컴퓨터에 입력해둔 탓에 온 신경을 건드리는 그
노래를 멈추는 방법은 일어나는 것뿐이었다. 하루를 시작하는 가장 유
쾌한 방법은 아니었지만 최소한 나를 움직이게 했다.

노래가 멈추더니 햅틱 의자가 스스로 모양을 바꾸기 시작했다. 침대
가 다시 의자 형태로 바뀌면서 나를 들어 올려 의자에 앉혔다. 컴퓨터
는 내 눈이 적응할 수 있도록 천천히 조명을 밝히기 시작했다. 아파트
안으로 외부의 빛은 전혀 들어오지 않았다. 한때는 하나 있는 창문으로
콜럼버스의 스카이라인이 보인 적도 있었지만 여기로 이사 온 지 며칠
만에 전부 새까맣게 칠해버렸다. 나는 창밖에 있는 모든 것을 퀘스트
의 방해물로 규정하고 밖을 쳐다보며 시간을 낭비해선 안 된다고 마음
을 다잡았다. 외부 세계의 소리 역시 듣고 싶지 않았지만 아파트의 기
존 방음 장치를 더 개량할 수는 없었다. 그래서 희미하게 들려오는 바

람 소리나 빗소리, 거리와 공중에서 발생하는 소음은 어쩔 수 없었다. 이 희미한 소리 역시 방해될 때가 있었다. 어쩌다 한 번씩은 눈을 감고 앉아서 시간의 흐름을 완전히 잊고 무아지경에 빠진 채 방 밖의 세계에서 나는 소리에 귀를 기울이기도 했다.

　나는 보안을 강화하고 편리성을 높이는 방향으로 아파트의 다른 부분들도 개조했다. 먼저 현관문을 장갑을 두른 최신 공기 밀폐식 에어록 전투문으로 교체했다. 사야 할 물건이(음식과 휴지, 새 장비 등) 있을 때마다 온라인으로 주문하면 배달부가 문 앞까지 배달해주었다. 배달은 다음과 같이 이루어졌다. 우선 복도에 설치된 스캐너가 배달부의 신분을 확인하고 컴퓨터는 배달부가 가져온 물건이 내가 실제로 주문한 물건이 맞는지 대조한다. 대조가 끝나면 외부문의 잠금이 해제되고 문이 지익 열리면서 샤워부스만 한 크기의 티타늄 에어록이 나타난다. 배달부는 소포든 피자든 가져온 물건을 에어록에 놓은 다음 뒤로 물러선다. 외부문이 지익 닫히고 저절로 잠금이 설정된다. 곧이어 스캔과 엑스레이를 비롯한 온갖 방법이 동원되어 아주 철저하게 물건이 분석된다. 내용물이 완전히 확인되면 배송 완료 메시지가 자동으로 전송된다. 그때 내가 내부문의 잠금을 해제하고 문을 연 다음 물건을 수령한다. 다른 사람과 전혀 얼굴을 맞대지 않아도 자본주의는 내 손끝에 있었다. 고맙게도 정확히 내가 원하는 방식이었다.

　내 원룸은 그다지 구경거리가 없다는 점이 마음에 들었다. 가능한 구경하는 데 시간을 쏟지 말아야 했기 때문이다. 내 원룸은 가로세로 각 10미터 길이의 정육면체 모양이었다. 조립식 샤워부스와 화장실은 벽 안쪽에 들어가 있었고, 맞은편에는 자그마한 인체공학 주방이 있었다. 사실 요리를 하기 위해 주방을 써본 적은 한 번도 없었다. 끼니는 전부 냉동식품과 배달음식으로 해결했다. 전자레인지 브라우니 정도가 내가 요리라고 부를 수 있는 전부였다.

원룸의 대부분을 차지한 것은 오아시스 이머전 장치였다. 이 장치를 장만하기 위해 동전까지 탈탈 털어야 했다. 더 새롭고 더 빠르고 더 다기능인 부품은 계속 출시되고 있었으므로 그리 변변치 못한 내 수입은 대부분 업그레이드에 쏟아붓는 형편이었다.

내 장치 중에 가장 아끼는 보물은, 당연히 직접 조립한 오아시스 콘솔이었다. 이것은 나만의 세상을 밝혀주는 컴퓨터였다. 둥근 공 모양의 검정색 유광 오딘웨어 샤시에다 부품을 하나하나 직접 조립해서 만든 것이다. 최신 오버클록 프로세서는 사이클 타임이 어찌나 빠른지 초능력에 맞먹을 정도였다. 또 내장된 하드디스크는 세상에 존재하는 모든 것을 디지털화해 세 개씩 넣어도 될 만큼 충분한 용량을 자랑했다.

나는 하루의 대부분을 샙틱 테크놀로지 HC5000이라는 완전조절형 햅틱 의자에 앉아서 지냈다. 이 의자는 관절을 움직일 수 있는 로봇팔 두 개에 매달려 있었고, 로봇팔은 각각 아파트 벽과 천장에 고정되어 있었다. 로봇팔은 의자를 네 방향의 어느 축으로든 회전시킬 수 있었다. 그래서 일단 햅틱 의자에 앉아 벨트를 매면 몸이 뒤집히고 빙글빙글 돌고 흔들림으로써 추락하거나 비행하는 느낌은 물론 알타이르 VI의 네 번째 위성에 있는 협곡 사이를 마하 2의 속력으로 돌진하는 원자력 로켓 썰매를 조종하는 느낌까지 온몸으로 전달되었다.

햅틱 의자는 전신 햅틱 반응 의상인 샙틱 부트수트를 입어야만 작동되었다. 이 수트는 목 아래 전신을 감싸지만 아주 절묘한 구멍이 있어 다 벗지 않아도 볼일을 볼 수 있었다. 수트의 바깥쪽은 정교한 강화외골격, 즉 인공 힘줄과 관절을 통해 유저의 동작을 감지하거나 제어할 수 있는 로봇이었다. 수트의 안쪽에는 초소형 센서가 피부 전면에 닿게끔 빽빽하게 부착되어 있었다. 이 센서들은 실제로 존재하지 않는 사물을 피부로 느끼게 하기 위해 촉각 시뮬레이션의 목적에 따라 작동 범위가 작아지기도 하고 커지기도 했다. 이로써 누가 어깨를 툭 치거나 정강이를 걷어차는 느낌, 혹은 가슴에 총알이 박히는 감각을 매우 사실감 있게 전달할 수 있었다. (내장형 안전 소프트웨어는 실제로 내가 다치지 않도록 충격을 차단했으므로 가상현실에서 총에 맞는 느낌은 약한 주먹 한 방을 맞은 것처럼 느껴졌다.) 원룸 구석에 있는 모시워시 세탁실에는 똑같은 수트가 한 벌 더 걸려 있었다. 이 두 벌의 햅틱 수트가 내가 가진 옷의 전부였다. 옛날에 입던 옷은 벽장 어딘가에 처박혀 먼지만 쌓이고 있었다.

양손에는 최첨단 오카가미 핸즈프리 햅틱 데이터글러브를 착용했다. 특수 촉각 반응 패드가 양쪽 손바닥에 부착되어 있어 실제로 존재하지 않는 사물과 표면을 만지는 듯한 착각을 불러일으키는 햅틱 장갑이었다.

바이저는 최신형 디나트로 RLR-7800 렉스펙스로 가상망막디스플레이 중에서는 단연 최고의 장비였다. 이 바이저는 인간의 눈이 지각할 수 있는 최고의 프레임 속도와 최고의 해상도로 내 망막에 직접 오아시스를 투사해주었다. 현실세계는 그 영상에 비하면 오히려 색이 밋밋하고 상이 흐릿한 것처럼 보일 정도였다. RLR-7800은 아직 상용화된 모델이 아니었지만 디나트로 사와 광고 계약을 맺은 덕분에 무상으로 지원받은 것이었다(익명을 유지하기 위해 몇 단계에 걸친 재전송 서비스를 통해 배송받았다).

어바운드사운드 오디오 시스템은 아파트의 벽과 바닥, 천장에 장착한 울트라 초박형 스피커들로 구성되어 완벽한 360도 입체 서라운드 음향 재생이 가능했다. 게다가 미올누르 서브우퍼 스피커의 성능은 어금니까지 진동이 전달될 정도로 강력했다.

한쪽 구석에 놓인 올파트릭스 향기 스탠드는 2천여 종류의 서로 다른 향을 발생시키는 기능이 있었다. 장미가 핀 정원에서 짠 내를 머금은 바닷바람이나 매캐한 화약 냄새까지 아주 실감 나게 재현할 수 있었다. 또 성능 좋은 에어컨 겸 공기청정기 역할도 했는데 나는 주로 이 용도로 이용했다. 많은 사이코들이 향기 스탠드가 있는 사람들을 괴롭힐 목적으로 가상현실에 아주 끔찍한 냄새를 코딩해 넣는 고약한 짓을 일삼았기 때문에 보통은 향 발생 기능을 꺼두었다가 오아시스에서 주변 환경의 냄새를 맡는 것이 유리하다고 생각하는 곳에서만 활성화시켰다.

공중에 매달린 햅틱 의자 바로 밑 바닥에는 오카가미 런어라운드 전방위 트레드밀이 놓여 있었다(제조회사의 슬로건은 '당신이 어디를 가시든 따라갑니다'였다). 트레드밀은 가로세로 각 2미터인 정사각형으로 두께는 6센티미터였다. 장치를 켜면 어느 방향으로든 최대 속력으로 달릴 수 있었는데 절대 트레드밀 가장자리에는 닿을 수가 없었다. 내가 방향을 바꾸면 트레드밀이 이를 감지하고 구르는 표면을 조정해 언제나 한가운데에 서 있게 했기 때문이었다. 이 트레드밀은 또 경사 설정 기능이 있고 표면이 무정형인 모델이라 경사나 계단을 오르는 느낌을 아주 실감 나게 재현할 수 있었다.

오아시스 안에서 좀더 '친밀한' 접촉을 원한다면 ACHD(해부학적으로 인간과 똑같은 햅틱 인형)를 구매할 수도 있었다. ACHD 인형은 남자, 여자, 양성 인간 세 종류가 있었고 다양한 옵션을 추가할 수 있었다. 가령 진짜 같은 라텍스 피부라든가 속도를 정밀하게 통제할 수 있는 서보 모터로 작동되는 내골격, 가상으로 만든 근육 조직 등 사람의 상상 속에서 나올 수 있는 온갖 종류의 보조 부속과 구멍들을 추가할 수 있었다.

외로움과 호기심과 왕성한 십대 호르몬을 주체하지 못해 중간 가격

대의 ACHD 인형인 섐틱 위버베티를 구매한 것은 아르테미스가 연락을 끊은 지 보름쯤 지나서였다. 나는 아방궁이라는 이름의 단독 포르노 시뮬레이션에서 몹시 비생산적인 나날을 보낸 후 수치심과 방어 본능이 한데 엉킨 감정이 북받쳐 올라온 나머지 인형을 없애버렸다. 가상 섹스가 얼마나 실감 나든 그럴듯하게 미화된 컴퓨터 매개 자위행위에 지나지 않는다는 우울한 깨달음을 얻었을 때는 이미 엄청난 크레딧을 쏟아부어 일주일을 낭비하고 이스터에그 퀘스트를 내팽개치기 직전이었다. 어두컴컴한 방에 홀로 앉아 여자 햅틱 인형과 섹스를 하지만 그래 봤자 나는 숫총각일 뿐이었다. 그래서 나는 ACHD를 없애버리고 다시 옛날 방식으로 자위행위를 했다.

나는 자위행위는 전혀 수치스럽게 느끼지 않았다. 『아노락 연감』 덕분에 자위행위가 잠을 자고 밥을 먹는 행위만큼이나 꼭 필요하고 자연스러운 아주 정상적인 신체 기능이라고 생각하게 되었다.

『아노락 연감』 241장 87절 – 나는 자위행위야말로 인간이라는 동물에게 가장 중요한 적응이었으며 기술 문명의 토대였다고 주장하는 바이다. 틀림없이 우리의 손은 도구를 잡도록 진화되었다. 여기에는 우리의 몸도 포함된다. 사상가와 발명가, 과학자들은 보통 한 가지에 광적으로 미친 괴짜들이며, 이런 괴짜들은 다른 사람들보다 섹스할 기회를 얻기가 어렵다. 이들이 자위행위로 성욕을 잠재우지 않았더라면 원시 인류는 아마 불의 비밀을 이해하지도, 바퀴를 발견하지도 못했을 것이다. 갈릴레오와 뉴턴과 아인슈타인이 우선 딸딸이를 쳐서 (또는 '수소 원자로부터 양성자를 털어내서') 머리를 맑게 하지 못했다면 절대 그런 위대한 발견에 이르지 못했을 거라고 나는 확신한다. 퀴리 부인 역시 마찬가지다. 라듐을 발견하기 전에 자신의 은밀한 곳을 먼저 발견했을 거라고 믿어도 좋다.

할리데이의 이론 중에서 특별히 주목받은 이론은 아니었지만, 나는 이 이론이 마음에 들었다.

발을 질질 끌며 화장실 쪽으로 걸어가니 벽에 장착된 대형 평면 스크린이 켜지고 시스템 에이전트 소프트웨어가 구동되면서 맥스의 웃는 얼굴이 나타났다. 내가 조명을 켜면 몇 분 후에 맥스가 켜지도록 설정해두었기 때문에 맥스가 수다스럽게 말을 걸기 전에 잠시 정신을 가다듬을 틈이 있었다.

"웨이드, 조-조-좋은 아침!" 맥스는 명랑한 목소리로 더듬거리며 말했다. "해가 주-주-중천에 떴어!"

시스템 에이전트 소프트웨어를 구동하는 것은 가상비서가 생기는 것과 비슷했다. 음성 인식으로 일을 시킬 수 있기 때문이었다. 시스템 에이전트 소프트웨어는 미리 설정된 수많은 성격 중에서 얼마든지 취향에 맞게 고를 수 있었다. 내 가상비서는 1980년대 후반 토크쇼와 획기적인 사이버펑크 장르의 드라마, 다수의 콜라 광고에 등장한 (표면상으로는) 컴퓨터 인간인 맥스 헤드룸과 같은 외모와 목소리와 행동을 가진 인물로 설정했다.

"맥스, 좋은 아침." 나는 몽롱한 상태로 대답했다.

"좋은 밤이란 뜻이겠지, 룸펠슈틸츠킨.* 지금은 밤 7시 18분이라고 오아시스 표-표-표준 시간으로, 수요일, 12월 30일." 맥스는 말을 더듬도록 설정되어 있었다. 1980년대 중반 맥스 헤드룸 캐릭터가 처음 나왔을 당시만 해도 컴퓨터 성능이 인물을 사실적으로 재현할 수 있을 만큼 뛰어나지 못했다. 그래서 실제 배우가(명배우 매트 플레워가) 컴퓨터 합성 인간처럼 보이도록 얼굴에 고무를 붙여 분장하고 맥스를 연기했

---

* 독일 민화에 등장하는 난쟁이 괴물 – 옮긴이

다. 하지만 지금 모니터에서 나를 보고 웃고 있는 맥스는 시중에 나와 있는 최상급 인공지능과 음성 인식 서브루틴을 탑재한 진짜 100퍼센트 소프트웨어였다.

몇 주 전부터는 직접 만든 맥스 헤드룸 v3.4.1 버전을 사용 중이었다. 그전에 쓰던 시스템 에이전트 소프트웨어는 여배우 에린 그레이(「별들의 전쟁」과 「아빠는 멋쟁이」로 유명한)를 모델로 한 버전이었다. 하지만 지나치게 집중력이 흐려졌던 탓에 다시 맥스로 바꿨다. 맥스는 귀찮게 할 때도 심심치 않게 있었지만 배꼽 잡게 웃길 때도 많았다. 외로움을 잊게 해주는 역할도 충분히 잘해냈다.

화장실로 비틀거리면서 들어가 방광을 비우는 동안 맥스는 거울 위에 달린 작은 모니터에서 쉴새 없이 말을 걸었다. "오-오! 파-파-파이프가 새는 것 같아!"

"좀 신선한 농담 좀 찾아봐. 내가 알아야 할 뉴스는?"

"특별한 건 없어. 전쟁, 폭동, 기근이지 뭐. 네가 관심 있을 뉴스는 없어."

"메시지는?"

맥스는 눈을 흘겼다. "몇 개 왔어. 하지만 그 질문의 속뜻에 대답하자면, 없어. 아르테미스는 전화도 없고 메일도 없어. 어장 관리나 당하는 멍청한 놈."

"경고한다. 한 번만 더 나를 그렇게 불렀다가는 두고 봐, 맥스. 삭제당하고 싶어 환장했구나."

"불같은 성질하고는. 툭 까놓고 말해서, 웨이드. 언제부터 그렇게 나-나-날카로워졌어?"

"삭제해 버리겠어, 맥스. 장난 아니야. 어디 한번 계속 떠들어봐. 윌마 대령으로 다시 바꿔버릴 테니까. 아니면 마젤 바렛의 컴퓨터 합성 목소리도 괜찮겠다."

맥스는 토라진 듯 얼굴을 홱 돌려 디지털 라이브 월페이퍼 배경을 쳐다보았다. 색색의 선형 패턴이 움직이고 있었다. 맥스는 항상 이런 식이었다. 아픈 곳을 건드리는 것은 녀석에게 미리 설정된 성격이었다. 나는 사실 이런 성격이 마음에 들었다. 에이치와 놀던 때가 떠오르기 때문이었다. 나는 에이치와 놀던 때가 정말 그리웠다. 미치도록 그리웠다.

시선이 화장실 거울로 향했지만 거울에 비친 내 모습이 영 마음에 들지 않아 볼일을 다 볼 때까지 눈을 질끈 감아버렸다. 창문을 칠할 때 왜이 거울은 칠하지 않았는지(처음은 아니었지만) 새삼 궁금해졌다.

잠에서 깬 후 한 시간은 하루 중에서 가장 끔찍했다. 현실에서 보내야 했기 때문이다. 청소라는 지겨운 일을 해야 하고 몸을 직접 움직여야 하는 시간이었다. 나는 이 시간이 하루 중에서 가장 싫었다. 모든 것이 나의 또 다른 삶, 오아시스 안에서의 삶이 거짓임을 일깨웠기 때문이다. 코딱지만 한 원룸 아파트, 이머전 장치, 거울에 비친 내 모습은 전부 내가 종일 머무르는 세상이 진짜가 아니라는 걸 고통스럽게 자각하게 했다.

"의자 집어넣어." 나는 화장실을 걸어 나오면서 말했다. 햅틱 의자는 즉시 납작해지더니 세워지면서 벽으로 붙었고 방 가운데에는 널찍한 공간이 생겼다. 나는 바이저를 착용하고 단독 시뮬레이션인 피트니스클럽을 로딩했다.

나는 각종 운동 기구가 죽 늘어선 최신식 대형 피트니스클럽으로 이동했다. 이 기구들은 모두 햅틱 수트를 입어야만 완벽하게 체험할 수 있었다. 나는 하루 운동을 시작했다. 윗몸일으키기, 복부 크런치, 팔굽혀펴기, 유산소 운동, 근력 운동을 차례로 했다. 맥스는 주기적으로 격려의 말을 외치곤 했다. "다리 더 들고, 왜 이리 비실비실해! 지방이 타는 걸 상상해봐!"

나는 오아시스에 접속해 있는 동안 몸으로 하는 전투에 참가하거나 트레드밀 위에서 가상풍경을 보며 달리는 등 약간의 운동을 하곤 했었다. 하지만 햅틱 의자에 앉아서 온종일 거의 몸을 꿈쩍도 하지 않는 시간이 압도적으로 많았다. 게다가 우울하거나 좌절감이 밀려오면 폭식하는 습관도 있었다. 우울하거나 좌절감이 밀려오지 않는 때는 거의 없었다. 그 결과 점점 살이 찌기 시작했다. 원래부터 군살 없는 좋은 몸도 아니었기 때문에 금세 햅틱 의자에 편안하게 앉을 수도 없고 엑스라지 햅틱 수트를 편안하게 입을 수도 없는 상태가 되었다. 곧 덩치 큰 사람들을 위한 특수 브랜드의 부품과 함께 새 햅틱 장치를 사야 할 처지가 되었다.

살을 빼지 않는다면 에그를 찾기도 전에 분명 나무늘보처럼 굶어 죽으리란 걸 잘 알고 있었다. 그런 일이 일어나게 내버려둘 수는 없었다. 그래서 즉각 결단을 내리고는 자발적으로 이머전 장치에 오아시스 피트니스 락아웃 소프트웨어를 활성화시켰다. 거의 즉시 후회가 밀려왔다.

그때부터 컴퓨터는 내 바이탈 사인을 확인하고 하루에 소모하는 열량을 기록했다. 하루 운동 요구량을 다 채우지 못하면 시스템이 막혀 오아시스에 로그인할 수 없었다. 일을 하러 갈 수도 없고, 퀘스트도 계속할 수 없다는 뜻이었다. 요컨대 삶 자체가 없어지는 셈이었다. 한 번 락아웃 상태가 되면 두 달 동안 해제할 수 없었다. 게다가 소프트웨어는 오아시스 계정에 연동되어 있었으므로 새 컴퓨터를 산다거나 밖으로 나가 오아시스 카페를 이용한다 해도 소용이 없었다. 로그인을 하려면 운동부터 하는 수밖에 없었다. 이보다 더 나를 움직이게 할 확실한 동기부여는 없었다.

한편 락아웃 소프트웨어는 내 식단도 점검했다. 매일 저칼로리 건강식 중에서만 음식을 고를 수 있었다. 소프트웨어가 온라인으로 음식을 주문하면 문 앞으로 배달되었다. 아파트를 떠난 적이 없었던 만큼 내가 먹는 모든 것을 하나도 빠짐없이 기록하기는 어렵지 않았다. 음식을 더 주문하면 초과 섭취한 칼로리를 상쇄하기 위해 하루 운동량이 늘어났다. 꽤 잔인한 소프트웨어였다.

하지만 효과가 있었다. 체중은 줄어들기 시작했고 한 달 후에는 거의 흠잡을 데 없는 몸짱이 되었다. 난생처음으로 납작한 배와 복근을 갖게 되었다. 활력은 두 배로 넘쳤고 병에 걸리는 횟수가 훨씬 줄어들었다. 두 달이 지나 마침내 피트니스 락아웃 소프트웨어를 비활성화시킬 수 있는 기회가 내 손에 있었지만 나는 그대로 두기로 했다. 운동은 이미 삶의 일부가 되었으니까.

나는 근력 운동을 마치고 나서 트레드밀 위에 올라섰다. "아침 조깅할래. 무지개다리 트랙 부탁해." 나는 맥스에게 말했다.

가상피트니스클럽은 사라졌다. 내가 서 있는 곳은 반투명한 조깅 트랙으로 바뀌었다. 별이 무수히 박힌 성운에 걸쳐 있는 무지개 모양 트랙이었다. 나를 둘러싼 우주공간은 어디를 보아도 거대한 고리 행성과 오색찬란한 위성으로 가득했다. 조깅 트랙은 정면으로 뻗어 있고 오르막과 내리막은 물론 가끔 나선형으로 이어졌다. 보이지 않는 안전벽이 있어 실수로 트랙을 벗어나 별이 무수한 심연으로 추락하는 일을 막아주었다. 무지개다리 트랙은 또 하나의 단독 시뮬레이션으로, 내 콘솔 하드디스크에 들어 있는 수백 종류의 트랙 디자인 중 하나였다.

내가 조깅을 시작하자 맥스는 1980년대 음악 재생 목록을 틀었다. 첫 곡이 흘러나오기 시작했을 때 나는 재빨리 노래 제목, 가수, 앨범, 발매연도를 기억 속에서 꺼내 읊조렸다. "이 노래는 〈어 밀리언 마일스 어웨이〉, 플럼소울, 에브리웨어 앳 원스 앨범, 1983년." 그러고는 가사를 외워서 따라 부르기 시작했다. 정확히 외운 1980년대 노래 가사가 언젠가 내 아바타의 목숨을 구해줄지도 모를 일이었다.

나는 달리기를 마치고 바이저를 벗고 햅틱 수트를 벗기 시작했다. 수트의 부속 장치를 망가뜨리지 않기 위해서는 아주 천천히 벗어야 했다. 조심조심 수트를 벗는 동안 접촉 패치가 피부에서 떨어지면서 뽕뽕 소리가 났고 전신에는 조그맣고 동그란 자국이 남았다. 수트를 다 벗고 나서는 세탁실에 갖다 놓은 다음 깨끗한 다른 수트를 바닥에 깔았다.

맥스는 내가 좋아하는 물 온도에 정확히 맞춰 이미 샤워기를 틀어 놓았다. 수증기로 가득 찬 샤워부스로 들어가자 맥스는 알아서 내가 목욕할 때 듣는 음악을 틀었다. 존 웨이트의 〈체인지〉라는 노래의 도입부에 반복되는 소절이었다. 영화 「청춘의 승부」 OST, 게펜 레코드, 1985년.

자동 샤워는 옛날 기계식 세차와 비슷했다. 그냥 가만히 서 있기만 하면 비눗물이 사방에서 분사된 다음 말끔하게 헹궈주었다. 내 몸엔 털이 하나도 없었다. 샤워기에서 무독성 제모 용액이 섞여 나왔기 때문에 얼굴과 몸을 문지르기만 하면 되었다. 면도를 하거나 머리를 깎는 귀찮은 일 따위는 하지 않아도 되었다. 피부가 매끄러우면 햅틱 수트가 좀 더 편안하게 몸에 달라붙는다는 장점도 있었다. 눈썹이 없는 얼굴이 처음에는 좀 어색했지만 금세 익숙해졌다.

헹굼이 끝나자 건조기가 켜지면서 피부에 남아 있던 수분을 순식간에 말려버렸다. 나는 주방으로 걸어가 슬러지라는 이름의 고단백 비타민 D 첨가(햇빛 부족을 만회하기 위해서) 아침 식사 대용 음료수 한 캔을 꺼냈다. 음료수를 꿀꺽꿀꺽 마시는 동안 컴퓨터 센서가 소리 없이 이것을 기록하고 음료수의 바코드를 스캔해서 열량을 하루 섭취량에 추가했다. 아침을 가볍게 때우고 나서 깨끗한 햅틱 수트를 입었다. 벗는 것보다는 덜 까다로웠지만 여전히 제대로 입으려면 시간이 걸렸다.

수트를 다 입고 나서 햅틱 의자를 다시 펼치라고 명령했다. 그러고 나서 잠시 멈춰 서서 이머전 장치를 물끄러미 바라보았다. 처음 샀을 때만 해도 이 최첨단 장치는 더없이 사랑스러웠다. 하지만 몇 달이 지나자 눈에 씌었던 콩깍지가 벗겨졌다. 이 장치는 내 감각을 속여 존재하지도 않는 가짜 세상에 살도록 만드는 정교한 기계 덩어리에 불과했다. 장치의 부품들은 자발적으로 스스로를 옥죄는 감옥의 빗장이었다.

코딱지만 한 원룸 아파트의 암울한 형광등 아래에서는 진실을 피할 수 없었다. 현실의 나는 사회성이 결여된 은둔자일 뿐이었다. 대중문화에 광적으로 집착하는 허여멀건한 오타쿠일 뿐이었다. 진짜 친구도, 가족도, 사람의 온기를 느낄 수 있는 진정한 만남도 없이 집에만 틀어박힌 광장 공포증 환자일 뿐이었다. 그저 그럴듯하게 미화된 비디오게임이나 하면서 인생을 낭비하는, 갈 곳 잃은 서럽고 외로운 영혼일 뿐이었다.

하지만 오아시스 안에서는 달랐다. 나는 위대한 파르지발이었다. 세계적인 건터이자 유명인이었다. 사람들은 사인을 요청했다. 팬클럽도 있었다. 그것도 한두 개가 아니었다. 어디에 가든지(물론 내가 원할 때에만) 사람들이 나를 알아보았다. 광고 모델료가 쏠쏠히 들어왔다. 사람들은 나를 찬미하고 존경했다. 소수의 특별한 사람만 초대받는 파티에 초대받았다. 최고로 물이 좋은 클럽에 다니고 줄을 설 필요가 없었다. 나는 대중문화의 아이콘이자 가상현실의 슈퍼스타였다. 건터계의 전설, 아니 신이라 해도 과언이 아니었다.

나는 햅틱 의자에 앉아 햅틱 장갑과 바이저를 착용했다. 신원이 확인되자 GSS 로고가 나타나면서 로그인 명령창이 이어졌다.

환영합니다, 파르지발.

암호문을 읽어주세요.

나는 목청을 가다듬고 암호문을 말했다. 말하는 속도에 맞춰 화면에
단어가 나타났다. "세상 누구도 원하는 것을 다 가질 수 없지. 그래서
아름답지."

짧은 정적이 흐른 뒤 오아시스가 나를 둘러싼 실재를 서서히 집어삼
킬 때 나도 모르게 안도의 한숨이 절로 나왔다.

0020

　　　　　내 아바타는 나의 본거지인 요새 작전실 제어판 앞에서 서서히 모습을 드러냈다. 간밤에 저녁 일과로 쿼트랭을 뚫어져라 들여다보다가 깜빡 잠이 드는 바람에 자동 로그아웃된 바로 그 장소였다. 거의 6개월씩이나 그 망할 놈의 수수께끼를 들여다보고 있었는데도 여전히 오리무중이었다. 아무도 해독해내지 못했다. 물론 다들 여러 가설을 갖고 있었지만, 비취 열쇠는 아직도 발견되지 않았고 득점판의 상위권에는 변동이 없었다.

　내 작전실은 내 소유의 소행성 암석 지표면에 세운 방탄유리 돔 안에 있었다. 이곳에서는 시야가 360도로 탁 트여 있어 분화구로 가득한 풍경이 사방으로 펼쳐진 지평선 끝까지 훤히 보였다. 작전실 외의 나머지 부분은 지하에 묻혀 있었는데 규모가 커서 소행성의 핵까지 이어졌다. 나는 콜럼버스에 이사 온 직후 이 요새를 직접 코딩해서 만들었다. 내 아바타에게는 요새가 필요했고, 다른 요새가 옆에 있는 것은 싫었다. 그래서 눈에 띄는 것 중에 가장 저렴한 소행성을 하나 샀다. 섹터 14에 있는 이 작고 황량한 소행성이었다. 원래 정식 명칭은 S14A316이었지만 오스트리아의 유명 래퍼 이름을 따서 팔코라는 애칭을 붙였다. (팔코의 열성팬은 아니었다. 그냥 이름이 근사하다고 느꼈을 뿐이다.)

팔코는 겨우 몇 제곱킬로미터 크기였지만 출혈이 이만저만 아니었다. 그래도 제값은 톡톡히 해냈다. 나만의 행성이 생기니 무엇이든 마음대로 지을 수 있다는 점이 특히 좋았다. 내가 허용하지 않는 한 아무도 들어올 수 없었다. 물론 아무도 들인 적은 없었지만. 이 요새는 오아시스 안에서 오직 나만의 보금자리였고, 내 아바타만의 성역이었다. 이곳은 오아시스를 통틀어 완벽하게 안전이 보장되는 유일한 장소였다.

로그인 절차가 완료되자 화면에 오늘이 선거일임을 알리는 알림창이 떴다. 이제 열여덟 살이 되었기 때문에 오아시스 선거와 미국 연방의원 선거에 모두 투표할 수 있는 권리가 생겼다. 하지만 후자에는 신경 쓰지 않았다. 아무 의미 없는 짓이었기 때문이다. 한때 찬란했던 국가와 내가 태어난 이후 현재 국가의 공통점은 단지 이름뿐이었다. 누가 통치하는지는 전혀 중요치 않았다. 침몰 중인 타이타닉호에서 갑판 의자를 다시 정돈한들 무슨 소용이랴. 이걸 모르는 사람은 없었다. 게다가 모두가 오아시스를 통해 집에서 투표했기 때문에 선출되는 의원이라고 해 봤자 영화배우나 리얼리티 TV 주인공, 아니면 과격한 텔레비전 복음 전도사들뿐이었다.

하지만 나는 오아시스 선거에는 시간을 할애했다. 선거 결과가 실질적으로 와닿았기 때문이었다. 투표를 끝내는 데는 몇 분밖에 걸리지 않았다. GSS가 투표에 부친 주요 쟁점들을 훤히 꿰고 있었기 때문이다. 오아시스 사용자 위원회의 회장과 부회장 투표는 고민할 필요도 없었다. 대세에 따라 코리 닥터로우와 윌 휘튼의 재임에 찬성표를 던졌다. 임기 제한도 따로 없는 데다 두 남자는 십여 년간 사용자 권익 보호를 위해 매우 적극적으로 일해온 참 일꾼들이었다.

투표를 마치고 햅틱 의자를 약간 조절한 다음 정면에 놓인 제어판을 살펴보았다. 제어판에는 스위치와 버튼, 키보드, 조이스틱, 액정 화면이 가득했다. 왼쪽에 늘어선 감시 모니터들은 요새 안팎에 설치한 가상카메라와 연결되어 있었다. 오른쪽에 늘어선 감시 모니터들은 내가 좋아하는 뉴스나 예능 비디오피드에 맞춰져 있었다. 그중 하나는 내가 만든 채널인 파르지발 TV였다. 오타쿠들을 위한 숨은 명작을 발굴한다는 기치 아래 24시간 연중무휴로 방송하는 채널이었다.

올해 초 GSS는 모든 오아시스 사용자 계정에 POV^{Personal OASIS Vidfeed}라는 개인 방송 기능을 새로 추가했다. 월정액 이용료만 내면 누구나 자신만의 스트리밍 방송국을 운영할 수 있게 되었다. 모든 사람이 오아시스에 로그인만 하면 어디서든 POV 채널을 찾아 시청할 수 있었다. 그 채널에서 무엇을 방송하는지, 누구를 대상으로 하는지는 전적으로 개인이 결정할 수 있었다. 대다수의 유저들은 스스로가 24시간 리얼리티 방송의 주인공이 되는 '엿보기 방송'을 선택했다. 공중에 떠 있는 가상카메라가 오아시스를 돌아다니는 아바타를 졸졸 따라다니면서 일상적인 활동 모습을 담는 방식이었다. 이렇게 만든 채널은 친구만 볼 수 있도록 제한할 수도 있었고, 시청자들에게 POV 채널 이용료를 부과할 수도 있었다. 주로 이류 연예인과 포르노 제작자들이 이런 식으로 가상 생방송에 분당 이용료를 징수했다.

현실 속 자신의 모습이나 애완견, 아이들이 노는 모습을 생방송으로 내보내는 사람도 있었다. 옛날 만화영화만 주구장창 틀어대는 사람도 있었다. 가능성은 무궁무진했다. 소재는 날로 더욱 다양해지고 더욱 퇴폐적인 쪽으로 나아갔다. 24시간 발 페티시즘 동영상을 트는 동유럽 방송부터 미네소타 주 사커맘[*]의 일탈을 보여주는 아마추어 포르노에 이르기까지 없는 것이 없을 정도였다. 인간의 정신세계가 만들어낼 수

---

* 자녀를 스포츠나 음악 교습 등의 활동에 데리고 다니느라 여념이 없는 전형적인 중산층 엄마를 가리킨다. ─ 옮긴이

있는 별의별 해괴한 취향은 전부 영상에 담겨 방송을 타고 있었다. TV 프로그램의 광막한 황무지는 마침내 절정에 이르렀고, 평범한 사람들도 더는 15분의 명성에 발목 잡히지 않았다.* 이제 보는 사람이 있건 없건 누구든지 하루 종일 TV에 나올 수 있었다.

내가 만든 파르지발TV는 엿보기 방송이 아니었다. 사실 내 아바타의 얼굴은 내민 적도 없었다. 대신 나는 1980년대 옛날 드라마와 옛날 광고, 만화영화, 뮤직비디오, 영화를 선별해서 틀었다. 정말 많은 영화를 틀었다. 주말마다 옛날 일본 괴수영화와 고전 명작 아니메를 방송했다. 마음 내키는 작품은 전부 틀었다. 내가 어떤 프로그램을 방송하는지는 전혀 중요하지 않았다. 내 아바타는 여전히 득점판 수위에 올라 있는 하이 파이브의 일원이었으므로 내 비디오피드에 무엇을 틀던 매일 수백만 명이 시청했고 그 덕에 나는 다양한 광고주에게 광고 시간을 팔아 수익을 챙길 수 있었다.

파르지발TV의 고정 시청자는 주로 내가 무심코 비춰 열쇠나 에그에 대한 일급 정보를 흘릴지 모른다는 희망으로 방송을 주시하는 건터들이었다. 물론 그런 일은 없었다. 그때 파르지발TV는 이틀 내내 「인조인간 키카이다」 전편을 연달아 내보냈고 이제 막 마지막 편이 끝나가고 있었다. 「인조인간 키카이다」는 매회 빨간색과 파란색이 반반 섞인 안드로이드 로봇이 특수분장한 괴물을 물리치는 내용을 다룬 1970년대 후반 일본 특수촬영액션물이었다. 나는 「스펙트레맨」, 「마그마 대사」, 「스파이더맨」 같은 일본 고전 괴수영화나 특촬물이라면 사족을 못 썼다.

---

* 1961년 미국 연방통신위원회 위원장이었던 뉴턴 미노는 TV를 계속 보다가는 저질스럽고 폭력이 난무하는 '광막한 황무지(vast wasteland)'를 경험하게 될 거라고 경고했다. 1968년 예술가 앤디 워홀은 대중매체의 발달로 "미래에는 모두가 15분 동안 유명해질 것(In the future, everyone will be world-famous for 15 minutes)"이라고 예언했다. 15분은 상징적인 개념으로 짧은 찰나를 의미한다. – 옮긴이

나는 프로그램 편성표를 펼쳐 저녁 편성을 약간 수정했다. 드라마 「립타이드」와 「슈퍼 특공대Misfits of Science」를 지우고 하늘을 나는 거대 거북 가메라가 나오는 영화 시리즈를 넣었다. 분명 시청자들이 흡족해 할 거라고 생각했다. 그리고 남은 시간에는 「아빠는 멋쟁이」 몇 편을 끼워 넣었다.

아르테미스 역시 아르테미비전이라는 비디오피드 채널을 운영하고 있었다. 나는 항상 모니터 하나를 그 채널에 고정해두었다. 아르테미스 는 평소 월요일 저녁 편성대로 「스퀘어 펙Square Pegs」을 방송 중이었다. 이 다음엔 「일렉트라 우먼 앤 다이나 걸」이겠고, 「아이시스Isis」와 「원더 우먼」의 전편 방송으로 이어질 것이다. 아르테미스의 편성은 오랫동안 바뀌지 않았다. 하지만 편성은 전혀 중요하지 않았다. 아르테미비전은 여전히 최고의 시청률을 자랑했다. 최근에는 아르테미스라는 브랜드로 풍만한 여자 아바타들을 위한 의상을 출시해 대박을 터트리기도 했다. 아르테미스는 줄기차게 성공가도를 달리고 있었다.

디스트랙티드 글로브에서 그렇게 헤어진 그날 밤 이후 아르테미스는 연락을 뚝 끊어버렸다. 이메일과 전화와 채팅 요청을 모두 차단했고 블 로그 게시글도 전혀 올리지 않았다.

아르테미스에게 연락하기 위해 생각할 수 있는 모든 방법을 시도했 다. 그녀의 아바타로 꽃을 보내기도 했다. 그녀의 요새에도 몇 번이나 찾아갔다. 그녀의 위성에 있는 베나타라는 장갑을 두른 궁전이 그녀의 요새였다. 나는 노래를 담은 테이프와 쪽지를 상사병 폭탄처럼 하늘에 서 떨어뜨렸다. 또 한 번은 너무나도 절실한 마음으로 대형 카세트를 머리에 인 채로 피터 가브리엘의 〈인 유어 아이즈〉를 크게 틀어놓고, 문밖에서 꼬박 두 시간을 기다린 적도 있다.

그녀는 나오지 않았다. 궁전 안에 있는지조차 알 수 없었다.

콜럼버스로 이사 온 지는 벌써 5개월이 훌쩍 넘었고, 아르테미스와 연락이 끊긴 지는 8주가 흘렀다. 아주 길고 고통스러운 시간이었다. 하지만 그 시간을 맥없이 자기 연민에 빠져 있지만은 않았다. 뭐 전혀 안 그랬다고 할 수는 없겠지만. 섹터를 누비는 세계적으로 유명한 건터로서의 '새 인생'을 즐기려고 노력했다. 내 아바타의 파워 레벨은 이미 최고치였지만 닥치는 대로 퀘스트를 수행하면서 무기와 마법 아이템과 우주선을 이미 차고 넘치는데도 계속 모았다. 수집한 아이템은 전부 요새 안 깊숙이 넣어둔 금고에 보관했다. 퀘스트는 나를 바삐 움직이게 해주었고, 점점 더 커져가는 외로움과 소외감을 잊게 해주었다.

아르테미스한테 차인 후에 에이치와 다시 연락하려고 애썼지만 상황이 전과 같지는 않았다. 에이치와의 사이가 멀어진 것은 모두 내 탓이었다. 대화는 겉돌았고 둘 다 상대방이 써먹을지도 모르는 일급 정보를 흘릴까 두려워 하며 속내를 터놓지 않았다. 에이치는 더는 나를 믿지 않았다. 내가 아르테미스를 향한 열정에 푹 빠져 있는 동안 에이치는 비취 열쇠를 찾는 첫 번째 건터가 되겠다는 열정에 취해 있었다. 하지만 우리가 첫 번째 관문을 통과한 지 거의 반년이 지났고 비취 열쇠는 여전히 안개에 싸여 있었다.

나는 한 달 가까이 에이치와 말을 하지 않았다. 마지막 대화에서 우리는 버럭버럭 소리를 지르며 심하게 다투었다. "내가 힌트를 주지 않았다면 넌 절대로 구리 열쇠를 못 찾았을 거야."라고 에이치의 비위를 건드리는 순간 대화는 끝났다. 에이치는 말없이 나를 노려보다가 채팅방에서 나가버렸다. 그놈의 알량한 자존심 때문에 바로 전화해서 미안하다고 사과하지도 못했고 지금은 시간이 너무 많이 지나버렸다.

아아, 이보다 더 인생이 꼬일 수 있을까. 6개월 만에 가장 친했던 두 친구와의 우정에 금이 가버렸다.

나는 에이치의 채널인 H피드로 채널을 돌렸다. 헐크 호건과 앙드레 더 자이언트가 출전한 1980년대 후반 WWF 경기가 나오고 있었다. 다이토와 쇼토의 채널인 다이쇼는 옛날 사무라이 영화를 틀고 있을 게 뻔했기 때문에 확인해볼 필요도 없었다. 그 형제는 사무라이 영화 외에는 방송한 적이 없었다.

에이치의 지하실에서 첫 모임이 좋지 않게 끝난 지 몇 달 후 다이토와 쇼토 형제와는 미약하나마 관계를 회복하는 데 성공했다. 셋이서 함께 팀을 이뤄 섹터 22에 있는 확장 퀘스트를 완수하면서였다. 전적으로 내 아이디어였다. 첫 모임이 그렇게 끝나버린 후 못내 찜찜한 마음에 두 사무라이에게 다가갈 기회만 기다리고 있었는데, 토쿠사츠 행성에 있는 쇼다이 우루토라맨이라는 숨겨진 고레벨 퀘스트를 발견했을 때 마침내 그 기회가 열렸다. 퀘스트 상세 정보에 나와 있던 생성날짜는 할리데이 사망 이후 몇 년이 지난 시점이었으므로 상금 쟁탈전과는 무관할 수밖에 없었다. 더군다나 GSS 홋카이도 지사에서 제작한 일본어로 된 퀘스트였다. 오아시스 계정마다 기본으로 설치된 만다락스 실시간 번역 소프트웨어를 이용해 혼자 시도해볼 수도 있었지만 다소 위험했다. 만다락스가 퀘스트 설명이나 단서를 엉터리로 번역하면 자칫 치명적인 실수로 이어질 수 있었다.

다이토와 쇼토는 일본에서 살고 있었으며(일본의 국가 영웅이 되었다) 둘 다 일본어와 영어가 아주 유창했다. 그래서 연락을 취해 이번 퀘스트만 팀으로 해볼 생각이 있는지 넌지시 떠보았다. 둘은 처음에는 다소 회의적이었으나 이번 퀘스트가 가진 특성과 퀘스트를 완수했을 때 받을 보상에 대해 구구절절 설명을 늘어놓자 찬성으로 기울었다. 우리 셋은 토쿠사츠 행성의 퀘스트 관문 밖에서 만나 함께 안으로 들어갔다.

그 퀘스트는 1966년부터 1967년까지 일본에서 방영된 TV 시리즈인 「울트라맨」 원작 39편을 재현한 것이었다. 이야기는 과학특수대의 하야타라는 인물을 중심으로 펼쳐졌다. 과학특수대는 끊임없이 지구를 공격하고 인류 문명을 위협하는 고질라 같은 거대 괴수와 맞서 싸우는 임무를 띤 조직이었다. 과학특수대가 감당하기 벅찬 상황에 부닥치면 하야타는 베타 캡슐이라는 특수 장치를 이용해 울트라맨이라는 슈퍼히어로로 변신했다. 그런 다음 다양한 격투기 동작과 에너지 공격을 이용해서 그 주의 괴수를 물리쳤다.

퀘스트에 혼자 들어갔다면 아마도 자동으로 하야타가 되어 전편을 플레이해야 했을 것이다. 하지만 세 명이 한꺼번에 들어갔기 때문에 각기 다른 과학특수대 대원을 선택할 수 있었다. 다음 단계, 즉 다음 '에피소드'로 바뀔 때 역할을 바꿀 수 있었다. 우리 셋은 하야타와 그의 과학특수대 동료인 호시노 대원과 아라시 대원 역할을 교대로 바꿔가며 플레이했다. 오아시스 퀘스트가 대부분 그렇듯이 팀을 이루니 다양한 적들을 물리치고 각 단계를 깨기가 훨씬 더 수월했다.

우리는 한 주 내내 매달린 끝에 마침내 39단계를 모두 깨고 퀘스트를 완수했다. 하루에 16시간 이상씩 쏟아붓는 날도 많았다. 퀘스트 관문을 빠져나왔을 때는 각자 어마어마한 경험치와 수천 크레딧을 받았다. 하지만 진정한 횡재는 극히 희귀한 아이템인 하야타의 베타 캡슐이었다. 작은 금속 실린더 모양의 베타 캡슐을 소유한 아바타는 하루에 한 번 최대 3분까지 울트라맨으로 변신할 수 있었다.

우리가 세 명이었기 때문에 그 아이템을 누가 가져야 하는가를 놓고 공방이 오고 갔다. "파르지발 형이 가져야지." 쇼토가 다이토를 쳐다보면서 말했다. "이 형이 발견한 퀘스트잖아. 이 형 아니었으면 우린 이런 퀘스트가 있는지도 몰랐을 텐데."

물론 다이토는 반대했다. "쟤는 우리 도움이 없었으면 이 퀘스트 완수 못했어!" 다이토는 베타 캡슐을 경매로 팔아서 수익금을 쪼개는 방법이 가장 공평하다고 말했다. 하지만 나로서는 그 의견에 동의할 수 없었다. 베타 캡슐처럼 귀하디귀한 아이템을 그냥 팔 수는 없었다. 경매에 나온 중요한 희귀한 아이템이란 아이템은 죄다 식서들이 싹쓸이했기 때문에 경매에 올리자마자 놈들의 손아귀에 들어갈 게 뻔했다. 형제의 마음을 구슬릴 기회라는 생각도 들었다.

"베타 캡슐은 너희가 가져." 나는 말했다. "우루토라맨은 일본 최고의 슈퍼히어로잖아. 그의 파워는 일본인 손에 있는 게 맞아."

두 형제는 나의 너그러움에 깜짝 놀라면서 겸손을 떨었다. 특히 다이토가 그랬다. "고맙다, 파르지발 상." 다이토가 허리를 굽히며 말했다. "넌 의리를 아는 사나이다."

그리하여 우리 셋은 동맹까지는 아니지만 친구가 되어 헤어졌고 나는 애쓴 보람을 느꼈다.

알람 소리가 들려 시계를 보았다. 벌써 8시 정각이 다 되어갔다. 돈을 벌 시간이었다.

• • •

아무리 절약해도 늘 생활비에 쪼들렸다. 현실에서도 오아시스에서도 매달 뭉텅뭉텅 돈이 빠져나갔다. 현실에서의 지출 항목은 아주 평범했다. 집세, 전기세, 식비, 수도세, 하드웨어 수리비 및 업그레이드 비용 정도였다. 아바타의 지출 항목은 훨씬 특이했다. 우주선 수리비, 순간이동 요금, 배터리, 탄약. 나는 탄약을 벌크로 구매했지만 여전히 비쌌다. 매달 순간이동 요금은 천문학적인 액수에 달했다. 에그를 찾아다니기 위해서는 끊임없이 돌아다녀야 했고 GSS는 순간이동 요금을 계속 인상했다.

광고 계약금으로 받은 돈은 다 떨어져 갔다. 대부분은 새 장치를 사고 소행성을 구입하는 데 들어갔다. 내 POV 채널에 상업광고 시간을 팔고, 돌아다니다 주운 마법 아이템과 갑옷과 무기 중에서 필요 없는 아이템을 경매에 팔아서 버는 금액도 제법 쏠쏠했다. 하지만 주 수입원은 풀타임 오아시스 기술지원 상담원으로 일하고 받는 봉급이었다.

나는 브라이스 린치라는 가짜 신분을 만들 때 대학 졸업장과 각종 기술 자격증, 오아시스 프로그래머와 앱 개발자로 근무한 화려한 경력을 가진 인물로 포장했다. 하지만 그렇게 번지르르한 가짜 이력서에도 불구하고 내가 구할 수 있는 유일한 일자리는 GSS에서 오아시스 고객서비스와 기술지원을 위임한 도급업체 중 하나였던 헬프풀 헬프데스크 주식회사에서 일하는 기술지원 상담원이었다. 그것도 가장 전문성이 낮은 1차 상담원이었다. 주당 40시간씩 멍청한 꼴통들이 오아시스 콘솔을 재부팅하거나 햅틱 장갑의 드라이버 업데이트하는 것을 돕는 일이었다. 대단히 고된 허드렛일이었지만 생활비는 벌 수 있었다.

개인 오아시스 계정에서 로그아웃하고 나서 같은 이머전 장치를 이용해 업무용으로 발급받은 별도의 오아시스 계정으로 로그인했다. 로그인이 완료되었고, 나는 고객 전화를 받을 때 사용하는 해피 헬프데스크 아바타를 조종했다. 이 아바타는 개성이라고는 찾아볼 수 없는 켄 인형*이었다. 이 아바타는 거대한 가상콜센터 안 가상파티션 속에서 가상책상에 앉아 가상헤드셋을 끼고 가상컴퓨터를 하고 있었다.

이곳은 나만의 가상지옥처럼 여겨졌다.

헬프풀 헬프데스크 주식회사는 매일 전 세계에서 걸려오는 수백만

---

* 바비 인형의 남자친구 – 옮긴이

건의 전화를 처리했다. 24시간 연중무휴였다. 화가 나서 방방 뛰고 쩔쩔매는 바보천치들이 줄을 이었다. 전화 사이에는 잠깐의 짬도 없었다. 몇 시간을 기다려서라도 기술지원 상담원의 손을 빌려 문제를 해결하려는, 그런 하나같이 멍청한 꼴통들은 항상 수백 명씩 대기 중이었기 때문이다. 왜 귀찮게 인터넷을 검색한단 말인가? 다른 누군가가 얼마든지 고민을 대신해주는데 왜 스스로 문제를 해결하려 노력하겠는가?

평소처럼 근무 시간 10시간은 더디게만 흘러갔다. 헬프데스크 아바타가 개인 파티션을 떠나는 것은 불가능했지만 나는 용케 지루함을 달랠 방법을 찾아냈다. 내 업무 계정은 다른 웹사이트를 열어볼 수 없게끔 차단되어 있었지만, 전화를 응대하는 동안에 음악을 듣거나 하드디스크에 있는 영화 파일을 볼 수 있도록 바이저를 해킹했다.

마침내 근무가 끝났고 업무 계정에서 로그아웃하고는 즉시 개인 오아시스 계정으로 로그인했다. 새로 온 메일이 수천 개쯤 쌓여 있었다. 제목만으로도 내가 근무를 하는 동안 무슨 일이 일어났는지 알 수 있었다.

아르테미스가 드디어 비취 열쇠를 찾아냈다.

0021

전 세계에 있는 다른 모든 건터들처럼 나는 앞으로 득점판에 일어날 변화를 몸서리치게 두려워하고 있었다. 식서들에게 편파적으로 유리하게 작용하리라는 걸 잘 알고 있었기 때문이다.

우리 다섯 명이 첫 번째 관문을 통과하고 나서 몇 달 후 어느 익명의 아바타가 울트라 초강력 희귀 아이템을 경매에 내놓았다. '핀도로의 수색 알약'이라는 아이템이었다. 이 아이템에는 알약을 가진 주인이 할리데이의 이스터에그를 찾는 데 매우 유용하게 써먹을 수 있는 독보적인 능력이 있었다.

오아시스의 가상아이템은 대부분 시스템에서 무작위로 만들어졌다. 그래서 NPC를 죽이거나 퀘스트를 완수하는 순간 '생성'되었다. 그중에서 가장 희소가치가 높고 놀라운 능력을 부여하는 초강력 마법 아이템들을 희귀 아이템이라고 불렀다. 희귀 아이템은 고작해야 몇백 개였는데 대부분은 오아시스가 아직 MMO 게임 기능이 주였던 초창기에 만들어졌다. 모든 희귀 아이템은 오아시스 전체를 통틀어 딱 한 개씩만 존재했다. 보통 이런 희귀 아이템을 획득하려면 고레벨 퀘스트의 끝에 있는 거대한 악당을 물리쳐야 했다. 운이 좋으면 그 악당이 죽을 때 희귀 아이템을 얻을 수 있었다. 또 아이템 보관함에 이 아이템을 갖고 있는 아바타를 죽인 다음 뺏을 수도 있었고 온라인 경매 사이트에서 돈을 주고 사는 방법도 있었다.

희귀 아이템은 극도로 구하기가 어려웠기 때문에 경매 사이트에 올라오는 즉시 세상이 떠들썩해지곤 했다. 아이템의 파워에 따라 수십만 크레딧에 팔리기도 했다. 최고 기록은 3년 전 카타클리스트라는 희귀 아이템이 경매에 부쳐졌을 때 수립되었다. 경매 정보에 따르면 카타클리스트는 일종의 마법 폭탄으로 오직 한 번만 사용할 수 있었다. 폭탄이 터지면 같은 섹터에 있는 아바타와 NPC는 모조리 죽는다고 했다. 아이템 주인도 예외가 아니었다. 방어는 불가능했다. 폭탄이 터질 때 재수 없게 같은 섹터에 있기만 하면 공격력이나 방어력과 관계없이 목숨을 부지할 가망은 전혀 없었다.

카타클리스트는 100만 크레딧 이상을 부른 익명의 낙찰자에게 팔렸다. 아직 폭발은 없었다. 새 주인이 어딘가에서 적절한 때를 기다리며 보관 중이라는 뜻이었다. 아이템은 농담의 소재로도 사용됐다. 여자 건터들은 주변에 마음에 안 드는 아바타가 꼬여 들면 보관함에 카타클리스트가 있다고 주장하며 이것을 폭파시키겠다고 협박했다. 하지만 대다수는 이 아이템이 수많은 다른 초강력 희귀 아이템들과 마찬가지로 식서들의 손아귀에 들어갔을 거라고 믿는 눈치였다.

핀도로의 수색 알약은 카타클리스트보다도 훨씬 더 비싼 값에 팔릴 분위기였다. 경매 정보에 따르면 이 알약은 둥글납작하고 광택이 있는 검은 돌 모양으로 아주 단순한 능력이 숨어 있었다. 하루에 한 번 아이템 주인은 알약 위에 아무 아바타의 이름이나 적을 수 있었고, 알약은 그 아바타의 정확한 위치를 보여줄 것이다. 하지만 이 능력에는 범위 한계가 있었다. 만약 아이템 주인이 위치를 추적하려는 표적 아바타와 다른 섹터에 있다면 알약은 표적이 있는 섹터 정보만 알려준다. 이미 같은 섹터에 있다면 표적 아바타가 어느 행성에 있는지(혹은 우주공간에 나와 있다면 가장 가까운 행성이 어디인지) 알려준다. 이미 같은 행성에 있다면 표적 아바타가 있는 정확한 좌표까지 지도에 표시되는 식이었다.

판매자가 경매 정보에 언급했다시피 득점판과 연계시켜 알약의 능력을 사용하면 오아시스 전체에서 가장 위력적인 희귀 아이템이 된다는 점은 확실했다. 알약만 손에 넣으면 득점판의 상위권 순위를 눈 빠지게 쳐다보면서 누군가의 점수가 올라가기만 기다리면 될 판이었다. 점수가 오르는 즉시 해당 아바타의 이름을 알약에 적으면 정확히 그 순간에 해당 아바타가 어디에 있는지 알 수 있었다. 즉 방금 열쇠를 찾은 위치나 방금 빠져나간 관문의 위치가 노출될 것이다. 범위 한계 때문에 열쇠나 관문의 정확한 위치를 좁혀나가기 위해서는 두세 번 시도해야 할지도 모르지만 그렇더라도 여전히 많은 사람들이 살인도 마다치 않을 정보였다.

핀도로의 수색 알약이 경매에 나왔을 때 회원 수가 많은 대형 건터 클랜들 사이에는 치열한 입찰 경쟁이 벌어졌다. 하지만 경매가 마감되었을 때 그 알약은 200만 크레딧에 달하는 최종 낙찰가로 식서들의 손아귀에 넘어갔다. 소렌토는 자신의 IOI 계정으로 직접 입찰에 참여했다. 그는 경매가 마감되기 직전까지 기다렸다가 가장 높은 가격을 제시했다. 익명으로 할 수도 있었지만 그렇게 하지 않은 것은 누가 그 희귀 아이템을 손에 넣었는지를 온 세상에 알리려는 수작이었다. 또 하이 파이브 일원들에게 이제부터 우리 중의 누군가가 열쇠를 찾거나 관문을 통과하면 당장에 추적하겠다고 선포하는 그만의 방식이기도 했다. 우리로서는 달리 대책을 세울 수가 없었다.

처음에는 식서들이 알약을 써서 한 번에 한 명씩 우리 다섯 명을 차례로 찾아내서 죽이려고 들까 봐 걱정이 되었다. 하지만 우리 아바타의 위치를 찾아내더라도 때마침 PvP 전투 구역에 있으면서 멍청하게 넋 놓고 식서들을 기다리지 않는 이상 무용지물일 게 뻔했다. 알약은 하루에 한 번만 사용할 수 있었으므로 우리를 찾느라고 알약을 사용한 날에 득점판에 변동이 생긴다면 절호의 기회를 날리게 되는 셈이었다. 놈들은 그런 위험을 감수하지 않았다. 그 희귀 아이템을 잘 간직한 채 호시탐탐 기회를 노리고 있었다.

• • •

아르테미스의 점수가 올라간 지 30분도 채 되지 않아 식서의 전 함대가 섹터 7로 몰려가는 장면을 목격할 수 있었다. 득점판에 변화가 생기자마자 식서들이 핀도로의 수색 알약을 사용해서 아르테미스의 정확한 위치를 추적한 것이었다. 다행히 알약을 사용한 식서가(누가 보아도 소렌토일 가능성이 높았다) 아르테미스와 다른 섹터에 있었기에 아르테미스가 머물렀던 행성의 정보는 노출되지 않았다. 알약은 아르테미스가 있는 섹터 정보만 알려주었다. 이로써 식서의 전 함대는 즉시 섹터 7로 출동했다.

조심성이라고는 찾아볼 수 없는 식서들의 요란한 출동 덕분에 비취 열쇠가 분명 섹터 7 어딘가에 숨겨져 있다는 사실이 만천하에 드러났다. 수많은 건터들이 섹터 7로 몰려가기 시작한 것은 당연했다. 식서들이 자진해서 수색 범위를 좁혀준 꼴이었다. 다행히 섹터 7에는 수백 개의 행성과 위성 및 기타 천체들이 있었고 그중 어디에 비취 열쇠가 있는지는 아무도 알 수 없었다.

왕좌를 빼앗겼다는 뉴스에 큰 충격을 받은 나는 그날 내내 그 충격에서 헤어나올 수가 없었다. 왕좌를 빼앗겼다는 표현은 정확히 뉴스피드

헤드라인에서 사용하고 있는 표현이었다.

'파르지발, 왕좌를 빼앗기다! 아르테미스 넘버원 건터로 등극! 식서들 바짝 추격 중!'

간신히 정신을 수습하고 난 뒤에 나는 득점판을 연 다음 꼬박 30분 동안 미동도 하지 않고 노려보며 나 자신을 따끔하게 질책했다.

최고 점수:

1.	아르테미스	129,000	丗
2.	파르지발	110,000	丗
3.	에이치	108,000	丗
4.	다이토	107,000	丗
5.	쇼토	106,000	丗
6.	IOI-655321	105,000	丗
7.	IOI-643187	105,000	丗
8.	IOI-621671	105,000	丗
9.	IOI-678324	105,000	丗
10.	IOI-637330	105,000	丗

누구 탓할 거 없어. 다 네 탓이야. 넌 성공에 기고만장했어. 농땡이나 치고. 뭐야, 행운의 벼락이 또 내려치기라도 할 줄 알았어? 비취 열쇠를 찾을 단서가 우연히 하늘에서 떨어지리라고? 1위 자리에 떡 하니 앉아 거드름이나 피우다니. 이제 그럴 수도 없어. 그렇지, 멍청아? 정신을 바짝 차리고 퀘스트에 집중하기는커녕 1위 자리를 네 발로 걸어차 버렸잖아. 실제로 만난 적도 없는 여자애 때문에 폐인이 되어 거의 반년이나 날려 먹은 거야. 널 차버린 여자. 널 밟고 올라서려고 안달인 여자 때문에.

이제, 바보짓은 그만하고 게임에 다시 집중해. 열쇠를 찾아, 나는 속으로 생각했다.

갑자기 상금 쟁탈전에서 이기고 싶다는 욕망이 그 어느 때보다 강하게 불타올랐다. 꼭 상금 때문만은 아니었다. 아르테미스에게 인정받고 싶었다. 에그 찾기를 끝내고 아르테미스와 다시 연락하고 싶었다. 실제로 그녀를 만나서 얼굴을 마주 보고 그녀를 향한 내 감정을 확인하고 싶었다.

나는 득점판을 화면에서 치우고 성배 일기를 펼쳤다. 어느덧 성배 일기는 상금 쟁탈전이 시작되었을 때부터 모아놓은 정보가 축적된 방대한 데이터 파일이 되어 있었다. 여러 브라우저 창이 연쇄적으로 펼쳐지며 텍스트, 지도, 사진, 오디오, 비디오 파일이 튀어나왔다. 모두 색인이 붙어 있고 하이퍼링크로 연결되어 있으며 생동감이 넘쳤다.

브라우저 창의 맨 윗부분은 항상 쿼트랭 차지였다. 4줄의 문장, 19개의 단어, 47개의 글자. 너무 자주 너무 오랫동안 쳐다본 나머지 이제는 글자가 아닌 꿈틀거리는 지렁이로 보일 지경이었다. 다시 쳐다보고 있는 지금도 분노와 좌절감에 못 이겨 악을 쓰고 싶은 충동이 목구멍까지 차올랐다.

캡틴은 비취 열쇠를 숨겼다네

오랜 세월 방치된 집 안에

하지만 호루라기를 불 수 있다네

오직 트로피가 다 모였을 때에

답은 분명 이 안에 있었다. 아르테미스는 이미 해답을 찾았다.

일명 캡틴 크런치라고 알려진 존 드레이퍼와 그를 해커계의 전설로 남게 한 장난감 호루라기에 대한 기록을 다시 읽었다. 나는 여전히 할리데이가 말하는 '캡틴'과 '호루라기'가 이것을 가리킨다고 믿었다. 하지만 나머지 부분이 도통 풀리지 않았다.

하지만 이제 새로운 정보가 하나 더 있었다. 열쇠가 섹터 7의 어딘가에 있다는 정보였다. 그래서 나는 오아시스 아틀라스 지도 소프트웨어를 연 다음 어떻게든 퀘트랭과 연관이 있을 법한 이름을 가진 행성을 찾아보기 시작했다. 스티브 워즈니악이나 케빈 미트닉 같은 유명한 해커의 이름을 딴 행성은 몇 개 있었지만, 존 드레이퍼의 이름을 딴 행성은 없었다. 섹터 7에는 옛날 유즈넷 뉴스그룹의 이름을 딴 행성이 많았는데, 그중 알트프리킹이라는 행성에 한 손에는 옛날 다이얼식 전화기를, 한 손에는 캡틴 크런치의 호루라기를 쥐고 있는 드레이퍼의 동상이 있긴 했다. 하지만 그 동상은 할리데이가 사망한 후로 3년이 지나서 세워진 것이었다. 역시 막다른 길이었다.

퀘트랭을 다시 한번 읽었는데 이번에는 마지막 두 행이 새롭게 다가왔다.

하지만 호루라기를 불 수 있다네
오직 트로피가 다 모였을 때에

트로피. 섹터 7의 어딘가에 있는 트로피. 나는 섹터 7에서 트로피들을 수집해야 했다.

나는 할리데이 관련 파일을 재빨리 훑어보았다. 내가 찾은 바로는 할리데이가 받은 유일한 트로피는 20세기 말에 수상한 올해의 게임 디자이너상 다섯 개였다. 이 트로피들은 콜럼버스에 있는 GSS 박물관에 소장되어 있었는데 오아시스에도 아케이드라는 행성에 복제품이 있었다.

게다가 아케이드는 섹터 7에 있었다.

연결고리는 희미했지만 직접 확인하고 싶었다. 최소한 앞으로 몇 시간 동안 뭔가 생산적인 일을 한다는 느낌은 들 것 같았다.

나는 작전실 모니터에서 삼바를 추느라 정신없는 맥스를 쳐다보았다. "맥스, 보네거트호 이륙 준비해. 짬이 난다면."

맥스는 춤을 멈추고 한쪽 입꼬리만 올리고 웃었다. "알겠습니다, 엘코만체로!"

나는 벌떡 일어나서 「스타트렉」 원작 시리즈에 나오는 터보리프트를 본떠서 만든 엘리베이터로 걸어갔다. 네 층을 내려가 무기고로 들어갔다. 내 무기고는 철제 선반장과 진열장과 무기가 놓인 선반으로 가득 찬 거대한 창고였다. 나는 아바타의 보관함을 열었다. 보관함은 아바타의 모습을 옛날 '종이인형'처럼 보여주었기 때문에 다양한 아이템과 장비를 드래그앤드롭으로 끌어다 놓을 수 있었다.

아케이드는 PvP 전투 구역이었으므로 장비를 업그레이드하고 최상의 갑옷을 걸치기로 했다. 번쩍거리는 +10 헤일 갑옷 강화복을 입고, 내가 가장 아끼는 광선총을 차고, 펌프연사식 피스톨그립 산탄총과 +5 보팔 용병 검을 등에 매달았다. 또 몇 가지 중요한 아이템들도 챙겼다. 반중력 부츠, 마법 저항의 반지, 보호의 부적, 거인 힘의 팔뚝 장갑을 챙겼다. 뭔가 필요할 때 없는 걸 질색하는 성격 탓에 보통 세 명이 차고 다녀도 충분할 만큼 많은 장비를 준비하곤 했다. 보관함이 꽉 찬 다음에는 소유의 배낭에 여분의 장비를 넣었다.

장비를 다 챙긴 후에 엘리베이터에 올라타자 눈 깜짝할 새에 요새의 가장 아래층에 위치한 격납고 입구에 도착했다. 깜빡이는 파란 유도등이 활주로를 따라 늘어서 있었고 격납고 중앙을 지나 통로의 끝에 있는 큼지막한 장갑문까지 이어졌다. 이 문은 연결통로로 이어지고 소행성 지표면에 설치된 개폐구까지 이어졌다.

활주로의 왼편에는 상흔이 남은 엑스윙 전투기가, 오른편에는 드로리안이 세워져 있었다. 활주로 중앙에는 내가 가장 자주 이용하는 우주선인 보네거트호가 대기하고 있었다. 맥스가 벌써 엔진을 가동시켜 두었기에 균등한 저음 엔진 소리가 격납고에 울려 퍼졌다. 보네거트호는 고전 드라마「파이어플라이」시리즈에 나왔던 세레니티호를 본 떠서 멋지게 개조한 파이어플라이급 대형 수송기였다. 처음에 우주선이 생겼을 때는 케일리호라고 명명했지만 곧바로 내가 가장 아끼는 20세기 최고의 소설가 중 한 명의 이름으로 바꿨다. 상흔이 있는 회색 선체 측면에는 보네거트호라고 스텐실로 찍혀 있었다.

보네거트호는 섹터 11에 있는 웨돈버스라는 구역을 여기저기 유람하는 동안 어리석게도 내 엑스윙을 납치하려 한 오비랍토르 클랜의 간부 녀석으로부터 빼앗은 우주선이었다. 오비랍토르는 자신들이 누구를 건드리고 있는지도 모르는 시건방진 꼴통들이었다. 놈들이 공격을 개시하기 전부터 아주 괘씸하다는 생각이 들었다. 보통 때 같으면 광속으로 항행해 그냥 피해 버렸겠지만 그날만큼은 보복을 결심했다.

우주선은 다른 오아시스 아이템들과 마찬가지로 각각 속성과 무기와 속력이 달랐다. 엑스윙은 오비랍토르의 대형 수송기보다 훨씬 기동성이 뛰어났다. 적기 후면에서 날아오는 포격을 피하면서 레이저 볼트와 양성자 어뢰를 퍼부어대는 것은 식은 죽 먹기였다. 나는 적기의 엔진을 파괴한 다음 수송기 안으로 들어가 안에 있던 아바타를 전멸시켜 버렸다. 선장은 내가 누군지 알아차리자마자 당장 사과하려 했으나 용서할 마음 따위는 눈곱만큼도 없었다. 승무원을 모두 처치한 후에 나는 화물 적재실에 엑스윙을 격납하고 새 우주선을 타고 유유히 집으로 돌아왔다.

보네거트호에 다가가자 탑승발판이 바닥으로 내려왔다. 조종석에 도착할 즈음 우주선은 벌써 이륙하기 시작했다. 조종석에 앉자마자 쿵 하고 이륙 장치가 접히는 소리가 들렸다.

"맥스, 요새에 보안 가동하고 아케이드 행성으로 항로를 잡아."

"그럼요, 캐-캐-캡틴." 맥스는 조종석 모니터에서 더듬거리며 말했다. 격납고의 개폐구가 스르륵 열리고 보네거트호는 로켓처럼 발사되어 별이 가득한 우주로 날아올랐다. 우주선이 일단 지상을 벗어나자 개폐구가 쾅하고 닫혔다.

팔코의 고궤도에서 진을 치고 있는 우주선이 몇 대 눈에 들어왔다. 유력한 용의자들은 광적인 팬, 신봉자들, 현상금 사냥꾼이 되려는 자들이었다. 지금도 몇 명은 마치 꼬리표처럼 찰싹 들러붙어 있었다. 이들은 실력 좋은 건터들의 뒤꽁무니나 졸졸 따라다니면서 동태를 살펴 정보를 모으는 족속들이었다. 나중에 팔아먹기 위해서였다. 광속으로 항행하면 이런 떨거지들쯤은 가볍게 떨쳐낼 수 있었다. 그들로서는 참 다행이었다. 나를 졸졸 따라오는 사람을 떼어놓을 뾰족한 수가 없다면 멈춰 서서 죽이는 길밖에 없었으니 말이다.

보네거트호가 광속으로 항행하는 동안 지나치는 모든 행성은 기다란 한 줄기 빛처럼 보였다. "과-과-광속 항행 중입니다, 캡틴." 맥스가 보고했다. "아케이드 도착 예정 시간은 대략 53분 후입니다. 가장 가까운 스타게이트를 이용하신다면 15분이 걸립니다."

스타게이트는 각 섹터의 전략적 요충지에 위치해 있었다. 우주선 크기만큼 큰 순간이동기에 불과했지만 우주선의 질량과 비행거리에 따라 요금을 징수했기 때문에 보통 기업이나 크레딧이 남아도는 재벌 아바타만 스타게이트를 이용했다. 나는 어느 쪽도 아니었지만 한시가 급한 만큼 기꺼이 지르기로 했다.

"스타게이트로 가자, 맥스. 한시가 급해."

0022

　　보네거트호가 초공간에서 빠져나오자 아케이드
행성이 갑자기 조종석 유리창 전면을 꽉 채웠다. 아케이드는 그 일대에
있는 다른 행성들 사이에서 유독 도드라졌는데, 사실적으로 코딩되지
않았기 때문이었다. 이웃한 행성들은 모두 둥근 표면에 구름이나 대륙,
충돌구가 완벽하게 표현된 모습이었다. 하지만 아케이드는 달랐다. 오
아시스 최대 규모의 고전 비디오게임 박물관이 있는 행성답게 1970년
대 후반에서 1980년대 초반까지 유행했던 벡터 그래픽 게임에 대한 헌
정의 의미로 꾸며졌다. 아케이드 행성 표면은 공항 활주로에 있는 유도
등을 닮은 형광 녹색 점들로만 이뤄져 있었다. 녹색 점은 완벽한 그리
드 위에 있는 행성 전체에 고루 퍼져 있어 궤도에서 본 아케이드의 모
습은 꼭 아타리 사가 1983년에 출시한 〈스타워즈〉 아케이드 게임에 나
오는 벡터 그래픽 '데스 스타' 같았다.

　　맥스가 보네거트호를 행성 표면으로 접근시키고 있을 때 나는 혹시
모를 전투에 대비해 갑옷을 충전하고 치료약과 나노팩을 챙겼다. 아케
이드는 PvP 전투 구역이자 카오스 구역, 즉 마법과 기술이 모두 작동하
는 구역이었다. 그래서 전투 대비 매크로를 빠짐없이 로딩했는지도 다
시 한번 점검했다.

보네거트호의 완벽하게 표현된 철제 탑승발판이 지상에 닿으면서 아케이드의 검은 표면과 선명한 대비를 이루었다. 나는 탑승발판을 다 내려간 다음 오른쪽 손목에 있는 키패드를 터치했다. 탑승발판은 원상태로 접혔고 우주선의 보안시스템이 활성화되면서 날카로운 웅웅 소리가 들렸다. 투명한 파란색 방어막이 보네거트호의 선체를 감쌌다.

나는 지평선을 쳐다보았다. 지평선은 산맥을 나타내는 삐죽삐죽한 녹색 선이었다. 지상에서 본 아케이드는 1981년 아타리 사에서 나온 또 다른 고전 벡터 그래픽 게임인 〈배틀존〉의 배경과 정확히 똑같았다. 저 멀리 삼각형 화산이 녹색 픽셀 용암을 내뿜고 있었다. 화산을 향해 며칠을 달려가더라도 절대 가까이 갈 수는 없었다. 언제나 지평선에 머물기 때문이었다. 옛날 비디오게임에서처럼 행성 전체를 한 바퀴 돈다고 해도 절대 그 풍경은 바뀌지 않았다.

내 명령에 따라 맥스는 보네거트호를 동반구 적도 근처에 착륙시켰다. 착륙장은 텅 비어 있었고 주변은 황량했다. 나는 가장 가까이에 있는 녹색 점으로 걸어갔다. 다가가면서 보니 실제로는 지름 10미터의 녹색 원으로, 지하로 이어지는 통로 입구였다. 아케이드는 속이 빈 행성이었고 박물관은 모두 행성 표면 아래에 있었다.

가장 가까이에 있는 통로 입구로 다가서자 안쪽에서 음악 소리가 크게 뿜어져 나왔다. 데프 레퍼드의 《히스테리아》 앨범에 수록된 〈포어 섬 슈거 온 미〉라는 곡이었다(에픽 레코드, 1987년). 나는 형광 녹색 원의 가장자리로 다가가 안으로 폴짝 뛰어들었다. 아바타가 박물관으로 추락하는 동안 녹색 벡터 그래픽은 사라지고 다시 고해상도 총천연색 풍경이 나타났다. 나를 둘러싼 주위는 다시 완벽할 정도로 사실적으로 보였다.

아케이드의 지하에는 수많은 옛날 오락실이 자리하고 있었다. 모두 현실세계 어딘가에 실제로 존재했던 오락실을 애정 어린 마음으로 재현한 것들이었다. 오아시스의 역사가 시작된 이래 수많은 중년층 유저들은 이곳으로 몰려와 어린 시절 추억이 깃든 동네 오락실의 가상복제품을 코딩하기 위해 구슬땀을 흘렸고 이들이 만든 가상오락실은 박물관에 영원히 남겨졌다. 모든 가상오락실에는 옛날 오락기 옆에 볼링장과 피자를 파는 매점이 함께 있었다. 세상에 나온 적이 있는 모든 동전투입식 오락기는 최소한 한 대 이상 이곳에 있었다. 오리지널 롬파일은 오아시스 소스 코드에 저장되었고 나무로 된 오락기 본체는 골동품 같은 원래 모습 그대로 코딩되었다. 여러 명의 게임 디자이너와 퍼블리셔를 기리며 만든 기념관과 전시장도 박물관 곳곳에 흩어져 있었다.

박물관은 복층 구조로 지하 도로, 터널, 계단, 엘리베이터, 에스컬레이터, 사다리, 미끄럼틀, 트랩도어, 비밀통로 등으로 복잡하게 연결된 커다란 동굴로 이루어져 있었다. 한마디로 거대한 복층 지하 미로 같았다. 아차 하면 길을 잃기 쉬운 곳이었던 만큼 나는 화면에 3D 홀로그래픽 지도를 계속 켜두었다. 내 아바타의 현재 위치는 깜빡이는 파란색 점으로 표시되었다. 내가 들어온 곳은 알라딘의 성이라는 옛날 오락실 옆에 있는 박물관으로 행성 표면에서 멀지 않은 곳이었다. 지도에서 행성의 핵 근처를 터치해 목적지를 가리키자 최단 경로가 표시되었다. 나는 길 안내를 따라 앞으로 달리기 시작했다.

박물관은 층별로 구분되어 있었다. 행성의 맨틀 부분에 가까운 현재 층에는 21세기 초반에 나왔던 마지막 동전투입식 오락기들이 놓여 있었다. 주로 의자가 진동하고 몸체가 기울어지는 1세대 햅틱 장치가 달린 전용 시뮬레이터 오락기들이었다. 여러 사람이 서로 경주를 펼칠 수 있는 네트워크로 연결된 자동차 경주 시뮬레이터도 있었다. 이 게임을 끝으로 이런 류의 게임은 더는 세상에 나오지 않았다. 그 무렵에는 이미 가정용 비디오게임 콘솔이 널리 보급된 탓에 동전투입식 오락기는 퇴물 취급을 받았다. 오아시스가 출시된 후에는 아예 생산 자체가 중단되었다.

박물관 안으로 깊숙이 들어갈수록 점점 더 오래된 게임이 나타났다. 20세기 말의 오락실 게임, 커다란 평면 모니터에서 딱딱한 폴리곤 렌더링 캐릭터로 상대가 죽을 때까지 두들겨 패는 대전 격투 게임, 조악한 햅틱 총으로 플레이하는 슈팅 게임, 댄싱 게임이 보였다. 이 층을 지나치자 모든 게임의 그래픽이 똑같아지기 시작했다. 커다란 직사각형 나무 본체에 브라운관과 조악한 조종기판이 달려 있었다. 이런 게임을 플레이할 때는 손과 눈을(그리고 심심치 않게 발을) 사용했다. 햅틱 장치 따위는 없었다. 이 게임은 플레이어에게 촉감을 전달하지는 못했다. 안으로 깊숙이 들어갈수록 그래픽은 점점 더 조악해졌다.

행성의 핵 부분에 위치한 박물관 맨 아래층은 역사상 최초의 비디오게임인 〈테니스 포 투〉 기념관이 있는 구 모양의 방이었다. 1958년에 윌리엄 히긴보텀이 발명한 이 게임은 옛날 아날로그 컴퓨터에서 돌아가며 지름 10센티미터쯤 되는 조그만 오실로스코프 화면에서 플레이할 수 있었다. 바로 옆에 있는 옛날 PDP-1 컴퓨터의 복제품에는 〈스페이스워!〉가 구동되고 있었다. 이 게임은 1962년에 MIT 학생들이 머리를 맞대고 개발한 역사상 두 번째 비디오게임이었다.

다른 건터들에게 뒤질세라 나는 그간 아케이드 행성을 여러 번 찾아왔었다. 맨 아래층까지 내려가 〈테니스 포 투〉와 〈스페이스워!〉를 마스터할 때까지 플레이했다. 그리고 나서 다른 층을 돌아다니면서 게임도 하고 할리데이가 혹시 남겨두었을지 모르는 단서도 찾아다녔다. 하지만 아무 소득이 없었다.

나는 계속 아래쪽을 향해 달리다가 마침내 GSS 박물관에 다다랐다.

이 박물관은 행성의 핵 중심부에서 두 층쯤 떨어져 있었다. 전에 한 번 와본 적이 있던 터라 가는 길을 알고 있었다. GSS 박물관에는 가정용 컴퓨터 및 콘솔용으로 처음 발매되었던 몇몇 아케이드 게임 타이틀을 비롯해 GSS에서 출시한 인기 게임은 전부 다 소장되어 있었다. 할리데이가 올해의 게임 디자이너상으로 받은 다섯 개의 트로피와 그 옆에 할리데이 청동상이 진열된 전시관을 찾는 데는 그리 오래 걸리지 않았다.

일 분이나 지났을까 나는 거의 즉시 여기에 온 것이 시간 낭비였음을 깨닫게되었다. GSS 박물관은 진열 중인 어떤 아이템도 제거할 수 없도록 코딩되어 있었다. 따라서 이 트로피는 '수집'할 수가 없었다. 한동안 레이저 용접 토치를 들고 트로피를 받침대에서 떼어보려고 낑낑거렸지만 곧 포기했다.

역시 막다른 길이었다. 이번 여행 전체가 시간 낭비였다. 나는 마지막으로 한 번 더 주위를 둘러보고 좌절감을 애써 추스르며 출구로 향했다.

행성 표면으로 나갈 때는 왔던 길과는 다른 길을 택해 아직 샅샅이 뒤져본 적이 없는 구역을 살펴보리라 마음먹었다. 통로를 계속 달리자 동굴처럼 생긴 거대한 지하실로 이어졌다. 지하실에는 일종의 지하 도시가 자리하고 있었는데, 도시 전체가 피자 가게와 볼링장, 편의점, 오락실만으로 이루어진 도시였다. 텅 빈 거리를 여기저기 헤매던 차에 어느 뒷골목으로 들어서게 되었다. 골목 끝에 작은 피자 가게 입구가 있는 막다른 골목이었다.

나는 가게 이름을 보았을 때 그 자리에서 그대로 얼어버렸다.

'해피타임 피자'라는 이름의 가게였다. 1980년대 중반 할리데이가 살던 고향 마을에서 한 가족이 운영했던 아담한 피자 가게의 복제품이었다. 할리데이가 미들타운에 있는 해피타임 피자 코드를 복사해다가 이곳 아케이드 박물관에 몰래 숨겨놓은 듯했다.

이 가게가 대체 왜 여기 있는 걸까? 건터 게시판이나 공략 가이드 어디에도 이 피자 가게에 대한 언급은 없었다. 아직까지 아무도 찾아내지 못했다는 게 말이나 되는 일일까?

할리데이가 『아노락 연감』에서 해피타임 피자에 대해 몇 번 언급한 적이 있었기 때문에 그가 이 장소에 각별한 추억이 있다는 사실은 알고 있었다. 그는 방과 후에 자주 집에 가기 싫다는 핑계로 이 피자 가게에 들르곤 했다.

가게 안은 전형적인 1980년대 피자 가게 겸 오락실 분위기로 아주 정감어리고 섬세하게 꾸며져 있었다. NPC 종업원 몇 명이 카운터 뒤에 서서 도우를 던지고 피자를 자르고 있었다. (올파트릭스 향기 스탠드를 켜자 토마토소스 향을 음미할 수 있었다.) 가게의 반은 오락실이었고 반은 식당이었다. 물론 식당 쪽에도 오락기가 있었다. 모든 유리 테이블은 사실상 '칵테일 오락기'라고 알려진, 앉아서 할 수 있는 게임기였다. 사람들은 피자를 먹으면서도 앉은 자리에서 〈동키콩〉 게임을 즐길 수 있었다.

배가 고프다면 카운터에서 진짜 조각 피자를 주문할 수도 있었다. 주문이 내 아파트 단지에서 가까운 피자 가게 중에 내 오아시스 계정의 즐겨찾기 맛집 목록에 있는 가게로 전송되면 조각 피자가 아파트 현관으로 총알같이 배달되었고 음식값은(봉사료를 포함해서) 오아시스 계정에서 자동 차감되었다.

내가 오락실로 걸어 들어가는 동안 벽에 달린 스피커에서는 브라이언 아담스의 노래가 울려 퍼졌다. 브라이언 아담스는 가는 곳마다 아이들이 얼마나 록 음악을 원하는지 노래했다. 나는 동전교환기에 엄지를 대고 25센트 동전 한 개를 샀다. 철제 트레이에서 동전을 집어 들고는 시뮬레이션의 섬세함에 감탄을 금치 못하면서 오락실 안쪽으로 걸어

들어갔다. 〈디펜더〉 오락기 머리 부분에는 손글씨로 쓴 쪽지가 붙어 있었다. '가게 주인의 최고 점수를 깨면 커다란 피자 한 판이 공짜!'라고 적혀 있었다.

〈로보트론〉 오락기의 모니터에는 최고 점수 순위가 표시되고 있었다. 〈로보트론〉 게임에서 역대 최고 점수를 낸 사람에 한해서 점수 옆에 짧은 이니셜 대신 완전한 문장을 넣을 수 있었다. 이 오락기에서 1등을 한 사람은 소중한 승리자의 공간에 '룬드버그 교감은 완전 꼰대!'라고 써넣었다.

컴컴한 오락실 안쪽으로 계속 들어가다 보니 후미진 구석 한 켠에 있는 〈팩맨〉 오락기 앞에 다다랐다. 〈팩맨〉은 〈갤러그〉와 〈딕덕〉 사이에 끼어 있었다. 검은색과 노란색이 섞인 본체에는 파인 홈과 긁힌 자국이 가득했고 측면의 원색 그림은 칠이 벗겨져 있었다.

〈팩맨〉 오락기의 모니터는 꺼져 있었고 '고장'이라고 적힌 쪽지가 붙어 있었다. 왜 할리데이는 고장 난 오락기를 이 시뮬레이션에 넣었을까? 단순히 사실감을 더하기 위한 설정이었을까? 자못 호기심이 발동한 나는 좀 더 조사해보기로 마음먹었다.

오락기 본체를 벽에서 약간 앞으로 끌어당기자 뽑혀 있는 전원이 보였다. 콘센트에 전원을 꽂고 켜지기를 기다렸다. 멀쩡히 작동하는 듯했다.

오락기 본체를 원래대로 다시 밀어 넣고 있을 때 뭔가가 시선을 끌었다. 오락기 상판의 게임 이름이 적힌 유리 부분을 고정하고 있는 철판의 모서리에 놓여 있는 것은 다름 아닌 25센트짜리 동전이었다. 동전에 새겨진 날짜는 1981년, 팩맨이 처음 발매된 연도였다.

나는 1980년대에는 오락기 상판 귀퉁이에 동전을 올려놓아 다음 차례를 찜 하는 관례가 있었다는 사실을 알고 있었다. 하지만 그 동전은 집으려고 해도 꿈쩍도 하지 않았다. 용접이라도 된 듯했다.

뭔가 수상했다.

'고장'이라고 적힌 쪽지를 떼서 옆에 있던 〈갤러그〉 오락기에 붙이고 나서 시작 화면을 쳐다보았다. 귀신 캐릭터인 빨강이, 분홍이, 파랑이, 느림보가 차례대로 호명되었다. 화면 상단에 있는 최고 점수는 333만 3,350점이었다.

몇 가지 이상한 점이 있었다. 현실에서 〈팩맨〉 오락기는 한번 전원이 나가면 최고 점수가 없어지고 무조건 100만 점으로 바뀌었다. 하지만 이 기계는 333만 3,350점이 표시되어 있었다. 〈팩맨〉에서 득점 가능한 최고 점수에서 달랑 10점이 모자란 점수였다.

최고 점수를 깨는 유일한 방법은 퍼펙트게임뿐이었다.

맥박이 빠르게 고동쳤다. 내가 여기서 뭔가 찾아냈다. 옛날 동전투입식 비디오게임에 숨겨진 일종의 이스터에그였다. 최후의 이스터에그는 아니었지만 어쨌든 하나의 이스터에그였다. 일종의 도전이나 퍼즐로 할리데이가 일부러 남겼다고 보는 것이 거의 확실했다. 비취 열쇠와 어떤 관련이 있는지는 알 수 없었다. 전혀 관계가 없을 수도 있지만 알아낼 방법은 하나뿐이었다.

〈팩맨〉을 퍼펙트게임으로 깨야 했다.

이건 결코 쉬운 일이 아니었다. 화면이 깨져 나오는 마지막 256단계까지 한 치의 실수도 없이 완벽한 게임을 펼쳐야 했다. 한 번도 죽지 않고 모든 단계에서 쿠키, 파워쿠키, 과일, 귀신을 하나도 빼놓지 않고 먹어 치워야 했다. 〈팩맨〉의 60년 역사를 통틀어 퍼펙트게임 기록은 스무 개를 넘지 않았다. 그중 최단시간 퍼펙트게임 기록은 할리데이가 달성한 네 시간에 조금 못 미치는 기록이었다. 할리데이는 그리게리어스 게임 사의 휴게실에 놓여 있던 오리지널 〈팩맨〉 오락기에서 이 기록을 냈다.

나는 할리데이가 〈팩맨〉을 엄청나게 좋아했다는 사실을 알고 있었기 때문에 〈팩맨〉에 관해서는 충분히 많은 조사를 해두었다. 하지만 퍼펙트게임을 해본 적은 없었다. 물론 주먹을 불끈 쥐고 제대로 시도한 적도 없었다. 지금까지는 그럴 이유가 전혀 없었으니까.

나는 성배 일기를 열어 지금까지 모아둔 팩맨 관련 자료를 모두 펼쳤다. 원작의 게임 코드부터 이 게임을 개발한 이와타니 토루의 전기 완역본, 지금까지 나온 모든 팩맨 공략 가이드, 팩맨 만화영화 시리즈 전편, 팩맨 시리얼 성분표는 물론 패턴 자료도 있었다. 나는 압도적인 분량의 팩맨 패턴 자료와 수백 시간 분량의 역대 최고 팩맨 플레이어들의 동영상 자료도 갖고 있었다. 이 자료들은 이미 여러 차례 검토했지만 다시 한번 훑어보며 기억을 되살렸다. 그러고 나서 성배 일기를 닫고는 앞에 놓인 〈팩맨〉 오락기를 총잡이가 상대를 가늠하듯 뚫어지게 쳐다보았다.

팔을 쭉 뻗어 기지개를 켜고 목을 한 바퀴 돌린 다음 손가락을 두둑하고 꺾었다.

왼쪽 동전투입구에 25센트짜리 동전을 넣자 귀에 익은 삐융 소리가 들렸다. 플레이어 원 버튼을 누르자 첫 번째 미로가 나타났다.

왼손으로 조이스틱을 감싸 쥐고 피자처럼 생긴 주인공을 이리저리 끌고 다니며 미로를 차례로 하나씩 깨나가기 시작했다. 와카-와카-와카-와카.

게임 속에 펼쳐진 고대 2차원 세계에 몰입하자 나를 둘러싼 가상현실은 완전히 잊혀졌다. 나는 지금 〈던전 오브 다고라스〉를 할 때처럼 시뮬레이션 속의 시뮬레이션, 게임 속의 게임을 플레이하고 있다.

• • •

몇 번 실수가 있었다. 한 시간, 심지어 두 시간씩 게임을 했더라도 작은 실수를 하나라도 하면 기계를 껐다 켜서 처음부터 다시 해야 하는 상황이었다. 하지만 여덟 번째 시도 만에 용케 여섯 시간째 버티는 중이었다. 나는 도켄처럼 신이 났다. 현재까지는 아이스맨 부럽지 않은 퍼펙트 기록이었다. 255단계까지 오는 동안 단 한 번의 실수도 없었다. 나는 파워쿠키 한 개를 먹을 때마다 귀신 네 마리를 몽땅 잡아먹었으며(17단계까지. 18단계부터는 파워쿠키를 먹어도 귀신이 파랗게 질리지 않는다), 한 번도 죽지 않고 보너스로 나온 과일, 새, 종, 열쇠를 하나도 빠짐없이 먹어 치웠다.

내 생애 최고의 게임을 기록하고 있었다. 바로 이거야. 나는 온몸에 흐르는 전율을 느낄 수 있었다. 나는 제대로 물 만난 고기였다. 손끝에서 고수의 아우라가 뿜어져 나왔다.

모든 미로에는 시작 지점 바로 위에 팩맨이 최대 15분까지 '숨을' 수 있는 공간이 있었다. 거기에 서 있으면 귀신이 팩맨을 찾을 수 없었다. 나는 이 꼼수를 이용해 지난 여섯 시간 동안 간식도 먹고 화장실도 갈 겸 두 번의 휴식을 가졌다.

255단계에 있는 쿠키를 쩝쩝거리며 몽땅 먹어 치우자 오락실 스피커에서 〈팩맨 피버〉라는 노래가 꽝꽝 울려 퍼지기 시작했다. 내 얼굴에는 미소가 번졌다. 나는 이것이 할리데이가 넣어놓은 작은 보상이 틀림없다는 사실을 알았다.

마지막으로 한 번 더 증명된 패턴을 이용해서 조이스틱을 오른쪽으로 꺾어 비밀의 문을 열고 들어가 반대편으로 나온 다음 몇 개 안 남은 마지막 쿠키를 먹어 치워 255단계를 깼다. 파란 미로의 바깥 테두리가 흰색으로 깜빡이기 시작했을 때 나는 깊은숨을 내쉬었다. 그때 내 눈으로 똑똑히 보았다. 반쪽이 깨진 화면, 이 게임의 마지막 판이었다.

그때, 이보다 더 최악의 타이밍은 세상에 없을 것 같은 바로 그때 화면에 득점판 알림이 깜빡였다. 내가 마지막 판을 시작한 직후였다.

화면에 득점판 10위까지의 순위가 겹쳐 보였다. 오래 볼 필요도 없었다. 나는 순위를 보는 즉시 에이치가 두 번째로 비취 열쇠를 찾아냈다는 사실을 알게 되었다. 에이치는 1만 9,000점을 획득했고 2위 자리에 오르면서 나를 3위로 밀어냈다.

바로 기절하지 않은 것이 용할 정도였다. 나는 계속 〈팩맨〉에 집중했다.

조이스틱을 더욱 꽉 움켜쥐면서 집중력이 흐트러지지 않도록 안간힘을 썼다. 나는 승리의 문턱에 와 있었다! 반쪽이 깨진 마지막 미로에서 6,760점만 뽑아내면 드디어 최고 점수에 이를 수 있는 상황이었다.

멀쩡한 왼쪽 미로를 깨끗이 비우는 동안 내 심장은 음악 소리에 맞춰 쿵쾅거렸다. 왼쪽을 다 처리한 후에는 깨진 오른쪽 미로로 팩맨을 끌고 갔다. 오른쪽 미로는 메모리의 용량 한계 때문에 픽셀이 다 깨져 있었다. 알아볼 수 없는 그래픽 뒤에는 각각 10점짜리인 아홉 개의 쿠키가 숨어 있었다. 쿠키는 보이지 않았지만 나는 위치를 외우고 있었다. 재빨리 아홉 개의 쿠키를 먹어 치워 90점을 획득했다. 그러고는 가장 가까이에 있던 귀신인 느림보한테 달려가 팩맨 자살을 감행했다. 게임을 시작한 후 처음 맞은 죽음이었다. 팩맨은 얼어붙은 다음 박자가 늘어진 삐융 소리를 내며 사라졌다.

마지막 판에서는 팩맨이 죽을 때마다 깨진 오른쪽 미로에 숨겨진 아홉 개의 쿠키가 다시 생겼다. 따라서 이 게임에서 가능한 최대 점수를 내려면 다섯 개의 남은 목숨이 다 없어질 때까지 아홉 개의 쿠키를 먹고 죽는 일을 반복해야 했다.

에이치를 생각에서 지우려고 최선을 다했다. 지금 이 순간 그 녀석은 틀림없이 비취 열쇠를 손에 쥐고 있을 터였다. 지금쯤이면 십중팔구 열쇠에 새겨진 단서를 읽고 있으리라.

나는 조이스틱을 오른쪽으로 힘껏 밀면서 마지막으로 깨진 미로를 헤쳐나갔다. 이제 눈을 감고도 해낼 정도였다. 분홍이를 유인해가며 아래쪽에서 쿠키 두 개를 먹고 중간쯤에서 세 개를 먹고 위쪽에서 마지막 네 개를 먹어 치웠다.

해냈다. 333만 3,360점으로 최고 점수를 갈아치웠다. 퍼펙트게임이었다.

조종기판에서 손을 떼고는 네 마리 귀신이 팩맨한테 달려드는 장면을 감상했다. 미로 가운데에서 '게임 오버'라는 글자가 깜빡였다.

잠시 기다렸지만 아무 일도 일어나지 않았다. 조금 후에 화면은 네 마리 귀신과 각각의 이름과 별명이 나오는 대기 화면으로 되돌아갔다.

내 시선은 오락기 상판 귀퉁이에 놓인 동전으로 향했다. 아까는 용접된 것처럼 움직이지 않던 동전이었다. 하지만 지금은 동전이 저절로 떨어지더니 빙글빙글 회전하면서 내 아바타의 손바닥에 착지했다. 그러더니 뿅 하고 사라졌다. 동전이 내 아이템 보관함에 추가되었다는 메시지가 깜빡였다. 동전을 꺼내서 자세히 살펴보려고 했지만 불가능했다. 25센트짜리 동전 아이콘은 보관함에서 꼼짝도 하지 않았다. 꺼낼 수도 없었고 버릴 수도 없었다.

동전에 어떤 마법 속성이 있든 아이템 설명에는 나와 있지 않았다. 아이템 설명 칸은 깨끗이 비어 있었다. 동전에 대해 더 알려면 고레벨 신통력 주문을 걸어야 할 터였다. 며칠이 걸릴지 모르고 돈도 많이 드는 데다 반드시 뭔가 알아낸다는 보장도 없었다.

하지만 더는 꺼낼 수 없는 동전 미스터리에 신경 쓸 겨를이 없었다. 머릿속에는 온통 에이치와 아르테미스가 나보다 한발 먼저 비취 열쇠를 찾아냈다는 생각뿐이었다. 아케이드 행성에서 〈팩맨〉을 해서 최고 점수를 획득했지만 비취 열쇠를 찾는 데는 아무런 보탬도 되지 않았다. 순전히 시간 낭비를 하고 있었던 셈이다.

나는 왔던 길을 되짚어 지상으로 빠져나갔다. 보네거트호의 조종석에 앉기가 무섭게 에이치한테서 이메일이 도착했다. 제목을 보자 맥박이 빠르게 고동쳤다. 제목은 '돌려줄 시간'이었다.

나는 숨을 가다듬고 이메일을 읽어 내려갔다.

파르지발에게

이제 서로 피장파장이다, 알았지? 이걸로 빚진 건 다 갚았다고 생각하마.

서둘러. 식서놈들은 벌써 몰려가는 중이니까.

건투를 빈다.

에이치가

편지 서명 하단에는 이미지 파일이 첨부되어 있었다. 텍스트 어드벤처 게임 〈조크〉의 설명서 표지를 고해상도로 스캔한 이미지였다. 퍼스널 소프트웨어 사가 TRS-80 모델 III용으로 1980년에 발매한 버전이었다.

굉장히 오래전에 〈조크〉를 해본 적은 있었다. 아마 에그 찾기가 시작된 첫해였을 것이다. 하지만 그해에 〈조크〉의 속편으로 나온 게임들을 비롯해 고전 텍스트 어드벤처 게임만 수백 가지를 넘게 했던 터라 게임의 세부 내용은 가물가물한 상태였다. 옛날 텍스트 어드벤처 게임은 보통 따로 설명이 필요 없어서 〈조크〉의 설명서 따위를 읽는 귀찮음은 감수하지 않았었다. 그게 얼마나 엄청난 실수였는지 이제야 뼈저리게 깨달았다.

게임 설명서의 표지에는 게임에 나오는 장면을 묘사한 그림이 있었다. 갑옷을 입고 날개 달린 투구를 쓰고 화려한 액션을 펼치는 모험가는 파란 광채를 내뿜는 검을 머리 위에 치켜든 채로 서 있었다. 그 앞에 몸을 잔뜩 웅크린 난쟁이를 당장에라도 후려칠 기세였다. 모험가는 왼팔로 보물을 가득 움켜쥐고 있었고 다리 주변에는 더 많은 보물이 놓여 있었는데 보물 사이로 드문드문 해골도 보였다. 영웅의 바로 뒤편에는 독이 든 이빨을 드러낸 시커먼 괴물이 불길한 눈초리로 영웅을 쏘아보고 있었다.

그림에 나타난 전경은 그게 다였지만 배경에 있는 뭔가가 즉시 내 눈길을 잡아끌었다. 배경에는 정문과 창문이 모두 판자로 못질된 하얀 저택이 있었다.

'오랜 세월 방치된 집'

아주 잠깐, 진작에 혼자 힘으로 연결고리를 찾아내지 못한 나 자신에게 욕을 퍼부으며 그림을 빤히 쳐다보았다. 그러고 나서 얼른 보네거트 호의 엔진을 가동하고 섹터 7에 있으며 아케이드에서 별로 멀지 않은 또 다른 행성으로 항로를 설정했다. 〈조크〉 게임을 사실적으로 재현해 놓은 장소가 있는 프로보즈라는 소행성이었다.

그곳은 내가 드디어 알아낸, 비취 열쇠가 숨겨진 장소이기도 했다.

프로보즈는 XYZZY 클러스터라고 알려진, 발길이 뜸한 행성들이 밀집된 구역에 위치해 있었다. 이 행성들의 역사는 오아시스 초창기까지 거슬러 올라가며 각각의 행성은 고전 텍스트 어드벤처 게임, 즉 머드(멀티 유저 던전) 게임의 환경을 재현한 것이었다. 이 행성들 하나하나는 오아시스의 직접 조상들에 대한 헌정의 의미로 꾸며진 일종의 성지였다.

텍스트 어드벤처 게임(근대학자들이 주로 '인터랙티브 픽션'으로 불렀던)은 플레이어가 존재하는 가상환경을 창조하는 데 텍스트를 이용했다. 플레이어에게 주위 환경을 간략하게 묘사한 텍스트를 보여준 다음 어떤 행동을 취할지 묻는 방식이었다. 어딘가로 이동하거나 가상환경과 상호작용하기 위해서는 아바타가 어떻게 행동하기를 원하는지에 따라 명령어를 입력해야 했다. 명령어는 보통 '남쪽으로 가', '검을 집어' 등 아주 간단한 두세 단어로 이루어진 단문이어야 했다. 명령어가 너무 복잡하면 문장 분석 엔진이 의미를 해석할 수 없었다. 텍스트를 읽고 명령어를 입력함으로써 보물을 모으고 괴물과 싸우고 함정을 피하고 퍼즐을 풀면서 가상세계에서 길을 찾아 나가다 보면 마침내 게임 종료 지점에 도달할 수 있었다.

내가 처음 해본 텍스트 어드벤처 게임의 이름은 〈콜로설 케이브〉였다. 처음에만 해도 텍스트 기반 인터페이스가 참을 수 없을 정도로 단순하고 조악하게만 느껴졌다. 하지만 게임을 시작한 지 불과 몇 분 만에 텍스트가 창조한 현실 속으로 빨려 들어갔다. 신기한 일이었지만 두 문장짜리 간단한 공간 설명을 읽으면 마음의 눈에 아주 생생한 이미지가 떠올랐다.

〈조크〉는 텍스트 어드벤처 게임의 초기작에 속하는 게임이자 가장 유명한 텍스트 어드벤처 게임 중의 하나였다. 성배 일기에 따르면 나는 4년 전쯤 하루를 투자해 딱 한 번 〈조크〉의 끝을 보았다. 그 후로는 어찌나 무관심했는지 이 게임에 대한 아주 중요한 사실 두 가지를 깡그리 잊고 있었다.

1. 〈조크〉의 캐릭터는 정문에 판자가 못질된 하얀 저택 밖에 서서 출발한다.
2. 하얀 저택의 거실에는 트로피 진열장이 있다.

게임을 끝내기 위해서는 수집한 보물을 전부 거실로 가져와 트로피 진열장에 넣어야 했다.

드디어 쿼트랭의 나머지 부분이 풀렸다.

캡틴은 비취 열쇠를 숨겼다네

오랜 세월 방치된 집 안에

하지만 호루라기를 불 수 있다네

오직 트로피가 다 모였을 때에

오래전에 GSS는 〈조크〉 및 속편으로 나온 게임들의 판권을 사들인 다음, 조크 세계관에 나오는 캐릭터 이름을 따서 명명한 프로보즈 행성에다 환상적인 3D 몰입형 시뮬레이션으로 재현해놓았다. '오랜 세월 방치된 집'(내가 반년 내내 찾아 헤맸던)은 이곳 프로보즈 행성에 비밀이랄 것도 없이 널브러져 있던 셈이다. 등잔 밑이 어둡다는 말이 딱 들어맞았다.

• • •

나는 우주선의 항법 컴퓨터를 확인했다. 광속으로 15분 남짓이면 프로보즈에 도달할 예정이었다. 식서들이 나를 공격할 절호의 기회를 놓칠 리가 없었다. 초공간에서 빠져나가자마자 궤도에서 진을 치고 있는 식서들의 건십 함대와 마주칠 가능성이 아주 높았다. 지상에 착륙하기 위해서는 전투를 피할 수 없을 테고 그렇게 되면 식서들을 따돌리거나 나를 괴롭히는 식서들을 끌고 다니며 비취 열쇠를 찾아야 하거나 둘 중 하나였다. 실로 탐탁지 않은 시나리오였다.

다행히 좋은 수가 하나 있었다. 나는 순간이동의 반지가 떠올랐다. 내 보관함에 있는 아이템 중에서 가장 귀중한 마법 아이템 중의 하나로 가이객스 행성에서 붉은 용을 죽이고 전리품으로 얻은 반지였다. 이 반지는 한 달에 한 번만 쓸 수 있었는데 아바타를 오아시스 내의 어디든지 원하는 곳으로 순간이동시켜 주었다. 나는 극심한 위급 상황에서 빠져나가야 할 때나 어딘가로 정말 급히 이동해야 할 때만 이 반지를 사용했다. 바로 지금 같은 상황 말이다.

나는 서둘러 보네거트호의 내장 컴퓨터를 조작해 프로보즈 행성까지 자동조종하게끔 설정했다. 초공간을 빠져나가는 순간 클로킹 장치를 활성화하고 행성 표면 위에 내가 서 있는 위치를 추적해서 그 근처에 착륙하게끔 명령을 입력했다. 운만 좋다면 보네거트호가 나를 태우기 전에 식서들이 먼저 발견해서 공중 폭파시키는 일은 없을 터였다. 하지만 식서들이 폭파에 성공한다면 식서의 전 함대가 포위망을 좁혀 오는 동안 꼼짝없이 프로보즈에 갇힌 쥐 신세가 될 것이다.

보네거트호를 자동조종으로 돌린 다음 나는 '브룬델'이라는 명령어를 외쳐 순간이동의 반지를 활성화시켰다. 반지가 빛을 뿜기 시작했을 때 순간이동하고 싶은 행성 이름을 외쳤다. 화면에 프로보즈 지도가 나타났다. 프로보즈는 규모가 매우 큰 행성으로 미틀타운 행성처럼 같은 시뮬레이션이 수백 개로 복사되어 있었는데 이번에는 〈조크〉의 플레이 구역이었다. 정확히 512개였다. 512개의 하얀 저택이 행성 표면에 골고루 흩어져 있다는 뜻이었다. 당연히 어느 곳으로 가든 비취 열쇠를 얻을 수 있으리라고 생각했으므로 지도에서 대충 한 곳을 찍었다. 반지에서 눈부신 섬광이 뿜어져 나오더니 내 아바타는 눈 깜짝할 새에 프로보즈 행성의 표면 위로 순간이동했다.

나는 성배 일기를 펼쳐 〈조크〉를 공략하는 법을 적어둔 메모를 뒤적였다. 그러고 나서 게임 지도를 펼쳐서 화면 구석에 옮겼다.

하늘을 살폈지만 식서들의 흔적은 발견할 수 없었다. 아직 도착하지 않았다는 뜻은 아닐 터였다. 소렌토와 그의 졸개들이 다른 플레이 구역에 있는 것뿐이다. 식서들이 섹터 7에서 진을 치고 이 순간을 기다려왔다는 것은 공공연한 사실이었다. 에이치의 점수가 올라가자마자 놈들은 핀도로의 수색 알약을 사용해 에이치가 프로보즈에 있었음을 알아냈다. 그 말인즉 식서의 전 함대가 이곳으로 우르르 몰려오고 있다는 뜻이었다. 상황이 상황이니만큼 최대한 빨리 열쇠를 손에 넣고 이곳을 빠져나가 종적을 감춰야 했다.

나는 주위를 한 바퀴 둘러보았다. 주위 환경은 소름이 끼칠 만큼 친숙했다.

〈조크〉의 오프닝에 나오는 텍스트는 다음과 같았다.

저택의 서쪽.

당신은 지금 정문에 판자가 못질된 하얀 저택의 서쪽 들판에 서 있다.

이곳에는 작은 우체통이 있다.

>

내 아바타는 하얀 저택의 서쪽 들판에 서 있었다. 옛날 빅토리아풍 저택의 정문에는 판자가 못질되어 있었고, 바로 몇 걸음 앞에 저택으로 이어지는 통행로의 끝에는 우체통이 있었다. 저택은 울창한 숲으로 둘러싸여 있었고, 숲 너머로는 뾰족뾰족한 산봉우리가 보였다. 왼편 대각선 방향에는 원래 있어야 하는 대로 북쪽으로 이어지는 길이 하나 나 있었다.

나는 저택의 뒤쪽으로 뛰어갔다. 거기서 살짝 열린 작은 창문을 발견하고는 창문을 뜯고 안으로 들어갔다. 예상대로 주방이었다. 한가운데에는 나무 식탁이 놓여 있었고, 식탁 위에는 길쭉한 갈색 종이봉투와 물병이 있었다. 식탁 옆에는 굴뚝이 있었고 다락으로 올라가는 계단도 있었다. 왼편에는 거실로 이어지는 복도가 있었다. 여기까지는 게임과 똑같았다.

하지만 주방에는 게임에서 텍스트로 묘사되지 않은 사물도 있었다. 가스레인지, 냉장고, 나무 의자, 싱크대, 수납장 등이었다. 나는 냉장고 문을 열었다. 냉장고는 인스턴트 식품으로 가득 차 있었다. 화석처럼 딱딱해진 피자, 플라스틱 용기에 든 푸딩, 샌드위치용 햄, 케첩이나 겨자 따위의 각종 소스. 찬장에는 통조림과 쌀, 파스타, 수프 따위의 냉장이 필요 없는 식품으로 채워져 있었다.

시리얼도 있었다.

찬장 한 칸이 전부 오래전에 사람들이 조식으로 먹던 시리얼 상자로 가득 차 있었다. 대부분은 내가 태어나기도 전에 시장에서 사라진 것들이었다. 프루트 루프, 허니콤, 럭키 참스, 카운트 초쿨라, 쿠이스프, 프로스트 플레이크. 그 뒷줄에는 캡틴 크런치 상자 하나가 외로이 놓여 있었다. 겉포장에는 '장난감 호루라기가 들어 있어요!'라는 문구가 선명하게 찍혀 있었다.

'캡틴은 비취 열쇠를 숨겼다네.'

나는 조리대 위에 상자의 내용물을 쏟아부었다. 노릇노릇한 시리얼 과자들이 사방으로 튀었다. 그때 뭔가가 눈에 들어왔다. 바로 투명한 셀로판 포장지 속에 든 조그만 장난감 호루라기였다. 나는 포장지를 뜯고 호루라기를 손에 쥐었다. 노란색 호루라기의 한쪽 면에는 캡틴 크런치의 만화 캐릭터 얼굴이, 반대쪽 면에는 작은 강아지가 새겨져 있었다. '캡틴 크런치 갑판장 호루라기'라는 글씨도 한쪽 면에 새겨져 있었다.

호루라기를 아바타의 입술에 대고 훅 불어보았다. 하지만 아무 소리도 나지 않았고 아무 일도 일어나지 않았다.

'하지만 호루라기를 불 수 있다네, 오직 트로피가 다 모였을 때에'

나는 호루라기를 주머니에 넣고 식탁 위에 올려져 있는 종이봉투를 열었다. 봉투에 든 마늘 한 쪽을 보관함에 추가하고 나서 서쪽에 있는 거실로 달려갔다. 거실 바닥에는 큼지막한 동양식 양탄자가 깔려 있었다. 또 1940년대 영화에서나 보일 법한 골동품 같은 가구도 놓여 있었다. 서쪽 벽에는 해괴한 괴물이 조각된 나무문이 있었고, 동쪽 벽에는 우아한 유리 진열장이 있었다. 진열장 안은 비어 있었다. 배터리로 작동하는 손전등이 진열장 위에 올려져 있었고 번쩍이는 검이 그 바로 위쪽 벽에 걸려 있었다.

검과 손전등을 줍고 나서 동양식 양탄자를 둘둘 말아 치우자 예상대로 그 아래 숨겨진 트랩도어가 나타났다. 문을 열자 컴컴한 지하 창고로 이어지는 계단이 보였다.

나는 손전등을 켰다. 계단을 내려가는 동안 검이 빛을 뿜기 시작했다.

. . .

성배 일기에 모아둔 〈조크〉에 관한 메모를 계속 참고했다. 메모를 보자 미로 같은 방과 통로와 퍼즐을 헤쳐나가는 방법이 정확히 기억났다. 나는 길을 찾아 나아가면서 열아홉 개의 보물을 모두 모았다. 중간중간 하얀 저택의 거실로 되돌아가 트로피 진열장에 갖다 놓는 일을 반복해야 했다. 오가는 길에는 트롤, 키클롭스, 아주 성가신 도둑 같은 몇몇 NPC들과 전투를 벌여야 했다. 내 살을 뜯어 먹으려고 어둠 속에 도사리고 있는 전설의 식인 괴물은 간단히 피해 다녔다.

주방에 숨겨진 캡틴 크런치 호루라기를 제외하면 원작과 달라진 점이나 돌발 상황은 없었다. 3D 몰입형 버전의 〈조크〉였지만 텍스트 기반의 원작 게임을 풀어나갈 때와 똑같이 진행하면 되었다. 전속력으로 달리며 한 번도 한눈을 팔지 않고 머뭇거리지도 않은 끝에 22분 만에 게임을 끝내는 데 성공했다.

열아홉 번째 보물인 작은 황동 구슬을 줍기가 무섭게 화면에 보네거트호가 밖에 착륙했다는 알림이 깜빡였다. 착륙 지점은 바로 하얀 저택의 서쪽 들판이었다. 클로킹 장치와 방어막은 여전히 작동 중이었다. 식서들이 이미 궤도를 빙빙 둘러 진을 치고 있다면 제발 보네거트호를 못 보았기만을 간절히 기도했다.

마지막으로 하얀 저택의 거실로 되돌아와 트로피 진열장에 마지막 보물을 집어넣었다. 원작 게임에서와 똑같이 진열장 안에서 지도가 나타났다. 게임이 끝나는 지점인 숨겨진 무덤의 위치를 알려주는 지도였다. 하지만 지도나 게임 종료 지점은 내 관심사가 아니었다. 모든 '트로피'가 이제 진열장에 '다 모였으므로' 나는 캡틴 크런치 호루라기를 꺼냈다. 이 호루라기에는 윗부분에 세 개의 구멍이 있었다. 해커 역사에서 이 호루라기가 유명해진 결정적인 역할을 했던 2600헤르츠의 소리를 내기 위해 세 번째 구멍을 막았다. 그러고 나서 훅 불자 또렷하고 날카로운 소리가 났다.

호루라기는 작은 열쇠로 바뀌었고 득점판의 내 점수에는 1만 8,000점이 보태졌다.

에이치보다 겨우 1,000점 앞선 채로 2위 자리를 다시 탈환했다.

곧이어 〈조크〉 시뮬레이션 전체가 초기화되었다. 트로피 진열장에 넣은 열아홉 개의 보물은 사라지면서 원래 위치로 되돌아갔고 저택의 나머지 부분이나 게임의 플레이 구역도 모두 처음과 같은 상태로 되돌아갔다.

손바닥에 놓인 열쇠를 쳐다보자 내 가슴은 철렁 내려앉았다. 열쇠는 은색이었다. 부드러운 비취 옥색이 아니었다. 하지만 열쇠를 뒤집어 좀 더 자세히 살펴보니 껌이나 초콜릿처럼 은박지로 싸여 있었다. 살며시 포장지를 벗기자 윤이 나는 초록빛 보석으로 만든 열쇠가 드러났다.

비취 열쇠였다.

그리고 구리 열쇠와 마찬가지로 표면에는 단서가 새겨져 있었다.

테스트를 수행해 퀘스트를 계속하라

여러 번 읽어보았지만 도통 떠오르는 게 없어 보관함에 열쇠를 집어 넣고 나서 이번에는 포장지를 살펴보았다. 앞면은 은박지이고, 뒷면은 하얀 종이였다. 양면 모두 아무 표시 없이 깨끗했다.

바로 그때 착륙하는 우주선에서 나는 엔진 소리가 들렸다. 분명 식서 놈들이 틀림없으리라. 떼거리로 몰려오는 듯한 아주 우렁찬 소리였다.

포장지를 주머니에 넣고 얼른 저택을 빠져나왔다. 머리 위로 수천 대의 건십이 성난 말벌 떼처럼 하늘을 덮고 있었다. 건십들은 지상으로 접근하면서 삼삼오오 갈라져 행성 전체를 완전히 덮어버릴 기세로 사방으로 흩어졌다.

식서놈들이 512개의 하얀 저택에 모조리 바리케이드를 칠 만큼 바보일 거라고 생각하지는 않았다. 그 작전은 루두스에서는 먹혔지만 그때는 고작 몇 시간뿐이었고 봉쇄할 곳도 한 군데뿐이었다. 프로보즈 행성 전체는 PvP 전투 구역이었고 마법과 기술이 모두 작동했으므로 봉쇄 작전은 무용지물이었다. 곧 다른 건터들도 완전 무장한 채 속속 도착할 터였다. 식서놈들이 그들 모두를 저지하려 한다면 오아시스 역사에 길이 남을 최대 규모의 전투가 벌어질 판이었다.

들판을 가로질러 내 우주선으로 달려가 탑승발판에 발을 딛자마자 백여 대의 건십 함대가 바로 내 머리 위 상공에서 하강 중인 모습이 눈에 들어왔다.

맥스가 벌써 보네거트호 엔진에 시동을 걸어둔 상태였으므로 나는 탑승하자마자 당장 이륙하라고 외쳤다. 조종실에 도착해서는 스로틀을 최대로 열어 속력을 최대로 높였다. 하강하던 건십 함대는 나를 추격하기 위해 급히 방향을 틀었다. 보네거트호가 하늘로 솟구치는 동안 사방에서 격렬한 집중포화가 날아들기 시작했다. 하지만 행운의 여신은 내 편이었다. 보네거트호는 속력이 아주 빠른 데다 방어막 성능이 가장 뛰어난 우주선이었던 만큼 궤도에 도달할 때까지는 간신히 버텨주었다. 하지만 방어막 효력은 곧 없어졌고 광속으로 전환하는 그 짧은 찰나에 보네거트호의 선체는 꽤 심한 타격을 입었다.

정말 아슬아슬한 탈출이었다. 하마터면 놈들한테 꼼짝없이 당할 뻔했다.

• • •

보네거트호가 손상된 탓에 요새로 바로 돌아가는 대신 섹터 10에 있는 궤도 우주선 수리 공장인 조의 창고로 향했다. 조의 창고는 정직한 NPC가 운영하는 시설로 합리적인 가격과 번개같이 빠른 서비스를 자랑했다. 나는 보네거트호에 수리나 업그레이드가 필요할 때면 언제나 이곳을 이용했다.

리더 조와 다른 멤버들이 내 우주선을 수리하는 동안 나는 에이치에게 고맙다는 짧은 이메일을 보냈다. 우리 사이에 빚 같은 건 이제 한 톨도 남지 않았다고 썼다. 또 그간 다른 사람의 기분을 헤아리지 못하고 이기적인 좀생이처럼 굴었다고 고백하며 용서를 바란다는 내용도 썼다.

우주선 수리가 끝나자마자 나는 요새로 복귀했다. 그리고 밤이 될 때까지 뉴스피드에 시선을 고정했다. 프로보즈란 이름이 공개되었고 수단이 있는 건터들은 죄다 그곳으로 순간이동했다. 수천 명의 건터들이 식서 군단에 맞서 싸우고 비취 열쇠를 손에 넣기 위해 우주선을 타고 앞다투어 프로보즈에 도착했다.

뉴스피드에서는 프로보즈에서 벌어지고 있는 수많은 대규모 전투를 생중계했다. '오랜 세월 방치된 집' 근처에 전투가 벌어지지 않는 곳은 거의 없었다. 대형 건터 클랜들은 식서 군단을 협공하기 위해 다시 한

번 똘똘 뭉쳤다. 이것이 훗날 프로보즈의 전투로 알려지는 전쟁의 서막이었다. 양측에는 이미 사상자가 산더미처럼 쌓이고 있었다.

나는 득점판도 계속 주시하면서 식서들이 경쟁자를 저지하며 전투를 벌이는 동안 비취 열쇠를 획득하기 시작했다는 증거를 기다렸다. 우려한 대로 4위로 등극한 점수 바로 옆에는 소렌토의 IOI 사원번호가 적혀 있었다. 1만 7,000점을 보태면서 소렌토는 4위로 올라섰다.

이제 식서들이 비취 열쇠의 정확한 위치와 획득 방법을 알아냈으므로 곧 졸개들의 점수도 소렌토의 뒤를 따라 오를 게 뻔했다. 하지만 놀랍게도 다음으로 비취 열쇠를 손에 넣은 아바타는 다름 아닌 쇼토였다. 소렌토의 점수가 오른 시각과 20분도 채 벌어지지 않았다.

어찌 된 영문인지는 알 수 없었지만 쇼토는 온 행성을 뒤덮고 있는 식서들을 용케 피한 다음 하얀 저택에 들어가서 필요한 열아홉 개의 보물을 다 모으고 비취 열쇠를 획득하는 데 성공한 것이었다.

나는 쇼토의 형인 다이토의 점수도 곧 오르리라 기대하면서 계속 득점판을 주시했다. 하지만 그런 일은 영원히 일어나지 않았다.

대신 쇼토가 비취 열쇠를 획득한 지 몇 분쯤 지났을 때 다이토의 이름이 득점판에서 완전히 사라졌다. 짐작할 수 있는 이유는 단 한 가지뿐이었다. 다이토는 방금 죽은 것이다.

0024

　　　그때부터 무려 열두 시간이 넘도록 프로보즈는
오아시스의 모든 건터들이 앞다투어 몰려와 전투에 가담하면서 카오스
상태가 계속되었다.

식서들은 병력을 행성 곳곳에 분산시켜 512개 하얀 저택을 전부 봉
쇄하려는 허무맹랑한 시도를 했다. 하지만 놈들의 병력이 아무리 많고
장비가 뛰어나다 한들 이번만은 역부족이었다. 그날 하루 동안 고작 일
곱 명만이 비취 열쇠를 획득하는 데 성공했다. 건터 클랜이 협공을 감
행해서 '시퍼런 꼴통들' 쪽에 엄청난 사상자가 발생하기 시작하자 놈들
은 꽁무니를 빼고 달아났다.

불과 몇 시간 만에 식서 최고사령부에서는 새로운 전술을 투입하기
로 했다. 500개가 넘는 구역을 계속 봉쇄하고 밀어닥치는 건터들을 모
두 저지하는 건 불가능하다는 사실이 곧 명백해졌다. 그래서 병력을 재
편한 다음 남극점 부근에 있는 서로 인접한 〈조크〉 플레이 구역 열 개
를 에워싸고는 각각에 강력한 방어막을 설치하고 방어막 둘레에 무장
병력을 배치했다.

규모 축소 전략은 먹혀들었다. 식서 병력은 열 개 구역을 장악하고
다른 건터들의 진입을 막는 데는 충분했다. (그리고 건터들이 굳이 이 구

역을 뚫을 이유는 없었다. 아직도 500개가 넘는 구역이 무방비로 열려 있었기 때문이다.) 식서들은 방해받지 않고 작전을 펼칠 상황이 되자 하얀 저택마다 열 명씩 줄을 선 다음 차례차례 비취 열쇠에 도전하기 시작했다. 누구나 놈들이 하는 짓을 똑똑히 볼 수 있었다. 득점판에 있는 IOI 사원 번호 옆의 점수들이 1만 5,000점씩 오르기 시작했기 때문이다.

그와 동시에 많은 건터들의 점수 역시 오르고 있었다. 비취 열쇠의 위치는 이제 누구나 아는 상식이 되었고 쿼트랭을 해독해서 열쇠 찾는 방법을 알아내는 일은 누워서 떡 먹기가 되었다. 첫 번째 관문을 이미 통과한 사람이라면 누구나 날름 주워 먹을 수 있는 떡이었다.

프로브즈의 전투가 끝에 가까워질 무렵 득점판의 순위는 다음과 같았다.

최고 점수:

1.	아르테미스	129,000	卅
2.	파르지발	128,000	卅
3.	에이치	127,000	卅
4.	IOI-655321	122,000	卅
5.	쇼토	122,000	卅
6.	IOI-643187	120,000	卅
7.	IOI-621671	120,000	卅
8.	IOI-678324	120,000	卅
9.	IOI-637330	120,000	卅
10.	IOI-699423	120,000	卅

쇼토는 12만 2,000점으로 소렌토와 동점이었지만 소렌토가 점수를 먼저 땄으므로 순위가 더 높았다. 아르테미스와 에이치와 쇼토와 나는 구리 열쇠와 비취 열쇠를 먼저 찾으면서 받은 보너스 점수 덕에 아직은 구멍 난 '하이 파이브' 자리를 지키고 있었다. 소렌토 역시 이 보너스를

하나 챙겼다. 쇼토의 이름보다 위에 있는 소렌토의 IOI 사원번호를 보니 등줄기가 서늘했다.

스크롤을 계속 내려보니 득점판에 올라온 이름은 이제 5,000개를 넘어 있었다. 〈자우스트〉에서 아케레락을 물리치고 구리 열쇠를 입수한 새로운 아바타들이 점점 늘어나면서 득점판에는 매시간 새로운 이름이 추가되고 있었다.

게시판을 아무리 뒤져보아도 다이토에게 무슨 일이 일어났는지는 아무도 모르는 듯했지만 다들 프로보즈의 전투 초반에 식서들한테 죽임을 당했다고 보는 분위기였다. 다이토가 정확히 어떻게 죽었다는 식의 소문이 걷잡을 수 없이 번져나갔지만 실제로 그의 죽음을 목격한 사람은 아무도 없었다. 쇼토라면 혹시 목격했을 수도 있지만 쇼토는 이미 종적을 감춰버린 상황이었다. 쇼토에게 몇 번 채팅 요청을 보냈지만 응답이 없었다. 나는 쇼토가 나처럼 식서들보다 빨리 두 번째 관문을 찾는 데 온 힘을 집중하고 있으리라고 미루어 짐작했다.

• • •

나는 요새에 앉아 비취 열쇠를 뚫어질 듯 노려보며 열쇠에 새겨진 문장을 거듭거듭 읊조렸다. 계속 듣고 있다가는 미쳐버릴 것만 같은 만트라처럼.

테스트를 수행해 퀘스트를 계속하라

테스트를 수행해 퀘스트를 계속하라

테스트를 수행해 퀘스트를 계속하라

좋다, 하지만 무슨 테스트람? 대체 무슨 테스트를 수행해야 하는 걸까? 고바야시 마루 테스트? 펩시 챌린지? 단서가 이보다 더 모호할 수 있기는 한 걸까?

나는 바이저 안으로 손을 뻗어 신경질적으로 눈을 비볐다. 잠시 하던 일을 멈추고 좀 자둬야 한다는 생각이 들었다. 아이템 보관함을 열고는 비취 열쇠를 집어넣었다. 그때 열쇠 옆에 놓인 은박지가 눈에 들어왔다. 처음 비취 열쇠를 받았을 때 열쇠를 싸고 있던 포장지였다.

이번 수수께끼의 비밀 속에 어떻게든 이 은박지가 관련이 있다는 생각이 들었지만 여전히 오리무중이었다. 혹시 「윌리 웡카와 초콜릿 공장」과의 연관성이 있지는 않을까 골똘히 생각하다가 곧 그 생각을 집어치웠다. 은박지 안에 황금 티켓이 있었던 적은 없었다. 분명 다른 용도나 의미여야만 했다.

은박지를 주시하며 곰곰이 생각에 잠겨 있다 보니 결국 눈꺼풀이 참을 수 없이 무거워졌다. 나는 로그아웃을 하고 잠을 청했다.

몇 시간이 흘러 오아시스 서버 시간으로 아침 6시 12분이 되었을 때 심장이 철렁 내려앉는 득점판 알림 소리에 놀라 벌떡 일어났다. 득점판의 상위권 순위에 변화가 있음을 알려주는 알림이었다.

나는 잔뜩 겁에 질린 채로 로그인을 하고 득점판을 펼쳤다. 아무 예측도 할 수 없는 상태였다. 혹시 아르테미스가 드디어 두 번째 관문을 통과한 것일까? 아니면 에이치나 쇼토가 그 영예를 차지한 것일까?

하지만 친구들 점수에는 아무런 변화가 없었다. 소름 끼치게도 20만 점이 껑충 오른 것은 다름 아닌 소렌토의 점수였다. 소렌토 이름 옆에는 두 개의 관문 아이콘이 달려 있었다.

소렌토가 방금 두 번째 관문을 통과한 최초의 건터가 된 것이었다. 이로써 소렌토의 아바타는 득점판의 가장 높은 곳에 있는 1위 자리에 등극했다.

나는 망연자실하게 앉은 채로 소렌토의 사원번호를 노려보면서 앞으로 어떤 파장이 몰려올지 생각해보았다.

관문을 통과하자마자 소렌토는 수정 열쇠가 있는 장소에 대한 단서를 손에 넣었을 것이다. 수정 열쇠는 세 번째이자 마지막 관문을 열 수 있는 열쇠였다. 지금 그 단서를 손에 쥐고 있는 건 식서들뿐이었다. 놈들이 지금까지 도전한 그 어떤 누구보다 할리데이의 이스터에그를 찾을 확률이 높아졌다는 뜻이었다.

몸에 덜컥 이상이 왔다. 숨쉬기가 곤란했다. 일종의 공황 발작을 겪고 있다는 사실을 깨달았다. 심장이 덜덜 떨렸다. 정신이 와르르 무너져 내리는 기분이었다. 뭐라고 부르든지 간에. 나는 머리가 약간 돌아버렸다.

에이치에게 전화를 걸었지만 받지 않았다. 나한테 아직도 화가 나 있거나 더 급한 일이 있는 듯했다. 쇼토에게 전화를 걸까 하다가 곧 형의 아바타가 방금 죽었다는 사실이 떠올랐다. 쇼토가 선뜻 마음을 열 수 있는 상태는 아닐 것 같았다.

베나타로 날아가 아르테미스에게 말을 걸어볼까도 생각했지만 곧 정신을 차렸다. 아르테미스는 비취 열쇠를 손에 쥔 지 며칠이나 지났지만 아직까지 두 번째 관문을 통과하지 못했다. 24시간도 되지 않아 식서들이 성공한 걸 알고 그녀는 지금쯤 십중팔구 정신 발작 수준의 분노를 터뜨리고 있거나 입에 거품을 물고 쓰러졌을 것이다. 지금 당장은 누구와도 말을 섞고 싶지 않은 기분일 것이고 특히 나는 기피 대상 1순위일 터였다.

어쨌든 아르테미스에게 전화를 걸긴 했으나 역시나 응답은 없었다.

친숙한 목소리가 너무나 그리웠던 나는 어쩔 수 없이 맥스에게 의

지했다. 내 현재 상태에는 술술 막힘 없이 떠드는 컴퓨터 합성 목소리가 다소 위로가 되었다. 물론 맥스에게 미리 입력된 답변이 다 떨어지는 건 금방이었다. 맥스가 이미 했던 말을 반복하기 시작했을 때 내가 다른 사람과 대화 중이라는 착각은 무참히 깨졌고 훨씬 더 큰 외로움이 밀려왔다. 하늘이 무너져 내린 것 같은 절망의 순간에 말을 할 상대가 가상비서뿐이라면 그 인생은 완전 쓰레기였다.

도저히 다시 잠이 오지 않아 뉴스피드를 보고 건터 게시판을 훑었다. 식서 군단은 아직 프로보즈에 남아 비취 열쇠를 긁어모으는 데 여념이 없었다.

소렌토는 이전의 실수에서 교훈을 얻은 게 분명했다. 식서들만이 두 번째 관문의 위치를 아는 상태에서 요란하게 바리케이드를 쳐서 온 세상에 위치를 노출하는 어리석은 짓 따위는 하지 않았다. 하지만 여전히 상황을 최대한 유리하게 몰고 가고 있었다. 시간이 지나면서 식서들은 더 많은 아바타를 두 번째 관문으로 밀어 넣었다. 소렌토가 두 번째 관문을 통과한 후 24시간 동안 열 명의 식서가 추가로 통과했다. 식서들의 점수가 20만 점씩 올라가면서 아르테미스와 에이치와 쇼토와 나는 점점 아래로 밀려났고 마침내 10위권 밖으로 나가떨어졌다. 이로써 득점판의 첫 페이지는 IOI 사원번호로만 채워졌다.

식서들은 이제 가장 유리한 고지를 선점했다.

그리고 설마 더 나빠지기야 할까라고 생각하고 있을 때 내 예측은 여지없이 빗나갔다. 점점 더 최악의 상황으로 치달았다. 소렌토가 두 번째 관문을 통과한 지 이틀 후 또 3만 점이 보태졌다. 그가 방금 수정 열쇠를 획득했다는 뜻이었다.

나는 요새에 앉아서 모니터에 시선을 고정하고 섬뜩한 공포에 온몸을 부들부들 떨며 상황을 지켜보았다. 부정할 도리가 없었다. 상금 쟁탈전의 결말이 얼마 남지 않았다. 자격이 있는 건터가 에그를 찾아 상금을 거머쥘 거라는 예측이 완전히 빗나가고 있었다. 지난 5년 반 동안 나는 나 자신을 속여왔다. 우리 모두가 그랬다. 이 스토리는 행복한 결말로 끝나지 않을 것이다. 악마 같은 놈들이 승리할 것이다.

나는 24시간 동안 넋이 나가 실의에 빠진 채로 집착적으로 5초마다 득점판을 확인하면서 다가올 결말을 기다렸다.

소렌토든 자문단의 많은 '할리데이 전문가' 중 한 사람이든 수수께끼를 해독해서 두 번째 관문의 위치를 추적해낸 게 틀림없었다. 하지만 득점판에 버젓이 증거가 있음에도 나는 그 사실이 차마 믿기지가 않았다. 지금까지 식서들은 아르테미스나 에이치나 내 뒤꽁무니를 밟기만 했다. 어떻게 그따위 꼴통들이 자력으로 두 번째 관문을 찾아낼 수 있었을까? 재수가 지독히 좋았을 수도 있다. 아니면 기발한 속임수를 새로 발견했을 수도 있다. 며칠씩이나 앞서가던 아르테미스도 아직 풀지 못했는데 놈들이 수수께끼를 그렇게 빨리 푼 비결이 그것 말고 대체 뭐가 있을 수 있을까?

머릿속이 망치로 얻어맞아 납작한 찰흙이 된 느낌이었다. 비취 열쇠에 새겨진 단서는 도무지 감이 잡히지 않았다. 생각의 씨가 완전히 말라버렸다. 아주 허접한 생각조차 떠오르지 않았다. 무엇을 해야 할지, 앞으로 어디를 찾아봐야 할지 그저 막막하기만 했다.

밤이 깊어가는 동안 식서들은 계속 수정 열쇠를 획득했다. 놈들의 점수가 올라갈 때마다 심장에 비수가 팍팍 꽂히는 느낌이었다. 하지만 득점판을 아예 안 쳐다볼 수는 없었다. 오장육부가 다 타들어 가는 것만 같았다.

내 마음은 서서히 포기 상태로 접어들고 있었다. 지난 5년간의 노력은 물거품이 되었다. 멍청하게도 소렌토와 식서들을 지나치게 과소평가했다. 이제 곧 자만에 대한 궁극의 대가를 지불할 차례였다. 기업에 영혼을 팔아버린 하수인들이 지금 이 순간 이스터에그를 향해 더러운 마수를 뻗치고 있었다. 나는 그 사실을 온몸으로 느낄 수 있었다.

나는 아르테미스를 잃었다. 이제 곧 상금 쟁탈전까지 놓칠 것이다.

그런 일이 생기면 어떻게 할지는 이미 계획을 세워두었다. 우선 내 공식 팬클럽 회원 중 빈털터리면서 레벨 1인 초짜 아바타 한 명을 골라서 내가 보유한 모든 아이템을 넘겨준다. 그런 다음 내 요새에 자폭 장치를 가동시키고 조종실에 앉은 채로 요새 전체가 거대한 열핵폭발로 무너져 내릴 때 함께 최후를 맞이한다. 내 아바타는 죽고 '게임 오버'란 문구가 화면 가운데에 나타난다. 그때 바이저를 집어 던지고 6개월 만에 처음으로 아파트 밖으로 나선다. 엘리베이터를 타고 옥상으로 올라간다. 아니면 운동 삼아 계단을 택해도 좋겠다.

아파트 옥상에는 수목원이 있었다. 직접 가본 적은 없었지만 사진으로 봤고 웹캠으로 구경한 적이 있었다. 사람들이 뛰어내리지 못하도록 가장자리에 투명한 강화유리 방어막이 설치되어 있었지만 있으나 마나 한 방어막이었다. 내가 여기 이사 온 후로 최소한 세 명이 방어막 위에 올라서는 데 성공했다.

나는 거기에 앉아서 잠깐 자연의 공기를 들이마시며 피부에 닿는 바람의 감촉을 느낄 것이다. 그러고 나서 방어막 위에 올라서서 허공에 몸뚱이를 날릴 것이다.

이것이 현재 나의 계획이었다.

죽음의 나락으로 떨어지는 동안에 휘파람으로 무슨 곡을 불까 고민하던 찰나 전화가 울렸다. 쇼토였다. 별로 이야기하고 싶은 기분이 아니었기 때문에 동영상 메일로 넘어가도록 두었다. 곧 쇼토가 메시지를 녹화하는 화면이 보였다. 아주 짧은 메시지였다. 나한테 줄 게 있어서 내 요새로 오겠다는 내용이었다. 다이토가 유언장에서 내게 남긴 물건이라고 했다.

약속을 잡으려고 쇼토에게 전화를 걸었을 때 그 애가 정신적으로 얼마나 심한 상처를 입었는지는 한눈에 알 수 있었다. 조용한 목소리에는 고통이 가득 배어 있었고 아바타 얼굴에는 깊은 절망감이 드리워져 있었다. 쇼토는 완전히 실의에 빠진 것 같았다. 나보다도 훨씬 더 심각해 보였다.

나는 쇼토에게 왜 형이 보유한 아이템을 쇼토의 아바타한테 주지 않고 번거롭게 아바타 '유언장'을 만들었느냐고 물었다. 그렇게 하면 다이토는 새 아바타를 만든 다음 동생이 보관하고 있던 아이템을 되찾아 갈 수 있었다. 하지만 쇼토는 형이 새 아바타를 만들 수 없을 거라고 말했다. 지금만이 아니라 앞으로도 영원히. 내가 그 이유를 묻자 쇼토는 직접 만나서 설명해 주겠노라고 말했다.

0025

한 시간쯤 후에 맥스는 쇼토가 도착했다고 알려주었다. 나는 쇼토의 함선이 팔코의 영공에 진입할 수 있도록 승인하고 나서 격납고로 유도했다.

쇼토의 함선은 쿠로사와호라는 이름의 행성 이동용 대형 트롤선으로, 고전 아니메 「카우보이 비밥」 시리즈에 나왔던 비밥호를 본떠서 만든 함선이었다. 다이토와 쇼토는 내가 두 사람을 처음 봤을 때부터 쿠로사와호를 이동형 작전기지로 사용했다. 크기가 어찌나 큰지 격납고의 개폐구를 간신히 통과했다.

쇼토가 쿠로사와호에서 걸어 나왔을 때 나는 활주로에 서서 쇼토를 기다리는 중이었다. 쇼토는 검은 상복 차림이었고, 얼굴에는 영상 전화에서 봤던 그대로 가눌 수 없는 슬픔이 짙게 드리워져 있었다.

"파르지발 상." 쇼토는 허리를 굽히며 인사했다.

"쇼토 상." 나도 정중하게 맞절을 한 다음 퀘스트를 같이 했던 때의 추억을 떠올리게 하려고 손바닥을 내밀었다. 쇼토는 활짝 웃으면서 손을 내밀어 내 손바닥을 쓰다듬었다. 하지만 곧 어두운 표정으로 되돌아왔다. 쇼토를 본 것은 토쿠사츠에서 함께 퀘스트를 마친 후로는 이번이 처음(쇼토와 다이토가 함께 출연한 '다이쇼 에너지 드링크' 광고를 뺀다면)이었다. 내 기억 속의 아바타보다 키가 약간 자란 듯했다.

나는 쇼토를 요새에서 거의 사용된 적이 없는 공간 중 하나인 '응접실'로 데리고 갔다. 「패밀리 타이즈」에 나오는 거실을 재현해놓은 응접실이었다. 쇼토는 실내를 둘러보고 한눈에 알아보더니 조용히 고개를 끄덕이며 찬사를 보냈다. 그러고 나서 소파를 무시하고 바닥 가운데로 가더니 무릎을 꿇고 일본식 정좌를 하고 앉았다. 나도 얼굴을 마주 볼 수 있도록 맞은편에 무릎을 꿇고 앉았다. 잠시 정적이 흘렀다. 마침내 입을 뗐을 때에도 쇼토는 계속 시선을 바닥에 떨구고 있었다.

"식서놈들이 어젯밤에 우리 형을 죽였어." 쇼토는 개미만 한 목소리로 말했다.

나는 정신이 아득해진 나머지 얼른 대꾸하지 못했다. "식서놈들이 형의 아바타를 죽였다는 말이지?" 나는 이미 쇼토의 말 뜻을 이미 알아차렸으면서도 그렇게 물었다.

쇼토는 고개를 가로저었다. "아니. 놈들이 형 아파트로 쳐들어가서 햅틱 의자에서 끌어 내린 다음에 발코니 밖으로 던져버렸어. 형은 43층에 살고 있었어."

쇼토는 허공에 브라우저 창을 열었다. 일본어로 된 뉴스피드 기사였다. 내가 검지로 기사를 터치하자 만다락스 소프트웨어가 기사를 영어로 번역해주었다. 헤드라인은 '또 한 명의 오타쿠 자살'이었다. 하단의 짤막한 기사는 도쿄 신주쿠에서 혼자 살던 요시아키 토시로라는 22세 청년이 자신이 살던 개조된 호텔 43층에서 뛰어내렸다는 내용이었다. 기사 옆에는 토시로의 증명사진이 붙어 있었다. 헝클어진 장발에 피부가 거친 일본인 청년이었다. 오아시스 아바타와 닮은 구석은 눈을 씻고 찾아보아도 없었다.

내가 기사를 다 읽은 것을 본 쇼토가 브라우저 창을 닫았다. 나는 잠

시 망설이다가 물었다. "자살이 아닌 거 정말 확실해? 아바타가 죽었다
는 이유에서라도 말이야?"

"절대 아니야. 다이토 형은 할복하지 않았어. 절대 그럴 리가 없어.
형이랑 나랑 프로보즈에서 놈들과 싸우고 있을 때 놈들이 형의 아파트
에 침입했어. 그렇게 해서 놈들이 형의 아바타를 죽일 수 있었던 거야.
현실에서 진짜로 형을 죽여서."

"정말 유감이야, 쇼토" 나는 달리 해줄 말이 없었다. 나는 쇼토의 말
이 진실임을 알고 있었다.

"내 이름은 아키히데야. 형한테 내 진짜 이름을 말해주고 싶었어."

나는 미소를 머금은 채 몸을 숙여 바닥에 이마를 댔다. "진짜 이름을
말해줄 정도로 날 믿어줘서 고맙다. 내 이름은 웨이드야." 더는 숨길 이
유가 없었다.

"고마워, 웨이드 형." 쇼토가 맞절을 하며 말했다.

"고맙긴, 아키히데."

쇼토는 한동안 말이 없었다. 그러더니 이내 목청을 가다듬고 다이토
에 대해 떠들기 시작했다. 끊임없이 이야기가 흘러넘쳤다. 쇼토에게는
무슨 일이 일어났는지 어떤 상실을 겪었는지 터놓고 이야기할 사람이
필요해 보였다.

"다이토 형의 진짜 이름은 요시아키 토시로야. 나도 어젯밤에 기사
보고 처음 알았어."

"가만…… 너희가 형제인 줄 알았는데?" 나는 줄곧 다이토와 쇼토가
아파트 같은 데서 함께 산다고 생각해왔다.

"다이토 형과의 관계는 좀 설명하기 복잡해." 쇼토는 잠깐 헛기침을
하고 나서 말을 이었다. "우린 형제가 아니야. 현실에서 형제는 아니야.
오아시스에서만 그랬지. 무슨 말인지 알겠어? 우린 온라인에서만 알고

지냈어. 다이토 형을 진짜로 본 적은 없어." 쇼토는 천천히 시선을 내 눈에 맞추며 내 반응을 살폈다.

나는 손을 뻗어 쇼토의 어깨를 짚었다. "이상하게 생각하지 않아, 쇼토, 이해하고 말고. 에이치와 아르테미스는 내 둘도 없는 친구들이지만 나도 현실에서 개네들을 만난 적은 없어. 사실 너도 내겐 엄청 친한 동생이잖아."

쇼토는 고개를 떨궜다. "고마워, 형." 쇼토가 울먹이고 있음을 목소리에서 느낄 수 있었다.

"우린 건터잖아." 어색한 정적을 메우려고 내가 입을 뗐다. "우린 오아시스에서 살고 있는 거나 다름없어. 우리한테 의미가 있는 세계는 오아시스뿐이잖아."

아키히데는 고개를 끄덕였다. 잠시 뒤에 다시 이야기를 계속했다.

그는 토시로를 어떻게 만나게 되었는지 설명했다. 6년 전 히키코모리들을 위한 오아시스 지원 그룹에 함께 가입하면서라고 했다. 히키코모리는 사회와 담을 쌓고 완전한 고립을 선택한 젊은이들을 가리키는 말이다. 이들은 방에 틀어박혀 망가를 읽고 하루 종일 오아시스를 돌아다니며 가족들이 방으로 가져다주는 끼니에 의존했다. 일본에서 히키코모리가 출현한 시점은 금세기 이전까지 거슬러 올라가지만 할리데이의 이스터에그 찾기가 시작된 후부터 그 숫자가 폭발적으로 늘었다. 전 세계에서 수백만 명의 남녀 청소년들이 외부와 단절하고 스스로를 고립시켰다. 사람들은 이 아이들을 '잃어버린 세대'라고 불렀다.

아키히데와 토시로는 매우 친해졌고 오아시스에서 거의 날마다 붙어다녔다. 할리데이의 이스터에그 찾기가 시작되었을 때 둘은 함께 에그를 찾기로 의기투합했다. 완벽한 팀이었다. 토시로는 비디오게임에 타고난 천재였고, 한참 아래 동생이었던 아키히데는 미국 대중문화를 빠삭하게 꿰고 있었기 때문이었다. 아키히데의 할머니는 미국에서 유학했고, 부모는 둘 다 미국에서 태어났기 때문에 아키히데는 어릴 때부터 자연스레 미국 영화와 텔레비전을 끼고 살았고 영어와 일본어에 능통해질 수 있었다.

아키히데와 토시로는 사무라이 영화에 푹 빠져 있었기에 아바타의 이름도 외모도 사무라이에서 영감을 받아 만들었다. 쇼토와 다이토는 친형제나 다름없었기에 건터 아바타를 만드는 순간부터 오아시스에서 진짜 형제를 맺기로 결의했다.

쇼토와 다이토는 첫 번째 관문을 통과하고 유명해진 후에 몇 차례 인터뷰에 출연했다. 신분을 감추긴 했지만 둘 다 일본인이라는 사실은 공개했는데 그러면서 일본 열도에서 유명인사로 급부상했다. 일본 제품의 광고 모델로 출연하기 시작했고 그들의 영웅담을 토대로 만화영화와 라이브액션 드라마가 제작되었다. 절정의 인기를 누리던 어느 날 쇼토는 다이토에게 직접 얼굴을 볼 때가 되지 않았냐고 물었다. 다이토는 펄펄 뛰고 화를 내면서 며칠 동안이나 쇼토와 말을 하지 않았다. 그 후로 쇼토는 만나자는 이야기를 다시는 입도 뻥긋하지 않았다.

마침내 쇼토는 다이토의 아바타가 어떻게 죽었는지 차근차근 설명해 주었다. 두 사람은 쿠로사와호를 타고 섹터 7에 있는 어떤 행성으로 이동하던 중이었다. 그때 득점판을 보고 에이치가 비취 열쇠를 획득했다는 사실을 알게 되었다. 곧 식서들이 핀도로의 수색 알약을 써서 에이치의 정확한 위치를 추적한 다음에 그곳으로 즉시 식서들의 건십이 파견될 거라는 점도 예상하고 있었다.

이에 대비해 다이토와 쇼토는 몇 주 전부터 식서 건십 선체가 눈에 띌 때마다 미세추적장치를 달아놓았다. 그렇게 건십 함대가 갑작스레 항로를 바꿔 프로보즈로 향하는 순간 이 장치로 뒤를 추격할 수 있었다.

쇼토와 다이토는 프로보즈가 식서들의 목적지임을 눈치채자마자 쿼트랭의 의미를 쉽게 해독할 수 있었다. 몇 분 후 프로보즈에 도착했을 즈음에는 벌써 비취 열쇠를 얻으려면 어떻게 해야 할지 완전히 감을 잡은 상태였다.

그들은 아무도 없는 하얀 저택 옆에 쿠로사와호를 착륙시켰다. 쇼토가 안으로 들어가 열아홉 개의 보물을 수집하고 열쇠를 찾는 동안 다이토는 밖에서 망을 보기로 했다. 쇼토가 잽싸게 움직여 두 개의 보물만을 남겨놓았을 때 다이토가 콤링크를 통해 식서 건십 열 대가 접근 중이라고 알려주었다. 다이토는 서두르라고 재촉하면서 비취 열쇠를 손에 넣을 때까지 적을 방어하겠다고 약속했다. 이번 기회를 놓치면 다시는 이런 기회를 잡을 수 없을 것임을 두 사람 다 알고 있었다.

쇼토는 서둘러 마지막 두 개의 보물을 찾아 트로피 진열장에 넣으면서 쿠로사와호의 외부 카메라를 원격으로 작동시켜 다이토가 식서들과 맞서 싸우는 장면을 녹화했다. 쇼토는 창을 열고 그 비디오 클립을 보여주었다. 하지만 쇼토는 동영상이 끝날 때까지 애써 시선을 피했다. 다시 볼 마음이 눈곱만큼도 없어 보였다.

비디오피드에는 다이토가 하얀 저택 옆에 있는 들판에 홀로 서 있는 모습이 보였다. 식서 건십 열 대가 창공으로부터 하강하면서 사정거리에 들어서자마자 레이저 대포를 쏘아대기 시작했다. 우박 폭풍 같은 시뻘건 레이저 광선들이 다이토를 향해 빗발치기 시작했다. 다이토의 뒤편으로 좀 떨어진 곳에 착륙 중인 건십에서는 중무장한 지상 병력이 쏟아져 나왔다. 다이토는 완전히 포위된 상태였다.

식서들이 쿠로사와호가 프로보즈의 지상에 착륙하는 모습을 목격한 게 분명했다. 그리고 사무라이 두 명을 죽이는 것을 최우선 임무로 삼았다.

다이토는 주저하지 않고 비장의 무기를 사용했다. 베타 캡슐을 꺼내 오른손으로 하늘 높이 치켜들어 활성화시켰다. 다이토의 아바타는 즉시 눈에서 빛을 내뿜으며 회색 바탕에 빨간 무늬가 있는 외계인 슈퍼 히어로 울트라맨으로 변신했다. 변신 과정에서 50미터의 장신으로 커졌다.

다이토를 향해 포위망을 좁혀 오던 지상 병력은 그 자리에 얼어붙은 채로 울트라맨 다이토가 건십 두 대를 하늘에서 낚아채 사정없이 갖다 박는 모습을 공포에 질린 눈으로 바라보았다. 마치 거인 어린이가 조그만 금속 장난감 두 개를 가지고 노는 것 같았다. 다이토는 활활 타오르는 찌그러진 선체를 땅으로 던져버리고는 공중에 떠 있는 건십들을 성가신 파리떼처럼 마구 때려잡기 시작했다. 그의 치명적인 손아귀에서 간신히 달아난 건십들이 방향을 틀며 레이저 볼트와 기관총을 퍼부어댔지만 울트라맨의 몸에 아무런 충격도 주지 못하고 튕겨 나갔다. 다이토는 땅이 쩌렁쩌렁 울릴 정도로 호탕하게 웃어 젖혔다. 그리고 양 손목을 십자 형태로 교차시켰다. 손에서 시퍼렇게 빛나는 에너지 빔이 뿜어져 나오면서 재수 없게도 빔이 뻗어 나가는 진로에 떠 있던 건십 대여섯 대가 그대로 증발해버렸다. 다이토는 몸을 틀어 주위에 포진한 지상 병력도 에너지 빔으로 쓸어버렸다. 적들은 볼록렌즈 밑에 있는 겁에 질린 개미들처럼 사정없이 불에 타버렸다.

다이토는 통렬한 쾌감에 취해 있는 것 같았다. 어찌나 몰입했는지 가슴 중앙에 박힌 컬러 타이머가 빨간색으로 깜빡이기 시작한 것도 눈치채지 못했다. 울트라맨 변신 시간 3분이 거의 끝나가고 있으며 에너지가 다 떨어져 간다는 신호였다. 시간 제한이야말로 울트라맨의 가장 큰 약점이었다. 3분이 끝나기 전에 베타 캡슐을 해제하고 인간의 몸으로 돌아가는 데 실패하면 다이토의 아바타는 죽은 목숨이었다. 하지만 식서들이 엄청난 공습을 퍼붓고 있는 전쟁터 한복판에서 지금 인간의 몸으로 되돌아간다 한들 죽은 목숨인 것은 매한가지였다. 그렇게 되면 쇼토는 절대 쿠로사와호에 탑승할 수 없었다.

다이토를 둘러싼 식서들은 콤링크에 대고 고래고래 외치며 지원을 요청했다. 식서 건십 지원군은 여전히 떼거리로 도착하는 중이었다. 다이토는 스페시움 광선을 정확히 조준해 한 번에 한 대씩 하늘로 날려버렸다. 광선을 발사할 때마다 가슴에 있는 컬러 타이머가 점점 더 빠르게 깜빡였다.

그때 쇼토가 하얀 저택에서 빠져나와 콤링크를 통해 다이토에게 비취 열쇠를 찾았다고 알렸다. 그 즉시 식서 지상군들이 쇼토를 발견하고는 훨씬 더 쉬운 표적인 쇼토의 아바타를 향해 집중 포격을 퍼붓기 시작했다.

쇼토는 쿠로사와호를 향해 미친 듯이 달렸다. 착용하고 있던 속력의 장화를 활성화시키자 쇼토의 아바타가 공간을 무섭게 질주하며 보이지 않는 흐릿한 형체로 변했다. 쇼토가 달리는 동안 다이토는 쇼토를 최대한 엄호하기 위해 거대한 몸을 움직였다. 다이토는 계속 에너지 빔을 발사하면서 적들을 방어했다.

그때 콤링크를 통해 다이토의 다급한 외침이 들려왔다. "쇼토! 누가 쳐들어 온 것 같아! 누가 안에……"

목소리는 도중에 끊겼다. 그와 동시에 다이토의 아바타는 돌덩이처럼 꼼짝도 하지 않았다. 머리 위에는 로그아웃 아이콘이 나타났다.

전투 중에 오아시스 계정에서 로그아웃하는 행위는 자살 행위와도 같았다. 로그아웃하는 동안 아바타는 60초 동안 그 자리에 얼어붙었다. 그동안 아바타는 완전 무방비 상태로 공격에 노출되었다. 로그아웃 절차를 이렇게 해놓은 이유는 전투에서 쉽게 빠져나가려고 로그아웃을 선택하는 꼼수를 못 부리게 하기 위함이었다. 그래서 로그아웃하기 전에는 적을 처치하거나 안전한 곳으로 이동해야 했다.

다이토가 로그아웃한 타이밍은 최악이었다. 다이토의 아바타가 얼어붙자마자 사방에서 레이저와 총알이 무시무시하게 빗발치기 시작했다. 가슴 중앙에 있는 빨간 컬러 타이머는 점점 더 빠르게 깜빡이다가 이내 깜빡임이 멈추었다. 그 순간 다이토의 거대한 몸이 쓰러졌다. 쇼토와 쿠로사와호를 가까스로 비켜 넘어졌다. 땅에 부딪히자 다이토의 아바타가 원래 크기와 생김새로 다시 작아졌다. 다이토는 점차 희미해지더니 서서히 존재가 없어졌다. 다이토의 아바타가 완전히 사라지자 아이템 한 무더기가 땅에 떨어졌다. 그의 보관함에 있는 모든 아이템이었다. 거기에는 베타 캡슐도 있었다. 다이토가 죽었다.

쇼토가 다이토의 아이템을 주우러 번개 같은 몸놀림으로 달려가는 동안 비디오피드에는 또 한 번 흐릿한 형체가 이동하는 모습이 보였다. 쇼토는 둥글게 한 바퀴 돌아 쿠로사와호로 되돌아왔다. 우주선이 이륙하고 궤도를 향해 날아가는 내내 엄청난 포격이 쏟아졌다. 그 장면을 보자 내가 프로보즈 행성에서 벌인 필사의 탈출이 떠올랐다. 쇼토가 그나마 운이 좋았던 점은 다이토가 근처에 있던 건십 대부분을 격퇴한 뒤였고 증강 병력이 아직 도착하기 전이었다는 점이었다.

쇼토는 궤도에 도달한 다음 광속으로 전환함으로써 탈출할 수 있었다. 간발의 차이로 겨우겨우 성공한 탈출이었다.

• • •

동영상이 끝나고 쇼토가 창을 닫았다.

"식서놈들이 다이토가 사는 곳을 어떻게 알았을까?" 내가 물었다.

"몰라, 다이토 형은 정말 조심했어. 흔적을 완전히 지웠었거든."

"놈들이 다이토를 찾아냈으니 너도 찾아낼지 몰라."

"알아. 조심하고 있어."

"그래. 잘하고 있다."

쇼토는 아이템 보관함에서 베타 캡슐을 꺼내더니 나에게 내밀었다. "다이토 형은 파르지발 형이 이걸 가지길 바랐을 거야."

나는 손사래를 쳤다. "아니야, 네가 가져야지. 필요할 거야."

쇼토는 고개를 좌우로 흔들었다. "다른 아이템은 다 내가 가졌잖아. 이건 필요 없어. 갖고 싶지 않아." 쇼토는 고집스럽게 베타 캡슐을 내밀고 서 있었다.

나는 베타 캡슐을 받아 요리조리 뜯어보았다. 금속으로 된 조그만 원통 모양의 베타 캡슐은 회색 바탕에 검은색 무늬가 있었고, 측면에는 빨간 활성화 버튼이 달려 있었다. 크기와 모양은 나한테 있는 광선검과 비슷했다. 하지만 광선검은 흔해 빠진 아이템이었다. 수집한 광선검만 50개도 넘었다. 베타 캡슐은 단 하나밖에 없는 희귀 아이템으로 훨씬 더 강력한 지존 무기였다.

나는 양손으로 베타 캡슐을 받쳐 높이 들어 올리면서 절을 했다. "고맙다, 쇼토 상."

"내가 고맙지, 파르지발 형. 내 얘기를 들어줬잖아." 쇼토가 맞절을 하고 천천히 일어섰다. 쇼토의 몸짓 하나하나에는 패색이 짙게 드리워져 있는 듯했다.

"너 아직 포기한 건 아니지?" 내가 물었다.

"당연하지." 쇼토는 몸을 곧추세우더니 어두운 미소를 지었다. "하지만 에그를 찾는 건 더 이상 내 목표가 아니야. 새 퀘스트가 생겼어. 훨씬 더 중요한."

"그게 뭔데?"

"복수."

나는 고개를 끄덕이고 나서 몇 걸음 이동해 벽에 붙어 있던 사무라이 검 중 한 자루를 집어 쇼토에게 내밀었다. "이거 받아. 선물이다. 새 퀘스트에 도움이 되길 바라."

쇼토는 검을 받아 들고는 휘황한 칼날을 검집에서 조금 뺐다. "일본 최고의 명검 마사무네?" 쇼토는 경이로운 눈으로 칼날을 보며 물었다.

나는 고개를 끄덕였다. "맞아. +5 보팔 검이기도 하고."

쇼토는 고마움을 표현하려고 다시 허리를 굽혔다. "아리가또."

우리는 엘리베이터를 타고 아무 말 없이 격납고로 이동했다. 함선에 오르기 직전에 쇼토가 나를 향해 물었다. "형 생각에는 식서놈들이 세 번째 관문을 깨는 데 얼마나 걸릴 것 같아?"

"모르지. 우리가 따라잡을 시간이 충분할 만큼 오래 걸렸으면 하는 게 희망 사항일 뿐."

"길고 짧은 건 대봐야 알겠지?"

나는 고개를 끄덕였다. "경기 종료 휘슬이 울릴 때까지 축구는 끝나지 않아. 아직 휘슬은 울리지 않았어."

그날 밤, 쇼토가 내 요새를 떠난 지 몇 시간 후에 나는 드디어 수수께끼를 풀었다.

나는 작전실에 앉아서 비취 열쇠를 들고 표면에 새겨진 단서를 끊임없이 중얼거리고 있었다. '테스트를 수행해 퀘스트를 계속하라.'

다른 손에는 은박지를 들고 있었다. 연결고리를 찾고 싶은 간절한 마음을 담아 열쇠에서 은박지로, 은박지에서 열쇠로 번갈아 시선을 옮겼다. 몇 시간이나 계속했지만 허탕이었다.

한숨을 내쉬면서 열쇠를 치운 나는 은박지를 내 앞에 있던 제어판 위에 펼쳐놓고, 접힌 부분과 주름진 부분을 정성스레 폈다. 은박지는 가로세로가 각각 15센티미터쯤 되는 정사각형이었다. 앞면은 은박지였고, 뒷면은 아무것도 씌어 있지 않은 흰 종이였다.

나는 이미지 분석 소프트웨어를 열어서 은박지의 양면을 고해상도로 스캔했다. 그리고 화면에 이미지를 확대해서 펼친 다음 0.001밀리미터까지 면밀히 조사했다. 양면 다 아무 표시도, 아무 글씨도 없었다.

그때 나는 콘칩을 먹고 있어서 이미지 분석 소프트웨어를 구동하는 데 음성 명령을 사용하고 있었다. 은박지 스캔 이미지를 축소해서 화면 중앙으로 옮기라고 음성 명령을 내렸다. 그때 영화 「블레이드 러너」의

한 장면이 머리를 스쳤다. 영화에서 해리슨 포드가 분한 데커드는 사진을 분석하는 데 이와 비슷한 음성 제어 스캐너를 사용한다.

나는 은박지를 들고 다시 한번 요리조리 뜯어보았다. 가상조명의 불빛이 은박지 표면에서 반사될 때 문득 종이비행기를 접어서 날려볼까 하는 생각이 들었다. 그러자 종이접기가 떠올랐고, 연이어 「블레이드 러너」의 또 다른 장면이 떠올랐다. 영화의 거의 마지막 부분에 나오는 장면이었다.

수수께끼가 풀린 것은 바로 그때였다.

"유니콘." 나는 나지막이 중얼거렸다.

내가 '유니콘'이라고 내뱉는 순간 내 손바닥 위에 있던 은박지가 저절로 접히기 시작했다. 네모난 은박지가 대각선으로 접히더니 은색 삼각형으로 변했다. 다시 반이 접혀 더 작은 삼각형이 되고 마름모꼴로 접히고 계속 접히더니 마침내 다리 네 개에 꼬리와 머리가 돋아나고 마지막으로 뿔이 돋아난 모양으로 완성됐다.

은박지가 저절로 접혀 은색 종이유니콘으로 변신했다. 유니콘은 「블레이드 러너」를 대표하는 상징적인 이미지의 하나였다.

나는 쏜살같이 엘리베이터를 타고 격납고로 내려가며 맥스에게 보네거트호의 이륙을 준비하라고 외쳤다.

'테스트를 수행해 퀘스트를 계속하라.'

이 문장이 무슨 '테스트'를 가리키는지, 이 테스트를 받으려면 어디로 가야 하는지 이제 정확히 알고 있었다. 종이유니콘은 모든 수수께끼를 풀어주었다.

• • •

「블레이드 러너」는 『아노락 연감』에 정확히 열네 번 나왔다. 이 영화는 할리데이가 열 손가락 안에 꼽는 영화였다. 그리고 이 영화는 역시 할리데이가 좋아했던 작가인 필립 K. 딕의 소설이 원작이었다. 이런 이유로 나는 「블레이드 러너」를 50번도 넘게 보았고 장면 하나하나와 대사 전부를 통째로 외우고 있었다.

보네거트호가 전속력으로 초공간을 통과하는 동안 나는 브라우저 창에 「블레이드 러너」 감독판을 띄워놓고 두 장면을 다시 꺼내보기 위해 빨리감기를 했다.

1982년에 나온 이 영화의 배경은 최첨단 기술이 발달하고 무분별하게 뻗어 나간 상상 속 미래 도시인 2019년의 로스앤젤레스였다. 줄거리는 해리슨 포드가 연기한 릭 데커드라는 남자를 중심으로 전개된다. 데커드의 직업은 진짜 인간과 거의 구별하기 힘들 정도로 정교하게 유전공학적으로 설계된 복제인간인 리플리칸트를 추적해서 죽이는 특수경찰인 '블레이드 러너'다. 외모와 행동으로는 사실상 진짜 인간과 거의 구별할 수 없기 때문에 블레이드 러너가 리플리칸트를 찾아내는 유일한 방법은 거짓말 탐지기같이 생긴 보이트 캄프라는 기계로 테스트하는 방법뿐이다.

'테스트를 수행해 퀘스트를 계속하라.'

보이트 캄프 기계는 이 영화에서 딱 두 번 나온다. 둘 다 리플리칸트를 제조하는 회사인 타이렐 주식회사의 거대한 계단식 피라미드 구조로 된 건물 안에서다.

타이렐 건물을 재현한 건물은 오아시스에서 가장 흔한 건물 중 하나였다. 27개의 섹터 전 구역에 걸쳐 웬만한 행성에는 다 복제품이 있었다. 타이렐 건물 코드가 오아시스 월드빌더 건축 소프트웨어에 (다양한 SF 영화 및 드라마로부터 차용한 수많은 다른 건축물과 함께) 무료 기본 템플릿으로 제공되었기 때문이다. 지난 25년간 사람들은 월드빌더 소프트웨어를 사용해 오아시스에 새로운 행성을 만들 때마다 드롭다운 메뉴에서 타이렐 건물을 선택해 어떤 미래 도시나 풍경을 코딩하든 간에 스카이라인을 멋지게 장식하는 데 이 건물을 복사해 넣을 수 있었다. 그 결과 어떤 행성에는 지상 곳곳에 흩어진 타이렐 건물만 열 개가 넘었다. 나는 타이렐 건물이 있는 가장 가까운 행성인 섹터 22에 위치한 악스레녹스라는 사이버펑크 테마 행성을 향해 광속으로 부리나케 날아갔다.

내 가정이 맞는다면 악스레녹스에 있는 모든 타이렐 건물에는 두 번째 관문으로 들어가는 숨겨진 입구가 있고 보이트 캄프 기계를 통해 입장할 수 있을 것이다. 식서들을 마주칠 염려는 없었다. 두 번째 관문에 바리케이드를 치는 건 불가능하기 때문이었다. 수많은 행성에 널린 수천 개의 타이렐 건물을 일일이 봉쇄할 방법은 없었다.

일단 악스레녹스에 도착하자 타이렐 건물을 찾는 데는 몇 분밖에 걸리지 않았다. 못 찾을래야 못 찾을 수가 없었다. 아랫부분의 면적만 몇 제곱킬로미터쯤은 되는 거대한 피라미드인 데다 인접해 있는 다른 건물보다 높이 솟아 있었기 때문이다.

나는 눈에 띈 첫 번째 타이렐 건물로 직행했다. 우주선의 클로킹 장치는 이미 가동되고 있었고 타이렐 건물의 옥상에 착륙하는 중에도 켜두었다. 착륙이 끝나자 보네거트호를 잠그고 보안시스템을 전부 가동시켰다. 내가 돌아올 때까지 누가 훔쳐가지 못하게끔 보안시스템이 잘 작동해주기만을 바랐다. 이곳은 마법이 작동하지 않기 때문에 우주선을 축소해서 주머니에 넣을 수가 없었다. 악스레녹스 같은 사이버펑크 테마 행성에 버젓이 우주선을 놔두는 행위는 제발 훔쳐가라고 동네방네 확성기에 대고 떠드는 꼴이나 마찬가지였다. 보네거트호는 처음 지나치는 가죽옷을 입은 폭주족 소매치기의 표적이 될 게 뻔했다.

나는 타이렐 빌딩의 설계도를 펼쳐 착륙 지점에서 가깝고 옥상에서 접근 가능한 엘리베이터를 확인했다. 엘리베이터에 도착해서 초기 설정 암호를 입력하고 마음속으로 기도했다. 운이 좋았다. 엘리베이터 문이 지익 열렸다. 악스레녹스에 도시를 지을 때 이 부분을 누가 만들었는지는 모르겠으나 템플릿에 있는 보안암호를 바꾸는 귀찮은 짓 따위는 하지 않았던 것이다. 좋은 징조라는 생각이 들었다. 템플릿의 다른 부분도 초기 설정대로 놔두었을 가능성이 높았다.

440층으로 엘리베이터를 타고 내려가는 동안 나는 갑옷을 작동시키고 총을 꺼냈다. 엘리베이터에서 내가 가야 할 방까지는 다섯 개의 보안검색대가 있었다. 템플릿을 변경하지 않았다면 목적지까지 타이렐 보안경비원 리플리칸트 NPC 50명이 기다리고 있을 터였다.

엘리베이터 문이 열리기가 무섭게 총격이 시작되었다. 엘리베이터에서 미처 복도로 나오기도 전에 복제 인간 일곱 놈을 처치해야 했다.

이어서 10분은 마치 오우삼 감독의 「첩혈쌍웅」이나 「첩혈속집」 같은 주윤발 영화의 클라이맥스 장면 같았다. 두 개의 총 모두 자동발사모드로 전환하고 방아쇠를 당긴 채 옆 방으로 계속 이동하면서 진로를 방해하는 모든 리플리칸트 경비원을 처치했다. 적들도 총을 발사했지만 총알은 전부 내 갑옷에 아무런 충격도 주지 못하고 튕겨 나갔다. 탄약은 절대 떨어지지 않았다. 한 방을 쏠 때마다 새 탄이 탄창 아랫부분으로 순간이동되어 채워졌기 때문이다.

이번 달 탄약 요금은 하늘을 찌를 터였다.

마침내 목적지에 다다랐을 때 나는 한 번 더 암호를 입력하고 들어간 뒤 문을 잠갔다. 시간이 별로 없다는 사실을 알고 있었다. 보안경보가 건물 전체를 쩌렁쩌렁 울리고 있었고 아래층에 배치돼 있던 리플리칸트 경비원들도 벌써 우르르 몰려오고 있을 터였다.

방으로 들어가는 동안 발걸음 소리가 쿵쿵 실내를 울렸다. 안에는 황금 나뭇가지에 앉은 커다란 부엉이 한 마리만 있을 뿐 아무도 없었다. 으리으리한 대성당 같은 집무실로 들어갈 때 부엉이가 소리 없이 나를 보고 눈을 깜빡였다. 타이렐 주식회사의 설립자 엘든 타이렐의 집무실을 완벽히 재현한 집무실이었다. 영화에서 나온 아주 세밀한 부분까지 정확히 똑같았다. 광택이 나는 대리석 바닥도, 거대한 대리석 기둥도 똑같았다. 서쪽 벽면 전체가 통유리로 되어 있어 바깥의 거대한 도시 경관이 시원스럽게 보이는 전망은 그야말로 압권이었다.

창문 옆에는 기다란 회의 탁자가 있었다. 그 위에는 보이트 캄프 기계가 놓여 있었다. 크기는 서류가방만 하고 앞쪽에 이름없는 버튼이 나란히 달려 있었고 그 옆에 작은 모니터 세 개가 부착되어 있었다.

몇 걸음 옮겨 기계 앞에 앉으니 저절로 전원이 켜졌다. 가느다란 로봇팔이 망막 스캐너처럼 생긴 동그란 장치를 펼쳤다. 정확히 내 오른쪽 동공 위치에 맞춰 고정되었다. 아코디언처럼 생긴 장치가 측면에 붙어 있었는데 부풀었다 쭈그러들기를 반복하니 마치 기계가 숨을 쉬는 것처럼 보였다.

나는 해리슨 포드 NPC가 나타나 극 중에서 여자 리플리칸트 숀 영에게 물었던 질문을 똑같이 던지려나 궁금해하면서 주위를 두리번거렸다. 혹시 몰라서 여자 리플리칸트의 대답을 외워두었다. 하지만 기다려 봐도 아무 일도 일어나지 않았다. 기계는 계속 숨을 쉬고 있었다. 멀리서 보안경보는 주구장창 울려댔다.

나는 비취 열쇠를 꺼냈다. 그 순간 보이스 캄프 기계의 표면에 있던 네모난 판이 스르륵 열리면서 열쇠 구멍이 나타났다. 나는 잽싸게 비취 열쇠를 집어넣고 돌렸다. 기계와 열쇠가 동시에 사라지더니 그 자리에 두 번째 관문이 나타났다. 광택이 있는 회의 탁자 위에 놓인 문처럼 생긴 웜홀이었다. 웜홀의 가장자리는 열쇠와 같은 부드러운 비취 색깔로 강렬하게 빛났다. 첫 번째 관문처럼 이 문은 사방 천지에 별이 가득한 광막한 우주공간으로 뻗어 있었다.

나는 탁자 위로 펄쩍 뛰어올라 그 안으로 몸을 날렸다.

• • •

내가 서 있는 곳은 디스코 시대 분위기가 물씬 풍기는 지저분한 볼링장 입구의 바로 안쪽이었다. 카펫은 초록색과 갈색 소용돌이 무늬가 있는 화려한 원색 패턴이었고, 플라스틱 의자는 색이 바랜 주황색이었다. 레인은 텅 비어 있었고 불도 꺼져 있었다. 볼링장에는 아무도 없었다. 카운터나 스낵 바에도 개미 한 마리 보이지 않았다. 레인 위쪽 벽에 붙어 있는 '미들타운 레인'이라는 큼직한 글씨를 보고서야 비로소 내가 있는 곳이 어디인지 확실히 알 수 있었다. ·

처음에 들린 유일한 소리는 머리 위쪽 형광등에서 나는 낮은 웅웅 소리뿐이었다. 하지만 곧 왼편에서 삐융삐융 희미한 전자음이 들려왔다. 소리가 나는 쪽으로 고개를 돌렸더니 스낵바 바로 뒤에 캄캄한 입구가 보였다. 동굴처럼 생긴 입구 위에는 간판이 붙어 있었다. 빨간 네온사인으로 빛나는 '오락실'이라는 세 글자였다.

거센 돌풍이 불어닥쳤다. 볼링장을 강타한 허리케인이라도 돌진해오는 듯한 우렁찬 굉음도 들렸다. 내 두 발은 카펫 위를 미끄러지기 시작했다. 나는 곧 내 아바타가 오락실 쪽으로 끌려가고 있다는 사실을 깨달았다. 마치 안쪽 어딘가에 블랙홀 입구라도 열린 것 같았다.

진공청소기에 빨려 들어가듯 오락실 입구로 들어가는 동안 비디오게임 몇 개가 눈에 들어왔다. 모두 1980년대 중후반에 나온 게임들이었다. 〈크라임 파이터〉, 〈헤비 배럴〉, 〈자경단〉, 〈스매시 TV〉 등이었다. 하지만 내 아바타는 특정한 하나의 게임 쪽으로 끌려가는 중이었다. 오락실의 가장 후미진 구석에 덩그러니 놓인 게임이었다.

〈블랙 타이거〉, 캡콤 사, 1987년

모니터 한가운데에 소용돌이가 나타나더니 수많은 쓰레기, 종이컵, 볼링화 등 고정되어 있지 않은 모든 사물을 집어삼키고 있었다. 내 아바타도 예외가 아니었다. 아바타가 소용돌이에 휘말리자 나는 반사적으로 손을 뻗어 〈타임 파일럿〉 오락기의 조이스틱을 움켜쥐었다. 소용돌이가 내 아바타를 가차 없이 끌어당겼기 때문에 내 두 발은 공중에서 바둥거렸다.

속으로는 기대감에 부풀어 히죽히죽 웃고 있었다. 나의 노고를 치하할 만반의 준비가 되어 있었다. 에그 찾기가 시작된 첫해에 〈블랙 타이거〉를 마스터해 두었기 때문이었다.

할리데이가 죽기 전, 은둔 생활을 하던 몇 년 동안 웹사이트에 올라온 것은 짧은 루핑 애니메이션이 전부였다. 그의 아바타였던 아노락이 서재에 앉아서 물약을 혼합하며 먼지가 풀풀 날리는 마법서를 꼼꼼히 읽고 있는 애니메이션이었다. 이 애니메이션은 십 년이 넘도록 계속 반복되다가 할리데이가 사망한 날 아침이 되어서야 득점판으로 바뀌었다. 그 애니메이션에서 아노락의 등 너머로 벽에 걸려 있던 것은 커다란 흑룡 그림이었다.

건터들은 이 그림의 의미에 대해, 흑룡이 무엇을 상징하는지, 혹은 아무것도 상징하지 않는지에 대해 셀 수 없이 많은 글을 올렸다. 하지만 나는 처음부터 이 그림의 의미를 확실히 알고 있었다.

『아노락 연감』에 있는 초창기에 쓴 토막글 중에 할리데이가 부모가 언성을 높이고 싸우기 시작할 때면 언제나 슬그머니 집을 빠져나와 자전거를 타고 동네 볼링장에 가서 〈블랙 타이거〉를 했다는 내용이 있었다. 달랑 25센트 동전 하나면 끝판을 깰 수 있는 게임이었기 때문이다. 『아노락 연감』 23장 234절에는 이렇게 쓰여 있었다. "〈블랙 타이거〉는 25센트 동전 하나로 나의 불행한 인생에서 벗어나 찬란한 세 시간을 즐기게 주었다. 참으로 수지맞는 장사였다."

〈블랙 타이거〉는 원래 '부라쿠 도라곤'이란 이름으로 일본에서 처음 발매되었는데 미국에서 발매되면서 이름이 바뀌었다. 나는 아노락의 서재 벽에 걸린 흑룡 그림을 '부라쿠 도라곤'이 에그 찾기에서 핵심 역할을 한다는 숨은 힌트로 생각해왔다. 그래서 나는 이 게임을 할리데이처럼 동전 한 개로 끝판을 깰 때까지 열심히 연습했었다. 그 후로도 실력이 녹슬지 않도록 두세 달에 한 번씩 연습을 계속했다.

이제 내 비상한 머리와 내가 흘린 구슬땀이 보상받을 차례인 것 같았다.

〈타임 파일럿〉의 조이스틱을 붙잡고 버틸 수 있는 시간은 아주 잠깐이었다. 곧 조이스틱을 놓쳤고, 내 아바타는 〈블랙 타이거〉의 모니터로 곧장 빨려 들어갔다.

잠깐 사방이 컴컴했다. 잠시 뒤 주위는 초현실적인 배경으로 변했다.

내가 서 있는 곳은 어느 던전의 좁은 복도였다. 왼편은 아주 높다란 회색 자갈로 된 벽으로 엄청나게 큰 용의 두개골이 붙어 있었다. 벽은 위로 한없이 뻗어 어두운 그림자 속으로 사라졌다. 천장은 전혀 보이지 않았다. 던전 바닥에는 징검다리처럼 둥근 발판이 한 줄로 가지런히 전방에 있는 암흑을 향해 뻗어 있었다. 오른편에 놓인 발판의 가장자리 바깥에는 아무것도 없었다. 그저 끝없는 암흑의 허공이었다.

뒤를 돌아보았지만 출구는 없었다. 역시나 머리 위의 검은 공간으로 하염없이 뻗어 나가는 높다란 자갈 벽뿐이었다.

나는 아바타의 몸을 내려다보았다. 〈블랙 타이거〉의 영웅 캐릭터와 똑같은 모습이었다. 반라의 근육질 야만용사는 갑옷 팬티만 입고 뿔 달린 투구를 쓰고 있었다. 오른팔에 낀 팔목 장갑에는 끝에 철퇴가 달린 기다란 사슬이 매달려 있었다. 오른손은 요령껏 단검 세 개를 쥐고 있었다. 오른편에 있는 까만 허공으로 단검 세 개를 날리자 똑같은 단검 세 개가 즉시 내 손에 나타났다. 시험 삼아 점프해보니 10미터는 거뜬히 수직으로 도약할 수 있었고 고양이처럼 우아하게 착지할 수도 있었다.

나는 퀘스트를 이해했다. 곧 〈블랙 타이거〉를 플레이해야 했다. 하지만 내가 마스터한 50년 전 2D 횡스크롤 방식의 플랫폼 게임이 아니었다. 나는 할리데이가 창조한 새로운 3D 몰입형 버전 〈블랙 타이거〉 속에 서 있었다.

원작 게임의 메커니즘, 스테이지, 적들에 대한 지식은 분명히 쓸모 있겠지만, 게임 플레이 자체는 완전히 다르게 진행되고 완전히 다른 기술을 필요로 할 터였다.

첫 번째 관문은 할리데이가 가장 아꼈던 영화 속이었고, 두 번째 관문은 그가 가장 아꼈던 비디오게임 속이었다. 이 패턴의 의미를 곱씹어보던 중 화면에 '출발!'이라는 메시지가 깜빡이기 시작했다.

나는 주위를 둘러보았다. 왼쪽에 서 있는 돌벽에 새겨진 화살표가 전방을 가리켰다. 나는 팔다리를 스트레칭하고 관절을 꺾고 나서 크게 심호흡을 했다. 그리고 무기를 챙기고는 첫 번째 적을 상대하기 위해 발판에서 발판으로 점프하면서 앞을 향해 전진했다.

· · ·

할리데이는 〈블랙 타이거〉의 던전 스테이지 8개를 아주 세밀한 부분까지 정성 들여 재현했다.

출발은 순조롭지 못했고 첫 번째 보스를 깨기도 전에 목숨을 잃었다. 하지만 3D 버전에서(그리고 1인칭 시점에서) 게임에 적응하는 데는 그리 오래 걸리지 않았다. 마침내 나는 리듬을 찾았다.

나는 발판에서 발판으로 점프하고, 공중에서 적을 때려눕히고, 괴물, 해골, 뱀, 미라, 미노타우로스, 닌자의 쉴새 없는 공격을 피하면서 계속 전진했다. 내가 격파한 모든 적은 '제니'라는 동전을 한 줌씩 떨어뜨렸다. 나중에 모든 스테이지마다 여기저기 어슬렁거리는 수염 기른 현명한 노인으로부터 갑옷과 무기와 물약을 구매할 수 있는 동전이었다. ('현명한 노인'은 괴물이 우글거리는 던전 한복판에 구멍가게를 차리는 게 현명한 판단이라고 생각한 게 틀림없었다.)

일시정지 기능이 없었기 때문에 게임을 도중에 멈출 방법은 없었다. 관문으로 일단 들어간 상태에서는 멈출 수도 로그아웃할 수도 없었다. 시스템이 이를 차단했다. 바이저를 벗더라도 로그인 상태로 유지되었다. 관문에서 빠져나가는 방법은 임무를 완수하거나 죽거나 둘 중 하나였다.

나는 세 시간 이내에 8개 스테이지를 모두 깨는 데 성공했다. 가장 아슬아슬하게 죽음을 모면했던 순간은 최종 보스인 블랙 드래곤과 붙었을 때였다. 물론 아노락의 서재에 걸린 그림에 묘사된 흑룡과 정확히 똑같이 생긴 놈이었다. 여분의 목숨을 다 날리고 생명치가 거의 바닥까지 닳았지만 나는 계속 몸을 움직이며 흑룡이 내뿜는 화염을 요리조리 피하면서 단검을 꾸준히 날려 서서히 놈의 체력을 고갈시키는 데 성공했다. 마지막 결정타를 날리자 흑룡은 내 앞에서 산산조각이 나며 디지털 먼지로 변했다.

나는 기진맥진해서 긴 안도의 한숨을 훅훅 내쉬었다.

아무런 이동 과정이 없었는데 어느 순간 내가 서 있는 곳은 볼링장 오락실의 〈블랙 타이거〉 오락기 앞이었다. 앞쪽으로 보이는 모니터에는 갑옷을 입은 야만용사가 당당히 영웅 자세를 취하고 있었다. 영웅의 발밑으로 다음과 같은 문구가 나타났다.

당신은 이 나라에 평화와 번영을 되찾아 주었습니다.

고마워요, 블랙 타이거!

당신의 용맹과 지혜에 찬사를 보냅니다!

그때 신기한 일이 벌어졌다. 원작 게임을 깼을 때는 없는 일이었다. 던전에 있던 수염 달린 '현명한 노인'이 화면에 나왔고 말풍선에는 이렇게 적혀 있었다. "고맙습니다. 당신에게 큰 은혜를 입었습니다. 자이언트 로봇을 상으로 드리오니 부디 받아주십시오."

노인의 발밑으로 다양한 종류의 로봇 아이콘이 수평으로 화면을 꽉 채웠다. 조이스틱을 좌우로 움직여 보았더니 무려 100가지가 넘는 종류의 '자이언트 로봇'을 검색할 수 있었다. 로봇 하나를 지목하면 세부 스탯 정보와 무기 정보가 옆에 나타났다.

몇 가지 로봇은 생소했지만 대부분은 친숙한 로봇들이었다. 철인28호, 마징가 제트, 아이언 자이언트, 제트 재규어, 스핑크스 머리가 달린 자이언트 로보, 쇼군 워리어 장난감 시리즈, 「초시공요새 마크로스」와 「기동전사 건담」 아니메 시리즈에 나오는 로봇들이 있었다. 아이콘 중에 열한 개는 회색으로 흐릿하게 변한 채로 위에 빨간 엑스표가 그려져 있었다. 이 로봇들은 확인할 수도, 고를 수도 없었다. 한발 앞서 여길 통과한 소렌토와 식서들이 골라간 로봇들이 분명했다.

어느 로봇을 선택하든 진짜 작동하는 로봇을 상으로 받게 될 것 같았다. 그래서 나는 가장 막강하고 방어력이 높은 로봇을 고르기 위해 후보들을 하나하나 주의 깊게 살펴보다가 곧 레오파르돈을 발견하고는 숨이 턱 막혔다. 레오파르돈은 스파이더맨의 현신인 1970년대 후반 일본 TV에 출연한 '수파이다맨'이 사용했던 거대 변신 로봇이었다. 조사를 하다가 수파이다맨을 알게 된 후로 나는 그 드라마의 매력에 흠뻑 빠져들었다. 따라서 레오파르돈이 거기 놓인 후보 중에서 가장 막강한 로봇인지는 개의치 않았다. 다른 이유는 필요 없었다.

나는 레오파르돈 아이콘을 선택하고 발사 버튼을 눌렀다. 30센티미터짜리 레오파르돈 복제품이 〈블랙 타이거〉 오락기 본체 위에 나타났다. 나는 로봇을 집어 들고 아이템 보관함에 넣었다. 아이템 정보는 비어 있었다. 나중에 요새로 돌아간 다음에 더 조사를 해봐야겠다고 마음먹었다.

그동안 〈블랙 타이거〉 모니터에서는 엔딩 크레딧이 시작되었고 야만용사 영웅이 빼빼 마른 공주와 함께 왕좌에 앉아 있는 이미지가 보였다. 나는 프로그래머의 이름 하나하나를 존경 어린 눈으로 읽어 내려갔다. 모두 일본인이었는데, 단 한 사람만은 예외였다. 맨 마지막 줄에는 '오아시스 이식 담당: J. D. 할리데이'라고 적혀 있었다.

크레딧이 끝나자 모니터는 얼마간 까맣게 변했다. 조금 있자 화면 가운데에 문양 하나가 천천히 모습을 드러냈다. 오각형 별을 감싼 시뻘건 동그라미였다. 별의 꼭짓점은 원보다 아주 약간 길게 삐져나와 있었다. 잠시 뒤 시뻘건 별 가운데에 뱅글뱅글 도는 수정 열쇠가 나타났다.

빨간 별 문양이 무엇을 상징하는지 알았기에 온몸에 전율이 흘렀다. 나는 이 문양이 어디로 나를 이끌려고 하는지 알고 있었다.

만약을 대비해 스크린샷을 몇 장 떴다. 곧이어 모니터 화면이 까맣게

변하더니 〈블랙 타이거〉 오락기가 녹아 없어지면서 가장자리가 선명한
비취색으로 빛나는 문 모양의 웜홀 입구로 변신했다. 출구였다.

나는 승리감에 흠뻑 취해 환호성을 지르면서 안으로 폴짝 뛰어들었다.

출구를 빠져나왔을 때 내 아바타가 다시 나타난 곳은 타이렐의 집무실이었다. 보이트 캄프 기계는 원래 위치대로 옆에 있는 탁자에 놓여 있었다. 시간을 확인해보았다. 관문 안으로 들어간 시각에서 세 시간이 훌쩍 넘어 있었다. 방에는 부엉이를 제외하면 아무도 없었다. 더 이상 보안경보는 울리지 않았다. 내가 관문 안에 머무는 동안 NPC 경비원들이 들이닥쳐 이미 수색을 끝낸 모양이었다. 경비원들이 나를 찾는 듯한 낌새는 더는 보이지 않았다. 이제 붙잡힐 위험은 없었다.

나는 엘리베이터로 돌아가 무사히 착륙장으로 올라갔다. 크롬 신께 감사하게도, 보네거트호는 원래 두고 왔던 자리에 얌전히 놓여 있었고, 클로킹 장치도 아직 작동되고 있었다. 나는 냉큼 우주선에 탑승해 악스레녹스를 벗어난 다음 궤도에 진입하자마자 광속으로 전환했다.

보네거트호가 번개 같은 속도로 초공간을 통과하면서 가장 가까운 스타게이트로 향하는 동안 나는 화면에 빨간 별 문양을 찍어둔 스크린샷을 열었다. 그리고 성배 일기를 펼쳐 전설적인 캐나다 록 밴드 러시에 대한 정보를 모아놓은 하위 폴더를 열었다.

러시는 할리데이가 십대 때부터 줄곧 좋아했던 밴드였다. 한 인터뷰에서 그는 비디오게임을 개발할 때마다(오아시스도 포함해서) 오직 러시 음반만 틀어놓고 코딩 작업을 했다고 밝힌 바 있었다. 그는 자주 러시 의 세 멤버(닐 피어트, 알렉스 라이프슨, 게디 리)를 '삼위일체' 또는 '북구 의 신들'이라고 부르곤 했다.

내 성배 일기에는 지금까지 발표된 러시의 모든 노래, 음반, 해적판 및 뮤직비디오가 들어 있었다. 라이너 노트와 아트웍 일체를 고해상도 로 스캔한 이미지도 들어 있었다. 현존하는 모든 러시 콘서트 실황 영 상 자료 전부, 러시가 출연한 라디오 및 텔레비전 인터뷰 전부, 각 멤버 들의 일대기를 다룬 전기 완역본은 물론 프로젝트 음반과 솔로 작업까 지 다 모아두었다. 나는 러시의 음반 목록을 펼쳐 내가 찾는 음반을 선 택했다. 바로 고전 SF 테마를 콘셉트로 한 정규 음반《2112》였다.

화면에 음반 표지를 고해상도로 스캔한 이미지가 나타났다. 별이 총 총한 우주를 바탕으로 그 위에 밴드 이름과 음반 제목이 적혀 있었다. 제목 아래쪽에 잔물결이 일렁이는 호수의 수면에 비친 것처럼 보이는 문양은 〈블랙 타이거〉 오락기의 모니터 속에서 본 바로 그 문양, 빨간 원 안에 빨간 오각별이 든 문양이었다.

음반 표지와 스크린샷을 나란히 놓자 두 문양은 완전히 일치했다.

《2112》의 타이틀곡은 7개 파트로 이루어진 길이가 장장 20분이 넘 는 한 편의 서사시와도 같은 대곡이다. 가사 내용은 창의성과 자기표현 이 불법으로 탄압받아온 시대인 2112년에 살고 있는 한 익명의 이단아 의 시점에서 쓴 이야기이다. 음반 표지에 있는 빨간 별은 전제주의 제 국인 태양계 연방의 문양이었다. 태양계 연방은 '사제들'에 의해 지배 되었으며, 이 사제들에 대해서는 '더 템플즈 오브 시리스(시리스 신전)' 라는 제목의 파트 II에 잘 묘사되어 있다. 이 부분의 가사는 수정 열쇠 가 어디에 숨겨져 있는지 정확히 말해주고 있었다.

우리는 시링스 신전의 사제들

위대한 컴퓨터가 거대한 전당을 채우고 있다네

우리는 시링스 신전의 사제들

삶에 주어지는 모든 선물은 우리의 성벽 안에 있다네

섹터 21에는 시링스라는 이름의 행성이 있었다. 이 행성이 바로 내가 지금 가려는 곳이었다.

오아시스 아틀라스 지도에는 시링스가 '암석이 많고 아무 NPC도 살지 않는 황량한 행성'이라고 묘사되어 있었다. 상세 정보를 열어보니 시링스의 개발자는 '익명'으로 분류되어 있었다. 하지만 나는 이 행성이 할리데이가 코딩한 행성이 틀림없다는 사실을 알았다. 디자인이 《2112》의 라이너 노트에서 묘사된 행성과 꼭 맞아떨어졌기 때문이다.

《2112》음반은 대부분의 노래가 30센티미터 반경의 레코드판에 담겨 팔리던 시절인 1976년에 발매되었다. 레코드판은 아트웍과 수록곡이 인쇄된 마분지 재킷에 담겨 나왔다. 어떤 음반 재킷은 책처럼 양쪽으로 펼칠 수 있었는데, 그 안쪽에는 또 다른 아트웍과 라이너 노트, 가사, 밴드 정보가 적혀 있었다. 《2112》음반의 오리지널 재킷을 스캔한 이미지를 열자 표지 뒷면에 빨간 별이 그려진 두 번째 이미지가 보였다. 실오라기 하나 걸치지 않은 한 남자가 두려움에 떨면서 양손을 든 채 빨간 별 앞에 잔뜩 움츠린 모습이었다.

표지 뒷면의 오른쪽에는 타이틀곡의 7개 파트의 전체 가사가 인쇄되어 있었다. 각 파트의 가사 앞에는 가사에 담긴 이야기의 배경을 보충 설명해주는 단락도 있었다. 짤막한 이야기는 익명의 주인공 시점에서 전개되었다.

파트 I 가사 앞에 나오는 짧은 이야기는 다음과 같았다.

눈을 뜨고 누워서 암울한 메가돈을 바라봐. 도시와 하늘은 한몸이 되어 평평하고 끝

없는 잿빛 바다로 어우러져. 쌍둥이 달, 창백한 두 개의 달은 차디찬 창공에서 길을

찾아 나가지.

내 우주선이 시링스 행성에 접근할 때 나는 행성의 궤도를 도는 쌍둥
이 달인 바이토와 스노우독을 보았다. 두 이름 역시 옛날 러시 노래에
서 따온 이름들이었다. 그 아래로 보이는 행성의 칙칙한 회색 표면에는
라이너 노트에 묘사된 돔 도시인 메가돈이 정확히 1,024개로 복사되어
있었다. 프로보즈 행성에 있던 〈조크〉 시뮬레이션의 정확히 두 배였다.
그래서 나는 식서들이 그 많은 도시 전부에 바리케이드를 칠 수 없다는
사실을 잘 알고 있었다.
나는 클로킹 장치를 작동시킨 채 가장 가까운 메가돈을 골라 다른 우
주선은 없는지 주위를 경계하면서 보네거트호를 돔 바깥쪽에 최대한
바짝 붙여 착륙시켰다.
메가돈은 거대한 절벽으로 둘러싸인 암석 고원 위에 있었는데 마치
폐허처럼 보였다. 거대한 투명 돔은 군데군데 균열이 가 있었고 여차하
면 금방이라도 무너질 것 같았다. 나는 돔 밑부분에 있는 가장 큰 틈새
를 통해 도시 안으로 들어갈 수 있었다.
메가돈이라는 도시는 한때 찬란했던 고도의 기술 문명이 처참한 폐
허가 된 모습을 묘사한 1950년대 SF 소설의 종이책 표지를 떠올리게
했다. 도시 한복판에는 회색 성벽으로 둘러싸인 우뚝 솟은 오벨리스크
모양의 신전이 서 있었다. 신전의 정문 윗부분에는 태양계 연방의 문양
인 거대한 빨간 별이 선명하게 새겨져 있었다.

나는 시링스 신전 앞에 서 있었다.

신전을 에워싼 포스필드도 없었고, 신전을 포위한 식서 함대도 없었다. 개미 한 마리 보이지 않았다.

나는 총을 꺼내 들고 신전의 정문을 통과했다.

안으로 들어가니 거대한 오벨리스크 모양의 슈퍼컴퓨터가 길게 늘어선 채 웅장한 대성당 같은 신전을 가득 메우고 있었다. 기계에서 나는 웅웅거리는 소리를 들으면서 슈퍼컴퓨터를 따라 걷던 나는 마침내 신전 한복판에 이르렀다.

그곳에는 표면에 빨간 오각별이 새겨진 돌 제단이 있었다. 제단으로 올라서자 컴퓨터의 웅웅 소리가 멎고 주위가 고요해졌다.

제단 위에 뭔가 시링스 신전에 바치는 제물 같은 것을 올려놓아야 하는 모양이었다. 하지만 대체 어떤 제물이어야 할까?

아무래도 두 번째 관문을 통과하고 받은 30센티미터짜리 레오파르돈 로봇은 아닌 것 같았다. 그래도 혹시 몰라 제단 위에 내려놓아 보았으나 아무 일도 일어나지 않았다. 로봇을 다시 아이템 보관함에 집어넣고 그 자리에 서서 골똘히 생각에 잠겼다. 그때 문득 라이너 노트에 있는 다른 부분이 머리를 스쳤다. 나는 라이너 노트를 열고 다시 한번 찬찬히 훑어보았다. 내가 찾는 답은 거기에 있었다. 파트 III 가사 앞에 나오는 짧은 이야기 속에 있었다. 파트 III의 제목은 '디스커버리(발견)'였다.

사랑스러운 폭포 너머 동굴 바닥에 숨겨진 작은 방에서 이것을 찾았지. 오랜 세월 쌓인 먼지를 털어내고 이것을 집은 다음 경건한 마음으로 손에 들고 있었어. 무엇인지 알 수는 없었지만 아름다웠지. 손가락을 줄에 갖다 댔어. 만지는 곳에 따라 소리가 달라진다는 걸 알았어. 다른 손으로 줄을 튕기면서 첫 화음을 만들었어. 곧 나만의 음악이 탄생했지!

폭포는 도시의 남쪽 가장자리 부근에 있는 돔 바로 안쪽에 있었다. 폭포를 발견하자마자 제트 부츠를 활성화시켜 폭포수 아래 하얗게 부서지며 흘러내리는 강줄기를 따라 날아오른 다음 그대로 폭포를 통과했다. 햅틱 수트는 전신을 강타하는 억수 같은 폭포수 느낌을 완벽하게 전달하려고 최선을 다했지만 누군가가 막대기로 머리와 어깨와 등을 사정없이 후려치는 느낌에 가까웠다. 일단 폭포를 통과하자 동굴 입구가 나왔고 안으로 걸어 들어갔다. 동굴은 갈수록 좁아지는 긴 터널로 이어졌고 터널 끝에는 움푹 패인 작은 방이 있었다.

나는 작은 방을 꼼꼼히 둘러보았다. 바닥에서 솟아오른 석순 하나가 끝이 약간 뭉툭하게 닳아 있는 것이 보였다. 나는 석순을 움켜쥐고 몸쪽으로 힘껏 당겼지만 꼼짝도 하지 않았다. 이번엔 힘껏 밀어보았다. 보이지 않는 경첩이라도 안에 숨어 있는 듯이 석순이 접히더니 레버처럼 작동했다. 등 뒤로 우르르 돌이 마찰하는 소리가 들리고 내 시선은 바닥에서 열리는 트랩도어로 향했다. 동굴 천장에 있던 구멍도 열리면서 찬란한 빛줄기가 트랩도어의 열린 틈을 지나 작은 동굴 방을 비췄다.

나는 보관함에서 아이템을 하나 꺼냈다. 숨겨진 함정이나 마법이 걸려 있는지 등을 탐지할 수 있는 마법봉이었다. 그 방에 수상한 것은 없는지 확인한 다음 트랩도어 안으로 폴짝 뛰어들어 비밀 방의 먼지투성이 바닥 위에 착지했다. 비밀 방은 아주 작은 정육면체 모양이었고 북쪽 벽에는 크고 우둘투둘한 바위가 놓여 있었다. 바위에 박힌 채로 목만 밖으로 나와 있는 물건은 다름 아닌 전자 기타였다. 이곳으로 오는 길에 2112 콘서트 실황 자료에서 본 것임을 금세 알아차렸다. 1974년 깁슨 레스폴 모델로, 2112 투어 콘서트 때 알렉스 라이프슨이 연주한 바로 그 기타였다.

바위에 박힌 기타라는 황당무계한 아서 왕 패러디에 나는 웃음이 터져 나왔다. 다른 모든 건터들처럼 나도 존 부어만 감독의 영화 「엑스칼리버」를 아주 여러 번 보았기 때문에 다음으로 어떤 행동을 취해야 하는지는 아주 명확했다. 나는 오른손을 뻗어 기타의 목 부분을 잡고 힘껏 당겼다. 기타가 바위에서 떨어져 나오면서 지잉 하는 전자 기타 특유의 잔향이 울려 퍼졌다.

기타를 머리 위로 치켜들자 지잉 소리는 아주 매끄럽게 파워 코드로 바뀌면서 동굴에 쩌렁쩌렁 울려 퍼졌다. 기타를 내려다보면서 제트 부츠를 다시 활성화시켜서 트랩도어 밖으로 나가 동굴을 빠져나가려는 참이었다. 하지만 그 순간 머리를 한 방 얻어맞은 느낌이 들었다. 나는 그 자리에서 얼어버렸다.

제임스 할리데이는 고등학교 때 기타 교습을 받은 적이 있었다. 내가 기타 연주법을 배운 건 순전히 그 때문이었다. 진짜 기타는 한 번도 쳐본 적이 없었지만 가상기타로는 환상적인 속주 실력을 뽐낼 수 있었다.

나는 보관함을 뒤져 기타 피크를 찾아냈다. 그리고 성배 일기를 열어 〈2112〉곡의 악보와 '디스커버리'라는 파트의 기타 타브 악보를 꺼냈다. '디스커버리'는 폭포 뒤에 숨겨진 방에서 주인공이 기타를 발견한다는 줄거리이다. 내가 곡을 연주하기 시작하자 기타의 아름다운 선율이 전기도 앰프도 전혀 없었는데도 비밀의 방을 넘어 동굴 밖까지 울려 퍼졌다.

'디스커버리'의 첫 소절을 다 연주하자 메시지가 나타났다. 이 메시지는 기타를 뽑아낸 바위 표면에 새겨져 있었다.

첫 번째는 붉은 금속에 걸려 있다네

두 번째는 초록빛 돌에 있다네

세 번째는 투명한 수정에 있으나

혼자서는 열 수 없으리니

눈 깜짝할 새에 내가 기타로 연주한 마지막 음의 여운이 사라짐과 동시에 바위에 새겨진 글귀도 서서히 희미해지기 시작했다. 잽싸게 수수께끼의 스크린샷을 뜨는 그 순간부터 의미를 해석해보려고 했다. 이것은 당연히 세 번째 관문에 대한 힌트였다. 어찌해서 '혼자서는 열 수' 없단 말일까.

식서놈들이 기타를 연주해서 이 메시지를 찾아냈을까? 그랬을 가능성은 없어 보였다. 놈들은 바위에서 기타를 뽑자마자 즉시 신전으로 되돌아갔을 것이다.

내 가정이 맞는다면 놈들은 세 번째 관문을 열기 위해 뭔가 요령이 필요하다는 사실을 아직 모르고 있었다. 그래야만 왜 아직까지 놈들이 에그를 찾지 못했는지를 설명할 수 있었다.

$$\cdot\ \cdot\ \cdot$$

나는 신전으로 되돌아와 기타를 제단 위에 올려놓았다. 그렇게 하자 주변에 탑처럼 우뚝 솟은 슈퍼컴퓨터들이 그랜드 오케스트라가 조율이라도 하는 듯한 불협화음을 토하기 시작했다. 소음은 귀청이 떠나갈 듯 점점 커지다가는 갑자기 뚝 그쳤다. 그때 제단에서 섬광이 번쩍이더니 기타는 수정 열쇠로 변신했다.

손을 뻗어 열쇠를 줍자 떵동 소리가 들리면서 득점판의 내 점수에 2만 5,000점이 보태졌다. 두 번째 관문을 통과할 때 받은 20만 점도 있었기 때문에 총점은 소렌토보다 1,000점을 앞지른 35만 3,000점이 되었다. 나는 1위 자리를 탈환했다.

하지만 축배를 들기에는 아직 이르다는 사실을 잘 알고 있었다. 나는 숨돌릴 겨를도 없이 수정 열쇠를 이리저리 기울이며 단면 하나하나를 조사했다. 표면에는 아무 단어도 보이지 않았지만 열쇠 손잡이 부분 중앙에 조그맣게 머리글자 하나가 새겨져 있었다. 장식 글꼴로 적힌 알파벳 'A'를 나는 대번에 알아보았다.

제임스 할리데이의 첫 번째 〈던전앤드래곤〉 캐릭터 시트의 캐릭터 심볼 칸에도 이와 똑같은 'A'가 있었다. 그의 유명한 오아시스 아바타인 아노락의 검정 망토에도 이와 똑같은 'A'가 있었다. 그의 아바타가 머무는 난공불락의 요새인 아노락의 성채 정문을 장식한 문장도 이와 똑같은 'A' 문양이라는 사실을 잘 알고 있었다.

에그 찾기가 시작된 초반에 건터들은 오아시스에서 세 개의 열쇠가 숨겨져 있을 법한 장소라면 어디든지, 특히 할리데이가 초기에 직접 코딩한 행성은 죄다 굶주린 곤충떼처럼 몰려다녔다. 가장 먼저 물망에 오른 후보는 크토니아 행성이었다. 크토니아는 할리데이가 고등학교 〈던전앤드래곤〉 캠페인을 위해 창작한 판타지 세계를 아주 정성 들여 재현한 행성으로 그의 초창기 비디오게임에서 심심치 않게 찾아볼 수 있는 무대였다. 크토니아는 건터들의 메카가 되었다. 다른 이들처럼 나도 크토니아로 성지순례를 떠나 아노락의 성채를 방문해야 할 것 같은 의무감을 느꼈다. 하지만 아노락의 성채는 아주 굳게 닫힌 철벽 요새였다. 지금까지 아노락을 제외한 어떤 아바타도 성문을 통과해 안으로 들어갈 수 없었다.

하지만 이제는 아노락의 성채로 들어갈 방법이 틀림없이 존재한다는 사실을 깨달았다. 세 번째 관문이 바로 그 안에 있기 때문이다.

나는 우주선으로 복귀한 다음 우주선을 추진시켜 섹터 10에 있는 크
토니아 행성으로 항로를 잡았다. 그리고 파르지발의 1위 탈환이 만들
어내고 있을 언론의 광란을 구경이나 해볼까 하는 마음에 뉴스피드를
검색하기 시작했다. 하지만 내 점수는 그날의 특종이 아니었다. 그날
오후 언론을 뜨겁게 달군 최고의 뉴스는 오랜 기다림 끝에 마침내 할리
데이의 이스터에그가 숨겨진 장소가 공개되었다는 뉴스였다. 뉴스 진
행자는 이스터에그가 크토니아 행성에 있는 아노락의 성채 안 어딘가
에 있다고 말했다. 이 사실이 알려지게 된 것은 식서의 전 병력이 그 성
채를 에워싸고 진을 치고 있기 때문이었다.

내가 두 번째 관문을 통과한 직후에 놈들이 아노락의 성채에 도착했
다는 뜻이었다.

나는 이 타이밍이 절대 우연일 리가 없다는 사실을 잘 알고 있었다.
내가 바짝 추격하며 놈들을 자극하자 세 번째 관문을 비밀리에 통과하
려는 작전을 버리고 내 아바타나 다른 아바타가 접근하지 못하도록 바
리케이드를 쳐서 위치를 공개해버린 것이었다.

몇 분 후 크토니아에 도착했을 때 나는 직접 상황을 파악해보려고 클
로킹 상태로 성채 상공을 근접 비행해보았다. 상황은 내가 예상한 것보
다 훨씬 더 끔찍했다.

식서들은 아노락의 성채 위로 일종의 마법 방어막을 설치했다. 반투
명 돔이 성채와 그 일대를 완벽하게 뒤덮고 있었다. 방어막 안쪽에는
식서의 전 병력이 포진해 있었다. 어마어마한 규모의 병력과 탱크, 무
기, 건십이 성채를 사방에서 완전히 포위하고 있었다.

몇몇 건터 클랜도 이미 도착해 있었는데, 고성능 핵무기를 발사해서

방어막을 쳐부수기 위한 1차 시도를 준비하고 있었다. 핵무기가 폭발할 때마다 짤막한 빛의 쇼가 이어졌다. 폭발은 곧 방어막에 아무런 충격도 주지 못하고 잦아들었다.

몇 시간 동안 방어막에 대한 공격은 이어졌고 그러는 동안 뉴스를 접한 점점 더 많은 건터들이 크토니아로 몰려왔다. 클랜은 동원할 수 있는 모든 무기를 방어막에 때려 부었지만 아무 소용이 없었다. 핵무기도, 화염구도, 마법 화살도 아무 소용이 없었다. 참다못한 몇몇 건터들은 서로 힘을 합쳐 돔 아랫부분에 땅굴을 파기 시작했다. 그때야 비로소 방어막이 성채를 에워싼 완전한 구 모양으로 지상은 물론 지하에도 둘러쳐져 있다는 사실이 드러났다.

그날 밤 고레벨 마법사 건터 몇 명이 성채에 대고 주문을 시전한 후에 성채를 에워싼 방어막이 오수복스의 보주라는 99레벨 마법사만 사용할 수 있는 강력한 희귀 아이템에 의해 생성된 것이라고 게시판에 발표했다. 아이템 상세 설명에 따르면 이것은 아이템을 사용한 위치 주변에 구 모양의 방어막을 만들며 둘레 길이는 무려 500미터에 달했다. 이 방어막은 관통이 불가능하고 파괴도 불가능하며 여기에 닿는 것은 모두 증발시켰다. 또 마법사가 꼼짝 않고 아이템에 양손을 올려놓고 있기만 하면 무한으로 효력이 유지될 수 있었다.

그날부터 며칠간 건터들은 방어막을 뚫을 수 있는 모든 수단을 총동원했다. 마법, 기술, 순간이동, 상쇄주문을 비롯한 온갖 희귀 아이템들을 다 동원했다. 하지만 아무 소용이 없었다. 방어막 안으로 들어갈 방법은 전혀 없었다.

건터 커뮤니티 사이에는 가망이 없다는 절망적인 분위기가 널리 퍼져갔다. 솔로든 클랜이든 패배를 인정할 준비가 되어 있는 듯했다. 식서들이 수정 열쇠를 손에 넣었고 세 번째 관문의 접근을 독점했다. 모든 이들이 대망의 끝이 다가오고 있으며, 에그 찾기는 이제 '대세가 기울었고 슬퍼할 일만 남았다.'고 생각했다.

상황이 이렇게 전개되는 와중에도 나는 놀라우리만치 침착함을 유지했다. 식서들이 세 번째 관문을 여는 법을 아직 알아내지 못했을 가능성이 있었다. 물론 놈들에게는 엄청난 시간 여유가 있었고 차근차근 접근해갈 가능성도 있었다. 조만간 소 뒷걸음질 치다가 쥐 잡는 격으로 알아내 버릴지도 모를 일이었다.

하지만 나는 포기할 생각이 눈곱만큼도 없었다. 누군가가 할리데이의 이스터에그를 찾는 데 성공하기 전까지는 아직은 무엇이든 가능했다.

여느 고전 비디오게임들처럼 에그 찾기는 이제 더 어려운 다음 스테이지에 진입했을 뿐이었다. 새로운 스테이지에서는 종종 완전히 새로운 전략이 필요했다.

나는 계획을 짜기 시작했다. 어마어마한 운이 따라야 성사될 수 있는 아주 대담무쌍한 계획이었다. 나는 계획을 실행에 옮기기 위해 우선 아르테미스와 에이치와 쇼토에게 이메일을 보냈다. 이메일에는 두 번째 관문을 어디서 찾을 수 있는지, 수정 열쇠를 어떻게 획득할 수 있는지를 정확히 적었다. 일단 세 명이 모두 내 이메일을 받았음을 확인한 후에는 2단계 작전을 감행하기로 했다. 공포가 엄습해왔다. 자칫 내 목숨이 날아가는 결말로 끝날 가능성이 높다는 사실을 잘 알고 있었기 때문이다. 하지만 지금 와서 물러설 수는 없었다.

세 번째 관문에 이르거나, 용쓰다가 죽거나 나의 운명은 둘 중 하나였다.

레벨 3

바깥세상으로의 외출은 지나치게 과대평가되어 있다.

– 『아노락 연감』, 17장 32절

0028

IOI 청원경찰이 나를 체포하러 왔을 때 나는 「컴퓨터 우주 탐험」(조 단테 감독의 1985년작)이라는 영화에 한창 빠져 있었다. 뒷마당에서 조립한 우주선을 타고 우주로 날아가 외계인을 만나는 세 소년을 다룬 영화였다. 이 영화는 역대 하이틴 영화 중에서 단연 최고의 걸작으로 손꼽을 만한 작품이었다. 최소한 한 달에 한 번은 이 영화를 보는 일이 습관처럼 굳어졌다. 마음을 다잡는 데 도움이 되는 영화였다.

화면 귀퉁이에 건물 외부 보안카메라 피드의 섬네일을 열어놓았기 때문에 요란한 사이렌 소리와 함께 경광등을 번쩍이는 IOI 계약노예 호송차량이 아파트 앞에 주차하는 장면을 똑똑히 볼 수 있었다. 곧이어 군화를 신고 방석모를 착용한 호송경찰 넷이 차에서 뛰어내려 건물 안으로 진입했고 정장을 입은 남자 한 명이 뒤따랐다. 나는 로비카메라를 통해 그들이 IOI 사원증을 흔들고 보안검색대를 통과해 줄줄이 엘리베이터에 올라타는 모습을 계속 지켜봤다.

그들은 지금 42층으로 오는 중이었다.

"맥스." 나는 나지막이 맥스를 불렀다. 내 목소리에는 공포가 서려 있었다. "보안매크로 1번 '크롬, 위대한 산의 신'을 실행해." 이 음성 명령은 컴퓨터가 온라인과 오프라인에서 각각 미리 설정된 일련의 작업을 수행하도록 지시하는 명령이었다.

"아-아-알겠습니다, 대장님!" 맥스는 명랑하게 대답했다. 눈 깜짝할 새에 아파트 보안시스템은 봉쇄 모드로 전환되었다. 강화 티타늄 전투문이 천장에서 쾅 닫히며 아파트에 원래 설치되어 있던 안전문 안쪽을 봉쇄했다.

나는 아파트 바깥 복도에 설치된 보안카메라를 통해 호송경찰 넷이 엘리베이터에서 내려 복도를 따라 현관문으로 돌진해 오는 모습을 보고 있었다. 앞에 있는 두 명은 플라스마 용접기를 들고 있었고, 뒤에 있는 두 명은 초강력 볼트졸트 전기충격총을 들고 있었다. 후위를 맡은 정장을 입은 남자는 디지털 서류철을 들고 있었다.

그들을 보고 놀라지는 않았다. 나는 그들이 여기에 온 이유를 알고 있었으니까. 그들은 스팸 캔에서 햄 덩어리를 꺼내듯 내 아파트를 따고 나를 아파트 밖으로 끄집어내려는 것이었다.

그들이 현관문에 도착했을 때 스캐너가 빠르게 신분을 확인했고 다섯 명의 신상정보가 화면에 나타났다. 다섯 명의 남자들은 모두 IOI 소속 신용평가관이었으며 이 아파트의 거주자인 브라이스 린치에 대해 유효한 계약노예 체포영장을 들고 있었다. 따라서 지방법, 주법, 연방법에 따라 아파트 건물의 보안시스템이 즉시 해제되면서 두 개의 안전문이 모두 개방되었다. 하지만 전투문이 굳게 닫혀 있었기 때문에 여전히 안으로는 들어오지 못했다.

물론 호송경찰은 이런 추가 보안장치쯤은 얼마든지 예상하고 있었다. 그게 플라스마 용접기를 가져온 이유였다.

정장을 입은 IOI의 하수인은 경찰들 틈을 비집고 앞으로 나와 현관문 인터콤에 점잖게 엄지손가락을 댔다. 화면에 그의 이름과 직함이 떴다. 마이클 윌슨, IOI 채권추심부, 사원번호 #IOI-481231.

윌슨은 복도 카메라 렌즈를 향해 고개를 들더니 환한 미소를 지었다. "린치 씨, 저는 마이클 윌슨이라고 합니다. 이노베이티브 온라인 인더스트리 사의 채권추심부에서 나왔습니다." 윌슨은 디지털 서류철을 참고하면서 말을 이었다. "귀하께서는 지난 석 달간 IOI 비자카드 대금을 연체하셨고, 미납금은 2만 달러가 넘습니다. 기록상으로 린치 씨는 현재 실업 상태로 상환 불능 상태로 분류되었습니다. 현 연방법에 따라 린치 씨는 강제 계약노예 대상자입니다. 원금을 비롯해 앞으로 발생하는 모든 이자, 수수료, 지연배상금, 여타 청구 금액 또는 벌금 일체를 회사에 완납할 때까지 귀하는 당사의 계약노예입니다." 윌슨은 경찰들을 가리키며 말했다. "여기 이 신사분들은 저를 도와 린치 씨를 새 직장으로 모셔 가려고 온 것입니다. 저희가 안으로 들어갈 수 있도록 문을 열어주실 것을 정중히 요청합니다. 저희한테 그 안에 있는 모든 개인 물품을 압류할 권한이 있다는 사실을 명심해주시기 바랍니다. 물론 압류한 물품의 감정가액만큼 미납금에서 공제해드립니다."

내가 보기에 윌슨은 숨도 쉬지 않고 이 모든 내용을 읊는 듯했다. 하루 종일 같은 문장을 반복해서 말하는 인간들 특유의 무미건조한 말투였다.

나는 잠깐 틈을 둔 다음 인터콤을 통해 대답했다. "그럼요, 걱정 마세요. 바지 입을 시간 일 분만 주세요. 금방 나갈게요."

윌슨은 눈살을 찌푸렸다. "린치 씨, 앞으로 10초 내로 문을 열지 않으시면 저희는 강제 침입 권한을 행사하겠습니다. 강제 침입으로 인해 발생하는 재산 피해액과 수리비를 포함한 파손 비용 일체는 미납금에 추가됩니다. 감사합니다."

윌슨은 인터콤에서 한 발자국 떨어진 다음 다른 경찰들에게 고갯짓을 했다. 한 경찰이 즉시 용접기의 전원을 켰다. 용접기 끝이 진한 주황색으로 달아오르자 놈이 전투문의 티타늄 판금을 절단하기 시작했다. 용접기를 든 다른 놈은 거기서 좀 떨어진 아파트 벽에 구멍을 내기 시작했다. 그들은 건물의 보안시방서를 볼 수 있었으므로 아파트 벽이 강철 판금과 콘크리트로 되어 있으며 티타늄 전투문보다 훨씬 더 빨리 절단할 수 있다는 사실을 알고 있었다.

물론 나는 이를 대비해 아파트 벽과 바닥과 천장에 직접 조립한 티타늄 합금 세이지케이지를 설치하는 예방조치를 취해두었다. 일단 그들이 벽을 다 절단하면 이 케이지 역시 절단해야 할 것이다. 하지만 그래봤자 벌 수 있는 시간은 겨우 5분 정도였다. 그 후에는 그들이 들이닥칠 것이다.

호송경찰들이 보안시스템을 강화한 아파트에서 계약노예를 끌어내 체포하는 과정을 부르는 은어가 있다는 이야기를 들은 적이 있었다. 그들은 이 과정을 '제왕절개하기'라고 표현했다.

나는 신경안정제 두 알을 마른 침으로 삼켰다. 이날을 위해 미리 준비해둔 약이었다. 아침 일찍 두 알을 먹어뒀지만 약발이 전혀 받지 않는 듯했다.

나는 오아시스 화면에 열어놓았던 창을 전부 닫고 내 계정의 보안레벨을 최고 등급으로 설정했다. 그리고 득점판을 열어서 아무런 변동 사항이 없으며 식서들이 아직 승리하지 못했음을 마지막으로 다시 한번 확인했다. 10위까지의 순위는 벌써 며칠째 그대로였다.

최고 점수:

1.	아르테미스	354,000	ㅐㅐ
2.	파르지발	353,000	ㅐㅐ
3.	IOI-655321	352,000	ㅐㅐ
4.	에이치	352,000	ㅐㅐ
5.	IOI-643187	349,000	ㅐㅐ
6.	IOI-621671	348,000	ㅐㅐ
7.	IOI-678324	347,000	ㅐㅐ
8.	쇼토	347,000	ㅐㅐ
9.	IOI-637330	346,000	ㅐㅐ
10.	IOI-699423	346,000	ㅐㅐ

아르테미스, 에이치, 쇼토는 모두 내 이메일을 받고 48시간 이내에 두 번째 관문을 통과해 수정 열쇠를 획득했다. 아르테미스가 수정 열쇠를 찾으면서 2만 5,000점을 보태 다시 1위 자리를 탈환했다. 비취 열쇠를 맨 처음으로, 구리 열쇠를 두 번째로 찾으면서 받은 보너스 점수 덕분이었다.

세 명 다 내 이메일을 받은 순간부터 줄곧 나한테 연락을 시도했지만, 나는 전화도, 이메일도, 채팅 요청도 모두 거절했다. 내가 무엇을 하려는지 알릴 필요성을 느끼지 못했다. 별달리 나를 도울 방법도 없는데다 십중팔구 나를 뜯어말리려 할 게 뻔했다.

어쨌든 주사위는 던져졌다.

나는 득점판을 닫고 혹시 마지막은 아닐까 하는 심정으로 요새를 한참 동안 둘러보았다. 그리고 잠수를 준비하는 심해 잠수부처럼 짧은 심호흡을 여러 번 하고는 화면에 있는 로그아웃 아이콘을 터치했다. 오아시스가 사라졌다. 내 아바타는 콘솔 하드디스크에 저장된 단독 시뮬레이션인 내 가상사무실로 이동했다. 콘솔 창을 열어 컴퓨터를 자폭시키는 명령어인 'Shitstorm'을 쳐 넣었다.

화면에 하드디스크가 깨끗하게 지워졌다는 보고서가 나타났다.

"안녕, 맥스." 나는 나지막이 읊조렸다.

"안녕, 웨이드." 맥스는 작별인사를 하자마자 삭제되었다.

햅틱 의자에 앉아 있는데도 바깥에서 밀려 들어오는 후끈한 열기가 느껴졌다. 바이저를 벗자 문과 벽에 뚫린 구멍 사이로 쏟아져 들어오는 연기가 보였다. 연기가 어찌나 심한지 공기청정기는 있으나 마나 했다. 기침이 나오기 시작했다.

문을 맡은 경찰이 마침내 구멍을 뚫었다. 연기에 싸인 동그란 철판 조각이 바닥에 떨어지면서 난 둔탁한 금속성 소리에 놀라, 내 몸은 의자에서 펄쩍 뛰어올랐다.

용접을 마친 경찰이 뒤로 한 걸음 물러나자 다른 경찰이 다가와 작은 캔을 꺼내더니 구멍 주변에 냉각용 포말을 분사했다. 안으로 기어들어올 때 화상을 입지 않도록 철판을 식히는 작업이었다. 그들이 안으로 들이닥치기 일보 직전이었다.

"이상무! 무기 없음!" 누군가가 복도에서 외쳤다.

전기충격총을 든 경찰 중 한 놈이 제일 먼저 구멍으로 들어왔다. 삽시간에 내 앞까지 다가오더니 전기충격총을 내 얼굴에 바짝 들이밀었다.

"꼼짝 마! 움직이면 뜨거운 전기 맛을 보여줄 테다, 알았나?"

나는 긍정의 뜻으로 고개를 끄덕였다. 문득 이 경찰이 지금까지 이곳에 살면서 처음 맞이한 손님이라는 생각이 떠올랐다.

안으로 기어 들어온 두 번째 경찰은 아주 거칠기 짝이 없었다. 다짜고짜 내 앞으로 오더니 입에 공 모양 재갈을 쑤셔 박았다. 이것은 그들의 규정이었다. 내가 컴퓨터에 대고 더 이상 음성 명령을 내리지 못하게 하려는 수작이었다. 물론 뒷북이었다. 첫 번째 경찰이 내 아파트에 진입한 순간 컴퓨터 안에서 방화 장치가 작동했다. 내 컴퓨터는 이미 잿더미로 변하고 있었다.

성격이 거친 경찰은 공 모양 재갈을 내 뒤통수에 끈으로 고정하고서는 햅틱 수트의 강화외골격 부분을 움켜쥐고 나를 헝겊인형 다루듯 햅틱 의자에서 홱 끌어내려 바닥에 내동댕이쳤다. 다른 한 경찰이 킬 스위치를 눌러 전투문을 개방하자 남은 두 경찰이 들이닥쳤고 정장을 입은 윌슨이 뒤따랐다.

나는 바닥에서 고양이처럼 몸을 웅크리고 눈을 감았다. 참으려고 해도 몸이 부들부들 떨리기 시작했다. 이제부터 벌어지려고 하는 일에 대해 마음의 준비를 하려고 애썼다.

그들은 나를 밖으로 끌어낼 것이다.

"린치 씨." 윌슨이 미소를 짓고 말했다. "이로써 회사의 자산으로 당신을 체포합니다." 그가 경찰들을 향해 지시했다. "압류팀한테 빨리 올라와서 여기 치우라고 해." 윌슨은 방을 쓱 둘러보다가 내 컴퓨터에서 뿜어져 나오는 가느다란 연기를 발견하고는 나를 보며 고개를 가로저었다. "어리석은 행동이군요. 컴퓨터를 팔아 빚을 줄여드릴 수 있었는데 말입니다."

나는 입에 재갈이 물려 있어 아무 대꾸도 할 수 없었기 때문에 상관 말라는 듯이 어깨를 으쓱하고 가운뎃손가락을 빳빳이 치켜들었다.

그들은 내 햅틱 수트를 벗기고 압류팀이 가져갈 수 있도록 남겨두었다. 안에 아무것도 입지 않았던 나는 완전히 벌거숭이가 되었다. 그들은 일회용 청회색 점프수트 한 벌과 같은 색의 플라스틱 슬리퍼를 던져주었다. 옷이 사포처럼 꺼끌꺼끌한 탓에 입자마자 온몸이 가려웠다. 양손에 찬 수갑 때문에 몸을 긁을 수도 없었다.

그들은 나를 복도로 질질 끌고 나갔다. 강렬한 형광등 불빛이 모든 색을 흡수해 주위는 온통 옛날 흑백영화처럼 보였다. 엘리베이터를 타고 로비로 내려가는 동안 애써 담담한 척 배경음악을 따라 부르며 최대한 크게 흥얼거렸다. 급기야 경찰 중 한 명이 전기충격총을 꺼내 들었고, 나는 입을 꾹 다물었다.

그들은 로비에서 내게 모자가 달린 겨울 코트를 입혔다. 회사의 인적 자산이 된 나를 폐렴에 걸리지 않도록 조치하는 것이었다. 그러고는 나를 밖으로 데리고 나갔다. 반년 만에 처음으로 햇살이 얼굴에 닿았다.

눈이 내리고 있었다. 세상이 온통 칙칙한 눈으로 덮여 있었다. 기온이 몇 도인지는 알 수 없었지만 이렇게까지 추운 적은 태어나서 처음인 것 같았다. 바람이 뼛속 깊이 파고들었다.

그들은 나를 호송차량에 태웠다. 먼저 온 계약노예 둘이 뒤 칸에 타고 있었는데 둘 다 플라스틱 의자에 묶인 채로 바이저를 끼고 있었다. 같은 날 아침 나보다 먼저 체포된 이들이었다. 경찰들의 업무는 일정에 맞춰 순회하는 쓰레기 수거인과 비슷했다.

오른편에 있는 노예는 키가 크고 마른 남자로 나보다 몇 살이 많아 보였다. 한눈에도 영양실조 상태처럼 보였다. 다른 한 노예는 병적인 고도비만 상태로 도저히 성별을 구분할 수 없어서 그냥 남자로 치기로 했다. 얼굴은 어두운 금발 머리에 가려져 보이지 않았고 방독마스크 같은 것으로 코와 입을 가리고 있었다. 굵은 검정 튜브가 마스크에서 바닥에 있는 노즐까지 이어져 있었다. 처음에는 이 튜브의 용도를 정확히 알 수 없었지만 그가 몸을 앞으로 휘청하면서 안전벨트가 바짝 당겨져 마스크에 대고 구토를 하는 바람에 확실히 알게 되었다. 흡입기가 작동되는 소리가 들렸고 그 노예가 토해낸 오레오 쿠키가 튜브를 타고 바닥으로 빨려 들어갔다. 나는 이 토사물이 외부 탱크에 저장되는 것인지 길거리에 버려지는 것인지 궁금했다. 아마도 탱크일 것 같았다. IOI는 토사물을 분석한 결과를 개인 파일에 첨부해놓고도 남을 회사니까.

"혹시 몸이 안 좋은가?" 한 경찰이 공 모양 재갈을 잠깐 빼주면서 물었다. "그럼 지금 말해. 마스크를 씌워줄 테니까."

"괜찮아요." 나는 별로 확신이 없는 듯한 말투로 대답했다.

"좋아. 하지만 내가 토사물을 치우게 만든다면 가만두지 않겠다."

그들은 나를 안으로 밀어 넣고는 삐쩍 마른 남자의 맞은편에 묶었다. 호송경찰 둘이 내 옆에 앉더니 플라스마 용접기를 수납함에 집어넣었다. 다른 두 명은 뒷문을 꽝 닫고 운전석 쪽으로 올라탔다.

아파트 단지를 빠져나가는 동안 나는 목을 죽 빼고 선팅이 된 뒷유리창으로 지난 일 년 동안 내가 살았던 건물을 올려다보았다. 까맣게 칠해놓은 창문 덕분에 42층에 있는 내 아파트를 볼 수 있었다. 지금쯤 압류팀은 벌써 올라갔을 것이다. 내 장비를 모두 분해해 목록을 작성하고 식별표를 붙인 다음 상자에 넣어 경매에 넘길 준비를 하고 있을 것이다. 일단 아파트가 깨끗이 비워지면 관리 로봇들이 청소와 소독 작업을 할 것이다. 수리공은 벽에 난 구멍을 메우고 현관문을 교체할 것이다. 모든 비용은 IOI 앞으로 청구되고 수리 비용은 내 미납금에 얹혀질 것이다.

오후 4시쯤이면 아파트 대기자 명단에 있던 재수 좋은 건터는 자리가 났다는 연락을 받게 될 것이고, 아마 오늘 저녁쯤이면 이사를 마칠 것이다. 해가 저물 때쯤이면 내가 여기 살았던 모든 흔적은 말끔히 사라질 것이다.

호송차량이 하이 가로 방향을 꺾자 타이어가 얼어붙은 아스팔트에 덮인 소금 결정을 뭉개면서 뽀드득하는 소리가 났다. 한 경찰이 손을 뻗더니 내 얼굴에 바이저를 끼웠다. 나는 얼떨결에 하얀 모래사장에 앉아 부서지는 파도를 보면서 석양을 감상하게 되었다. 도심을 통과하는 동안 노예들이 얌전히 있게 하는 데 사용하는 시뮬레이션이었다.

수갑이 채워진 손으로 나는 바이저를 이마로 밀어 올렸다. 경찰들은 전혀 눈치채지 못한 것 같았다. 그래서 다시 목을 죽 빼고 창밖을 물끄러미 보았다. 꽤 오랫동안 현실에서 떨어져 있었기에 세상이 어떻게 바뀌었는지 내 눈으로 직접 보고 싶었다.

방치된 도시의 흔적은 여전히 온 세상을 두텁게 뒤덮고 있었다. 거리들, 건물들, 사람들. 게다가 눈은 더럽기까지 했다. 꼭 화산 분출로 뿜어져 나오는 화산재 같은 잿빛 눈송이가 흩날렸다.

노숙자의 수는 기하급수적으로 늘어난 것처럼 보였다. 거리에는 텐트와 상자가 즐비했고, 공원은 아예 난민수용소로 이름을 바꾼 듯했다. 호송차량이 도시의 마천루 지구 안으로 점점 깊이 들어갈수록 모든 골목과 공터에 그득그득 들어찬 사람들이 보였다. 이들은 불을 핀 드럼통이나 이동식 연료전지 난로 주위에 모여 있었다. 무식하게 큰 구형 바이저와 햅틱 장갑을 착용하고 무료 태양열 충전소 앞에 줄을 선 사람들도 있었다. 그들은 양손을 유령처럼 허공에 휘저으면서 GSS의 공짜 무선 AP를 이용해 오아시스라는, 현실보다 훨씬 더 유쾌한 현실 속을 누비고 있었다.

마침내 차는 도심 한복판에 있는 IOI 플라자에 다다랐다.

걱정스러운 마음으로 창밖을 물끄러미 바라보고 있을 때 IOI 본사 건물이 눈에 들어왔다. 본사 건물은 원통형 마천루를 중심으로 양옆에 직사각형 마천루가 있어 하늘에서 보면 IOI 회사 로고 모양이었다. IOI 건물 세 동은 콜럼버스에서 가장 높은 건물이었다. 강철과 거울유리로 이루어진 웅장한 마천루들은 하늘다리와 엘리베이터 트램으로 서로 연결되어 있었다. 각 마천루의 꼭대기는 나트륨 증기에 흠뻑 젖은 구름층에 가려 보이지 않았다. 건물의 외관은 오아시스 IOI-1 행성에 있는 본부와 똑같았지만 현실에서 직접 보니 훨씬 더 인상적이었다.

호송차량은 원통형 건물의 지하 차고로 진입해 콘크리트 경사로를 한참 내려간 다음 하역장처럼 생긴 널찍한 공간에 도착했다. 일렬로 늘어선 출입문 위쪽 벽에는 'IOI 계약노예 인도장'이라고 적혀 있었다.

나는 다른 노예들과 함께 호송차량 밖으로 끌려나갔다. 그곳에는 전기충격총을 든 보안경비원 일개 분대가 우리의 신병을 인도받으려고 대기 중이었다. 한 경비원이 다가와 수갑을 제거했다. 또 다른 경비원은 휴대용 망막 스캐너를 우리 눈에 갖다 대기 시작했다. 내 망막을 스캔하는 동안 나는 숨을 죽이고 기다렸다. 곧 기계에서 삐 소리가 났고 경비원은 액정화면에 찍힌 정보를 또박또박 읽었다. "브라이스 린치, 22세, 완전한 미국 시민권 있음. 전과 없음. 채무불이행 계약노예." 그는 혼자서 고개를 끄덕이고는 디지털 서류철에 있는 아이콘 몇 개를 터치했다. 나는 다른 신규 노예들로 꽉 찬 따뜻하고 환한 방으로 안내되었다. 복잡하게 놓인 로프를 따라 발을 질질 끌면서 걷는 모습들은 마치 악몽 같은 놀이공원에서 기다림에 지친 덩치만 큰 어린아이들 같았다. 성비는 거의 반반 같았지만 정확히 말하기는 어려웠다. 하나같이 나처럼 핏기없는 얼굴이었고 온몸에는 털이 하나도 없는 데다 모두 회색 점프수트를 입고 회색 플라스틱 슬리퍼를 신었기 때문이었다. 우리 모습은 꼭 「THX 1138」에 나오는 단역 배우들 같았다.

줄은 보안검색대로 이어졌다. 첫 번째 보안검색대에서 모든 노예들은 피부 밑이나 몸속에 어떤 전자 기기를 숨기지 않았는지 확인하기 위해 최신형 메타 탐지기로 철저한 몸수색을 받았다. 내 차례를 기다리는 동안 대여섯 명이 끌려나갔다. 스캐너가 피부에 이식한 미니컴퓨터나 치아 보철물처럼 심은 음성 제어 전화를 찾아냈기 때문이다. 이들은 다른 방으로 끌려가 장치를 제거당했다. 내 바로 앞에 있던 녀석은 최첨단 초소형 시나트로 오아시스 콘솔을 인공 고환 속에 감춘 것이 들통 났다.

보안검색대를 몇 군데 더 통과하고 나자 시험장으로 안내되었다. 시험장은 방음 처리된 작은 파티션들이 빽빽이 들어찬 거대한 공간이었다. 나는 파티션 하나를 배정받고 싸구려 바이저와 싸구려 햅틱 장갑을 받았다. 이 장비로 오아시스에 접속할 수는 없었지만 착용한 것만으로도 마음이 좀 편해졌다.

나는 곧 새 고용주가 빼먹을 가치가 있을 만한 모든 분야에 대한 지식과 역량을 측정하기 위해 고안된 상당히 까다로운 적성검사를 받아야 했다. 물론 이 적성검사는 위장 신분인 브라이스 린치의 가짜 학력과 가짜 업무 경력에 비추어 분석되었다.

나는 오아시스 소프트웨어, 하드웨어, 네트워킹 분야에는 모조리 A를 받을 수 있게 답안을 적었지만, 제임스 할리데이와 이스터에그에 대한 질문지에는 일부러 오답을 적었다. 조란학 부서에는 절대 뽑히고 싶지 않았다. 거기에서는 소렌토와 마주칠 가능성이 있었다. 나를 알아볼 거라고 생각하진 않았지만(실제로 대면한 적도 없고 지금 내 모습은 옛날 학생증 사진과는 달라도 너무 다르지만) 굳이 위험을 감수하고 싶지 않았다. 이미 나는 정신이 멀쩡히 박힌 사람이라면 절대 하지 않을 만한 목숨을 건 모험을 하는 중이었으니까.

몇 시간 만에 드디어 마지막 시험을 마치자 나는 계약노예 상담원과의 면담을 위해 가상채팅방에 호출되었다. 낸시라는 이름의 상담원은 수면제 같은 목소리로 내가 준수한 시험 성적과 화려한 업무 경력 덕분에 오아시스 기술지원 2차 상담원 자리를 '포상'받았다고 말했다. 내가 받게 될 연봉은 2만 8,500달러에서 주거비, 식대, 세금, 의료비, 치과 및 안과 진료비, 문화생활비를 뺀 금액이었다. 모든 비용은 급여에서 자동으로 공제된다고 했다. 남은 급여는(만약 있다면) 회사에 갚아야 하는 미납금을 메운다고 했다. 그 빚을 완전히 다 갚아야만 구금에서 풀려날 수 있었다. 그때 근무 성과에 따라 IOI의 정규직으로 전환될 가능성도 있었다.

물론 이보다 심한 뺑은 없었다. 노예는 절대 빚을 갚고 풀려날 수 없었다. 일단 놈들이 급여공제와 연체이자와 지연배상금 명목으로 탈탈 털어가고 나면 매달 빚이 줄어들기는커녕 눈덩이처럼 불어났다. 한번 계약노예의 늪에 빠지면 평생토록 노예로 살아야 할 가능성이 매우 높았다. 그런데도 많은 사람들은 평생 노예가 되는 것을 그리 나쁘게 생각하지 않았다. 오히려 고용 보장으로 여겼다. 최소한 길거리에서 굶어 죽거나 얼어 죽는 일은 면할 수 있다는 뜻이기도 했다.

나의 '노예 계약서'가 화면 창에 나타났다. 계약노예로서 나의 권리에 대한(혹은 권리 없음에 대한) 주의사항 및 면책고지 내용이 장황하게 나열되어 있었다. 낸시는 내게 계약서를 읽고 서명한 다음 노예 수속 구역으로 가라고 말한 뒤 채팅방을 로그아웃했다. 나는 계약서를 읽는 귀찮은 짓 따위는 집어치우고 맨 끝으로 스크롤을 내렸다. 무려 600페이지가 넘는 분량이었다. 나는 브라이스 린치라는 이름으로 서명했고 망막 스캔으로 신원이 확인되었다.

문득 지금처럼 가명을 사용해도 계약서가 여전히 법적 구속력을 가지는지가 궁금해졌다. 정확히는 알 수 없었지만 상관없었다. 나는 계획이 있었고 이것은 계획의 일부였다.

그들은 또 다른 복도로 나를 안내해 노예 수속 구역으로 데리고 갔다. 그러고는 나를 여러 구역으로 실어 나를 컨베이어 벨트에 태웠다. 먼저 A구역에서는 내가 입고 있던 점프수트와 신발을 벗겨 모조리 소각했다. 그런 다음 나를 일종의 인간 세척장으로 끌고 갔다. 여러 대의 기계 장치가 비누를 묻히고 닦아내고 소독하고 헹구고 말리고 온몸의 이를 제거했다. 일련의 과정이 모두 끝나자 새 회색 점프수트와 새 플라스틱 슬리퍼가 지급되었다.

B구역에서는 여러 대의 기계로 피검사를 비롯한 정밀 신체검사가 행해졌다. (다행히 개인유전자정보보호법에 따라 IOI가 내 DNA 샘플을 채취하는 일은 금지되어 있었다.) 또 양쪽 어깨와 양쪽 엉덩이 네 군데를 동시에 찌르는 자동 주사총으로 일련의 예방 접종도 행해졌다.

컨베이어 벨트를 따라 이동하는 동안 천장에 탑재된 평면 모니터에서는 '계약노예: 빚더미에서 성공으로 가는 지름길!'이라는 제목의 10분짜리 교육용 영상이 무한 반복되고 있었다. 영상에는 D급 방송인들이 나와 IOI 계약노예 정책의 자질구레한 내용을 언급하면서 아주 열성적으로 회사 선전을 지껄였다. 다섯 번쯤 보자 그 빌어먹을 대사를 다 외울 지경이었다. 열 번을 보자 출연자들의 대사까지 립싱크할 수 있었다.

"1차 수속을 마치고 일자리가 생기면 내 삶은 어떻게 달라질까?" 교육용 영상의 주인공인 조니가 물었다.

뭐가 달라지긴 남은 평생 회사의 노예로 사는 거지, 조니, 나는 속으로 생각했다. 하지만 다시 한번, 친절한 IOI 인사담당자가 조니에게 노예의 일과에 대해 명랑하게 떠들어대는 장면을 지켜보았다.

마침내 나는 마지막 C구역에 도착했다. 그곳에서는 보안발찌를 채우는 기계가 기다리고 있었다. 패드를 덧댄 금속 띠 모양의 보안발찌는 발목 관절 바로 윗부분에 둘러 채워졌다. 교육용 영상에 따르면 이 장치를 통해 내 위치가 추적되며 IOI 단지 내 다른 구역에의 접근이 허용되거나 금지된다고 했다. 내가 탈출을 시도하거나 발찌를 벗으려고 하거나 어떤 문제라도 일으킬 시에는 이 장치가 전기 충격을 가해 온몸을 마비시킬 수 있었다. 또 필요에 따라 강력한 진정제를 혈관에 직접 투여할 수도 있었다.

발찌가 채워진 후 또 다른 기계가 오른쪽 귓불에 구멍을 두 개 내고 조그만 전자장치를 부착했다. 어찌나 얼얼한지 한바탕 욕이 절로 나왔다. 교육용 영상에서 보았기 때문에 방금 내 귀에 OCT가 부착됐다는 사실을 알고 있었다. OCT는 '관찰 및 통신용 태그Observation and Communication Tag'의 약자였다. 하지만 노예들끼리는 이것을 '내 귀에 감시장치'라고 불렀다. 이 장치는 환경운동가가 멸종 위기에 처한 동물이 야생에서 어떻게 움직이는지 동선을 추적하기 위해 동물의 몸에 부착하는 태그를 연상시켰다. 내 귀에 감시장치에는 조그만 콤링크가 달려 있어서 IOI 인사부 중앙컴퓨터에서 나오는 공지사항이나 지시사항이 귀로 직접 전달되었다. 또 조그만 전방 카메라가 부착되어 있어 IOI 감독관이 내 앞에 무엇이 놓여 있는지 감시할 수 있었다. IOI 단지 내의 모든 방마다 감시 카메라가 붙어 있었지만 그것으로는 성에 차지 않는다는 듯 그들은 모든 노예의 머리 옆에까지 카메라를 달았다.

내 귀에 감시장치가 부착되고 활성화되자마자 인사부 중앙컴퓨터에서 나오는 단조로운 목소리가 지시사항과 기타 안내를 웅얼거리는 소리가 들리기 시작했다. 처음에는 목소리가 상당히 거슬렸지만 점차 익숙해졌다. 별다른 선택의 여지가 없었다.

컨베이어 벨트에서 내리자 인사부 컴퓨터는 근처에 있는 식당으로 가라고 지시했다. 마치 옛날 감옥 영화에서 튀어나온 듯한 식당이었다. 연두색 식판에 담긴 음식은 밍밍한 콩고기 버거, 물기가 질질 흐르는 으깬 감자, 그리고 후식으로 나온 형체를 알아볼 수 없는 코블러 파이 한 조각이 전부였다. 몇 분도 안 돼서 나는 걸신이라도 들린 듯 깨끗이 식판을 비웠다. 인사부 컴퓨터는 내 먹성을 칭찬하더니 5분 동안 화장실에 갔다 와도 좋다고 허락했다. 화장실에서 나오자 아무 버튼도 층수 표시도 없는 엘리베이터를 타라는 지시가 떨어졌다. 엘리베이터가 스윽 열리자 벽에 스텐실로 찍힌 '노예 기숙사: 블록 05-기술지원 상담원'이라는 문구가 보였다.

나는 발을 질질 끌며 엘리베이터에서 내려 카펫이 깔린 복도를 따라 걸었다. 쥐 죽은 듯이 조용하고 컴컴했다. 빛이라고는 바닥에 박힌 조그만 복도 표시등이 전부였다. 시간에 대한 감각이 모두 사라졌다. 아파트에서 끌려 나온 지 한 며칠은 지난 것 같았다. 피곤이 몰려와 똑바로 서 있기조차 힘들었다.

"당신의 첫 번째 기술지원 근무가 7시간 후에 시작됩니다." 인사부 컴퓨터가 귀에 대고 웅얼거렸다. "그때까지 수면을 취하십시오. 전방에 보이는 사거리에서 좌회전한 다음 당신에게 배정된 숙소 유닛인 42G가 나올 때까지 직진하십시오."

나는 지시대로 계속 움직였다. 나름대로 잘 적응하고 있다는 생각이 들었다.

기숙사 블록은 마우솔레움*의 내부를 떠올리게 했다. 아치형 복도가 얼기설기 이어져 있었고 복도마다 관 모양의 수면 캡슐이 줄줄이 10층 높이로 쌓여 있다. 세로줄마다 숫자가 매겨져 있었고, 캡슐마다 알파벳이 A부터 J까지 붙어 있었는데, 바닥 쪽이 A였다.

마침내 나한테 배정된 유닛에 다다랐다. 42번 줄에서 꽤 위쪽이었다. 유닛에 가까이 가자 문이 쉬익 소리를 내며 조리개처럼 열렸고, 실내에

---

* 생전에 유명했던 사람이나 가문의 묘실이 있는 아주 웅장한 건축물 – 옮긴이

는 은은한 파란 조명이 자동으로 켜졌다. 캡슐들 사이에 고정된 좁은 출입용 사다리를 타고 올라가서 유닛으로 통하는 출입구 아래쪽에 있는 작은 발판을 디뎠다. 캡슐 안으로 기어들어가자 발판은 원래대로 쏙 들어갔고 문은 발치에서 조리개처럼 닫혔다.

숙소 유닛의 내부는 백색 무광 사출금형 플라스틱 관으로 높이와 폭이 각각 1미터, 길이가 2미터였다. 캡슐 바닥에는 메모리폼 매트리스와 베개가 놓여 있었다. 고무 타는 냄새로 보아하니 모두 새것임이 틀림없었다.

머리 옆에 부착한 카메라로도 모자라 숙소 유닛의 출입구 위에도 카메라가 달려 있었다. 회사는 굳이 카메라를 감추려고도 하지 않았다. 모든 노예에게 그들이 감시받고 있다는 사실을 알리려는 수작이었다.

유닛 안의 편의 시설이라고는 달랑 오락용 콘솔 하나였다. 붙박이형으로 된 대형 평면 터치스크린이었다. 측면에 있는 고리에는 무선 바이저가 걸려 있었다. 나는 스크린을 터치해서 유닛을 활성화했다. 새로 받은 사원번호와 직함이 화면 상단에 나타났다. "브라이스 T. 린치, 오아시스 기술지원 2차 상담원, IOI 사원번호 #338645."

그 아래에는 내가 현재 선택할 수 있는 오락 프로그램 목록이 나타났다. 빈약한 목록을 확인하는 데는 몇 초도 필요 없었다. 나는 오로지 IOI-N이라는 24시간 사내 뉴스채널 하나밖에 볼 수 없었다. 회사 관련 뉴스와 선전만 끊임없이 되풀이되는 채널이었다. 그 밖에 교육용 영상 라이브러리와 교육용 시뮬레이션에는 접근이 허용되었지만 대다수는 오아시스 기술지원 상담원으로서의 업무에 필요한 내용뿐이었다.

고전 영화라는 이름의 오락용 라이브러리에 접근하려고 하자 근무 평가에서 세 번 연속 평균 이상 평점을 받을 때까지는 더 많은 오락용 프로그램에 접근이 허용되지 않는다는 메시지가 나왔다. 곧이어 시스템은 '계약노예 오락 보상 프로그램'에 대한 더 자세한 정보를 원하느냐고 물었다. 물론 원치 않았다.

내가 볼 수 있는 유일한 드라마는 회사에서 자체 제작한 「토미 큐 Tommy Queue」라는 시트콤이었다. 시놉시스에 따르면 이 드라마는 '계약노예로 새로 들어온 토미라는 오아시스 기술지원 상담원이 재정 자립과 우수한 업무성과라는 목표를 달성하기 위해 고군분투하는 과정에서 벌어지는 크고 작은 사건을 시간순으로 익살스럽게 보여주는 시트콤!'이었다.

나는 「토미 큐」 1회를 선택하고 바이저를 착용했다. 예상대로 시트콤은 방청객 웃음소리를 집어넣은 교육용 영상에 불과했다. 눈곱만큼도 재미가 없었다. 당장 눈을 감고 자고 싶었다. 하지만 내가 감시받고 있으며 내 일거수일투족이 꼼꼼히 기록된다는 사실을 알고 있었다. 그래서 관심도 없는 「토미 큐」를 계속 틀어놓은 채 최대한 오래 눈을 부릅뜨고 버텼다.

아무리 노력해도 아르테미스를 향해 흐르는 생각을 막을 수는 없었다. 나 자신을 어떻게 속여왔든 아르테미스는 내가 이런 정신 나간 짓을 감수한 진짜 이유였다. 대체 나란 놈은 어디가 잘못된 걸까? 여기서 영영 탈출하지 못할 가능성도 높았다. 회의감이 눈사태처럼 나를 파묻은 기분이었다. 이스터에그와 아르테미스를 향한 두 갈래의 집착이 끝끝내 나를 완전히 미친놈으로 만들어버린 것일까? 왜 나는 실제로 만난 적도 없는 누군가의 환심을 사기 위해 이렇게 멍청하고 위험한 짓을 하고 있을까? 나랑 다시 연락하는 데 전혀 관심도 없는 그 누군가를 위해서?

그녀는 지금 어디에 있을까? 나를 보고 싶어하긴 할까?

나는 이런 식으로 끊임없이 스스로를 괴롭히다가 겨우 잠 속으로 빨려 들어갔다.

0030

　　IOI 기술지원 콜센터는 본사 동관 I 모양 건물의
세 층을 통째로 차지하고 있었다. 세 층은 각각 번호가 매겨진 파티션
이 미로처럼 꽉 차 있었다. 내 자리는 모든 창문에서 멀찌감치 떨어진
구석이었다. 내 파티션에는 바닥에 고정된 조절형 사무용 의자 말고는
아무것도 없었다. 근처의 몇 자리는 아직 비어 있는 채로 다른 신입 노
예를 기다리고 있었다.

　나는 아직 픽을 찍지 못한 탓에 파티션 내부에 어떤 장식도 할 수 없
었다. 높은 생산성과 고객 지지율을 달성함으로써 '픽 포인트'를 충분
히 모아야만 포인트의 일부를 '사용'해서 화분이나 빨랫줄에 널린 새끼
고양이 같은 감성적인 포스터로 방을 장식할 수 있었다.

　나는 자리에 도착한 후에 밋밋한 벽에 달린 선반에 손을 뻗어 회사에
서 지급받은 바이저와 햅틱 장갑을 꺼내 착용했다. 그리고 의자에 털썩
주저앉았다. 업무용 컴퓨터는 의자 기둥에 설치되어 있어 의자에 앉으
면 저절로 전원이 켜졌다. 내 사원 아이디가 확인되자 저절로 IOI 인트
라넷의 업무 계정으로 로그인되었다. 오아시스로의 외부 네트워크 연
결은 허용되지 않았다. 업무용 컴퓨터로 할 수 있는 일이란 고작 업무
관련 이메일을 읽고 기술지원에 필요한 문서나 업무 매뉴얼을 보고 통

화 시간 통계를 확인하는 게 다였다. 인트라넷에서 내 일거수일투족은 철저히 감시되고 제어되고 기록되었다.

대기 중인 전화를 당겨 받으며 12시간 근무를 시작했다. 노예가 된 지 이제 겨우 8일이 지났지만 벌써 몇 년은 이곳에서 썩은 기분이었다.

맨 처음 연결된 아바타가 고객지원 채팅방에 나타났다. 아바타 이름과 능력치가 머리 위에 둥둥 떠 있었다. '삽입의추억007'이라는 기발한 아바타 이름이었다.

오늘도 기막히게 멋진 하루가 될 것 같은 예감이 들었다.

삽입의추억007은 금속 징이 박힌 검정 가죽갑옷을 입은 거구의 대머리 야만용사로 양팔과 얼굴 전체에 괴물 문신이 가득했다. 어찌나 커다란 용병 검을 들고 있는지 자기 아바타의 몸통보다 두 배는 길었다.

"좋은 아침입니다, 삽입의추억007 님. 기술지원팀을 찾아주셔서 감사합니다. 저는 기술지원 상담원 338645번입니다. 무엇을 도와드릴까요?" 나는 낮게 웅얼거렸지만 고객 예절 소프트웨어가 내 목소리의 어조와 억양을 항상 명랑하고 쾌활하게 들리게끔 바꿔버렸다.

"아, 저…… 그러니까. 이 끝내주는 검을 방금 샀는데, 아예 사용할 수가 없어요! 이걸로 아무것도 공격을 못 해요. 도대체 이 빌어먹을 검에 뭐가 잘못된 거죠? 고장인가요?"

"고객님, 문제는 고객님이 완전히 빌어먹을 꼴통이라는 것뿐입니다."

내가 이렇게 말하자 귀에 익숙한 경고음이 울리더니 화면에 메시지가 깜빡였다.

예절 위반 - 금지 단어 사용: 빌어먹을, 꼴통

마지막 응답 음소거 - 위반 기록 추가

IOI가 특허를 출원한 고객 예절 소프트웨어는 부적절한 응답을 감지하면 자동으로 음소거해 버리기 때문에 고객은 내가 한 말을 들을 수 없었다. 소프트웨어는 '예절 위반'을 기록한 다음 내 감독관인 트레보한테 전송했다. 그러면 감독관은 다음번에 있을 격주 근무평가 때 이점을 지적할 수 있었다.

"고객님, 이 검을 온라인 경매 사이트에서 구입하셨나요?"

"네. 엄청 비싸게 주고 산 거예요." 삽입의추억007이 대답했다.

"해당 아이템을 조사하는 동안 잠시만 기다리십시오, 고객님." 나는 이미 무엇이 문제인지 알고 있었지만 응답하기 전에 반드시 확인을 거쳐야 했다. 안 그러면 벌점이 매겨졌다.

나는 검지로 검을 터치했다. 작은 창이 열리고 아이템 속성이 표시되었다. 정답은 바로 첫 줄에 있었다. 이 마법 검은 10레벨 이상의 아바타만 사용할 수 있었다. 삽입의추억007은 겨우 7레벨이었다. 나는 얼른 이 내용을 설명해주었다.

"뭐라고요?! 정말 어이가 없네요! 이걸 판 놈은 그런 얘기를 입도 뻥긋 안 했는데요!"

"고객님, 아이템을 구입하시기 전에는 고객님의 아바타가 해당 아이템을 실제로 사용하실 수 있는지 항상 확인하시는 게 좋습니다."

"젠장! 그럼 이제 어떻게 해야 합니까?"

"똥구멍에 쑤셔 넣고 핫도그인 척하면 됩니다."

예절 위반 – 응답 음소거 – 위반 기록 추가

나는 다시 설명했다. "고객님, 해당 아이템을 아바타가 레벨 10이 될 때까지 보관함에 잘 넣어두십시오. 아니면 아이템을 다시 경매에 올리신 다음 판매 수익금으로 비슷한 무기를 구매하셔도 됩니다. 꼭 자신의 아바타 레벨에 맞는 무기를 고르셔야 합니다."

"예에? 그게 무슨 소리예요?" 삽입의추억007이 말했다.

"갖고 있거나 파세요."

"아, 네."

"다른 문의사항은 없으십니까, 고객님?"

"아니요, 없는 것 같네요……"

"잘 알겠습니다. 기술지원팀에 전화 주셔서 대단히 감사합니다. 오늘도 기분 좋은 하루 되십시오."

화면에서 통화 종료 아이콘을 터치하자 삽입의추억007이 사라졌다. 통화 시간은 2분 7초였다. 다음 고객인 빨간 피부에 가슴이 아주 큰 '글래머에이터'라는 이름의 외계인 여자 아바타가 나타나는 동안 삽입의추억007이 나에게 매긴 고객 만족도 점수가 화면에 나타났다. 10점 만점에 6점이었다. 시스템은 아주 친절하게도 급여 인상을 원한다면 다음 근무평가에서 평균 8.5점 이상을 유지해야 한다고 일러주었다.

여기에서 기술지원 상담원으로 일하는 것은 재택근무를 하는 것과는 전혀 달랐다. 여기서는 끝없이 밀려드는 시답잖은 전화를 받는 동안 영화도 볼 수 없고, 게임도 할 수 없으며, 음악도 들을 수 없었다. 유일하게 할 수 있는 딴짓은 시계 보기였다. (아니면 노예들의 모니터 상단에 항상 켜져 있는 IOI 주식 시세 표시기뿐이었다. 이것은 없앨 수가 없었다.)

12시간 근무 동안 5분씩 세 번 화장실에 갈 수 있었다. 점심시간은 30분이었다. 보통은 식당에 가지 않고 내 자리에서 먹었다. 그래야 다른 직원들이 전화에 대해 이러쿵저러쿵 투덜대거나 퍽 포인트를 얼마나 모았는지 빼기는 소리를 듣지 않아도 되었다. 나는 거의 고객들만큼이나 다른 노예들을 경멸하게 되었다.

근무 시간 동안 다섯 번이나 깜빡 졸았다. 그때마다 시스템이 내 귀에 경적을 울려 정신이 번쩍 들게 만들었다. 그리고 내 사원 파일에 위반사항을 기록했다. 기면증은 일주일 내내 나아질 기미가 없어서 잠을 쫓아준다는 빨간 알약 두 알이 매일 지급되었다. 알약을 먹긴 했다. 단지 퇴근 시간 이후에만 먹었을 뿐이다.

마침내 근무 시간이 다 끝나자 나는 헤드셋과 바이저를 벗고 최대한 빠른 걸음으로 숙소 유닛으로 이동했다. 이때가 하루 중에 서두르는 유일한 시간이었다. 조그만 플라스틱 관에 도착해 안으로 기어 들어간 다음 매트리스에 털썩 엎드려 전날 밤과 똑같은 자세로 누웠다. 그저께 밤도 똑같은 자세였다. 몇 분간 그대로 누운 채 곁눈질로 오락용 콘솔에 있는 시계를 물끄러미 쳐다보았다. 시계가 정확히 저녁 7시 7분을 가리켰을 때 몸을 뒤집고 일어나 앉았다.

"전등." 나는 나지막이 뱉었다. 이 말은 일주일 내내 가장 사랑스러운 단어가 되었다. 내 마음속에서 전등은 자유와 동의어였다.

천장에 박힌 전등이 꺼지고 내부가 컴컴해졌다. 숙소 유닛에 달린 카메라나 내 귀에 달린 카메라에서 전송되는 실시간 보안영상을 누군가 본다면 카메라가 야간 모드로 전환되는 짧은 섬광을 보게 될 것이다. 곧이어 다시 내 모습이 선명하게 보일 것이다. 하지만 일찌감치 해킹해둔 덕분에 두 대의 보안카메라 모두 주어진 임무를 더 이상 수행하지 않았다. 그렇게 해서 나는 하루 중 처음으로 감시망에서 벗어날 수 있었다.

이제 신나게 한판 놀아볼 시간이라는 뜻이었다.

나는 오락용 콘솔의 터치스크린을 두드렸다. 화면이 켜지면서 여기 온 첫날밤에 본 것과 똑같은 목록이 나왔다. 「토미 큐」 전편을 비롯한 각종 교육용 영상과 시뮬레이션들이었다.

누군가 내 오락용 콘솔 사용 기록을 본다면 내가 매일 밤 잠들기 전까지 「토미 큐」를 본다고 생각할 것이다. 16편을 전부 다 시청한 다음에는 처음부터 다시 본다고 생각할 것이다. 또 기록상 내가 매일 밤 거의 비슷한 시각에(하지만 완전히 같은 시각은 아닌) 잠들며, 다음 날 아침에 알람이 울릴 때까지 죽은 듯이 잔다고 생각할 것이다.

물론 매일 밤 그 엉터리 같은 회사 시트콤을 시청하지는 않았다. 잠을 자지도 않았다. 작전을 수행하느라 일주일 내내 하루에 거의 두 시간밖에 못 잔 터라 슬슬 그 여파가 밀려오기 시작했다.

하지만 숙소 유닛에 전등이 꺼지는 순간만 되면 다시 기운이 샘솟고 잠이 훌쩍 달아났다. 기억을 더듬어 오락용 콘솔 메뉴를 검색하면서 오른손 손가락들이 터치스크린에서 춤을 출 때면 피로가 싹 가시는 기분이었다.

7개월 전쯤 나는 'L33t Hax0rz Warezhaus'라는 암거래 데이터 경매 사이트에서 IOI 인트라넷 암호 꾸러미를 입수했다. 전에 가짜 신분을 만들 때 필요한 정보를 구매했던 그 사이트였다. 어떤 물건이 올라올지 절대 예상할 수 없었기에 나는 모든 암거래 데이터 사이트를 뒤적이는 일을 게을리하지 않았다. 오아시스 서버 취약점, ATM 해킹, 유명인의 섹스비디오 등 없는 것이 없었다. 'L33t Hax0rz Warezhaus'의 경매 목록을 훑어보던 중 한 가지가 특별히 시선을 끌었다. 'IOI 인트라넷 접근 코드와 백도어, 시스템 취약점'이라는 제목이었다. 판매자는 IOI 인트라넷 아키텍처에 대한 독점적인 기밀정보와 '유저가 회사 네트워크를 마음대로 휘저을 수 있는' 시스템 취약점과 관리자 계정 암호를 판다고 설명했다.

그다지 믿을 만한 사이트에 올라온 것이 아니었기 때문에 나는 이 데이터가 가짜일 수도 있다고 의심했다. 익명의 판매자는 전직 IOI 계약직 프로그래머였으며 회사 인트라넷 선임급 개발자 중의 한 명이었다고 주장했다. 변절자가 틀림없었다. 다분히 의도적으로 나중에 암시장에 팔 목적으로 자신이 설계한 시스템에 백도어와 보안취약점을 설치한 프로그래머를 변절자라고 불렀다. 그렇게 함으로써 그 변절자는 한 가지 작업물로 두 배의 수익을 올렸고 IOI 같은 악덕 다국적 기업을 위해 일했다는 죄책감을 덜었다.

판매자가 경매 정보에 굳이 밝히지 않았던 명백한 문제는 이미 회사 인트라넷에 접속한 경우가 아니라면 암호가 무용지물이라는 점이었다. IOI 인트라넷은 철통 보안이 유지되며 오아시스와 직접 연결되지 않은 단독 네트워크였다. IOI 인트라넷에 접속하는 유일한 방법은 정식 직원이 되는(아주 어렵고 시간을 많이 잡아먹는) 방법뿐이었다. 아니면 계속 숫자가 늘고 있는 계약노예 대상자에 올라야 했다.

어쨌든 나는 언젠가 혹시 도움이 될지도 모른다는 생각이 들어 IOI 접근 코드에 입찰하기로 했다. 데이터의 진위를 확인할 방법이 전혀 없었기 때문에 호가는 낮았고 불과 몇천 크레딧에 낙찰받을 수 있었다. 경매가 종료되고 조금 후에 접근 코드가 수신함에 도착했다. 우선 데이터 복호화 작업을 마친 다음 철저히 살펴보았다. 이상한 점은 없어 보였으므로 만일의 경우를 대비해 잘 보관해두고 난 뒤 이것에 대해서는 아예 까맣게 잊어버리고 있었다. 그로부터 6개월 후에 식서놈들이 아노락의 성채 주변에 바리케이드를 치는 모습을 보기 전까지는 말이다. 당시 가장 먼저 머릿속에 떠오른 것은 IOI 접근 코드였다. 그리고 머릿속에서 잔머리가 바삐 굴러가더니 나의 황당무계한 계획이 점차 구체화되기 시작했다.

나는 가짜 신분인 브라이스 린치의 금융 기록을 손대서 IOI의 노예로 구금되기로 했다. 일단 IOI 건물에 잠입해 회사 방화벽을 통과한 다음 인트라넷 암호를 사용해서 식서들의 사설 데이터베이스를 해킹함으로써 아노락의 성채에 설치한 방어막을 무너뜨릴 방법을 알아낼 작정이었다.

아무도 이런 작전은 예상하지 못할 거라고 생각했다. 완전히 미친 짓이었으니까.

. . .

나는 구금된 둘째 날 밤에 인트라넷 암호를 처음 시험해보았다. 간이 콩알만 해진 건 두말할 나위도 없었다. 암호가 가짜로 밝혀져 그중 한 개도 써먹지 못하게 된다면 평생 노예가 되려 제 발로 호랑이굴에 걸어 들어온 꼴이 될 판이었다.

귀에 달린 카메라를 스크린에서 멀리 떨어진 쪽을 향하게 한 다음 오락용 콘솔의 환경 설정 메뉴를 열었다. 설정 메뉴에서는 음성 출력의 볼륨과 밸런스, 영상 출력의 밝기와 색감을 조절할 수 있었다. 나는 각각의 옵션을 최대치로 올리고 나서 스크린 하단에 있는 적용 버튼을 세 번 터치했다. 그리고 볼륨과 밝기 설정을 최대한 낮추고 다시 한번 적용 버튼을 터치했다. 화면 중앙에 수리 기사의 아이디와 암호를 입력하라는 작은 창이 나타났다. 나는 재빨리 아이디와 미리 외워둔 영문자와 숫자가 조합된 긴 암호를 입력했다. 아이디와 암호에 실수가 없는지 곁눈질로 확인한 다음 확인 버튼을 터치했다. 시스템이 잠시 정지된 상태가 매우 긴 시간처럼 느껴졌다. 마침내 다음과 같은 메시지가 나타나자 비로소 긴장이 풀렸다.

유지보수 제어판 - 접근 허용

나는 이제 수리 기사가 오락용 콘솔의 여러 가지 부품을 테스트하고 오류를 고칠 때 사용하도록 만들어진 유지보수 서비스 계정으로 들어갈 수 있었다. 수리 기사로 로그인했는데도 아직 인트라넷 접속에는 여러 가지 제약이 많았다. 하지만 필요한 만큼은 충분했다. 나는 프로그래머가 남겨둔 취약점을 이용해서 가짜 관리자 계정을 만들 수 있었다. 일단 계정이 만들어지자 모든 정보에 접근할 수 있는 권한을 갖게 되었다.

첫 번째 임무는 프라이버시 확보였다.

나는 서둘러 수십 가지 하위 메뉴를 뒤져 노예 감시 시스템의 제어판을 찾아냈다. 내 사원번호를 입력하자 개인정보와 함께 처음 수속받을 때 찍은 죄수 식별용 사진 같은 프로필 사진이 화면에 나타났다. 파일에는 채무 잔액, 연봉 등급, 혈액형, 현재 근무평가 점수 등 나에 관해 회사가 알고 있는 모든 데이터가 들어 있었다. 프로필의 우측 상단에는 두 개의 비디오피드 창이 있었다. 하나는 귀에 달린 카메라에, 하나는 숙소 유닛에 달린 카메라에 연결되어 있었다. 귀에 달린 카메라는 지금 벽을 비추고 있었고, 숙소 유닛에 달린 카메라는 오락용 콘솔의 화면을 일부러 가린 내 뒤통수를 비추고 있었다.

나는 두 개의 카메라를 선택해서 환경 설정으로 들어갔다. 그 변절자가 만들어둔 취약점 덕분에 아주 손쉽게 두 대의 카메라를 해킹해서 실시간 영상 대신 첫날밤에 저장해둔 영상으로 바꿔칠 수 있었다. 이제 어느 누가 내 카메라의 비디오피드를 보더라도 내가 숙소 유닛에 누워 자고 있다고 생각할 것이다. 밤새도록 회사 인트라넷을 미친 듯이 해킹하고 있는 줄은 꿈에도 모를 것이다. 나는 숙소 유닛에 있는 전등을 끌 때마다 미리 녹화된 피드로 전환되도록 카메라 설정을 바꿨다. 장면이 바뀌는 찰나는 카메라가 야간 모드로 전환할 때 생기는 순간적인 영상 왜곡에 감춰질 것이다.

혹시라도 해킹이 발각되어 시스템에서 튕겨 나올까 봐 가슴을 졸였지만 그런 일은 없었다. 암호는 전혀 문제없었다. 지난 6일간 밤마다 IOI 인트라넷에 접속해 점점 더 깊이 네트워크를 파헤쳤다. 어느 옛날 감옥 영화에서처럼 매일 밤 감방으로 돌아와 찻숟가락으로 벽에 통로를 뚫는 죄수가 된 기분이었다.

어젯밤 피로에 지쳐 나가떨어지기 직전에 가까스로 미로 같은 인트라넷 방어벽을 뚫고 조란학 부서의 중앙 데이터베이스에 접근하는 데 성공했다. 쾌거 중의 쾌거였다. 식서놈들의 파일 뭉치였다. 그리고 오늘밤에야 마침내 이 파일을 살펴볼 수 있게 되었다.

이곳을 탈출할 때 놈들의 데이터를 갖고 나갈 수 있어야 한다는 생각이 들었으므로 지난주에 일찌감치 관리자 계정을 이용해 가짜 하드웨어 비품 요청서를 제출해두었다. 10제타바이트 플래시 드라이브를 내 자리에서 좀 떨어진 빈자리에 앉은 존재하지 않는 직원(샘 로워리) 앞으로 배달되게 했다. 귀에 달린 카메라가 다른 쪽을 가리키도록 주의하면서 살금살금 자리로 가서 작은 플래시 드라이브를 집은 다음 주머니에 넣어 숙소 유닛으로 몰래 가지고 왔다. 그날 밤 전등을 끄고 보안카메라를 해제시킨 후 오락용 콘솔의 유지보수 제어판을 연 다음 펌웨어 업그레이드용 확장 슬롯에 플래시 드라이브를 꽂았다. 이제 인트라넷에서 바로 플래시 드라이브로 데이터를 내려받을 수 있게 되었다.

• • •

나는 오락용 콘솔의 바이저와 햅틱 장갑을 착용한 채로 매트리스에 대자로 누웠다. 바이저를 통해 식서들의 데이터베이스가 3D 이미지로 보였고 수십 개의 데이터 창이 겹쳐져서 열렸다. 나는 햅틱 장갑을 이용해 화면들을 조작하면서 데이터베이스 파일을 헤집기 시작했다. 데이터베이스에서 가장 많은 용량을 차지한 파일은 할리데이에 관한 정보였다. 그들이 보유한 데이터의 양은 실로 어마어마했다. 그에 비하면 내 성배 일기는 발췌본처럼 보일 정도였다. 내가 본 적도 없는 자료도 아주 많았다. 세상에 있는지도 몰랐던 자료들이었다. 초등학교 때 성적표, 어릴 때 집에서 찍은 비디오, 팬들에게 보낸 이메일 등 하도 많아서 전부 읽을 시간은 없었지만 볼만하다 싶은 자료들은 (바라건대) 나중에 살펴보기 위해 플래시 드라이브에 복사해 저장했다.

나는 아노락의 성채와 식서들이 그 주변에 설치한 방어막에 관련된 데이터를 추리는 데 집중했다. 무기, 우주선, 건십, 지상 병력의 규모에 대한 군사 정보를 모조리 복사했다. 놈들이 성채 주변에 방어막을 설치하는 데 사용하고 있는 희귀 아이템인 오수복스의 보주에 관한 데이터도 모조리 복사했다. 아이템이 있는 정확한 위치와 아이템을 사용 중인 식서 마법사의 사원번호까지 손에 넣었다.

그리고 또 하나의 쾌거를 이뤘다. 식서들이 세 번째 관문을 맨 처음 발견했을 때 그리고 관문을 열기 위해 여러 차례 시도할 때 녹화한 수백 시간 분량의 영상이 든 폴더를 발견한 것이었다. 이제 세 번째 관문이 아노락의 성채 안에 있다는 것은 삼척동자도 아는 사실이었다. 수정 열쇠를 가진 아바타만이 성채 정문의 문턱을 넘어설 수 있었다. 할리데이가 사망한 후 아노락의 성채에 처음 발을 디딘 아바타가 소렌토라는 사실이 못내 역겨웠다.

성채의 정문은 벽과 바닥, 천장이 모두 순금으로 만들어진 으리으리한 로비로 이어졌다. 로비의 북쪽 벽에는 수정으로 된 커다란 문이 있었다. 문의 정중앙에는 작은 열쇠 구멍이 있었다.

이것을 보는 즉시 세 번째 관문임을 알아차릴 수 있었다.

최근에 녹화된 다른 캡처 영상을 보기 위해 빨리감기를 했다. 확실히 식서놈들은 아직 수정 관문을 여는 법을 모르고 있었다. 단순히 수정 열쇠를 구멍에 넣는 것만으로는 아무 소용이 없었다. 팀 전체가 이유를 알아내려고 며칠이나 낑낑거리고 있었지만 여전히 진전은 없었다.

세 번째 관문 관련 데이터와 동영상이 플래시 드라이브로 복사되는 동안 나는 계속 식서 데이터베이스를 더 깊이 파헤쳤다. 마침내 스타 챔버라는 이름의 암호화된 폴더를 발견했다. 데이터베이스에서 내가 접속할 수 없는 유일한 구역이었다. 그래서 관리자 계정을 이용해서 '테스트 계정'을 새로 만든 다음 슈퍼유저로 만들고 관리자의 전권을 부여했다. 작전은 먹혀들었고 접속이 허용되었다. 암호화된 폴더에 든 자료는 '임무 경과보고'와 '위험도 평가'라는 두 개의 폴더로 나뉘어 있었다. 나는 '위험도 평가'라는 폴더를 먼저 열었다. 안에 들어 있는 내용을 보자 얼굴에서 핏기가 싹 가시는 느낌이었다. 각각 파르지발, 아르테미스, 에이치, 쇼토, 다이토라는 이름이 붙은 다섯 개의 폴더가 있었다. 다이토의 폴더 위에는 빨간색으로 'X' 표시가 그어져 있었다.

먼저 파르지발 폴더를 열었다. 파일에는 지난 몇 년간 식서들이 나에 관해 수집한 모든 정보가 총망라되어 있었다. 출생증명서, 학교 성적증명서도 보였고, 아랫부분에는 이모의 트레일러에서 폭탄이 터지는 장면으로 끝나는 소렌토와 채팅링크 세션 전체를 캡처한 동영상 링크도 있었다. 내가 숨어버린 후부터는 추적이 끊겨 있었다. 지난 일 년간 내 아바타를 캡처한 수많은 스크린샷과 동영상과 팔코 요새에 관한 방대한 데이터를 수집했지만, 현실에서 내가 사는 곳에 대한 정보는 전혀 없었다. 현재 나의 행방은 '불명'으로 기재되어 있었다.

나는 창을 닫고 숨을 깊게 내쉰 다음 아르테미스에 관한 파일을 열었다.

맨 위에는 슬픈 미소를 지은 여자애 사진이 있었다. 놀랍게도 그 모습은 아바타와 거의 쌍둥이처럼 닮아 있었다. 새까만 머리칼도 같았고, 담갈색 눈도 같았으며, 딱 한 가지 작은 차이점을 빼고는 내가 익히 잘 아는 예쁜 얼굴까지 똑같았다. 붉은 자줏빛 반점이 얼굴의 왼쪽 절반을 덮고 있다는 점이 달랐다. 훗날 나는 이러한 출생 모반을 '포도주색 반점'이라고 부른다는 사실을 알게 되었다. 사진에서 그녀는 최대한 반점을 가리려고 새까만 머리칼로 왼쪽 눈을 거의 덮고 있었다.

아르테미스는 현실에서의 자신이 다소 흉측하다고 믿게 했지만 지금 내가 보건대 전혀 그렇지 않았다. 내 눈에는 반점이 그녀의 아름다움을 전혀 훼손시키지 못했다. 오히려 사진 속의 얼굴은 그녀의 아바타보다도 훨씬 더 아름답게 느껴졌다. 생명이 깃든 진짜 얼굴이었기 때문이다.

사진 아래 있는 자료에 따르면 그녀의 실명은 사만다 에블린 쿡이었고, 20세의 캐나다 시민권자였으며, 키는 170센티미터, 몸무게는 76킬로그램이었다. 파일에는 집 주소(브리티시컬럼비아 주 밴쿠버 그린리프 레인 2206)도 나와 있었고, 혈액형과 유치원 때부터의 학교 성적표를 비롯한 온갖 정보가 들어 있었다.

자료 맨 아래에는 이름 없는 동영상 링크가 있었다. 이를 클릭하자 교외에 위치한 한 작은 집의 실시간 비디오피드가 화면에 나타났다. 화면을 보자마자 그 집이 아르테미스가 사는 집임을 알아챘다.

그녀의 파일을 계속 뒤적이면서 놈들이 지난 5개월간 그녀를 철저히 감시해왔다는 사실도 알게 되었다. 아르테미스가 오아시스에 로그인해 있는 동안 녹음한 수백 시간짜리 음성 파일을 찾아낸 덕분에 놈들이 도청까지 했다는 사실도 알게 되었다. 두 개의 관문을 깨는 동안 아르테미스 입에서 흘러나온 말을 몽땅 속기한 파일도 있었다.

나는 두 번째로 쇼토의 파일을 열었다. 놈들은 쇼토의 실명이 카라추 아키히데임을 알고 있었고, 일본 오사카에 소재한 아파트 주소도 확보한 상태였다. 쇼토의 파일에는 학교에서 찍은 사진도 있었다. 빡빡 깎은 머리에 깡마르고 반듯해 보이는 소년이었다. 다이토와 마찬가지로 쇼토는 아바타와는 전혀 닮은 구석이 없었다.

놈들이 입수한 에이치에 대한 정보는 가장 부실했다. 정보는 거의 없었고 사진도 없었다. 달랑 아바타 스크린샷 한 장이 다였다. 그의 실명은 '헨리 스완슨'이라고 적혀 있었지만, 이것은 영화 「빅 트러블」에서 잭 버튼이 사용한 가명이었으므로 가짜가 틀림없었다. 주소는 '이동중'이라고 적혀 있었고 그 아래 '최근 AP'라는 이름이 붙은 링크가 있었다. 알고 보니 에이치가 최근에 오아시스 계정에 접속하기 위해 사용한 무선 노드 위치 목록이었다. 보스턴, 워싱턴 DC, 뉴욕 시, 필라델피아 등 전국 방방곡곡이 나와 있었고 가장 최근 위치는 피츠버그였다.

이제 식서놈들이 어떻게 아르테미스와 쇼토를 추적할 수 있었는지 모든 것이 명료해지기 시작했다. IOI는 수많은 지역 통신업체를 발판으로 세계에서 가장 큰 인터넷 서비스 공급업체로 발돋움한 기업이었다. 그들이 소유하고 운영하는 네트워크를 거치지 않고 온라인에 접속하기는 매우 어려웠다. IOI는 위협이 될 만한 건터들을 추적하고 정보를 캐려고 세계 곳곳에 뻗어 있는 인터넷 통신망을 불법으로 도청하고 있었다. 나를 추적할 수 없었던 이유는 명확했다. 내가 아파트 건물에서부터 오아시스 중앙서버까지 직접 연결하는 광섬유 통신망을 임대하는 편집증에 가까운 예방조치를 취했기 때문이다.

나는 에이치의 파일을 닫고 다이토의 폴더를 열었다. 무엇을 보게 될지 벌써부터 치가 떨렸다. 다른 애들처럼 요시아키 토시로라는 실명과 집 주소가 있었다. 그의 '자살'을 다룬 두 건의 기사가 아랫부분에 링크

되어 있었다. 생성날짜가 다이토가 죽은 날로 되어 있는 이름없는 비디오클립도 있었다. 동영상을 클릭했다. 검은 복면을 쓴 덩치 큰 남자 세 명이(그중 한 명이 카메라를 들고 촬영하고 있었다) 복도에서 조용히 기다리는 장면을 휴대용 비디오카메라로 찍은 영상이었다. 무선 이어폰을 통해 명령이 떨어지자 그들은 키 카드를 사용해 작은 원룸 아파트의 현관문을 열었다. 다이토의 아파트였다. 나는 공포에 질린 채로 놈들이 안으로 쳐들어가 햅틱 의자에서 다이토를 홱 끌어낸 다음 발코니 밖으로 던지는 장면을 보았다.

악마 같은 놈들은 심지어 다이토가 추락하며 죽어가는 장면까지 찍었다. 소렌토가 시킨 짓임은 의심의 여지가 없었다.

속이 울렁거려 토할 것 같았다. 겨우 진정되었을 때쯤 다섯 명의 파일을 전부 플래시 드라이브로 복사한 다음 '임무 경과보고' 폴더를 열었다. 그 폴더에는 임원들에게 올리는 조란학 부서의 경과보고서가 가득 담겨 있었다. 보고서는 날짜별로 정렬되어 최근 파일이 맨 위에 있었다. 맨 위에 있는 최근 파일을 열자 놀란 소렌토가 직접 IOI 이사회에 보낸 회람이 나왔다. 요원을 파견해 아르테미스와 쇼토를 각각 집에서 납치한 다음 세 번째 관문을 여는 일에 협조하게 만들겠다는 내용이었다. 일단 식서놈들이 이스터에그를 차지하고 상금 쟁탈전에서 우승하게 되면 아르테미스와 쇼토는 '처리된다'.

나는 기가 막혀 아무 말도 나오지 않았다. 나는 분노와 극심한 공포가 뒤엉킨 감정 속에서 다시 한번 회람을 읽었다.

파일 생성일을 보니 소렌토가 회람을 보낸 시각은 8시가 좀 넘은 시각으로 아직 5시간도 채 지나지 않은 상태였다. 아직 임원들은 그 회람을 보지 못했을 확률이 높았다. 보았더라도 소렌토가 제안한 작전을 상의하기 위해 회의를 소집하려면 시간이 좀 걸릴 것이다. 아르테미스와 쇼토에게 요원이 파견되는 시점은 아무리 빨라야 내일일 것이다.

아직 애들에게 위험을 알릴 시간은 있었다. 하지만 그러려면 탈출 계획을 전면적으로 뜯어고쳐야 했다.

체포되기 전에 나는 빚을 다 갚을 수 있는 돈이 정해진 날짜에 IOI 계정으로 입금되어 IOI가 나를 구금에서 풀어주도록 미리 송금을 예약해두었다. 하지만 앞으로도 5일이나 더 기다려야 송금이 이루어질 것이다. 그때는 이미 식서놈들이 아르테미스와 쇼토를 창문 없는 방에 가둔 뒤일 것이다.

남은 시간을 원래 계획대로 식서 데이터베이스를 해킹하면서 꾸물델 수는 없었다. 최대한 많은 데이터를 손에 넣고 당장 탈출해야 했다.

날이 밝는 대로 행동을 개시해야 했다.

0031

나는 네 시간 동안 신들린 듯이 작업에 몰두했다. 가장 많은 시간을 잡아먹은 일은 식서 데이터베이스에서 최대한 많은 양의 데이터를 복사해 훔친 플래시 드라이브에 넣는 일이었다. 그 작업을 다 끝낸 후에는 간부급 조란학자 비품 요청서를 작성해서 제출했다. 이 요청서는 식서 사령관들이 오아시스 안에서 무기나 장비를 신청할 때 사용하는 온라인 양식이었다. 나는 굉장히 특별한 아이템을 하나 고른 다음 이틀 후 정오에 배달되도록 신청했다.

작업을 다 끝낸 시각은 아침 6시 반이었다. 다음 근무 교대 시간까지 겨우 90분밖에 남지 않았으므로 곧 기숙사에 있는 노예들이 일어날 시간이었다. 한시가 급했다.

나는 서둘러 노예 계약서 파일을 열어 채무 명세서에 접근한 다음 미납 금액을(원래부터 빌린 적이 없는 돈을) 영으로 만들었다. 그러고는 계약노예 OCT 제어판 설정으로 들어가서 내 귀에 감시장치와 보안발찌를 조종하는 하위 메뉴를 선택했다. 마침내 일주일 내내 꿈에 그리던 일을 해냈다. 나는 두 장치에 대한 잠금장치를 해제했다.

내 귀에 감시장치를 죄고 있던 부속이 귓불에서 떨어져 나갈 때 날카로운 통증이 느껴졌다. 부속은 어깨를 맞고 튕겨 내 무릎으로 떨어졌다. 그와 동시에 오른쪽 발목에 있던 족쇄가 찰칵 열리더니 발목에 시뻘건 자국을 드러내며 뚝 떨어져 나갔다.

　나는 방금 돌아올 수 없는 강을 건넜다. IOI 보안담당자들만 내 귀에 달린 카메라의 비디오피드를 감시하던 것은 아니었다. 계약노예보호국에서도 내 인권이 지켜지는지 확인할 목적으로 비디오피드를 사용해 내 일과를 관찰하고 기록했다. 이제 장치를 떼어 버렸으므로 지금부터 나에게 일어나는 일은 기록되지 않을 것이다. 미처 건물을 빠져나가기 전에 IOI 보안담당자가 회사의 범죄 행위를 폭로할 기밀문서가 가득 든 플래시 드라이브를 빼돌리려던 나를 붙잡는다면 이미 죽은 목숨이나 다름없었다. 식서놈들은 나를 잔혹하게 고문하고 죽일지도 모른다. 쥐도 새도 모르게 말이다.

　탈출 계획에 필요한 몇 가지를 더 손본 다음 나는 마지막으로 IOI 인트라넷을 로그아웃했다. 바이저와 햅틱 장갑을 벗고 오락용 콘솔 옆에 있는 유지보수용 점검판을 뜯었다. 그리고 내 숙소 유닛과 바로 옆 유닛의 조립식 벽 사이에 있는 작은 공간에 미리 숨겨놓았던 깔끔하게 접힌 납작한 꾸러미를 꺼냈다. 거기에는 진공으로 포장된 IOI 수리 기사 유니폼이 들어 있었고, 모자와 사원증까지 준비되어 있었다. (플래시 드라이브와 마찬가지로 이것도 온라인으로 비품 요청서를 제출해서 내 옆에 있는 빈자리로 배달되게 했다.) 나는 노예복을 벗고 그 옷으로 귀와 목에서 흘러내리는 피를 닦았다. 그러고는 매트리스 밑에서 반창고 두 개를 꺼내 귓불에 생긴 상처에 붙였다. 수리 기사 유니폼으로 갈아입은 후에 확장 슬롯에서 플래시 드라이브를 조심스럽게 빼낸 다음 주머니에 넣었다. 그리고 내 귀에 감시장치를 집어 들고 "화장실에 가야 합니다."라고 외쳤다.

　발치에서 출입구가 조리개 모양으로 열렸다. 복도는 어둡고 인적이 없었다. 내 귀에 감시장치와 노예복을 매트리스 아래에 구겨 넣고 발찌는 새 유니폼 주머니에 넣었다. 그러고는 의식적으로 호흡에 신경 쓰면서 밖으로 기어 나와 사다리를 타고 내려갔다.

엘리베이터로 가는 길에 몇몇 노예들을 마주쳤지만 평소처럼 아무도 시선을 맞추지 않았다. 나는 가슴을 쓸어내렸다. 누군가 나를 알아보고 유니폼이 가짜라고 고자질할까 봐 조마조마했기 때문이다. 고속 엘리베이터 앞에 섰을 때는 시스템이 가짜 사원증을 스캔하는 동안 숨을 죽이고 기다렸다. 억겁의 시간이 흐른 듯 느껴지더니 마침내 문이 지익 열렸다.

"좋은 아침입니다, 터틀 씨." 안으로 발걸음을 옮기자 엘리베이터가 말했다. "몇 층으로 가십니까?"

"로비요." 내가 쉰 목소리로 말하자 엘리베이터는 서서히 하강했다.

'해리 터틀'은 수리 기사 사원증에 적힌 이름이었다. 나는 가상의 인물인 터틀 씨에게 건물 전체를 통행할 수 있는 권한을 부여하고 내 보안 발찌를 터틀의 것으로 수정한 다음 수리 기사들이 착용하는 보안발찌처럼 작동하도록 조작했다. 출입문과 엘리베이터에서 출입 권한을 확인할 때마다, 주머니에 있는 발찌는 엉덩이에 몇 천 볼트짜리 전기 충격을 가해 보안경비원이 올 때까지 무력화시키라는 입력된 반응 대신 출입 권한에 문제가 없다는 신호를 보냈다.

나는 엘리베이터를 타고 내려가는 동안 출입문 위에 붙은 카메라를 쳐다보지 않으려고 노력하면서 입을 꾹 다물고 있었다. 그때 문득 모든 일이 다 끝나고 나면 놈들이 이 비디오를 찬찬히 들여다볼 거라는 생각이 머리를 스쳤다. 아마도 소렌토가 직접 볼 거고 임원들 역시 보지 않을까 싶었다. 그래서 나는 카메라 렌즈를 똑바로 바라보고 미소를 지은 다음 가운뎃손가락으로 콧날을 문질렀다.

엘리베이터가 로비에 도착하고 문이 열렸다. 혹시나 경비원 부대가 내 얼굴에 총을 겨누고 밖에서 대기 중이지는 않을까 심장이 쿵쾅거렸다. 하지만 문밖에는 엘리베이터를 타려고 기다리는 IOI 중간관리자들뿐이었다. 아주 잠깐 그들을 쳐다본 후 엘리베이터에서 내렸다. 마치 다른 나라로 국경을 넘는 듯한 기분이었다.

혈관에 피 대신 커피가 흐를 듯한 직원들이 꼬리에 꼬리를 물고 잰걸음으로 로비를 가로지르며 엘리베이터와 정문을 드나들었다. 그들은 노예가 아닌 정규직 사원들이었다. 그들은 퇴근하면 집에 갈 수 있었다. 원한다면 그만둘 수도 있었다. 그들 중에 수천 명의 구금된 노예들이 불과 몇 층 떨어진 같은 건물 내에서 먹고 자면서 죽도록 일한다는 사실에 불편한 기분을 느끼는 사람이 얼마나 될지 자못 궁금해졌다.

안내데스크 근처에 서 있는 보안경비원 두 명이 눈에 띄었다. 그들을 멀찌감치 피해 사람들 틈에 몸을 숨기고 자유가 있는 바깥세상으로 이어지는 유리자동문을 향해 거대한 로비를 가로질러 걷기 시작했다. 출근 중인 직원들 사이를 비집고 걸어가면서 뛰지 않으려고 노력했다. 여러분, 전 단지 수리 기사입니다. 라우터를 재부팅하면서 고된 야간 근무를 마치고 집으로 가는 길이라고요. 그것뿐입니다. 나는 절대 주머니 속에 몰래 빼낸 회사 기밀을 10제타바이트씩이나 감추고 대담한 탈출을 하고 있는 노예가 아니에요. 절대 아니에요.

자동문까지 걸어가는 도중에 어디선가 이상한 소리가 들려 발밑을 내려다보았다. 아뿔싸. 아직 일회용 플라스틱 노예 슬리퍼를 신고 있었다. 걸음을 옮길 때마다 반짝반짝 윤이 나는 대리석 바닥에서 끽끽하는 날카로운 소리가 났다. 정장용 구두에서 나는 뭉툭한 소리 틈에서 그 소리는 매우 도드라졌다. 발걸음마다 이런 비명처럼 들렸다. 자, 여기 좀 보세요! 여기요! 플라스틱 슬리퍼 신은 놈이요!

하지만 하는 수 없이 계속 걸어야 했다. 자동문에 거의 다다랐을 때 누군가 내 어깨에 손을 툭 얹었다. 나는 그대로 얼어붙었다. "저기요?" 누군가의 목소리가 들렸다. 여자의 목소리였다.

나는 문밖으로 총알같이 뛰쳐나갈 뻔했지만 여자의 말투에는 묘하게 잡아끄는 데가 있었다. 고개를 돌리자 감색 정장에 서류 가방을 든 40 대 중반의 키 큰 여자가 걱정스러운 표정으로 서 있었다. "저기요, 귀에서 피가 나요." 여자는 움찔하면서 내 귀를 가리켰다. "아주 많이요."

손을 들어 귓불을 만져보니 붉은 피가 잔뜩 묻어났다. 어디선가 내가 붙여둔 반창고가 떨어진 모양이었다.

잠깐 어쩔 줄을 모른 채 그 자리에 얼어붙은 듯 서 있었다. 여자에게 뭔가 설명을 하고 싶었지만 아무 생각도 나지 않았다. 그냥 고개만 끄덕이고 "고맙습니다."라고 말한 다음 최대한 침착하게 밖으로 걸어나갔다.

찬바람이 어찌나 센지 하마터면 넘어질 뻔했다. 겨우 균형을 찾고는 계단을 뛰어 내려가다가 잠깐 멈춘 다음 보안발찌를 쓰레기통에 던져버렸다. 바닥을 치는 경쾌한 쿵 소리가 들렸다.

일단 큰 거리로 나간 다음 북쪽을 향해 최대한 빠른 걸음으로 걸었다. 나는 코트를 안 입은 유일한 행인이었기 때문에 상당히 눈에 띄었다. 금세 발가락에 감각이 사라졌다. 양말도 없이 플라스틱 슬리퍼를 신고 있던 탓이었다.

나는 IOI 플라자에서 네 블록 떨어진 곳에 있는 우체국 사서함 대여소인 메일박스에 도착할 때까지 전신을 오들오들 떨어야만 했다. 체포되기 전 주에 나는 온라인으로 사서함을 하나 대여한 다음 최신형 휴대용 오아시스 장치를 그쪽으로 배달시켰다. 대여소는 완전히 자동화되어 있어 직원이 한 명도 없었고, 내가 도착했을 때는 손님조차 한 명도 없었다. 나는 내 사서함을 찾고 암호를 누른 다음 휴대용 오아시스 장치를 꺼냈다. 바닥에 털썩 앉아 포장을 뜯었다. 손가락에 감각이 돌아올 때까지 꽁꽁 언 손을 마주 비비고 나서 햅틱 장갑과 바이저를 착용하고 오아시스에 접속했다. 이곳은 GSS 본사까지의 거리가 2킬로미터도 채 안 되기 때문에 IOI가 소유한 도시 접속망 대신 GSS의 공짜 무선 AP를 사용할 수 있었다.

로그인을 하는 동안 내 가슴은 두방망이질 쳤다. 꼬박 8일씩이나 접속하지 않았다니 이건 신기록이었다. 내 아바타가 요새 전망대에 서서히 나타나는 동안 아바타의 몸을 이리저리 둘러보며, 얼마간 못 입은 가장 아끼는 정장이라도 입은 것처럼 맵시를 감상했다. 화면에는 즉시 에이치와 쇼토한테 여러 개의 메시지가 와 있음을 알리는 창이 떴다. 놀랍게도 아르테미스한테서 온 메시지도 있었다. 셋 다 내가 어디에 있는지 대체 무슨 일인지 알고 싶어했다.

나는 제일 먼저 아르테미스에게 답장을 보냈다. 식서놈들이 아르테미스가 누구인지 어디에 사는지 알고 있으며 계속 감시해왔다고 썼다. 그녀를 집에서 납치하려는 음모에 대해서도 썼다. 플래시 드라이브에서 그녀의 파일을 연 다음 증거물로 첨부했다. 그리고 조심스럽게 어서 빨리 집을 나와 종적을 감추라고 조언했다.

짐은 꾸리지 마. 아무한테도 작별인사도 하지 말고. 지금 당장 나와서 안전한 곳으로 피해. 누가 미행하지 않는지 꼭 확인하고. IOI가 운영하지 않는 안전한 인터넷을 찾아서 다시 접속해. 에이치의 지하실에서 만나자. 최대한 빨리 갈게. 너무 걱정하지 마. 좋은 소식도 있으니까.

이메일 하단에는 짤막한 추신을 덧붙였다.

추신. 실물이 훨씬 더 예쁘던데.

쇼토와 에이치에게도 비슷한 이메일을(추신은 빼고) 첨부 파일과 함께 보냈다. 그러고 나서 미국주민등록청 데이터베이스를 열어 로그인을 시도했다. 구매한 암호가 아직 유효하다는 사실에 크게 안도의 한숨을 내쉬고 가짜 신분인 브라이스 린치의 개인정보로 들어갔다. 사진은 노예 수속 중에 찍힌 사진으로 바뀌어 있었다. 얼굴 위에는 큼지막하게 '도주 수배자'라고 적혀 있었다. IOI가 벌써 브라이스 린치를 도주 노예로 신고한 모양이었다.

브라이스 린치의 정보를 싹 지우고 원본 파일에서 지문과 망막 패턴을 복사해 넣는 데는 그리 오래 걸리지 않았다. 잠시 뒤 데이터베이스에서 로그아웃하는 순간 브라이스 린치라는 사람은 더 이상 이 세상에 존재하지 않았다. 나는 다시 웨이드 와츠가 되었다.

• • •

나는 메일박스 밖으로 나와서 무인 택시를 골라잡았다. IOI가 전액 출자한 자회사인 수프라캡이 아닌 지역 택시 회사 소속의 무인 택시를 고르는 데 신중을 기했다.

택시를 타고 아이디 스캐너에 엄지손가락을 대고 있는 동안 나는 숨을 죽이고 기다렸다. 화면에 녹색 불이 들어왔다. 시스템은 나를 도주 노예인 브라이스 린치가 아닌 웨이드 와츠로 인식했다.

"좋은 아침입니다, 와츠 씨." 무인 택시가 말했다. "어디로 모실까요?"

나는 OSU 캠퍼스에서 가까운 하이 가에 있는 옷 가게 주소를 말했다. '최첨단 도시 길거리 패션'을 주로 취급하는 스레드라는 이름의 옷 가게였다. 나는 가게 안으로 들어가 청바지와 스웨터를 한 벌씩 샀다. 둘 다 오아시스에 접속할 수 있도록 전선이 연결되어 있었다. 비록 햅틱 장치는 아니었지만 휴대용 이머전 장치에 연결하면 몸통과 팔다리의 움직임이 아바타로 전달되어 햅틱 장갑만 낀 상태보다는 훨씬 더 조종이 수월해졌다. 양말 몇 켤레, 속옷 몇 벌, 인조가죽 재킷 한 벌, 부츠 한 켤레, 덥수룩하게 자란 꽁꽁 언 머리통을 덮을 검정 털모자도 샀다.

나는 잠시 뒤 새 옷으로 전부 갈아입고 가게 밖으로 나왔다. 살을 에는 바람이 다시 불어닥쳤기 때문에 새로 산 재킷을 목까지 채우고 털모자를 당겨 썼다. 한결 나았다. 수리 기사 유니폼과 플라스틱 노예 슬리퍼를 쓰레기통에 던져버리고 나서 하이 가를 따라 걸으면서 상점들을 구경하기 시작했다. 나를 지나치는 시무룩한 표정의 대학생들과 눈이 마주치지 않도록 계속 고개를 떨군 채로 걸었다.

몇 블록을 지나 벤드올이라는 이름의 체인점으로 들어갔다. 안에는 하늘 아래 모든 물건을 다 파는 자동판매기가 꽉 차 있었다. 방어구라고 써 붙인 자동판매기는 경량 방탄복, 호신용 스프레이, 갖가지 권총 따위의 호신용품을 팔고 있었다. 나는 자동판매기 전면에 있는 스크린을 터치하고 상품 목록을 살폈다. 그러고는 심사숙고 끝에 방탄조끼 한 벌과 글록 47C 권총 한 자루, 탄창 3개를 구매했다. 작은 호신용 스프레이를 하나 추가한 뒤에 오른손 손바닥을 스캐너에 대고 한꺼번에 돈을 지불했다. 신원과 범죄 기록이 확인되었다.

이름: 웨이드 와츠

지명 수배: 없음

신용 등급: 매우 높음

구매 제한 품목: 없음

거래 승인 완료!

거래해주셔서 감사합니다!

구매한 물품이 무릎께 있는 철제 트레이에 떨어지면서 묵직하고 둔탁한 금속성 소리가 났다. 호신용 스프레이를 주머니에 넣고 새로 산 스웨터 안쪽에 방탄조끼를 입었다. 그리고 에어캡 포장을 벗기고 글록 권총을 꺼냈다. 진짜 총을 쥐어본 경험은 난생처음이었다. 처음인데도 손에 감촉이 낯설지 않은 것은 오아시스에서 수많은 가상총기류를 만져봤기 때문일 것이다. 총신에 있는 작은 버튼을 누르자 삐 소리가 났다. 권총 손잡이를 처음에는 오른손으로 그다음에는 왼손으로 몇 초씩 꽉 움켜쥐었다. 손바닥 스캔이 끝났음을 알리는 두 번째 삐 소리가 났다. 이제 이 총은 오직 나만 쓸 수 있게 되었다. 총에는 앞으로 12시간의 유예 시한 동안 쏘지 못하도록 타이머가 내장되어 있었지만 총을 몸에 지녔다는 사실만으로도 마음이 든든해졌다.

나는 몇 블록 떨어져 있는 플러그라는 이름의 오아시스 전문점까지 걸었다. 광섬유 케이블 캐릭터가 사람처럼 웃고 있는 칙칙한 간판에는 '번개처럼 빠른 오아시스 접속! 저렴한 장비 대여! 개인 전용 이머전 베이! 24시간 연중무휴!'라고 적혀 있었다. 인터넷에 도배된 플러그 배너 광고는 숱하게 보았다. 높은 가격과 후진 장비로 명성이 자자하긴 했지만 접속 품질만큼은 빠르고 안정적이며 랙이 안 걸린다고 했다. 내가 플러그를 선택한 결정적인 이유는 IOI 또는 IOI의 자회사가 소유하지 않은 몇 안 되는 오아시스 전문점이기 때문이었다.

가게 문을 열고 들어가니 동작 감지기에서 삐 소리가 났다. 오른편으로 지금은 비어 있는 작은 대기실이 보였다. 카펫은 얼룩이 지고 닳아 빠졌으며 아주 강력한 소독약 냄새가 코를 찔렀다. 멍한 눈을 한 점원이 방탄유리 너머로 나를 흘끔 쳐다보았다. 점원은 모호크 머리를 하고 얼굴에 수십 개의 피어싱을 박은 20대 초반으로 보이는 남자였다. 그는 이중초점 바이저를 착용한 상태로 오아시스를 반투명한 창으로 보는 동시에 현실 풍경도 보고 있었다. 그가 입을 떼자 몽땅 뾰족하게 갈아버린 치아가 보였다. "어서 오세요. 플러그입니다." 점원은 지극히 무미건조한 말투로 말했다. "빈자리가 몇 개 있어서 안 기다리셔도 돼요. 패키지 가격 정보는 여기에서 보세요." 그는 내 바로 앞에 있는 카운터에 붙은 화면을 가리키더니 아주 따분한 표정으로 다시 오아시스로 시선을 돌렸다.

나는 가격표를 살펴보았다. 이머전 장치는 품질과 가격에 따라 실속형, 표준형, 디럭스형으로 나뉘어 있었다. 각각의 상세 사양도 확인 가능했다. 대여료는 분 단위로 지불할 수도 있었고, 시간 단위로 지불할 수도 있었다. 대여료에 바이저와 햅틱 장갑은 포함되었지만 햅틱 수트는 별도였다. 대여 약관에는 엄청나게 깨알 같은 글씨로 장비를 파손할 경우 물게 되는 벌금액과, 플러그는 이유를 불문하고 고객이 하는 어떠한 행위, 특히 불법 행위에 대해서 아무런 책임을 지지 않는다는 면책고지 사항이 가득 적혀 있었다.

"디럭스형으로 12시간이요." 나는 말했다.

점원은 바이저를 이마로 밀어 올렸다. "선불인 거 아시죠?"

나는 고개를 끄덕였다. "그리고 고속 데이터 링크도 대여할게요. 엄청난 용량을 업로드해야 하거든요."

"업로드 요금은 별도입니다. 용량이 얼마나 되죠?"

"10제타바이트요."

"허걱." 점원은 중얼거렸다. "대체 뭘 올리시나요? 국회 도서관쯤 되나 보죠?"

나는 질문을 무시했다. "또 완전 업그레이드 패키지도 선택할게요."

"그러세요." 점원은 다소 걱정스럽게 대꾸했다. "다 합쳐서 1만 1,000달러입니다. 엄지손가락만 대주시면 전부 준비해 드리겠습니다."

그는 거래가 승인되자 상당히 놀란 표정이었다. 그러고는 어깨를 으쓱하더니 키 카드와 바이저와 햅틱 장갑을 건네주었다. "14번 베이로 가세요. 오른쪽 끝이에요. 화장실은 복도 끝에 있습니다. 베이 안을 더럽히시면 보증금은 반환하지 않습니다. 토사물, 오줌, 정액 같은 것들 말이죠. 제가 치워야 하거든요. 조심 좀 해주시겠어요?"

"그러죠 뭐."

"그럼 즐거운 시간 되십시오."

"고맙습니다."

14번 베이는 가로세로 길이가 각각 3미터인 방음 처리된 방이었다. 방의 한가운데에는 최신형 햅틱 장치가 놓여 있었다. 나는 문을 잠근 후 햅틱 의자로 기어 올라갔다. 햅틱 의자를 감싼 비닐이 닳고 찢어져 있었다. 오아시스 콘솔 전면 슬롯에 데이터 드라이브를 밀어 넣자 흐뭇한 미소가 지어졌다.

"맥스?" 나는 로그인되자마자 허공에 대고 외쳤다. 오아시스 계정에 백업해둔 맥스가 구동되었다.

맥스의 웃는 얼굴이 작전실 모니터 전체에 나타났다.

"아-아-안녕, 친구! 자-자-잘 지냈어?" 맥스가 더듬거리며 말했다.

"그럼. 다 잘 되고 있지. 이제 벨트를 매줘. 할 일이 산더미 같으니까."

나는 오아시스 계정 마법사를 열어 플래시 드라이브에 있는 데이터를 업로드하기 시작했다. 내 아바타 계정의 데이터 용량을 무제한으로 사용할 수 있는 한 달 치 요금을 GSS에 지불했다. 과연 무제한인지 시험해볼 차례였다. 아무리 플러그의 고대역폭 광섬유 통신망을 사용하더라도 10제타바이트 용량의 데이터를 업로드하는 데는 세 시간이 넘을 것으로 예상되었다. 나는 시급히 필요한 파일이 먼저 업로드되게끔 순서를 바꿨다. 데이터가 오아시스 계정으로 업로드되면 즉시 열어볼 수 있었고 동시에 다른 사람한테도 보낼 수 있었다.

가장 먼저 IOI가 어떤 식으로 나를 죽이려고 했는지, 어떤 식으로 다이토를 죽였는지, 어떤 식으로 아르테미스와 쇼토를 죽이려 하는지를 자세히 설명한 이메일을 주요 뉴스피드 제공사에 보냈다. 식서 데이터 베이스에서 찾은 다이토 살해 동영상도 첨부했다. 소렌토가 IOI 이사 회에 보내 아르테미스와 쇼토를 납치해야 한다고 주장한 회람도 첨부 했다. 마지막으로 나와 소렌토의 채팅링크 세션 캡처 영상도 첨부했다. 하지만 소렌토가 내 실명을 언급하는 대목에는 삐 소리를 집어넣고 내 사진도 부옇게 처리했다. 아직 내 신분을 세상에 드러낼 때가 아니었 다. 무편집 동영상은 나중에 모든 계획이 완전하게 마무리 되는 순간에 공개할 계획이었다. 그때는 공개해도 아무 상관없을 테니까.

마지막 이메일을 작성하는 데는 15분쯤 걸렸다. 오아시스 전체 사용 자 앞으로 보낼 이메일이었다. 만족스러울 때까지 다듬은 뒤에 임시보 관함에 저장했다. 그러고 나서 에이치의 지하실로 들어갔다.

채팅방에 들어가자 진작부터 나를 기다리고 있던 에이치와 아르테미 스와 쇼토가 보였다.

"지!" 내 아바타가 나타나자 에이치는 소리를 빽 질렀다. "야, 인마, 대체 무슨 일이야? 어디 있었어? 일주일도 넘게 찾았잖아!"

"나도." 쇼토가 덧붙였다. "형, 어디 있었어? 식서 데이터베이스에 있는 그 파일들은 어떻게 구한 거고?"

"말하자면 엄청 길어. 우선 제일 중요한 것부터 묻자." 나는 쇼토와 아르테미스를 향해 물었다. "너희 둘 다 집에서 나왔지?"

둘 다 고개를 끄덕였다.

"안전한 곳에서 로그인했지?"

"응, 나 지금 망가 카페야." 쇼토가 말했다.

"난 밴쿠버 공항이야." 아르테미스가 말했다. 몇 달 만에 처음 듣는 그녀의 목소리였다. "세균이 득실대는 오아시스 대여 부스에서 로그인했어. 집에서 겨우 몸뚱이만 빠져나왔단 말이야. 그러니까 우리한테 보내준 식서 데이터가 가짜면 재미없을 줄 알아."

"틀림없는 데이터니까 날 믿어." 내가 말했다.

"형은 어떻게 그렇게 자신 있어?" 쇼토가 물었다.

"식서 데이터베이스를 해킹해서 내가 직접 내려받았으니까."

다들 말문이 막혀 나를 물끄러미 쳐다보았다. 에이치가 의심스러운 듯 눈썹을 추켜올렸다. "그러니까 정확히 어떻게 그렇게 했는데, 지?"

"가짜 신분으로 계약노예로 위장하고 IOI 본사에 잠입했어. 지난 8일 동안 거기 있다가 방금 탈출한 거야."

"맙소사!" 쇼토가 소곤거렸다. "그게 정말이야?"

나는 고개를 끄덕였다.

"야, 인마, 네가 무슨 아다만티움 통뼈냐, 배짱 한번 좋다." 에이치가 말했다.

"고맙다. 눈치챘구나."

"네가 결코 뻥치는 건 아니라 치자." 아르테미스가 물었다. "어떻게 하찮은 노예 따위가 식서놈들의 기밀 문서와 내부 보고서에 접근할 수 있었다는 거야?"

나는 아르테미스와 눈을 맞췄다. "노예들은 캡슐 숙소에 있는 오락용 콘솔을 경유해 회사 인트라넷에 제한적으로나마 접근이 가능하거든. 이건 IOI 방어벽 너머에 있어. 오락용 콘솔에서 인트라넷을 직접 설계한 프로그래머가 만들어둔 시스템 취약점과 백도어들을 이용해서 네트워크에 터널을 생성하고 직접 식서들의 사설 데이터베이스를 해킹할 수 있었어."

쇼토는 경외심에 찬 눈동자로 나를 쳐다보았다. "형이 그걸 했다고? 혼자서?"

"네, 맞습니다."

"놈들이 널 잡아 죽이지 않은 것만도 기적이네." 아르테미스가 말했다. "바보같이 왜 그런 무모한 짓을 했어?"

"왜 그랬겠어? 방어막을 쳐부술 방법을 찾아내서 세 번째 관문에 입성하려는 거지." 나는 어깨를 으쓱했다. "시간 압박 속에서 떠오르는 계획은 그거밖에 없었어."

"지, 넌 미쳐도 단단히 미친놈이야." 에이치는 활짝 웃으며 걸어오더니 손바닥을 마주쳤다. "이래서 이 자식이 마음에 든다니까!"

아르테미스는 나를 째려보았다. "당연히 놈들이 갖고 있던 우리에 대한 비밀정보를 찾았을 때 궁금함을 참지 못하고 다 열어봤겠네?"

"꼭 봐야만 했어!" 나는 말했다. "놈들이 우리에 대해 얼마나 아는지 캐내기 위해서 말이야! 너였어도 똑같이 했을 거야."

아르테미스는 손가락질을 하며 대꾸했다. "아니, 나라면 절대 안 그래. 난 타인의 프라이버시를 존중한다고!"

"아르테미스, 네가 참아!" 에이치가 끼어들었다. "애가 너의 목숨을 구해줬다는 거 잘 알잖아."

아르테미스는 잠시 생각에 잠긴 듯했다. "좋아, 그 일은 그럼 넘어가겠어." 말은 그렇게 했지만 여전히 화난 듯한 표정은 그대로였다.

나는 무슨 말을 해야 할지 몰라 일단 하려던 말을 계속 이어나갔다.

"내가 몰래 빼낸 식서 데이터들 전부 너희한테도 보냈어. 용량은 10제타바이트고. 지금쯤이면 도착했을 거야." 다들 수신함을 확인하는 동안 나는 잠자코 기다렸다. "할리데이에 관한 놈들의 데이터베이스는 믿기 힘들 정도야. 전 생애가 다 들어 있어. 할리데이가 잠깐이라도 알고 지냈던 사람과의 인터뷰까지 싹 다 긁어모았더라고. 다 보려면 몇 달은 족히 걸릴 정도야."

다들 데이터를 훑어보느라고 바쁘게 눈동자를 굴리는 동안 나는 잠깐 기다렸다.

"우와! 진짜 장난 아니다." 쇼토가 나를 보며 말했다. "형은 이런 걸 몽땅 들고 대체 어떻게 IOI에서 빠져나온 거야?"

"특별한 속임수를 좀 썼지."

"에이치 말이 맞아." 아르테미스가 고개를 절레절레 흔들었다. "넌 확실히 머리가 완전히 돌았어." 그러더니 잠깐 망설이다가 덧붙였다. "어쨌든 귀띔해줘서 고마워, 지. 너한테 신세 졌네."

나는 "널 위해서라면 뭐든 다 할 수 있어."라고 말하려고 입술을 뗐지만 아무 말도 입 밖으로 나오지 않았다.

"나도야, 형. 고마워." 쇼토가 말했다.

"그만들 해." 나는 마침내 말문이 트였다.

"자, 그럼." 에이치가 말했다. "이제 나쁜 소식은 들었고. 식서놈들이 세 번째 관문 통과에 얼마나 가까이 간 거냐?"

"한숨 돌려도 좋아." 나는 활짝 웃으며 말했다. "놈들은 세 번째 관문을 여는 법조차 아직 알아내지 못했으니까."

아르테미스와 쇼토는 내 말을 못 믿는 눈치였다. 에이치는 입이 귀에 걸린 채로 마치 들리지 않는 광란의 파티 음악에 맞춰 춤이라도 추듯 고개를 까딱거리면서 손바닥을 머리 위로 치켜들기 시작했다. "오, 예! 오, 예!" 녀석은 노래를 불렀다.

"형, 그거 뻥이지?" 쇼토가 물었다.

나는 고개를 가로저었다.

"뻥이 아니라고?" 아르테미스가 말했다. "그게 말이나 되는 소리야? 소렌토는 수정 열쇠를 쥐고 있고 수정 관문이 어디에 있는지 알잖아. 그냥 그 망할 문을 열고 들어가면 되는 거 아니야?"

"처음 두 관문에서는 그게 맞아." 나는 대꾸했다. "근데 세 번째 관문은 좀 달라." 나는 허공에 커다란 비디오피드 창을 열었다. "이거 한번 봐봐. 식서놈들의 비디오 아카이브에서 빼낸 건데. 관문을 처음 열려고 할 때 캡처 영상이야."

나는 재생 버튼을 터치했다. 첫 장면은 소렌토의 아바타가 아노락의 성채 정문 밖에 서 있는 장면이었다. 오랫동안 굳게 닫혀 있던 성채 정문은 소렌토가 다가가자 대형마트의 자동문처럼 스윽 열렸다. "아바타가 수정 열쇠를 들고 있으면 성채 정문이 열려." 나는 설명했다. "수정 열쇠가 없는 아바타는 이미 문이 열려 있더라도 문턱을 넘어 성채로 들어가지 못해."

우리는 소렌토가 정문을 지나쳐 금으로 도배된 으리으리한 로비로 들어가는 장면을 보았다. 소렌토의 아바타는 반짝반짝 윤이 나는 바닥을 가로질러 북쪽 벽에 있는 커다란 수정 관문 앞으로 다가갔다. 수정 관문의 정중앙에는 열쇠 구멍이 있었다. 구멍 바로 위에는 '사랑, 소망, 믿음'이라는 세 단어가 반짝거리는 수정 표면에 새겨져 있었다.

소렌토는 수정 열쇠를 꺼내면서 한 걸음 앞으로 다가서더니 열쇠를 구멍에 넣고 돌렸다. 아무 일도 일어나지 않았다.

소렌토는 수정 관문 위에 적힌 세 단어를 올려다보았다. "사랑, 소망, 믿음." 그가 큰 소리로 단어를 읽었다. 역시 아무 일도 일어나지 않았다.

소렌토는 열쇠를 빼고 다시 한번 세 단어를 읽은 다음 열쇠를 다시 넣고 돌렸다. 여전히 아무 일도 없었다.

동영상을 보는 동안 나는 에이치와 아르테미스와 쇼토를 주의 깊게 관찰했다. 다들 앞에 놓인 수수께끼를 푸는 데 정신이 팔려 처음 가졌던 흥분과 호기심은 이미 집중력으로 바뀌어 있었다. 나는 동영상을 잠깐 멈추고 말했다. "소렌토가 로그인할 때마다 자문단이 모든 동작을 하나하나 지켜보고 있어. 일부 캡처 영상에는 콤링크를 통해 소렌토한테 이래라저래라 말하는 자문단 목소리도 들려. 뭐 지금까지는 전혀 도움이 못 되고 있지만. 봐봐……"

동영상 속에서 소렌토는 수정 관문을 열려는 시도를 반복하는 중이었다. 전과 똑같이 진행하다가 이번에는 수정 열쇠를 꽂고 나서 시계방향이 아닌 반시계방향으로 돌렸다.

"놈들은 상상할 수 있는 온갖 멍청한 짓은 다 하고 있어." 나는 말했다. "소렌토는 수정 관문에 대고 세 단어를 각각 라틴어, 엘프어, 클링온어로 외치기도 했어. 그리고 고린도전서 13장 13절에 '사랑, 소망, 믿음'이라는 단어가 들어있다는 사실에 미련을 못 버리고 있고. 물론 '사랑, 소망, 믿음'은 각각 순교한 가톨릭 성녀의 이름이기도 하지. 놈들은 지난 며칠 동안 거기에 의미를 부여하고 있어."

"이런 돌팔이들 같으니라고." 에이치가 말했다. "할리데이는 무신론자였잖아."

"놈들은 점점 발악을 하고 있어." 내가 말했다. "소렌토는 무릎을 꿇고 춤을 추고 새끼손가락을 열쇠 구멍에 끼워 넣는 짓 빼곤 다 하고 있어."

"왠지 앞으로 소렌토가 진짜로 그럴 것 같아." 쇼토가 활짝 웃으며 말했다.

"사랑, 소망, 믿음." 아르테미스는 천천히 단어를 읊조리더니 나를 향해 물었다. "어디서 나온 말인지 알아?"

"흠, 어디서 많이 들어본 단어들인데." 에이치가 말했다.

"나도 알아내는 데 꽤 시간이 걸렸어." 내가 말했다.

다들 기대감에 부푼 눈으로 나를 쳐다보았다.

"거꾸로 읽어봐. 거꾸로 노래하듯 읽으면 더 좋고." 내가 힌트를 줬다.

아르테미스는 눈을 가늘게 떴다. "믿음, 소망, 사랑." 그녀는 몇 번 더 되풀이하더니 뭔가 알아냈다는 표정으로 바뀌었다. 그리고 노래했다. "믿음과 소망과 사랑^{faith and hope and charity}......"

에이치는 다음 가사를 외웠다. "가슴과 머리와 몸^{the heart and the brain and the body}......"

"3을 줄 거예요…… 3은 마법의 숫자예요!" 쇼토가 득의양양한 목소리로 마무리했다.

"「스쿨하우스 락!」" 다들 이구동성으로 외쳤다.

"거봐, 내가 뭐랬어?" 내가 말했다. "난 너희가 알아챌 줄 알았어. 이 똑똑한 녀석들."

"제목은 〈쓰리 이즈 어 매직 넘버Three Is a Magic Number(3은 마법의 숫자예요)〉, 밥 도로우 작사 작곡." 아르테미스가 머릿속에 있는 백과사전을 보고 읽듯이 줄줄 읊었다. "1973년에 발표된 곡."

나는 아르테미스를 보고 싱긋 웃었다. "내가 가설을 하나 세웠는데. 내 생각엔 세 번째 관문을 여는 데 몇 개의 열쇠가 필요한지 말해주는 할리데이만의 방식이 아닐까 싶어."

아르테미스는 활짝 웃으며 노래를 불렀다. "3개가 필요해요."

"더도 말고 덜도 말고." 쇼토가 덧붙였다.

"고민하지 마세요." 에이치가 덧붙였다.

"3은 마법의 숫자예요." 내가 마무리를 지었다. 나는 수정 열쇠를 꺼내서 높이 들었다. 다들 따라 했다. "우리에겐 총 네 개의 열쇠가 있어. 우리 중 세 명만 수정 관문으로 가면 문을 열 수 있어."

"그다음엔?" 에이치가 물었다. "우리가 한꺼번에 다 수정 관문으로 들어가는 건가?"

"관문이 열려 있는 동안 딱 한 명만 들어갈 수 있으면 어떡해?" 아르테미스가 말했다.

"할리데이가 설마 그렇게 했으려고." 내가 말했다.

"그 미친 영감탱이의 머릿속을 누가 알겠어?" 아르테미스가 말했다. "여기까지 오는 내내 우리를 갖고 놀았고 지금도 갖고 놀고 있잖아. 그게 아니면 마지막 관문을 여는 데 왜 수정 열쇠가 세 개씩이나 필요하겠어?"

"우리가 뭉치기를 원했던 건 아닐까?" 내가 의견을 냈다.

"아니면 상금 쟁탈전을 극적인 피날레로 마무리하고 싶었을 수도 있지." 에이치도 의견을 냈다. "생각해봐. 아바타 세 명이 동시에 들어간다면 관문을 깨고 제일 먼저 이스터에그를 손에 넣으려고 서로 경쟁이 붙잖아."

"이 미치광이는 사디스트가 분명해." 아르테미스가 중얼거렸다.

"흠, 네 말이 맞을지도 몰라." 에이치가 고개를 끄덕이며 말했다.

"이렇게 볼 수도 있어." 쇼토가 말했다. "할리데이가 세 번째 관문에 열쇠가 세 개 필요하게 해놓지 않았으면…… 지금쯤 식서놈들이 이스터에그를 찾고도 남았을 거야."

"하지만 식서놈들한테는 수정 열쇠가 있는 아바타가 엄청 많을 텐데." 에이치가 말했다. "요령만 알아내면 지금 당장에라도 들어갈 수 있을 거 아냐."

"아마추어님." 아르테미스가 말했다. "「스쿨하우스 락!」에 나온 노래 가사를 안 외운 건 그놈들 잘못이지. 이런 멍청이들이 대체 여기까진 어떻게 온 거야?"

"속임수를 써서지. 잊었어?" 내가 말했다.

"맞다. 내가 자꾸 깜빡깜빡하네." 아르테미스가 나를 보고 활짝 웃어주자 나는 다리가 후들거렸다.

"식서놈들이 아직 모른다고 해서 영원히 모른다는 뜻은 아니잖아." 쇼토가 말했다.

나는 고개를 끄덕였다. "쇼토 말이 맞아. 조만간 놈들도 「스쿨하우스 락!」과의 연결고리를 찾아낼 거야. 그러니 우리도 서둘러야 해."

"근데 왜 이렇게 우물쭈물하고 있는 거야?" 쇼토가 잔뜩 흥분해서 외쳤다. "수정 관문이 어디 있는지도 알고 어떻게 여는지도 알잖아! 빨리 가자! 진정 최고의 건터에게 승리를 안기자!"

"설레발 그만 쳐, 쇼토 상." 에이치가 말했다. "파르지발이 어떻게 방어막을 통과해서 식서 부대를 뚫고 성채 안으로 쳐들어갈 건지에 대해서는 아직 말 안 했잖아." 에이치가 나를 보았다. "너 뭔가 작전을 세워뒀겠지?"

"당연하지. 지금 그 말을 하려던 참이었어." 나는 곡선을 그리듯 오른손을 허공에 휘저었고 아노락의 성채 3D 홀로그램이 허공에 떠올랐다. 오수복스의 보주로 만든 투명하고 파란 구가 지상과 지하에서 모두 성채 주변을 감싸고 있었다. 나는 홀로그램을 가리키며 말했다. "지금부터 대략 36시간 후인 월요일 정오가 되면 방어막이 저절로 무너질 거야. 우린 그때 성채 정문으로 진입한다."

"방어막이 무너질 거라고? 저절로?" 아르테미스가 내 말을 앵무새처럼 따라 했다. "클랜에서 무려 2주씩이나 방어막에 대고 핵무기를 퍼부어도 끄떡없었는데. 어떻게 '저절로 무너지게' 한다는 거야?"

"다 알아서 해뒀으니까 너흰 나만 믿으면 돼." 내가 말했다.

"널 믿기야 하지, 지." 에이치가 말했다. "근데 방어막이 없어지더라도 성채에 들어가기 위해서는 여전히 오아시스 최대 규모를 자랑하는 병력과 싸우며 전진해야 하잖냐." 에이치는 홀로그램을 가리켰다. 방어막 안쪽으로 성채 주변에 잔뜩 진을 치고 있는 식서 군단이 보였다. "이 멍청이들은 어쩌려고? 탱크들은? 건십들은?"

"물론 작은 도움이 필요해." 내가 말했다.

"엄청나게 큰 도움이겠지." 아르테미스가 정정했다.

"정확히 누구를 설득해서 전 식서 병력에 맞서는 전투를 도와 달라고 할 셈이냐?" 에이치가 물었다.

"모든 사람들. 지구상에 있는 모든 건터들." 나는 새로 창을 열어 지하실에 들어오기 직전에 작성해둔 짤막한 이메일을 보여주었다. "오늘 밤 메일을 보낼 생각이야. 오아시스 전체 유저에게."

친애하는 동료 건터 여러분께,

오늘은 어둠의 날입니다. 식서들이 오랫동안 온갖 기만과 부정행위와 몰지각한 작태를 저질러온 끝에 마침내 돈을 퍼붓고 속임수를 써서 세 번째 관문의 문턱까지 당도했습니다.

아시다시피 IOI는 다른 건터들이 이스터에그에 접근하지 못하게 하려는 수작으로 아노락의 성채에 바리케이드를 쳤습니다. 또한 저희는 식서들이 자신들에게 위협적이라고 판단하는 건터들의 신상정보를 불법으로 수집했으며 이들을 납치하고 살해하려는 음모를 꾀했다는 증거도 입수했습니다.

전 세계에 있는 건터 여러분이 힘을 합쳐 저지하지 않는다면 놈들이 이스터에그를 찾아내 상금 쟁탈전의 승자가 될 것입니다. 그렇게 되면 오아시스는 전제적인 통치를 꾀하는 IOI의 손아귀에 넘어갑니다.

바로 지금, 우리가 나설 때입니다. 식서 군단에 대한 우리의 총공격은 오아시스 서버 시간으로 내일 정오에 개시합니다.

함께 갑시다!

에이치, 아르테미스, 파르지발, 쇼토 드림

"몰지각한 작태?" 아르테미스는 메일을 다 읽자마자 꼬집었다. "이거 쓰느라고 유의어 사전이라도 뒤진 거야?"

"원대한 포부처럼 들리게 쓰려고 노력했어." 내가 말했다. "공문답게 말이야."

"난 마음에 든다, 지." 에이치가 말했다. "정말 피가 끓게 만드는 글이야."

"고마워, 에이치."

"그럼 이게 다야? 이게 계획의 전부야?" 아르테미스가 말했다. "오아시스 전체 유저에게 도와달라고 스팸메일 보내는 게?"

"흠, 그렇다고 볼 수 있지. 그게 내 계획이야."

"넌 정말 사람들이 달려와서 식서놈들과의 전투를 순순히 도와줄 거라고 생각해? 아무 보상도 없는데?" 아르테미스가 말했다.

"어, 난 그럴 거라고 믿어." 내가 말했다.

에이치가 고개를 끄덕였다. "이 녀석 말이 맞아. 식서놈들이 상금 쟁탈전에서 승리하기를 바라는 사람은 아무도 없어. 당연히 IOI가 오아시스를 장악하는 것도 원치 않고. 사람들은 분명 식서놈들을 처치하는 일을 도우러 올 거야. 역사에 길이 남을 그런 전투에 참가할 기회를 날려버리고도 건터라고 할 수 있을까?"

"하지만 클랜에서 우리가 꼼수를 부린다고 생각하진 않을까?" 쇼토가 말했다. "그렇게 해서 우리끼리만 성채에 들어가려 한다고 말이야?"

"물론 그렇겠지." 내가 말했다. "하지만 클랜들 대부분은 벌써 포기 상태잖아. 모든 사람들이 머지않아 에그 찾기가 끝날 거라고 생각하고 있어. 대부분은 소렌토나 식서들보다는 차라리 우리 중 한 명이 승자가 되었으면 하고 바라지 않을까?"

아르테미스는 잠깐 생각에 잠기더니 말했다. "네 말이 맞아. 전체 메일은 먹힐 것 같다."

에이치는 내 등을 찰싹 치면서 말했다. "이 사악한 천재 같으니라고! 이메일이 발송되면 언론은 광란의 도가니가 될 거야! 삽시간에 소문이 들불처럼 번지겠지. 내일 이 시간이면 오아시스에 있는 모든 아바타가 크토니아 행성으로 몰려오겠다."

"기도나 하자고." 내가 대꾸했다.

"그래, 다들 올 거라 믿자고." 아르테미스가 말했다. "근데 그중 몇 명이나 우리의 적수를 실제로 보고 나서도 진짜로 전투에 참가할까? 대부분은 접이식 의자를 펴놓고 팝콘이나 먹으면서 우리가 왕창 깨지는 모습을 구경이나 할 게 뻔해."

"물론 그럴 수도 있어." 내가 말했다. "하지만 확실히 클랜만큼은 우릴 도울 거야. 밑져야 본전이니까. 게다가 우리가 식서 군단 전체를 무찌를 필요는 없어. 빈틈을 파고들어 성채 안으로 들어가서 관문까지만 도달하면 돼."

"우리 중 세 명은 꼭 수정 관문에 도달해야 해." 에이치가 말했다. "한 명이나 두 명밖에 못 가면 다 물거품되는 거야."

"맞아, 그러니 우리 모두 최선을 다해서 살아남자." 내가 말했다.

아르테미스와 에이치는 다소 경직된 미소를 지었다. 쇼토는 고개를 절레절레 흔들며 말했다. "우리가 수정 관문을 연다 해도 퀘스트는 남아 있잖아. 분명 다른 두 관문보다 훨씬 어려울 거라고."

"퀘스트 걱정은 나중에 하자. 일단 들어가고 나서." 나는 쇼토를 다독였다.

"알겠어, 형. 그럼 얼른 작전을 실행하자."

"나도 찬성이야." 에이치가 말했다.

"그럼 너희 둘은 정말 이 계획에 찬성하는 거야?" 아르테미스가 말했다.

"더 좋은 생각이라도 있어, 자매님?" 에이치가 물었다.

아르테미스는 어깨를 으쓱했다. "아니, 뭐 꼭 그런 건 아니고."

"자, 그럼 결정됐고." 에이치가 말했다.

나는 이메일을 닫으면서 말했다. "이메일은 너희한테도 보낼게. 오늘 밤에 인맥을 총동원해서 재전송하고, 블로그에도 올리고, POV 채널에도 계속 틀어. 36시간 동안 소문을 최대한 퍼뜨려야 해. 그 정도 시간이면 장비를 챙겨 크토니아로 오는 데는 충분할 거야."

"식서놈들은 낌새를 맡자마자 공격 태세를 갖출 거야." 아르테미스가 말했다. "놈들은 필사적으로 공격해 올 거라고."

"놈들은 그냥 웃어넘길 거야." 내가 말했다. "방어막이 철통처럼 단단하다고 찰떡같이 믿고 있으니까."

"사실이긴 하잖아." 아르테미스가 말했다. "그러니 방어막을 폭삭 무너뜨릴 수 있다는 말이 뻥이 아니었으면 좋겠어."

"걱정하지 마."

"왜 내가 걱정을 해야 하니?" 아르테미스가 화난 목소리로 쏘아붙였다. "깜빡했나 본데, 난 지금 집도 절도 없이 도망치는 신세라고! 지금 난 공항 터미널에서 로그인하고 있고 일분일초마다 요금은 치솟고 있어. 이런 곳에서 전투는 무리야. 세 번째 관문을 통과하는 건 더더욱 무리고. 근데 아무 데도 갈 데가 없어."

쇼토는 고개를 끄덕였다. "형, 나도 지금 있는 곳은 좀 그래. 오사카에 있는 망가 카페 대여 부스거든. 여긴 비밀 유지도 좀 어렵고. 식서놈들이 나를 잡으러 요원을 보낸다면 여기도 안전할 거 같진 않아."

아르테미스는 나를 보며 물었다. "뭐 좋은 생각이라도 있니?"

"나도 너희한테 이런 말 하기는 정말 싫지만 나 역시 집도 없고 대여 부스에서 로그인하는 신세야. 거의 1년 넘게 식서놈들을 피해 숨어 지내고 있잖아, 잊었어?"

"나한테 RV 차량이 있어." 에이치가 말했다. "너희라면 언제든지 재워줄게. 하지만 콜럼버스와 밴쿠버와 일본을 36시간 안에 넘나드는 건 불가능해."

"어쩌면 내가 너희를 도와줄 수 있을 것 같구나." 중후한 목소리가 튀어나왔다.

우리는 동시에 화들짝 놀라 주위를 두리번거렸다. 바로 그 순간 키가 크고 흰 수염을 기른 할아버지 아바타가 우리 뒤에 나타났다. 그레이트 앤 파워풀 오그, 바로 오그던 모로의 아바타였다. 그의 아바타는 채팅 방에 로그인할 때 보통 아바타가 나타나는 방식처럼 서서히 모습을 드러내지 않았다. 마치 거기에 계속 서 있다가 이제서야 모습을 드러내기로 작정했다는 듯이 난데없이 튀어나왔다.

"너희들 혹시 오리건 주에 와본 적이 있느냐? 연중 지금이 가장 아름다울 때란다."

모로가 말했다.

0033

우리는 모두 말문이 막혀 오그던 모로를 빤히 쳐다보고 있었다.

"여긴 어떻게 들어오셨어요?" 에이치가 겨우 쩍 벌어진 입을 다물고 정신을 차린 뒤에 물었다. "이건 비공개 채팅방인데요."

"알고 있단다." 모로는 다소 멋쩍은 듯 말했다. "미안하지만 너희 넷을 한동안 엿들었다. 프라이버시를 침해한 것에 대해 정중히 사과하마. 다만 나쁜 취지에서 그런 것은 아니란다. 내 분명히 약속하마."

"죄송합니다만," 아르테미스가 말했다. "아직 에이치가 한 질문에 답을 안 주셨어요. 초대 없이 어떻게 채팅방에 들어오셨어요? 게다가 아무도 여기 계시는지 눈치채지 못하게요?"

"미안하다." 모로가 말했다. "왜 그렇게 염려하는지 알 것 같다만 걱정할 필요는 없단다. 내 아바타한테는 아주 특별한 능력이 많이 있다. 거기에는 초대받지 않은 비공개 채팅방에 들어가는 능력도 포함되지." 모로는 말하면서 책꽂이로 걸어가서 옛날 롤플레잉 게임 규칙서를 훑어보기 시작했다. "오아시스를 처음 세상에 내놓기 전에 할리데이와 나는 우리 아바타를 만들 때 시뮬레이션 전체에 접근할 수 있는 슈퍼유저 권한을 부여했단다. 게다가 우리 아바타는 불사의 존재이며 천하무적인 데다 어디든지 갈 수 있었고 무엇이든 할 수 있었지. 아노락이 가버렸으니 이제 그런 능력을 가진 아바타는 나뿐이다." 모로는 다시 우리 넷을 보았다. "나 말고는 누구도 너희를 엿들을 수 없단다. 특히 식서놈들은 절대 못 그래. 오아시스 채팅방 암호화 프로토콜은 철벽처럼 견고하지. 내 장담하마." 모로는 가볍게 쿡 웃었다. "물론 나는 여기에 들어와 있지만 말이다."

"선생님께서 만화책 더미를 건드리셨어!" 나는 에이치를 향해 말했다. "여기서 우리가 처음 모였던 날 말이야. 기억해? 거봐, 내가 소프트웨어 오류는 아니랬잖아."

모로는 고개를 끄덕이며 겸연쩍은 듯 어깨를 으쓱했다. "그래, 나였다. 내가 좀 칠칠치 못할 때가 많거든."

또다시 짧은 적막이 이어지는 동안 나는 용기를 끌어모은 끝에 모로에게 말을 걸었다. "저, 모로 선생님……"

"오, 얘야." 모로는 손사래를 치며 말했다. "그냥 편하게 할아버지라고 부르렴."

"네. 알겠습니다." 나는 다소 경직된 미소를 지으며 말했다. 가상현실에서조차 유명인사 앞에서는 머릿속이 하얘졌다. 내가 정말로 그 유명한 오그던 모로한테 말을 걸고 있다는 사실이 그저 꿈만 같았다. "할아버지, 왜 저희를 엿들으셨는지 이유를 말씀해주실 수 있나요?"

"너희를 돕고 싶어서지. 조금 전에 들었던 대로라면 다들 내 도움이 필요한 것 같더구나." 우리는 다소 긴장한 표정으로 눈빛을 교환했다. 모로는 우리가 가진 의구심을 눈치챈 듯 보였다. "오해하지 말거라. 단서라든가 이스터에그를 찾는 데 필요한 정보를 줄 생각은 눈곱만큼도 없단다. 그러면 게임이 무슨 재미가 있겠느냐, 안 그러냐?" 모로는 우리 쪽으로 다가왔고 말투가 자못 진지해졌다. "할리데이가 죽기 직전에 내가 약속을 하나 했다. 그 친구가 가고 난 뒤에 오아시스 대회의 정신과 진정성을 지키기 위해서라면 무슨 일이든 하겠다고 말이다. 그게 내가 여기 온 이유란다."

"하지만, 선생님…… 아니 할아버지." 내가 말했다. "자서전에는 할리데이 선생님께서 돌아가시기 전 마지막 십 년 동안 전혀 대화를 안 했다고 쓰셨잖아요."

모로는 나를 보고 흡족한 미소를 지었다. "애야, 모든 것을 액면 그대로 믿어선 안 돼." 모로는 너털웃음을 터트렸다. "사실 그 말은 틀린 말은 아니란다. 그 친구가 죽기 전 십 년 동안 실제로 대화가 없었어. 그 친구가 죽기 몇 주 전까지는." 모로는 기억을 더듬는 듯 잠시 틈을 두었다. "그때만 해도 난 그 친구가 아픈 줄도 몰랐단다. 어느 날 난데없이 나한테 전화가 왔다. 그래서 여기와 비슷한 비공개 채팅방에서 만났지. 그때 자신의 병에 대해서, 오아시스 대회에 대해서, 자신의 계획에 대해서 몽땅 털어놓더구나. 퀘스트 중에 아직도 버그가 몇 개 남았을지도 모른다고 걱정했었지. 아니면 자신이 죽고 나서 어떤 복잡한 문제가 터져 대회가 자신이 의도한 대로 진행되지 못할지 모른다고도 염려했고."

"예를 들면 식서들 말씀이시죠?" 쇼토가 물었다.

"정확한 지적이야. 그래서 그 친구가 날더러 대회를 지켜보다가 필요한 때가 되면 개입해달라고 부탁하더구나." 모로는 수염을 만지작거렸다. "솔직히 말해 그런 책임은 부담스러웠지만 내 오랜 친구가 마지막으로 남긴 유언이기에 승낙했다. 그리고 지난 6년간 한 발자국 떨어져서 지켜봤지. 식서놈들이 온갖 수작을 부려 못살게 굴었지만 너희 넷은 어떻게든 역경을 잘 헤쳐왔다. 하지만 지금 너희의 상황을 듣고 나니 대회의 진정성을 지키기 위해 드디어 내가 행동을 취해야 할 때가 온 것 같구나."

아르테미스, 쇼토, 에이치, 나, 우리 네 명은 이게 정말 꿈이 아닌 생시인지 서로에게서 확신을 구하기라도 하려는 듯 놀란 눈빛을 교환했다.

"너희 넷을 오리건 주에 있는 내 집으로 초대해 요새를 마련해주고 싶구나. 여기에서 요원들이 문을 박차고 들어올 걱정 따윈 접어두고, 너희 계획을 실행에 옮기고 안전하게 퀘스트를 수행할 수 있게 해주마. 각자에게 최첨단 이머전 장치도, 광섬유 통신망 접속도 마련해줄 수 있고, 필요한 것은 무엇이든 지원해주마."

또다시 침묵이 흘렀다. "고맙습니다, 선생님!" 내가 마침내 무릎을 꿇고 넙죽 절하고 싶은 충동을 억누르면서 불쑥 내뱉었다.

"뭘 그 정도 가지고."

"말씀은 정말 감사합니다만, 할아버지." 쇼토가 말했다. "전 일본에 사는데요."

"알고 있단다, 쇼토. 널 위해 벌써 제트기를 보내두었다. 지금 오사카 공항에서 널 기다리고 있단다. 지금 네가 있는 곳을 알려주면 널 픽업해 활주로까지 태워다 줄 리무진을 준비해주마."

쇼토는 어안이 벙벙한 듯 서 있다가 이내 넙죽 절을 했다. "아리가또, 모로 상."

"그런 말은 됐다, 쇼토." 모로는 아르테미스한테 시선을 옮겼다. "아르테미스 양은 지금 밴쿠버 공항에 있는 걸로 아는데, 그렇지? 마찬가지로 널 데려올 준비도 해두었단다. 수하물 찾는 곳으로 가면 운전사가 '베나타'라고 적힌 표지판을 들고 기다리고 있을 게다. 그가 제트기까지 잘 안내를 해줄 게야."

그 순간 나는 아르테미스도 넙죽 절을 할 거라고 생각했다. 하지만 아르테미스는 모로의 품으로 달려가더니 양팔을 두르면서 덥석 안겼다. "감사합니다, 할아버지. 감사합니다, 감사합니다, 감사합니다!"

"오냐, 오냐." 모로는 약간 당황한 듯 웃음을 터트리며 말했다. 아르테미스가 마침내 포옹을 풀었을 때 모로는 에이치와 나를 보았다. "에이치, 넌 자동차가 있고 지금 피츠버그 부근이라면서?" 에이치가 고개를 끄덕였다. "너만 괜찮다면 지금 파르지발을 태우러 콜럼버스까지 이동해주면 좋겠다. 그럼, 내가 콜럼버스 공항으로 제트기를 보내마. 사내 둘이서 같이 타는 건 괜찮겠지?"

"물론요, 그렇게 하면 딱 좋겠네요." 에이치는 나를 곁눈질하면서 말했다. "감사합니다, 할아버지."

"감사합니다." 나도 따라 했다. "할아버지는 생명의 은인이세요."

"그렇게 되길 바란다." 모로는 나를 보고 엄숙한 미소를 짓더니 모두를 향해 말했다. "그럼 다들 조심해서 오거라. 곧 보자." 그렇게 말한 다음 모로는 등장할 때처럼 순식간에 사라졌다.

"아, 아까운 기회가 날아갔구나!" 나는 에이치를 보고 깐족거렸다. "아르테미스와 쇼토는 리무진을 타는데, 난 너같이 못난 녀석 차에 궁둥이를 붙이고 공항까지 가야 하나? 똥차를 타고 말이야?"

"어쭈, 똥차라니." 에이치가 깔깔거리며 말했다. "싫으면 택시 타시든가, 이 쓰레기 같은 놈아."

"이거 아주 기대되는데." 나는 아르테미스를 살짝 훔쳐보며 말했다. "우리 넷 다 결국 실물을 보게 되겠군."

"난 보는 거 좋아. 무지 기다려져." 쇼토가 말했다.

"그래, 엄청나게 기다려지네." 아르테미스가 나를 흘겨보며 말했다.

. . .

쇼토와 아르테미스가 로그아웃한 다음 나는 에이치에게 현재 위치를 알려주었다. "여기 플러그 매장인데, 오면 전화해. 앞으로 나갈게."

"알았다. 미리 말해두는데, 나 아바타랑 영 딴판으로 생겼다."

"그래서? 안 그런 사람이 어딨냐? 나도 이렇게 키 큰 근육질의 사나이는 아니라고. 코도 이것보다는 약간⋯⋯"

"그냥 경고하는 거다. 나 만나면 ⋯⋯ 음, 너 좀 충격 먹을 거다."

"좋아. 그럼 지금 당장 어떻게 생겼는지 말해주지 그래?"

"난 벌써 출발했어." 에이치는 내 질문을 씹었다. "좀 이따 보자. 알았지?"

"알았다. 운전 조심해라, 친구."

에이치한테 그렇게 말하긴 했지만 몇 년 동안 알고 지낸 사람과 처음으로 얼굴을 마주하려니 생각보다 훨씬 많이 초조했다. 하지만 그 초조함은 오리건 주에서 아르테미스를 만날 생각으로 부풀어 오른 기대감에 비하면 새 발의 피였다. 그 순간을 머릿속에 그려보자 설레는 마음 한편으로 극심한 공포도 밀려왔다. 그녀의 실물은 어떤 모습일까? 파일에서 본 사진이 가짜는 아닐까? 아직 그녀와 가까워질 기회가 내게 남아 있기는 할까?

나는 초인적인 힘을 발휘해 곧 있을 전투에 집중함으로써 간신히 그녀에 대한 생각을 떨쳐낼 수 있었다.

에이치의 지하실을 로그아웃하자마자 '오라, 용사여'라는 제목의 이메일을 전체 공지로 모든 오아시스 유저에게 보냈다. 대다수가 스팸메일로 걸러질 게 뻔했기 때문에 건터 게시판에도 빠짐없이 올렸다. 그리고 큰 소리로 읽으면서 녹화한 다음 POV 채널에서 그 영상을 계속 내

보내도록 설정했다.

소문은 삽시간에 퍼져 나갔다. 한 시간도 채 되지 않아 아노락의 성채를 공격하려는 우리의 계획은 모든 뉴스피드의 머리기사를 장식했다. 기사 제목은 이런 식이었다. '건터, 식서를 상대로 전면전을 선포하다', '상위권 건터, IOI의 납치와 살인 행각을 폭로하다', '할리데이의 에그 찾기는 마침내 끝날 것인가?'

몇몇 뉴스피드에서는 벌써 내가 보낸 다이토 살해 영상과 소렌토의 보고서 전문을 익명의 제보자 이름으로 내보냈다. 지금까지 IOI는 둘 중 어떤 것에 대해서도 해명하지 않았다. 지금쯤이면 소렌토는 내가 어떤 수를 써서든 식서들의 사설 데이터베이스를 해킹했다는 사실을 눈치챘을 것이다. 내가 그의 사무실에서 불과 몇 층 떨어진 같은 건물에서 일주일 동안 머무르며 해킹했다는 사실을 그가 알아차렸을 때의 표정을 내 눈으로 직접 보지 못한 것이 못내 안타까웠다.

그로부터 몇 시간 동안 나는 아바타의 갑옷과 장비를 점검하고 앞으로 벌어질 일에 대해 단단히 마음의 준비를 했다. 더는 눈을 뜨고 있기 힘들 정도로 졸음이 쏟아져 에이치를 기다리는 동안 잠깐 눈을 붙이기로 했다. 계정에서 자동 로그아웃 기능을 끄고 나서 햅틱 의자에서 새로 산 가죽 재킷을 담요처럼 덮고 한 손에는 오전에 구입한 권총을 움켜쥔 채 곯아떨어졌다.

• • •

나는 벨 소리에 화들짝 잠이 깼다. 도착을 알리는 에이치의 전화였다. 나는 햅틱 의자에서 내려와 소지품을 챙기고 대여 장비를 안내 데스크에 반납했다. 거리로 나왔을 때는 이미 사위가 어둑했다. 꼭 누가 얼음물 한 바가지를 끼얹은 것처럼 차가운 공기가 덥석 에워쌌다.

에이치의 소형 RV는 가게에서 약간 떨어진 곳에 있는 갓돌 옆에 세워져 있었다. 길이가 6미터 정도 되는 모카색 선라이더였다. 상태로 볼 때 최소한 이십 년은 탄 자동차 같았다. 지붕과 차체에는 태양전지가 촘촘히 붙어 있었고 군데군데가 녹슬어 있었다. 유리창은 까맣게 선팅이 되어 있어서 차 안은 전혀 보이지 않았다.

나는 숨을 깊이 내쉰 다음 두려움과 설렘이 묘하게 섞인 기분으로 눈으로 질퍽거리는 보도를 걸었다. 차로 다가가자 오른쪽 측면 가운데 달린 문이 열리면서 조그만 사다리가 내려왔다. 사다리를 타고 차 안으로 올라가자 뒤에서 문이 찰칵 잠겼다. 내가 서 있는 곳은 작은 주방이었다. 카펫이 깔린 바닥에 설치된 조명등을 제외하면 안은 캄캄했다. 왼편에는 자그마한 침대가 차량 배터리 위쪽 공간에 끼어 있었다. 나는 천천히 컴컴한 주방을 가로질러 가 운전석으로 연결된 통로에 쳐진 구슬 커튼을 들어 올렸다.

체격이 우람한 흑인 여자애 한 명이 운전석에 앉아서 핸들을 단단히 쥐고 앞을 바라보고 있었다. 나이는 내 또래로 보였고, 머리는 짧은 곱슬머리에, 계기판에서 흘러나오는 희미한 빛에 따라 조금씩 색깔이 변하는 초콜릿색 피부를 갖고 있었다. 빈티지한 러시 2112 콘서트 티셔츠를 입고 있었는데 풍만한 가슴 때문에 숫자 부분이 굴곡이 져 있었다. 물 빠진 블랙진을 입고 금속 징이 박힌 전투용 부츠를 신은 차림이었다. 운전석 안이 상당히 따뜻했는데도 한기를 느끼는 듯 보였다.

내가 왔다는 걸 알아채길 기다리며 잠자코 여자를 물끄러미 보고 있었다. 마침내 여자가 돌아보더니 미소를 지었다. 단번에 알아볼 수 있는 미소였다. 오아시스에서 셀 수 없이 많은 밤을 함께 보내면서, 저질 농담을 주고받고 저질 영화를 함께 보는 동안 에이치의 아바타 얼굴에서 수천 번도 더 보았던, 체셔 고양이를 닮은 능글맞은 바로 그 미소였다. 미소만 낯익은 게 아니었다. 눈매나 얼굴의 윤곽도 낯익었다. 마음속에 어떤 의심도 없었다. 내 앞에 앉아 있는 여자는 나의 절친 에이치였다.

거센 감정의 파도가 나를 적셨다. 충격은 배신감으로 바뀌었다. 어떻게 그가(그녀가) 이렇게 오랫동안 나를 속였단 말인가? 에이치와 사춘기의 은밀한 문제들을 공유했던 옛 생각이 떠오르자 얼굴이 붉어졌다. 내가 무조건 믿었던 친구였다. 내가 안다고 자부했던 친구였다.

내가 아무 말도 하지 않자 그녀는 시선을 아래로 떨구고 애꿎은 부츠만 쳐다보았다. 조수석에 털썩 앉아서 그녀를 계속 바라봤지만 무슨 말을 해야 할지 생각이 나질 않았다. 에이치는 곁눈질로 나를 보려다가 매우 긴장한 듯 시선을 잽싸게 거두었다. 그녀는 여전히 몸을 달달 떨고 있었다.

내가 느꼈던 분노나 배신감은 금세 녹아버렸다.

나는 참지 못하고 소리 내어 크게 웃기 시작했다. 짓궂은 의도는 없었다. 그녀가 어깨에 힘을 빼고 안도의 한숨을 내쉬는 걸 보니 내 마음을 아는 것 같았다. 그러더니 나를 따라 크게 웃기 시작했다. 웃는 건지 우는 건지 알 수는 없었다.

"어이, 에이치." 웃음소리가 잦아들었을 때 내가 말문을 열었다. "잘 지냈어?"

"그럼 잘 지냈지, 지. 이보다 잘 지낼 수는 없을걸." 그녀의 목소리 역시 귀에 익었다. 다만 온라인에서만큼 저음은 아니었다. 지금까지 소프트웨어로 목소리를 변조했던 모양이다.

"결국 얼굴을 봤네." 내가 말했다.

"그래, 이렇게 만났네." 에이치가 대꾸했다.

어색한 침묵이 감돌았다. 나는 당황해서 잠깐 머뭇거렸다. 그러다가 곧 본능에 충실하기로 마음먹고 옆으로 바싹 다가가서 팔을 두르며 말했다. "정말 반갑다, 친구. 데리러 오느라 고생했어."

그녀도 포옹을 하며 말했다. "나도 진짜 반가워." 진심이 느껴졌다.

나는 포옹을 풀고 제자리로 돌아갔다. "너 정말." 나는 빙긋 웃으며 말했다. "뭔가 숨기고 있다는 건 알았지만 이건 정말 상상도 못한……"

"뭐? 뭘 상상한 적이 없는데?" 에이치는 다소 방어적으로 응수했다.

"그 유명한 에이치가, 이름난 건터에다 오아시스를 통틀어 가장 무시무시하고 인정사정없는 전사가 실제로는……"

"뚱뚱한 흑인 계집애라고?"

"아니 난 '아프리카계 미국인 아가씨'라고 말하려고 했지."

에이치의 낯빛이 어두워졌다. "그럴만한 이유가 있었어."

"그래, 뭔가 이유가 있겠지. 하지만 이유 따윈 중요치 않아."

"안 중요하다고?"

"당연하지. 넌 내 절친이야, 에이치, 솔직히 말해서 나한테 유일한 친구고."

"그래도 설명해주고 싶은데."

"좋아. 하지만 비행기를 탈 때까지만 좀 참을 수 있지? 우리 비행기 타고 한참 가야 하잖아. 이 도시를 얼른 빠져나가야 마음이 좀 놓일 것 같아."

"그래 출발하자, 친구." 에이치는 기어를 넣었다.

• • •

에이치는 모로의 지시대로 콜럼버스 공항 근처에 있는 사설 격납고로 갔다. 거기에는 호화로운 소형 제트기 한 대가 기다리고 있었다. 모로는 에이치의 차를 근처에 있는 다른 격납고에 주차해둘 수 있도록 배려해 두었지만 에이치는 오랫동안 집이나 다름없던 차를 놓고 떠나는 마음이 영 편치 않은 모양이었다.

우리는 제트기로 다가가면서 그 위용에 넋을 잃었다. 물론 전에도 하늘을 나는 비행기를 본 적은 있었지만 이렇게 가까이서 본 적은 처음이었다. 제트기 여행은 부자들만의 전유물이었다. 모로가 눈 하나 깜짝 않고 제트기 세 대를 전세 내어 우리에게 보냈다는 사실만 보더라도 그가 어느 정도로 어마어마한 갑부인지 짐작할 수 있었다.

제트기는 완전히 자동화되어 있어서 승무원은 한 명도 타지 않았다. 기내에는 에이치와 나뿐이었다. 자동조종장치의 차분한 목소리가 환영 인사를 건네더니 벨트를 매고 이륙을 준비하라고 말했다. 우리는 곧 창공으로 날아올랐다.

둘 다 진짜 비행기를 타고 하늘을 나는 경험은 처음이었다. 3,000미터 고도로 비행하며 오리건 주가 있는 서쪽으로 이동하는 동안 압도적인 경치에 취해 창밖을 바라보고 있다 보니 한 시간이 훌쩍 지나갔다. 마침내 신기함이 다소 시들해질 즈음 대화를 나눌 만한 분위기가 되었다.

"좋아, 에이치. 이제 얘기 좀 해봐."

그녀는 체셔 고양이처럼 능글맞게 웃고 나서 숨을 깊게 내쉬었다. "모든 건 애초에 엄마의 생각이었어." 그녀는 이렇게 말문을 열고는 짤막하게 요약한 자신의 인생담을 들려주었다. 본명은 헬렌 해리스고, 나보다 몇 달 먼저 태어났다. 애틀랜타에서 홀어머니 손에 자랐으며, 아버지는 그녀가 갓난아기일 때 아프가니스탄에서 사망했다. 어머니 메리는 재택근무로 온라인 데이터 처리 센터에서 일했다. 메리는 오아시스를 유색 인종 여성에게 가장 훌륭한 지상낙원이라고 생각했다. 오아시스 초기부터 메리는 온라인에서 이런저런 사업을 할 때 백인 남자 아바타를 사용했다. 그러면 대우가 달라지고 훨씬 좋은 기회가 주어졌기 때문이다.

에이치는 오아시스 계정을 처음 만들 때 어머니의 충고에 따라 백인 남자 아바타를 선택했다. 그리고 아기 때부터 어머니가 부른 애칭이었던 'H'를 아바타 이름으로 정했다. 몇 년 후 그녀가 온라인 학교에 다니게 되자 어머니는 입학 서류에 딸의 인종과 성별을 속여서 기록했다. 학생기록부용 사진을 제출해야 했을 때는 실물을 본떠서 만든 남자 아바타 얼굴을 사진처럼 정밀하게 렌더링해서 제출했다.

에이치는 열여덟 번째 생일에 집을 나온 뒤로는 어머니를 본 적도 연락한 적도 없다고 했다. 그날이 바로 에이치가 자신의 성 정체성을 밝힌 날이었다. 처음에 어머니는 그녀가 동성애자라는 사실을 받아들이기를 완강히 거부했다. 하지만 에이치는 거의 1년 가까이 온라인에서 만난 여자친구와 사귀고 있다고 털어놓았다.

에이치는 이 모든 비밀을 털어놓는 동안 내 반응을 살폈다. 나는 그렇게 많이 놀라진 않았다. 오랫동안 에이치와 나는 틈만 나면 여자에 대해 아낌없는 찬사를 퍼붓곤 했다. 에이치가 적어도 그 부분에서만큼은 날 속이지 않았다는 사실에 오히려 안도감이 들었다.

"여자친구가 있다고 털어놓았을 때 어머니 반응은 어땠어?" 내가 물었다.

"우리 엄마는 아주 뿌리 깊은 편견으로 똘똘 뭉쳐 있는 사람이라는 걸 깨달았지. 집에서 내쫓으면서 다시는 꼴도 보기 싫다고 하셨거든. 그래서 한동안은 노숙자로 여기저기 떠돌아다녔어. 그러다가 고생고생

끝에 오아시스 리그에서 우승해서 이 RV를 살 돈이 생겼지. 그때부터 죽 차에서 살았어. 배터리를 충전해야 할 때를 제외하면 보통은 차를 세우지 않아."

대화를 이어나가면서 서로에 대해 알아가는 척하는 동안, 우리는 이미 서로에 대해 알 만큼은 안다는 사실을 문득 깨달았다. 우리는 오랫동안 가장 친한 친구였다. 순수하게 마음을 나누는 사이였다. 나는 그녀를 이해했고, 믿었고, 좋은 친구로 여겼다. 아무것도 달라지지 않았으며 성별이나 피부색이나 성적 지향 같은 하찮은 것 때문에 달라질 수도 없었다.

남은 비행시간은 쏜살같이 지나갔다. 에이치와 나는 곧 익숙한 방식으로 서로를 대하게 되었고 얼마 안 가서는 옛날처럼 지하실에 앉아 〈퀘이크〉나 〈자우스트〉 게임을 하면서 서로 티격태격하던 시절로 돌아간 것 같았다. 혹여 우정에 금이 갈까 두려워했던 마음은 제트기가 오리건 주에 있는 모로의 사설 활주로에 착륙할 때쯤에는 말끔히 사라져 있었다.

서쪽으로 날아온 데다 해가 뜨려면 아직 시간이 좀 남았기 때문에 착륙했을 때는 아직 사방이 깜깜했다. 에이치와 나는 제트기에서 내리면서 주위 풍경을 경이로운 눈으로 바라보며 그 자리에 얼어붙은 듯 서 있었다. 희미한 달빛 속에서도 숨이 멎을 정도로 아름다운 풍경이었다. 우뚝 솟은 왈로와 산맥의 검은 실루엣이 병풍처럼 우리를 감싸고 있었고, 뒤쪽으로는 파란 유도등 불빛이 모로의 사설 착륙장까지 뻗어 있었다. 착륙장 바로 위에는 가파른 조약돌 계단이 활주로 끝에서 웅장한 대저택으로 이어져 있었다. 산자락에 있는 고원 지대에 우뚝 솟은 저택은 박물관처럼 기품 있게 조명이 드리워져 있었다. 저택 너머로 먼 산봉우리에서 쏟아지는 폭포 줄기도 눈에 들어왔다.

"꼭 리벤델 같아." 에이치는 내가 막 하려던 말을 먼저 해버렸다.

나는 고개를 끄덕였다. "꼭 영화 「반지의 제왕」의 리벤델 같다." 나는 여전히 경외감에 찬 눈으로 바라보면서 덧붙였다. "할아버지 부인이 톨킨의 광적인 팬이었던 거, 기억하지? 이 저택은 부인을 위해 지었나 봐."

제트기의 탑승 계단이 접히고 문이 닫히면서 지잉 소리가 들렸다. 엔진이 다시 켜지고 제트기가 다시 이륙하기 위해 방향을 틀었다. 우리는 그 자리에 선 채로 제트기가 다시 별이 총총한 밤하늘로 이륙하는 광경을 쳐다보았다. 그리고 발길을 돌려 저택으로 이어지는 계단을 오르기 시작했다. 계단 끝에는 오그던 모로가 우리를 기다리며 서 있었다.

"애들아, 어서 오너라!" 모로는 우렁찬 목소리로 말하며 양손을 뻗어 우리를 반겼다. 격자무늬가 있는 목욕 가운을 걸치고 토끼 인형이 달린 슬리퍼를 신은 차림이었다. "내 집에 어서들 오렴!"

"고맙습니다, 선생님." 에이치가 말했다. "초대해주셔서 감사합니다."

"아, 네가 바로 에이치로구나." 모로는 그녀의 손을 움켜쥐며 말했다. 외모를 보고 놀랐는지는 몰라도 전혀 내색하지 않았다. "네 목소리가 익숙하구나." 모로는 에이치에게 눈을 찡긋하고 덥석 껴안았다. 그리고 이번에는 나를 껴안았다. "그럼 네가 바로 웨이드, 그러니까 파르지발이로구나! 잘 왔다, 잘 왔어! 너희 둘을 만나니 기분이 참 좋구나!"

"만나 뵙게 되어 저희가 영광이죠." 내가 말했다. "저희를 도와주셔서 어떻게 감사를 표해야 할지 모르겠어요."

"이미 감사하단 말은 충분히 했으니 이제 그만들 하거라!" 모로는 아주 넓은 잔디밭을 가로질러 거대한 저택으로 우리를 안내했다. "손님이 와서 얼마나 좋은지 말로 표현하기가 어렵구나. 슬픈 일이지만, 키라가 죽고 나서 여기서 죽 혼자 지냈단다." 모로는 잠깐 말을 끊었다가는 이내 웃음을 터트렸다. "혼자였지. 요리사와 가정부와 정원사를 빼고는.

하지만 그 사람들도 다 여기에서 사니까 손님이라고 할 수가 없단다."

나도 에이치도 딱히 대꾸할 말이 없어 잠자코 미소를 지으면서 고개를 끄덕였다. 마침내 내가 용기를 내서 물었다. "다른 애들은 도착했어요? 쇼토랑 아르테미스요?"

내 입에서 '아르테미스'라는 이름이 나오자 모로는 한참 동안 너털웃음을 터트렸다. 잠시 뒤에 옆을 보니 에이치도 나를 보고 웃고 있었다.

"왜 그러세요?" 내가 말했다. "뭐가 그렇게 재미있으세요?"

"도착했단다." 모로는 여전히 웃으면서 말했다. "아르테미스가 몇 시간 전에 첫 번째로 도착했고, 쇼토의 비행기는 너희가 오기 한 30분 전쯤에 왔다."

"지금 애들을 만나러 가는 건가요?" 나는 속마음을 숨기는 데는 젬병이었다.

모로는 고개를 가로저었다. "아르테미스는 너희 둘을 지금 만나면 외려 정신만 산란해질 거라고 생각하더구나. 아르테미스는 '대장정'이 끝날 때까지 기다리고 싶다고 말했다. 쇼토도 같은 생각인 것 같았다." 모로는 잠시 나를 뜯어보더니 말을 이었다. "그게 최선이 아닐까 싶다만. 너희는 중요한 날을 눈앞에 두고 있지 않느냐."

나는 안도감과 실망감이 묘하게 뒤섞인 기분을 느끼며 고개를 끄덕였다.

"애들은 지금 어디 있어요?" 에이치가 물었다.

모로는 공중에 주먹을 힘차게 휘둘렀다. "벌써 로그인하고 식서들에 대한 총공격을 준비하고 있지!" 모로의 목소리가 땅을 훑고 지나가 저택의 높은 돌담에 부딪히며 공명했다. "자, 나를 따르라! 시간이 얼마 남지 않았다!"

모로의 의욕 넘치는 모습을 보자 현실 감각이 돌아오면서 긴장감으로 속이 울렁거렸다. 우리는 목욕가운을 입은 은인을 따라 달빛이 비치는 넓찍한 잔디밭을 가로질렀다. 저택으로 가는 길에 우리는 문이 달린 작은 꽃밭을 지나쳤다. 정원이 있을 만한 곳이 아니었기에 가운데 세워진 큰 묘비를 보고 나서야 왜 거기에 정원을 꾸몄는지 짐작할 수 있었다. 곧 그것이 키라 모로의 무덤임을 깨달았다. 환한 달빛이 비치고 있었지만 너무 어두운 탓에 묘비에 새겨진 글씨까지는 보이지 않았다.

모로는 우리를 저택의 화려한 현관으로 안내했다. 전등은 꺼져 있었다. 하지만 모로는 전등을 켜는 대신 벽에서 횃불을 집어 들고 길을 비추었다. 희미한 횃불 속에서도 저택의 장엄함은 그야말로 압도적이었다. 거대하고 화려한 벽걸이 융단과 판타지 세계를 표현한 수많은 작품들이 벽을 가득 메우고 있었고 괴물 석상과 갑옷이 복도에 줄지어 가지런히 전시되어 있었다.

모로를 뒤따르면서 나는 용기를 내서 말을 꺼냈다. "저, 지금 이런 말씀을 드릴 상황은 아니지만, 제가 선생님이 만드신 게임의 열성 팬이거든요. 어릴 때부터 할사이도니아 인터랙티브 사의 교육용 게임을 하면서 자랐어요. 게임을 하면서 읽기, 쓰기, 셈하기, 퍼즐 풀기 등을 배웠죠……" 나는 걷는 내내 조잘거렸다. 내가 제일 좋아했던 할사이도니아 게임에 대해 극찬을 늘어놓았고 민망할 정도로 모로를 추켜세웠다.

에이치는 내가 더듬더듬 혼자 떠드는 내내 낄낄거리는 걸로 보아 내가 알랑거린다고 생각하는 모양이었다. 하지만 모로는 진지했다. "아주 듣기 좋은 칭찬이로구나." 그는 진심으로 기뻐하는 것처럼 보였다. "아내와 나는 우리가 만든 게임들에 대해 굉장한 자부심이 있었지. 네가 좋은 추억으로 간직하고 있다니 이루 말할 수 없이 기쁘구나."

모퉁이를 돌아 옛날 오락기가 빽빽이 들어찬 커다란 방에 다다랐을 때 에이치와 나는 넋을 잃고 말았다. 둘 다 이것이 할리데이가 수집한 고전 오락기들, 즉 할리데이가 유언에서 모로에게 남긴 소장품임을 알고 있었다. 모로는 두리번거리다가 우리가 문 앞에서 우물쭈물 대는 것을 보고 급히 되돌아와 걸음을 재촉했다.

"나중에 구경시켜 준다고 약속하마. 대장정이 막을 내리고 난 뒤에 말이다." 모로는 말하는 동안 다소 숨이 가빠 보였다. 나이와 체격에 비해서는 꽤 빠른 걸음이었다. 우리는 나선형으로 된 돌계단을 내려간 다음 엘리베이터를 타고 몇 층 아래에 있는 지하실에 도착했다. 지하실의 실내 장식은 훨씬 더 현대적이었다. 우리는 모로의 뒤를 따라 카펫이 깔린 복도를 지나고 또 지나 마침내 둥근 출입문 일곱 개가 일렬로 늘어선 곳에 다다랐다. 문마다 번호가 붙어 있었다.

"자, 다 왔다!" 모로는 횃불을 이리저리 휘두르며 말했다. "여기가 내 오아시스 이머전 베이란다. 모두 최신형 하바샤 OIR 9400 모델이지."

"9400이라고요? 정말이에요?" 에이치가 휘파람을 낮게 불었다. "굉장한데요."

"다른 애들은 어디 있어요?" 나는 초조하게 두리번거리면서 물었다.

"아르테미스와 쇼토는 2번과 3번 베이 안에 있다. 1번 베이는 내 것이고 너희는 나머지 중에서 고르거라."

나는 아르테미스가 둘 중 어느 문 뒤에 있을까 궁금해하며 출입문을 뚫어져라 쳐다보았다.

모로는 복도 끝을 가리키면서 말했다. "저기 옷방으로 가면 모든 치수의 햅틱 수트가 있을 게다. 지금 당장 가서 멋지게 차려입거라!"

잠시 뒤 에이치와 내가 옷방에서 최신형 햅틱 수트와 햅틱 장갑을 착용하고 밖으로 나오자 모로는 빙긋 미소를 지었다.

"아주 멋지구나! 이제 베이를 고르고 로그인해라. 시간이 없단다!"

에이치는 나를 쳐다보았다. 뭔가 말하려는 듯했지만 입 밖으로 꺼내지는 않았다. 잠시 뒤 에이치는 햅틱 장갑을 낀 손을 내밀었다. 나는 그 손을 잡았다.

"잘 해봐, 에이치."

"잘 해봐, 지." 에이치는 이렇게 말하고 나서 모로를 향해서 말했다. "다시 한번 감사드려요, 할아버지." 에이치는 모로가 미처 대답할 틈도 주지 않고 까치발로 서더니 모로의 뺨에 가볍게 입술을 댔다. 그러고는 4번 베이로 냉큼 사라졌고 문이 지익 닫혔다.

모로는 에이치의 뒷모습을 보고 흐뭇하게 웃다가 나를 보았다. "온 세상이 너희 넷을 응원하고 있으니 실망시키지 않도록 열심히 하거라."

"최선을 다할게요."

"암, 그래야지." 모로는 나에게 악수를 청했고 나는 손을 흔들었다.

나는 이머전 베이로 몇 걸음 떼다 말고 뒤를 돌아 물었다. "저, 할아버지, 질문 하나만 드려도 돼요?"

모로는 눈썹을 추켜올렸다. "세 번째 관문 안에 뭐가 있냐고 묻는다면 난 모른다. 설령 안다 해도 말해주지 않지. 왜냐하면……"

나는 고개를 가로저었다. "아니요. 그런 게 아니고요. 할리데이 선생님하고 사이가 나빠지신 이유를 여쭤보고 싶었어요. 아무리 조사해봐도 알아낼 수가 없었거든요. 무슨 일이 있으셨던 거예요?"

모로는 잠깐 나를 살펴보았다. 전에도 수없이 많은 인터뷰에서 사람들이 던진 질문이었지만 언제나 그는 침묵으로 일관했었다. 왜 내게 설명해주기로 했는지는 모른다. 누군가에게 말하고 싶었지만 그 오랜 세월을 참아온 건 아니었을까 짐작했을 뿐이다.

"그건 키라 때문이었다. 내 아내 말이다." 모로는 잠깐 말을 멈추고 헛기침을 한 다음 말을 이었다. "그 친구도 나처럼 고등학교 때부터 키라를 좋아했지. 물론 그 친구는 행동으로 옮길 만큼의 용기는 없었단다. 그래서 키라는 할리데이가 자신을 좋아하는 줄은 까맣게 몰랐다. 나도 몰랐고. 그 친구가 죽기 직전에 마지막으로 말을 걸어올 때까지 그런 말은 단 한 번도 뱉은 적이 없었으니까. 그때도 나한테 털어놓는 일이 아마 많이 힘들었을 게야. 할리데이는 사람들하고 잘 어울리지 못했고 감정을 표현하는 데도 서툴렀거든."

나는 조용히 고개를 끄덕이면서 다음 말을 기다렸다.

"키라와 내가 약혼한 후에도 할리데이는 여전히 나한테서 키라를 빼앗겠다는 생각을 품었던 것 같다. 하지만 우리가 결혼한 뒤로는 그 생각을 단념했지. 그가 말하길 끓어오르는 질투심을 주체할 수가 없어서 나와 연락을 끊었다더구나. 키라는 그가 사랑한 유일한 여자였어." 모로는 목이 메인 듯했다. "할리데이가 왜 그런 마음이었는지는 충분히 알 만하다. 키라는 정말 특별했거든. 키라를 보고 사랑에 빠지지 않기란 불가능했지." 모로는 나를 보고 미소를 지었다. "그런 사람을 만난다는 느낌이 어떤 건지는 너도 잘 알 것 같구나, 안 그러냐?"

"그럼요." 나는 말했다. 그리고 그가 할 말을 다했음을 깨닫고 덧붙였다. "감사합니다, 모로 선생님. 말씀해주셔서 고맙습니다."

"고맙긴." 모로는 그렇게 말하고 나서 전용 이머전 베이로 걸어갔고, 출입문이 조리개처럼 열렸다. 열린 문틈으로 보이는 그의 이머전 장치는 옛날 코모도어 64 컴퓨터처럼 개조된 오아시스 콘솔을 비롯해 몇 가지 신기한 부품을 장착하기 위해 개조되어 있었다. 모로가 나를 보면서 말했다. "건투를 빈다, 파르지발. 힘내거라."

"이제 뭐 하실 거예요? 전투가 벌어지는 동안에요."

"당연히 진득하게 앉아서 구경해야지! 비디오게임 역사상 가장 길이 빛날 전투가 아니더냐." 모로는 마지막으로 나를 보고 활짝 웃어준 뒤에 베이로 들어갔다. 희미한 불빛만 감도는 복도에는 나 혼자만 남겨졌다.

모로가 들려준 이야기를 잠시 되짚어 보고 나서 나는 이머전 베이로 걸어 들어갔다.

베이는 작은 공 모양의 방이었다. 번쩍거리는 햅틱 의자는 천장에 부착된 다관절 유압 로봇팔에 매달려 있었다. 전방위 트레드밀은 없었다. 방 자체가 그런 기능을 했기 때문이다. 로그인하고 있는 동안 어느 방향으로든 걷거나 달릴 수 있었으며 공 모양의 방 전체가 회전하면서 벽에 부딪히지 않게 막아주었다. 마치 거대한 햄스터 공 안에 있는 것과 같았다.

나는 햅틱 의자로 기어 올라갔고 의자가 내 몸에 맞게 자동 조절되었다. 로봇팔이 튀어나와 최신형 오큘랜스 바이저를 얼굴에 끼웠다. 바이저 역시 내 얼굴에 꼭 맞게 조절되었다. 바이저가 망막을 스캔했고 화면에는 새 암호문을 읽으라는 창이 나타났다. "산타클로스의 순록 썰매 세틱 천문학"

로그인하는 동안 나는 숨을 크게 내쉬었다.

0034

나는 최고가 될 준비가 되어 있었다.

머리부터 발끝까지 철저하게 아바타를 무장시켰다. 보관함에 넣을 수 있는 만큼 많은 마법 아이템을 쑤셔 넣고 화력을 보강했다.

모든 준비가 끝났다. 우리의 계획은 착착 진행되고 있었다. 이제 출격할 시간이다.

나는 요새 격납고로 들어가 벽에 있는 버튼을 눌러 격납고의 문을 개방했다. 문이 지익 열리면서 서서히 팔코의 지상으로 연결되는 출격 통로가 나타났다. 나는 엑스윙과 보네거트호를 지나쳐 활주로 끝까지 걸어갔다. 오늘은 둘 다 타지 않을 작정이었다. 둘 다 가공할 만한 무기와 방어력을 갖춘 훌륭한 우주선이긴 했지만 곧 크토니아에 불어닥칠 에픽급 폭풍에는 역부족이었다. 다행히 지금 내게는 새로운 이동수단이 있었다.

나는 아이템 보관함에서 30센티미터짜리 레오파르돈 로봇을 꺼내 활주로에 조심조심 내려놓았다. IOI에서 체포되기 직전 따로 짬을 내서 장난감 레오파르돈 로봇을 요리조리 뜯어보고 능력을 확인해둔 적이 있었다. 예상한 대로 이 로봇은 초강력 마법 아이템이었다. 로봇을 활성화시키는 데 필요한 명령어를 알아내는 데는 그리 오래 걸리지 않았다. 토에이 사의 오리지널 「스파이더맨」 TV 시리즈에서처럼 간단히 이름만 외치면 로봇을 호출할 수 있었다. 나는 로봇에서 떨어져 안전거리를 충분히 확보한 다음 "레오파르돈!"을 외쳤다.

금속이 산산조각 나는 듯한 날카로운 소리가 들렸다. 조그맣던 장난감 로봇이 눈 깜짝할 새에 키가 100미터에 육박하는 거대 로봇으로 둔갑했다. 격납고의 천장에 있는 열린 문틈으로 로봇의 정수리가 돌출되었다.

나는 우뚝 솟은 거대 로봇을 바라보며 할리데이가 얼마나 세심한 부분까지 신경 써서 코딩했는지에 감탄을 금치 못했다. 번쩍거리는 커다란 검과 거미줄 무늬를 새긴 방패를 비롯해 원조 일본 로봇의 모든 특징이 그대로 재현되어 있었다. 로봇의 거대한 왼발에는 조그만 출입문이 있었다. 내가 다가가자 출입문이 열리면서 안쪽에 있는 작은 승강기가 보였다. 승강기를 타고 로봇의 다리와 몸통을 통과해 장갑을 두른 가슴 안에 있는 조종석까지 이동했다. 조종석에 앉자 벽면의 투명 케이스에 든 은색 조종 팔찌가 눈에 들어왔다. 나는 팔찌를 꺼내 아바타의 손목에 둘렀다. 이 팔찌를 이용하면 밖에 있을 때도 음성 명령으로 로봇을 제어할 수 있었다.

앞쪽에 놓인 콘솔에는 버튼이 줄줄이 달려 있었고 전부 일본어로 된 이름표가 붙어 있었다. 그중 한 버튼을 누르자 엔진이 부르릉 소리를 내며 켜졌다. 나는 스로틀을 열어 출력을 높이고 양쪽 발끝에 달린 더블 로켓 부스터를 점화시킨 다음 요새를 벗어나 별이 총총한 팔코의 창공을 향해 솟아올랐다.

조종석 제어판에는 할리데이가 장착해둔 옛날 자동차용 카세트가 눈에 띄었다. 오른쪽 어깨 위쪽에는 카세트테이프가 잔뜩 쌓인 선반도 있었다. 나는 테이프를 하나 집어 카세트에 밀어 넣었다. AC/DC가 부른

〈더티 디즈 던 더트 칩〉이란 곡이 로봇의 내부 스피커와 외부 스피커를 통해 동시에 쾅쾅 울려 퍼지기 시작했다. 어찌나 소리가 큰지 의자에까지 진동이 느껴질 정도였다.

로봇이 격납고에서 완전히 빠져나가자마자 나는 조종 팔찌에 대고 "마베라로 변신!"이라고 크게 외쳤다. (음성 명령은 반드시 소리를 힘껏 질러야만 작동되는 듯했다.) 로봇의 팔다리와 머리가 안쪽으로 접혀 새로운 위치에 고정되면서 로봇은 우주전함 마베라로 변신했다. 일단 변신을 마친 후에는 팔코의 궤도에서 벗어나 가장 가까운 스타게이트로 항로를 설정했다.

섹터 10에 있는 스타게이트로 빠져나가자 레이더 화면에는 크리스마스 트리처럼 환하게 불이 켜졌다. 제조사와 기종을 총망라한 수없이 많은 우주선들이 별이 총총한 검은 우주로 쏟아져 나왔다. 일인승 비행기부터 거대한 위성 크기만 한 화물선까지 정말 없는 것이 없었다. 이렇게 많은 우주전함이 한자리에 모인 장면은 난생처음이었다. 스타게이트에서 우주선들이 꼬리에 꼬리를 물고 쏟아져 나오는 동안 우주 공간에서도 또 한 무더기의 우주선들이 사방팔방에서 속속 도착했다. 우주선들은 점차 일렬종대로 늘어서면서 저 멀리 조그만 청갈색 달처럼 떠 있는 크토니아 행성을 향해 길게 뻗어 우주선 행렬을 이루기 시작했다. 마치 오아시스의 모든 유저가 아노락의 성채를 향하고 있는 것 같았다. 순간 가슴이 뭉클해졌다. 아르테미스의 우려가 사실로 드러날 가능성, 다시 말해 아바타들 대다수가 단지 구경하러 왔을 뿐 식서들과 맞서 싸우기 위해 실제로 목숨을 걸 생각은 전혀 없을지도 모른다는 걸 알면서도 말이다.

아르테미스. 오랜 시간이 흐른 지금 그녀는 겨우 몇 걸음 떨어진 옆방에 있었다. 이 전투가 끝나면 우리는 실제로 얼굴을 마주볼 것이다.

그 생각에 미치자 두려움에 떨릴 줄로만 알았던 마음이 오히려 차분해 졌다. 크토니아에서 어떤 상황이 벌어지더라도 내가 감수했던 모험은 이미 충분히 값진 경험이었다.

나는 마베라를 다시 거대 로봇으로 변신시킨 다음 길게 늘어선 우주 선 행렬에 합류했다. 내 우주선은 그 다양한 종류의 우주선들 속에서도 단연 도드라졌다. 거대 로봇은 단 하나뿐이었기 때문이다. 작은 우주선 들이 잽싸게 나를 에워싸더니 조종석에 앉은 호기심 가득한 아바타들 이 레오파르돈을 더 가까이 보기 위해 줌을 당겼다. 너무나 많은 사람 들이 저마다 내가 누구인지 어디서 이렇게 멋진 탈것을 구했는지 물으 면서 나를 호출해대는 통에 나는 콤링크를 음소거할 수밖에 없었다.

조종석 유리창으로 크토니아 행성이 점점 크게 보일 때쯤에는 나를 둘러싼 우주선의 밀도도 높아져 있었고, 그 숫자도 폭발적으로 불어나 있었다. 마침내 행성의 대기권에 진입해 지상으로 하강을 시작했을 때 는 마치 강철 곤충 떼 사이를 비행하는 기분이었다. 아노락의 성채 근처 에 이르렀을 때는 차마 내 눈을 믿기 힘들 정도였다. 번쩍거리는 우주선 들과 개미떼처럼 바글바글 모인 아바타들이 땅을 뒤덮고 하늘을 가득 메우고 있었다. 마치 외계에서 벌어지는 우드스톡 축제와도 같았다. 어 깨동무한 아바타들이 사방으로 끝 간 데 없이 펼쳐져 있었다. 또 한 무 더기의 아바타들이 공중에 떠 있거나 하늘을 날면서 끊임없이 밀려드는 우주선을 쉴 틈 없이 피하고 있었다. 이런 난장판의 한복판에는 식서들 이 세운 투명한 방어막 속에서 찬란하게 빛나는 오닉스 보석, 바로 아노 락의 성채가 떡 버티고 서 있었다. 운 나쁜 아바타나 우주선들은 얼떨결 에 방어막에 닿는 족족 전기퇴치기에 맞은 날파리들처럼 증발해버렸다.

지상에 좀더 가까이 다가가자 성채 정문 바로 앞쪽으로 공터가 보였 다. 방어막의 바로 코앞이었다. 공터 한복판에는 세 대의 거대 로봇이 나란히 서 있었다. 그들 주위를 에워싼 군중이 번쩍거리는 거대 로봇에 탑승해 있는 에이치와 아르테미스와 쇼토에 대한 경의의 표시로 일정한 거리를 유지하려고 애쓰면서 서로를 밀치고 있는 탓에 방어선은 마치 파도처럼 전진과 후퇴를 반복했다.

나는 이때 처음으로 에이치와 아르테미스와 쇼토가 두 번째 관문을 통과한 후에 어떤 로봇을 골랐는지 구경할 수 있었다. 단번에 눈길을 사로잡은 것은 아르테미스가 조종하고 있는 우뚝 솟은 여자 로봇이었다. 정교한 부메랑 모양의 머리 장식과 좌우대칭인 빨간 흉갑에 검은색과 은백색이 어우러진 몸통 색깔은 꼭 마징가 제트의 여성형 로봇처럼 보였다. 곧 나는 이것이 진짜 마징가 제트의 여성형 로봇이라는 사실을 깨달았다. 오리지널 「마징가 제트」 아니메 시리즈에서 수수께끼의 캐릭터로 등장했던 로봇, 바로 미네르바 엑스였다.

에이치는 녀석이 오랫동안 좋아했던 작품 중의 하나인 오리지널 「기동전사 건담」 아니메 시리즈에 나왔던 RX-78 건담 로봇을 골랐다. (이제 에이치가 실제로는 여자라는 사실을 알게 되었지만 그녀의 아바타는 여전히 남자였기 때문에 예전처럼 에이치를 남자로 대하기로 마음먹었다.)

쇼토는 아르테미스와 에이치보다 머리 몇 개는 더 높은 위치인 라이딘 로봇 조종석에 앉아 있었다. 빨간색과 파란색이 섞인 색깔의 몸통을 가진 라이딘은 1970년대 중반에 방영된 「용자 라이딘」 아니메 시리즈에 나온 거대 로봇이었다. 이 로봇은 한 손에는 황금 활을 움켜쥐고 다른 한 손에는 뾰족한 촉이 박힌 커다란 방패를 들고 있었다.

내가 방어막 위를 저공 비행해 거대 로봇들의 머리 위에 멈춰 서자 군중에서는 커다란 함성이 터져 나왔다. 나는 방향을 틀어 레오파르돈을 똑바로 세운 다음 엔진을 끄고 지상으로 하강했다. 한쪽 무릎을 꿇으면서 땅에 착지하자 그 충격으로 땅이 흔들렸다. 내가 똑바로 몸을 일으켜 세우자 인산인해를 이룬 구경꾼들이 내 이름을 연호하기 시작했다. 파르-지-발! 파르-지-발!

외침 소리가 잦아드는 동안 나는 동지들을 쳐다보았다.

"등장 한번 멋지셔, 겉멋만 잔뜩 들어가지고는." 아르테미스는 비공개 콤링크 채널에 대고 빈정거렸다. "일부러 늦게 나타난 거지?"

"일부러는 절대 아니야. 맹세해." 나는 애써 침착하게 대꾸했다. "스타게이트에 줄이 엄청 길었단 말이야."

에이치는 건담의 거대한 머리를 끄덕였다. "어젯밤부터 이 행성의 터미널이란 터미널은 죄다 줄줄이 아바타를 토해내고 있지." 그는 건담의 거대한 손으로 우리를 에워싼 군중을 가리켰다. "내 눈을 믿을 수가 없어. 이렇게 많은 우주선과 아바타가 한자리에 모여 있는 장관은 처음 본다."

"나도 마찬가지야." 아르테미스가 말했다. "GSS 서버가 섹터 하나에서 이렇게 많은 부하가 걸리는데도 감당할 수 있다는 사실이 그저 놀라울 따름이야. 랙도 전혀 안 걸리는 것 같아."

나는 우리를 둘러싸 인산인해를 이룬 아바타들을 한참 동안 바라본 뒤에 성채로 시선을 옮겼다. 수없이 많은 아바타와 우주선들이 방어막 주변을 분주히 날아다니면서 총알과 레이저, 미사일, 로켓 등을 마구 퍼부어댔지만 그 어떤 것도 방어막에 타격을 입히지 못했다. 방어막 안에는 중무장한 식서 아바타 군단이 성채를 완전히 에워싼 채로 대형을 갖추고 포진해 있었다. 대형 사이사이에는 호버크라프트와 건십이 횡대로 배치되어 있었다. 식서 군단은 얕잡아볼 수 없는 상대로 보였다. 아니 대항할 수 없는 상대인 듯했다. 식서 군단을 에워싼 끝도 보이지 않는 아군 숫자에도 불구하고 놈들은 수적으로도 전력으로도 월등히 우세한 것처럼 보였다.

"파르지발 형." 쇼토가 라이딘의 거대한 머리를 내 쪽으로 돌리며 말했다. "이제 쇼타임이야. 만약에 형이 약속한 대로 방어막이 무너지지 않으면 좀 많이 난감하겠어."

"한 솔로 장군은 반드시 방어막을 제거할 거예요." 에이치가 「스타워즈」의 영화 대사를 인용했다. "시간을 좀더 주어야 해요!"

나는 한바탕 웃음을 터트리고 난 뒤에 내 로봇의 오른손으로 왼쪽 손목 뒷부분을 쳐서 시간을 표시했다. "에이치 말이 맞아. 12시까지는 아직 6분이나 남았다고."

군중에서 터져 나오는 또 한 번의 함성에 말끝이 파묻혀 버렸다. 우리 바로 앞에 있는 방어막 안쪽에서 아노락의 성채의 거대한 정문이 열리더니 한 식서 아바타가 홀로 걸어 나오고 있었다.

소렌토였다.

거센 야유를 웃어넘기면서 등장한 소렌토가 성채 바로 앞에 주둔한 식서 군단을 향해 손짓하자 병사들은 즉시 흩어지면서 널찍한 공간을 확보했다. 소렌토는 그 사이로 걸어 나와 우리의 맞은편으로 불과 몇 걸음 떨어진 거리에 멈춰 섰다. 식서 아바타 열 명이 성채에서 나오더니 소렌토의 뒤쪽에 일정한 간격을 두고 정렬했다.

"이거 왠지 예감이 안 좋은데." 아르테미스가 헤드셋에 대고 중얼거렸다.

"나도 마찬가지야." 에이치가 속삭이듯 말했다.

소렌토는 한 바퀴 휙 둘러보더니 우리를 보고 입가에 미소를 띠었다. 소렌토가 입을 열자 그 목소리가 건십과 호버크래프트에 달린 강력한 스피커를 통해 어찌나 쩌렁쩌렁 울리는지 크토니아 행성에 있는 모든 사람에게 들릴 정도였다. 현장에는 주요 뉴스피드 방송국에서 파견한 카메라와 기자들이 잔뜩 진을 치고 있었으므로 그가 하고 있는 말은 전

세계로 생방송되고 있을 터였다.

"아노락의 성채에 오신 여러분을 환영합니다." 소렌토가 말했다. "여러분을 기다리고 있었습니다." 소렌토는 자신을 에워싼 성난 군중을 가리키며 말했다. "우선 오늘 이렇게나 많이 찾아와 주셔서 뜻밖이라는 말씀을 드려야겠군요. 이쯤 되었으니 여러분 중에서 가장 무식한 분조차도 저희 방어막을 절대 뚫을 수 없다는 사실을 명백히 아셨으리라 봅니다."

그의 거만한 선포에 귀청이 찢어질 듯한 엄포와 모욕과 갖은 욕설이 빗발쳤다. 나는 얼마간 잠자코 지켜보다가 로봇의 양손을 번쩍 들어 좌중에 정숙을 요청했다. 일단 주위가 조용해진 후 나는 거대한 확성 장치를 튼 것과 같은 효과를 내는 공개 콤링크 채널에 주파수를 맞추었다. 삑 소리를 죽이기 위해 헤드셋의 볼륨을 낮추고 소렌토를 향해 말했다. "헛소리는 집어치워라, 소렌토. 기다려라, 우리가 간다. 12시 정각. 전원 출격."

구름떼처럼 모인 건터들 사이에서 동조의 함성이 폭발했다. 소렌토는 함성이 잦아들기를 굳이 기다리지 않았다. "얼마든지 와보십시오." 소렌토는 여전히 활짝 웃으며 말했다. 그러더니 보관함에서 한 아이템을 꺼내 땅바닥에 내려놓았다. 줌을 당겨 자세히 살펴보는 순간 턱 근육이 경직되는 느낌이 들었다. 그것은 장난감 로봇이었다. 철갑을 두르고 어깨에 왕대포가 달려 있는 이족보행 공룡이었다. 나는 즉시 20세기 말 일본 괴수 영화에 등장했던 놈의 정체를 알아차렸다.

메카고질라였다.

"키류!" 소렌토가 외쳤다. 여전히 그의 목소리는 쩌렁쩌렁 울려 퍼졌다. 명령어를 외친 바로 그 순간 조그만 장난감 로봇은 즉시 아노락의 성채에 거의 맞먹는 크기까지 부풀어 올랐다. 에이치와 쇼토와 아르테미스와 내가 조종하고 있는 '거대' 로봇보다 두 배는 큰 키였다. 강철 도마뱀의 철갑 머리통은 방어막 천장에 닿을 기세였다.

위압에 짓눌린 군중들 사이에는 적막이 감돌았다. 곧 거기에 모인 수많은 건터들 사이에서 공포에 질린 듯한 탄식이 쏟아져 나왔다. 거기에 모인 모든 이들이 이 거대한 강철 괴물의 정체를 알고 있었다. 거의 파괴가 불가능하다는 사실도 알고 있었다.

소렌토는 거대한 뒷발굽에 달린 출입문으로 메카고질라의 내부로 들어갔다. 곧 괴수의 눈이 선명한 노란색으로 빛나기 시작했다. 그러더니 머리를 젖히고 날카로운 이빨이 촘촘히 박힌 주둥아리를 쫙 벌려 날카로운 금속성 포효를 내질렀다.

때맞춰 소렌토 뒤에 대기하고 있던 열 명의 식서 아바타들도 장난감 로봇을 꺼내 활성화시켰다. 다섯은 합체 시 볼트론으로 변신할 수 있는 거대 사자 로봇을 꺼냈고, 다섯은 「로보텍」과 「신세기 에반게리온」에 나온 거대 로봇들을 꺼냈다.

"이런, 제기랄." 아르테미스와 에이치가 이구동성으로 내뱉는 소리가 들렸다.

"어디 한번 덤벼보시지!" 소렌토는 거만하게 소리쳤다. 놈의 도발이 빽빽하게 들어찬 전장에 메아리쳤다.

최전방에 있던 건터들 상당수가 반사적으로 한 걸음 뒤로 물러섰다. 몇몇은 뒤로 돌아 걸음아 날 살려라 하며 줄행랑을 치기도 했다. 하지만 에이치와 쇼토와 아르테미스와 나는 굳건히 자리를 사수했다.

나는 화면에 있는 시계를 보았다. 이제 일 분도 남지 않았다. 레오파르돈의 제어판에 있는 버튼을 눌렀다. 레오파르돈이 번쩍거리는 검을 빼 들었다.

· · ·

비록 직접 목격하지는 못했지만 이때부터 벌어진 일이 다음과 같았으리라고 나는 확신한다.

식서들은 아노락의 성채 뒤편에 큼지막한 장갑 벙커를 짓고 방어막을 활성화하기 전에 그 벙커에다 엄청나게 많은 무기와 전투 장비를 비축해두었다. 그 벙커에는 동쪽 벽을 따라 배치된 서른 대의 보급 드로이드도 있었다. 보급 드로이드를 맡은 디자이너가 상상력이 부족했던 탓에 드로이드의 생김새는 전부 1986년에 나온 영화인 「조니 5 파괴 작전」에 나왔던 로봇, 조니 파이브와 똑같았다. 식서들은 드로이드를 주로 심부름꾼으로 이용하면서 잡일을 시키고 밖에 주둔한 병력을 위한 장비 및 탄약 요청서를 처리하게 했다.

정확히 정오가 되기 일 분 전 SD-03이라는 보급 드로이드 한 대가 저절로 전원이 켜진 다음 충전대에서 떨어져 나왔다. SD-03은 무한궤도를 앞으로 굴려 벙커 바닥을 가로지른 다음 반대편 끝에 있는 무기 창고에 도착했다. 무기 창고 앞에는 보초 로봇 두 대가 서 있었다. SD-03은 보초 로봇들에게 장비 요청서를 전송했다. 이틀 전에 내가 직접 식서 인트라넷상에서 제출한 요청서였다. 보초 로봇은 요청서를 확인하고 옆으로 비켜서면서 SD-03이 창고 안으로 굴러 들어가도록 허락해주었다. SD-03은 마법 검, 방패, 전동 전신 갑옷, 플라스마 라이플 총, 레일건을 비롯해 셀 수 없이 다양한 무기들이 즐비한 아주 긴 선반을 지나쳤다. 마침내 SD-03의 무한궤도가 멈춰섰다. 앞에 있는 선반에는 크기가 대략 축구공만 한 커다란 팔면체 모양의 장치 다섯 개가 놓여 있었다. 모든 장치에는 작은 제어판과 일련번호가 붙어 있었다. SD-03은 내 요청서에 있는 것과 일치하는 일련번호를 발견했다. 그리고 내가 미리 입력해둔 지시에 따라 집게발 같은 검지손가락으로 그 장치의 제어판에 명령어들을 입력했다. 입력이 끝나자 키패드 위에 있는 작은 전구가 녹색에서 빨간색으로 바뀌었다. SD-03은 그 팔면체 장치를 들어올려 옆구리에 끼고 무기창고 밖으로 나왔다. 식서들의 무인 창고에서 반물질 마찰 유도폭탄 하나가 반출되는 순간이었다.

SD-03은 곧 벙커 밖으로 굴러 나와 상층부로 올라갈 수 있도록 성채 외벽에 설치해둔 경사로와 계단을 기어오르기 시작했다. 가는 길에 이 드로이드는 몇 차례 보안검문소를 통과했다. 그때마다 보초 로봇이 보안권한을 스캔하고는 이 드로이드가 어디든지 기꺼이 통과 가능하다는 빌어먹을 사실을 알아차렸다. SD-03은 아노락의 성채의 최상층부에 도달한 후 그곳에 위치한 커다란 전망대 쪽으로 굴러갔다.

이쯤에서 SD-03은 전망대를 수비하던 최정예 식서 부대로부터 의아한 눈초리를 받았을 법도 하다. 나로서는 달리 알 도리가 없다. 하지만 경비대가 무슨 일이 벌어질 참인지 눈치채고 이 소형 드로이드를 향해 발포를 시작했다 하더라도 막기에는 너무 늦었을 것이다.

SD-03은 정확히 전망대 한복판에 고레벨 마법사들이 오수복스의 보주를 들고 앉아 있는 곳까지 계속 굴러갔다. 오수복스의 보주는 성채 주변에 구 모양 방어막을 설치한 바로 그 희귀 아이템이었다.

곧 내가 이틀 전에 입력해둔 마지막 명령에 따라 SD-03은 반물질 마찰 유도폭탄을 머리 위로 치켜들고 폭발시켰다.

그 폭발로 SD-03은 전망대에 포진해 있던 모든 아바타와 함께 증발해버렸다. 물론 거기에는 오수복스의 보주를 들고 있던 식서 마법사도 포함되어 있었다. 그 마법사가 죽는 순간 희귀 아이템은 효력을 잃고 이제는 텅 비어버린 전망대 바닥으로 툭 떨어졌다.

폭발에 뒤따른 눈부신 섬광에 잠시 시야가 흐려졌다. 섬광이 사라지자 내 눈에는 다시 성채의 모습이 선명히 들어왔다. 방어막이 무너졌다. 이제 막강한 식서 군단과 건터 군단 사이를 가로막은 것은 오직 열린 땅과 열린 하늘뿐이었다.

한 5초쯤은 아무 일도 일어나지 않았다. 시간이 멈춘 듯했고 사방은 적막했다. 곧 사방은 삽시간에 아비규환의 아수라장으로 돌변했다.

나는 로봇 조종석에 혼자 앉은 채 나지막이 환호성을 질렀다. 내 계획이 성공하다니 믿어지지가 않았다. 하지만 축배를 들기에는 아직 일렀다. 내가 서 있는 곳은 오아시스 역사상 최대 규모의 전투가 벌어지고 있는 전장 한복판이었기 때문이다.

앞일은 전혀 예상할 수가 없었다. 그저 거기에 모인 건터들 중에 10분의 1만이라도 공격에 가담해주기를 간절히 빌고 있었다. 하지만 곧 거기에 모인 모든 건터들이 실제로 전투에 동참할 생각이었다는 사실이 명백해졌다. 우리를 둘러싸 인산인해를 이룬 아바타들 사이에서 맹렬한 함성이 터져 나왔고 모두 일제히 진격해 식서 군단을 포위했다. 한 치의 망설임도 없는 그들의 거침없는 진격에 나는 큰 충격을 받았다. 상당수는 예고된 죽음을 향해 돌진하는 것이나 다름없었기 때문이다.

나를 둘러싼 막강한 두 군단이 지상과 공중에서 격돌하는 장면에 나는 차마 입이 다물어지지 않았다. 어찌나 격렬하고 압도적인 광경인지 꿀벌집과 말벌집 여러 개가 서로 부딪쳐 박살이 난 다음 거대한 개미집에 떨어진 듯했다.

아르테미스와 에이치와 쇼토와 나는 그 혼돈의 중심에 서 있었다. 처음에는 내 주위에 모여 있는 건터들을 깔아뭉갤까 두려워 한 발짝도 움직일 수가 없었다. 하지만 소렌토는 누군가가 길을 비켜줄 때까지 기다리지 않았다. 소렌토는 우리 쪽으로 느릿느릿 걸어오는 동안 메카고질라의 거대한 발로 수십 명의 아바타를(자신의 병사들을 포함해서) 깔아뭉갰다. 거대한 발을 쿵쿵 옮길 때마다 땅에는 움푹한 구덩이가 패였다.

"이런." 쇼토가 방어 자세를 취하면서 중얼거리는 소리가 들렸다. "놈이 온다."

식서 로봇들은 이미 사방에서 쏟아지는 무지막지한 총알 세례를 받고 있었다. 소렌토는 가장 많은 총알 세례를 받았다. 메카고질라가 그 전장에서 가장 몸집이 큰 표적인 이유도 있었지만, 장거리 무기를 갖고 있는 건터라면 그를 쏘고 싶은 충동을 억누를 수 없었기 때문이다. 로켓과 화염구, 마법 화살, 레이저 볼트의 집중 사격으로 얼마 안 가 식서 로봇들은(미처 합체해서 볼트론으로 변신하기도 전에) 완전히 박살 나거나 불구가 되었다. 하지만 소렌토의 로봇만은 아주 멀쩡했다. 로켓들은 철갑 몸통에 명중하더라도 아무런 타격을 입히지 못하고 튕겨 나갔다. 수십 대의 우주선이 독수리처럼 급강하해 주위를 뱅뱅 돌며 로켓 공격을 퍼부어댔지만 역시 놈은 끄떡도 하지 않았다.

"공격하라!" 에이치가 콤링크에 대고 크게 외쳤다. "「젊은 용사들」처럼 공격하라!" 에이치는 말이 끝나기가 무섭게 건담의 엄청난 화력을 소렌토에게 퍼부었다. 그와 동시에 쇼토는 라이딘의 활을 쏘기 시작했고, 아르테미스는 미네르바 엑스의 거대한 강철 가슴에서 뿜는 듯한 빨간 에너지 빔을 쏘았다. 이에 질세라 나는 레오파르돈의 이마에서 발사되는 황금 부메랑 아크 턴을 발사했다.

우리의 공격은 모두 명중했지만 아르테미스의 빔만이 유일하게 소렌토에게 실질적인 타격을 입힌 듯했다. 아르테미스는 강철 도마뱀의 오른쪽 어깨뼈를 명중시켜 어깨에 달린 대포를 박살 냈다. 하지만 소렌토는 전혀 아랑곳하지 않고 진격해왔다. 점점 거리가 좁혀지는 동안 메카 고질라의 눈이 밝은 파란색으로 빛나기 시작했다. 그때 소렌토가 메카 고질라의 주둥아리를 쩍 벌렸다. 파란 번개줄기가 폭포수처럼 뿜어져 나왔다. 번개줄기가 우리의 발 바로 앞에 있는 땅을 강타한 뒤 그대로 죽 훑고 나가면서 진로에 놓인 아바타와 우주선을 증발시키는 동안 땅에는 고랑이 패이고 짙은 연기가 피어올랐다. 나는 아슬아슬하게 맞을 뻔하긴 했지만 어쨌든 네 명 모두 로봇을 하늘로 추진시켜 번개줄기를 피하는 데 성공했다. 번개 공격은 곧 멎었지만 소렌토는 터벅터벅 전진을 계속했다. 나는 메카고질라의 눈이 더 이상 파란색으로 빛나지 않는다는 사실을 알아차렸다. 보아하니 번개 무기에 충전이 필요한 듯했다.

"드디어 끝판왕인가 보군." 에이치가 콤링크에 대고 농담을 건넸다. 우리 넷은 모두 흩어진 채 소렌토를 둥글게 에워싸고 놈이 겨냥하기 어렵게 쉬지 않고 움직였다.

"이대로는 안 되겠어, 얘들아." 내가 말했다. "이놈은 박살 내기 어렵겠다."

"예리한 판단이야, 지" 아르테미스가 말했다. "뭐 좋은 수라도 있니?"

나는 잠깐 생각에 잠겼다. "내가 놈을 유인하는 동안 너희 셋이 흩어져서 성채 정문으로 돌진하는 건 어때?"

"좋은 생각이야." 쇼토가 대답했다. 말은 그렇게 했지만 쇼토는 곡선을 그리며 성채가 아닌 소렌토를 향해 돌진했고 둘 사이의 거리는 불과 몇 초 간격으로 좁혀졌다.

"어서 가!" 쇼토는 콤링크에 대고 크게 외쳤다. "이 자식은 내가 맡을게!"

에이치가 소렌토의 오른쪽 옆구리로, 아르테미스가 왼쪽 옆구리로 곡선을 그리며 나는 동안, 나는 위쪽으로 높이 솟아올라 놈의 머리 위를 넘었다. 아래를 내려다보니 쇼토가 소렌토와의 정면 승부를 준비하는 모습이 보였다. 두 로봇의 어마어마한 크기 차이가 못내 마음에 걸렸다. 쇼토의 로봇은 소렌토의 거대한 강철 도마뱀에 비하니 작은 캐릭터 인형처럼 보였다. 그럼에도 불구하고 쇼토는 추진 엔진을 끄고 메카고질라의 앞을 가로막으며 착지했다.

"서둘러." 에이치의 외침이 들렸다. "성채 정문이 활짝 열려 있어!"

하늘에서 내려다보니 성채를 둘러싼 식서 군단은 이미 끝없이 밀려오는 건터들의 협공에 의해 곧 괴멸될 위기에 처해 있었다. 식서 군단의 대열이 무너지고 수많은 건터들이 틈새를 비집고 열려 있는 성채 정문으로 달려갔지만 문턱은 넘지 못했다. 그들에게는 수정 열쇠가 없었기 때문이다.

에이치는 내 앞에서 잽싸게 몸을 틀었다. 아직 땅에서 30미터는 떨어져 있었지만 건담 조종석의 덮개를 열고 뛰어내리면서 명령어를 읊조렸다. 거대 로봇이 원래 크기로 줄어들자마자 공중에서 낚아채더니 안전하게 보관함에 집어넣었다. 에이치의 아바타는 마법을 써서 비행하면서 급강하한 다음 건터들이 잔뜩 모인 성채 입구의 병목구간을 가뿐히 넘어 활짝 열린 성문 안으로 사라졌다. 곧 아르테미스도 비슷한 방법으로 공중에서 로봇을 안전하게 집어넣은 다음 에이치 뒤를 바짝 쫓아 성채 안으로 날아 들어갔다.

나는 레오파르돈을 급강하시키고 둘을 뒤따라갈 준비를 했다.

"쇼토." 나는 콤링크에 대고 외쳤다. "우린 지금 들어가고 있어! 빨리 가자!"

"형, 먼저 가." 쇼토가 대답했다. "금방 따라갈게." 하지만 어딘지 모르게 목소리에 담긴 분위기가 석연치 않아 나는 낙하를 멈추고 재빨리 로봇의 방향을 틀었다. 쇼토는 소렌토의 오른쪽 옆구리 위쪽을 맴돌고 있었다. 소렌토는 천천히 로봇의 등을 돌려 성채를 향해 쿵쿵 걷기 시작했다. 메카고질라의 약점은 느린 속도임을 똑똑히 볼 수 있었다. 메카고질라는 철옹성 같은 철갑을 가진 대신 움직임과 공격 속도는 느렸다.

"쇼토!" 나는 외쳤다. "뭘 꾸물거려? 얼른 가자니까!"

"형, 나 빼고 일단 먼저 가." 쇼토가 말했다. "나는 이 개자식한테 갚을 게 좀 있어."

내가 미처 대답하기도 전에 쇼토는 소렌토를 향해 뛰어들며 양손에 든 거대한 검을 휘둘렀다. 두 칼날이 모두 메카고질라의 오른쪽을 베면서 엄청난 불꽃이 튀었고 놀랍게도 놈의 몸통은 실질적인 타격을 입었다. 연기가 사라지자 메카고질라의 오른팔이 덜렁덜렁 매달려 있는 모습이 보였다. 팔꿈치에서 거의 잘리다시피 한 상태였다.

"이제 네놈은 밑을 왼손으로 닦아야겠구나, 소렌토!" 쇼토는 득의양양한 목소리로 외쳤다. 그러고 나서 라이딘의 추진 장치를 점화하더니 내가 있는 성채로 향하기 시작했다. 하지만 소렌토는 이미 메카고질라의 머리를 홱 돌리고 새파랗게 타오르는 두 눈으로 쇼토를 겨눈 상태였다.

"쇼토! 피해!" 나는 힘껏 외쳤지만 내 목소리는 강철 도마뱀의 주둥아리에서 뿜어져 나오는 번개 소리에 파묻혀 버렸다. 번개줄기는 정확히 라이딘의 등 한가운데를 후려쳤다. 라이딘은 주황빛으로 타오르는 불꽃 속에서 폭발했다.

콤링크 채널에서 삑 하는 짤막한 잡음이 들렸다. 쇼토의 이름을 다시 불렀지만 쇼토는 응답이 없었다. 그때 화면에 쇼토의 이름이 득점판에서 사라졌음을 알리는 메시지가 깜빡였다.

쇼토가 죽었다.

나는 충격을 받고 혼절하다시피 했다. 그게 화근이었다. 소렌토가 여전히 번개줄기를 뿜으면서 대지를 가로질러 성벽 위쪽에 있는 나를 향해 돌진하고 있었기 때문이었다. 가까스로 몸을 움직였지만(하지만 너무 늦었다) 소렌토는 빔이 꺼지기 직전에 내 로봇의 복부를 후려치는 데 성공했다.

고개를 숙여보니 내 로봇은 하반신이 아예 떨어져 나간 상태였다. 내 로봇이 하늘에서 두 동강 나면서 연기와 함께 불타면서 추락하자 조종석에 있는 모든 경고등이 깜빡이기 시작했다.

가까스로 정신을 수습한 나는 손을 뻗어 조종석 머리 위에 있는 비상 탈출 핸들을 홱 잡아당겼다. 조종석 덮개가 떨어져 나갔다. 나는 성채 계단에 충돌하기 직전에 간신히 추락하던 레오파르돈에서 탈출할 수 있었다. 그 충돌로 그곳에 모여 있던 수십 명의 아바타가 깔려 죽었다.

나는 땅에 떨어지기 직전에 제트 부츠를 점화하고 잽싸게 이머전 장치의 제어판 설정을 바꿨다. 이제 거대 로봇 대신에 아바타를 조종해야 했기 때문이다. 레오파르돈의 불타는 잔해가 사라진 순간 나는 성채 정문 앞에 두 발로 착지할 수 있었다. 땅에 착지하자마자 웬 그림자가 나를 덮쳤다. 등을 돌려보니 그림자의 정체는 하늘을 완전히 가린 소렌토의 메카고질라였다. 놈은 나를 밟아 죽일 기세로 거대한 왼발을 쳐들고 있었다.

나는 세 걸음을 도움닫기해서 점프한 다음 공중에서 제트 부츠를 점화했다. 제트 부츠의 추진력을 이용해 간신히 메카고질라의 발톱이 달린 거대한 발에 짓밟히는 순간을 모면했다. 방금 내가 서 있던 위치에 큰 구덩이가 파였다. 강철 도마뱀은 또다시 귀청이 떨어져 나갈 듯 포효하더니 호탕하게 웃어 젖혔다. 소렌토의 웃음소리였다.

나는 제트 부츠의 추진 엔진을 끄고 아바타를 고양이처럼 웅크렸다. 땅을 구르고 앞으로 재주 넘기를 한 다음 두 발로 섰다. 나는 눈을 가늘게 뜨고 강철 도마뱀의 머리를 올려다보았다. 놈의 눈은 여전히 빛나지 않았다. 아직은 그랬다. 나는 얼마든지 제트 부츠를 다시 점화시켜 소렌토가 다시 번개줄기를 뿜어대기 전에 성채 안으로 들어갈 수도 있었다. 놈은 특대형 로봇 밖으로 나오기 전까지는 성채 안까지 따라 들어오지 못할 터였다.

콤링크에서 아르테미스와 에이치가 외치는 소리가 들렸다. 둘은 벌써 안에 들어가 수정 관문 앞에서 나를 기다리고 있었다.

성채 안으로 날아가 애들과 합류만 하면 그만이었다. 우리 셋은 소렌토가 따라 잡기 전에 수정 관문을 열고 들어갈 수 있었다. 충분한 시간이 있었다.

하지만 나는 움직이지 않았다. 대신 작은 금속 실린더 모양의 베타 캡슐을 꺼내 손바닥에 올려놓았다.

소렌토는 나를 죽이려고 했었다. 그리고 그 과정에서 나의 이모와 이웃들, 그 누구도 해친 적 없는 자애로운 길모어 할머니까지 살해했다. 놈은 다이토의 살해도 지시했다. 비록 한 번도 만난 적은 없었지만 다이토는 내 친구였다.

게다가 소렌토는 방금 쇼토의 아바타를 죽임으로써 쇼토에게서 세 번째 관문에 입성할 기회까지 앗아갔다. 소렌토는 지금의 권력이나 지위에 어울리는 자가 아니었다. 그가 받아 마땅한 처우는 공개적인 굴욕과 패배였다. 놈은 온 세상이 지켜보는 앞에서 처절한 응징을 당해야 마땅했다.

나는 베타 캡슐을 머리 위로 높이 치켜들고 활성화 버튼을 눌렀다.

내 아바타가 빛나는 달걀 모양의 눈과 특이한 지느러미가 달린 머리, 그리고 가슴 중앙에는 빛나는 컬러 타이머가 박힌 거대한 체구의 회색 바탕에 빨간 무늬가 어우러진 휴머노이드 로봇으로 변신하는 동안 눈부신 섬광이 뿜어져 나왔고 하늘이 온통 진홍색으로 물들었다. 이제부터 3분간 나는 울트라맨이었다.

메카고질라의 포효와 몸부림이 멈췄다. 놈은 시선을 떨구고 내 아바타가 방금 서 있던 자리를 내려다보았다. 그리고 새로운 적수의 크기를 가늠하면서 서로의 빛나는 눈이 마주칠 때까지 고개를 천천히 들어 올렸다. 나는 이제 소렌토의 로봇과 같은 눈높이에 서 있었고, 키도 몸집도 거의 대등했다.

소렌토의 로봇이 엉거주춤 뒤로 물러섰다. 놈의 눈이 다시 빛나기 시작했다.

나는 화면 구석에 있는 타이머가 3분부터 거꾸로 시간을 재고 있음을 확인하고 살짝 쭈그려 앉으며 공격 자세를 취했다.

2분 59초, 2분 58초, 2분 57초.

타이머 아래에는 일본어로 된 다양한 울트라맨 에너지 공격 메뉴가 보였다. 나는 잽싸게 스페시움 광선을 선택하고 두 팔을 들어 올려 십자 형태로 교차시켰다. 하얀 에너지 빔이 팔뚝에서 발사되면서 메카고질라의 가슴을 강타해 뒤로 휘청하게 만들었다. 균형을 완전히 잃은 소렌토는 제어력을 잃고 자신의 거대한 발에 걸려 몸이 기울더니 옆으로 '쿵' 하며 땅바닥에 쓰러졌다.

아수라장 같은 전장에서 우리를 에워싸고 구경하던 수많은 아바타들 사이에서 환호성이 터져 나왔다.

나는 추진력을 이용해 수직으로 500미터쯤 날아올랐다. 그리고 다리부터 하강하면서 발뒤꿈치를 메카고질라의 굽은 척추를 향하도록 조준했다. 강철 도마뱀의 몸통을 밟는 순간 내 하중에 의해 놈의 몸통 속에서 뭔가가 툭 부러지는 소리가 들렸다. 주둥아리 밖으로 연기가 뿜어져 나오더니 곧 눈에서 타오르던 파란빛이 꺼졌다.

나는 뒤로 공중제비를 돌아 반듯이 누운 강철 도마뱀 뒤에 쪼그려 앉은 모양으로 착지했다. 놈이 멀쩡한 한쪽 팔을 마구 휘젓는 동안 꼬리와 다리가 요동쳤다. 소렌토는 두 발로 서려고 안간힘을 쓰며 버둥거리는 듯했다.

나는 무기 목록에서 야츠자키 코린이라고 적힌 무기를 선택했다. 바로 울트라 슬라이스라는 무기였다. 빛나는 원형 톱날 모양의 강청색 에너지 빔이 사납게 회전하면서 오른손에 나타났다. 나는 에너지 빔을 프리스비처럼 손목 스냅을 이용해 소렌토를 향해 던졌다. 에너지 빔은 쌩하고 공중을 날아가 메카고질라의 복부를 강타했다. 에너지 톱날은 강철로 된 놈의 껍질을 뚫고 들어가 두부 썰 듯 두 동강으로 잘라버렸다. 강철 덩어리 전체가 폭발하기 직전 놈의 머리가 분리되면서 목에서 떨어져 나왔다. 소렌토가 탈출한 것이었다. 하지만 로봇이 누워 있었기 때문에 머리는 땅과 평행하게 발사되었다. 소렌토는 재빨리 각도를 조절하고는 머리에서 발사되는 추진 장치의 힘으로 머리를 하늘 쪽으로 기울이기 시작했다. 머리가 멀리 가기 전에 나는 다시 한번 팔을 십자 모양으로 하고 스페시움 광선을 발사해 도망가던 머리를 사격장의 클레이처럼 명중시켰다. 머리는 대단히 화려한 폭발과 함께 공중분해가 되었다.

군중들은 기뻐서 날뛰었다.

나는 득점판을 열어서 소렌토의 사원번호가 완전히 사라졌음을 확인했다. 그의 아바타는 죽었다. 그럼에도 마음을 완전히 놓을 수는 없었다. 소렌토는 지금쯤 졸개 한 놈을 햅틱 의자에서 걷어차 버리고 다시 새로운 아바타를 조종하고 있을 게 뻔했다.

화면에 있는 타이머를 보니 베타 캡슐의 남은 시간은 15초였다. 나는 즉시 아바타를 원래 크기로 만들고 원래 모습으로 돌아왔다. 그리고 재빨리 팽그르르 돌아 제트 부츠를 추진시킨 다음 성채 안으로 날아 들어갔다.

으리으리한 로비의 끝에 다다르자 에이치와 아르테미스가 수정 관문 앞에서 기다리고 있었다. 방금 죽은 식서 아바타들의 시체 수십 구가 연기가 나고 유혈이 낭자한 채 바닥에 나뒹굴면서 점차 희미하게 사라지고 있었다. 보아하니 간발의 차이로 짤막한 접전을 놓친 모양이었다.

"이러기야?" 나는 제트 부츠를 끄고 에이치 옆에 착지하면서 말했다. "한 놈 정도는 남겨뒀어야지."

아르테미스는 대꾸 대신 가운뎃손가락을 치켜들었다.

"소렌토를 없애버리다니, 자식, 축하한다." 에이치가 말했다. "분명 에픽급 결투였어. 그래도 넌 하여간 못 말리는 놈이야. 알고 있지?"

"그럼 알다마다." 나는 어깨를 으쓱했다.

"지밖에 모르는 저런 또라이 중에 상 또라이 같은 자식!" 아르테미스가 소리를 빽 질렀다. "너도 죽었으면 어쩔 뻔했어?"

"안 죽었으면 된 거지. 안 그래?" 나는 수정 관문을 살펴보기 위해 아르테미스 주변을 서성거렸다. "그러니 이제 화는 좀 가라앉히고 이거나 열어보자."

나는 수정 관문에 있는 열쇠 구멍을 살펴보고 바로 위쪽 수정 표면에 새겨진 단어를 보았다. 사랑. 소망. 믿음.

나는 수정 열쇠를 꺼내 손에 들었다. 에이치와 아르테미스도 따라 했다.

아무 일도 일어나지 않았다.

우리는 걱정 어린 눈초리를 주고받았다. 그때 어떤 생각이 번뜩 내 머리를 스쳤고 내가 목을 가다듬고 말했다. "3은 마법의 숫자예요." 나는 「스쿨하우스 락!」에 나오는 노래의 첫 소절을 읊조렸다. 그 말을 내뱉자마자 수정 관문이 빛나기 시작하면서 두 개의 열쇠 구멍이 양쪽에 나타났다.

"맞았어!" 에이치가 속삭였다. "오, 맙소사. 믿어지지가 않아. 우리가 정말 여기에 왔다니. 세 번째 관문에 서 있다니."

아르테미스가 고개를 끄덕였다. "결국."

나는 가운데 있는 구멍에 열쇠를 집어넣었다. 에이치는 왼쪽에, 아르테미스는 오른쪽에 열쇠를 집어넣었다.

"시계방향?" 아르테미스가 말했다. "하나, 둘, 셋에?"

에이치와 나는 고개를 끄덕였다. 아르테미스가 셋을 셌고, 우리는 동시에 열쇠를 돌렸다. 파란색 섬광이 잠깐 비치는 동안 열쇠와 수정 관문이 몽땅 사라졌다. 곧이어 세 번째 관문이 우리 앞에 열렸다. 수많은 별의 소용돌이로 이어진 수정 관문이었다.

"와." 아르테미스가 내 옆에서 속삭이는 소리가 들렸다. "들어가자."

셋이서 몇 걸음 다가가 관문으로 들어갈 준비를 하던 찰나에 귀가 떠나갈 듯한 굉음이 들렸다. 온 우주가 쩍하고 둘로 갈라진 것 같은 소리였다.

그 순간, 우리는 모두 죽어버렸다.

오아시스에서는 아바타가 죽더라도 화면이 당장 꺼져버리지는 않는다. 대신 시점이 자동으로 3인칭 시점으로 바뀌면서 유체이탈 상태에서 본 아바타의 최후를 짤막하게 다시 보여준다.

우레 같은 꽹음과 동시에 내 시점은 3인칭 시점으로 바뀌었다. 눈앞에 보이는 것은 열린 관문 앞에 얼어붙은 채로 서 있는 세 아바타였다. 곧 모든 것을 집어삼키는 하얀 빛이 세상을 덮었고 귀청이 떠나갈 듯한 꽹음이 뒤따랐다. 핵폭발 속에서 불타는 세상은 내가 줄곧 상상해왔던 그 모습 그대로였다.

미동도 하지 않는 시체의 투명한 윤곽선 안쪽으로 아바타의 뼈대가 공중에 떠 있는 모습이 아주 잠깐 보이더니 곧 아바타의 생명치가 영으로 떨어졌다.

한 박자 늦게 불어 닥친 후폭풍은 진로에 놓인 모든 것을 초토화시켰다. 우리들의 아바타, 바닥, 벽, 성채, 그리고 성채 주변에 모여 있던 수많은 아바타를 몽땅 집어삼켰다. 모든 것은 아주 고운 먼지가 되어 잠깐 공중에 떠 있다가 서서히 땅으로 가라앉았다.

크토니아 행성의 표면 전체가 흔적도 없이 싹 쓸려나갔다. 조금 전까지만 해도 서로 치고받고 싸우는 아바타들로 북새통을 이루던 아노락의 성채 주변은 이제 아무도 없는 황량한 불모지가 되어 있었다. 모든 생명과 모든 사물이 파괴되었다. 오직 세 번째 관문만이 남아 있었다. 수정 관문만이 조금 전까지 성채가 서 있던 자리인 크레이터 위쪽에 떠 있었다.

방금 무슨 일이 일어났는지 깨닫게 된 순간의 충격은 삽시간에 공포로 돌변했다.

식서놈들이 카타클리스트를 폭파시켰다.

설명할 수 있는 건 그것뿐이었다. 가공할 위력을 가진 희귀 아이템만이 이렇게 할 수 있었다. 섹터에 있는 아바타를 모조리 죽였을 뿐 아니라 여태까지 난공불락으로 알려졌던 요새인 아노락의 성채까지 한 방에 날려버렸다.

나는 아무것도 없는 허공에 뜬 열린 관문을 쳐다보며 화면 중앙에 피할 수 없는 마지막 문구가 뜨기를 기다렸다. 섹터에 있는 다른 모든 아바타들이 지금 이 순간 보고 있을 단어인 '게임 오버'가 뜨기만을 기다렸다.

하지만 마침내 화면에 글자가 나타났을 때 그 자리에 있던 것은 완전히 다른 문구였다. '축하합니다! 보너스 목숨이 남았습니다!'라고 적혀 있었다.

그러더니 내가 차마 입을 다물지 못하고 화면을 쳐다보는 동안 내 아바타가 정확히 방금 죽었던 자리에서 서서히 부활하기 시작했다. 내가 서 있는 곳은 다시 열린 관문 앞이었다. 하지만 이제 관문은 성채가 파괴되면서 생긴 크레이터 위쪽으로 행성 표면에서 수십 미터쯤 떨어진 허공에 높이 떠 있었다. 아바타가 완전히 모습을 드러냈을 때 나는 아래를 내려다보았다. 조금 전까지 내가 딛고 서 있던 바닥은 이제 없었다. 제트 부츠도 없었다. 내가 지니고 있던 다른 모든 아이템도 싹 사라지고 없었다.

옛날 「로드러너」 만화영화에 나왔던 와일 E. 코요테처럼 잠시 허공에 떠 있는 느낌이 드는가 싶더니 곧 땅바닥으로 곤두박질치기 시작했다. 나는 앞에 있던 관문을 잡으려고 필사적으로 몸부림쳤지만 손이 닿지 않았다.

나는 땅바닥에 세게 부딪혔고 그 충격으로 생명치의 3분의 1이 소진되어 버렸다. 나는 천천히 몸을 일으켜 주위를 둘러보았다. 내가 서 있는 곳은 거대한 정육면체 모양의 크레이터 안이었다. 아노락의 성채를 떠받치던 토대와 성채의 하층부가 있던 자리였다. 크레이터 안은 지극히 황량했고 소름이 끼칠 정도로 고요했다. 파괴된 성채의 잔해도 없었고, 조금 전만 해도 하늘을 가득 메웠던 수많은 우주선과 항공기의 잔해도 없었다. 사실 방금 이곳에서 벌어졌던 대규모 전투의 흔적은 감쪽같이 사라지고 없었다. 카타클리스트가 모든 것을 증발시킨 상태였다.

아바타의 몸을 내려다보니 새로 만들어진 아바타한테 입혀지는 기본 복장인 검정 티셔츠와 청바지를 입고 있었다. 능력치와 아이템 보관함도 열어보았다. 레벨과 능력치는 그대로였지만, 보관함에는 달랑 한 개의 아이템을 제외하고는 모두 빈칸이었다. 유일하게 남아 있던 아이템은 바로 아케이드 행성에서 팩맨을 퍼펙트게임으로 깨고 받은 25센트짜리 동전이었다. 동전을 한 번 보관함에 넣은 다음부터는 당최 꺼낼 수가 없었기 때문에 동전에 어떤 술법이나 감별 주문도 시전할 수가 없었다. 동전의 고유한 사용 목적이나 능력을 확인할 길이 전혀 없었다. 나는 지난 몇 달간 숱한 시련을 겪으면서 동전이 있다는 사실 자체를 깡그리 잊고 있었다.

하지만 이제 그 동전이 무엇인지 알게 되었다. 단 한 번만 사용할 수 있는 그 동전은 보너스 목숨을 주는 희귀 아이템이었다. 그 순간까지 그런 일이 가능한 줄은 정말 꿈에도 몰랐다. 오아시스 역사상 그 어떤 아바타도 보너스 목숨을 얻었다는 기록은 없었다.

나는 보관함에서 동전을 선택하고는 다시 한번 꺼내보았다. 이번에는 동전을 꺼낼 수 있었다. 나는 동전을 아바타의 손바닥 위에 올려놓았다. 희귀 아이템의 단 한 번뿐인 능력이 사용되었으므로 이제 이 동전은 어떤 마법 속성도 지니고 있지 않았다. 이제는 그저 평범한 25센트짜리 동전이었다.

나는 고개를 들어 20미터쯤 위에 떠 있는 수정 관문을 올려다보았다. 여전히 그 자리에 활짝 열린 상태였다. 하지만 안으로 들어가기 위해 그 위까지 어떻게 올라가야 할지 그저 막막하기만 했다. 제트 부츠도 없었고, 우주선도 없었으며, 마법 아이템이나 암기된 주문도 없었다. 하늘을 날거나 공중부양을 할 수 있는 장비도 없었다. 어쩜, 사다리 한 개도 눈에 띄지 않았다.

세 번째 관문을 코앞에 두고도 들어갈 방법이 없었다.

"어이, 지?" 목소리가 들렸다. "내 말 들려?"

에이치였다. 하지만 남자 목소리처럼 들리도록 변환된 목소리가 아니었다. 목소리가 어찌나 선명하게 들리는지 마치 콤링크에 대고 말하는 것 같았다. 하지만 그럴 리가 없었다. 이제 내 아바타에는 콤링크가 없기 때문이다. 게다가 에이치의 아바타는 이미 죽은 상태였다.

"너 어디 있어?" 나는 허공에 대고 물었다.

"죽었지. 딴 애들처럼." 에이치가 말했다. "너만 빼고 다 죽었잖냐."

"근데 어떻게 목소리가 들리지?"

"할아버지께서 우리 셋을 전부 너의 오디오, 비디오피드에 접속시켜주셨어. 그래서 네가 보는 걸 우리도 볼 수 있고, 네가 듣는 걸 우리도 들을 수 있어."

"아 그랬구나."

"그렇게 해도 괜찮으냐, 파르지발?" 모로의 목소리가 들렸다. "싫으면 싫다고 말하거라."

나는 잠깐 생각한 뒤에 대답했다. "아니에요, 괜찮아요. 쇼토와 아르테미스도 듣고 있지?"

"형. 나 여기 있어." 쇼토가 말했다.

"그래. 우리 다 여기 있어." 아르테미스가 대답했다. 그녀의 목소리에서 가까스로 억누르는 듯한 분노를 감지할 수 있었다. "우린 다들 뼈도 못 추리고 죽었지. 궁금한 건, 파르지발 넌 왜 안 죽었냐는 거야."

"맞아, 지." 에이치가 말했다. "다들 그걸 궁금해하고 있어. 어떻게 된 거냐?"

나는 동전을 꺼내서 눈앞에 들어 보였다. "몇 달 전에 아케이드 행성에서 팩맨을 퍼펙트게임으로 깨면서 이걸 받았거든. 희귀 아이템이긴 했지만 사용 목적은 전혀 모르고 있었어. 지금에서야 알게 됐어. 보너스 목숨을 주는 아이템이었더라고."

얼마간 정적이 흐르다가 마침내 에이치가 깔깔대고 웃기 시작했다. "이 더럽게 운 좋은 새끼! 뉴스피드에서 그러던데 그 섹터에 있던 아바타는 한 명도 남김없이 다 죽었대. 오아시스 전체 인구의 절반도 넘는대."

"카타클리스트였지?" 내가 물었다.

"뭐가 더 있겠어." 아르테미스가 대답했다. "분명 식서놈들이 재작년쯤에 경매에 올라왔을 때 채간 거야. 그리고 그걸 폭파시킬 절호의 기회만 호시탐탐 노려왔던 거고."

"하지만 식서 군단까지 전부 다 죽어버렸잖아." 쇼토가 말했다. "놈들이 왜 그랬을까?"

"내 생각엔 상당수가 폭파 전에 이미 죽었던 것 같아." 아르테미스가 말했다.

"놈들에겐 선택의 여지가 없었지." 내가 말했다. "우릴 막을 방법은 그것뿐이었으니까. 우리는 세 번째 관문을 벌써 열었고 놈들이 그 아이템을 폭파시켰을 때는 막 안으로 들어가려던 참……" 나는 뭔가 깨닫고 흠칫 멈추었다. "우리가 관문을 열었다는 걸 놈들이 어떻게 알았을까? 설마……"

"우릴 보고 있었던 거지." 에이치가 말했다. "관문 주변에 원격 감시 카메라를 숨겨놨던 게 분명해."

"그렇다면 놈들이 우리가 관문을 여는 걸 지켜봤고." 아르테미스가 말했다. "그 말인즉 놈들이 관문을 여는 방법을 눈치챘다는 거네."

"쳇, 알 게 뭐야?" 쇼토가 끼어들었다. "소렌토의 아바타도 죽었잖아. 다른 식서놈들도 몽땅 죽었고."

"그렇지 않아." 아르테미스가 설명을 계속했다. "득점판을 한번 봐봐. 아직도 파르지발 밑으로 놈들의 아바타가 스무 개는 더 있잖아. 점수로 보건대 스무 놈 다 수정 열쇠를 갖고 있고 말이지."

"제기랄!" 에이치와 쇼토가 이구동성으로 외쳤다.

"식서놈들은 카타클리스트를 폭파시킬 가능성까지 염두에 뒀겠지." 내가 말했다. "그래서 분명 섹터 10의 밖에다 아바타 몇 놈을 옮겨놨을 거야. 섹터 경계선 바로 밖에 아주 안전한 곳에서 건십을 타고 대기하고 있었겠지."

"그 말이 맞아." 에이치가 동조했다. "그 말은 식서들 스무 놈이 지금 바짝 쫓아오고 있단 뜻이야, 지. 그러니 어서 빨리 안으로 들어가야 해. 지금이 관문을 통과할 유일한 기회야." 에이치가 좌절의 한숨을 토하는 소리가 들렸다. "우리한텐 다 날아간 기회지. 이제 한마음으로 널 응원

할게, 친구. 파이팅."

"고마워, 에이치."

"코운오이노리마스." 쇼토가 말했다. "최선을 다해봐, 형."

"그럴게." 나는 쇼토에게 대답하고는 내심 아르테미스의 응원을 기다렸다.

"행운을 빌어, 파르지발." 아르테미스는 한참을 뜸들인 후에 덧붙였다. "에이치 말이 맞아. 다시는 이런 기회가 없을 거야. 어떤 건터에게도 다시 없을 기회야." 울음을 삼키고 있는 것처럼 아르테미스의 목소리가 갈라졌다. 그리고 한숨을 훅 내쉬더니 말했다. "절대 망치지 마."

"잘 할게." 내가 말했다. "너무 부담 주진 말라고."

나는 머리 위쪽으로 손이 닿기에는 너무 높은 곳에 걸려 있는 관문을 다시 올려다보았다. 그러고는 다시 시선을 아래로 떨구고 올라갈 방법을 찾기 위해 필사적으로 주변을 샅샅이 뒤지기 시작했다. 그때 뭔가 시선을 끌었다. 멀리 크레이터의 반대편 끝 부분에서 픽셀 몇 개가 깜빡거리고 있었다. 나는 그쪽으로 달려갔다.

"음, 이래라저래라 참견하고 싶진 않지만 말이야." 에이치가 말했다. "대체 어디 가는 거냐?"

"아바타의 아이템이 전부 카타클리스트 때문에 사라졌어." 내가 말했다. "그래서 지금은 저 위로 날아서 관문에 접근할 방법이 없어."

"제발, 장난으로 한 말이라고 해줘!" 에이치가 한숨을 푹 쉬었다. "정말 산 넘어 산이로군!"

멀리서부터 가까이 다가가는 동안 물체는 점점 또렷하게 보이기 시작했다. 그 물체는 다름 아닌 베타 캡슐이었다. 베타 캡슐이 땅에서 몇 센티미터쯤 떨어진 허공에 시계방향으로 빙글빙글 돌면서 떠 있었다. 카타클리스트는 섹터에서 파괴될 수 있는 모든 것을 파괴해 버렸지만 희귀 아이템만은 파괴하지 못했다. 관문처럼 말이다.

"베타 캡슐이다!" 쇼토가 외쳤다. "폭발하면서 거기까지 떠밀려 왔나 봐. 그걸 쓰면 울트라맨으로 변신해서 날아오를 수 있을 거야, 형!"

나는 고개를 끄덕이며 베타 캡슐을 머리 위로 치켜들고 활성화시키기 위해 측면에 있는 버튼을 눌렀다. 하지만 아무 변화도 없었다. "젠장!" 나는 이유를 깨닫고 나지막이 내뱉었다. "이걸로는 안 되겠다. 이건 하루에 한 번밖에 못 쓰는 아이템이야." 나는 베타 캡슐을 집어넣고 또다시 주변을 수색하기 시작했다. "주변에 내동댕이쳐진 희귀 아이템이 분명 또 있을 거야." 나는 이렇게 말하고 계속 두리번거리며 크레이터 둘레를 따라 달리기 시작했다. "너희 중에 혹시 희귀 아이템 갖고 있던 사람 있어? 비행 능력이나 공중부양 능력, 아니면 순간이동 능력 뭐 아무거나 있는 거?"

"난 없어, 형." 쇼토가 대답했다. "희귀 아이템은 한 개도 없었어."

"내 바히르의 검이 희귀 아이템이었지." 에이치가 말했다. "근데 관문에 들어가는 데는 도움이 안 될 거야."

"내 척이라면 가능할걸." 아르테미스가 말했다.

"척이 뭔데?" 내가 되물었다.

"운동화. 블랙 척 테일러 올스타. 신은 사람한테 빠른 속력과 비행 능력을 주는 아이템이야."

"바로 그거야! 완벽해! 얼른 그걸 찾아야겠다." 나는 눈으로 땅을 훑으면서 계속 앞을 향해 달렸다. 1분 후에 에이치의 검을 찾아내 보관함에 넣었지만 크레이터의 남쪽 끝 부분에 있던 아르테미스의 마법 운동화를 찾는 데는 무려 5분이라는 시간이 더 걸렸다. 운동화를 신자 아바타의 발에 꼭 맞도록 조절되었다. 나는 끈을 다 묶고 나서 말했다. "나중에 꼭 돌려줄게, 아르테미스. 약속해."

"당연히 그래야지." 아르테미스가 말했다. "내가 얼마나 아끼는 운동화인데."

나는 세 걸음을 도움닫기해서 허공으로 뛰어오른 다음 하늘로 날아올랐다. 급강하하면서 허공을 선회한 다음 방향을 틀어 관문을 향해 돌진했다. 하지만 마지막 순간에 오른쪽으로 비켜 날아 호를 그리면서 되돌아왔다. 나는 열려 있는 문을 마주 본 위치에서 공중에 멈춰 섰다. 허공에 떠 있는 수정 관문은 겨우 몇 걸음 앞에 있었다. 수정 관문은 오리지널 「환상특급」에서 드라마 오프닝 영상에 나오는 공중에 떠 있는 문을 떠올리게 했다.

"야, 인마, 뭘 망설이는 거야?" 에이치가 고함을 질렀다. "식서놈들이 금방이라도 쫓아올 텐데!"

"알아." 내가 말했다. "하지만 안으로 들어가기 전에 너희한테 할 말이 있어."

"쟤 뭐라는 거니?" 아르테미스가 말했다. "얼른 말해! 시간은 지금도 흐르고 있어, 멍청아!"

"알았어, 알았다고!" 내가 말했다. "지금 너희 셋의 기분이 어떤지 안다는 말을 하고 싶었어. 이건 공평하지 않아. 우린 다 같이 들어갔어야 해. 그래서 안으로 들어가기 전에 해두고 싶은 말이 있는데. 내가 에그를 찾게 된다면 넷이서 똑같이 상금을 나눠 가질 생각이야."

다들 충격이 심했는지 아무 말도 없었다.

"얘들아?" 시간이 조금 흐른 뒤에 내가 말했다. "내 말 들었어?"

"너, 지금 미친 거지?" 에이치가 물었다. "네가 뭐가 아쉬워서 그런 일을 해?"

"그것만이 유일하게 남은 명예로운 길이니까." 내가 말했다. "나 혼자 힘으로는 절대 여기까지 못 왔을 테니까. 우리 넷 다 관문 안에 뭐가 들어 있는지 게임이 어떻게 끝나는지 알 자격이 충분하니까. 그리고 너희 도움이 필요하니까."

"마지막에 한 말 다시 한번만 해볼래?" 아르테미스가 부탁했다.

"너희 도움이 필요해." 내가 말했다. "너희 말이 맞아. 지금이 세 번째 관문을 깰 유일한 기회야. 누구에게도 다시 없을 기회야. 식서놈들이 금방 올 테고 도착하자마자 관문으로 들어올 거야. 그러니 놈들이 쳐들어오기 전에 한 방에 깨야만 해. 너희가 도와준다면 성공할 가능성이 엄청 높아져. 그러니…… 너희 생각은 어때?"

"난 찬성." 에이치가 말했다. "안 그래도 덜떨어진 네 녀석의 코치를 자처할 생각이었어."

"형, 나도 찬성이야." 쇼토가 말했다. "밑져야 본전이잖아."

"잠깐만, 그러니까 네 말은," 아르테미스가 말했다. "관문 통과하는 걸 도와주면 그 대가로 상금을 나누겠다는 소리지?"

"아니." 내가 말했다. "내가 이기기만 한다면, 너희가 날 도와주든 말든 상관없이 상금을 나눈다는 말이야. 그럼 나를 도와주는 행동이 너희에겐 가장 큰 이익이 되겠지."

"어디다 적어놓을 시간은 없을 것 같은데?" 아르테미스가 말했다.

나는 잠깐 고민하다가 POV 채널 메뉴를 찾아 들어갔다. 생방송을 시작해서 내 채널을 시청하고 있는 모든 사람이(시청률 집계상 현재 2억 명이 넘는 시청자들) 내가 하려는 말을 들을 수 있게 했다. "안녕하세요. 저는 웨이드 와츠라고 합니다. 파르지발이라고도 하지요. 제가 혹시라도 할리데이의 이스터에그를 찾게 된다면 본인은 아르테미스와 에이치와 쇼토와 상금을 공평하게 나누겠노라고 이 자리에서 맹세합니다. 가슴에 십자가를 긋고 하늘에 대고 서약합니다. 건터의 명예를 걸고, 새끼손가락도 걸고, 있는 것 없는 것 다 걸겠습니다. 제가 한 말이 거짓이라면 저는 영원히 식서들의 거시기나 빠는 배알도 없는 병신 새끼로 낙인 찍혀도 좋습니다."

방송을 끝내자마자 아르테미스의 목소리가 귀에 꽂혔다. "야, 너 미친 거 아냐? 농담이었다고!"

"헤헤, 알고 있었어." 나는 말했다.

나는 손가락 관절을 꺾은 다음 관문 속으로 곧장 날아들었고 내 아바타는 별들의 소용돌이 속으로 사라졌다.

내가 서 있는 곳은 광활하고 텅 빈 암흑이었다. 벽도 천장도 보이지 않았지만 무언가 발밑에 닿는 느낌으로 보아 바닥은 있는 듯했다. 잠시 어리둥절한 채 가만히 서 있었다. 그때 뿅뿅 하는 전자음이 허공을 뚫고 울려 퍼졌다. 꼭 〈큐버트〉나 〈고프〉 게임에서처럼 원시적인 신디사이저에서 토해내는 소리 같았다. "최고 점수를 깨지 못하면 오직 죽음뿐이다!" 목소리가 말했다. 위쪽 어딘가에서부터 한 줄기 빛이 내려왔다. 기다란 빛 기둥의 끝이기도 한 내 앞쪽에는 옛날 동전투입식 오락기 한 대가 놓여 있었다. 독특하고 각이 진 본체를 보는 즉시 나는 그 기계의 정체를 알아차렸다. 〈템페스트〉. 아타리 사. 1980년.

나는 눈을 질끈 감고 고개를 떨구었다. "크허헉." 나는 나지막이 내뱉었다. "이 게임은 내 주 종목이 아니야."

"말도 안 돼." 아르테미스가 속삭이는 소리가 들렸다. "〈템페스트〉가 세 번째 관문에 어떻게든 등장하리란 사실을 몰랐다는 건 말이 안 돼. 이건 너무 쉬운 힌트였다고!"

"그런 거야? 왜?" 내가 말했다.

"『아노락 연감』 맨 끝장에 인용문이 나오니까." 아르테미스가 대꾸하고는 읊었다. "'손쉽게 이루어지는 일은 쉽지 않게 만들어야겠다. 너무 쉽게 손에 넣으면 소중히 여기지 않는 법이니까.'"

"나도 그 인용문은 안다고." 나는 짜증을 내며 말했다. "셰익스피어 잖아. 하지만 난 그게 에그 찾기를 얼마나 어렵게 만들 작정인지를 암시하는 할리데이만의 방식이라고 생각했어."

"그 말도 맞아." 아르테미스가 말했다. "하지만 단서이기도 했어. 그 인용문은 셰익스피어의 마지막 희곡 『템페스트』에 나왔던 구절이라고."

"젠장!" 나는 입술을 깨물었다. "내가 어째 그걸 놓쳤지?"

"나도 그렇게까진 연결시키지 못했는데." 에이치도 털어놓았다. "대단해, 아르테미스."

"〈템페스트〉 게임은 러시가 부른 〈서브디비전스〉라는 곡의 뮤직비디오에도 잠깐 나와." 아르테미스가 덧붙였다. "할리데이가 좋아했던 노래 중의 하나잖아. 어쩜 그걸 놓칠 수가 있니."

"우와, 누나 정말 최고다." 쇼토가 말했다.

"이제 됐어!" 나는 소리를 빽 질렀다. "너무 쉬운 힌트였다고 치자. 계속 들먹일 필요는 없잖아!"

"너 그럼 이 게임 많이 연습 안 했단 뜻인 거지?" 에이치가 말했다.

"아주 조금, 아주 옛날에." 나는 말했다. "하지만 내 실력으론 어림도 없어. 최고 점수 좀 보라고." 나는 모니터를 가리켰다. 최고 점수는 72만 8,329점이었다. 그 옆에는 JDH라는 이니셜이 적혀 있었다. 제임스 도노반 할리데이라는 뜻이었다. 우려했던 대로 하단에 있는 게임 크레딧 칸에는 숫자 1이 적혀 있었다.

"허거걱." 에이치가 말했다. "크레딧이 달랑 하나잖아. 〈블랙 타이거〉 때랑 똑같네."

나는 아이템 보관함에 있는 이제는 쓸모없어진 보너스 목숨을 주는 동전이 떠올라서 한번 꺼내보았다. 하지만 동전투입구에 집어넣자마자 바로 반환구로 떨어졌다. 동전을 꺼내려고 손을 뻗자 동전투입구 옆에 붙은 '토큰 전용'이라고 적힌 스티커가 눈에 들어왔다.

"헛다리를 짚었나 봐." 내가 말했다. "아무리 봐도 토큰 기계도 안 보이고."

"게임을 딱 한 판만 할 수 있나 보네." 에이치가 말했다. "모 아니면 도라는 거지."

"얘들아, 나 〈템페스트〉를 안 한 지가 너무 오래됐어." 내가 말했다. "난 이제 망했어. 1차 시도 만에 할리데이의 최고 점수를 깰 방법은 없어."

"꼭 한 번에 깰 필요는 없어." 아르테미스가 말했다. "저작권의 연도를 봐봐."

화면 하단을 보니 'ⓒMCMLXXX ATARI'라고 적혀 있었다.

"1980년?" 에이치가 말했다. "그게 쟤한테 무슨 도움이 되지?"

"내 말이 그 말이야." 내가 말했다. "그게 나한테 무슨 도움이 돼?"

"〈템페스트〉의 첫 번째 버전이란 뜻이잖아." 아르테미스가 말했다. "게임 코드에 버그가 있는 채로 팔린 버전. 〈템페스트〉가 처음 오락실에 들어왔을 때 애들이 특정한 점수에서 죽으면 기계가 공짜 크레딧을 왕창 준다는 사실을 알아냈었잖아."

나는 다소 창피함을 느끼며 말했다. "오, 그건 몰랐네."

"그 게임을 나만큼 많이 조사했으면 몰랐을 리가 없어." 아르테미스가 말했다.

"끝내준다, 너. 진짜 아는 거 많구나." 에이치가 말했다.

"고마워." 아르테미스가 말했다. "잉여인간에 지나지 않는 강박증 걸린 오타쿠가 되려면 그 정도는 기본이라고." 다들 그 얘기에 웃어 젖혔지만, 나는 그럴 수가 없었다. 긴장감에 거의 제정신이 아니었다.

"근데, 아르테미스." 내가 말했다. "공짜 게임을 하려면 어떻게 해야 하지?"

"지금 내 퀘스트 일기를 뒤지는 중이야, 잠깐만." 아르테미스가 말했다. 종이가 바스락거리는 소리가 들렸다. 진짜 종이책의 책장을 획획 넘기는 듯한 소리였다.

"혹시 일기를 인쇄물로 갖고 있는 거야?" 내가 물었다.

"난 항상 스프링 달린 연습장에 손으로 써왔어." 아르테미스가 말했다. "천만다행 아니겠어. 오아시스 계정도 그 안에 있던 자료도 싹 지워져 버렸으니." 아르테미스는 책장을 계속 넘겼다. "여기 있다! 우선 18만 점을 따야 해. 일단 그렇게 하고 나서 끝에 두 자리 숫자가 06, 11, 12 중 하나로 끝날 때 게임을 끝내야 해. 그럼 공짜 크레딧이 40개로 늘어나."

"정말 확실하지?"

"확실해."

"자, 그럼 시작해볼까."

나는 버릇대로 게임 시작 전 몸풀기를 시작했다. 스트레칭을 하고, 손가락 관절을 꺾고, 머리와 목을 좌우로 돌렸다.

"오, 신이시여. 빨리 좀 할 수 없어?" 에이치가 말했다. "애간장이 다 타들어 가는 것 같다고!"

"조용히 좀 해!" 쇼토가 말했다. "형한테 숨 고를 틈은 줘야지, 안 그래?"

내가 정신을 가다듬는 동안 다들 잠자코 기다렸다. "까짓거 하는 데까지 해보자." 나는 이렇게 말하며 깜빡이는 플레이어 원 버튼을 눌렀다.

〈템페스트〉는 원시적인 벡터 그래픽을 사용했기 때문에 칠흑같이 검은 바탕 위에 강렬한 네온 실선으로만 영상이 표현되어 있었다. 플레이어는 3D 터널을 조감도처럼 내려다보면서 다이얼식 컨트롤러를 사용해서 터널의 테두리를 왔다 갔다 하는 '사격수'를 조종해야 한다. 게임의 목표는 날아오는 총알과 기타 장애물들을 피하면서 터널에서 기어 나오는 적들을 쏘는 것이다. 1단계에서부터 다음 단계로 나아갈수록 터널은 점점 더 기하학적으로 복잡한 도형이 되며 플레이어를 향해 기어 나오는 적과 장애물의 숫자도 기하급수적으로 늘어난다.

할리데이가 〈템페스트〉 기계를 토너먼트로 설정해두었기 때문에 나는 9단계 이하에서만 시작할 수 있었다. 18만 점을 넘기는 데는 15분 정도가 걸렸고 그동안 목숨 두 개를 날렸다. 생각했던 것보다 훨씬 더 실력이 많이 녹슬어 있었다. 18만 9,412점이 되었을 때 나는 일부러 사격수를 스파이크에 찔리게 해서 마지막 남은 목숨을 없애버렸다. 이니셜을 입력하라는 창이 떴고 나는 오들오들 떨리는 손으로 'W-O-W'라고 쳐 넣었다.

입력이 끝나자 게임 크레딧이 0에서 40으로 껑충 뛰었다.

귀청이 떠나갈 듯한 친구들의 우렁찬 응원 소리에 하마터면 심장마비가 올 뻔했다. "아르테미스, 넌 천재야." 소리가 잦아든 후에 내가 말했다.

"알아."

나는 플레이어 원 버튼을 다시 눌러 두 번째 게임을 시작하면서 이번에는 할리데이의 최고 점수를 깨는 데 집중했다. 여전히 긴장의 끈을 놓지는 못했지만 처음에 비하면 상당히 나아진 상태였다. 이번 게임에서 최고 점수를 못 따더라도 서른아홉 번의 기회가 남아 있었다.

막간을 이용해 잠깐 쉬는 동안 아르테미스가 말했다. "가만 네 이니셜이 W-O-W야? 가운데 O는 뭐야?"

"오두방정." 내가 말했다.

아르테미스는 웃음을 터뜨렸다. "장난치지 말고."

"오웬."

"오웬이라." 아르테미스가 따라 했다. "웨이드 오웬 와츠. 좋은 이름 이네." 곧 다음 웨이브가 시작되자마자 그녀는 입을 다물었다. 두 번째 게임은 몇 분 뒤에 21만 9,584점으로 끝났다. 형편없지는 않았지만 목표 점수에는 한참 못 미치는 점수였다.

"나쁘지 않네." 에이치가 말했다.

"어, 하지만 썩 잘한 것도 아니야." 쇼토는 냉정히 평가했다. 그러더니 내가 듣고 있다는 사실이 떠오른 듯 덧붙였다. "내 말은 훨씬 잘할 수 있다고. 형, 잘하고 있어."

"믿어줘서 고맙다, 쇼토."

"저기, 이것 좀 들어봐." 아르테미스가 말했다. 그녀는 일기의 한 부분을 읽어주었다. "〈템페스트〉의 개발자인 데이브 토어러는 그가 꾼 악몽에서 이 게임의 영감을 얻었는데, 땅에 있는 구멍에서 괴물들이 기어 나와서 그를 쫓아오는 악몽이었대." 아르테미스는 오랫동안 듣지 못했던 특유의 연극적인 웃음을 터뜨리고는 말했다. "멋지지 않니, 지?"

"정말 멋지다." 내가 대꾸했다. 불가사의하게도 그녀의 목소리를 듣는 것만으로도 마음이 편안해졌다. 나는 그녀가 이 점을 알고 있으며 그래서 계속 나한테 말을 거는 거라고 생각했다. 다시 힘이 불끈 솟았다. 나는 플레이어 원 버튼을 다시 누르고 세 번째 게임을 시작했다.

다들 숨을 죽이고 내 게임을 지켜보았다. 한 시간이 지났을 때쯤 마지막 목숨을 잃었다. 최종 점수는 43만 7,977점이었다.

게임이 끝나자마자 에이치의 목소리가 끼어들었다. "나쁜 소식이야, 친구."

"뭔데?"

"우리 예상이 맞았어. 카타클리스트가 터졌을 때 식서놈들은 아바타 몇 놈을 따로 남겨서 섹터 밖에 대기시켰어. 폭발 직후에 그놈들이 섹터 안으로 다시 들어와서 크토니아로 직행하고 있어. 놈들은……" 에이치는 말끝을 흐렸다.

"놈들이 뭐?"

"방금 관문 안으로 들어갔어. 5분 전쯤." 아르테미스가 대답했다. "네가 들어간 다음에 관문이 닫혔지만 식서놈들이 도착해서 열쇠 세 개를 이용해서 다시 열었어."

"식서들이 벌써 이 안에 있다는 소리야? 지금?"

"총 열여덟 놈이야." 에이치가 말했다. "놈들이 관문에 발을 들여놓은 순간 각자 따로 단독 시뮬레이션으로 들어갔어. 따로 분리된 관문으로 말이지. 열여덟 놈이 전부 너처럼 지금 〈템페스트〉를 하고 있어. 할리데이의 최고 점수를 깨려고 말이야. 전부 버그를 이용해서 공짜 게임 크레딧 40개를 얻었고. 대부분은 고만고만한데, 한 놈 실력이 꽤 만만치 않네. 우리는 소렌토가 그 아바타를 조종하고 있는 걸로 보고 있어. 지금 막 두 번째 게임을 시작……"

"잠깐만!" 내가 끼어들었다. "그걸 다 어떻게 안 건데?"

"보고 있으니까." 쇼토가 말했다. "오아시스에 지금 로그인한 사람은 다 볼 수 있어. 형도 볼 수 있고."

"대체 지금 무슨 소릴 하는 거야?"

"아바타가 세 번째 관문에 들어가는 순간부터 그 아바타의 실시간 비디오피드가 득점판 맨 위에 나와." 아르테미스가 말했다. "할리데이는 마지막 관문을 깨는 과정을 많은 관중들이 구경하게 만들고 싶었나 봐."

"가만." 내가 말했다. "그럼 온 세상 사람이 다 내가 〈템페스트〉 하는 걸 한 시간 내내 보고 있었단 소리야?"

"맞아." 아르테미스가 말했다. "거기 서서 우리한테 떠드는 모습도 다 보고 있어. 그러니 입조심하라고."

"왜 진작 말 안 해줬어?" 나는 목청을 높였다.

"그야 널 긴장하게 하고 싶지도, 산만하게 하고 싶지도 않아서였지." 에이치가 말했다.

"와우, 대단해! 완벽해! 고마워!" 나는 다소 신경질적으로 소리를 질렀다.

"진정해, 파르지발." 아르테미스가 말했다. "다시 게임에 집중해. 이제 쫓고 쫓기는 접전이야. 열여덟 놈의 식서 아바타가 네 뒤를 바짝 따라붙고 있어. 그러니 이번 게임을 소중히 생각해. 알겠지?"

"그래." 나는 천천히 숨을 내쉬었다. "무슨 말인지 안다고." 나는 또 한 번 크게 숨을 내쉰 다음 다시 한번 플레이어 원 버튼을 눌렀다.

늘 그렇듯이 경쟁은 내가 가진 실력의 최대치를 끌어내 주었다. 이번에는 아주 성공적으로 몰입 상태에 빠져들 수 있었다. 다이얼을 돌리고, 재퍼를 쓰고, 슈퍼 재퍼를 쓰고, 레벨을 깨고, 스파이크를 피했다. 점차 내 손은 생각할 겨를도 없이 본능에 따라 움직이기 시작했다. 무엇이 걸려 있는지도 잊었다. 수백만 명이 보고 있다는 사실도 잊었다. 나는 게임 속에서 완전히 나를 내려놓았다.

한 시간을 조금 지나 레벨 81을 깨자마자 또 한 번 우렁찬 응원 소리가 귀를 파고들었다. "해냈어, 형!" 쇼토가 외치는 소리가 들렸다.

내 시선은 화면 상단으로 쏜살같이 달려갔다. 내 점수는 80만 2,488점이었다.

나는 게임을 계속하며 본능적으로 가능한 한 더 높은 점수를 얻으려고 했다. 하지만 그때 아르테미스가 큰소리로 헛기침을 하면서 더 이상 계속할 필요가 없다는 사실을 일깨워주었다. 식서놈들보다 앞서 있던 귀중한 일분일초를 헛되이 날리고 있었던 꼴이었다. 나는 얼른 남은 두 목숨을 없애버렸다. 화면에 '게임 오버'라는 문구가 깜빡였다. 내 이니셜을 다시 입력하자 순위의 맨 윗자리, 할리데이의 최고 점수 바로 윗줄에 나타났다. 곧이어 화면이 싹 사라지더니 화면 중앙에 다음과 같은 문구가 나타났다.

잘했어요, 파르지발!
스테이지 2를 준비하세요!

곧이어 오락기가 사라졌고 내 아바타도 사라졌다.

• • •

어느 순간 나는 안개가 자욱한 언덕을 열심히 내달리고 있었다. 말을 타고 달리고 있나 보다라고 생각했다. 몸이 위아래로 까딱거리고 말굽 소리가 들려왔기 때문이다. 정면으로 어디서 많이 본 듯한 성채가 안개 속에서 희미하게 모습을 드러냈다.

하지만 내 아바타의 몸통을 내려다보니 말은 없었다. 나는 땅 위를 걷고 있었다. 내 아바타는 전신 사슬갑옷을 걸치고 있었고, 양손은 고삐를 움켜쥐고 있는 것처럼 가슴께 들고 있었다. 하지만 아무것도 쥐고 있지 않았다. 양손은 비어 있었다.

전진을 멈추자 말굽 소리도 멈추었다. 하지만 한 박자가 늦었다. 나는 주위를 둘러보며 소리의 근원을 찾아보았다. 소리의 근원은 말이 아니었다. 한 남자가 반으로 자른 코코넛 껍데기 두 개를 들고 다그닥다그닥 부딪치고 있었다.

그때 내가 어디에 있는지 알아차렸다. 할리데이가 좋아했던 또 다른 영화이자 가히 역대 최고로 사랑받은 컬트 영화 「몬티 파이튼의 성배」의 첫 장면 속이었다.

첫 번째 관문에 있던 「위험한 게임」 시뮬레이션 같은 플릭싱크인 것 같았다.

내 역할은 아서 왕이었다. 나는 그레이엄 채프먼이 영화에서 입은 의상을 입고 있었다. 코코넛을 든 남자는 믿을 만한 시종인 팻시로 테리 길리엄이 맡은 역할이었다.

내가 팻시를 바라보자 그는 머리를 조아리며 굽실거릴 뿐 아무 말도 하지 않았다.

"「몬티 파이튼의 성배」야!" 쇼토가 흥분해서 속삭이는 소리가 들렸다.

"나도 알아, 쇼토." 나는 잠깐 본분을 망각했다.

화면에 '부정확한 대사!'라는 경고 문구가 깜빡였다. 화면 구석에는 마이너스 100점이라는 점수가 나타났다.

"정신줄을 아주 놓고 있지 지금." 아르테미스 목소리가 들렸다.

"도움이 필요하면 우리한테 말해, 지." 에이치가 말했다. "손짓을 하든지 하면 다음 대사를 찔러줄게."

나는 고개를 끄덕이고 엄지손가락을 세웠다. 하지만 도움이 많이 필요할 거라는 생각은 들지 않았다. 지난 6년 동안 「몬티 파이튼의 성배」를 정확히 157번 보았다. 모든 대사를 줄줄이 꿰고 있었다.

나는 거기에 무엇이 있을지 이미 알면서 정면에 있는 성채를 다시 한 번 쳐다보았다. 나는 다시 보이지 않는 고삐를 쥐고 '전력질주'하면서 말을 타고 달리는 행세를 했다. 또 한 번 팻시는 반으로 자른 코코넛 껍데기 두 개를 다그닥다그닥 부딪치며 내 뒤를 따라 전력질주했다. 성문 앞에 다다랐을 때 나는 '고삐'를 당기고 '군마'를 세웠다.

"워어! 워어!" 내가 외쳤다.

100점이 올라서 다시 0점이 되었다.

때마침 병사 두 명이 성벽에 상체를 기대며 나타났다. "누구냐?" 그 중 한 명이 우리를 보고 소리쳤다.

"나는 카멜롯 성에서 온 우서 펜드래건의 아들 아서 왕이니라." 나는 읊조렸다. "브리튼의 국왕! 색슨족을 무찌른 영웅! 잉글랜드의 군주니라!"

500점이 또 오르면서 말씨와 억양으로 보너스까지 받았다는 메시지가 나타났다. 긴장이 풀어진 나는 벌써 게임의 재미에 흠뻑 빠져 있었다.

"말도 안 되는 소리!" 병사가 대꾸했다.

"사실이다." 내가 계속했다. "그리고 이쪽은 나의 믿을 만한 시종 팻시다. 우리는 말을 타고 이 땅을 종횡으로 누비며 카멜롯 성에서 나를 보좌할 기사를 찾고 있느니라. 너의 주인을 만나야겠다!"

또다시 500점을 받았다. 내 귀에는 친구들이 키득키득거리며 손뼉을 치는 소리가 들렸다.

"뭐라고?" 다른 병사가 대꾸했다. "말을 탔다고?"

"그렇다!" 내가 말했다. 100점을 받았다.

"너희는 코코넛을 사용하고 있지 않느냐!"

"뭐라고?" 내가 말했다. 100점을 받았다.

"너희는 반으로 자른 속이 빈 코코넛 껍데기 두 개를 들고 서로 부딪치고 있다!"

"우리는 겨울 눈이 이 땅을 덮었을 때부터 말을 타고 왔다. 머시아 왕국을 지나며……" 또 500점을 받았다.

"코코넛은 어디서 났느냐?"

이런 식이었다. 내가 연기하는 극중 인물은 장면마다 가장 대사가 많은 배역으로 그때그때 바뀌었다. 놀랍게도 나는 겨우 예닐곱 개의 대사만 실수하고 다 맞추는 기염을 토했다. 대사가 막힐 때면 도움이 필요하다는 신호로 어깨를 으쓱하면서 손바닥을 위로 향해 양손을 들기만 하면 에이치와 아르테미스와 쇼토가 아주 신이 나서 정확한 대사를 찔러주었다. 그 외에는 가끔씩 웃음보가 터질 때를 빼고는 다들 조용히 입을 다물고 있었다. 유일하게 어려웠던 부분은 웃음을 참는 일이었다. 특히 아르테미스가 앤트랙스 성이 나오는 장면에서 캐롤 클리블랜드의 대사를 통째로 읊어주기 시작했을 때는 웃음을 참기가 너무 힘들었다. 나는 몇 차례 실수를 연발했고 벌점을 받았다. 그때만 빼고는 순조로운 진행이었다.

영화를 재연하는 일은 그리 쉽지는 않았지만 즐거움 그 자체였다.

영화의 중반쯤 니^{Ni}를 말하는 기사들을 맞닥뜨린 직후 나는 화면에 문자 창을 열어 '식서들 상태는?'이라고 입력했다.

"열다섯 놈은 아직도 〈템페스트〉를 하는 중이야." 에이치의 응답이 들렸다. "하지만 세 명은 할리데이의 점수를 깨고 성배 시뮬레이션으로 들어왔어." 말이 잠시 끊겼다. "선두는, 우리 생각엔 소렌토 같은데, 너보다 9분 뒤에 있어."

"그리고 지금까지 소렌토는 대사를 단 한 마디도 놓치지 않았어." 쇼토가 덧붙였다.

나는 욕이 입 밖으로 터져 나오려는 것을 간신히 참고 '제기랄!'을 손으로 입력했다.

"내 말이." 아르테미스가 동조했다.

나는 숨을 크게 내쉬고 다음 장면('랜슬롯 경의 이야기')에 집중했다. 에이치는 내가 물을 때마다 식서들의 동태를 계속 알려주었다.

영화의 마지막 장면('프랑스군과의 공성전')에 이르렀을 때는 앞으로 벌어질 일이 궁금해지면서 다시 긴장감이 엄습해왔다. 첫 번째 관문에서는 영화(「위험한 게임」)를 재연해야 했고, 두 번째 관문에서는 비디오 게임(《블랙 타이거》)에 도전해야 했다. 세 번째 관문에는 두 가지가 모두 들어 있었다. 분명 세 번째 스테이지가 있을 텐데 뭐가 나올지 전혀 감이 잡히지 않았다.

궁금증은 몇 분 뒤에 풀렸다. 「몬티 파이튼의 성배」 마지막 장면을 완료하자마자 화면이 까맣게 변하더니 얼마간 영화가 끝날 때 나오는 허접한 오르간 연주가 들렸다. 음악이 멈추자 화면에 다음과 같은 문구가 나타났다.

축하합니다!

끝에 도달하셨습니다!

레디 플레이어 원

곧 문구가 서서히 사라졌다. 내가 서 있는 곳은 아주 높은 아치형 천장에 바닥에는 윤이 나는 원목이 깔린, 창고만큼이나 커다란 오크나무를 덧댄 방이었다. 창문이 하나도 없었고 출구는 하나뿐이었다. 사방이 아무것도 없는 벽이었는데 그중 한쪽 벽에 있는 커다란 문이 출구였다. 거대한 방의 한복판에는 오래된 고급 오아시스 이머전 장치가 놓여 있었다. 장치 주변에는 백여 개의 유리 탁자가 커다란 타원 모양으로 에워싸고 있었다. 탁자마다 각기 다른 옛날 가정용 컴퓨터나 가정용 오락기가 놓여 있었고, 그 옆에 놓인 계단식 진열대에는 주변기기와 콘트롤러, 소프트웨어, 게임 타이틀이 완벽하게 구비되어 있었다. 모든 것이 마치 박물관 전시품처럼 완벽하게 진열되어 있었다. 타원을 빙 돌면서 하나하나씩 살펴보니 대략 출시연도별로 진열되어 있었다. PDP-1, 앨테어 8800, IMSAI 8080, 애플Ⅰ, 애플Ⅱ, 아타리 2600, 코모도어 펫, 인텔리비전, TRS-80 시리즈, 아타리 400과 800, 콜레코비전, TI-99/4, 싱클레어 ZX80, 코모도어 64, 다양한 닌텐도 게임기와 세가 게임기들, 매킨토시와 퍼스널컴퓨터의 전 라인업, 플레이스테이션과 엑스박스를 지나쳐 마침내 타원 끝에 있는 오아시스 콘솔에 다다랐다. 오아시스 콘솔은 한복판에 놓인 이머젼 장치에 연결되어 있었다.

나는 지금 서 있는 곳이 할리데이가 생애 마지막 15년간 머물렀던 저택에 있는 자신의 작업실을 재현한 장소임을 깨달았다. 그의 마지막이자 가장 위대한 게임을 개발했던 장소였다. 바로 내가 지금 하고 있는 게임 말이다.

이 작업실의 사진을 따로 본 적은 없었지만 할리데이가 죽은 후 이곳의 청소를 맡았던 일꾼들이 구조나 가구 배치 등을 매우 자세히 묘사한 적이 있었다.

아바타의 몸통을 내려다보니 나는 더 이상 몬티 파이튼의 기사가 아니었다. 나는 다시 파르지팔이 되어 있었다.

나는 망설임 없이 출구로 달려들었다. 문은 끄떡도 하지 않았다.

나는 작업실에 서서 다시 한번 컴퓨터와 비디오게임의 역사가 담긴 기념비적인 전시품들을 꼼꼼히 살펴보았다.

바로 그때였다. 전시품들이 진열된 타원형 모양의 원이 달걀의 윤곽선을 닮았다는 사실을 깨달았다.

머릿속으로 「아노락의 초대장」에 나왔던 할리데이의 첫 번째 수수께끼를 읊조렸다.

숨겨진 열쇠 세 개, 비밀의 관문 세 개를 열지어다

모험 찾는 방랑자여, 응당한 자격을 시험받게 될지니

곤경을 헤쳐나갈 능력을 갖춘 자

상금이 기다리는 그 끝에 도달하리

나는 끝에 도달했다. 바로 여기가 끝이었다. 할리데이의 이스터에그는 반드시 이 방 어딘가에 숨어 있었다.

0038

　　　　　　 "얘들아, 이거 보여?" 나는 나지막이 소곤거렸다.

아무 응답이 없었다.

"얘들아? 에이치? 아르테미스? 쇼토? 다들 거기 있어?"

여전히 응답이 없었다. 모로가 음성 링크를 끊었거나 할리데이가 외부와의 통신이 불가능하도록 이번 관문의 마지막 스테이지를 코딩했거나 둘 중 하나였다. 어쩐지 후자일 확률이 높다는 생각이 들었다.

한동안 어찌해야 할 줄을 몰라 가만히 서 있었다. 그러다가 본능적으로 떠오른 첫 번째 생각에 따라 아타리 2600 앞으로 걸어갔다. 아타리는 1977년식 제니스 컬러 TV에 연결되어 있었다. TV를 켜보았지만 먹통이었다. 아타리의 전원도 켜보았다. 여전히 먹통이었다. 둘 다 바닥에 있는 콘센트에 꽂혀 있었지만 전기가 들어오지 않았다.

바로 옆 탁자에 놓인 애플Ⅱ를 켜보았다. 역시 먹통이었다.

몇 분간의 실험 끝에 전원이 켜지는 유일한 컴퓨터는 제일 오래된 모델 축에 속하는 IMSAI 8080이라는 사실을 알아냈다. 바로 「위험한 게임」에서 매튜 브로데릭이 쓴 모델이었다.

컴퓨터를 부팅하자 화면에는 달랑 한 단어만 적혀 있었다.

LOGID:

나는 '아노락'을 입력하고 엔터 키를 눌렀다.

신원 확인 불가 - 연결 종료

곧 컴퓨터가 저절로 꺼졌다. 로그인 창을 다시 띄우려면 전원을 다시
켜야 했다.

'할리데이'를 쳐보았다. 역시 소용이 없었다.

「위험한 게임」에서 와퍼라는 슈퍼컴퓨터에 접속할 수 있는 백도어
암호는 '조슈아'였다. 와퍼의 개발자인 폴큰 교수는 암호로 아들의 이
름을 사용했었다. 세상에서 가장 사랑하는 사람의 이름을.

나는 '오그'를 입력했다. 반응이 없었다. '오그던' 역시 반응이 없었다.

'키라'를 입력하고 엔터 키를 눌렀다.

신원 확인 불가 - 연결 종료

할리데이 부모의 이름을 각각 시도해보았다. 그의 애완용 물고기 이
름이었던 '자포드'와 그가 한때 키운 적이 있는 페럿의 이름인 '티베리
우스'를 차례로 시도해보았다.

어느 것도 먹히지 않았다.

시계를 보았다. 이 방에 들어온 지 벌써 10분이 넘어 있었다. 소렌토
가 이미 나를 따라잡았다는 뜻이었다. 소렌토는 지금쯤 불법 개조한 이
머전 장치 덕분에 귀에다 힌트를 찔러주는 할리데이 자문단의 도움을
받으며 이 방과 똑같은 다른 공간에 있을 것이다. 벌써 가능성이 높은

후보들을 추려내 소렌토의 타이핑 속도만큼 빨리 쳐대고 있으리라.

시간이 없었다.

나는 좌절감에 어금니를 앙다물었다. 어떤 단어를 넣어봐야 할지 도무지 아무 생각도 떠오르지 않았다.

그때 오그던 모로의 자서전에서 읽은 한 구절이 떠올랐다.

"자신과 성별이 다른 여자라는 존재 앞에서 할리데이는 극도로 긴장했는데, 키라는 할리데이가 편안하게 말을 거는 유일한 여자였다. 하지만 그것마저도 캐릭터 '아노락'으로 게임을 할 때뿐이었다. 할리데이는 오로지 키라가 '레우코시아'라는 D&D 캐릭터일 때만 그녀에게 편하게 말을 걸었다."

나는 컴퓨터를 재부팅했다. 로그인 창이 뜨자 '레우코시아'를 입력했다. 그리고 엔터 키를 눌렀다.

그 방에 있던 모든 기기가 저절로 켜졌다. 디스크 드라이브가 윙윙 돌아가는 소리와 비프음을 비롯해 부팅할 때 나는 각종 소리들이 아치형 천장에 울려 퍼졌다.

나는 아타리 2600으로 되돌아가 그 옆에 놓인 커다란 선반에서 알파벳순으로 정렬된 게임 카트리지들을 죽죽 넘기다가 마침내 내가 찾는 게임을 발견했다. 그 게임은 바로 〈어드벤처〉였다. 나는 〈어드벤처〉를 아타리에 밀어 넣고 전원을 켠 다음 재시작 버튼을 눌러 게임을 시작했다.

비밀의 방까지 가는 데는 불과 몇 분밖에 걸리지 않았다.

나는 검을 집어 들고 그 검을 휘둘러 세 마리의 용을 전부 무찔렀다. 곧 검은 열쇠를 발견했고 검은 성채의 성문을 열고 들어가 미로 속으로 모험을 시작했다. 회색 점은 원래 있어야 하는 그 자리에 숨겨져 있었다. 회색 점을 주워 조그만 8비트 왕국을 가로지른 다음 회색 점을 사용해 마법 장애물을 통과하고 비밀의 방으로 들어갔다. 하지만 아타리 원작 게임과는 달리 이 비밀의 방에는 〈어드벤처〉의 개발자인 워렌 로비넷의 이름이 없었다. 대신 화면 정중앙에 가장자리가 우둘투둘한 픽셀로 표현된 커다란 흰색 타원형 물체가 있었다. 달걀이었다.

할리데이의 이스터에그였다.

너무 놀란 나머지 나는 한동안 넋을 잃고 TV 화면을 멍하니 보고 있었다. 겨우 정신을 차린 나는 조그만 네모 모양의 아바타가 깜빡이는 화면을 가로질러 이동하도록 조이스틱을 오른쪽으로 밀었다. 내가 회색 점을 내려놓고 달걀을 집어 들자 TV의 모노 스피커에서 짤막한 삐 소리가 흘러나왔다. 그와 동시에 눈부신 섬광도 터져 나왔다. 잠시 뒤에 보니 내 아바타는 더 이상 조이스틱을 쥐고 있지 않았다. 이제 내 아바타가 양손에 받치고 있는 것은 커다란 은색 달걀이었다. 달걀 껍데기에는 뒤틀린 내 아바타의 모습이 비쳤다.

마침내 달걀에서 눈을 떼고 고개를 들어보니 한쪽 벽에 있던 문이 출구로 바뀌어 있었다. 테두리가 수정으로 빛나는, 아노락의 성채 로비로 이어지는 출구였다. 오아시스 서버가 초기화되려면 아직 몇 시간은 더 남아 있었지만 아노락의 성채는 완전히 복원된 것처럼 보였다.

나는 할리데이의 작업실을 마지막으로 한 번 휘 둘러보고는 양손에 달걀을 꼭 쥔 채 방을 가로질러 출구로 나아갔다.

출구를 통과하고 바로 고개를 돌리자 수정 관문이 성벽에 박힌 커다란 나무 대문으로 변신하는 모습을 볼 수 있었다.

나는 나무 대문을 열어젖혔다. 대문 뒤에는 나선형 계단이 있었다. 계단은 아노락의 성채에서 가장 높은 탑 꼭대기로 이어졌다. 그곳에는 아노락의 서재가 있었다. 서재에는 고대 두루마리 문서와 먼지 쌓인 마법서가 빼곡하게 꽂힌 높디높은 책꽂이들이 빙 둘러 놓여 있었다.

나는 창문 곁으로 걸어가 사방이 탁 트인 황홀한 장관을 내다보았다. 바깥 풍경은 이제 불모지가 아니었다. 카타클리스트의 효과는 사라졌고 크토니아 행성 전체가 성채와 함께 복원된 듯했다.

나는 서재를 둘러보았다. 눈에 익은 흑룡 그림 바로 아래쪽으로 화려하게 반짝이는 수정 받침대 위에 깨알 같은 보석으로 장식된 황금 성배가 놓여 있었다. 성배의 지름은 내가 양손에 받치고 있는 은색 달걀의 지름과 일치했다.

성배 안에 달걀을 넣자 크기가 완벽하게 들어맞았다.

멀리서 트럼펫 팡파르가 울려 퍼지더니 달걀이 광채를 내뿜기 시작했다.

"네가 승리했구나." 목소리가 들렸다. 등을 돌리자 뒤에 아노락이 서 있었다. 흑요석처럼 검은 망토가 방을 가득 채운 광채를 밀어내는 듯했다. "축하한다." 아노락이 긴 손가락을 내밀며 말했다.

나는 이것이 혹시 또 다른 속임수인가 싶어 머뭇거렸다. 아니면 아마도 마지막 테스트는 아닐까…….

"게임은 끝났단다." 아노락이 내 마음을 읽기라도 한 듯 말했다. "지금은 상을 받을 시간이야."

나는 그가 뻗은 손을 내려다보았다. 그리고 잠깐 망설인 끝에 그 손을 잡았다.

둘 사이로 파란 번개줄기가 폭포수처럼 흐르면서 그물처럼 뻗어 우리 둘을 에워쌌다. 마치 서지 전류가 그의 아바타에서 내 아바타로 전달되는 듯했다. 번개줄기가 잦아들자 아노락은 더 이상 검정 망토 차림이 아니었다. 사실 더 이상 아노락의 모습이 아니었다. 키가 더 작고, 더 말랐다. 외모도 아바타만큼 잘생긴 것은 아니었다. 이제 내 앞에 있는 사람은 제임스 할리데이였다. 창백한 얼굴을 한 중년의 할리데이가 물

빠진 청바지에 빈티지한 스페이스 인베이더 티셔츠를 입고 있었다.

내 아바타를 내려다보니 아노락의 망토를 이제 내가 걸치고 있다는 사실을 알게 되었다. 화면 구석에 있는 아이콘과 수치들도 바뀌어 있었다. 능력치는 전부 최대치로 바뀌었고 마법 주문과 고유 능력과 마법 아이템의 목록은 영원히 안 끝날 것처럼 길어져 있었다.

아바타의 레벨과 생명치 칸에는 둘 다 무한대 표시가 있었다.

크레딧에 표시된 숫자는 이제 자그마치 열두 자리였다. 나는 억만장자가 되었다.

"이제 오아시스 관리를 너에게 위임한다, 파르지발." 할리데이가 말했다. "네 아바타는 불사의 존재이며 무소불위의 힘을 가졌다. 네가 무엇을 원하든지 말만 하면 이루어진단다. 꽤 근사하지?" 할리데이는 내 쪽으로 몸을 구부리더니 목소리를 낮췄다. "부탁 하나만 하마. 너의 힘을 오로지 선의를 위해서만 사용해다오. 알겠느냐?"

"네, 알겠습니다." 나는 모기만 한 목소리로 대답했다.

할리데이는 미소를 짓고 나서 주변을 휘휘 저으며 말했다. "이제 여긴 너의 성채다. 오로지 네 아바타만 들어올 수 있도록 코딩해두었다. 오직 너만 손댈 수 있게 해두었지." 할리데이는 벽에 세워둔 책꽂이 쪽으로 걸어가 책꽂이에 꽂힌 많은 책 중에서 한 권을 끄집어냈다. 찰칵 하는 소리가 들렸다. 그때 책꽂이가 옆으로 스윽 열리면서 벽에 박힌 네모난 금속판이 보였다. 금속판의 중앙에는 달랑 'OFF'라는 글자만 양각으로 새겨진 우스꽝스럽게 큰 빨간 버튼이 붙어 있었다.

"난 이걸 '무식하게 큰 빨간 버튼'이라고 부르지." 할리데이가 말했다. "이걸 누르면 오아시스 시스템 전체가 꺼지면서 오아시스 소스 코드를 포함한 GSS 서버에 저장된 모든 정보를 깨끗이 지워버릴 웜 바이러스가 활동을 시작한단다. 그럼 오아시스는 영원히 사라지는 게지."

그는 한쪽 입꼬리만 올라가게 웃었다. "그러니 네가 한 치의 의심도 없이 정말 확실히 옳은 일이라는 판단이 서기 전까지는 절대 이것을 누르지 말거라. 알겠느냐?" 그는 야릇한 미소를 지었다. "너의 판단을 믿는다."

할리데이는 책꽂이를 도로 원 상태로 만들어 버튼을 다시 감추었다. 그러더니 깜짝 놀랍게도 내 어깨에 팔을 둘러 안았다. "잘 들어라." 할리데이는 은밀한 투로 말했다. "떠나기 전에 마지막으로 해줄 말이 있다. 너무 많이 늦어버린 다음에야 내가 깨우친 것이지." 할리데이는 나를 창문 곁으로 데려가 창문 너머에 펼쳐진 광경을 손으로 가리켰다. "내가 오아시스를 창조한 이유는 현실에서는 그 어디에도 마음 둘 곳이 없었기 때문이었다. 사람들과 어떻게 어울려야 하는지를 몰랐지. 나는 평생토록 두려워만 했었다. 끝이 가까웠음을 알았을 때 비로소 깨달았단다. 현실은 두렵고 고통스러울 수도 있지만 진정한 행복을 찾을 수 있는 유일한 곳이기도 하다는 사실을 말이지. 현실은 실제 삶이니까. 내 말 알겠느냐?"

"네. 알 것 같아요."

"좋아." 할리데이는 눈을 찡긋하며 말했다. "나와 같은 실수를 하지 말거라. 이제 다시는 여기에 숨지 말거라."

그는 미소를 띤 채 몇 걸음 뒤로 멀어졌다. "자, 그럼 됐다. 이제 할 얘기는 다 한 것 같구나. 난 이만 떠나야겠다."

그때 할리데이의 모습이 사라지기 시작했다. 할리데이는 자신의 아바타가 천천히 사라지는 내내 미소를 띤 채 손을 흔들었다.

"앞으로도 잘 살거라, 파르지발. 그리고 고맙구나. 내 게임을 해줘서."

곧 할리데이는 완전히 모습을 감추었다.

"얘들아, 거기 있어?" 나는 잠시 뒤에 허공에 대고 말했다.

"당연하지!" 에이치가 아주 들뜬 목소리로 말했다. "우리 말 들려?"

"어. 지금은 들린다. 어떻게 된 일이야?"

"네가 할리데이의 작업실로 들어가자마자 시스템이 음성 링크를 차단해버려서 말을 걸 수가 없었어."

"다행이야. 어쨌든 우리 도움 없이도 잘해냈잖아." 쇼토가 말했다. "잘했어, 형."

"축하해, 웨이드." 아르테미스의 목소리가 들렸다. 진심을 담은 말임이 느껴졌다.

"고마워." 내가 말했다. "하지만 너희가 없었으면 못 해냈을 거야."

"그 말은 맞아." 아르테미스가 말했다. "인터뷰할 때 그 얘기 절대 빼먹지 마. 할아버지 말씀으론 기자들 수백 명이 지금 우르르 몰려오는 중이래."

나는 무식하게 큰 빨간 버튼이 숨겨진 책꽂이 너머를 흘끔 돌아보며 물었다. "할리데이가 사라지기 전까지 나한테 했던 얘기 다 들었어?"

"아니." 아르테미스가 말했다. "우린 '너의 힘을 오로지 선의를 위해서만 사용해다오.'라고 말할 때까지만 봤어. 그다음엔 비디오피드가 끊겼어. 그 뒤로 무슨 일이 있었는데?"

"별일 아니야." 내가 말했다. "나중에 얘기해줄게."

"야, 인마." 에이치가 말했다. "득점판이나 확인해 봐."

나는 창을 열어 득점판을 펼쳤다. 순위는 이제 사라지고 없었다. 이제 할리데이의 웹사이트에는 아노락의 망토를 걸치고 은색 달걀을 들고 있는 내 아바타의 이미지와 그 옆에 '파르지발 우승!'이라는 문구만 보였다.

"식서놈들은 어떻게 됐어?" 내가 물었다. "관문 안에 들어왔던 놈들 말이야?"

"우리도 잘 몰라." 에이치가 말했다. "득점판이 바뀔 때 놈들의 비디오피드가 싹 다 사라졌어."

"아마 다 죽었겠지." 쇼토가 말했다. "그게 아니면……"

"아마 밖으로 튕겨 나갔겠지." 내가 말했다.

나는 크토니아 지도를 펼쳤다. 이제 아틀라스 지도상에서 원하는 목적지를 고르기만 하면 오아시스 내 어디로든 순간이동할 수 있음을 눈으로 직접 확인할 수 있었다. 아노락의 성채를 확대해 정문 바로 앞 공간을 터치하자 눈 깜짝할 사이에 내 아바타가 그곳으로 이동했다.

예상대로였다. 내가 세 번째 관문을 통과했을 때 그 안에 있던 식서 아바타 열여덟 놈은 성채 밖으로 튕겨 나왔다. 내가 화려한 검정 망토를 휘날리며 그들 앞에 우뚝 섰을 때 놈들은 하나같이 어리둥절한 표정으로 서 있었다. 잠깐 말문이 막힌 채 나를 쳐다보던 놈들은 총검을 꺼내 공격 태세를 갖추었다. 다 똑같이 생긴 탓에 어느 놈이 소렌토가 조종하는 놈인지는 알 수 없었다. 하지만 이제 군이 알 필요가 없었다.

나는 새로 생긴 슈퍼유저 인터페이스를 이용해서 손으로 허공을 휘저으며 화면에 보이는 식서 아바타를 모조리 선택했다. 아바타의 윤곽선이 빨갛게 빛나기 시작했다. 그때 툴바 위에 새로 생긴 해골바가지와 뼈다귀 아이콘을 터치했다. 열여덟 놈은 그 자리에서 몽땅 죽어버렸다. 시체들은 약간의 무기와 전리품 더미만을 남긴 채 서서히 사라져 갔다.

"맙소사!" 쇼토가 콤링크에 대고 말했다. "형, 어떻게 한 거야?"

"아까 할리데이 말 못 들었어." 에이치가 말했다. "이제 파르지발의 아바타는 불사의 존재에다 무소불위의 힘을 가졌잖아."

"그러네." 내가 말했다. "그 말은 농담이 아니었네."

"또 네가 원하는 걸 말만 하면 된다고 했잖아." 에이치가 말했다. "제일 먼저 원하는 게 뭐야?"

나는 잠깐 생각에 잠겼다. 그러다가 생각 끝에 화면 구석에 새로 생긴 명령 아이콘을 터치했다. "나는 에이치와 아르테미스와 쇼토가 부활하기를 바라노라."

대화창이 뜨면서 각 아바타에 대한 마법 주문을 실행하겠느냐고 물었다. 그렇게 하자 시스템이 또다시 각 아바타의 부활과 더불어 그들의 잃어버린 아이템도 모두 복원하기를 원하느냐고 물었다. 나는 예 아이콘을 터치했다. 그러자 화면 중앙에는 다음과 같은 메시지가 나타났다. '부활 완료. 아바타 복원'

"얘들아?" 내가 말했다. "이제 너희 계정으로 다시 로그인해 봐."

"벌써 하고 있어!" 에이치가 외쳤다.

잠시 뒤에 쇼토가 로그인했고 쇼토의 아바타는 내 앞에서 조금 떨어진, 정확히 몇 시간 전에 죽은 그 장소에서 서서히 나타났다. 쇼토는 입이 귀에 걸린 채 나에게 달려왔다. "아리가또, 파르지발 상." 쇼토는 꾸벅 절하면서 말했다.

나는 맞절을 하고 나서 두 팔을 벌려 쇼토를 껴안았다. "잘 왔어." 내가 말했다. 곧이어 에이치가 성채 정문에서 나오더니 우리 쪽으로 달려왔다.

"감쪽같이 살아났군." 에이치는 복원된 아바타를 보고 활짝 웃으며 말했다. "고맙다, 지."

"별말씀을." 나는 성채의 열린 정문으로 다시 눈길을 돌렸다. "아르테미스는? 바로 네 옆에 나타났을 텐데……"

"아르테미스는 로그인을 안 했어." 에이치가 말했다. "밖에 나가 바람 좀 쐬고 싶대."

"너 그 애 봤어? 어떻게 생……?" 나는 적절한 단어를 골랐다. "어때 보였어?"

둘 다 나를 보고 미소를 지었다. 에이치가 내 어깨에 손을 짚었다. "아르테미스가 밖에서 기다리겠대. 준비되면 언제든지 오래."

나는 고개를 끄덕였다. 에이치가 그녀의(그의) 손을 뗐을 때 나는 로그아웃 아이콘을 막 터치하려던 참이었다. "잠깐 기다려! 로그아웃하기 전에 네가 꼭 봐야 할 게 있어." 에이치는 그렇게 말하고 내 앞에 창을 띄웠다. "이게 지금 모든 뉴스피드에서 틀고 있는 화면이야. FBI가 방금 소렌토를 연행했어. IOI 본부에 쳐들어가서 놈을 햅틱 의자에서 획 끌어내렸지!"

동영상이 시작되었다. 휴대용 카메라 영상에는 FBI 요원들이 소렌토를 끌고 IOI 본부 로비를 가로지르는 장면이 보였다. 소렌토는 아직 햅틱 수트 차림이었고 변호사로 보이는, 정장 차림에 머리가 희끗희끗한 남자가 그림자처럼 찰싹 붙어 있었다. 소렌토의 표정에는 단지 살짝 귀찮은 일에 휘말렸을 뿐이라는 듯 짜증스러워하는 기색이 역력했다. 하단에 있는 자막에는 이렇게 쓰여 있었다. 'IOI 본부장 소렌토, 살인 혐의로 기소되다.'

"뉴스피드마다 너랑 소렌토가 나눈 채팅링크 세션의 캡처 영상이 하루 종일 나왔어." 에이치는 동영상을 멈추고 말했다. "특히 널 죽이겠다고 협박하고 이모의 트레일러를 날려버린 그 부분 말이야."

에이치가 재생을 터치하자 뉴스가 이어졌다. FBI 요원들은 소렌토를 끌고 로비를 가로지르고 있었고 로비에는 서로 몸싸움을 벌이며 고래고래 질문을 외치는 기자들로 꽉 들어차 있었다. 지금 보고 있는 영상을 찍고 있는 기자가 앞으로 돌진하더니 카메라를 소렌토의 얼굴에 바짝 들이밀었다. "웨이드 와츠를 살해하라고 직접 지시하셨습니까?" 기자가 외쳤다. "상금 쟁탈전에서 패하셨는데 기분이 어떠십니까?"

소렌토는 미소만 지을 뿐 아무런 대꾸를 하지 않았다. 그때 변호사가 카메라 앞으로 나오더니 기자들에게 말했다. "제 의뢰인이 뒤집어쓴 혐의는 정말 어처구니가 없습니다. 유포된 동영상은 명백히 위조된 가짜입니다. 지금으로선 더 드릴 말씀이 없습니다."

소렌토는 고개를 끄덕였다. FBI 요원들이 건물 밖으로 끌어내는 내내 소렌토는 미소를 잃지 않았다.

"저 자식은 십중팔구 무죄로 풀려날 거야." 내가 말했다. "IOI는 지상 최고의 변호사를 선임할 돈이 있으니까."

"맞아, 그러겠지." 에이치가 말했다. 그러더니 체셔 고양이처럼 능글맞게 웃으면서 말했다. "하지만 이제 우리도 그럴 수 있잖아."

이머전 베이에서 밖으로 나오자 모로가 나를 기다리고 있었다. "수고했다, 웨이드!" 모로는 갈비뼈가 으스러질 정도로 나를 힘껏 껴안아주며 말했다. "아주 잘했다, 잘했어!"

"감사합니다, 할아버지." 나는 계속 어안이 벙벙하고 다리가 후들거렸다.

"네가 로그인해 있는 동안 GSS에서 임원 몇 명이 왔다." 모로가 말했다. "할리데이의 변호사들도 총출동했지. 다들 위층에서 기다리고 있어. 짐작하겠지만 다들 너와 이야기하고 싶어 안달이지."

"꼭 지금 뵈러 가야 하나요?"

"아니, 물론 아니지!" 모로는 너털웃음을 터뜨렸다. "이제 다들 널 보좌할 사람들 아니냐, 잊었더냐? 얼마든지 저놈들을 오래오래 기다리게 하렴!" 모로는 몸을 앞으로 숙이며 말을 이었다. "내 변호사도 위에 있어. 꽤 괜찮은 사람이지. 성질이 보통 아닌 도사견 같은 놈이니 아무도 널 함부로 하지 못하게 잘 막아줄 테다, 알겠지?"

"감사합니다, 할아버지. 할아버지한테 정말 큰 신세를 지네요."

"무슨 그런 말도 안 되는 소리! 고마운 사람은 나다. 이렇게 재미있는 시간을 보낸 적이 대체 얼마 만인지 모르겠구나! 수고 많았다."

나는 머뭇머뭇 주위를 두리번거렸다. 에이치와 쇼토는 여전히 이머전 베이 안에서 온라인으로 즉석 기자회견을 열고 있었다. 하지만 아르테미스의 베이는 텅 비어 있었다. 나는 다시 모로 쪽으로 돌아보았다.

"아르테미스가 어느 쪽으로 갔는지 아세요?"

모로는 활짝 웃은 뒤에 손가락으로 한 방향을 가리켰다. "이 계단을 올라가서 첫 번째 보이는 문으로 나가거라. 미로 정원의 한복판에서 널 기다리겠다고 하더구나." 모로는 미소를 지었다. "아주 쉬운 미로니까 아르테미스를 찾는 데 그리 오래 걸리진 않을 게다."

나는 밖으로 걸어나가 눈을 가늘게 뜨고 눈이 빛에 적응하기를 기다렸다. 공기는 따사로웠고 해는 이미 중천이었다. 구름 한 점 없이 맑은 하늘이었다.

아름다운 날이었다.

저택 뒤로 펼쳐진 미로 정원은 축구장 스무 개를 합친 것만 한 넓이였다. 입구는 성채의 정면처럼 꾸며져 있었고 열려 있는 성문을 지나야 미로로 들어갈 수 있었다. 미로의 벽을 이루는 빽빽한 담장은 3미터 높이라서 벤치를 딛고 올라선다 해도 담장 너머를 엿볼 수는 없었다.

미로로 들어간 나는 한동안 길을 못 찾고 같은 자리를 뱅뱅 돌았다. 한참 후에야 미로의 구조가 〈어드벤처〉에 나온 미로와 일치한다는 사실을 깨달았다.

미로 한복판에 있는 넓은 공터로 가는 길을 찾는 데는 겨우 몇 분밖에 걸리지 않았다. 그곳에는 커다란 분수대가 있었고, 〈어드벤처〉에 나오는 오리처럼 생긴 용을 섬세하게 조각한 석상 세 개가 보였다. 세 마리 용은 불을 뿜는 대신 물줄기를 토하고 있었다.

그리고 그녀가 보였다.

그녀는 돌로 만든 벤치에 앉아 분수를 바라보고 있었다. 그녀는 등을 돌린 채 고개를 숙이고 있었다. 길고 까만 머리칼이 오른쪽 어깨에 늘어뜨려져 있었다. 무릎 사이에 양손을 넣어 만지작거리고 있는 모습도 보였다.

좀더 가까이 다가가려니 두려움이 성큼 일었다. 한참 후에야 겨우 입을 뗄 만한 용기를 낼 수 있었다. "안녕."

그녀는 내 목소리에 고개를 들었지만 뒤는 돌아보지 않았다.

"안녕." 그녀가 말했다. 그녀의 목소리였다. 아르테미스의 목소리였다. 몇 시간 동안 들었던 목소리였다. 나는 그 목소리에 힘을 얻어 좀더 가까이 다가갔다.

분수대를 빙 돌아 그녀를 바로 마주 보는 위치에서 멈췄다. 내가 다가가는 소리를 듣자 그녀는 고개를 돌리고 나를 보지 않으려고 시선을 피했다.

하지만 나는 그녀를 볼 수 있었다.

그녀는 사진 속에서 내가 본 모습과 완전히 똑같았다. 통통한 몸매도 같았고, 창백하고 주근깨투성이인 피부도 같았고, 담갈색 눈에 새까만 머리칼, 예쁘고 복스러운 얼굴, 붉은 반점까지 모두 똑같았다. 하지만 사진에서와는 달리 머리카락으로 반점을 가리지 않은 모습이었다. 머리를 다 뒤로 넘겼기에 반점이 그대로 드러나 있었다.

나는 잠자코 기다렸다. 하지만 그녀는 여전히 나를 올려다보지 않았다.

"항상 내가 그려왔던 모습 그대로네." 내가 말했다. "정말 예뻐."

"정말?" 그녀는 부드럽게 말했다. 천천히 그녀는 고개를 들며 발에서부터 얼굴까지 나를 찬찬히 뜯어보았다. 마침내 시선이 마주쳤을 때 그녀는 다소 긴장한 듯한 미소를 지어 보였다. "이게 누구야? 너도 내가 항상 생각했던 모습 그대로네." 그녀가 말했다. "엄청 못생겼다."

우리는 둘 다 웃음을 터뜨렸고 공기 중에 감돌던 어색한 분위기는 말끔히 사라졌다. 그리고 서로의 눈을 꽤 오랫동안 바라보았다. 머릿속에 이것이 우리의 첫 만남이라는 사실이 불현듯 떠올랐다.

"참, 정식으로 인사한 적이 없네." 그녀가 말했다. "난 사만다라고 해."

"반가워, 사만다. 난 웨이드라고 해."

"드디어 직접 만나게 돼서 정말 반갑다, 웨이드."

그녀는 옆자리를 툭툭 치면서 앉으라는 시늉을 했고, 나는 거기에 앉았다.

긴 침묵 끝에 그녀가 말했다. "그럼 이제 어떻게 되는 거지?"

나는 미소를 지었다. "우리가 방금 딴 상금으로 지구상에 있는 모든 사람을 먹여 살려야지. 우린 세상을 더 살기 좋은 곳으로 만들어볼 거잖아. 안 그래?"

그녀는 환하게 웃었다. "엄청나게 큰 행성 이동용 우주선을 만들어서 비디오게임이랑 인스턴트 음식이랑 편한 소파를 잔뜩 싣고 영영 지구를 떠나고 싶진 않고?"

"그것도 해야지. 그렇게 해서 남은 평생을 너랑 같이 지낼 수만 있다면."

그녀는 수줍은 듯한 미소를 던졌다. "천천히 알아가야지. 우리 방금 처음 만났잖아."

"널 향한 내 감정은 사랑이야."

그녀의 아랫입술이 가볍게 떨렸다. "정말 확신이 있는 거야?"

"당연하지. 그게 진실이니까."

그녀는 미소를 지었지만 동시에 울먹이는 듯 보이기도 했다. "널 그렇게 밀쳐냈던 거 미안해. 네 인생에서 그렇게 사라져 버려서. 난 그냥……"

"괜찮아. 왜 그랬는지 알아."

그녀는 좀 안도한 듯 보였다. "알아?"

나는 고개를 끄덕였다. "넌 해야 할 일을 한 거야."

"그렇게 생각해?"

"우리가 이겼잖아. 안 그래?"

그녀가 미소를 보냈고 나도 미소로 화답했다.

"내 말 들어봐." 내가 말했다. "얼마든지 천천히 생각해도 돼. 나 알고 보면 진짜 괜찮은 놈이라고. 정말이야."

그녀는 웃음을 터트리고 눈물을 훔쳤지만, 아무 대꾸도 하지 않았다.

"게다가 내가 어마어마한 부자란 얘기도 했나? 물론, 너도 마찬가지지라서 뭐 크게 내세울 건 못 되지만."

"나한테 뭔가 내세우려고 할 필요 없어, 웨이드. 넌 내가 가장 아끼는 친구야. 내가 제일 좋아하는 사람." 그녀는 애써 내 눈을 빤히 보았다. "진짜 보고 싶었어. 그거 알아?"

심장이 불에 타는 느낌이었다. 용기를 끌어모으는 데는 시간이 좀 걸렸다. 마침내 나는 슬그머니 손을 뻗어 그녀의 손을 잡았다. 우리는 한동안 손을 잡은 채로 앉아서 타인과 실제로 살을 맞대는 낯설고 야릇한 감각에 흠뻑 젖어 있었다.

조금 시간이 흐른 뒤 그녀가 몸을 기울여 입맞춤을 해주었다. 세상에 존재하는 모든 노래와 시가 알려줬던 바로 그 느낌이었다. 황홀했다. 벼락이라도 맞는 기분이었다.

그때, 나는 내가 기억하기로는 생애 처음으로, 오아시스로 돌아가고 싶은 마음이 씻은 듯 사라져 버렸다.

에이콘출판의 기틀을 마련하신 故 정완재 선생님 (1935-2004)

| 지은이 소개 |

어니스트 클라인 Ernest Cline

세계적인 베스트셀러를 낸 소설가이자 시나리오 작가다. 아이를 키우는 아버지이자 대중문화에 미쳐 있는 시간이 압도적으로 많은 일명 '성공한 덕후'다. 텍사스주 오스틴에서 가족과 시간 여행이 가능한 드로리안과 수많은 고전 비디오게임과 함께 살고 있다. 『레디 플레이어 원』(에이콘, 2015)과 『Armada』(Broadway Books, 2016)라는 두 편의 소설을 출간했으며, 스티븐 스필버그 감독이 제작한 동명 영화 『레디 플레이어 원』에 공동 각색자로 참여했다. 그의 책은 세계 50여 개국에서 출간됐으며, 100주 이상 뉴욕 타임스 베스트셀러에 올랐다.

www.ernestcline.com

| 감사의 말 |

제게 소중한 많은 분께서 이 책의 초고를 읽고 더없이 귀중한 조언과 격려의 말씀을 주셨습니다. 에릭 클라인, 수잔 서머스윌렛, 크리스 비버, 해리 놀즈, 앰버 버드, 잉그리드 리히터, 사라 서터필드 윈, 제프 나이트, 힐러리 토마스, 안네 미아노, 토니 나이트, 니콜 쿡, 크리스틴 오키프 앱토위즈, 제이 스미스, 마이크 헨리, 제드 슈트람, 앤디 호웰, 크리스 프라이 님께 진심으로 감사를 전합니다.

불과 몇 달 만에 제 일생의 꿈을 실현하게 해주신 우주에서 가장 훌륭한 에이전트 이팻 라이스 겐델 님께 큰 은혜를 입었습니다. 파운드리 리터러리 앤 미디어Foundry Literary and Media에서 일하는 스테파니 아부, 헤나 브라운 고든, 세실리아 캠벨웨스트린드 님을 비롯한 모든 직원 여러분께도 감사의 말씀을 전합니다.

제 친구이자 매니저이자 할리우드 협력자인 댄 파라 님께도 인사를 전합니다. 이 책이 훌륭한 영화가 될 수 있다고 믿어주신 워너 브라더스 사의 도널드 드 라인, 앤드류 하스, 제시 어만 님께도 감사를 전합니다.

크라운 출판사의 패티 버그, 사라 브레이보겔, 제이콥 브론슈타인, 데이비드 드레이크, 질 플랙스먼, 재퀴 리보, 레이첼 맨디크, 마야 메이브지, 세스 모리스, 마이클 팰곤, 티나 폴먼, 앤슬리 로스너, 몰리 스턴 님 외 출중한 실력으로 든든한 지원군이 되어주신 팀원 여러분께 감사를 전합니다. 〈어드벤처〉 게임에 있는 비밀의 방을 직접 찾은 바 있는 훌륭한 교열자 디에나 호크 님께도 감사를 전합니다.

이 책을 집필하는 동안 작가로서의 잠재력을 믿어준 뛰어난 편집자 줄리안 파비아 님께도 깊은 감사를 전합니다. 놀라운 지성과 통찰력과 꼼꼼함으로 제가 항상 꿈 속에 늘 그리던 책으로 펴내 주시고, 제가 더 나은 작가로 성장할 수 있게끔 도와주셨습니다.

끝으로 제가 이 책에서 찬사를 바친 모든 작가, 영화인, 배우, 아티스트, 뮤지션, 프로그래머, 게임 개발자 들께도 감사를 전합니다. 그분들의 작품을 통해 깊은 감명과 영감을 얻었습니다. 저는 할리데이의 상금 쟁탈전이 그랬던 것처럼 이 책이 많은 분께 그 작품들을 다시금 음미해 보는 계기가 되길 바랍니다.

어니스트 클라인

| 옮긴이 소개 |

전정순 gaia8740@naver.com

연세대학교 신문방송학과를 졸업한 후 삼성전자에서 7년 반 동안 근무했다. 퇴직 후 1년 반 동안 트레킹 세계일주를 했으며, 지금은 세상에 좋은 변화를 만드는 데 작은 힘을 보태는 번역가가 되고자 정진하고 있다. 옮긴 책으로『빅데이터에서 천금의 기회를 캐라』(에이콘, 2014),『게임 디자인 특강』(에이콘, 2015) 등이 있다. 저서로『마음이 끌리면 가라』(생각나눔, 2010)가 있다.

오타쿠를 바라보는 시각은 다양하고 아직도 변하고 있으므로 딱히 한 가지로 정의하기는 어렵겠지만, 특정 분야에 대한 전문성이 팬이나 마니아 수준을 넘어 문화 생산자를 뺨칠 정도로 뛰어난 사람으로 정의한다면 이 책을 쓴 저자는 분명 오타쿠다. 그리고 자신의 취향을 유감없이 드러낸 그의 소설 데뷔작은 아주 성공적이었다.

최근 수식어가 필요 없는 거장 스티븐 스필버그가 이 소설을 원작으로 한 영화의 감독으로 확정되었다는 소식이 들렸다. 하지만 영화화 자체가 최근에 결정된 것은 아니다. 5년 전, 책이 출간되기도 전에 영화 판권은 이미 팔린 상태였다. 당시 굴지의 영화 제작사들 사이에서 판권 경쟁이 불붙었고, 최종 워너 브라더스에 낙찰되었지만, 지금까지 영화화와 관련된 소식은 자크 펜을 고용해 각색 작업을 진행 중이라는 소문뿐이었다. 작년 말, 자크 펜은 한 인터뷰에서 소설에 포함된 영화, 드라마, 게임을 전부 다 영화에 넣을 경우 라이선스 비용만 천문학적인 액수가 될 수 있다며 각색 작업의 애로사항을 토로한 바 있었다. 그도 그럴 것이 영화 역사상 이렇게 많은 라이선스가 들어간 작품은 최초일 것이다. 원작에 있는 모든 내용을 살리는 것은 불가능할 테고 과연 어떤 부분이 영화에 등장할지, 최후의 전면전은 어떻게 표현될지, 자못 궁금해진다.

저자 어니스트 클라인은 원래 시나리오 작가였다. 스타워즈 팬들의 이야기를 다룬 컬트영화 「팬보이즈Fanboys」(2009)가 그의 시나리오로 영화화된 작품이었다. 영화로 제작되는 과정에서 자신의 창작물에 변형이 가해지는 것이 못내 아쉬웠던 클라인은 소설을 써보기로 마음먹었다. 소설이라면 마음껏 자신의 취향을 드러낼 수 있으리라 생각해서였다. 그는 문득 「찰리와 초콜릿 공장」의 윌리 웡카가 게임 디자이너였다면 어땠을까 하는 상상에 휩싸였다. 윌리 웡카가 사탕에 집착한 사탕회사 사장이 아닌 대중문화에 집착한 게임 디자이너였다면 어땠을까? 자신이 개발한 비디오게임 속에 황금 티켓을 숨기지 않았을까? 여기서부터 뭉게뭉게 피어오른 영감은 지상 최대의 게임 대회라는 뼈대를 달고 1980년대 대중문화에 대한 해박한 지식으로 살이 입혀져 화려한 SF 어드벤처 소설로 태어났다. 제목은 'Ready Player One'이라고 붙였다. 그가 가장 좋아하는 게임으로 주저 없이 손꼽은 〈블랙 타이거〉에서 오마주한 문구였다. 소설 데뷔작의 출간 후 반응은 자신의 기대 이상으로 뜨거웠다.

그 반응에 힘입어 책 홍보에 활용한다는 기가 막힌 명분을 생각해낸 클라인은 영화 「백 투 더 퓨처」에 나온 타임머신카 드로리안 DMC-12를 장만함으로써 그의 어릴 적 꿈을 현실로 바꾸었다. (그것도 마케팅 비용으로!!) 그리고 그 차를 파르지발의 드로리안처럼 '시간 여행이 가능하고, 유령을 소탕하며, 키트처럼 스캔하고, 물질을 통과하는' 드로리안으로 개조했다. 세상에서 가장 오타쿠적인 자동차를 뽑는다면 1위 자리를 꿰찰 만한 자동차가 아닐 수 없다. 이렇게 개조한 차를 직접 몰고 전국의 북 투어 행사장을 누볐으며 가는 곳마다 드로리안에 타보고 인증샷을 찍으려고 몰려드는 수많은 팬들을 결코 마다하지 않았다. 심지어 책 속에 나오는 이스터에그 찾기 대회를 오프라인에서 개최하기도 했다. (다만 전 재산 대신 개조한 드로리안 DMC-12를 내걸었다!!)

이렇듯 저자의 삶은 SF나 게임과 경계가 모호하다. 그는 한마디로 표현하자면 자신의 열정을 세상과 공유하기를 꿈꾸는 사람이다. 이 책의 단초를 제공하는 제임스 할리데이의 모습이 선연히 겹쳐지는 대목이다.

이 작품에는 독특한 설정이 깔려 있다. 2044년을 시대 배경으로 햅틱 장치를 통해 완벽하게 사실적인 촉각 체험이 가능할 정도로 기술이 발달했지만 전 인류가 가상현실로 도피해야 할 정도로 암울하기만 한 미래상을 예증하는 한편, 극중 인물들이 우승자가 되기 위해 차례차례 게임에 도전하는 과정에서 1980년대의 SF물과 만화, 고전 게임들을 다채롭게 선보인다. 다시 말해 독자로 하여금 지금으로부터 30년 후로 시간 여행을 떠나 지금으로부터 30년 전 추억 속에 잠기게 한다. 상상과 추억을 넘나드는 이 짜릿한 롤러코스터야말로 이 책이 선사하는 가장 큰 묘미인 듯싶다.

첫 번째 장만 읽어도 소설의 전체 줄거리가 무엇인지, 누가 세 개의 열쇠와 세 개의 관문을 찾아 우승자가 될지는 충분히 예측 가능하다. 하지만 첫 번째 장은 호기심을 자아내기에 충분한 역할을 하고 있으며 뒤로 갈수록 속도감 있게 전개되는 이야기는 쉴 틈 없이 책장을 넘기게 만든다. 1980년대 대중문화, SF, 게임에 친숙한 독자라면 좀 더 많은 의미를 읽어낼 수도 있겠지만, 이 묘한 소설은 (같은 장르임에도, 흥행이 그리 어렵지 않은 SF영화와는 지극히 딴판으로 고전 중인) SF소설의 진입 장벽이 높다는 세간의 편견은 허상이라는 듯 1980년대 대중문화, SF, 게임에 친숙하지 않은 독자에게도 오락성 짙은 일반 소설로 다가갈 수 있는 책이다.

이 책을 옮기면서 나 역시 반강제적으로 참가자가 되어 눈 시계와 귀 시계를 1980년대로 맞추고 그 시절 대중문화들을 집어삼킬 듯이 탐독해야 했다. 그중에는 국내에도 잘 알려진 인기작도 많았지만, 국내에 잘 알려지지 않은 숨은 명작도 있었다. 추억의 작품은 추억의 작품대로 다시금, 숨은 명작은 숨은 명작대로 새롭게 음미해보는 일은 충만한 문화적 자극이었다. 서사를 이끌어가는 굵직한 레퍼런스를 제외하고도, 이 작품에는 곳곳에 레퍼런스가 녹아 있다. 셈법에 따라 달라지긴 하겠지만, 얼추 200개는 족히 넘을 듯한 레퍼런스에 대해 일일이 역주를 달자면 지면 문제도 있겠거니와 과잉 친절이 되지 않을까 하는 우려가 앞서, 고심 끝에 레퍼런스에 대한 역주는 과감히 생략했음을 밝혀둔다.

하지만 이 자리를 빌려 몇 가지만 슬쩍 투척해보자면, 주인공의 이름은 '웨이드 오웬 와츠^{Wade Owen Watts}'다. 가장 오타쿠적인 소설 속에서 가장 오타쿠적인 이스터에그 찾기 대회에서 우승하는 가장 오타쿠적인 영웅의 이름으로 'W-O-W'를 능가할 만한 이름이 또 있을까? 주인공의 아파트는 42층이고, 주인공의 두 번째 가명은 해리 터틀이다. 각각 「은하수를 여행하는 히치하이커를 위한 안내서」와 「여인의 음모」와 관련이 있다. 에이치의 채팅방 벽에 붙은 포스터는 「제다이의 귀환」이 아닌 「제다이의 복수」다. 그야말로 어느 이름 하나 허투루 지은 것이 없다. 더 알고 싶다면 구글에서 'ready player one references'로 검색하면 많은 정보를 찾을 수 있다. 몇 개만 소개하자면 http://www.imdb.com/list/ls075756472에서는 책 속에 인용된 영화와 드라마 정보를 포스터와 함께 확인할 수 있다. http://www.shmoop.com/ready-player-one/allusions.html에서도 책 속에 인용된 영화, 드라마, 만화, 게임 등의 출처를 확인할 수 있다. 각종 팬 사이트를 탐방해봐도 좋겠다.

역자로서 이 책을 소개할 수 있어서 더없이 기쁘다. 더불어 저자의 두 번째 소설 『Armada』(Broadway Books, 2016)도 잔뜩 기대하는 중이다. 이 책과의 인연을 선사해준 에이콘출판사 여러분께 무한한 감사를 전하며, 이 책을 번역하는 동안 용기를 북돋워 주고 큰 힘이 되어준 소중한 내 사람들에게도 무한한 애정을 고백한다.

2015년 봄
전정순

레디 플레이어 원
2045년 가상현실 오아시스의 게임에 숨겨진 세 가지 열쇠를 찾아서

인 쇄 | 2015년 4월 22일

지은이 | 어니스트 클라인
옮긴이 | 전 정 순

펴낸이 | 권 성 준
편집장 | 황 영 주
편 집 | 이 지 은
　　　　조 유 나
디자인 | 박 주 란

에이콘출판주식회사
서울특별시 양천구 국회대로 287 (목동 802-7) 2층 (07967)
전화 02-2653-7600, 팩스 02-2653-0433
www.acornpub.co.kr / editor@acornpub.co.kr

Copyright ⓒ 에이콘출판주식회사, 2015, Printed in Korea.
ISBN 978-89-6077-665-4
http://www.acornpub.co.kr/book/ready-player-one

이 도서의 국립중앙도서관 출판시도서목록(CIP)은 서지정보유통지원시스템 홈페이지(http://seoji.nl.go.kr)와
국가자료공동목록시스템(http://www.nl.go.kr/kolisnet)에서 이용하실 수 있습니다.(CIP제어번호: CIP2015011793)

책값은 뒤표지에 있습니다.